ମାମୁ

ମାମୁଁ

ଫକୀର ମୋହନ ସେନାପତି

ବ୍ଲାକ୍ ଈଗଲ୍ ବୁକ୍ସ
ଭୁବନେଶ୍ୱର, ଓଡ଼ିଶା
BLACK EAGLE BOOKS
Dublin, USA

BLACK EAGLE BOOKS

USA address:
7464 Wisdom Lane
Dublin, OH 43016

India address:
E/312, Trident Galaxy, Kalinga Nagar,
Bhubaneswar-751003, Odisha, India

E-mail: info@blackeaglebooks.org
Website: www.blackeaglebooks.org

First International Edition Published by
BLACK EAGLE BOOKS, 2024

MAMU
by **Fakir Mohan Senapati**

Copyright © **Black Eagle Books**

Art & Cover Design: **Ramakanta Samantaray**

Interior Design: Ezy's Publication

ISBN- 978-1-64560-499-0 (Paperback)

Printed in the United States of America

ମାମୁ: ଭାରତୀୟ ସାହିତ୍ୟର ଅମର କୀର୍ତ୍ତି

ପ୍ରଫେସର ମଣୀନ୍ଦ୍ର କୁମାର ମେହେର

ବ୍ୟାସକବି ଫକୀରମୋହନଙ୍କ କଥା-ପ୍ରତିଭାର ମହନୀୟ ଅବଦାନ ହେଉଛି ମାମୁ ଉପନ୍ୟାସ। ଏହା ତାଙ୍କର ତୃତୀୟ ଉପନ୍ୟାସ ଭାବରେ ପରିପକ୍ୱ ପ୍ରତିଭାର ଏକ ଶ୍ରେଷ୍ଠ ନିଦର୍ଶନ। ଯେତେବେଳେ ଫକୀରମୋହନ ବାଲେଶ୍ୱରଠାରେ ବିତାଉଥିଲେ ନିଃସଙ୍ଗ ଜୀବନ ସେହି ସମୟରେ ସୃଷ୍ଟି ହୋଇଛି ମାମୁ। ୧୯୧୩ ମସିହାରେ ଯଦିଓ ଏହା ପ୍ରକାଶିତ, ତା'ର ଯଥେଷ୍ଟ ପୂର୍ବରୁ ଫକୀରମୋହନଙ୍କ ସ୍ରଷ୍ଟା ପ୍ରାଣରୁ ଏହାର ଆବିର୍ଭାବ ବୋଲି ମନେହୋଇଥାଏ। 'ଛ'ମାଣ ଆଠଗୁଣ୍ଠ' ଯଦିଓ ଯୋଜନାବଦ୍ଧ ଭାବରେ ରଚିତ ହୋଇ ନଥିଲା; ତଥାପି ତା'ର ସମ୍ବେଦନଶୀଳ ପ୍ରଭାବ ଠାରୁ ମାମୁ ଉପନ୍ୟାସ ଶ୍ରେଷ୍ଠ ବିବେଚିତ ହୋଇ ନପାରେ। ତେବେ ଯିଏ ଲେଖିଛନ୍ତି ଛ'ମାଣ ଆଠଗୁଣ୍ଠ, ତାଙ୍କରି ଦ୍ୱାରା ହିଁ ସୃଷ୍ଟି ଲାଭ କରିଥିବା ମାମୁ ଯେ, ତାଙ୍କ ଆତ୍ମିକ ସତ୍ତାଠାରୁ ଭିନ୍ନ ହୋଇ ନ ପାରେ ଏହା ଯେକୌଣସି ପାଠକ ସ୍ୱୀକାର କରିବେ ନିଶ୍ଚୟ। ଏହି ଉପନ୍ୟାସରେ ଫକୀରମୋହନଙ୍କ ଭାଷାର ପରିଶୁଦ୍ଧତା, କଥାବସ୍ତୁ ଉପସ୍ଥାପନରେ ତାଙ୍କର ପରିକଳ୍ପନା ଓ ପରିଯୋଜନା ବାସ୍ତବିକ ଏକାନ୍ତ ସୁବିନ୍ୟସ୍ତ। କେତେଜଣ ସମାଲୋଚକ ଛ'ମାଣ ଆଠଗୁଣ୍ଠର ଏକ ସହରୀ ସଂସ୍କରଣ ବୋଲି ମାମୁ ଉପନ୍ୟାସକୁ ଅଭିହିତ କରିଛନ୍ତି। କାରଣ ବିଷୟବସ୍ତୁ ଦୃଷ୍ଟିରୁ ଏ ଉଭୟ ଉପନ୍ୟାସ ମଧ୍ୟରେ ବିଦ୍ୟମାନ ଯେଉଁ ସାମଞ୍ଜସ୍ୟ ତାହାକୁ ଲକ୍ଷ୍ୟ କରି ଏପରି ବିଚାର ଉପସ୍ଥାପିତ। ମାତ୍ର ଏଠାରେ କହି ରଖିବା ପ୍ରୟୋଜନ ଯେ, ଛ'ମାଣ ଆଠଗୁଣ୍ଠ ଫକୀରମୋହନଙ୍କ ଯେପରି ଏକ ସ୍ୱତନ୍ତ୍ର ସୃଷ୍ଟି, ମାମୁ ମଧ୍ୟ ହେଉଛି ସେହିପରି ନିଜସ୍ୱ ସ୍ୱାତନ୍ତ୍ର୍ୟରେ ସମୁଜ୍ଜ୍ୱଳ। ଛ'ମାଣ ଆଠ ଗୁଣ୍ଠ ଓ ମାମୁ

ଉପନ୍ୟାସର ଚରିତ୍ରମାନଙ୍କ ମଧ୍ୟରେ ଯେଉଁ ସାମଞ୍ଜସ୍ୟ ରହିଛି, ସେହି ଦୃଷ୍ଟିରୁ ଏହାକୁ ତାଙ୍କ ଚିତ୍ରିତ ଚରିତ୍ରମାନଙ୍କର ସହରୀ ସଂସ୍କରଣ ବୋଲି ବର୍ଣ୍ଣନା କରାଯାଇଛି। ମାମୁର ନାଜର ନଟବର ଦାସ, ଚିତ୍ରକଳା; ଛ'ମାଣ ଆଠଗୁଣ୍ଠର ରାମଚନ୍ଦ୍ର ମଙ୍ଗରାଜ ଓ ଚମ୍ପାର ପରିବର୍ତ୍ତିତ ରୂପାୟନ ଭଳି ମନେ ହେବା ସ୍ୱାଭାବିକ। କିନ୍ତୁ ଫକୀରମୋହନ ଏତତ୍ ଦ୍ୱାରା ପ୍ରତିପାଦନ କରି ଦେଇଛନ୍ତି ଯେ, ଗ୍ରାମୀଣ ବାତାବରଣରେ ଯେଉଁ ଚରିତ୍ରମାନଙ୍କ ଅବସ୍ଥାନ, ସହରରେ ଥିବା ମଣିଷମାନେ ତା'ଠାରୁ ଭିନ୍ନ ନୁହଁନ୍ତି। ପରିବେଶ ଓ ପରିସ୍ଥିତି ଅଲଗା ଅଲଗା ହେଲେ ମଧ୍ୟ ମାନବ ଚରିତ୍ରରେ ସର୍ବତ୍ର ଯେ ରହିଛି ସମାନତା, ଏହାକୁ କଦାପି ଅସ୍ୱୀକାର କରାଯାଇପାରେ ନାହିଁ। ଏହି କାରଣରୁ ଜଣେ ସଚେତନ କଥାଶିଳ୍ପୀ ଗ୍ରାମୀଣ ଜୀବନକୁ ଯେମିତି ରୂପାୟନ କରିପାରେ, ସହରୀ ଜୀବନକୁ ମଧ୍ୟ ସେପରି ଅଙ୍କନ କରିପାରେ କଥା ସାହିତ୍ୟରେ।

ବାବୁ ଦାଶରଥି ଦାସ ହେଉଛନ୍ତି ମୋହରୀର। ତାଙ୍କର ପୁଅ ନଟବର ଆଉ ଝିଅ ଚାନ୍ଦମଣି। ଏ ଉପନ୍ୟାସରେ ଲେଖକ ପ୍ରଦର୍ଶନ କରି ଦେଇଛନ୍ତି ଯେ, ଯେଉଁ ମଣିଷର ରହିଥାଏ ମନ୍ଦ ପ୍ରକୃତି ସେ ଘରେ ଓ ବାହାରେ ସମାନ। ରାମଚନ୍ଦ୍ର ମଙ୍ଗରାଜ ସାରିଆ ଭଗିଆକୁ କିପରି ଶୋଷଣ କରିଛନ୍ତି, ତାହା କିଏ ବା ନ ଜାଣେ! ସାରିଆ ଭଗିଆ ମଙ୍ଗରାଜଙ୍କ ପରିବାରର କେହି ନୁହଁନ୍ତି, କିନ୍ତୁ ମାମୁ ଉପନ୍ୟାସରେ ଶୋଷକ ଭୂମିକାରେ ଅବତୀର୍ଣ୍ଣ ନଟବର ହେଉଛନ୍ତି ଚାନ୍ଦମଣିଙ୍କ ଭାଇ। ଭଉଣୀ ଭଣଜାମାନଙ୍କ ସମ୍ପତ୍ତିକୁ ନିଜସ୍ୱ କରିନେବାରେ ନଟବରଙ୍କ ବିବେକ ଦେଲା କିପରି ସମ୍ମତି? ଏହା ହେଉଛି ମାନବୀୟ ଚରିତ୍ର ମଧ୍ୟରେ ଦାନବୀୟ ଅସତ୍ ଆକାଂକ୍ଷାର ସୁସ୍ପଷ୍ଟ ପ୍ରମାଣ। ଫକୀରମୋହନ ପ୍ରଦର୍ଶନ କରିଦେଇଛନ୍ତି ଯେ, ଛାତ୍ରାବସ୍ଥାରେ ନଟବର ନିଜ ଭାଇଙ୍କଠାରୁ ଥିଲେ ଅଧିକ ଚତୁର ଓ ମେଧାବୀ। ସେ ଏଣ୍ଟ୍ରାନ୍ସ ପରୀକ୍ଷାରେ କୃତିତ୍ୱ ଅର୍ଜନ କରିଥିବାବେଳେ ତାଙ୍କ ବଡ଼ ଭାଇ ବାନାମ୍ବର ପାସ୍ ସୁଦ୍ଧା କରିପାରି ନାହାନ୍ତି। ଏହାରି ମାଧ୍ୟମରେ ଯେଉଁ ତାତ୍ପର୍ଯ୍ୟପୂର୍ଣ୍ଣ ସନ୍ଦେଶ ଫକୀରମୋହନ ସଂସ୍ଥାପିତ କରି ଯାଇଛନ୍ତି, ତାହାକୁ ଏକବିଂଶଶତାବ୍ଦୀ ପରିପ୍ରେକ୍ଷୀରେ ତର୍ଜମା କରାଯାଇପାରିବ। ବାସ୍ତବିକ ଯେଉଁମାନଙ୍କର ମେଧାଶକ୍ତି ଅଧିକ ସେହିମାନେ ହିଁ ପଦପଦବୀରେ ହୋଇଥାନ୍ତି ଅଧିଷ୍ଠିତ ଓ ସେମାନଙ୍କ ଦ୍ୱାରା ହିଁ ଘଟିଥାଏ ଅନ୍ୟାୟ ଓ ଦୁର୍ନୀତିର ସମ୍ପ୍ରସାରଣ। ଏହା ଫକୀରମୋହନ ସୂକ୍ଷ୍ମଦର୍ଶୀ ଶିଳ୍ପୀ ଭାବରେ କିପରି ଲକ୍ଷ୍ୟ କରିଛନ୍ତି; ସେ ସମୟରେ- ତାହା ହିଁ ହେଲା ଗୁରୁତ୍ୱପୂର୍ଣ୍ଣ। ବାନାମ୍ବର ବୁଝନ୍ତି ଜମିବାଡ଼ି କଥା। ବିବାହ ମଧ୍ୟ ହୋଇଯାଏ। ଚାନ୍ଦମଣିର ବୈବାହିକ କାର୍ଯ୍ୟକ୍ରମ ମଧ୍ୟ ହୋଇଯାଏ ସମ୍ପନ୍ନ। ନଟବର କଟକ କଲେକ୍ଟର ଅଫିସରେ ଗ୍ରହଣ କରନ୍ତି ତାଲିମ। ତାଙ୍କର ବିବାହ କାର୍ଯ୍ୟ ସମ୍ପାଦିତ

ହୁଏ ଅନେକ କଷ୍ଟକର ପରିସ୍ଥିତି ମଧ୍ୟରେ। ଯେଉଁଠି ହୁଏ କନ୍ୟା ସ୍ଥିରୀକୃତ, ତାହା ରାଜଯୋଟକ। କିନ୍ତୁ ଦୁହିଁଙ୍କର ରାଶିରେ ଉଲ୍ଲେଖ ଅଛି; 'ଅସୁରଗଣ'। ଫକୀରମୋହନଙ୍କ ଜ୍ୟୋତିର୍ବିଜ୍ଞାନ ଉପରେ ଥିଲା ସୁଗଭୀର ଜ୍ଞାନ। ଯେଉଁମାନେ ବିଜ୍ଞ ଜ୍ୟୋତିଷ ସେମାନେ କହି ଦେଇଛନ୍ତି ଯେ, ଏହି 'ଅସୁରଗଣ' ଉଲ୍ଲେଖ ରହିଥିବା ସତ୍ତ୍ୱେ ଏହା କିଛି ମନ୍ଦକଥା ନୁହେଁ। ଜାତକରେ ଥିବା ଅନ୍ୟାନ୍ୟ ଦୋଷର ଉଲ୍ଲେଖ ମଧ୍ୟ ଉପନ୍ୟାସରେ ଫକୀରମୋହନ ପ୍ରଦାନ କରିଛନ୍ତି। ଏ ସବୁ ସତ୍ତ୍ୱେ ନଟବର ଯେତେବେଳେ ଶୁଣିଛନ୍ତି କନ୍ୟାପାତ୍ରୀଙ୍କ ଅଛି ରାଜରାଣୀ ଯୋଗ ତାହାଙ୍କୁ ହିଁ ବିବାହ କରିବେ ବୋଲି ନିଜ ଜିଦ୍‌ରେ ରହିଛନ୍ତି ଅଟଳ। ଏହା ବି ଦର୍ଶାଇ ଦିଏ ଯେ, ଫକୀରମୋହନ ମନସ୍ତାତ୍ତ୍ୱିକ ବିଶ୍ଳେଷଣରେ ଥିଲେ କିପରି ପ୍ରବୀଣ। ଅର୍ଥାତ୍ ନଟବର ହୋଇପାରନ୍ତି ମେଧାବୀ, ଚତୁର। କିନ୍ତୁ ତାଙ୍କ ଚାତୁର୍ଯ୍ୟ ଯେ ହେଉଛି ନକାରାତ୍ମକ ଏହାର ସୂଚନା ଦେଇଛନ୍ତି ଔପନ୍ୟାସିକ। ବୋହୂ ଗାଁରେ ଚଳିବା ହେଲା ଅସମ୍ଭବ। ନଟବରଙ୍କ ସହିତ ସେ ଯାତ୍ରା କଲେ କଟକ। ସେହି ସମୟରେ ନଟବର ହୋଇସାରିଛନ୍ତି ନାଜର। ଏହାରି ମଧ୍ୟରେ ଚିତ୍ରକଳାର ହୁଏ ଆବିର୍ଭାବ, ଯିଏ ହେଉଛି ଛ'ମାଣ ଆଠଗୁଣ୍ଠର ଚମ୍ପା ପରି ଖଳନାୟିକା।

ଚାନ୍ଦମଣି ଜୀବନରେ ଅକାଳ ବଜ୍ରପାତ ହୋଇଛି। ବୈଧବ୍ୟ ବରଣ କରିଛନ୍ତି ସେ। କୋଳରେ ତାଙ୍କର ଦୁଇ ଶିଶୁ ପୁତ୍ର। ଏହି ଦୁଃସମ୍ବାଦ ଶୁଣିବା ମାତ୍ରକେ ନଟବର ଭଉଣୀଙ୍କ ନିକଟବର୍ତ୍ତୀ ହୋଇଛନ୍ତି ସତ୍ୟ, ସହାନୁଭୂତିର ଅଶ୍ରୁରେ ତାଙ୍କର ଆଖି ଦୁଇଟି ହୋଇଛି ଅଶ୍ରୁସିକ୍ତ। କିନ୍ତୁ ସେ ସବୁ ଯେ ଥିଲା କେବଳ ଛଳନା ଏହା ବୁଝିବା ପାଇଁ କୌଣସି ପାଠକ ପକ୍ଷରେ ବିଳମ୍ବ ହୁଏ ନାହିଁ। ଚାନ୍ଦମଣିର ଯାହା ଥିଲା ଅଳଂକାର ତାକୁ ସିନ୍ଦୁକ ମଧ୍ୟରେ ରଖିବାର ବନ୍ଦୋବସ୍ତ ହୋଇଥିଲେ ମଧ୍ୟ ଚିତ୍ରକଳାର ହସ୍ତକ୍ଷେପ ଫଳରେ ଗୋଟିଏ ଅଳଙ୍କାର ପୁଟୁଳି ସିନ୍ଦୁକରୁ ବାହାରି ଆସି ଚାଲିଯାଇଛି ସିଧା କଟକ। ଚାନ୍ଦମଣି ରହିଛନ୍ତି କିଲ୍ଲା ପରିଚାଳନା ଦାୟିତ୍ୱରେ ନାମକୁ ମାତ୍ର। ନଟବର ନିୟନ୍ତ୍ରଣ କରିଛନ୍ତି ସମସ୍ତ କ୍ଷମତାକୁ। ଯାହା ଟଙ୍କା ଆଦାୟ ହୁଏ ସବୁ ଯାଏ କଟକକୁ। ନଟବରଙ୍କ ଶାଶୁ ଓ ଶଳା ଆସି ରହନ୍ତି ତାଙ୍କ ଘରେ। ନଟବରଙ୍କ ଏହି ଯେଉଁ ଚାରିତ୍ରିକ ସ୍ଖଳନକୁ ଚିତ୍ରଣ କରିଛନ୍ତି ଫକୀରମୋହନ, ସେତିକିକୁ ମାତ୍ର ରୂପାୟନ କରିବା ତାଙ୍କର ପ୍ରକୃତ ଲକ୍ଷ୍ୟ ନଥିଲା। ଏହିଠାରେ ହିଁ ରହିଛି ଛ'ମାଣ ଆଠଗୁଣ୍ଠ ଠାରୁ ମାମୁର ସ୍ୱାତନ୍ତ୍ର୍ୟ। କର୍ମଫଳରେ ଆସ୍ଥାଶୀଳ ଫକୀରମୋହନ ଆରମ୍ଭ କରି ଦେଇଛନ୍ତି ନଟବରଙ୍କ ଶାସ୍ତି ବିଧାନ। ନଟବରଙ୍କ ଶଳା ରାଘବ ଓ ଚିତ୍ରକଳାର ସହାୟତାରେ ପ୍ରଭୁଦୟାଲ ନାମକ ଏକ ଦୁଃଶ୍ଚରିତ୍ର ଲୋକ ନଟବରଙ୍କ ଗୃହ ସିନ୍ଦୁକରୁ ସରକାରୀ ଅର୍ଥ ପାଞ୍ଚହଜାର ନେଇ ଯାଇଛନ୍ତି କୌଶଳକ୍ରମେ ଚୋରି କରି। ଫଳାଫଳ ହେଲା କ'ଣ? ନଟବର କାଳ

କାଟିଛନ୍ତି କାରାଗାରେ ବନ୍ଦୀ ହୋଇ। ବିଚାରପତି ଚିତ୍ରକଳାଙ୍କୁ ଦୋଷୀ ସାବ୍ୟସ୍ତ କଲେ ଓ ନଟବରଙ୍କୁ ଦେଲେ ମୁକ୍ତିର ଆଦେଶ। ଏହି ସମୟରେ ଫକୀରମୋହନଙ୍କ ବର୍ଣ୍ଣନା ଜଣେ ପ୍ରତ୍ୟକ୍ଷ ଭାବରେ ନ ପଢ଼ିଲେ ଜାଣିପାରିବ ନାହିଁ ଫକୀରମୋହନଙ୍କ ମାନବ ଚରିତ୍ର ସମ୍ପର୍କିତ ବିପୁଳ ବିଶ୍ୱାସ। 'ଛ'ମାଣ ଆଠଗୁଣ୍ଠ' ଉପନ୍ୟାସରେ ଏହା ସାଂକେତିକ ରୂପ ଲାଭ କରିଥିଲେ ମଧ୍ୟ ତାହାକୁ ମାମୁଁର ଶେଷ ପର୍ଯ୍ୟାୟରେ ସେ କରି ଦେଇଛନ୍ତି ସମ୍ପ୍ରସାରିତ। ଅନେକ ଚରିତ୍ରର ସମାବେଶ ଉପନ୍ୟାସରେ ଘଟିଥିଲେ ମଧ୍ୟ ଯିଏ ଏକାଧାରରେ ନାୟକ ଓ ଖଳନାୟକ ସେହି ନଟବରଙ୍କ ଚରିତ୍ର ପ୍ରତି ପାଠକମାନଙ୍କ ଦୃଷ୍ଟିକୁ ସେ କରିଛନ୍ତି କେନ୍ଦ୍ରୀଭୂତ। କାରଣ ହେଲା ମଣିଷର ପରିବର୍ତ୍ତନ ଏପରି ଏକ ଏକ ମୁହୂର୍ତ୍ତରେ ଘଟିଯାଏ, ଯାହା ଅନୁଭବ କରିପାରିବାର ଶକ୍ତିକୁ ଉଜ୍ଜୀବିତ କରି ଦେବା ହେଲା ସାହିତ୍ୟଶିଳ୍ପୀର ମୂଳ ଲକ୍ଷ୍ୟ ଓ ଲକ୍ଷଣ। ବିଚାରାଳୟରେ କୌଣସି ବିଚାରକ ମଣିଷକୁ ଦଣ୍ଡିତ କରିଦିଏ। ମାତ୍ର ତାହାର ଚାରିତ୍ରିକ ପରିଶୁଦ୍ଧତା ଆନୟନ କରିବା ତାଙ୍କ କ୍ଷମତାର ବାହାରର ବିଷୟ। ଯେପର୍ଯ୍ୟନ୍ତ ମଣିଷ ନିଜେ ନିଜକୁ ଦୋଷୀ ସାବ୍ୟସ୍ତ କରି ଦଣ୍ଡବିଧାନ ନ କରିଛି ନିଜ ଉପରେ, ଯେପର୍ଯ୍ୟନ୍ତ ତାହର ଆତ୍ମସମୀକ୍ଷା କରିବାର ସାମର୍ଥ୍ୟ ବିକଶିତ ହୋଇନାହିଁ, ସେ ପର୍ଯ୍ୟନ୍ତ ଜୀବନରେ ଆସେ ନାହିଁ ପୂର୍ଣ୍ଣତା। ଏଠାରେ ଲକ୍ଷ୍ୟ କରିବାର କଥା ଯେ, ଅପରାଧୀ ଯେଉଁମାନେ, ସେମାନଙ୍କ ଚାରିତ୍ରିକ ଉତ୍ତରଣ ଘଟିବାର ରହିଛି ଯେଉଁଠି ସମ୍ଭାବନା, ସେହି ବିନ୍ଦୁକୁ ସ୍ପର୍ଶ କରିବାରେ ନିହିତ ପ୍ରତିଭାର ସୌନ୍ଦର୍ଯ୍ୟମୟ ପରିସ୍ଫୁଟନ। ଫକୀରମୋହନ ମଣିଷ ଉପରୁ ବିଶ୍ୱାସ ତୁଟାଇ ଦେଇପାରି ନାହାନ୍ତି। ସେହି କାରଣରୁ ନଟବର ଦାସଙ୍କୁ ଦେଖୁ ଆମେ ଅନୁତପ୍ତ ରୂପରେ। କର୍ମଫଳ ଭୋଗକରି ନଟବରଙ୍କ ମଧ୍ୟରେ ଯେଉଁ ଚେତନା ଉଦ୍ରେକ ହୋଇଛି, ତାହା ମାମୁଁ ଉପନ୍ୟାସର ଶ୍ରେଷ୍ଠ ସନ୍ଦେଶ ଭାବରେ ଗ୍ରହଣ କରିପାରିବେ ପ୍ରତ୍ୟେକ ପାଠକ। ନଟବର କିପରି ଅନୁତାପ କରୁଛନ୍ତି ଫକୀରମୋହନ ବର୍ଣ୍ଣନା କରିଥିବା ଭାଷାରୁ ଦେଖାଯାଉ--

"ମୁଦ୍ରିତ ନେତ୍ର ନଟବର ଦାସେ ଧ୍ୟାନ ନିମଗ୍ନବତ୍ ଉପବିଷ୍ଟ। ମନ ମଧ୍ୟରେ ଚିନ୍ତା କରୁଛନ୍ତି- ହାୟ! ଏତେବେଳେ ମଧ୍ୟ ମିଥ୍ୟା କଥା ମେଜେଷ୍ଟର ସାହେବଙ୍କ ପ୍ରଶ୍ନର ଉତ୍ତର ଦେଲି, ମୁଁ ନିର୍ଦ୍ଦୋଷ। ମୁଁ ନିର୍ଦ୍ଦୋଷ। ଜଗତରେ ଆଉ ଦୋଷୀ କିଏ?" ପୁନଶ୍ଚ ଫକୀରମୋହନଙ୍କ ବର୍ଣ୍ଣିତ ଅଂଶରେ ଦୃଷ୍ଟି ନିବଦ୍ଧ କଲେ ଜାଣିପାରିବା ଫକୀରମୋହନଙ୍କ ଅନ୍ତର୍ଦୃଷ୍ଟି ଥିଲା କେତେ ସମ୍ବେଦନଶୀଳ। ସେ କହୁଛନ୍ତି "ଆମ୍ଭେମାନେ ଜ୍ଞାନ-ନେତ୍ର ଉନ୍ମୀଳନ କରି ଦେଖିଲେ ସ୍ପଷ୍ଟ ଦେଖୁଁ, ବିପଥଗାମୀ

ମାନବାତ୍ମାକୁ ସୁମାର୍ଗକୁ ଫେରାଇ ଆଣିବା ନିମନ୍ତେ ଭଗବାନ ଯେମନ୍ତ ବିପଦ ରୂପକ ପ୍ରବାଳକୁ ପଥ ପ୍ରଦର୍ଶକ ଭାବରେ ପ୍ରେରଣ କରିଥାନ୍ତି।"

ଫକୀରମୋହନ, ମାନବ ଚରିତ୍ରର ସ୍ଖଳନକୁ କିପରି ଉତ୍ତରଣରେ ପରିଣତ କରିଛନ୍ତି, ତାହ ହିଁ ହେଉଛି ତାଙ୍କର ପ୍ରତିପାଦ୍ୟ ସତ୍ୟ। ତାଙ୍କ ଦୃଷ୍ଟିରେ ଗୋଟିଏ ବୀଜ ଉପରେ ପାଷାଣ ଚାପି ହୋଇ ରହିଥିଲା। ଦୀର୍ଘକାଳ ପରେ ସେହି ପ୍ରକୃତ ପ୍ରସ୍ତରଖଣ୍ଡ ଘୁଞ୍ଚିଯିବାରୁ ଆଲୋକ ଓ ପବନ ସଂସ୍ପର୍ଶରେ ଆସି ବୀଜରୁ ଗଜା ବାହରି ପଲ୍ଲବିତ ହୋଇଛି। ନଟବର ଦାସଙ୍କ ବଂଶ ପରମ୍ପରାରେ ରହିଛି ପବିତ୍ରତା। ତାଙ୍କର ବାଲ୍ୟକାଳ ମଧ୍ୟ ଅତିବାହିତ ହୋଇଛି ସାଧୁ-ସଙ୍ଗ ଲାଭ କରି। ତେଣୁ ନଟବର ଦାସଙ୍କ ହୃଦୟରେ ସଦ୍‌ଗୁଣ ଥିଲା ପ୍ରଚ୍ଛନ୍ନ ହୋଇ। ଏହି ପାପକାର୍ଯ୍ୟର ପରିଣାମ ତାଙ୍କ ମଧ୍ୟସ୍ଥ ସମସ୍ତ ଆବର୍ଜନା ନିଷ୍କ୍ରାନ୍ତ ହେବାର ଦ୍ୱାର ଉଦ୍‌ଘାଟନ କରିଦେଇଛି। ଫକୀରମୋହନଙ୍କ ଦୃଷ୍ଟିରେ ତେଣୁ ନଟବରଙ୍କ ହୃଦୟ ନିହିତ ଧର୍ମ ବୀଜଟି ସହସା ଅଙ୍କୁରିତ ଓ ପଲ୍ଲବିତ ହୋଇଛି।

'ଛ'ମାଣ ଆଠଗୁଣ୍ଠ' ଉପନ୍ୟାସରେ ଯାହା ରହିଥିଲା ସଂକେତାତ୍ମକ ଶୈଳୀରେ ସଂଗୁପ୍ତ ତାହା ବିସ୍ତୃତ ରୂପ ଲାଭ କରିଛି ମାମୁ ଉପନ୍ୟାସରେ। ଏହା ହିଁ ମାମୁ ଉପନ୍ୟାସର ସର୍ବଶ୍ରେଷ୍ଠ ଅଂଶ ବୋଲି ଯଦି ଗ୍ରହଣ କରାଯାଇପାରିବ, ତା' ହେଲେ ନିଶ୍ଚିତ ଭାବରେ ଉପନ୍ୟାସଟି ଯେ ସ୍ୱତନ୍ତ୍ର ମହିମାରେ ଭାସ୍ୱର, ଏହା ସ୍ୱତଃ ଅନୁଭୂତ ହେବ ପ୍ରତିଟି ପାଠକ ପ୍ରାଣରେ। ଜଣେ ଜଣେ ଉଚ୍ଚକୋଟୀର ଲେଖକଙ୍କ ସୃଷ୍ଟି ଶ୍ରେଷ୍ଠ କୃତିର ମର୍ଯ୍ୟାଦା ଲାଭ କରିଥାଏ। ସେ ଦୃଷ୍ଟିରୁ 'ଛ' ମାଣ ଆଠଗୁଣ୍ଠ' ଫକୀରମୋହନଙ୍କ 'ମାଷ୍ଟର ପିସ୍' ଭାବରେ ଏପର୍ଯ୍ୟନ୍ତ ଦରଦୀ ପାଠକର ଆତ୍ମାକୁ ଆଲୋଡ଼ିତ କରି ଆସିଛି ଓ ଭବିଷ୍ୟତରେ ମଧ୍ୟ ନିଶ୍ଚୟ ଏହା ରହିବ ଅବ୍ୟାହତ। ଏସବୁ ସତ୍ତ୍ୱେ ମାମୁ ଉପନ୍ୟାସ ଯେ ସୁଖପାଠ୍ୟ ଏକ ଶ୍ରେଷ୍ଠ କୀର୍ତ୍ତି, ଏହାକୁ କଦାପି ଅସ୍ୱୀକାର କରାଯାଇପାରିବ ନାହିଁ। ଫକୀରମୋହନଙ୍କ କେଉଁ ଉପନ୍ୟାସ ବା ସ୍ୱକୀୟ ମହିମାରେ ଗୌରବଦୀପ୍ତ ହୋଇ ନାହାନ୍ତି! ଆଉ କେଉଁ ଉପନ୍ୟାସ ବା ନୁହଁନ୍ତି ଶ୍ରେଷ୍ଠ ଉପଲବ୍ଧି ସଞ୍ଚାର-କ୍ଷମ ?

ମାମୁ ଉପନ୍ୟାସକୁ ତେଣୁ ଫକୀରମୋହନଙ୍କ ଆତ୍ମ-ଉନ୍ମୀଳନ-କ୍ଷମ ଏକ ପ୍ରେରଣାପୂର୍ଣ୍ଣ ଶ୍ରେଷ୍ଠ ଉପନ୍ୟାସ ଭାବରେ ଗ୍ରହଣ କରାଯାଇପାରିବ ନିଶ୍ଚୟ। ମଣିଷ ଚରିତ୍ର ପ୍ରତି ଯେଉଁ ଆସ୍ଥାଶୀଳତା ଏଥିରେ ବ୍ୟଞ୍ଜିତ ହୋଇଉଠିଛି, ତାହାରି ଭିତ୍ତି ଉପରେ ଗଢ଼ି ଉଠିଛି ଓଡ଼ିଆ ସାହିତ୍ୟର ପରବର୍ତ୍ତୀ କଥା-ସୃଷ୍ଟି। ଅନେକ ଲେଖକଙ୍କ ମଧ୍ୟରେ ଏହା ଏପରି ଗଭୀର ରେଖାପାତ କରିଛି, ଯାହା ଅନୁସନ୍ଧାନ ସାପେକ୍ଷ। ମନୋଜ ଦାସ 'ଲକ୍ଷ୍ମୀର ଅଭିସାର' ଗଳ୍ପର ଖଳନାୟକ ପୂଜାରୀ ପଣ୍ଡିତଙ୍କୁ ଯେପରି ପରିବର୍ତ୍ତିତ କରି ଦେଇଛନ୍ତି ଅନୁତାପ-ଦଗ୍ଧ ଏକ ମହାନ ଚରିତ୍ର ଭାବରେ, ତାହାରି ଅନ୍ତରାଳରେ ନାହିଁ

କଣ ଫକୀରମୋହନଙ୍କ ପ୍ରେରଣାର ସ୍ପନ୍ଦନ? ମନୋଜ ଦାସ କହିଲେ- "ମଣିଷ ଯେତେ ମନ୍ଦ ହେଉ ନା କାହିଁକି ତା' ଭିତରେ ଆତ୍ମାର ସ୍ଫୁଲିଙ୍ଗ ଲୁଚି ରହିବାକୁ ବାଧ୍ୟ।" ଏହି ଉକ୍ତି ମଧ୍ୟରେ ଫକୀରମୋହନଙ୍କ କଣ୍ଠଧ୍ୱନି କଣ ଶୁଣାଯାଉ ନାହିଁ? ମାମୁ ବହୁ କାରଣରୁ ଓଡ଼ିଆ ପାଠକମାନଙ୍କ ପାଇଁ ଯେ ଅତିପ୍ରିୟ ଓ ଏକ ଶ୍ରେଷ୍ଠ ଉପନ୍ୟାସ, ଏହା ଅବିସମ୍ବାଦିତ। ଯେଉଁ ଉପନ୍ୟାସ ପାଠ କଲା ପରେ ପୁନର୍ଜନ୍ମର ଅନୁଭୂତି ପ୍ରାପ୍ତ ହୁଏ ନାହିଁ ତାହାକୁ ଶ୍ରେଷ୍ଠତ୍ୱ ପ୍ରଦାନ କରିବା ଅସମ୍ଭବ। ମାମୁ ଉପନ୍ୟାସ ପଠନ ଦ୍ୱାରା ମାନବୀୟ ଦୋଷ ଦୁର୍ବଳତା ମଧ୍ୟରୁ ମଣିଷ ଯେ ଉତ୍ତୀର୍ଣ୍ଣ ହେବାର ରହିଛି ଅନେକ ମାର୍ଗ-ଏହା ସ୍ୱତଃ ଉଦ୍‌ଭାସିତ। ନଟବର ଦାସଙ୍କ ପରି ସାମ୍ପ୍ରତିକ ମଣିଷ ମଧ୍ୟରେ ରହିଛି ଅଧଃପତିତ ହୋଇଯିବାର ଯେଉଁ ଆଶଙ୍କା ତାହାକୁ ଅତିକ୍ରମ କରିଯିବା ପାଇଁ ଏକ ପ୍ରେରଣାଦୀପ୍ତ ଗ୍ରନ୍ଥ ଭାବରେ ମାମୁ ଉପନ୍ୟାସକୁ ଗ୍ରହଣ କଲେ, ଏହା ଯେ ସାହିତ୍ୟ ଜଗତକୁ କେବଳ ସମୃଦ୍ଧ କରିବ ତାହା ନୁହେଁ; ବରଂ ମାନବିକ ଚେତନାର ବିକାଶରେ ଏହା ଉପସ୍ଥିତ ସମୟରେ ଓ ପରବର୍ତ୍ତୀ ଯୁଗମାନଙ୍କରେ ମଧ୍ୟ ପ୍ରଦର୍ଶନ କରିବ ପ୍ରକୃତ ପବିତ୍ରତାର ଜୀବନ-ସରଣୀ। ଅନ୍ତରାତ୍ମାକୁ ଉନ୍ମୁକ୍ତ କରିଦେବାରେ ନେଇ ଚାଲିଥିବ ଗୁରୁତ୍ୱପୂର୍ଣ୍ଣ ଭୂମିକା। ଏ ଦୃଷ୍ଟିରୁ ସମଗ୍ର ଭାରତୀୟ ତଥା ବିଶ୍ୱ ସାହିତ୍ୟ ଜଗତରେ ଏହାର ଉପଯୁକ୍ତ ସ୍ଥାନ ନିରୂପିତ ହୋଇପାରିବ ବୋଲି ଆମର ବିଶ୍ୱାସ।

ଭିଜିଟିଂ ପ୍ରଫେସର
ଉତ୍କଳ ବିଶ୍ୱବିଦ୍ୟାଳୟ, ବାଣୀ ବିହାର
ଭୁବନେଶ୍ୱର

ଏକ

ଦାଶରଥି ଦାସଙ୍କ ପରିବାର

ବୈକୁଣ୍ଠ ସମାନ ଆହା ଅଟେ ସେହି ଘର,
ପରସ୍ପର ସ୍ନେହ ଯହିଁ ଥାଏ ନିରନ୍ତର'। (ଛାନ୍ଦମାଳା)

ବାବୁ ଦାଶରଥି ଦାସ କଟକ କିଲଟରୀ ମୁନସି ଖାନାରେ ମୋହରିର। ଦରମା ଅଳ୍ପ। ଯେ କର୍ମରେ ଥିଲେ, ସେଥିରେ ଉପରି ରୋଜଗାର ର ଖୁବ ଗୋଟାଏ ବାଟ ନ ଥିଲା। ହେଲେ କଣ ହେବ, କରଣ ଘର ପିଲା-ସମୁଦ୍ର ଢେଉ ଗଣି ରୋଜଗାରିଆ ଜାତି, କାଳେ ସକାଳେ ଟଙ୍କାଏ ମସାଏ ହାତପୈଠ ନ ହୁଏ, ଏମନ୍ତ ନାହିଁ। ନୋହିଲେ ମାନମହତ୍ତ୍ୱକୁ ଜଗି ସଂସାରଟା ଚଳିବ କିଆଁ? କଟକ ସାବଜାଦା ବଜାରରେ ବସା, ନିଜ ଘର ସୁମଡ଼ା, ପରଗଣା ଜଗତସିଂହପୁର ନିକଟ ରୁକୁଣାଦେଈପୁର। ଗୋଟିଏ ଚାକର ନ ହେଲେ ଅଚଳ, ଚାକର ମୁନିବ ଦୁଇଜଣ ବସାରେ ଥା'ନ୍ତି। ଚାକରଟି ସ୍ୱଜାତି- ରୋଷେଇବାସ, ବସାର ଆଉ ସବୁ କାମ ପାଇଟି ସୁରୁଖୁରୁରେ ଚଳିଯାଏ। ଦିନକୁଦିନ ବଜାର ସଉଦା ବଳିପଡ଼ିଲା। ଚାକରଟି ଏଣିକି ହୁସିଆାର ହେଲାଣି, ତାହାର ପେଟପାଟଣା ଅଛି ତ? ସାନଠାରୁ ବଡ଼ଯାଏ ପେଟପାଟଣା କାହାର ନ ଥାଏ? ଦାସେ ଦେଖିଲେ ଅଳ୍ପ ରୋଜଗାରରେ ଦୁଇ ଜାଗା ଘର ଚଳାଇବା ଏଣିକି ହେଟକାଟ। ଚାକର ଯେତେ ବିଶ୍ୱାସୀ ହେଉ ପଛକେ, ଯେତେହେଲେ ସେ ଚାକର। ବିଶେଷରେ ପିଲା ଦିଓଟି ବଢ଼ିଗଲେଣି, ଦୁଇ ଅକ୍ଷର ଇଂରାଜୀ ନ ପଢାଇ ଦେଲେ ନୁହେଁ। ଚାକିରିଆ ଜାତି, ଏଣିକି ଇଂରେଜି ନ ଜାଣିଲେ ଚାକିରି ଘଟିବା ମୁସ୍କିଲ। ଏହିପରି ନ' ଛ' ଭାବିଚିନ୍ତି ପରିବାର ଚଳିବାଭଳି ଟିକିଏ ବଡ଼ ରକମ ଗୋଟାଏ ବସାଘର କଟକ ଦରଘାବଜାରରେ ଠିକ୍ କଲେ। ଗ୍ରାମରୁ ପରିବାରମାନେ ଆସିଗଲେ। ପରିବାର ମଧ୍ୟରେ ସ୍ତ୍ରୀ ମେନକା ଦେଈ, ବଡ଼ପୁଅ ବାନାମ୍ବର, ସାନ ନଟବର ଆଉ ସରସ୍ୱତୀ ଦେଈ। ମେନକା ଦେଈଟା ରୋଗିଣୀ-ଛ' ଦିନରେ ନ' ରୋଗ, ଆଜି ପେଟ ବଥା, କାଲି ବାଡ଼ିକି, ସଞ୍ଜ ବାଜିଲା ତ ମୁଣ୍ଡ ବିନ୍ଧିଲା, ବେରାମଗୁଡ଼ାକ ସାଙ୍ଗେ ସାଙ୍ଗେ ଲାଗି ରହିଛି। ସରସ୍ୱତୀ ଦେଈ ଘର ଚଳାନ୍ତି। ରନ୍ଧାବଡ଼ା ଘର-ବାହାର ପାଇଟି ତାଙ୍କ ଜିମା। ଅଳ୍ପ ଆୟ, ଆପଣା ମଗଦୁରକୁ ଚାହିଁ

ଚଳିବାକୁ ହେବ ଦ ଢମ କରି ଚାକରଟାଏ ରଖିଦେଲେ ସବୁ କଥାକୁ ଟୁଣଟାଣ। ଦାସେ ତ ମାସ ପହିଲା ତାରିଖରେ ଦରମାଟା ଆଣି ସରସ୍ୱତୀ ଦେଈଙ୍କ ଆଗରେ ଥୋଇଦେଇ ଖଲାସ।ସରସ୍ୱତୀ ଦେଈ ଇମିତି ସୁନ୍ଦର ହିସାବରେ ଘରଟା ଚଳେଇ ନିଅନ୍ତି ଯେ, କାହାରିକୁ ଊଁଚୁଁ କରିବାକୁ ବାଟ ନଥାଏ।

ଦୁଇ
ଉତ୍ତରରାୟ ବଂଶ

ବାବୁ ଦାଶରଥି ଦାସଙ୍କ ଚଳାଚଳ ପ୍ରସଙ୍ଗ ପୂର୍ବେ ବୋଲୁଅଛୁଁ। ଦାସଙ୍କ ଦୁଆରୁଭାଟ ଭିକାରିଟା ନିରାଶ ହୋଇ କେବେ ବାହୁଡ଼ିବାର ଦେଖାଯାଏ ନାହିଁ। କେହି ଝଗଡ଼ିଆ ଭିକାରିଟା ଦୁଆରେ ଜଞ୍ଜାଳ ଲଗାଇଲେ ସରସ୍ୱତୀ ତାକୁ 'ବାପା ଲୋ, ଧନ ଲୋ, ସୁଆଗିଆ ମିଠା କଥା କହି ଚାଉଳ ମୁଠାକରେ ବିଦା କରିବେ ପଛକେ, ତା' ଉପରେ ଦିକ୍‌କାର ହେବାର ଦେଖାଯାଏ ନାହିଁ। ସବୁଦିନେ ଦି' ଜଣ ନାହିଁ, ଚାରଜଣ ନାହିଁ, କୁଣିଆ ଲାଗିଛନ୍ତି। ଅଳ୍ପରେ ମର୍ଯ୍ୟାଦାରେ ଏମନ୍ତ କରି ଚଳାଇ ନିଅନ୍ତି ଯେ ସମସ୍ତଙ୍କ ମନ ଖୁସି। କଟକରେ ବଡ଼ ବଡ଼ ଧନବନ୍ତ ଅନେକ ଅଛନ୍ତି, ହେଲେ କ'ଣ, କୁଣିଆମାନେ ଆଗେ ଦାସଙ୍କ ଦୁଆରେ ହାଜର। ସରସ୍ୱତୀ ଦେଈ ସକାଳୁ ଅଧରାତିଯାଏ ଚକପରି ଘୁରୁଥିବେ, ନାକ ପୋଛିବାକୁ ତର ନାହିଁ। ହେଲେ କ'ଣ ଦିକ୍‌ଦାରି ଭାବ ଦେଖିବେ ନାହିଁ- ସବୁବେଳେ ହାସ୍ୟମୁଖୀ। ସମସ୍ତଙ୍କ ପଛରେ ଶୋଇବେ, ଉଠିବାକୁ ସମସ୍ତଙ୍କ ଆଗ। ଦାସଙ୍କ ବସାର ଆଡ଼ମ୍ବର ଦେଖି ଲୋକେ କହନ୍ତି, ଏତେ ଅଳ୍ପ ଆୟରେ ଏତେ ଆଡ଼ମ୍ବର କିପରି? ଆମ୍ଭେମାନେ ଯେତେବେଳେ ଦାସଙ୍କ ହାଲଚାଲ ଲେଖିବାକୁ ବସିଛୁ, ଅନ୍ଦିସନ୍ଧି ସବୁ କଥା ଫିଟାଇ ଲେଖିବା ଭଲ। ଦାସଙ୍କ ପୂର୍ବ ତିନି ପୁରୁଷଠାରୁ ତାଙ୍କ ପିତା ଗୋବିନ୍ଦରାମ ଦାସଙ୍କ ପର୍ଯ୍ୟନ୍ତ କିଲେ ନରିପୁର ଚାରିପଣିଆ କିସମତ୍ ସାମନ୍ତ ଛୋଟରାୟଙ୍କ ଘରେ ଛାମୁ କରଣ ଥିଲେ, ବିଶ୍ୱସ୍ତ ରୂପେ ଜମିଦାରୀର କାର୍ଯ୍ୟ ସୁନ୍ଦର ଭାବେ ଚଳାଇ ପଞ୍ଚାଶ ମାଣ ଭୂମି ଇନାମ ସ୍ୱରୂପ ଲାଭ କରି ଅଛନ୍ତି। ସେହି ଭୂମିରୁ ଭାଗଧାନ ଆସେ। ଜମିଗୁଡ଼ିକ ବାହେଲି, କେବଳ ସୁନିଆ ଦିନ ବଂଶ ମଧ୍ୟରୁ କେହି ହେଲେ ଜଣେ ଯାଇ ସୁନିଆ ବେଦୀରେ ବିଜେ ଛୋଟରାୟ ସାନ୍ତଙ୍କ ଶ୍ରୀ ଛାମୁରେ ଗୋଟିଏ ନୂଆ ଲେଖନ ଆଉ ଗୋଟାଏ ତାଳପତ୍ର ଭେଟି ଦେଇ ଆସନ୍ତି। ତାହା ମଧ୍ୟ ଆଜକୁ ପାଞ୍ଚବର୍ଷ ହେଲା ଦେବାକୁ ପଡୁନାହିଁ। ସେଥିର କାରଣ ହେଲା, କାରଣଟା କହିବାକୁ ଗଲେ ଅନେକ ଗୁଡ଼ିଏ କଥା ବୋଲିବାର ପ୍ରୟୋଜନ-କଥାଗୁଡ଼ାକ ପାଠକ ମହାଶୟଙ୍କ ମନକୁ ନ ରୁଚି ପାରେ। ଇଚ୍ଛା କଲେ ଦୁଇ ଚାରି ପୃଷ୍ଠା ଓଲଟାଇ ଦେଇଯାଇପାରନ୍ତି, ମାତ୍ର ଆମ୍ଭମାନଙ୍କ

ପରାମର୍ଶ, ଅଧୈର୍ଯ୍ୟ ହେବା ଭଲ ନୁହେଁ। ମନରେ କରନ୍ତୁ, ଗୋଟିଏ ଅଟ୍ଟାଳିକା ଛିଡ଼ା କରାଇବାକୁ ହେବ, ମୂଳଦୁଆରେ ଗୁଡ଼ାଏ ଇଟା ପଥର ପୋତି ପକାଇବା ଦରକାର, ଅବଶ୍ୟ ସେଗୁଡ଼ିକ ସୌଧର ଶୋଭାବର୍ଦ୍ଧନ ନୁହେଁ, ହେଲେ ତାହା ଉପରେ ଅଟ୍ଟାଳିକା ଅବସ୍ଥିତ। ଏହା ମଧ୍ୟବୋଲିବା ଉଚିତ, ଏଇଟା ସାହିତ୍ୟର ଅଟ୍ଟାଳିକା ନୁହେଁ, ଅତି ସମାନ୍ୟ ପିଲାଟାଏ, ତଥାପି ମୂଳଦୁଆ ଦରକାର।

ମୋଗଲ ସମ୍ରାଟଙ୍କ ଭୟରେ ଯେତେବେଳେ ପଠାଣମାନେ କତଲୁ ଖାଁକୁ ସେନାପତି କରି ଉତ୍କଳକୁ ଆସିବା ପାଇଁ ପ୍ରଥମେ ସୁବର୍ଣ୍ଣରେଖା ପାରିହେଲେ, ସେମାନଙ୍କ ଗତିରୋଧ ନିମନ୍ତେ ସେତେବେଳେ ଉତ୍କଳର ସ୍ୱାଧୀନ ମହାରାଜାଙ୍କୁ କେତେଗୁଡ଼ିଏ ଉପାୟ ଅବଲମ୍ବନ କରିବାକୁ ହୋଇଥିଲା। ଗୋଟିଏ ପ୍ରଧାନ ଉପାୟ, ରାଜ୍ୟ ମଧ୍ୟରେ ସ୍ଥାନେ ସ୍ଥାନେ ଘାଟି ବସାଇବା। ସେହି ଘାଟି ସମସ୍ତର ନାମ ଥିଲା ଚୌପାଢୀ। ଅଦ୍ୟାବଧି ସେହି ଘାଟିର ଚିହ୍ନ ନାନା ସ୍ଥାନରେ ବିଦ୍ୟମାନ ଅଛି, ମାତ୍ର କାଳକ୍ରମରେ ସେ ଚୌପାଢୀ ନାମ ବଦଳରେ କିଲ୍ଲା ଅଥବା ଗଡ଼ ନାମ ଧାରଣ କଲାଣି। ପ୍ରତ୍ୟେକ ଚୌପାଢୀରେ ଜଣେ ସେନାପତି ଏବଂ ତାହାଙ୍କ ଅଧୀନରେ ସ୍ଥାନର ଅବସ୍ଥା ବୁଝି ପାଞ୍ଚଶତ ଠାରୁ ପାଞ୍ଚହଜାର ପର୍ଯ୍ୟନ୍ତ ଖଣ୍ଡାଏତ ପାଇକ ନିଯୁକ୍ତ ଥିଲେ। ସେମାନଙ୍କର ମାସିକ ବେତନ ନଗଦ ଟଙ୍କା ନ ଥିଲା, ପଦ ମର୍ଯ୍ୟାଦା ଅନୁସାରେ ଜାୟଗିରି ଭୂମି ଭୋଗ କରୁଥିଲେ। କାଳକ୍ରମରେ ସେ ସମସ୍ତ ଭୂମି ପୁରୁଷାନୁକ୍ରମିକ ଦଖଲ ହୋଇଯାଇଥିଲା। ପଠାଣମାନେ ଯେପରି ଦେଶ ମଧ୍ୟରେ ପଶି ଉତ୍‌ପାତ କରିବାକୁ ସୁଯୋଗ ନପାନ୍ତି, ସେଥିପ୍ରତି ଦୃଷ୍ଟି ରଖିବା ସେନାପତିମାନଙ୍କର କାର୍ଯ୍ୟ ଥିଲା। ଗଡ଼ ନରିପୁର ଉକ୍ତବିଧ ଚୌପାଢୀ ମଧ୍ୟରୁ ଅନ୍ୟତମ ଅଟେ। ମହାରାଜାଙ୍କ ନିଯୁକ୍ତ ପ୍ରଥମ ସେନାପତିଙ୍କ ନାମ ବୀରବର ମଲ୍ଲ ମର୍ଦ୍ଦରାଜ ଉତ୍ତରରାୟ। ଏଥିପାଇଁ ନରିପୁର ବୃତ୍ତୀଶ୍ୱର ବଂଶ ଉତ୍ତରରାୟ ନାମରେ କଥିତ ହୁଅନ୍ତି। ବୀରବର ମଲ୍ଲ ମର୍ଦ୍ଦରାଜ ଉତ୍ତରରାୟଙ୍କ କେତେପୁରୁଷ ତଳେ ନବଘନ ଉତ୍ତରରାୟଙ୍କର ଚାରି ପୁତ୍ର ଥିଲେ। ପ୍ରଥମ ପାର୍ଥସାରଥୀ ବାଘ ସିଂହ, ଦ୍ୱିତୀୟ-ଭୀମସେନ ହରିଚନ୍ଦନ, ତୃତୀୟ-ଶତ୍ରୁଘ୍ନ ଭ୍ରମରବର, ଚତୁର୍ଥ-ସନାତନ ଅରିଦମନ। ପୂର୍ବ କାଳରେ ଉଦ୍ଦଣ୍ଡ ଖଣ୍ଡାୟତ ମାନେ ଅତି ତୁଚ୍ଛ କଥାରେ ମଧ୍ୟ ଫରିଖଣ୍ଡା କଷି ପଦାକୁ ବାହାରି ପଡୁଥିଲେ। ବଂଶର ମଙ୍ଗଳକାମନା ପୁଣି ଭ୍ରାତୃବିରୋଧ ନିବାରଣ ନିମନ୍ତେ ନବଘନ ମଲ୍ଲ ଉତ୍ତରରାୟ ସମସ୍ତ ଜାୟଗିରି ଭୂମି ଚାରି ପୁତ୍ରକୁ ସମାନ ଭାଗରେ ବାଣ୍ଟି ଦେଇଥିଲେ। ମାତ୍ର ଏହି ବଣ୍ଟନ ନ୍ୟାୟସଙ୍ଗତ ନ ଥିଲା, ଜାୟଗିରିର ସ୍ୱାମିତ୍ୱ ରାଜକୀୟ ବିଧାନ ଅନୁସାରେ କେବଳ ଜ୍ୟେଷ୍ଠପୁତ୍ର ପ୍ରତି ବର୍ତ୍ତିବାର କଥା। ହେଲେ ପୁତ୍ରମାନେ ପିତୃଭକ୍ତ ଏବଂ ବଂଶର ମଙ୍ଗଳକାମୀ ଥିବା ଯୋଗୁଁ ବଣ୍ଟନ କାର୍ଯ୍ୟ

ସହଜରେ ସମାହିତ ହୋଇଥିଲା। ନବଘନ ଉତ୍ତରରାୟଙ୍କ ଚରମପତ୍ରରେ ଏହା ମଧ୍ୟ ଉଲ୍ଲିଖିତ ଥିଲା କି, କେହି ଭ୍ରାତା ନିଃସନ୍ତାନ ଅବସ୍ଥାରେ ପରଲୋକ ଗମନ କଲେ ତାହାଙ୍କ ପରିତ୍ୟକ୍ତ ସ୍ଥାବର ସମ୍ପତ୍ତିରେ ଜ୍ୟେଷ୍ଠ ଅଂଶ ଅଧିକାରୀ ହେବ। ପୁତ୍ରମାନଙ୍କୁ ଭୂସମ୍ପତ୍ତି ବିଭାଗ କରିଦେଇ ନବଘନ ଉତ୍ତରରାୟ ଶ୍ରୀକ୍ଷେତ୍ରଧାମରେ ଶେଷ ଜୀବନ ଅତିବାହିତ କରିଥିଲେ।

ପ୍ରଥମରେ ଚାରି ସହୋଦର ବିଭକ୍ତ ସମ୍ପତ୍ତି ଇଜମାଇଲରେ ରଖି ନିଜ ଗଡ଼ ନରିପୁରରେ ବାସ କରୁଥିଲେ। ଘଟଣାସୂତ୍ରରେ ଭାଇମାନଙ୍କ ମଧ୍ୟରେ ମନୋମାଳିନ୍ୟ ଉପସ୍ଥିତ ହେବାରୁ ସର୍ବକନିଷ୍ଠ ସନାତନ ଅରିଦମନ ଭ୍ରାତାମାନଙ୍କ ଠାରୁ ପୃଥକ ହୋଇ ନିଜ ଗଡ଼ ଠାରୁ ଦେଢ଼କୋଶ ଦୂର ମଫସଲ କଚେରିଘରଗଡ଼ ଫତେପୁରରେ ବାସ କରିବାକୁ ଲାଗିଲେ। ଜିଲ୍ଲା ମଧ୍ୟରେ ତାହାଙ୍କଉତ୍ତରାଧିକାରୀମାନେ ଛୋଟରାୟ ଉପାଧିରେ ପରିଚିତ।ଦ୍ୱିତୀୟ ଏବଂ ତୃତୀୟ ପୁତ୍ର ନିଃସନ୍ତାନ ଅବସ୍ଥାରେ ଲୋକାନ୍ତର ଗମନ କରିବାକୁ ସେମାନଙ୍କ ସମସ୍ତ ସମ୍ପତ୍ତି ପ୍ରଥମ ପୁତ୍ର ପାର୍ଥ ସାରଥି ପ୍ରାପ୍ତ ହୋଇଥିଲେ। ଏଥିରେ ସେ ବୀରପଣି କିସ୍‌ମତ୍‌ର ଅଧିକାରୀ ଅଟନ୍ତି।

ଏହି ଆଖ୍ୟାୟିକାର ଆରମ୍ଭ ସମୟରେ ବାରପଣି କିସମତର ଅଧିକାରୀ ପ୍ରଥମ ପୁତ୍ର ପାର୍ଥସାରଥୀ ଉତ୍ତରରାୟ ଲୋକାନ୍ତର ଗମନ କରିବାକୁ ଜିଲ୍ଲା କୋର୍ଟ ଅଫ୍ ୱାର୍ଡ଼ ଅଧିନ ହୋଇଥିଲା। ନାବାଳକ ପୁତ୍ର ପ୍ରତାପଉଦିତ ମଲ୍ଲ ଉତ୍ତରରାୟ କଟକରେ ରହି ସରକାରଙ୍କ ତତ୍ତ୍ୱାବଧାନରେ ବିଦ୍ୟାଧ୍ୟୟନ କରୁଥିଲେ। ତାହାଙ୍କ ସହିତ ରହି ଇଂରାଜୀ ଅଧ୍ୟୟନ କରିବା ନିମନ୍ତେ ଛୋଟରାୟ ସନାତନ ଅରିଦମନ ଆପଣାର ପୁତ୍ର ପୀତାମ୍ବର ଛୋଟରାୟଙ୍କୁ କଟକରେ ରଖାଇ ଦେଇଥିଲେ। ପ୍ରତାପଉଦିତ ଏବଂ ପୀତାମ୍ବର ଦୁଇଜଣ ଏକବୟସୀ- ଦୁଇଜଣଙ୍କ ମଧ୍ୟରେ ଅଭେଦ ପ୍ରୀତି। ଏକତ୍ର ଶୟନ, ଅଧ୍ୟୟନ, ଭ୍ରମଣ ସମସ୍ତ କାର୍ଯ୍ୟ ଦଣ୍ଡକ ନିମନ୍ତେ ଛାଡ଼ବାଡ଼ ନାହିଁ। ଯେବେ ହେଁ ବଂଶ ସମ୍ପର୍କରେ ଦୁଇଜଣଙ୍କ ଭାଇ ଲେଖା-ହେଲେ, ସ୍ନେହରେ ଦୁଇଜଣ ପରସ୍ପରକୁ ସଙ୍ଗାତ ସମ୍ବୋଧନ କରିଥାନ୍ତି। ଦୁଇବଂଶୀ ମଧ୍ୟରେ କଦାଚିତ ଅପ୍ରୀତି ଘଟି ନ ଥିଲା। କେବଳ ପାଞ୍ଚ ସାତବର୍ଷ ତଳେ ସୁନିଆ ଭେଟି ଘେନି ଉଭୟ ବଂଶ ମଧ୍ୟରେ କିଞ୍ଚିତ ମନୋମାଳିନ୍ୟ ଉପସ୍ଥିତ ହେବାରୁ ସୁଯୋଗ ପାଇ ଅନେକ ଲୋକ ଭେଟି ବନ୍ଦ କରି ଦେଇଥିଲେ। ସେହିଦିନାବଧି ଦାଶରଥି ଦାସେ ଲେଖନ ତାଳପତ୍ର ଆଉ ଭେଟି ଦେଉନାହାନ୍ତି।

ତିନି

ଚାନ୍ଦମଣି

'ପ୍ରସନ୍ନ ଦିକ୍‌ପାଂଶୁବିବକ୍ତବାତ
ପଙ୍ଖସ୍ୱନାନନ୍ତର ପୁଷ୍ପବୃଷ୍ଟିଃ।
ଶରୀରିଣାଂ ସ୍ଥାବରଜଙ୍ଗମାନାଂ
ସୁଖାୟ ଦଜ୍ଜନ୍ନଦିନଂ ବଭୂବ'। (କୁମାରସମ୍ଭବ)

ପରବାର କଟକ ଆସିବାର ବର୍ଷକ ଉତ୍ତାରେ ଦାଶରଥି ଦାସଙ୍କର ଗୋଟିଏ କନ୍ୟା ଜାତ ହେଲା। ମାଘମାସ ପୂର୍ଣ୍ଣମାତିଥି ଠିକ୍ ଚନ୍ଦୋଦୟ ସମୟରେ ଜନ୍ମ। ପିଲା ଜନ୍ମ ସମୟରେ କୁଆଁ କୁଆଁ ରଡ଼ି ଛାଡ଼ନ୍ତି-ହେଲେ ନବଜାତ କନ୍ୟାର ରଡ଼ି ଠିକ୍ ବୀଣାଝଙ୍କାର ପରି ଲୋକେ ଶୁଣିଲେ। ପୁତ୍ର ଜାତ ହେବାବେଳେ ଶଙ୍ଖ ବାଜେ, କନ୍ୟା ଜନ୍ମ ସମୟରେ ବାଜେ ନାହିଁ। ମାତ୍ର ସରସ୍ୱତୀ ଦେଈ ତ ଝିଅଟିକୁ ଦେଖି ଅଜ୍ଞାନ, ଗୋଡ଼ ତଳେ ପଡୁ ନାହିଁ, ମୁଣ୍ଡଟା ମୁକୁଳା, ଶଙ୍ଖୁଟାଏ ଧରି ଭେଁ ଭେଁ କରି ତାନେ ଖୁବ୍ ବଜାଇଦେଲେ। ଯେମନ୍ତ ଭଲ କାରିଗର ହାତରେ ଗଢା ସୁନ୍ଦର ସୁନାର ପ୍ରତିମାଟିଏ ତଳେ ପଡ଼ି ହାତଗୋଡ଼ ହଲାଉଛି! ମସ୍ତକରେ ସରୁ ରେଶମ ସୂତାପରି ଘନ ନିବିଡ଼ ଲଲାଟବ୍ୟାପି ଅନତିଦୀର୍ଘ ଉଜ୍ଜଳ କୃଷ୍ଣ କେଶରାଶି, ସମ୍ମୁଖରେ ମୁଖାରବିନ୍ଦ। ଲଲାଟଟି ମାର୍ଜିତ ଦର୍ପଣ ପରି ମସୃଣ, ଲାବଣ୍ୟମୟ, ସୁଗୋଲ। କ୍ଷୁଦ୍ର ମୁଖଟିକୁ ମନାଣ ମାଫିକେ ଖଣ୍ଡାଧାର ପରି ଉନ୍ନତ ଦୋଷବର୍ଜିତ କ୍ଷୁଦ୍ର ନାସିକାଟିଏ। ସୁନିପୁଣ ଚିତ୍ରକର ହସ୍ତ ତୂଳି ଟାଣିଲା ପରି ଉଭୟପାର୍ଶ୍ୱରେ ବିସ୍ତୃତ ଅପାଙ୍ଗସ୍ପର୍ଶୀ ଭ୍ରୂଲତାଯୁଗଳ। ନିମ୍ନରେ ଏଣୀଶି ଶୁନୟନିଭ ଅପାଙ୍ଗ ବିସ୍ତୃତ ସ୍ୱଚ୍ଛ ସଲିଳରେ ଭାସମାନ ନୀଳେନ୍ଦୀବର ନେତ୍ରଯୁଗଳ। ଅଧର ଶୋଭାମୟ, ସେଥିରୁ ଘର୍ଷିତ ହିଙ୍ଗୁଳ ଥୋପି ପଡୁଛି। ସୁଠାଣ ସୁଗୋଲ ପଦଦ୍ୱୟ ଓ କରଯୁଗଳ ପ୍ରାନ୍ତଭାଗ ପାପୁଲି ଘନ ଅଲକ୍ତଲିପ୍ତବତ୍ ଲୋହିତ ବର୍ଣ୍ଣ। ନଖାବଳୀ ରସାଣ କ୍ଷୁଦ୍ର ଜରତଖଣ୍ଡବତ୍ ଶୁକ୍ଳାଭ, କଣ୍ଠଦେଶ ଈଶତ୍ ଦୀର୍ଘ ଚମ୍ପକବର୍ଣ୍ଣ ଶଙ୍ଖବତ୍ ଶୋଭାମୟ।

ସରସ୍ୱତୀ ଦେଈ ସର୍ବଗୁଣରେ ସୁନିପୁଣା। ଧାଈ ଅଭାବ ଅନୁଭବ କରିବାକୁ ହେଲା ନାହିଁ। ପୁଅାତିକୁ ସାଷ୍ଟାମ କରାଇ ଶିଶୁ ସକାଶେ ଗୋଟାଏ କ୍ଷୁଦ୍ର ଶେଯ ରଚନା କରିଦେଲେ।

ଦୟାମୟ ଭଗବାନ ପ୍ରାଣୀଶ୍ରେଣୀରେ ରକ୍ଷଣ, ବର୍ଦ୍ଧନ, ସାଧନ ସକାଶେ ସ୍ତ୍ରୀ ଜାତି ହୃଦୟରେ କେମନ୍ତେ ଗୋଟିଏ ଅନିବାର୍ଯ୍ୟ ଅପତ୍ୟସ୍ନେହ ପ୍ରଦାନ କରିଅଛନ୍ତି। ଅନେକ ଅପତ୍ୟବିହୀନ ରମଣୀ ଅନ୍ୟର ସନ୍ତାନ-ସନ୍ତିତିଙ୍କୁ ଲାଳନପାଳନ କରି

ଅନ୍ତର୍ନିହିତ ନିସର୍ଗଦତ୍ତ ବୃତ୍ତିକୁ ଚରିତାର୍ଥ କରିଥାନ୍ତି। ନିତାନ୍ତ ଅଭାବ ପକ୍ଷରେ ତାଦୃଶ ରମଣୀମାନେ ଶୁଆଟିଏ ବା ମାର୍ଜାରଶିଶୁ ଗୋଟିଏ ପ୍ରତିପାଳନପୂର୍ବକ ଆନନ୍ଦ ଅନୁଭବ କରୁଥିବାର ଦେଖାଯାଏ। ସରସ୍ୱତୀ ଦେଈଙ୍କ ହୃଦୟ ସହଜରେ ସ୍ନେହପ୍ରବଣ, ଅପୂର୍ବ-ଶ୍ରୀମଣ୍ଡିତ କନ୍ୟାଟିର ରୂପଲାବଣ୍ୟ ଦେଖି ତାଙ୍କର ହୃଦୟନିହିତ ସମସ୍ତ ପ୍ରେମ, ସମସ୍ତ ସ୍ନେହ ଯେମନ୍ତ ଉଛୁଳି ପଡୁଛି।

ପାଞ୍ଚ ଦିନରେ ପଞ୍ଚୁଆତି। ମାମୁଁ ସିନା ପଞ୍ଚୁଆତି ବଳନ୍ତେ, ବଳୁଛି କିଏ? ପାଞ୍ଚ ଲେଖାରେ ଲେଖା ଜଣେ କରଣ ସାଆନ୍ତ ଆର୍ବିଭୂତ ହୋଇ ହେଁସୁଆତିରେ ପଞ୍ଚୁଆତି ବଳି ଦେଲେ। ଗୋଟାଏ କିଁଆ, ଲୋଡ଼ିଥିଲେ ପଞ୍ଚାଏ କନ୍ୟାମାତୁଳ ମିଳିଥାନ୍ତେ-ପାଇଟି ଭିତରେ ମୁହୂର୍ତ୍ତକ ମଧ୍ୟରେ ପଞ୍ଚୁଆତି ବଳା-ଏଣେ ସରୁ ଚାଉଳ ଅନ୍ନ, ପାଞ୍ଚତିଅଣ, ଲୁଗା ଯୋଡ଼ାଏ, ମାତୁଳ ହେବାକୁ କିଏ ନ ମଙ୍ଗିବ? ଛ' ଦିନରେ ଷଠୀଘର। ସରସ୍ୱତୀ ଦେଈ ଦିନବେଳରୁ କାନ୍ଥରେ କାଦୁଅ ଥାପି ଗୋଟିଏ ଷଠୀଘର ବନାଇଲେ। ସେଥିରେ ମଣ୍ଡାଇବାକୁ ଅଢାଇପଣ କଉଡ଼ି ବଜାରରୁ କିଣିବାକୁ ପଡ଼ିଲା। ଷଠୀମା'ଙ୍କ ଭୋଗ ସକାଶେ ସାତଫଡ଼ା ଚିଡ଼ଉ ପିଠା, ଚାଉଳ ବିରି ଏକାସାଙ୍ଗରେ ଭଜା, କିଛି ଗୁଡ଼, ସାତଟା ମିଠାଇ ଷଠୀଘର ଆଗରେ ବଢାଗଲା। ସ୍ୱୟଂ ଷଠୀଦୁଛୀ ମା' ଅର୍ଥାତ ଗୋଟିଏ ଶିଳପୁଆ ଖଣ୍ଡିଏ ହଳଦିଆ କନା ପିନ୍ଧି ଷଠୀଘର ଘର ତଳେ କାନ୍ଥକୁ ଆଉଜି ବସିଲେ। ଦେବୀଙ୍କ ମସ୍ତକ ଉପରେ ଦୂବ ବରକୋଳି ପତ୍ର ଓ ଗୋଟାକେତେ ଫୁଲ ଦେଇ ସରସ୍ୱତୀ ଦେଈ ରାତି ଘଡ଼ିକ ସମୟରେ ପୂଜା ଆରମ୍ଭ କଲେ। ପୂଆତି ପିଲାଟିକୁ କୋଳରେ ଧରି ଷଠୀଦୁଛି ମା'ଙ୍କ ଆଗରେ ବସିଲେ। ଏମାନଙ୍କ ମୁଣ୍ଡରେ ଧାନ ଦୂବ ପକାଇବା ସକାଶେ ସାତଜଣ ଅହିଅ ସ୍ତ୍ରୀ ଦରକାର। ଗ୍ରାମ ତ ନୁହେଁ, ଚିହ୍ନା ମଣିଷ କେହି ନାହାନ୍ତି। ଦାସେ ଆଗ ଦିନକଠାରୁ ଖୋଜିଲୋଡ଼ି ସାତଜଣ ଅହିଅ ସ୍ତ୍ରୀ ଠିକଣା କରି ରଖିଥିଲେ-ଠିକ୍ ପୂଜା ସମୟରେ ସେମାନେ ଉପସ୍ଥିତ। ପୂଜା ବଢାଇ ପ୍ରତିଜଣ ଫଡ଼ାଏ ଚିଡ଼ଉ, କିଛି ବିରି ଚାଉଳ ଭଜା, ଗୋଟାଏ ଲେଖାଏଁ ମିଠାଇ ଧରି ଆପଣା ଆପଣା ଘରକୁ ଚାଲିଗଲେ। ହଳଦୀ ପାଣିରେ ଗୋଳା ଗୋଟାଏ ତାଳପତ୍ର ଆଉ ଗୋଟାଏ ଲେଖନ ଷଠୀଦୁଛେଇ ମା'ଙ୍କ ପାଖରେ ଥୋଇଦେଇ କବାଟ ବାହାରୁ କିଳାଗଲା। ରାତିଯାକ କବାଟ ଫିଟିବ ନାହିଁ। ଯେଉଁ ତାଳପତ୍ରଟା ଥୁଆଯାଇଛି, ସେଥିରେ ଷଠୀଦୁଛୀ ମା' ପିଲାଟିର ସମସ୍ତ ଜୀବନ ଭଲମନ୍ଦ ସବୁକଥା ଲେଖିବେ। ସେହି ତାଳପତ୍ରରେ କୋଷ୍ଠୀ ଲେଖାଯିବ।

ନବମ ଦିନ ଉପରଓଳି ଅବଧାନ ସଦାଶିବ ଖଡ଼ିରତ୍ନେ ଢ଼େବିରି କାଖରେ ତାଳପତ୍ର ପାଞ୍ଜିବିଡ଼ାଟି ଜାକି, ଖାଇଲା ହାତରେ ଖଣ୍ଡିଏ ବାଉଁଶ ବାଡ଼ି ଧରି ଉପସ୍ଥିତ। ସରସ୍ୱତୀ ଦେଈ ପିଣ୍ଡା ଉପରେ ଖଣ୍ଡିଏ କମ୍ବଳାସନ ଅଞ୍ଚଳ ପାରିଦେଇ ଥାଳିଆଟିରେ

ଅରୂଆ ଚାଉଳ ସେରେ, ଗୁଆଟିଏ, ଦୂବ, ବରକୋଳିପତ୍ର, ଷଠୀଦୁଛୀ ମାଆଙ୍କ ନିକଟରୁ ତାଳପତ୍ର ଲେଖନ ଆଣି ଜ୍ୟୋତିଷୀଙ୍କ ଆଗରେ ଥୋଇଦେଲେ। ଖଡ଼ିରଙ୍କେ କୋଣରେ ବାଡ଼ିଖଣ୍ଡିକ ଥୋଇଦେଇ ଆସନରେ ବସିଲେ। କାଖରୁ ପାଞ୍ଜିବିଡ଼ାଟି ବାହାର କରି ତହିଁରେ ବନ୍ଧାଥିବା ବାପାଙ୍କ ଅମଳରକାଠଖୋଳରେ ଥିବା ପ୍ରତିଚକ୍ଷୁଟି ବାହାର କଲେ-କୁଞ୍ଚ କାନି କୋଣରେ ପ୍ରତିଚକ୍ଷୁଟି ଉତ୍ତମରୂପେ ପରିଷ୍କାର କରି ନାସିକାରେ ସଂଲଗ୍ନ କରିଦେଲେ। ତହିଁ ଉତ୍ତାରେ ଦୁଇ ହସ୍ତରେ ପାଞ୍ଜିବିଡ଼ାଟି ଧରି:-

'ମଙ୍ଗଳଂ ଭଗବାନ ବିଷ୍ଣୁଃ
ମଙ୍ଗଳଂ ଗରୁଡ଼ଧ୍ୱଜଃ।
ମଙ୍ଗଳଂ ପୁଣ୍ଡରୀକାକ୍ଷଃ
ମଙ୍ଗଳଂ ମଧୁସୂଦନଃ'।

ଶ୍ଳୋକଟି ପାଠ ଉତ୍ତାରେ ପାଞ୍ଜିକୁ ଚାହିଁ ମାସ, ଦିନ, ବାର, ତିଥି, ଚନ୍ଦ୍ର, ନକ୍ଷତ୍ର, ଯୋଗିନୀର ଅବସ୍ଥିତିକରଣ ଇତ୍ୟାଦି ଶୁଣାଇ ଦେଇ ଧୀରେ ଧୀରେ ପାଞ୍ଜିଟି ତଳେ ଥୋଇଦେଲେ। ଅଣ୍ଟାରୁ ଖଡ଼ିଗୋଟାଳିଟି ବାହାରକରି ପୁନର୍ବାର 'ମଙ୍ଗଳଂ ଭଗବାନ ବିଷ୍ଣୁଃ' ଇତ୍ୟାଦି ପାଠପୂର୍ବକ ଭୂମିରେ ଗୋଟିଏ ଶ୍ରୀ ଲେଖି ନିଭାଇଦେଲେ। ମୁଣ୍ଡରେ ଗୋଟାଳିଟି ଲଗାଇ ଭୂମିରେ ରାଶିଚକ୍ର କାଟି ତହିଁରେ ଗ୍ରହନକ୍ଷତ୍ରାଦିର ଅବସ୍ଥାନ ଲେଖିଲେ। ଯଥା-

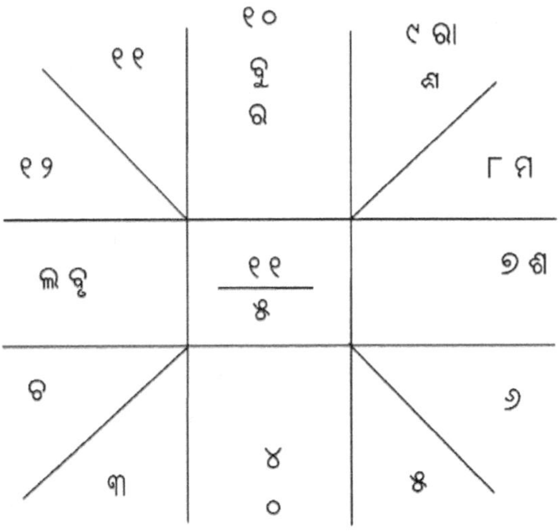

ରାଶିଚକ୍ର ତଳେ ଗାଇଛନ୍ଦିଣୀ ଲେଖି ତାହା ଉପରେ ଖଡ଼ିଗୋଟାଳିଟି ଥୋଇଦେଲେ। ରାଶିଚକ୍ରକୁ ଉତ୍ତମରୂପେ ନିରୀକ୍ଷଣ କରି କେତେକ ସ୍ଥାନରେ ଅଙ୍ଗୁଳି ସ୍ପର୍ଶପୂର୍ବକ ଗୁଣୁଗୁଣୁ ସ୍ୱରେର କେତକ କ୍ଷଣ ଆଲୋଚନା କଲା ଉତ୍ତାରେ ଅନେକଗୁଡ଼ିଏ ଶ୍ଳୋକ ପାଠ କଲେ। ଦାସେ ନିକଟରେ ସରସ୍ୱତୀ ଦେଈ କିଛି ଦୂରରେ ବସିଥିଲେ ଆଉ ମେନକା ଦେଈ କବାଟ ଉହାଡ଼ରୁ ନାକଟି କାଢିଦେଇ ଶ୍ଳୋକ ଶୁଣୁଥାଆନ୍ତି। ଖଡ଼ିରତ୍ନେ କହିଲେ ବୁଝିବା ହେଲେ ଟିକି ଦାସେ, କନ୍ୟା ତ ନୁହେଁ, ଏଇଟି ଦେବକନ୍ୟା-ଲକ୍ଷେ ଦଶହଜାର ମଧ୍ୟରେ ଗୋଟାଏ କୋଷ୍ଠୀ ଦେଖିଲି ଏକା-କଙ୍କଡ଼ା ଲଗ୍ନରେ ଜନ୍ମ-ଲଗ୍ନରେ ବୃହସ୍ପତି ଉଚ୍ଚ। ଧନ ସ୍ଥାନରେ ଚନ୍ଦ୍ର। ଚତୁର୍ଥ ସୁଖାଧିପତି ପୁତ୍ର ନବମ ସ୍ଥାନରେ-ସେ ପୁଣି ତୁଙ୍ଗୀ। ରବି ଧର୍ମ ସ୍ଥାନରେ ଉଚ୍ଚ। ଆଉ କ'ଣ ଶୁଣିବେ?

'ଜାତାଙ୍ଗନା ଭବତି ପୂର୍ଣବିଭୁତିଯୁକ୍ତା
ସ୍ୱାଧୀ ସୁପୁତ୍ର ଜନନୀ ସୁଖିନୀ ଧନାଢ୍ୟା'।।

ସରସ୍ୱତୀ ଦେଈ ପଚାରିଲେ, କ'ଣ ବୋଇଲେ ଅବଧାନେ, କ'ଣ ବୋଇଲେ?ଖଡ଼ିରତ୍ନେ-ପାଠ ଡ଼ାକୁଛି, ଏ କନ୍ୟାଟି ରାଣୀ ହେବ, ଆଉ ଏହାର ସୁନ୍ଦର ସୁନ୍ଦର ପୁଅ ହେବ। ଆଉ ଦେଖିଛନ୍ତି, ଧନ ସ୍ଥାନ ଦ୍ୱିତୀୟକୁ, ବୋଲି ସେ ସ୍ଥାନରେ ରହିଗଲେ ଚନ୍ଦ୍ର-ଧନର ସୀମା ନାହିଁ। ତନ, ଧନ ସହଜ ଯେ ତୃତୀୟ ସ୍ଥାନ, ସେଠି ରହିଗଲା କେତୁ-ଭ୍ରାତୃଯୋଗ କଷ୍ଟ। ଆଉ ଗୋଟିଏ କଥା ପାଠରେ ଦିଶୁଛି, କିମିତି ଲୁଚାଇବି? ସ୍ତ୍ରୀ କୋଷ୍ଠୀରେ ଅଷ୍ଟମ ସ୍ଥାନରେ ମଙ୍ଗଳ ଖରାପ-ପତିଯୋଗେ କଷ୍ଟ।

ସରସ୍ୱତୀ- ଆଚ୍ଛା ସେ କଥାଟି କୋଷ୍ଠୀରେ ନ ଲେଖିଦେଲେ ତ ହେଲା।

ଖଡ଼ିରତ୍ନେ-ଉଁ-ଉଁ ! ସେଇଟା ହାତକଥା ନୁହେଁ, ଅଷ୍ଟମ ଘରକୁ ମାଡ଼ିବସିଲାଣି। ହେଲେ କ'ଣ, ସେଥିରେ ପ୍ରତିକାର ଅଛି-କିଞ୍ଚିତ ପ୍ରାଶ୍ଚିତ୍ତ କରିଦେଲେ ସବୁ ଦୋଷ ଠକ୍ କରି କଟିଯିବ। କେଡ଼େକେଡ଼େ ଦୋଷ ପ୍ରାଶ୍ଚିତ୍ତରେ କଟିଯାଇଛି; ଏଇଟା ବା କ'ଣ?

ସରସ୍ୱତୀ ଦେଈ-କ'ଣ କରାଯିବ? କ'ଣ ପ୍ରାଶ୍ଚିତ ଲୋଡ଼ା?

ଖଡ଼ିରତ୍ନେ-ଗୋଟିଏ କୃଷ୍ଣବର୍ଣ୍ଣ ମେଷ କି କଳା ଗାରଡ଼, ପାଞ୍ଚପା ଅରୁଆ ଚାଉଳ, ପାଞ୍ଚପା ବିରି, ପାଞ୍ଚପା ପଞ୍ଚୁବର୍ଣ୍ଣଭୋଗ, ପାଞ୍ଚ ରଙ୍ଗର ପୁଷ୍ପ, ପାଞ୍ଚଟା ଦୂବ ବରକୋଳି ପତ୍ର, ଦେଢ଼ମସା ଶୁଦ୍ଧ ସୁବର୍ଣ୍ଣ, ଗୋଟିଏ ମାଣିଆବନ୍ଧି, ଯଥା ସେଥିରେ ନାଲି କିମ୍ବା ହଳଦିଆ ରଙ୍ଗ ମୁସଲମ୍ ନ ଥିବ-ଏ ସମସ୍ତ ପଦାର୍ଥ ଏକବିଶଂତି ହୋଇଲା କି ଏକୋଇଶିଆ ଦିନ ନିଶାରାତିରେ ଏକମୁହାଁ ହୋଇ ଗ୍ରହାଚାର୍ଯ୍ୟ ହାତକୁ ଟେକିଦେଇ ଚଞ୍ଚଳ ପଛକରି ଚାଲିଯିବ, ଏକୋଇଶ ଦିନ ଯାଏ ସେ ଗ୍ରହାଚାର୍ଯ୍ୟର ମୁହଁ ଚାହିବ ନାହିଁ। ମଙ୍ଗଳଗ୍ରହ ଅଶ୍ଳେଷା ନକ୍ଷତ୍ରକୁ ଯିମିତି ଚାଲିଯିବ, ଠିକ୍ ସେହି ମୁହୂର୍ତ୍ତରେ ଦାନ

କରିବା ଦରକାର ଲିତ୍ୟାଏ ଟଳିଗଲେ ଯୋଗ ବାହାରିଯିବ, ମୁଁ ପାଞ୍ଜି ଧରି ବସିଥିବି। ହଁ ଗୋଟାଏ କଥା ବୋଲିବାକୁ ଭୂଲିଛି, ପାଞ୍ଚ ସୁକା ଦକ୍ଷିଣା ଦେବାକୁ ହେବ। ଏ ଉତ୍ତାରେ ଖଡ଼ିରତ୍ନେ –

'ମାଧବୋ ମାଧବୋ ବାକ୍ୟଂ ମାଧବୋ ମାଧବୋ ହରିଃ।

ସ୍ମରନ୍ତି ମାଧବୋ ନିତ୍ୟଂ ସର୍ବକାର୍ଯ୍ୟେଷୁ ମାଧବଃ'।।

ଏହି ଶ୍ଳୋକ ପାଠ କରୁଁ କରୁଁ ହଳଦୀପାଣିରେ ରାଶିଚକ୍ର ନିଭାଇଦେଲେ। ଥାଳିରେ ଥିବା ଚାଉଳଗୁଡ଼ିକ କାନିରେ ବାନ୍ଧି ଟଙ୍କାଟିଏ ଦକ୍ଷିଣା ଧରି ଚାଲିଗଲେ।

ଆଜି ପିଲାଟିର ନାମ ଥୋଇବାର ଦିନ। ଅବଧାନେ କହିଯାଇଛନ୍ତି ଏହାର ରାଶିନାମ 'ଚ' ଅକ୍ଷରରୁ ହେବ। ଦାସେ କହିଲେ, ପିଲାଟିର ଜନ୍ମଦିନ ମୋହର ନାଜରାତି କର୍ମ ହେଲା। ପିଲାଟି ଲକ୍ଷ୍ମୀବନ୍ତ – ଏହାର ନାମ ଲକ୍ଷ୍ମ ହେଉ। ମା' କହିଲେ, ନା, ନା, ଏହାର ନାମ ଅନ୍ନପୂର୍ଣ୍ଣା। ସରସ୍ୱତୀ ଦେଈ କହିଲେ, ତୁମେ ସବୁ ଯେ ଯାହା କହ, ସ୍ୱର୍ଗରୁ ଚାନ୍ଦ ଓହ୍ଲାଇ ଆସିଚି, ମୋ ଝିଅର ନାମ ହେଉଚି ଚାନ୍ଦମଣି।

ଚାରି

ନାଜରଙ୍କ ବସାର ହାଲଚାଲ

ଆଉ ପାଞ୍ଚଘର ବସତିଆ ପରି ନାଜରଙ୍କ ଘର ମଧ୍ୟ ସୁଖରେ ଚଳୁଛି। ହେଲେ, ଏହାଙ୍କ ଘରର ସୁଖଶାନ୍ତି ଆନନ୍ଦ ଉପଭୋଗ ଭିନ୍ନ ପ୍ରକାରର। ବାସ୍ତବରେ ଗୃହିଣୀ ସଚ୍ଚରିତ୍ରା, ଧାର୍ମିକା, ନିଃସ୍ୱାର୍ଥଭାବାପନ୍ନ ହେଲେ ପ୍ରକୃତ ସୁଖଶାନ୍ତି ମଧ୍ୟବିତ୍ତ ଲୋକଘରେ ଚିର ବିରାଜିତ ଥାଏ। ଧନୀଲୋକର ବାହ୍ୟାଡ଼ମ୍ବର ସାରହୀନ ଶୋଭାସୌଭାଗ୍ୟ ସହଜଲଭ୍ୟ ଧନରତ୍ନର ପ୍ରାଚୁର୍ଯ୍ୟ-ସାଧାରଣ ଲୋକେ ଈର୍ଷାକଲୁଷନେତ୍ରରେ ଦେଖିଥାନ୍ତି, ସତ୍ୟ, ହେଲେ ପ୍ରକୃତ ଅନାବିଳ ସୁଖସମ୍ଭୋଗ କଦାଚିତ ଧନୀଲୋକ ଭାଗ୍ୟରେ ଘଟିଥାଏ। ଧନୀଲୋକ ଅର୍ଥୋପାର୍ଜନ ଏବଂ ତଦ୍‌ବର୍ଦ୍ଧନ ବିଷୟରେ ଏତେ ଦୂର ବିଲିପ୍ତ ଥା'ନ୍ତି ଯେ ଉପାର୍ଜନ ମାର୍ଗ ପରିଷ୍କାର କରିବା ନିମନ୍ତେ ପ୍ରତିନିୟତ ବ୍ୟସ୍ତ ଥିବା ଯୋଗୁଁ ଆତ୍ମୋନ୍ନତି ସକାଶେ ଅବସରପ୍ରାପ୍ତ ହୋଇ ପାରନ୍ତି ନାହିଁ। ପୁଣି ଆତ୍ମକାର୍ଯ୍ୟ ସାଧନ ସମୟରେ ଅନ୍ୟର କ୍ଷତିବୃଦ୍ଧି ପ୍ରତି ଦୃଷ୍ଟି ରଖିବା ଯେ ନିତାନ୍ତ କର୍ତ୍ତବ୍ୟ, ଏ ଜ୍ଞାନ ସେମାନଙ୍କଠାରେ ବିରଳ ଦୃଷ୍ଟ ହୁଏ। ସେମାନେ ଜୀବନରେ ଯାହା ସୁଖକର ବୋଲି ଜ୍ଞାନ କରନ୍ତି, ସେଥିର ପରିମାଣ ନିରବଚ୍ଛିନ୍ନ ଗରଳମୟ। ପୁଣି ସେମାନେ ଚରମକାଳରେ କଳୁଷକଳଙ୍କିତ ସ୍ୱୋପାର୍ଜିତ

ଧନରାଶି ପ୍ରତି ଆତ୍ୟନ୍ତିକ ମମତାପ୍ରଯୁକ୍ତ କାତରନୟନରେ ଦୃଷ୍ଟିପାତପୂର୍ବକ ନିତାନ୍ତ ଦୀନ ଭାବରେ ପୃଥିବୀ ତ୍ୟାଗ କରଥାନ୍ତି।

ଦୀନଦୁଃଖୀମାନଙ୍କ ଜୀବନ ମଧ୍ୟ ଅନ୍ୟ ଭାବରେ ଶୋଚନୀୟ ଅଟେ। ଅର୍ଥାଭାବ ନିବନ୍ଧନ ସଂସାରଯାତ୍ରା ନିର୍ବାହ ନିମନ୍ତେ ସେମାନଙ୍କୁ ଦାରୁଣ ଯନ୍ତ୍ରଣା ଭୋଗ କରିବାକୁ ହୁଏ। କଦାଚିତ୍ ସେମାନେ ସେହି ଅଭାବ ମୋଚନ ସକାଶେ ଗର୍ହିତ ଉପାୟରେ ଅର୍ଥୋପର୍ଜନ କରିବାକୁ ଯାଇ ଇହ-ପରକାଳରେ ଯନ୍ତ୍ରଣା ଭୋଗର କାରଣ ଆପେ ହୋଇ ପଡ଼ନ୍ତି। ସ୍ୱଭାବର ଉତ୍ତେଜନାରେ ଗର୍ହିତ ଉପାୟ ଦ୍ୱାରା ଅର୍ଥ ଉପାର୍ଜନକାରୀ ଲୋକ ଜଗତରେ ବିରଳ ନାହାନ୍ତି ସତ୍ୟ; ମାତ୍ର ଅଭାବ ଅନେକ ଲୋକଙ୍କ ପକ୍ଷରେ ଦୁଷ୍କାର୍ଯ୍ୟର ନେତା ଅଟେ। ସାଧୁ, ସଚ୍ଚରିତ୍ର, ଧର୍ମପରାୟଣ, ମଧ୍ୟବିତ୍ତ ଲୋକମାନଙ୍କୁ ଏ ସମସ୍ତ ବିଡ଼ମ୍ବନା ଭୋଗ କରିବାକୁ ହୁଏ ନାହିଁ।

ଦାସଙ୍କ ପିଲା ଦିଓଟି ସ୍କୁଲରେ ପଢୁଛନ୍ତି। ପୁଅଟି ଦୁଇ ବର୍ଷ କାଳ ବିଛଣା ଛାଡ଼ିବାକୁ ନାହିଁ। ତାଙ୍କ ସକାଶେ ଡାକ୍ତର କବିରାଜମାନେ ସର୍ବଦା ଯାତାୟତ କରଥାନ୍ତି। ପିଲାଝିଅଟି ମା ଅନବେଣ୍ଟ ଧରି ନାହିଁ, ଟେକାପାଣିରେ ତାହାର ଜୀବନ। ଗଉଡ଼ ଯେ ଜାତି-ନିୟମ ଦରିମାନ କରିବାକୁ ଆଗ, ପଇସା ନେବାକୁ ବାଘ। ଦୁଧରରେ ପାଣି ନ ମିଶାଇଲେ ଯେମନ୍ତ ସେମାନଙ୍କର ସାତପୁରୁଷ ନରକାନ୍ତ ହେବେ। ଖୁବ୍ ଯଦି ବିଶ୍ୱାସ ହୁଏ, ହକ୍ ଦାମ୍ ଉପରେ ଯଦି କିଛି ବେଶି ପଇସା ଦେବ ଟୋପାଏ ହେଲେ ପାଣି ମିଶାଇବେ-ସେଇଟା ଯେ ତାଙ୍କର ସାତପୁରୁଷର ବେଉସା। ସରସ୍ୱତୀ ଦେଈଙ୍କୁ ସବୁ କଥା ଜଣା-କ'ଣ ବେରାମଟାଏ କିଣିବା ପାଇଁ ଛୁଆଟିକୁ ସେଇ ପାଣିମିଶା ଦୁଧ ଦେବେ। ପାଣି ତ ପାଣି-କୂଅ ବୋଇଲେ ନାଇଁ ପୋଖରୀ ବୋଇଲେ ନାଇଁ ମଇଲା ପାଣି ହେଲା ତ ହେଉ ଯେ ପାଣି ପାଖରେ ଅଛି, ସେଇ ପାଣି ମିଶାଇ ଦେବେ। କିଏ ଜାଣିଶୁଣି ଦୁଧପିଆ ଛୁଆକୁ ସେହି ଦୁଧ ଦେବେ? ଦାସଙ୍କ ବସାରେ ଗୋଟିଏ ଦୁହାଁଳି ଗାଈ ବନ୍ଧା। ଏଥିସକାଶେ ମାମୁଲି ଖରଚ ଉପରେ କିଛି ବଢିପଡ଼ିଛି। ଦୟାମୟ ଭଗବାନ ଯେମନ୍ତ ଏହି କଥା ବୁଝି ଦାସଙ୍କ ଆୟ ପୁର୍ବଠାରୁ କିଛି ବେଶି କରି ଦେଇଛନ୍ତି। ତଥାପି ସରସ୍ୱତୀ ଦେଈ ଆୟକୁ ନଜର ରଖି ଏପରି ଭାବରେ ବ୍ୟୟ କରନ୍ତି ଯେ ଘରଖରଚ ବାଦ୍ ଛୁଆ ଆଉ ପୁଅଟିର ମଙ୍ଗଳକାମନାରେ ଧର୍ମାର୍ଥ ବ୍ୟୟ ନିମନ୍ତେ ଅର୍ଥର ଅଭାବ ହୁଏ ନାହିଁ। ଏଣେ ପୂର୍ବଠାରୁ ବସାରେ ଅନେକ କାମ ବଳି ପଡ଼ିଲାଣି-କାଉ-କା ଠାରୁ ଅଧ ରାତିଯାଏ ସରସ୍ୱତୀ ଦେଈ କାମରେ ଲାଗିଛନ୍ତି-ନାକ ପୋଛିବାକୁ ତର ନାହିଁ। ଥକିପଡ଼ିବାର ନାହିଁ-ଦିକ୍‌କାର ହେବାକୁ ନାହିଁ। ଆହୁରି ଯେମନ୍ତ କାମ ନ ଥିଲେ ହାତଟା ଖଜବଜ ହେଉଥାଏ। କାମ କରିବାଟା ତାଙ୍କର ସୁଖ ଆଉ ଜୀବନର କର୍ତ୍ତବ୍ୟବୋଲି ଜ୍ଞାନ କରନ୍ତି। ତାଙ୍କ ମତରେ ଏହାହିଁ ପୁଣ୍ୟ। ଗୋଟିଏ

ରୋଷେଇଆ ଆଉ ଗୋଟିଏ ଚାକରାଣୀ ରଖିବା ସକାଶେ ଦାସେ ଢେର ଥର କହିଲେଣି ଅପା ମେନକା ଦେଈ କହି କହି ଥକିଗଲେଣି, ସରସ୍ୱତୀ କଥାଟା କାନରେ ପକାନ୍ତି ନାହିଁ। ଦିନେ ଅପା ଖପା ହୋଇ କହିଲେ,"ଆଲୋ ସର ! ତୁ କାମ କରି କରି ମରିଯା' ପଛକେ, ମୁଁ ଯଦି ତୁଣ୍ଡ ଫିଟାଏ, ମୋ ନାକ କାଟି ପକାଇବୁ।" ସରସ୍ୱତୀ ଦେଈ କହିଲେ, "ଆଛା ଅପା ! ତୁମେ ତ ମୋ ମରଣ ପାଞ୍ଚିଛ, ତୁମକୁ ଧୂଆଧୋଇ କରିଦେବ କିଏ ନିତି ପରତି ଔଷଧ ବାଟି ପିଆଇଦେବ କିଏ?" ଦାସେ ପାଖରେ ବସି ସବୁ ଶୁଣୁଥିଲେ; "ଏ ସରସ୍ୱତୀ ଦେବୀ, ନମସ୍ତେ-ତୁମେ ଅପା କଥାରେ ପଡ଼ି ମରିଯିବ ନାଇଁଟି ! ଠିକ୍ କଚେରିବେଳକୁ ମତେ ଭାତ ପରଷି ଦେବ କିଏ?"

ମେନକା ଦେଈ –"କଁ୍ୟା, ମୁଁ ତୁମକୁ ଗୋଟାଏ ବାହା କରାଇ ଆଣିବି, ସେହି ସଉତୁଣୀ ଆସି ଭାତ ରାନ୍ଧିଦେବ।" ସରସ୍ୱତୀ ଦେଈ କହିଲେ,"ଏ ଭିଣୋଇ ସାନ୍ତ ! ପିଠିରେ ଟିକିଏ ତେଲହାତ ମାରିଦେଇ ଥିବେଟି।" ଦାସେ କହିଲେ-"ତେଲ ଲଗାଇବି କଁ୍ୟା?" ସରସ୍ୱତୀ ଦେଈ କହିଲେ, "କୁଆଡୁ ହେଲେ ଛାଞ୍ଚୁଣୀ ଅଗଟା ଲାଗି ପୋଡ଼ି ଉଠିବ ପରା!" ତିନିଜଣ ମିଶି ଖୁବ୍ ଗୋଟାଏ ହସିଲେ। ଲେଖକ ପଚାରେ, ଏହି ହସ ମଧ୍ୟରେ ଗୋଟାଏ ଯେଉଁ ହୃଦୟୋଲ୍ଲାସକାରୀ ଆତଙ୍କ ପ୍ରଚ୍ଛନ୍ନଭାବରେ ରହିଅଛି, ବଡ଼ଲୋକ ଘରେ ସବୁବେଳେ ଯେଉଁ ଶୃଙ୍ଖଳା ହସର ତୋଫାନ୍ ଉଠୁଥାଏ, ସେଥି ମଧ୍ୟରେ ଏହା ଖୋଜି ପାଇବ କି?

କାମପାଇଟିରେ ଲାଗିଥିବାବେଳେ ଚାନ୍ଦମଣି ଧାଈ ମା'ର ପଣତ କାନିଟା ଧରି ଦିନଯାକ ପଛେ ପଛେ ଚାଲିଥାଏ। ମା ଡାକିଲେ ପାଖ ପଶେ ନାହିଁ। ମା' ମନ ମାରି କହନ୍ତି, "ହେ ରେ ଚାନ୍ଦ, ତୋ ଧାଈମା' କି ସବୁ ହେଲା, ମୁଁ କେହି ନୁହେଁ?" ଚାନ୍ଦ କୁରୁକୁରୁ ହସି ପଳାଇଯାଏ। ସରସ୍ୱତୀ ଦେଈ ପିଲାମାନଙ୍କ ଲେଖାରେ ମାଉସୀ; କିନ୍ତୁ ସେମାନେ ଧାଈମା ବୋଲି ଡାକନ୍ତି। ଧାଈମା କୋଳରେ ତ ସମସ୍ତେ ବଢ଼ିଛନ୍ତି; ମା' କୁ ଚିହ୍ନେ କିଏ? ପିଲାମାନଙ୍କର ଡାକ ଶୁଣାଶୁଣିରେ, ଚାକରବାକର, ଗଲା ଅଇଲା, ସାଇପଡ଼ିଶା ସମସ୍ତେ ଡ଼ାକନ୍ତି ଧାଈମା। ଦାସେ କହନ୍ତି ଇଜମାଲି ଧାଈ – ମା'।

ପାଞ୍ଚ

ପିଲାମାନଙ୍କ ଶିକ୍ଷା

ବିତରତି ଗୁରୁଃ ପ୍ରାଜ୍ଞେ ବିଦ୍ୟାଂ ଯଥୈବ ତଥା ଜଡ଼େ।
ନ ତୁ ଖଲୁ ତୟୋର୍ଜ୍ଞାନେ ଶକ୍ତିଂ କରୋତ୍ୟପହନ୍ତି ବା ଭବଭୂତ।

ଦାଶରଥି ଦାସଙ୍କ ଦୁଇ ପୁତ୍ର – ବାନାମ୍ବର ଆଉ ନଟବର। ଦୁଇଜଣ ଇଂରେଜୀ ସ୍କୁଲରେ ପଢ଼ନ୍ତି। ଚାନ୍ଦମଣି କରଣଘରର ଝିଅ। ସେ କ'ଣ ଦାଣ୍ଡରେ ଚାଲି ଚାଲି ଆଉ ଜାଗାକୁ ପଢ଼ିବାକୁ ଯିବ? ହେଲେ, ଧାଇ ମା'ଙ୍କର ମନ, ତାହାକୁ ଦି' ଅକ୍ଷର ପଢ଼ାଇବାକୁ ହେବ। ମାସକୁମାସ ଦରମା ଦେଇ ଚାନ୍ଦକୁ ପଢ଼ାଇବା ପାଇଁ ଗୋଟାଏ ଖ୍ରୀଷ୍ଟାନ ପାଠମା' ନିଯୁକ୍ତ କଲେ। ଚାନ୍ଦ ତାଙ୍କ ପାଖକୁ କିତାବପଢ଼ା, କାର୍ପେଟ ଆଉ ମୋଜା, ସିଲାଇ, କିଛି କିଛି ଛବି ଅଙ୍କା ଶିଖେ। ଭାଇଭଉଣୀମାନେ ଏକା ମା' ବାପର ପୁଅଝିଅ, ହେଲେ ସେମାନଙ୍କ ସ୍ୱଭାବ-ଚରିତ୍ର ଭିନ୍ନଭିନ୍ନ। ବୈଦିକ ତତ୍ତ୍ୱବିତ ପଣ୍ଡିତମାନଙ୍କ ମତ ଯାହା ହେଉ, ହେଲେ ଅନେକ ସ୍ଥାନରେ ଦେଖାଯାଏ, ମାନବର ହୃଦୟ ଅଭ୍ୟନ୍ତରସ୍ଥ ପ୍ରଚ୍ଛନ୍ନ ସ୍ୱାଭାବିକ ଗୁଣାଗୁଣକୁ କି ନୀତିଶିକ୍ଷା, ସାଧୁସହବାସ, ଅଥବା ପାରିପାର୍ଶ୍ୱିକ ଘଟଣାବଳୀ କିମ୍ବା ମାତାପିତାଙ୍କ ହୃଦୟ ନିହିତ ପ୍ରବୃତ୍ତି ନିଚୟର ଉତ୍ତରାଧିକାରିତ୍ୱ ସମ୍ବନ୍ଧ ସାମୟିକ ରୂପେ ଦମନ କରି ରଖୁ ପଛକେ, ଏକାବେଳେ ବିନାଶ ସାଧନ କରିବାକୁ ସମର୍ଥ ହୁଏ ନାହିଁ। ସାଧାରଣ ରୂପେ ବୋଲିବାକୁ ଗଲେ ପୈତୃକ ବା ବଂଶଗତ ଅଥବା ସାମାଜିକ ଦୋଷଗୁଣ ମାନବ ଜୀବନରେ ଅଧିକାର ସ୍ଥାପନ କରିଥାଏ ସତ୍ୟ, ହେଲେ ନିୟମର ବ୍ୟଭିଚାରର ଦୃଷ୍ଟାନ୍ତ ପୃଥିବୀରେ ଅଭାବ ନାହିଁ। ଦାସଙ୍କର ପିଲାଗୁଡ଼ିକର ଆକାର ସୁଗଠିତ, ଲୋକ-ଚିତ୍ତରଞ୍ଜନ ଲାବଣ୍ୟବିଶିଷ୍ଟ। ରୂପ ସହିତ ସମସ୍ତଙ୍କ ସ୍ୱଭାବ-ଚରିତ୍ର ସାମଞ୍ଜସ୍ୟ ଥିଲେ ବଡ଼ ସୁଖକର ହୋଇଥାନ୍ତା। ଜ୍ୟେଷ୍ଠ ବାନାମ୍ବର ସ୍ୱରୁପ, ସୁଶୀଳ, ସଚ୍ଚରିତ୍ର, ଶୀତଳ ପ୍ରକୃତିର ପିଲା; କିନ୍ତୁ ଶିକ୍ଷା ବିଷୟରେ ଅନାବିଷ୍ଟ। କନିଷ୍ଠ ନଟବର ମେଧାବୀ, ଶିକ୍ଷା ବିଷୟରେ ତତ୍ପର, ଧୂର୍ତ୍ତ, ବିଳାସୀ- ଏହି ପିଲାକାଳରୁ ମଧ୍ୟ କୃପଣ ସ୍ୱଭାବର ପରିଚୟ ମିଳିଲାଣି। ଚାନ୍ଦମଣି ରୂପରେ ଆନନ୍ଦମୟୀ ପ୍ରତିମା, ଗୁଣରେ ଦେବକନ୍ୟା, ଶିକ୍ଷାରେ ବାଗ୍‌ଦେବୀଙ୍କ ଅନୁଗୃହୀତ। ପିଲାମାନଙ୍କୁ ଶିକ୍ଷାଦେବା ବିଷୟରେ ଦାଶରଥି ଦାସଙ୍କର ସର୍ବସ୍ୱ ପଣ। ହେଲେ ପିଲାମାନଙ୍କର ପଢ଼ାଶୁଣା ଦେଖିବା ବିଷୟରେ ତାଙ୍କର ସମୟର ନିତାନ୍ତ ଅଭାବ। ନାଜରାତି କାର୍ଯ୍ୟ ଏଡ଼େ ଭିଡ଼ ଯେ ଖିଆପିଆରେ ମଧ୍ୟ ତର ନଥାଏ- ପିଲାମାନେ ଯେପରି ପଢୁଛନ୍ତି, ପଢୁଥାନ୍ତୁ।

ଦିନେ ରାତ୍ରିରେ ନାଜର ଠା'ରେ ବସିଛନ୍ତି, ସରସ୍ୱତୀ ଦେଈ ବଢ଼ାବଢ଼ୀ କରିଦେଇ ତାଳପତ୍ର ପଙ୍ଖାଟିଏ ଧରି ବିଞ୍ଚୁଛନ୍ତି, ଚାନ୍ଦମଣି ବାପା ସାଙ୍ଗରେ ଖାଇବାକୁ ବସିଛି। ସେ ରାତି ଓଳିଟା ସାଙ୍ଗରେ ଖାଏ। ଚାନ୍ଦ ଖାଉଛି, କେତେ ଭାତ ଚାରିଆଡ଼େ ବୁଣୁଛି, ଖାଉ ଖାଉ ଦଶଥର ଉଠିଯାଇ ଏଣେତେଣେ ଧାଉଛି, ଧାଈମା ଧମକାଇ ଦେଲେ ଧାଇଁଆସି ବସିପଡୁଛି, ବେଳେବେଳେ ସଙ୍ଖୁଡ଼ି ହାତଟାରେ ବିରାଡ଼ିର ଲାଞ୍ଜ ଟାଣୁଛି। ଧାଈମା' କହିଲେ 'ଛି ଚାନ୍ଦ! ରୁମଗୁଡ଼ାକ ହାତରେ ଲାଗିଯିବ।' ଏହି ସମୟରେ

ସରସ୍ୱତୀ ଦେଈ ପଚାରିଲେ, "ହେ ହେ ଭାଇସାନ୍ତ ! ଆଜି ଉପରଓଳି ଆମ ଦୁଆରକୁ ଯେଉଁ ପିଲା ଦିଓଟି ଆସିଥିଲେ, ସେମାନେ କିଏ? ତୁମେ ତ ପିଣ୍ଡାରେ ବସିଥିଲ, ଦେଖିଛ?" ଦାସେ କହିଲେ, "କେଉଁ ପିଲା? ଓ ହୋ ସେହି ପିଲାମାନଙ୍କ କଥା ପଚାରୁଛି ପରା! ସେମାନେ ଉତ୍ତରରାୟ ବଂଶର ଦୁଇପିଲା।" ସରସ୍ୱତୀ ଦେଈ ପଚାରିଲେ, "ସେହି ଯେ ଛିଟ ଅଙ୍ଗାଟି ଲଗାଇଥିଲା, ସେଇଟି କିଏ?" ଦାସେ "ଉତ୍ତରରାୟ ବଂଶର, ତାହାର ନାମ ପ୍ରତାପଉଦିତ ମଲ୍ଲ ଉତ୍ତରରାୟ। ଆରଟି ଛୋଟରାୟ ବଂଶର, ପୀତାମ୍ବର ମଲ୍ଲ ଛୋଟରାୟ। ଆଜି ପଡ଼ିଆରେ ଫୁଟବଲ ଖେଳ ହେଉଥିଲା, ଦେଖିବାକୁ ଯିବା ସକାଶେ ବାନା ଆଉ ନଟକୁ ଡାକିବାକୁ ଆସିଥିଲେ। "

ସରସ୍ୱତୀ ଦେଈ-ଆଉ ଦିନେ ଆମ ଦୁଆରକୁ ଆସିବେ ନାହିଁ?

ଦାସେ-ବାନା ଆଉ ନଟକୁ କହିବ, ଖେଳ ଦେଖିବାକୁ ଯିବା ବାହାନା କରି ଡାକିଆଣିବ।

ଛଅ

ପାଠ ଶେଷ

ଏଣ୍ଟ୍ରାନ୍‌ସ ପାସ୍ ତାଲିକାରେ ଏକା ବର୍ଷ ଗେଜେଟରେ ପ୍ରତାପଉଦିତ, ପୀତାମ୍ବର ଓ ନଟବର ଏହି ତିନିଜଣଙ୍କ ନାମ ବାହାରିଲା। ବାନାମ୍ବର ଥାର୍ଡକ୍ଲାସ ଟପି ପାରି ନାହିଁ। ଏଣେ ବୟସଟା ମଧ୍ୟ ବଳି ପଡ଼ିଲାଣି। ଦିନେ ପାଠମା' ଆସି କହିଲେସେ ଯାହା ଯେତେ ଜାଣିଥିଲେ, ଚାନ୍ଦମଣିକୁ ସବୁ ଶିଖାଇ ଦେଇଛନ୍ତି, ଆଉ କିଛି ଶିଖାଇ ପାରିବେ ନାହିଁ। ଚାନ୍ଦମଣି ସେସବୁରୁ କିଛି ଶିଖି ପକାଇଲାଣି, ହାତ ଅକ୍ଷରଗୁଡ଼ିକ ମୁକ୍ତାମାଳା।" ପାଠମା' କହିଲେ, ସେ ଯେତେ ବାଳିକାଙ୍କୁ ସିଲାଇ ଶିଖାଇଛନ୍ତି, ଚାନ୍ଦମଣି ପରି କେହି ବଢ଼ିଆ ସିଲାଇ କରି ଜାଣେ ନାହିଁ। କୁକୁରଟା ବିରାଡ଼ିଟାର ଛବି ଚଳତି ରକମ ଆଙ୍କିଦେଇପାରେ। ଦାସେ ଦେଖିଲେ, ବାନାମ୍ବର ଚାକିରି କରିବାକୁ ଏକେବେଳେ ନାରାଜ, ସ୍ୱାଧୀନ ଭାବରେ କିଛି କାମ କରିବାକୁ ତାହାର ଇଚ୍ଛା। ପୂର୍ବରୁ ଇନାମ ମତରାଣ ଭୂମି ଚାଳିଶ ମାଣ ଥିଲା – ଦାସେ ଦିହକରେ ଦୁଇ ଚାରିଟଙ୍କା ଜମାଇ ଆଉ କୋଡ଼ିଏ ମାଣ ସରିକି ଲାଖରାଜ ବାଜ୍ୟାପ୍ତି ଆଉ ଚାଷଜମି କିଣିଥିଲେ। ସେ ସମସ୍ତ ବାନାମ୍ବର ଜିମା କରାଇଦେଲେ। ସେ ଆନନ୍ଦପୂର୍ବକ ଚାଷ କରିବା ସକାଶେ ଗ୍ରାମକୁ ଚାଲିଗଲେ। ଏହି ସମୟରେ କଟକରେ ଥାଉଁ ଥାଉଁ କାକଟପୁର ମୌଜା ବିଶୁ ମହାନ୍ତିଙ୍କ ବଡ଼ଝିଅ ଲଳିତା ସାଙ୍ଗରେ ବାନାମ୍ବର ପ୍ରସଙ୍ଗ ସ୍ଥିର ହୋଇ

ଗଲା-କୋଷ୍ଠୀ ମିଳା, ଭାଇ ବେହେରା ଦେଖାଦେଖି ପାଇଟି ଛିଡ଼ିଛି। ଆସନ୍ତା ମାସ ଶୁକ୍ଳପକ୍ଷ ପଞ୍ଚମୀକୁ ବିବାହ ଦିନ ସ୍ଥିର।

ସାତ

ଭୂସ୍ୱାମୀ ଯୁବକଯୁଗଳ

ଏଣ୍ଟ୍ରାନ୍ସ ପାସ ସମୟକୁ ପ୍ରତାପଭଦିତ ସିଂହମଲ୍ଲ ଉତ୍ତରରାୟଙ୍କର ନାବାଳକୀ ଫିଟିଥିଲା। ଗ୍ରାମକୁ ଚାଲିଯାଇ କିଲ୍ଲାର କାର୍ଯ୍ୟକାମ ବୁଝାବୁଝି କରିବାକୁ ଲାଗିଲେ। ପୀତାମ୍ବରଙ୍କ ପିତା ସନାତନ ଅରିଦମନ କିଲ୍ଲାର ବିଷୟମାନ ବୁଝାବୁଝି କରନ୍ତି। ତାଙ୍କର ଇଚ୍ଛା, ପୁଅ ଯୁବକ ଓ ବିଦ୍ୟାବନ୍ତ; ମୂଳକ ତାଲୁକ ବୁଝାବୁଝି କରୁ-ବୁଢ଼ା ଘରେ ମାଳି ଧରି ବସିବେ। ହେଲେ କ'ଣ, ପୀତାମ୍ବରଙ୍କ ଇଚ୍ଛା ଅନ୍ୟରୂପ – ପିତାଙ୍କ ବର୍ତ୍ତମାନତାରେ ବିଷୟରେ କର୍ତ୍ତାପଣ କରିବାକୁ ସେ ଅନିଚ୍ଛୁକ। ପେସ୍କାରୀ କର୍ମରେ ନିଯୁକ୍ତ ହୋଇ କଟକରେ ରହିଲେ। ରାଜାପୁଅ ପରି ଯୁବାଟା, ଏପରି ଛୋଟକୁରିଆ କର୍ମରେ ନିଯୁକ୍ତ ହେବା ବଡ଼ ଅଗୌରବର କଥା। ଚାକିରି ହେଲା ତ କ'ଣ ହେଲା – ହେଇଥାନ୍ତା ଗୋଟାଏ ହାକିମ-ହୁକୁମା ଭଳିଆ ଚାକିରି – ମନା ନ ଥିଲା, ଏଇଟା କ'ଣ ନା ଅମଲା। ପୀତାମ୍ବରଙ୍କ ଅଭିପ୍ରାୟ ହେଲା ଅନ୍ୟରକମ।ଟଙ୍କା ଅର୍ଜିବା ପାଇଁ ଚାକିରି ନୁହେଁ – ଗୋଟାଏ ବନ୍ଧାବନ୍ଧି କାର୍ଯ୍ୟ ନଥିଲେ ଆଳସ୍ୟ ଆସି ମାଡ଼ି ବସିବ। ଆଉ ଗୋଟାଏ କଥା, ମାଲି ମୋକଦ୍ଦମା ଉପଲକ୍ଷରେ ନାନା ଶ୍ରେଣୀର ଲୋକ କଚେରିକୁ ଯିବାଆସିବା କରିବା ଯୋଗୁଁ ଦେଶର ଆଭ୍ୟନ୍ତରୀଣ ଅବସ୍ଥା ବିଶେଷରୂପେ ଜାଣି ପାରିବେ। ଲୋକମାନଙ୍କ ରୀତି ଚରିତ୍ର ଜାଣିବାକୁ ତାଙ୍କର ଇଚ୍ଛା। ତୃତୀୟ କଥା, ହାକିମ-ହୁକମାଙ୍କ ସମ୍ମୁଖରେ ସବୁବେଳେ ଥିଲେ ଆପଣା ଜିଲ୍ଲାର ଏବଂ ଆଉ ଲୋକଙ୍କର କିଛି କିଛି ଉପକାର କରିବାକୁ ସମର୍ଥ ହେବେ। ଯାହାହେଉ, ପୀତାମ୍ବର ଛୋଟରାୟଙ୍କ ମତ ସହିତ ଆମ୍ଭ ମାନଙ୍କ ମତ ମିଳୁନାହିଁ। ଅନ୍ୟ ଉପାୟରେ ସେ ଇଚ୍ଛାସାଧନ କରିପାରନ୍ତେ, ଗୋଲାମିଟା କ୍ୟାଁ? ଏଇଟା ଯେ ଅମର୍ଯ୍ୟାଦାର କଥା, ତାହା ତ ସେ ବୁଝିଲେ ନାହିଁ। ସେ ଜ୍ଞାନୀ, ବୁଦ୍ଧିମାନ, ଆମ୍ଭମାନଙ୍କଠାରୁ କ'ଣ ଊଣା ବୁଝନ୍ତି? କଥା କ'ଣ ଜାଣନ୍ତି – 'ଯାହାର ମନ ଯହିଁକି ପାଏ, ପଲାଉ ଫିଙ୍ଗି ପଖାଳ ଖାଏ'। ଆମ୍ଭ ମାନଙ୍କର ଏଥିରେ କଣ ଅଛି – ତେବେ ହକ କଥାଟା ନ କହି ରହିପାରିଲୁ ନାହିଁ। ଚାକିରିଟାଏ ହେଲେ କଣ ହେଲା, କଟକରେ ନାମଡ଼ାକ, ଆପଣା ମାନମହତ୍ତ୍ୱକୁ ତ ଜଗି ଚାଲିବାକୁ ହେବ? ସେହିପରି କୋଠାଘର, ଚାକରବାକର ବନ୍ଦୋବସ୍ତ ଭଲ କରି ନ କଲେ ନୁହେଁ।ଅଧିକ ଟଙ୍କା ଖରଚ ଦରକାର, ଦରମା

କେତେଟା ଟଙ୍କା କି ସେଥିକି ପାଏ? ପିତା ସନାତନ ଅରିଦମନ ଛୋଟରାୟ ମାସକୁ ମାସ ଟଙ୍କା ପଠାଇ ଦିଅନ୍ତି।ଠା' ସକାଶେ ଭଲ ଓରିଆ ମୁଗଜାଇ ଘିଅ ପ୍ରଭୃତି କିଲାରୁ ଆସେ।

ବସା ଖରଚ ଛାଡ଼ି ତାଙ୍କର ନିଜର ଗୋଟିଏ କ୍ଷୁଦ୍ର ପୁସ୍ତକାଳୟ ଅଛି। ଅନେକ ପ୍ରକାର ପୁସ୍ତକ ପତ୍ରିକାଦି କିଣିବାକୁ ହୁଏ, ସେଥିସକାଶେ ଅନେକ ଟଙ୍କା ପ୍ରୟୋଜନ, ସବୁ ପିତା ଦେଇଥାନ୍ତି।

ଆଠ

ଚାନ୍ଦମଣିର ବିବାହ ପ୍ରସ୍ତାବ

'ଅଭ୍ୟର୍ଥନାଭଙ୍ଗୟେନ ସାଧ
ମାଧ୍ୟସ୍ଥ୍ୟମିଷ୍ଟେଽପ୍ୟବଲମ୍ବତେଽର୍ଥ '। (କୁମାରସମ୍ଭବମ୍)

ଜ୍ୟେଷ୍ଠପୁତ୍ର ବାନାମ୍ବରର ମଙ୍ଗଳକୃତ୍ୟ। ବହୁଦିନ ଯାବତ କର୍ମରୁ କେବେ ଛୁଟି ନେଇ ନାହାନ୍ତି, କର୍ମକ୍ଳାନ୍ତ ଶରୀରର ବଳାଧାନ ନିମନ୍ତେ ଦାସେ ଦଶମାସର ଛୁଟି ନେଇ ନିଜ ଗ୍ରାମ ରୁକୁଣାଦେଇପୁରରେ ରହିଛନ୍ତି।

ବାନାମ୍ବରର ମଙ୍ଗଳକୃତ୍ୟ ସୁରୁଖୁରୁରେ ବଢିଗଲା। ଲୋକେ ବୋଲନ୍ତି, ବାହା ବିବାଦ ବିବାହ ସମୟରେ କୌଣସି ପକ୍ଷରୁ ହେଲେ କିଛି ବଖଡ଼ ବାହାରେ। ବାନାମ୍ବର ବିଭାରେ ତାହା କିଛି ଶୁଣାଗଲା ନାହିଁ।କିଆଁ ଶୁଣାଯିବ? ଦୁଇ ପକ୍ଷ ଦୁଇ କୁଳର ମାନମହତ୍ତ୍ୱକୁ ଜଗି ଚାଲିଲେ ବିଗିଡ଼ାବିଗିଡ଼ିର ବାଟ ଥାଏ ନାହିଁ। ଉଛୁଣି ବଡ଼ ବୋହୂଟି ଘରେ – ମହତ ଘର ଝିଅର ମହତପଣିଆ ସବୁଠାରେ, ରୂପରେ ଗୁଣରେ କେହି ବାଛିବାକୁ ନାହିଁ। ଲୋକେ କହନ୍ତି, କପାଳକୁ କନ୍ୟା ମିଳେ।

ହାତରେ କିଛି କର୍ମ ନାହିଁ, କୌଣସି ବିଷୟରେ ଭାବନା ନାହିଁ, ଦାସେ ନିଶ୍ଚିନ୍ତ ମନରେ ଘରେ ବସି ଆରାମ କରୁଛନ୍ତି। ଦିନେଉପରଓଳି ମେଲାରେ ଗୋଟିଏ ସଉପ ପାରି ବସିଛନ୍ତି ମେନକା ଦେଈ ଆଉ ସରସ୍ୱତୀ ଦେଈ ଦୁଇଜଣ ପାଖରେ। ଏଣୁ ତେଣୁ ନାନାକଥା ଚାଲିଛି। ସରସ୍ୱତୀ ଦେଈ କଥା ପଡୁ ପଡୁ କହି ବସିଲେ, "ହଁ ହେ – ଭାଇସାନ୍ତ ! ତୁମେ ତ ଉଛୁଣି ତୁଚ୍ଛାଟାରେ ଘରେ ବସିଛ, ଏତିକିବେଳେ ଚାନ୍ଦର ମଙ୍ଗଳକୃତ୍ୟ ବିଷୟରେ କିଛି ବୁଝାବୁଝି କଲେ ହୁଅନ୍ତା ନାହିଁ? ଦାସେ କହିଲେ, "ସେଥିଲାଗି ଏତେ ତରବର କ୍ୟାଁ? ଚାନ୍ଦ ଏପରି କ'ଣ ଥୁବୁଡ଼ି ଝିଅ ଘରେ ବସିଛି ଯେ ଚଞ୍ଚଳା ହୋଇପଡ଼ିବା? ଏଇ ଗୁଣିପକାଅ ନା, ଚାନ୍ଦ ଜନ୍ମଦିନରେ ମୋର ନାଜରାତି

ଚାକିରି – ହାତ ଗଣନ୍ତା ହେଲା ଚଉଦ ବର୍ଷ ଛଅମାସ ସାତଦିନ। ଆମ କରଣ କୁଳରେ କୋଡ଼ିଏ ବାଇଶ ବର୍ଷର ଅଭିଆଡୀ ଝିଅ ବସିଛନ୍ତି, ଦେଖୁନାହିଁ କି?

ସରସ୍ୱତୀ ଦେଈ – କୋଡ଼ି କୋଡ଼ି ବର୍ଷର ଅଭିଆଡ଼ୀ ଝିଅ ଅଛନ୍ତି ସତକଥା, ହେଲେ ମୋ ମନକୁ ସେ କଥାଟା ପାଏ ନାହିଁ। 'ଝିଅ ଘରେ ରହିଲେ ଅଡୁଆ, ଘିଅ ଘରେ ରହିଲେ କଡୁଆ।' ସେ ହେଲା ପରଘରୀ – 'ଦେଲା ନାରୀ ହେଲା ପାରି।' ବେଳ ହେଲା ବିଭା କରିଦେଲେ ପାଲଟି ଛିଡ଼ିଲା। କରଣ କୁଳରେ ଅଛି, ଏଇଟା କ'ଣ ଶାସ୍ତ୍ର କଥା ନା ଭଲ କଥା? ପାଞ୍ଚ ଜଣ କରୁଛନ୍ତି ବୋଲି ଧରପଗଡ଼ କେହି କରେ ନାହିଁ – ସେଇଟା ଯିମିତି ସହିଗଲାଣି। ହେଉ ହେଲା ତୁମେ ତ ଭଲା ଆଖି ଫେରାଅ – ଖୋଜାଖୋଜିରେ କେତେଦିନ ଯିବ, କିଏ ଜାଣେ?

ଦାସେ ଜାଣିଲ, ଏଇଟା ହେଲା ପଜାପତି ଘଟସୂତ୍ର କଥା। ବିଭା ରାତି ପାହିଲେ ବଳେ ବାରି ଦେବ – ' ବିବାହଜନ୍ମ ଯଦଯଚକ୍ରଚ ଯେନ ଚ।'

ସରସ୍ୱତୀ ଦେଈ ହସି କହିଲେ, "ଓହୋ, ତୁମ ପାଠ ବାନ୍ଧି ରଖ। ପ୍ରଜାପତି କ'ଣ ଗାଁ ଗାଁ ବୁଲି କନ୍ୟାବର ଖୋଜିଥାନ୍ତି? ତୁମେ ଖୋଜାଖୋଜି କରିବ, ପ୍ରଜାପତି ଘଟାଇ ଦେବେ ସିନା ! ନା ତୁମେ ଘରେ ତୁନି ହୋଇ ଶୋଇଥିବ, ପ୍ରଜାପତି ଆସି ତୁମକୁ ଡାକିବେ?"

ମେନକା ଦେଈ କହିଲେ, "ତୁମ୍ଭେମାନେ ଯାହା ଇଚ୍ଛା ତାହା କର, ହେଲେ ସେରକମ ପାତ୍ର ନ ହେଲେ ମୋର ରାଜି ନାହିଁ। ମୋ ଚାନ୍ଦ କି ବଢ଼ି ପାଣିରେ ଭାସିଆସିଛି – ଟାଉ ଟାଉ ଯେମିତି ଗୋଟାଏ କରି ପକାଇବ?"

ଦାସେ – ତୁମେ କ'ଣ ମନରେ କରିଛ, ମୁଁ ତୁନି ହୋଇ ବସିଛି? ଆଖି ଫେରାଇ ଦେଖିଲିଣି, ଉଚ୍ଛୁଣି କରଣକୁଳରେ ସିମିତିକା ପିଲା କାହିଁ?

ସରସ୍ୱତୀ – ମୁଁ ବି ମନେ ମନେ ଖୋଜୁଛି। ଆଚ୍ଛା ଭାରାସାନ୍ତ ! ଖଣ୍ଡାୟତ ମହାନାୟକ କୁଳରେ ତ ଚଳେ? ଏ ଦେଖୁନାହଁ. ଏ ଅଞ୍ଚଳରେ କେତେ ହୋଇଗଲାଣି।

ଦାସେ – ହଁ, କ୍ୟାଁ, ନ ଦେବେ?

ମେନକା ଦେଈ ଯାହା କହିଥିଲି ତେତିକି – ଏଣିକି ମୁଣ୍ଡପୋତି ସବୁ ଶୁଣି ଯାଉଛନ୍ତି ମଲ୍ଲି କି ଚମ୍ପା, ପାଟି ଫିଟାଇବାକୁ ନାହିଁ।

ଠିକ୍ ସେତିକିବେଳେ ଚାନ୍ଦମଣି ଅଳ୍ପ ଦୂରରେ ବସିଥିଲା, ବିଭା କଥାଶୁଣି ମୁହଁ ଲାଜରେ ରଙ୍ଗା ପଡ଼ିଗଲାଣି, ପଳାଇ ଯିବାକୁ ବାଟ ନାହିଁ। ମାଆ ବାପା ଆଗଦେଇ ବାଟ, ତୁଚ୍ଛାଟାରେ ତା ପୋଷା ବିରାଡ଼ିର ଲାଞ୍ଜ କାନ ଧରି ଭିଡୁଛି, ମିଛଟାରେ ଭାରି ରାଗିଯାଇ ବିରାଡ଼ି ପିଠିରେ ମୁଣ୍ଡରେ ସେହି ପଦ୍ମଫୁଲରୁ ବଳି ସୁନ୍ଦର କୋମଳ ହାତରେ ଧୀର ଧୀରେ ଚାପୁଡ଼ା ମାରୁଛି। ବହୁକାଳ ପୂର୍ବକୃତ ତମାଦି ଅପରାଧର ଅଭିଯୋଗ

ତତପ୍ରତି ଉପସ୍ଥିତ। କେଉଁ ଦିନ ସେ ରୋଷେଇ ଘର ଭିତରେ ଅନଧିକାର ପ୍ରବେଶ କରି ଧାଇମା'ଙ୍କ ଦୁଧହାଣ୍ଡି ଗଡ଼ାଇ ଦେଇଥିଲା – ଅଭିଯୋଗ ଶୁଣାଇଦେଇ ଦୁଇ ଚାପୁଡ଼ା। ତୁ ସେଦିନ ମାଛ ଖାଇଯାଇଥିଲୁ ପରା? ପିଠିରେ ଦୁଇ ଚାପୁଡ଼ା। ଗୁରୁବାର ଓଷାଦିନ ଖିରି ଭୋଗ ଖାଇନାହୁଁ? ଦୁଇ ଚାପୁଡ଼ା ଓ କର୍ଣ୍ଣ ମର୍ଦ୍ଦନ। ବିରାଡ଼ିର ପ୍ରତ୍ୟେକ ଅଭିଯୋଗର ଜବାବରେ ଉତ୍ତର –ମିଆଉଁ। ପଳାଇଯିବା ସକାଶେ ଯଥାସାଧ ଚେଷ୍ଟାକରି ମଧ ଅକୃତକାର୍ଯ୍ୟ ହେଉଛି ଏବଂ ବାରମ୍ବାର ତାହାର ଉତ୍ତର ମିଆଉଁ, ଅର୍ଥାତ ସେ ନିରପରାଧ। ଚାପୁଡ଼ାମାଡ଼ ଲାଞ୍ଜ କାନ ଟଣାଟଣିରେ ମାର୍ଜାର ପୁତ୍ରୀ ଭାରି ଦିକଦାର ହୋଇଗଲାଣି। ଦୂର ପଶୁ ! ତୁ ଏହି କୈତବକୋପସମ୍ବଳିତ ପ୍ରେମପୂର୍ଣ୍ଣ ପ୍ରହାରର ମର୍ଯ୍ୟାଦା ମାଧୁରୀ କାହୁଁ ବୁଝିବୁ? ନିତାନ୍ତ ସୁକୃତିମାନ ସୌଭାଗ୍ୟଶାଳୀ ଯୁବକ ଏହି ପ୍ରୀତିପ୍ରହାର ବାଞ୍ଛନୀୟ, ସେ ତପସ୍ୟା ତୋହର କାହିଁ?

ଧାଇମା କେବଳ କଥାରେ ଲାଗି ନାହାନ୍ତି – ଚାନ୍ଦମଣିର ତାତ୍କାଳିକ କ୍ରିୟାକଳାପ ପ୍ରତି କୌଶଳରେ ଦୃଷ୍ଟି ରଖିଛନ୍ତି। ଉପସ୍ଥିତ ପ୍ରସ୍ତାବ ସମ୍ବନ୍ଧରେ ଚାନ୍ଦର ମଧ ଅଭିପ୍ରାୟ ଜାଣିବା ପ୍ରୟୋଜନ। ଧାଇମା କିଞ୍ଚିତ ବିଶେଷ ମନୋଯୋଗପୂର୍ବକ କୌଶଳରେ ଦେଖିଲେ, ଚାନ୍ଦମଣୀର ମୁଖ ଏବଂ ହସ୍ତ ଯଦି ମାର୍ଜାର ଶାସନରେ ବ୍ୟସ୍ତ, କିନ୍ତୁ କର୍ଣ୍ଣ ଯେମନ୍ତ କଥୋପକଥନ ଶୁଣିବା ପାଇଁ ପ୍ରସ୍ତୁତ। ଧାଇମା କ'ଣ ବୁଝିଲେ, ତାଙ୍କ ମୁଖରେ ଆନନ୍ଦର ଚିହ୍ନ ଦେଖାଗଲା। ଜାତୀ – ମା ବୁଝେ; ଅନ୍ୟ ଲୋକ ବୁଝିବାକୁ ଚେଷ୍ଟାକରିବା ବିଡ଼ମ୍ବନା ମାତ୍ର।

ଠିକ୍ ଏହି ସମୟରେ ଚାକର ମୁକୁନ୍ଦା ଆସି ଖବର ଦେଲା, ଗଡ଼ ନରିପୁର ଉଆସରୁ ପୁରୋହିତ ଆସିଛନ୍ତି। ପୁଣି ଧାଇମାଙ୍କୁ ଅନାଇ କହିଲା, "ଯେଉଁ ବ୍ରାହ୍ମଣ ଆସି କଟକରେ ଢେର୍ ଥର ଦେଖାକରୁଥିଲା, ସେ ବ୍ରାହ୍ମଣ ମଧ ସାଙ୍ଗରେ ଆସିଛି।" ଧାଇମା ଚାକରକୁ ଆଖି ଟପିଦେଲେ – ଅର୍ଥାତ ସେ କଥା କହନା। କ'ଣ ମନକୁ ଆସିଲା, ଧାଇମା ଧଡ଼କରି ଉଠିପଡ଼ି ଭେଁା ଭେଁା ଶଙ୍ଖଟା ବଜାଇବାକୁ ଲାଗିଲେ। ଇତ୍ୟବସରେ ବିରାଡ଼ିଟାକୁ ଫୋପାଡ଼ିଦେଇ ଚାନ୍ଦମଣି କବାଟ କଣରେ ଲୁଚିଗଲାଣି। ମାର୍ଜାରକନ୍ୟା ଊର୍ଦ୍ଧ୍ୱପୁଚ୍ଛା ହୋଇ ଗୃହର ପଶ୍ଚାଦ୍‌ଭାଗକୁ ପଳାୟନ ପୂର୍ବକ ସଜନାଗଛ ମୂଳରେ ପଡ଼ିଯାଇ ଜିହ୍ୱା ଯୋଗେ ଅଙ୍ଗପ୍ରସାଧନରେ ନିଯୁକ୍ତା। ତହିଁ ଉତ୍ତାରେ ଦେହଟା ଝାଡ଼ିଝୁଡ଼ି ହୋଇ ଚତୁର୍ଦ୍ଦିଗକୁ ନିରୀକ୍ଷଣ କଲା – ଅଭିପ୍ରାୟ ଦୃଷ୍ଟି। ଚାନ୍ଦମଣି ଆଉଥରେ ଧରିବାକୁ ଆସୁଛି କି ନାହିଁ।ଅଦ୍ୟକାର ଉପସ୍ଥିତ ବିପଦରୁ ଉଦ୍ଧାର ପାଇବା ତାହାର ବୁଦ୍ଧି କୌଶଳର ଫଳ ମନେକରି ଖୁବ୍ ଗୋଟାଏ ଆତ୍ମପ୍ରସାଦ ଅନୁଭବ କଲା।

ଦାସେ ଦାଣ୍ଡ ମେଲାରେ ଗୋଟାଏ ସତରଞ୍ଜି ଯାରିଦେଇ ଅଭ୍ୟାଗତମାନଙ୍କୁ ଖୁବ୍ ବିନୟରେ ଆଦର ଅଭ୍ୟର୍ଥନା କଲେ। ପୁଣି କରଣଘର ମର୍ଯ୍ୟାଦାସୂଚକ ଖଣ୍ଡିଏ

ପରିଷ୍କୃତ ଥାଳିରେ ତାମ୍ବୁଳ ଏବଂ ଉପଯୋଗୀ ମସଲା ଆଣି ଆଗରେ ଥୋଇଦେଲେ। କଥୋପକଥନ ଆରମ୍ଭ ହେଲା। ଦାସଙ୍କର ଇଚ୍ଛା ପରାମର୍ଶଟା ଆପାତତଃ ଗୋପନରେ ଚଳୁ। ପାଖରେ ଅନ୍ୟ ଚତୁର୍ଥ ଲୋକ କେହି ନ ଥିଲା, କେବଳ ଦୁଆରବନ୍ଧ ଉହାଡ଼ରେ ଗୋଟିଏ ସୁନ୍ଦର ନାସିକା ଦୃଶ୍ୟ ହେଉଥାଏ। କଥୋପକଥନ ଉତ୍ତାରେ ଦାସେ ହରିଦ୍ରା ଜଳଲିପ୍ତ ଅର୍ଦ୍ଧହସ୍ତ ପରିମିତ ଖଣ୍ଡିଏ ଲେଖା ତାଳପତ୍ର ଅଭ୍ୟାଗତଙ୍କ ମଧ୍ୟରୁ ଶୁକ୍ଳାମ୍ବରଧାରୀ ବିପ୍ର ହସ୍ତକୁ ବଢ଼ାଇଦେଲେ। ସେମାନେ ମେଲାଣି ଘେନିବା ଉତ୍ତାରେ ପୂର୍ବୋକ୍ତା ନାସିକାଧାରିଣୀ ହସି ହସି ଦାସଙ୍କ ସାକ୍ଷାତରେ ଉପସ୍ଥିତ। ଦାସେ କହିଲେ, "ଦେଖ ସରସ୍ୱତୀ, କଥାଟା ଯେମନ୍ତ ଉଚ୍ଛୁଣି ଫୁଟିଆରା ନହୁଏ।"

ତହିଁ ଆରଦିନ ରାତି ନ ପାହୁଣୁ ଗାଁ ଯାକ ଚହଳ ପଡ଼ିଗଲା, ନରିପୁରଗଡ଼ର ଉତ୍ତରରାୟ ସାନ୍ତଙ୍କ ସାଙ୍ଗରେ ଚାନ୍ଦମଣିର ବିବାହ ପ୍ରସଙ୍ଗ ଚାଲିଛି। କଥାଟା ଏ ଗାଁ ସେ ଗାଁ ଢେର୍ ଦୂରକୁ ଚାଲିଗଲା। କେହି କହିଲେ, ବିବାହ ହେବାର ସ୍ଥିର। ଭୀମ ମା' କହିଲା, ନିର୍ବନ୍ଧ ଦିନ ଦାସଙ୍କ ଘରେ ଢେର ଲୋକେ ଜଳପାନ କଲେ। ଭୀମା ପଛରେ ଯାଇ ପହଞ୍ଚିଲା, ଖଜା ପିଠାପଣା ଢେର୍ ହୋଇଥିଲା, ଦେଢ଼ଶ' ଲୋକରୁ ଊଣା ନୁହେଁ। ଆର ଗାଁରେ କଥା ଉଠିଲା, ମକର ସତର ଦିନକୁ ଲଗ୍ନ ସ୍ଥିର। ଗାଁ ଟୋକୀଗୁଡ଼ାକ ଡରରେ ଚାନ୍ଦମଣୀ ଦିନଯାକ ଘରୁ ବାହାରିନାହିଁ।

ତହିଁ ଉତ୍ତାରେ ଲୋକେ ବରକନ୍ୟାଙ୍କ ରୂପଗୁଣ ବିଷୟରେ ଆଲୋଚନା କରିବାକୁ ଲାଗିଲେ। କେହି କହିଲ, ଦାସଙ୍କ ଜେମାପରି ସୁନ୍ଦରୀ ଖଣ୍ଡମଣ୍ଡଳରେ ନାହିଁ। ରୂପବିଜ୍ଞାନବିଦ୍ ବୃଦ୍ଧ ପରି ପଣ୍ଡାଏ ଆପଣାର ଅଭିଜ୍ଞତା ଜଣାଇବା ସକାଶେ ହାତ ହଲାଇ କହିଲେ, "ଆରେ ରଖିଦେ, ମୁଁ ତ ନରିପୁର ସାନ୍ତଙ୍କୁ ରୋଜ ଦେଖୁଛି, ଠିକ୍ ଯେମିତି କାର୍ତ୍ତିକଟିଏ – ତୁମ ଦାସଙ୍କ ଜେମା ତାଙ୍କୁ କେଉଁଠି ଲାଗେ; ହେଲେ ସର୍ବବାଦି – ସମ୍ପତିରେ ପ୍ରଜାପତି ଯେମନ୍ତ ଦୁହିଁଙ୍କୁ ଗୋଟିଏ ଚକରେ ଗଢିଛି।"

ପଣ୍ଡିତେ ଗୋପାଳ ରଥେ ନାସ ଶୁଙ୍ଘୁ କହିଲେ-

"ରତ୍ନେଂ ସମାଗଚ୍ଛତୁ କାଞ୍ଚନେନ।"

ନଅ

ଗେହ୍ଲେଇ

ହେ ପାଠକ ମହଶୟ ! ନାମଟା ଶୁଣି କ'ଣ ମୁହଁ ବିଚକୁଚୁଛନ୍ତି? ଏଇଟା କିପରି ଅପରିଚ୍ଛିନିଆ ନାମ ହେଲା। ଉପନ୍ୟାସ ନାୟିକାରେ ନାମ କମଳା, ପଦ୍ମିନୀ, ରାଧିକା, ରୁକ୍ମିଣୀ ଏହିପରି କିଛି ସୁନ୍ଦର ନାମ ହେବାର ଉଚିତ ଥିଲା, ଏଇଟା କ'ଣ

ହେଲା ନା ଗେହ୍ଲେଇ! ହେଲେ ପାଠକେ ! ଟିକିଏ ଚାରିଆଡ଼କୁ ନଜର ରଖି କଥା କହନ୍ତୁ, ଲେଖକର ଅବସ୍ଥା ତ ହାଟରେ ପଡ଼ି ଦାଣ୍ଡରେ ଗଡ଼ି ଗଡ଼ି ଯାଉଛି, ସେ ପୁଣି ଲେଖିବାକୁ ବସିଛି କେତେଜଣ ଗାଉଁଲି ଲୋକଙ୍କ କଥା। ବଡ଼ ଲୋକିଆ ନାମ ବା କାହୁଁ ପାଇବି? ଆଚ୍ଛା ହେଲା ବା ଅପରିଚ୍ଛନିଆ ନାମ ଗୁଣ ତ ଥିବା ଉଚିତ? ଆରେ ରାମ ବୋଲ। ମଫସଲର ଗୋଟାଏ କ୍ଷୁଦ୍ର ଗ୍ରାମର ଗୋଟାଏ ଅଶିକ୍ଷିତା ଅଳ୍ପବୟସ୍କା ସ୍ତ୍ରୀଟା ଠାରୁ କି ଗୁଣ ପ୍ରତ୍ୟାଶା କରନ୍ତି? ତେବେ ତା' ବିଷୟ ଚର୍ଚ୍ଚା କ୍ୟାଁ? ସେଥି ବିଷୟରେ ଗୋଟାଏ କୈଫିୟତ କାଟି ରଖିବା ଲେଖକ ନିରାପଦ ବିଷୟ ବୋଲି ଜ୍ଞାନ କଲେ।

ପ୍ରଥମ କଥା ଯେତେ ତୁଚ୍ଛ ହେଉ ପଛକେ, ଗେହ୍ଲେଇ ଏହି ଉପନ୍ୟାସର ଗୋଟିଏ ନାୟିକା। ସମସ୍ତ ନାୟକନାୟିକାଙ୍କ ରୂପଗୁଣ ବିଷୟ ଯେ ସ୍ଥଳରେ ଲେଖିବାକୁ ବସିଛୁଁ – ଅତି ସାମାନ୍ୟ ବୋଲି ଜଣକୁ ହେଣ୍ଡିଦେଇ ଯିବା ନିହାତ୍ ତରଫସାନି କଥା। ତଥାପି, ତାକୁ ଛାଡ଼ିଦିଅନ୍ତୁ- ହେଲେ ପାଠକ ମହାଶୟଙ୍କ ସହିତ ତାହାର ଅନେକ ଥର ଭେଟ ହେବ, ଭଲକରି ଚିହ୍ନାଇ ନ ଦେଇଥିଲେ ଆପଣମାନଙ୍କ ପକ୍ଷରେ ଭାରି ଅସୁବିଧାର କଥା।

ଦ୍ୱିତୀୟ କଥା ଗ୍ରାମରେ ଗେହ୍ଲେଇ ସମସ୍ତଙ୍କର ଚିହ୍ନା ; କେହି ତାକୁ ଭଲପାଏ, କେହି ତାକୁ ସ୍ନେହ କରେ, ତାହାରି ପ୍ରଂଶସା ଢେର୍ ଲୋକଙ୍କଠାରୁ ଶୁଣାଯାଏ, ଭକ୍ତି ମଧ୍ୟ କେହି କେହି କରିଥାନ୍ତି। ତାକୁ ଡ଼ରିମରି ରହିବା ଲୋକର ବି ଅଭାବ ନାହିଁ। ପିଲା ଭେଣ୍ଡିଆ ଅବା ବୁଢ଼ା ହେଉ, ମା' ଜେଜୀବୁଢ଼ୀ ଭଳିଆ ହେଉ, କାହାରି ନୀତି ଅନୀତି କଥା ଦେଖିଲେ ସେ ଏପରି ଗୋଟିଏ ଛଟା ମେଲିଦିଏ ଯେ ଲୋକ ମରଣ ସନ୍ତୋଷ ହୋଇଯାଏ, ମାଡ଼ଠାରୁ ବଳିପଡ଼େ, ଲୋକଟା ଗାଁ ରେ ମୁଣ୍ଡ ଟେକିପାରେ ନାହିଁ। ଏ ସବୁ ଦେଖି ଶୁଣି ଲେଖକ ତା ବିଷୟରେ ସାବଧାନ ହୋଇ ଚଳିବାକୁ ବିବେଚନା କରେ।

ଗଲା ଏଗାର ଅଙ୍କରେ ଗ୍ରାମ ମଧ୍ୟରେ ଯେଉଁ ଭାରି ଡ଼ାଙ୍କୁଣୀ ଗୋଳଟା ପଡ଼ିଥିଲା, ଆଜିଯାଏ ସେ କଥାଟା ମନରେ ପଡ଼ିଗଲେ ଲୋମ ଟାଙ୍କୁରି ଉଠେ। ଲୋକେ ଦଶପଣ ଛ ପଣ ହୋଇଯାଇଥିଲେ – ବେଶୀ ଭାଗଟା ଉଜାଡ଼। ସେହି ବାଡ଼ିରେ ଗେହ୍ଲେଇର ଗେରସ୍ତ ଘନ ବିଶ୍ୱାଳ, ଶାଶୁବୁଢ଼ୀ ଚେମୀ ଆଉ ଦେଢ଼ବର୍ଷର ଗୋଟିଏ ପୁଅ ଲାଗ ଲାଗ ଦିନରେ ଚାଲିଗଲେ। ଗାଁ ଭିତରେ ସେତେବେଳେ ଇମିତି ଗୋଟିଏ ହାଉଳି ପଶିଯାଇଥିଲା ଯେ ସଞ୍ଜ ହେଲା ତ ସମସ୍ତଙ୍କ ଦୁଆରେ ତାଟିକବାଟ ବନ୍ଦ। କାହାରି କାହାରି ଘରେ ଦୁଇ – ତିନିଦିନର ମୁରଦାର ପଡ଼ି ରହିଛି, କେହି କାହାରି ଦୁଆରକୁ ଯିବାକୁ ନାହିଁ, ଉଠାଉଛି କିଏ? ତେତେବେଳକୁ ଗେହ୍ଲେଇର ବୟସ କୋଡ଼ିକରୁ ଊଣା। ବୋହୂଟା ଘରୁ ବାହାରି ନାହିଁ – କାହାକୁ ବା ଚିହ୍ନେ ; କାହାକୁ

ଡାକିବାକୁ ଯିବ – ଆସୁଛି ବା କିଏ? ଗେହ୍ଲେଇ ତେତେବେଳେ ଦେଖିଲା ଯେ ଚାରିଆଡ଼ ଅନ୍ଧାର – କ'ଣ କରିବ? ବୃନ୍ଦାବତୀ ଚଉରାଟି ମଝି ବାହାରେ – ଶାଶୁଘରେ ଗୋଡ଼ଦେବା ଦିନରୁ ସେ ବୃନ୍ଦାବତୀକୁ ବଡ଼ ଭକ୍ତି କରେ। ରୋଜ ଗୋବରପାଣିରେ ଲିପାପୋଛା କରିଦିଏ, ବଳିତାଟାଏ ଜାଳି ସଞ୍ଜ ଦିଏ, ବେକରେ ପଟକା ପକାଇ ଢେର୍ ବେଳ ଯାଏ ଜୁହାର ହୁଏ। ବୃନ୍ଦାବତୀ ଉପରେ ତା'ର ଭାରି ଭକ୍ତି – ତା' ଜାଣିବାରେ ବୃନ୍ଦାବତୀ ସଂସାର ଆତଯାତ କରୁଛନ୍ତି ସମସ୍ତଙ୍କ ଦୁଃଖଗୁହାରି ଶୁଣନ୍ତି। ବୃନ୍ଦାବତୀଙ୍କୁ ଚାହିଁ ଢେର କାନ୍ଦିଲା – ଢେର୍ ମୁଣ୍ଡିଆ ମାରିଲା ଢେର ପ୍ରାର୍ଥନା କଲା। ତେତିକିବେଳେ ଭାରି ଗୋଟାଏ ହେମନ୍ତ ବାନ୍ଧିଲା – ପଣତକାନିଟା ଅଣ୍ଟାରେ ଭିଡ଼ିଦେଲା – ଗୋଟି ଗୋଟି କରି ମୁରଦାରକୁ ଘୋଷାରି ମଶାଣିରେ ଫୋପାଡ଼ି ଦେଇ ଆସିଲା। କେତେବେଳେ ମନ ଟିକିଏ ଘାବରିଗଲେ ବୃନ୍ଦାବତୀ, ବୃନ୍ଦାବତୀ ମା – ମା – ମା-ବୃନ୍ଦାବତୀ ବୋଲି ପାଟିକରେ – ହେମନ୍ତ ବାନ୍ଧିଯାଏ।

ଏତେବେଳେ ଗେହ୍ଲେଇ ଘରକୁ ଏକୁଟିଆ, ମଝି ଗାଁରେ ଘର। ଘର ଏକ ଦାଣ୍ଡିରେ ଦୁଇବଖରା ଘର ଲଗାତ ଆଗକୁ ପରିଛିତି, ପରିଛିତିରେ ଆଗ ପଦାକୁ ବାହାରିବାର ଦୁଆର। ଘର ଦୁଇ ବଖରାରୁ ସାନ ବଖରାଟିରେ ରନ୍ଧାବଢ଼ା ଖିଆପିଆ କରେ, ବଡ଼ ବଖରାଟି ଶୋଇବାଘର – ସେହି ଘରେ ସାନ କଇରିଟିରେ ଧାନ ଆଉ ମାଳମତା ବୋଇଲେ ପାଛିଆ, କୁଣ୍ଡେଇ, କଂସାବାସନ ଦିଂଖଣ୍ଡ। ଗୋଟିଏ ପାଖ ପରଛିତିଲଗା ଚାଳିଆରେ ଢିଙ୍କିଟିଏ ପଡ଼ିଛି; ତାହା ଆଖପାଖକୁ ଚାଳିଆରେ ଗାଈ ବାଛୁରୀ ତିନିଟା ବନ୍ଧା।

ବାଡ଼ି ଛାଡ଼ିଗଲା – ଲୋକେ ଆପଣା ଆପଣା ଦୁଃଖଧନ୍ଦାରେ ଲାଗିଲେଣି। ଗେହ୍ଲେଇ ଘରର ଆଗ ଦୁଆର କବାଟଟି କିଳି ଦେଇ ଘର ମଧ୍ୟରେ ଆପଣା ଧନ୍ଦାରେ ଲାଗିଥାଏ। ବେଳ ବୁଡ଼ିଲେ ସାଇପଡ଼ିଶାଙ୍କ ଦୁଆରକୁ ଯାଇ ବୋହୂଝିଅଙ୍କ ସାଙ୍ଗରେ ଦୁଇଟା କଥାଭାଷା ହୋଇଆସେ। ସଞ୍ଜ ବାଜିଲେ ବୃନ୍ଦାବତୀ ଚଉରା ଆଗରେ ସଞ୍ଜଦୀପଟି ଜାଳି ଦେଇ ମା' ବୃନ୍ଦାବତୀ କହି ଘଡ଼ିଏ ଯାଏ ଜୁହାର – ଦୁଃଖସୁଖ କଥା ଜଣାଣ କରେ, ବୃନ୍ଦାବତୀଙ୍କ ଠାରୁ ବର ମାଗେ। ବାଧିକା ପଡ଼ିଲେ ବୈଦପାଖରୁ ଔଷଧ ଖାଇବାର କେହି ଦେଖିନାହିଁ, ତେତେବେଳେ ଚଉରା ଆଗରେ କତରା ଖଣ୍ଡେ ମେଲିଦେଇ ଅଧିଆ ପଡ଼ିଥାଏ – ମନଦୁଃଖ କଥା ଜଣାଉଥାଏ, ତାହାର ନିଶ୍ଚୟ ବିଶ୍ୱାସ, ବୃନ୍ଦାବତୀ ସଂସାରର କର୍ତ୍ତା। ଆଉ ଧର୍ମ କଥା କେଉଁଠାରୁ କିଛି ସେ ଶୁଣିନାହିଁ। ଗେରସ୍ତ, ଶାଶୁ ମରିବାବେଳେ ଶୁଦ୍ଧକ୍ରିୟାରେ ସବୁ ଲାଗିଯାଇଛି – ଘରେ ଆଉ କିଛି ନ ଥିଲା – ହେଲେ ଦିନକ ପାଇଁ କାହାର ଦୁଆରେ ଆଦୁର୍ଯ୍ୟା ହୋଇନାହିଁ। ଘରେ ତିନୋଟି ଗାଈ, ପଡ଼ିଆ, ଉଠିଆ ବରଷ ଲାଗଣି ଦୁଧ। ଦୁଧସବୁ ବିକିଦିଏ, ପାଏ

ଅଧିସେର ଦହି ବସାଏ। ଚହ୍ଲା ପାଣି ମନ୍ଦାକ ତରକାରି କରେ, ଘିଅ ଟିକିଏ ଟିକିଏ ଜମାଇ ସେର ଅଧସେର ହେଲେ ବିକିଦିଏ। ଶଶୁର ଚାଷଜମି ଦୁଇମାଣ ବଖରାରେ ଲଗାଇ ଦେଇଛି। ବାଡ଼ିରେ ମଝିବାହାର ଓଳିପନ୍ଦାଡ଼ରେ ଦୁଇଟା କଖାରୁ ମଞ୍ଜି, ଦୁଇଟା ପୋଇ ମଞ୍ଜି ବେଳ ଜାଣି ପୋତି ଦିଏ – ଫଳ କନ୍ଦଳ ଘର ତିଅଣ ବାହାରେ ବିକାବିକି କରି ଦୁଇ ଚାରି ଅଣା ହାତପୈଠ କରେ। ଧାନ ଏକା ଉସାଁଏ- ଶୁଖାଏ-ନଗି ଖଣ୍ଡକରେ ଶୁଖାଇ ଏକା ଧପଡ଼ ଧପଡ଼ କରି କୁଟି ପକାଏ, ଆଉ କାହାରିକୁ ଡ଼ାକେ ନାହିଁ। ସବୁବେଳେ କବାଟ କିଳା, ଇଚ୍ଛା ତା' ଦୁଆରକୁ କେହି ନ ଆସୁ। କେହି ବୋହୂଭୁଆସୁଣୀ ହେଲେ କେବେ ତା' ଦୁଆର ମାଡ଼ି ଆସନ୍ତି – ତାହା ଖୁବ ବି ଦରକାର ପଡ଼ିଲେ। ଭୁଲ ଭଟକାରେ କେହି ମିଣିପଲୋକ ଦୁଆରକୁ ଆସିଲେ ଭିତରେ ଥାଇ କଥା କହେ, କବାଟ ଫିଟାଏ ନାହିଁ। ଘରଦୁଆର ଛାଞ୍ଚୁଣୀଟା ଧରି ଦିନକୁ ତିନି ଥର ଓଳାଉ ଥାଏ – ଅଳିଆ ବୋଲି ଦେଖିବ ନାହିଁ। ଛଟକ କରି ଦେହରେ ଗହଣାଗାଣ୍ଠି ଦି'ଖଣ୍ଡ ଲଗାଇବା – ମୁଣ୍ଡ କୁଣ୍ଡାଇବା କେହି ଦେଖିନାହିଁ – ହେଲେ ଦେହର ଲୁଗାଖଣ୍ଡକ ସବୁବେଳେ ସଫାସୁତୁରା। ଭାତତିଅଣ ତ ଘରେ ଜାଳରୁ ଘଷି ବଳିପଡ଼େ – ସେତିକିରେ ଲୁଣ ତେଲ ଚଳିଯାଏ। ଏକାବେଳେ ହାଟରୁ ଥରେ କିଣିପକାଇଥାଏ, ମାସେ ଦି'ମାସ ଚଳିଯାଏ। କଥା ପଡ଼ିଲେ, ଗେହ୍ଲେଇ ହାତରେ ଦୁଇ ଚାରିଶ ଟଙ୍କା ଅଛି ବୋଲି ଗାଁ ଲୋକେ କହିପକାନ୍ତି – କେହି ହଜାର ହାଙ୍କିଦିଏ।

ଗେହ୍ଲେଇ ସୁନ୍ଦରୀ, ପୂର୍ଣ୍ଣ ଯୁବତୀ – ଯେମିତି ସୁନ୍ଦରୀ ନୁହେଁ ଶହ ପଚାଶରେ ଗୋଟାଏ। ଦେହ ଗଠନଟା ଏମନ୍ତ ନିଖୁଣ ଯେ ଅସହଣୀ ମାଇକିନିଆଟା ଖୁଣ୍ଟି ପାରିବ ନାହିଁ। ତେଡ଼େ ଚମ୍ପାଫୁଲିଆ ଚହଟଗୋରା ନ ହେଉ – ହେଲେ ତାକୁ ଗୋରି ବୋଲିବାକୁ ହେବ। ଘରେ ଥାଏ ଏକୁଟିଆ। ଭଲ ମନ୍ଦ ଲୋକେ ସବୁ ଗାଁରେ ଥାନ୍ତି। ଏ ଗାଁରେ କ'ଣ ନାହାନ୍ତି? କେହି ଦୁଷ୍ଟ ଭେଣ୍ଡିଆ ତା' ଆଡ଼କୁ ଅନାଇଲେ କିମ୍ବା ଆକୁ ତାକୁ ଲଗେଇ ପକେଇ ଟାପରା ଟୁପୁରି କଥାଟିଏ କହିଦେଲେ ଗେହ୍ଲେଇ ପାଟି ଫିଟାଇ କାହାରିକୁ କିଛି ରାଗିମାଗି ଗାଳିଗୁଲଜ କରେନାହିଁ ସତ, ହେଲେ ତା' ଆଡ଼କୁ ଏମନ୍ତ ଗୋଟାଏ କଟମଟିଆ ଚାହାଣି ଚାହେଁ ଯେ, ତାହାର ଆତ୍ମପୁରୁଷ ଚମକିଯାଏ – ଡରରେ ପଳାଇଯିବାକୁ ବାଟ ଦିଶେ ନାହିଁ। ସତୀମାନଙ୍କର ନେତ୍ରଦୃଷ୍ଟିରେ ଏମନ୍ତ ଗୋଟାଏ ତେଜ ଥାଏ, ଯେ ଯେପରି ପୁରୁଷ ହେଉ ପଛକେ କଳୁଷିତ ନେତ୍ରରେ ସେମାନଙ୍କୁ ଚାହିଁବାକୁ ସାହସ କରନ୍ତି ନାହିଁ। ଗେହ୍ଲେଇ ସାଇପଡ଼ିଶା ସମସ୍ତଙ୍କ ଦୁଆରକୁ ଯାଏ। ମାଇକିନିଆ ପଲରେ କେଉଁଠି କଳିଗୋଳ ହେଲେ ଧାଇଁଯାଇ ଭାଙ୍ଗିଦେଇ ଆସେ। ସେ ତ ନିଜେ କାହାରି ସାଙ୍ଗରେ କଳି କରେ ନାହିଁ ଆଉ କେହି କଳିଗୋଳ କରୁ, ଏଇଟା ତାହାର ଇଚ୍ଛା ନୁହେଁ। ଶାଶୁ-ବୋହୂ କଳି- ଦୁଇଜଣଯାକ

ଗେହ୍ଲେଇ ପାଖରେ ଫେରାଦ। ସେ ସବୁ ଜାଗାରେ ନୁଆଁଣିଆ ପଟଧରି ଚାଲେ। ଗେହ୍ଲେଇ କଥା ନ ଶୁଣିଲେ ରକ୍ଷା ଅଛି- ଛଟା ମେଲି ମୁଣ୍ଡ ଦି' କଡ଼ା କରିଦେବ ପରା ! ଗେହ୍ଲେଇକୁଡରିବାକୁ ଗ୍ରାମରେ ଲୋକ ଅଛନ୍ତି, ହେଲେ ସେ କାହାରିକୁ ଡରେ ନାହିଁ, ସବୁଥିରେ ସେ ଅଭୟା। ସବୁବେଳେ କହେ, 'ଡର କାହାକୁ, ଭୟ କାହାକୁ – ଠାକୁରେ ଅଛନ୍ତି ଚାରିବାହାକୁ'। ଗେହ୍ଲେଇ ମାଇକିନିଆ ପଲରେ ରସିକା – ପୁରୁଷ ମହଲରେ ପାଷାଣୀ – ଦୃଷ୍ଟ ଲୋକମାନଙ୍କ ସାକ୍ଷାତରେ ସର୍ପିଣୀ।

ଗେହ୍ଲେଇ ଗୋଟଏ ଭଲ ଗୁଣ ଶିଖିଛି – ଧାଇପଣ ଜାଣେ। କେହି ଡାକିଲା ଭଲ ନ ଡାକିଲା ଚିନ୍ତା ନାହିଁ। ଗ୍ରାମରେ କାହାରି ଘର କଥା କାନରେ ପଡ଼ିଲା ତ ହାଜର – ପଇସା କଉଡ଼ିକି ଲୋଭ ନାହିଁ, ଯେପରି ନ ଥିଲା ଜାଗାରେ ହାତରୁ ଦି' ପଇସା ପଡ଼ୁ ପଛକେ ପୁଅାତି ସାଷ୍ଟମ ହେବାଯାଏ ଦିନକୁ ଦଶଥର ଦୁଆରକୁ ଧାଇଁଥିବ। ହେଲେ ଭଲ ଭଲ ଲୋକ ଘରେ ମାଉସୀ ଭଳିଆ ମୁରବି ସ୍ତ୍ରୀମାନେ ମା ଲୋ, ଝିଅ ଲୋ ସୁଆଗିଆ କଥା କହି ନୂଆ ଲୁଗାଖଣ୍ଡେ ତାକୁ ପିନ୍ଧାଇ ଦିଅନ୍ତି। ଘରକୁଆସି ଲୁଗା ପାଲଟିଲା ବେଳେ ଦେଖେ ପଣତକାନିରେ କେତେଟା ଟଙ୍କା ବନ୍ଧା। ଘରେ ବେତପେଡ଼ିରେ ମାଇକିନିଆ ବେଢ଼ଣ ନୂଆଲୁଗା ଭର୍ତ୍ତି। ଗାଁ ରେ କେହିଁ ମାଇକିନିଆ ବାଧିକି ପଡ଼ିଲେ ତାହାର ଯଦି କେହି ନ ଥାଏ, ରାତିଯାକ ଜଗିବସିବ। ଠଣ୍‌କା ଠଣ୍‌କା କେତେଟା ଔଷଧ ବି ଜାଣେ, ଏଥିଲାଗି ଗାଁଆରେ ତାକୁ ସମସ୍ତେ ମାନନ୍ତି। ସେ କାହାର ଅପା, ଧର୍ମଝିଅ, ଝିଆରି, ପିଉସୀ- କାହାର ବଉଳ, ଆମ୍ବକଷି, କାହାର ବା ସଙ୍ଗାତ। କାହରି କାହାରିକୁ ଟାପରାରେ ସଉତୁଣୀ ବୋଲି ଡ଼ାକେ। ସେ ଡ଼ାକଡୁକରେ ଲେଖାଯୋଖା ଲଗାଏ ତାହା ନୁହେଁ, ସେ ଯାହାକୁ ଡ଼ାକେ, ତାକୁ ସେହିପରି ମଣେ। ଗାଁ ଯାକ ତାହାର ଆପଣା ଲୋକ। ତା'ର ଗୋଟିଏ ଶଙ୍ଖୀ ବିରାଡ଼ି ଅଛି, ଦିନଯାକ ଘର ଭିତରେ ତା' ସଙ୍ଗରେ କଥାଭାଷା ହୁଏ, ତାକୁ ସବୁ କଥା ପଚାରେ-ଦିନେ ଦିନେ ହାତରେ ପାଇଟି ନଥିଲେ ତା' ସାଙ୍ଗରେ ବସି ମିଛରେ କଳିଟାଏ ଲଗାଇଥାଏ। ବିରାଡ଼ିଟା ବି ଦିନଯାକ ପଛେ ପଛେ ଗୋଡ଼ାଇଥାଏ, ସାଙ୍ଗରେ ଖାଏ, ପାଖରେ ଶୁଏ। ଗେହ୍ଲେଇର ଗୋଟାଏ ଭାରି ଦୋଷ, କାହାରି ମିଛ ବଡ଼ିମା ସହିପାରେ ନାହିଁ।

ଦଶ

ଚାନ୍ଦମଣିର ମଙ୍ଗଳକୃତ୍ୟ

ଯାସ୍ୟତ୍ୟଦ୍ୟ ଶକୁନ୍ତଳେତି ହୃଦୟଂ ସଂସ୍ପୃଷ୍ଟମୁତକଣ୍ଠାୟା
ଅନ୍ତର୍ବ ଷ୍ପଭରୋପରୋଧି ଗଦିତଂ ଚିନ୍ତାଜଡଂ ଦର୍ଶନଂ।

ବୈକ୍ଲବ୍ୟଂ ମମ ତାବଦୀଦୃଶମହୋ ସ୍ନେହ ଦରଣ୍ୟୌ କସଃ
ପୀଡ୍ୟନ୍ତେ ଗୃହିଣଃ କଥଂ ନ ତନୟାବିଶ୍ଳେଷଦୁଃଖୈର୍ନ ବୈଃ।
(ଅଭିଜ୍ଞାନ ଶକୁନ୍ତଳା)

ଶ୍ରୀ ଶ୍ରୀ ଶ୍ରୀ ପ୍ରତାପଉଦିତ ମଲ୍ଲ ଉତ୍ତରରାୟଙ୍କ ସହିତ ଚାନ୍ଦମଣିର ମଙ୍ଗଳକୃତ୍ୟ ବଢ଼ିଗଲାଣି। ଅଶୀ ନବେ ବର୍ଷର ପୁରୁଣା ବୁଢ଼ାମାନେ କହନ୍ତି, ଏପରି ବିବାହ ଉତ୍ସବ ଭୂମଣ୍ଡଳରେ କେବେ ଦେଖା ନଥିଲା। ବିବାହ ଉତ୍ତାରେ ଦଶ ପନ୍ଦର କୋଶ ଗ୍ରାମର ଲୋକ ସେହି କଥା ଗାଇ ହେଉଥିଲେ। କେହି କଲିକତା ଓ କଟକରୁ ଆସିଥିବା ବାଣ କଥା, କେହି ନାଟରଙ୍ଗ କଥା, କେହି ବିଲେଇତି ଆଲୁଅ କଥା କହି ହେଉଥାଏ। ଅନେକ ଲୋକ ବର କନ୍ୟା ପ୍ରସଙ୍ଗରେ ଲାଗିଥାନ୍ତି – ଏପରି ରୂପ,ଏପରି ଗୁଣ ମାନବଲୋକରେ ହୁଏ ନାହିଁ। ଏମାନେ ସ୍ୱର୍ଗର ଦେବୀ। ବର ଗହଣରେ ଗୋଟି ଗଣନ୍ତା ଶହେ ଖଣ୍ଡେ ସବାରି ଆସିଥିଲା। ହାତୀ ଘୋଡ଼ା ଓଟ ଢେର୍ ଥିଲେ, ପାଇକ ପଇଦଳ ବେଠିଆ କୋଠିଆ ପ୍ରଜାପାଟକ ଅଗଣନ୍ତା, ଦେଖଣାହାରି ଗଣେ କିଏ। ବିଭା ଆଠଦିନ ଆଗରୁ ସା'ନ୍ତ ଦାଶରଥି ଦାସେ ଗ୍ରାମରେ ଘର ଘର ବୁଲି ନିମନ୍ତ୍ରଣ କରି ଆସିଥିଲେ। ସରସ୍ୱତୀ ଦେଈ ସ୍ତ୍ରୀ ମାନଙ୍କ ହାତଓଠ ଧରି, ମା' ଲୋ ଅପା ଲୋ,ଝିଅ ଲୋ, ଯାହାକୁ ଯେ ରକମ, ସୁଆଗିଆ କଥାରେ କହିଲେ, ଚାନ୍ଦ ତୁମମାନଙ୍କ ଝିଅ, ତୁମେମାନେ ଯାଇ ତାହାର ମଙ୍ଗଳକୃତ୍ୟ ବଢ଼ାଇବ। ଗେହ୍ଲେଇ ଦୁଆରେ ଆଠଦିନ ଆଗରୁ କୋଲପ ପଡ଼ିଛି। ସରସ୍ୱତୀ ଦେଈ ତାକୁ କାନିଗଣ୍ଠିଲା କରି ଧରିଛନ୍ତି। ସେ ବି ଖିଆପିଆ ପାସୋରି ଗଲାଣି। ପାଇଟି ତୁଲେଇବାକୁ ତା' ସମକକ୍ଷ କିଏ? ସମସ୍ତେ କହନ୍ତି, ସରସ୍ୱତୀ ଆଉ ଗେହ୍ଲେଇ ଯୋଗେ କାମ ନିଭିଲା। ଦାସେ ତ ଭକୁଆ ହୋଇ ବସିଥାନ୍ତି। ଅଭଡ଼ା ମଙ୍ଗଳନ ହଳଦୀପକା ଦିନରୁ ଗାଁର କି ମରଦ କି ମାଇକିନିଆ ସମସ୍ତେ ଦାସଙ୍କ ଦୁଆରେ ଦାଖଲ। ପଚରା ନାହିଁ, ଓଚରା ନାହିଁ, ଯାହା ଆଗରେ ଯେଉଁ ପାଇଟିଟା ପଡୁଛି ସେ ତାକୁ ପେଲି ନେଉଛି। ସମସ୍ତେ ମଣିଛନ୍ତି ଆପଣାର କାମ। ବୋଇଲା 'ନ ଦେବୁ ଧନ, କହିବୁ ଦିବ୍ୟ ବଚନ।' ସରସ୍ୱତୀ ଦେଈଙ୍କ ମଧୁର ବଚନରେ ସମସ୍ତେ କିଣା।

ଦାସଙ୍କ ଘରର ଚଳାଚଳ କଥା ଉତ୍ତରରାୟ ଉଆସକୁ ଅଜଣା ନଥିଲା। ସଦର ଛାମୁକରଣେ ଗଙ୍ଗାଧର ପଟ୍ଟନାୟକେ ଦିନେ ରୁକଣାଦେଇପୁରକୁ ଆସି ଦାସଙ୍କ ସହିତ ବିଭା ପ୍ରସଙ୍ଗରେ କଥାଭାଷା ହୋଇଥିଲେ। ପଟ୍ଟନାୟକେ ଯେ ସବୁ କଥା ପକାଇଥିଲେ, ସେଥିର ସାରମର୍ମ ଏହି ବରଙ୍କ ଗହଣରେ ତ ଢେର୍ ଢେର୍ ଲୋକ ଆସିବେ – ସେମାନଙ୍କ ଚଳାଚଳ ଭଳିଆ ଉତ୍ତରରାୟଙ୍କ ଉଆସରୁ କିଛି ଆସିଲେ ଭଲ ହୁଅନ୍ତା ନାହିଁ? ପଟ୍ଟନାୟକେ କରଣ ପିଲା, ଜାଣିବା ଶୁଣିବାରେ ଗୋଟିଏ ପୁରୁଣା

ଲୋକ – ସବୁ କୁଳ ମହତକୁ ଜଗି କଥା କହିବା ତାଙ୍କ ଠାରୁ ଆଉ ଅଧିକ କାହାକୁ ଜଣା? ସେ କଣ ଟାଉକରି ଗୋଟାଏ କଥା କହିବସନ୍ତେ ଯେ ଉତ୍ତରରାୟ ସା'ନ୍ତ ତୁମକୁ ସାହାଯ୍ୟ କରିବେ? ଦାସେ ଆପଣା ବଳକୁ କଷି ଧପସପ ହେଉଥିଲେ, ଏଣେ ସରସ୍ୱତୀ ଦେଈଙ୍କ କାନରେ ଯେମିତି କଥାଟା ବାଜିଗଲା, ଧାଇଁଆସି କହିଲେ- "ନାହିଁ – ନାହିଁ –ନାହିଁ – ନାହିଁ ସେ କଥାଟା କେବେ ହେବାର ନୁହେଁ। ସରସ୍ୱତୀ ଦେଈଙ୍କ ବାପ ଅମଳରୁ ଆଉ ଶ୍ୱଶୁର ଅମଳରୁ କିଛି ଜମିଜମା ଥିଲା- ରୁକୁଣାଦେଈପୁରକୁ ଆସି ଦାସଙ୍କ ଜରିଆରେ ସେ ସବୁ ବିକିବାକି ପକାଇ ଟଙ୍କାଟା ପେଡ଼ିରେ ବାନ୍ଧି ଆପଣା ପାଖରେ ରଖିଥିଲେ, ସବୁ ବାହାର କରି ପକାଇଲେ "ଆଉ କେଉଁ ଦିନକୁ – କାହା ପାଇଁ? ଯାହାଲାଗି ଛଅିଥିଲି ତା ପିଛେ ଯାଉ।"

ଦେଶ ବେଭାର ବା ଆପଣା କୁଳମାନଙ୍କୁ ନ ଅନାଇ ସବାରି ଖଣ୍ଡକରେ ବସି ସରସ୍ୱତୀ ଦେଈ ଚାନ୍ଦମଣି ଗହଣରେ ଗଡ଼ ନରିପୁରକୁ ଚାଲିଗଲେ। ଚାନ୍ଦମଣି ମେଲାଣି ବେଳେ ଗାଁ ଗୋଟାଯାକ ଉଛୁଳି ପଡ଼ିଲା, କି ସ୍ତ୍ରୀ କି ପୁରୁଷ ସମସ୍ତେ ଡକାପକାଇଲେ, ଚାନ୍ଦମଣି ଯେମନ୍ତ ସମସ୍ତଙ୍କର ଝିଅ। ପିତାମାତାଙ୍କ ଅକୁଳ କ୍ରନ୍ଦନ କଥା ଆଉ କ'ଣ କହିଁବୁ। ବର୍ଷକଯାଏ ଦାସଙ୍କ ଘରର ଦାଣ୍ଡକବାଟ ଉଦୁଆ ହୋଇଥିବାର କେହି ଦେଖିନାହିଁ।

ଏଗାର

ନଟବରର ବିବାହ

ଛୁଟିର ମିଆଦ ସରିଗଲା। ନାଜର ଦାଶରଥି ଦାସେ ଘରର ଚଳାଚଳ ଭାର ବଡ଼ପୁଅ ବାନାମ୍ବର ହାତରେ ଦେଇ କଟକ ଚାଲିଆସିଲେ। ସାଙ୍ଗରେ ଆଇଲେ କେବଳ ସାନପୁଅ ନଟବର।

ନଟବର ବର୍ତ୍ତମାନ କଟକ କିଲଟରୀ ମୁନସୀଖାନାର ତୌଜିନବିସ କାମ ଶିଖୁଛନ୍ତି। ଦୁଇ ତିନି ବର୍ଷ ବହିଗଲାଣି, ନଟବର ବର୍ତ୍ତମାନ ପିଲାଟିଏ ନୁହନ୍ତି, ମୁଣ୍ଡକୁ ହାତ ପାଇଗଲାଣି। ସଞ୍ଜବାଜିଲା ତ ସେ ବଜାର ବୁଲି ବାହାରିଲେ – ଦିନେ ଦିନେ ବସାକୁ ଫେରିବାକୁ ରାତି ଢେର ହୋଇଯାଏ, ଦାସେ ଦିକଦାର୍ ହୋଇ କିଛି କଥା କହିଲେ, ମୁହେଁ ମୁହେଁ ଠୋ ଠୋ ଜବାବ ଦେଇ ବସନ୍ତି। ବାପର ନିତାନ୍ତ ଅବାଧ, କାମ ପାଇଟି ଭଲ ମନ୍ଦରେ କିଛି କଥା କହିଲେ ମୁହଁ ମୋଡ଼ି ଦେଇ ଚାଲିଯାଆନ୍ତି। ଦାସେ ପୁଅ ଚରିତ୍ରରେ ଏମନ୍ତ କିଛି ଦେଖିଲେଣି, ତାହାକୁ ଅବିବାହିତ ଅବସ୍ଥାରେ ରଖିବା ଏଣିକି ନିରାପଦ କଥା ନୁହେଁ। ବନ୍ଧୁବାନ୍ଧବ ପାଞ୍ଚଜଣ ବି ଆସି କହିଗଲେଣି, ଭେଣ୍ଡିଆ

ପୁଅ, କଟକ ପରା ଜାଗା, ସେମାନେ କି ମୁହଁ କଥାରେ ସମ୍ଭଳା ପଡ଼ନ୍ତି? ଦାସେ ବୁଝିଲେ କଥାଟା ମିଛ ନୁହେଁ। କନ୍ୟା ଖୋଜା ଲାଗିଲା – ସେଇଟା କ'ଣ ପଦାରେ ପଡ଼ିଛି, ଧାଇଁଯାଇ ଗୋଟାଇ ଆଣିଲେ ହେଲା ! ଦଶ ଜାଗାରେ ଦଶ କଥା ଘଟିଲା – ଘର ଭଲ ତ କନ୍ୟା ଭଲ ନୁହେଁ – କେଉଁଠି କନ୍ୟାଟି ଖୁବ୍ ବଡ଼, କେଉଁଠି ଖୁବ ସାନ। ହେଲା ତ, କୋଷ୍ଠୀ ଅମେଳ। ଦାସେ ଲାଗିଲୁଚି ନାକେଦମ ହୋଇଗଲାଣି। ବର୍ଷେକାଳ ବିତିଗଲାଣି – କଥା କିନାରା ଲାଗୁନାହିଁ। ଶେଷରେ ଦାସେ ଭାରି ଗୋଟାଏ ଦିକ୍‌କାର ହୋଇ କହିଲେ, 'ଦୂର୍‌କର୍! ଆଉ ଏତେ ବୁଝାବୁଝି ନାହିଁ – ଏଇଥର ଯେଉଁଠୁ କଥା ଆସିବ, ସେଇଠି କରିବି।'' ଶେଷରେ ଜବାବ ଅଇଲା କିଲେ ହରିଶପୁର, ଅସୁରଗଡ଼ିଆ ମୌଜା, ଛକଡ଼ି ପଟ୍ଟନାୟକଙ୍କ ଘରୁ। କନ୍ୟାଟି ଘରଯୋଗା-ବୟସ କୋଡ଼ିଏ, କୋଷ୍ଠୀ ଅଣାଇ ବୁଝା ବୁଝି ହେଲା। ଶ୍ରୀ ନାୟକେ ଦୁଇଜଣଙ୍କ ଟିପଣା ଭୂଇଁରେ କାଟି ବୁଝାବୁଝି କଲେ। ଶ୍ଳୋକ ପଢ଼ାପଢ଼ି କଲେ, ଶେଷରେ ଖଡ଼ିଗୋଟାକିଟି ତଳେ ଥୋଇଦେଇ କହିଲେ – ''ବୁଝିବା ହେଲେ ଦାସେ, ଶହ ପଚାଶରେ ମେଳକଟା ଦେଖିଲି। ନଅଟା ମେଳକରୁ ଆଠଟା ଏକାବେଳେ ଠିକ୍ – ଦୁଇ ଜଣଙ୍କର ଗଣ ମିଳି ଯାଇଛି – ବୋଇଲା ଦୁହିଁଙ୍କର ଅସୁରଗଣ। ଦାଶରଥି ଦାସେ କିଞ୍ଚିତ୍ ଚଞ୍ଚଳ ହୋଇ ପଚାରିଲେ, ''ଅସୁରଗଣ କଣ ଶ୍ରୀ ନାୟକେ? ''ନାହିଁ ନାହିଁ, ଏଇଟା ହେଲା ଜ୍ୟୋତିଷ ଶାସ୍ତ୍ରର ମେଳକ କଥା। ଦୁଇଜଣଙ୍କର ଏକା ଗଣ ହେଲେ ବଡ଼ ଭଲ ମେଳରେ ରହିବେ – କଳିକଜିଆ ଲାଗିବ ନାହିଁ। ଆଉ ଦେଖୁଛି, କନ୍ୟାଟିର ମେଷ ଲଗ୍ନ, ଧନ ସ୍ଥାନରେ ବୃଷ ଚନ୍ଦ୍ର ଏକାବେଳେ ସେ ଘରକୁ ମାଡ଼ିବସିଛି – ବୃଷରେ ଚନ୍ଦ୍ର ତୁଙ୍ଗୀ। ଧନ ଦିନେ ଛାଡ଼ ହେବ ନାହିଁ – ଚନ୍ଦ୍ର ମହାଦଶା ପଡ଼ିଲା ବୋଲି ଜାଣ, ଏଇ ଦଶା ପଡ଼ିଲେ ସେ ଗୋଟିଏ ରାଣୀ ହୋଇପଡ଼ିବ। ଏ ଦଶା ପଡ଼ିବାକୁ ବାକି ରହିଲା ଦୁଇମାସ ଅଠରଦିନ। ବର୍ତ୍ତମାନ ଭୋଗ କରୁଛି ବୁଧ ଦଶା। ହେଲେ – ଏ କୋଷ୍ଠୀରେ ଗୋଟିଏ ବଡ଼ ଦୋଷ ରହିଛି। ଜାତକର ଫଳାଫଳ ଲୁଚାଇବାକୁ ପାଠରେ ମନା – ନବୋଲିବି କିପରି?ପଞ୍ଚମ ସ୍ଥାନରେ ରହିଛି ମଙ୍ଗଳ, ପୁଣି ତାକୁ ଦେଖିଛି ଶନି। ହେଲେ କ'ଣ ହେଲା, ଏକପାଦ ମାତ୍ର ଦୃଷ୍ଟି।

'ପାଦେକ ଦୃଷ୍ଟି ଦଶମ ତୃତୀୟେ, ଦ୍ୱିପାଦ ଦୃଷ୍ଟି ନବ ପଞ୍ଚକେଷୁ।
ତ୍ରିପାଦ ଦୃଷ୍ଟି ଚତୁରାଷ୍ଟକେଷୁ ସମ୍ପୂର୍ଣ୍ଣ ସମସପ୍ତକେଷୁ।'
ଏପରି ହେଲେ ସନ୍ତାନ ପକ୍ଷରେ କଷ୍ଟ
ଦାସେ – ଦୋଷ ମେଣ୍ଟିବାର କିଛିବାଟ ନାହିଁ?

ଜ୍ୟୋତିଷ-କ୍ୟାଁ ନଥିବ? ଋଷିମାନେ କ'ଣ କିଛି ଛାଡ଼ିଛନ୍ତି? ଦାନେ ଦୁର୍ଗତିକ୍ଷୟ ବନ୍ଧାପନା ରାତ୍ରରେ ପ୍ରାୟଶ୍ଚିତ ଦରକାର। ସେଥିର ଡ଼ାବ ମୁଁ ପଛରେ ଦେବି।

ସବୁ ହେଲା, ଘରଟି ବି ଭଲ, ଶ୍ରେଷ୍ଠ କରଣ, ହେଲେ ଦାସେ ଯେତେବେଳେ ଶୁଣିଲେ କନ୍ୟାଟିର ବାପ ଛକଡ଼ି ପଟ୍ଟନାୟକେ ଗୋଟିଏ ଜମିଦାର ଘରେ ପିଆଦା ଥିଲେ – ଚାରିବର୍ଷ ହେଲା ମରିଛନ୍ତି, ବିଧବା ମା' ଦରିଦ୍ରା, ଅଠର ବର୍ଷର ଭେଣ୍ଡିଆ ପୁଅ ଘରେ, ତାଙ୍କ ମନଟା କେମିତିକା ପଛ ପଛ ହେଲା। ଏଣେ ନଟବର ସବୁକଥା ଶୁଣି ଗୋଟିଏ ହଟ ଧରିଲା, ସେହି କନ୍ୟାକୁ ବିଭା ହେବ। ଦରିଦ୍ରର କନ୍ୟା ହେଲେ କ'ଣ ହେଲା – ସୁଲକ୍ଷଣା ତ – ରାଜଲକ୍ଷ୍ମୀ ହେବ, ଆଉ କ'ଣ ଲୋଡ଼ା? ନଟବର ମତଲବ ଏଣିକି ଆଉ ରକମ – ବାପେ ଯାହା କହିବେ, ସେ ତାହାର ଓଲଟା କାମ କରିବ। ବାପ ଯେ ଇଂରାଜୀ ଜାଣେ ନାହିଁ – ସେ ଏଣ୍ଟ୍ରାନସ ପାସ କରିଛି; କେତେ କିତାବ ପଢିଲାଣି, ସବୁ କଥା ବୁଝି ସମଝି ପାରେ। ମା' ଆଉ ଧାଈମା, ଧାଈ ବେହେରା ପଠାଇ କନ୍ୟାକୁ ଦେଖି ଆସିବାକୁ କହିଲେ – ନଟବର ତାହା ମଧ୍ୟ ଭାଙ୍ଗିଦେଲା କେଜାଣି ସେଥିରୁ ଗୋଟାଏ କିଛି ବଖଡ଼ ବାହାରିବ। ମେଷ କୃଷ୍ଣପଞ୍ଚମୀ ରାତ୍ରୀ ଛ'ଦଣ୍ଡ ଉତ୍ତାରେ ମଘା ନକ୍ଷତ୍ର ସ୍ପର୍ଶ ବେଳେ ବିଭାଲଗ୍ନ ସ୍ଥିର ହେଲା।

ବାନାମ୍ବର ଆଉ ଚାନ୍ଦମଣିର ବିଭାଘର ଖରଚରେ ଦାସେ ଏଯାଏଁ ସଳଖି ବସି ପାରିନାହାନ୍ତି। ଏଣେ ନଟବର ବିଭା ଟାଳି ହେଉ ନାହିଁ। ଗାଁରେ ବିଭା କରାଇଲେ, ଖରଚ ବେଶି। ବନ୍ଧୁବାନ୍ଧବ ପାଞ୍ଚଜଣକୁ ସଙ୍ଖୋଳିବାକୁ ହେବ। ଗାଁ ପାଞ୍ଚଘର ପ୍ରିୟାପ୍ରୀତି ନ ଲୋଡ଼ିଲେ ନୁହେଁ, ବିଦେଶରେ କିଏ ପଚାରେ। ତୁଳାଣ ଭଳି କାର୍ଯ୍ୟଟାଏ କରିଦେଲେ ହେଲା। କଟକ ତୁଳସୀପୁରରେ ମାସକ ପାଇଁ ଗୋଟିଏ ବଙ୍ଗଳା ଭଡ଼ା କଲେ। ଗାଁରୁ ସ୍ତ୍ରୀ ମେନକା ଦେଈ, ବଡ଼ପୁଅ ବାନାମ୍ବର, ବଡ଼ବୋହୂ ଆସିଲେ ଆଉ ଗଡ଼ ନରିପୁରରୁ ଅଇଲେ ଧାଈମା ସରସ୍ୱତୀ ଦେଈ।ବର ଯଦି ଅସୁରଗଡ଼ିଆ ଗ୍ରାମକୁ ବିଭା ହେବାକୁ ଯା'ନ୍ତି ବର ପଟୁଆର ଖରଚ ତୁଲାଇବ କିଏ? କନ୍ୟାର ଜନନୀ, ଅଦ୍ୟାନ୍ନ-ନିବର୍ଜିତା; ହେଲେ କ'ଣ ହେଲା, କରଣଘର, କନ୍ୟାସୁତା ବୋଲି କି ଟଙ୍କାଗୁଡ଼ିଏ ଗଣିନେବେ? ସେ କେବଳ ବିଭା ସକାଶେ ଘର ଲିପାପୋଛା ଆଉ ଇଶାଣ ହାଣ୍ଡିପାଗ ବଦଳାଇବା ପାଇଁ ନଗଦ ପଚାଶଟି ଟଙ୍କା ରୋକଠୋକ ଗଣିନେଇ କନ୍ୟା ବିଦା କରିଦେଲେ।

ଠିକ୍ ଲଗ୍ନରେ କଟକରେ ବିଭା ହୋଇଗଲା। ବରକନ୍ୟା ଜଉ-କଉଡ଼ି ଖେଳବେଳେ ଶାଶୁ-ଶଶୁର ବୋହୂ ମୁହଁ ଦେଖି କିଛି ଟଙ୍କା ହେଉ ବା ଅଳଙ୍କାର ହେଉ ମୁହଁ ଦେଖା ଦିଅନ୍ତି। ଶଶୁର ନଗଦ ପାଞ୍ଚଟି ଟଙ୍କା ଆଉ ଶାଶୁ ଗୋଟିଏ ସୁନାମାଳି ଧରି ମୁହଁଦେଖି ଆସିଲେ।

ବାର

ଶ୍ରୀ ଶ୍ରୀ ପ୍ରତାପଉଦିତ ମଲ୍ଲ ଉତ୍ତରରାୟ

ନୂତନ ଉତ୍ତରରାୟ ଶ୍ରୀ ଶ୍ରୀ ପ୍ରତାପଉଦିତ ମଲ୍ଲଙ୍କ ବୁଝାମଣାରେ ପ୍ରଜାପାଟକଙ୍କ ଆନନ୍ଦ କହିଲେ ନ ସରେ।ସେମାନେ କହନ୍ତି, ଏତେ ଦିନରେ କପାଳ ଫିଟିଲା – ରାମରାଜ୍ୟ ପାଇଲେ। ପଛ ପଛ ଉତ୍ତରରାୟମାନେ ପ୍ରଜାକଣ୍ଟକ ନଥିଲେ ସତ୍ୟ – ହେଲେ ଚଉପଟ ଖେଳ, ବେଣ୍ଟିବୁଲା, ବାଦୀ ଗାଉଣାଶୁଣା ଇତ୍ୟାଦିରେ ସେମାନଙ୍କ ବେଳ ନିଅଣ୍ଟ – ପ୍ରଜାଗୁହାରି ଶୁଣିବାକୁ ସେମାନଙ୍କର ବେଳ କାହିଁ? ନୂଆ ଉତ୍ତରରାୟ ସବୁ ମାମଲା ବୁଝି ସମଜି ଆପଣା ଆଖିରେ ସବୁ ଦେଖି ପୁଣି ନିକାଶ କରନ୍ତି। ପାଞ୍ଜିଆ ପଟୁଆରିମାନଙ୍କ ଉପରେ ଅବିଶ୍ୱାସ ନାହିଁ – ହେଲେ, ସବୁ କାମ ଆପେ ନ ଦେଖିଲେ ତାଙ୍କ ମନ ମାନେ ନାହିଁ। ପାଞ୍ଜିଆମାନଙ୍କର ଆଗେ ଯେ ସବୁ ରୋସମ, ଦସ୍ତୁରି, ଖରଡ଼ାପଣି, ବିଶୋଧନୀ, ମଫସଲ, ଗହିରି ପ୍ରଭୃତି ଆୟ ଥିଲା, ସେ ସବୁ ଉଠାଇଦେଇ କର୍ମଲିହାଜରେ ଦରମା ବେଶୀ କରିଦେଇଛନ୍ତି। ଏଥିରେ ପ୍ରଜା ଆଉ ପାଞ୍ଜିଆମାନଙ୍କ ମନରେ ଭାରି ଆନନ୍ଦ। ଉତ୍ତରରାୟ ମଫସଲର ଗାଁକୁ ବୁଲି ଦେଖିଲେ, ରାଜ୍ୟଟି ବଡ଼ ସୁନ୍ଦର। ମହାନଦୀରୁ ଯୋଡ଼ାଏ ନାଳ ବାହାରି କିଲ୍ଲା ମଧ୍ୟରେ ପଶିବାରୁ ବର୍ଷକୁ ବର୍ଷ ବଢ଼ିପାଣି ମାଡ଼ି ଭୂମିରେ ପଟୁ ଅଜାଡ଼ି ଦିଏ। ଏଥକୁ ଜମିଗୁଡ଼ାକ ବଡ଼ କଳିନ୍ଦ- ବାରଫସଲି। ସେ ଆଉ ଆଉ ଦେଶର ଜମିର ହାଲ ଇଂରେଜୀ ପୁସ୍ତକମାନଙ୍କରେ ପଢ଼ିଥିଲେ। ଜାପାନ, ଇଂଲଣ୍ଡ, ଆମେରିକା ପଭୃତି ଦେଶମାନଙ୍କର ଜମି ସହିତ ତୁଳନା କରି ବୁଝିଲେ, ଏ ଦେଶର ଜମି ଆଉ ଆଉ ଦେଶ ଜମି ଠାରୁ ଫଳବନ୍ତ। ଜମିର ଉର୍ବରତା ଶକ୍ତି ବଢାଇବା ପାଇଁ ପ୍ରଜାମାନଙ୍କୁ ପ୍ରଚୁର ବ୍ୟୟ ବା ବୈଜ୍ଞାନିକ ଉପାୟ ଅବଲମ୍ବନ କରିବାକୁ ପଡ଼େ ନାହିଁ, ମଧ୍ୟ ଅନେକ ସ୍ଥଳରେ ଅନାବଶ୍ୟକ। ହେଲେ କ'ଣ ସେ ସମସ୍ତ ଦେଶର ପ୍ରଜାଙ୍କଠାରୁ ଉତ୍କଳର ପ୍ରଜାମାନେ ଦରିଦ୍ର ଦୀନହୀନ। ଅନେକ ପ୍ରଜାଙ୍କର ଦୁଇଓଳି ଚୁଲୀରେ ହାଣ୍ଡି ବସେ ନାହିଁ। ଉତ୍ତରରାୟ ସେଥିର କାରଣ ଏହିପରି ବୁଝିଲେ।

ପ୍ରଥମ - ପ୍ରଜାମାନଙ୍କର ମୂର୍ଖତା ଏବଂ ଦରିଦ୍ରତା। ଦ୍ୱିତୀୟ – ଭୂସ୍ୱାମୀ ଅଥବା ଶକ୍ତିଶାଳୀ ଲୋକଙ୍କର ସହାନୁଭୂତି ଅଭାବ। ତୃତୀୟ – କୃଷକଶ୍ରେଣୀ, ଯେ ଦେଶର ସର୍ବସ୍ୱ – ଧନବୃଦ୍ଧିର କାରଣ, ଏ ଦେଶର ଶିକ୍ଷିତ ଲୋକେ ଏ ପର୍ଯ୍ୟନ୍ତ ବୁଝିନାହାନ୍ତି। ଚତୁର୍ଥ – ଆମେରିକା ଦେଶ ପରି କୃଷି ଯେ ନିତାନ୍ତ ଗୌରବର କାର୍ଯ୍ୟ, ଲୋକଙ୍କର ଏ ଜ୍ଞାନ ଜାତ ହୋଇନାହିଁ। ଯେବେ ସଭ୍ୟଦେଶମାନଙ୍କର ନବ ନବ ଉଦ୍ଭାବିତ କୃଷି ପ୍ରଣାଳୀ – ଲାଭକର ଶସ୍ୟ ଉତ୍ପାଦନ ବିଷୟ ଶିକ୍ଷା ଦିଆଯାଏ, ତେବେ ପ୍ରଜା ଏବଂ

ଭୂସ୍ୱାମୀ ଉଭୟଙ୍କ ପକ୍ଷରେ ମଙ୍ଗଳ। ଦାରିଦ୍ର୍ୟ ମଧ୍ୟ ପ୍ରଜାଙ୍କ ମଙ୍ଗଳ ଓ ଉନ୍ନତିର ଗୋଟିଏ ବିଶେଷ ଅନ୍ତରାୟ। ଜମିରେ ଉପଯୁକ୍ତ ରୂପେ ଖତ ଲଗାଇବା ବା ଭଲରୂପେ ଜମିକୁ କର୍ଷଣ କରିବା ଯେ ବିଶେଷ ଶସ୍ୟଲାଭର ଉପାୟ, ପ୍ରଜାମାନେ ଏ କଥା ଜାଣି ମଧ୍ୟ ଅର୍ଥାଭାବ ହେତୁରୁ ତାହା କରିପାରନ୍ତି ନାହିଁ। ଏହି ସମସ୍ତ ଅନ୍ତରାୟ ଅତିକ୍ରମ କରି ପ୍ରଜା ଯାହା କିଛି ଲାଭ କରେ,ମହାଜନ ସୁଧରେ ସମସ୍ତ ଚାଲିଯାଏ। ଯଦି ଶକ୍ତିଶାଳୀ ଜ୍ଞାନବନ୍ତ ଲୋକେ ସଚେଷ୍ଟ ନ ହୁଅନ୍ତି, ତେବେ ନିମ୍ନଶ୍ରେଣୀ ମଧ୍ୟରେ ଅର୍ଥାତ ସମାଜର ମୂଳପ୍ରଦେଶରେ ଦୁଃଖଦାରିଦ୍ର ଚିରକାଳ ବିରାଜିତ ଥିବ।

ଉତ୍ତରରାୟ ଗାଁଏ ଗାଁଏ ବୁଲି ପ୍ରଜାମାନଙ୍କ ଅବସ୍ଥା ଆପେ ଦେଖନ୍ତି, ସେମାନଙ୍କ ଗୁହାରି ଶୁଣନ୍ତି ଏବଂ ସେମାନଙ୍କ ଅବସ୍ଥାର ଉନ୍ନତି ସକାଶେ ନାନା ପ୍ରକାର ଉପଦେଶ ଦିଅନ୍ତି। ଅଳ୍ପ ସୁଧରେ ଟଙ୍କା କରଜ ଦେବାରୁ ପ୍ରଜାମାନଙ୍କୁ ଆଉ ସାହୁର ଦାଉ ସହିବାକୁ ପଡ଼େ ନାହିଁ। ପୁଣି ଉପଯୁକ୍ତ ସମୟରେ ସହଜରେ କରଜ ପାଇବାରୁ ଜମିରେ ଲଙ୍ଗଳ କରିବାକୁ ସେମାନଙ୍କ ପକ୍ଷରେ ବଡ଼ ସୁବିଧା ହୁଏ।

ଆଗେ ମାଲିମୋକଦ୍ଦମାରେ ପ୍ରଜାମାନେ କଟକକୁ ଧାଡ଼ି ଛୁଟିଥିଲେ, ଏବେ ସମସ୍ତେ ଉତ୍ତରରାୟଙ୍କ ସଦର କଚେରିରେ ହାଜର। ବିନା ଖର୍ଚ୍ଚରେ ଅଳ୍ପଦିନ ମଧ୍ୟରେ ନ୍ୟାୟବିଚାର ପାଇବେ ଘରୁ ଟଙ୍କା ସାରି ବିଦେଶରେ ପଡ଼ି ହଇରାଣ ହେବାର କି ପ୍ରୟୋଜନ? ଓକିଲ ମୁକ୍ତାର ନାହିଁ, ମିଛ ଗୁହା ଗୁଜାରିବାଟ ନାହିଁ, ଠିକ୍ ଠିକ୍ ମାମଲାଟା ଦାଣ୍ଡରେ ପଡ଼ିଯାଏ। ସେହିପରି, ନ ଥିଲା ଲୋକେ ଯୁଗଳକିଶୋର ମନ୍ଦିରରେ ପ୍ରସାଦ ସେବା କରି ମାମଲା ହାସଲ କରି ଚାଲିଯାଆନ୍ତି।

ନୂଆ ଉତ୍ତରରାୟଙ୍କର ଅମଳଦାରିରେ ଉଆସ ଭିତର ଅବସ୍ଥା ମଧ୍ୟ ପାଲଟି ଗଲାଣି। ଉଆସ ଭିତରଟା ଯୋଡ଼ାଏ ଖଞ୍ଜା। ପ୍ରଥମ ଖଞ୍ଜା ବଡ଼ ବଡ଼ କୋଠାରେ ଆପେ ଉତ୍ତରରାୟ ଆଉ ମଣିମାଙ୍କର କାରବାର। ଖନ୍ଦାଘର, ଗନ୍ତାଘର, ସରଘର, ଦେବାର୍ଚ୍ଚନା ଘର, ଭିତରଘର, ପାହାଡ଼ ଘର, ଭେଟାଘର, ମର୍ଦ୍ଦନ ଘର ସବୁ ଏଥି ଭିତରେ। ନୂଆ ଉତ୍ତରରାୟ ଏବଂ ମଣିମାଙ୍କର ଆଉ ଦୁଇଟା ଘର ବଢ଼ିଛି, ଏଇଟାକୁ ପାଠଘର ବୋଲନ୍ତି। ଧାଈମାନଙ୍କ ପାଇଁ ଯାଡ଼ାଏ ବଡ଼ କୋଠା ଏହି ଖଞ୍ଜାରେ।ଦ୍ୱିତୀୟ ଖଞ୍ଜାରେ ପରିଛିତିଲଗା ସାନ ସାନ ପାରାଭାଡ଼ି ପରି ଢେର କୋଠରୀ ଅଛି। ଜଣେ ଜଣେ ପରିଜନ ସକାଶେ ଗୋଟଏ କୋଠରୀ। ଉତ୍ତରରାୟ ତିନି ପୁରୁଷର ପୋଇଲି ବୁଢ଼ୀ, ଭେଣ୍ଡି, ଟୋକୀତ ଢେର ଅଛନ୍ତି। ତାକୁ ଛାଡ଼ି ନୂଆ ଉତ୍ତରରାୟଙ୍କ ଖଟଣୀ ପୋଇଲି ଅଲଗା। ପୋଇଲୀମାନଙ୍କ ପରେ ବ୍ରାହ୍ମଣ କରଣ ଖଣ୍ଡାୟତ ଭଲ ଭଲ ଲୋକଙ୍କ ଘରର ନିରାଶ୍ରୟ ବିଧବା ଯେଉଁମାନେ ଘରେ ପଡ଼ି ମରିବେ ପଛକେ ଦାଣ୍ଡକୁ ବାହରିବେ ନାହିଁ – ସାଆନ୍ତମାନେ ଖୋଜିଲୋଡ଼ି ସେମାନଙ୍କୁ ଉଆସରେ ଆଶ୍ରୟ

ଦେଇଛନ୍ତି। ସେ ପ୍ରସ୍ତଟା କଜିଆ ଆଉ ଅଳିଆରେ ପୂରିଥିଲା – ଘରର ଘରକଣା ଆଉ ଆଉ ଅଳିଆ ଗଦା। ସମସ୍ତ କୋଠରୀ ଆଗରେ ଗୋଟିଏ ଗୋଟିଏ ଅଳିଆ ଗଦା। ଯୋଡ଼ାଏ ମାଇକିନିଆ କଜିଆ ଲଗାନ୍ତି। ଆଉ ଗୁଡ଼ାଏ ମାଇକିନିଆ ଦୁଇପଟରେ ଆସି ମିଶିଲେଣି – କିଏ କଳି ଲଗାଉଚି ତ କିଏ ଭାଙ୍ଗୁଛି। କଳଞ୍ଚି ଯୋଡ଼ାକ ହାଲିଆ ହୋଇ ପଡ଼ିବା ଯାଏ କଳି ଲାଗିଥାଏ। ତୁମ ଘରେ କଳି ଆଉ କଜିଆ ଯେବେ ଲୋଡ଼ାଥାଏ ଗୋଟାକେତେ ପୋଇଲି ରଖିଦିଅ, ସବୁ ଠିକ୍ ହୋଇଯିବ। ଏଣିକି ଧାଈମାଙ୍କ ଡ଼ରରେ କାହାରି ପାଟିକରି କଳି କରିବାର ବାଟ ନାହିଁ। ପ୍ରତିଦିନ ଖଞ୍ଜା ଝାଡ଼ଝୁଡ଼ – ଅଳଆଗୁଡ଼ାକ ଏକାବେଳେ ବାଡ଼ିଦୁଆରେ ଦାଖଲ। ତେବେ କ'ଣ ଜାଣନ୍ତି, ନିଷ୍କାମ ପୋଇଲି ପଲାରେ ବଜର ବଜର ପାଟି ଆଉ ତାଳବାଇ ବସାରେ କଚରମଚର ଶବ୍ଦ ଯେମନ୍ତେ ପ୍ରଜାପତିଙ୍କ ସର୍ଜନା- ତେଣୁ ଅନନ୍ତକାଳ ଏହା ଚାଲୁଥିବ, ଏକାବେଳକେ ବନ୍ଦ କରିବାର କାହାରି ଆୟତ୍ତ ନାହିଁ।

ନୂତନ ବନ୍ଦୋବସ୍ତରେ ଠିକ୍ ସଂକ୍ରାନ୍ତି ବାସିଦିନ ଧାନଘରିଆ ଆସି ଜଣ ଜଣକେ ପଡ଼ି ଧାନ ଅଲଗା ଅଲଗା ମାପି ଦେଇଯାଏ। ତାହା ଛଡ଼ା ପ୍ରତି ଜଣ ସଦର କଚେରୀରୁ ନଗଦ କିଛି ପାନ ଖର୍ଚା ପାନ୍ତି, ତାହା ବି ସଂକ୍ରାନ୍ତି ବାସି ଟପିବ ନାହିଁ। ଆଗରୁ ଏହି ବନ୍ଦୋବସ୍ତ ଅଛି – ହେଲେ, କିଏ ପାଇଲା, କିଏ ନ ପାଇଲା, ହେଲା ତ ତିନି ଚାରିମାସରେ କେହି ଥରେ ପାଇଲା, ଏ କଥା ବୁଝିବାକୁ କେହି ନ ଥିଲା। ସେଥିଲାଗି ଭାରି ଗୋଳ ଉଠୁଥିଲା, ଏବେ କାହାରି ପାଟି ଫିଟିବାକୁ ନାହିଁ।

କେବଳ ଦୁଇଘଡ଼ି ଆଉଁ ଉତ୍ତରରାୟ ଛାମୁଙ୍କୁ କେହି ବାହାର ବିଜେ ଦେଖ ନାହିଁ। ମଣିମା ଆଗରେ ଲେଖିପଢ଼ି ଜାଣୁଥିଲେ – ଏଣିକି ରୋଜ ରୋଜ ଚର୍ଚ୍ଚାରେ ଢେର୍ ଶିଖିଗଲେଣି। ଶ୍ରୀଛାମୁ ଆଉ ମଣିମା ଛାମୁ ଦୁଇଘଣ୍ଟା କାଳ ପଢ଼ାପଢ଼ି କରି ଉଆସ ପଛ ପଞ୍ଚବଟୀ ତୋଟାକୁ ବୁଲି ବିଜେ କରନ୍ତି। ଏ ତୋଟାର ନାମ ପଞ୍ଚବଟୀ କ୍ୟାଁ ହେଲା, ସେ ପ୍ରସଙ୍ଗ ପାଞ୍ଜିରେ କିଛି ଲେଖା ନାହିଁ। ଲୋକେ ବୋଲନ୍ତି, ଏହାର ଜରୀବ ସରବରୀ ପଞ୍ଚବଟୀ, ଏଥିରେ ଏହାର ନାମ ପଞ୍ଚବଟୀ ତୋଟା।

ଉତ୍ତରରାୟ ଦମ୍ପତି ବର୍ତ୍ତମାନ ସ୍ୱର୍ଗୀୟ ସୁଖ ଅନୁଭବ କରନ୍ତି। ମଣିମା ଚାନ୍ଦମଣିଙ୍କ ସୁଖସୌଭାଗ୍ୟ ଦେଖି ଆମ୍ଭମାନଙ୍କର କୌଣସିକୌଣସି ପାଠିକାଙ୍କ ମନରେ ଇର୍ଷା ଜାତ ହେବା ନିତାନ୍ତ ଅସ୍ୱାଭାବିକ ନୁହେଁ। ହେଲେ, ତାଙ୍କର ମନେରଖିବା ଉଚିତ, ବିଶାଳ ଭୂଖଣ୍ଡର ଆଧିପତ୍ୟ ବା ଐଶ୍ୱର୍ଯ୍ୟର ପ୍ରାଚୁର୍ଯ୍ୟ ପ୍ରକୃତ ସୁଖଭୋଗର କାରଣ ନୁହେଁ। ସନ୍ତାପସଙ୍କୁଳ ସଂସାରରେ ଯେବେ କି ସୌଭାଗ୍ୟର ସମ୍ଭାବନା ଥାଏ, ତାହା କେବଳ ଦାମ୍ପତ୍ୟପ୍ରେମ। ଧନ-ଧାନ୍ୟ-ବିଦ୍ୟା-ଖ୍ୟାତି ମାନବର ସୁଖସୌଭାଗ୍ୟର ବହୁବିଧ ହେତୁ ବିଦ୍ୟାମାନ ଅଛି ସତ୍ୟ ହେଲେ, ଦୋଷସମ୍ପର୍କରହିତ

ଦାମ୍ପତ୍ୟପ୍ରେମ ତୁଳନାରେ ସେ ସମସ୍ତ ନିତାନ୍ତ ଅକିଞ୍ଚିତକର ପଦାର୍ଥ। ଅନ୍ୟବିଧ ସୁଖପଦ ପଦାର୍ଥମାନ ସୌଭାଗ୍ୟବଶରେ, ଶ୍ରେଣୀବିଶେଷର ପ୍ରାପ୍ୟ ହେଲେ, ଦାମ୍ପତ୍ୟ-ପ୍ରେମ-ରୂପ ସ୍ୱର୍ଗୀୟ ନିଧି କୁଟୀରବାସୀଠାରୁ ରାଜରାଜେଶ୍ୱର ପର୍ଯ୍ୟନ୍ତ ସମସ୍ତଙ୍କ ପକ୍ଷରେ ସୁଖଲଭ୍ୟ ଅଟେ। ଦୁଃଖଭାରାକ୍ରାନ୍ତ ମାନବ–ଜୀବନ ଯେମନ୍ତ ବହୁ ତପସ୍ୟା ବଳରେ ବିଧାତାଙ୍କଠାରୁ ଏହି ମହାବର ଲାଭ କରିଅଛି। ଦାମ୍ପତ୍ୟ-ପ୍ରେମ ନ ଥିଲେ ଜଗତରେ ମାନବ-ଜୀବନ ଗୋଟିଏ ଦେବଭୋଗ୍ୟ ସୁଖକର ପଦାର୍ଥରୁ ବଞ୍ଚିତ ରହିଥାଆନ୍ତା। ସଂସାରଟା ପ୍ରକୃତି-ପୁରୁଷ ମିଳନରେ ଉତ୍ପତ୍ତି ସ୍ଥିତିଲାଭ କରିଅଛି। ଆମ୍ଭେମାନେ ରୂପଜ, କାମଜ, ଆର୍ଥ ସମ୍ପର୍କ ସୂତ୍ରବଦ୍ଧ ବହୁବିଧ ସ୍ତ୍ରୀ ପୁରୁଷ ମିଳନ ଦେଖିପାରୁ। ହେଲେ ପ୍ରକୃତ ପକ୍ଷରେ ତାହା ଦାମ୍ପତ୍ୟପ୍ରେମ ନାମରେ ଅଭିହିତ ହେବାର ଉପଯୋଗୀ ନୁହେଁ। ତାଦୃଶ ସ୍ତ୍ରୀ ପୁରୁଷ ମିଳନ ସ୍ୱାର୍ଥଜଡ଼ିତ ଅଟେ। ନିଃସ୍ୱାର୍ଥ ଦାମ୍ପତ୍ୟପ୍ରେମ ସ୍ୱତନ୍ତ୍ର ପଦାର୍ଥ; ତାହା ଚିରସ୍ଥାୟୀ। ଏକ ପକ୍ଷରେ ମୃତ୍ୟୁ ସଂଘଟିତ ହେଲେ ଅନ୍ୟ ପକ୍ଷ ହୃଦୟରେ ମରଣ କାଳବ୍ୟାପି ଜାଗରୂକ ରହିଥାଏ। ବୟସ ଧର୍ମରେ ଚିତ୍ତଚାଞ୍ଚଲ୍ୟଜନିତ ରୂପଜ ମୋହ ବିକାରଗ୍ରସ୍ତ ସ୍ତ୍ରୀ ପୁରୁଷ ସମ୍ମିଳନ ମଧ୍ୟ ଦାମ୍ପତ୍ୟପ୍ରେମ ନାମରେ କଥିତ ହୋଇ ନ ପାରେ। ଏକର ହୃଦୟନିହିତ ଗୁଣାବଳୀ ଅପରର ହୃଦୟରେ ଚିତ୍ରିତ ହେଲେ, ସେଥି ସକାଶେ ଯେଉଁ ସ୍ୱାର୍ଥବିସର୍ଜନ-ଏକରସ୍ୱାର୍ଥ-ସଂରକ୍ଷଣ ସକାଶେ ଅନ୍ୟର ସ୍ୱାର୍ଥତ୍ୟାଗ – ପରସ୍ପରର ସୁଖକାମନାରେ ଆତ୍ମସୁଖର ଯେଉଁ ବଳିଦାନ, ତାହାହିଁ ଦାମ୍ପତ୍ୟପ୍ରେମ ନାମର ବାଚ୍ୟ। ଏହି ଦାମ୍ପତ୍ୟପ୍ରେମର ଆନନ୍ଦ ସୀମାବଦ୍ଧ ନୁହେଁ, ପୁଣି ଅବିନାଶୀ। ଦାମ୍ପତ୍ୟପ୍ରେମ – ଶୃଙ୍ଖଳାବଦ୍ଧ ପୁରୁଷ ସ୍ତ୍ରୀ ଭଲ ପାଇବାକୁ ହେବ, ସେଥିସକାଶେ ଭଲପାଏ। ସ୍ତ୍ରୀ ତାହାର ନୟନର ପ୍ରୀତିଦାୟିନୀ ଜ୍ୟୋତି; ସ୍ତ୍ରୀ ତାହାର ଭେଦରହିତା ଛାୟାରୂପିଣୀ, ଆଉ ସ୍ତ୍ରୀ ପକ୍ଷରେ ସ୍ୱାମୀ ତାହାର ଉପାସ୍ୟ ଦେବତା – ସ୍ୱାମୀ ଆଶ୍ରୟସ୍ଥଳ – ସମସ୍ତ ସୌଭାଗ୍ୟର ଆଦିମ ଉତ୍ସ। ଅଥଚ ଫଳଭାଗ ପ୍ରତ୍ୟାଶାରେ ଉଭୟ ମନରେ ପ୍ରେମସଂଚାର ନୁହେଁ; କିନ୍ତୁ ଉଭୟ ପକ୍ଷରେ ତାହା ସହଜପ୍ରାପ୍ୟ। ସତୀ ସ୍ତ୍ରୀ କର୍ତ୍ତବ୍ୟାକର୍ତ୍ତବ୍ୟ ପ୍ରତି ଦୃଷ୍ଟି ନ ରଖି ସମସ୍ତ ମନପ୍ରାଣ ସମର୍ପଣପୂର୍ବକ ସ୍ୱାମୀକୁ ଭକ୍ତି କରିଥାଏ। ସେ ଏତିକି ମାତ୍ର ବୁଝୁଚି, ସ୍ୱାମୀ ତାହାର ଉପାସ୍ୟ।ସ୍ୱାମୀର ଧାରଣା, ସ୍ତ୍ରୀ ତାହାର ଶୋଣିତପ୍ରବାହିନୀ ଶିରା-ଉପଶିରା। ଉତ୍ତରରାୟ ଦମ୍ପତ୍ତି ପ୍ରକୃତ ପ୍ରେମସୂତ୍ରରେ ଆବଦ୍ଧ। ଏଥକୁ ସେମାନେ ବିପୁଳ ବିମଳାନନ୍ଦଭୋଗୀ।

ଦିବାବସାନ ସମୟରେ ସାମନ୍ତ ଉତ୍ତରରାୟ ଆଉ ମଣିମା ଚାନ୍ଦମଣି ଦେଇ ପ୍ରତିଦିନ ଘଣ୍ଟାଏ କାଳ ବଡ଼ ମାଜଣା ପକ୍କାଘାଟ ଉପରେ ବସି କଥାବାର୍ତ୍ତା କରନ୍ତି। ଦିନେବସି କଥୋପକଥନ ହେଉଛନ୍ତି, ଗୋଟାଏ ପୋଇଲୀ ଆସି ହାତଯୋଡ଼ି

ଜଣାଇଲା – 'ଧାଈମା ପଚାରୁଛନ୍ତି, ପିଲାଙ୍କ ଉପରେ ଯେଉଁ ସୁନାମାଳାଟା ପଡ଼ିଥିଲା, ଛାମୁ ତୋଳି ରଖିବାକୁ ଆଜ୍ଞା ହୋଇଛନ୍ତି କି?'ମଣିମା 'ହୁଁ ' କହିବାରୁ ପୋଇଲୀ ଚାଲିଗଲା। ଉତ୍ତରରାୟ କହିଲେ "ହୋଇ ହେ ! ଭଲ ଗୋଟାଏ କଥା ମନେପଡ଼ିଲା। ପଚାରିବି ପଚାରିବି ବୋଲି ଭୁଲିଯାଏ। ଏହି ଯେ ଧାଈମା ଯାହାକୁ ବୋଲୁଛ ସେ କିଏ? ଏହାଙ୍କର ଯେ ପ୍ରକାର ରୂପ, କଥାଭାଷା, ଚାଲିଚଳନ, ଦେଖିଲେ ଜଣାଯାଏ, କୌଣସି ଭଲଲୋକ ଘର ବୋହୂ – ଝିଅ ହେବେ। ପରଜନ ଭିତରେ କି ଏପ୍ରକାର ରୂପ ହୋଇପାରେ? ଏପରି ମର୍ଯ୍ୟାଦାରେ, ବୁଦ୍ଧିରେ, ନ୍ୟାୟରେ କଥା କହିବାର ଯେ ସେ ଲୋକ ଘର ବୋହୂ – ଝିଅ ଠାରେ ଦେଖାଯାଏ ନାହିଁ। ମୁଁ ସବୁବେଳେ ଦେଖେଁ ଧାଈମା ଆମ୍ଭ କର୍ମରେ ଉଦାସୀନା-ଗୃହକାର୍ଯ୍ୟରେ ଉନ୍ମାଦିନୀ-ମନ୍ତ୍ରଣାରେ ମନ୍ତ୍ରିଣୀ। ସତ କହୁଛି, ଏହାଙ୍କୁ ଦେଖିଲେ ମୋ ମା'ଙ୍କ କଥା ମନରେ ପଡ଼ିଯାଏ।" ମଣିମା କହିଲେ, ତୁମେ ଠିକ୍ କଥା ବୁଝିଛ, ଧାଈମା ଜଣେ ପରିଜନ ନୁହନ୍ତି, ମୋ ମା'ଙ୍କ ଖୁଡ଼ୁତାଝିଅ ଭଉଣୀ ମୋ ମାଉସୀ। ମୋତେ ପାଳିବାରୁ ଧାଈମା ବୋଲିଡାକେ। ମଉସା କଲିକତାରେ କି କାମ କରୁଥିଲେ, ଅନେକ ବର୍ଷ ହେଲା ତାଙ୍କର ଖବର ନାହିଁ। ଘରେ ଆଉ କେହି କୁଟୁମ୍ବ ନ ଥିବାରୁ ଜମିଜମା ବିକିଦେଇ ଆସି ରୁକୁଣାଦେଇପୁରରେ ଥିଲେ। ତାଙ୍କ ହାତରେ ଟଙ୍କା ଢେର୍ ଥିଲା, ମୋ ମଙ୍ଗଳକୃତ୍ୟରେ ସବୁ ଲଗାଇ ଦେଲେ। କରଣକୂଳରେ ମାଉସୀ ପିଉସୀ ଭଳିଆ କେହି ଝିଅର ଶାଶୁ ଘରକୁ ଯାଏ ନାହିଁ, ତାଙ୍କର ଏଠାକୁ ଆସିବାବେଳେ ଢେର୍ କଥା କହିଲେ। ଧାଈମା କହିଲେ. ମୋ ଚାନ୍ଦ ଯେଉଁଠି, ମୋ ଜୀବନ ସେଇଠି। କାହାରି କଥା ନଶୁଣି ଚାଲିଆସିଲେ। ସେହିଦିନଠାରୁ ଉତ୍ତରରାୟ ସରସ୍ୱତୀ ଦେଈଙ୍କୁ ମା' ବୋଲି ଡାକନ୍ତି, ସେହିପରି ମର୍ଯ୍ୟା କରନ୍ତି – ଉଆସର ସବୁ ଭାର ତାଙ୍କ ହାତରେ। ବାହାର ମୂଲକର ମାଲିମାମଲାରେ ମଧ୍ୟ ମା'ଙ୍କୁ ନପଚାରି ଉତ୍ତରରାୟ କିଛି କରନ୍ତି ନାହିଁ। ଧାଈମା ବଡ଼ ବଡ଼ ମାମଲାରେ ଠିକ୍ ପରାମର୍ଶ ଦେଇଥାନ୍ତି। କେବଳ ଉଆସ ମଧ୍ୟରେ ନୁହେଁ, ବହାରର କଚେରି ପାଞ୍ଜିଆ ପଟୁଆରିମାନଙ୍କ ହାତ ମଧ୍ୟ ଧାଈମାଙ୍କ ଠାରେ ବନ୍ଧା।

ତେର

ନଟବରର ନାଜରାତି

ନାଜର ଦାଶରଥି ଦାସେ ଜଣେ ପୁରୁଣା ଅମଲା-ପେନସନ ନେବାର ସମୟ ଉପସ୍ଥିତ। ହେଲେ, ପୁତ୍ର କନ୍ୟାମାନଙ୍କ ମଙ୍ଗଳକୃତ୍ୟରେ କିଛି ଦେଣା ହୋଇଯାଇଛି, ଏଯାଏ ଶୁଝଟ ହୋଇପାରିନାହିଁ। ଆଉ ଦୁଇବର୍ଷ ଚାକିରିରେ ରହିବାକୁ ଇଚ୍ଛା।ହେଲେ,

ମନୁଷ୍ୟର ଆଶା ବିଧାତାଙ୍କ ଦାନ ସବୁ ଜାଗାରେ ଠିକ୍ ଥାଏ ନାହିଁ। ନଟବରର ବିଭାଗର ଦୁଇମାସ ବାଦେ ଦାସଙ୍କୁ ଖୁଁ –ଖୁଁ ୟାଁ କାଶ ଧରିଲା ପରି ଜଣା ଗଲାଣି। ଡାକ୍ତର ଆଉ ବୈଦରାଜମାନେ ଶରୀର ପରୀକ୍ଷା କରି ବ୍ୟବସ୍ଥା କଲେ, ଆଉ ମେହନତ ଚଳିବ ନାହିଁ। ଜଳବାୟୁ ବଦଳାଇବା ପାଇଁ ଅନ୍ୟଜାଗାକୁ ଯିବାର ଦରକାର। ଦାସେ ଆପଣାର ହାଲ ହବାଲ ସାହେବଙ୍କୁ ଜଣାଇ ନଟବରକୁ ନାଜରାତି କର୍ମରେ ରଖାଇଦେଲେ। ପୁରୁଣା ବିଶ୍ୱାସୀ ଅମଲାର ଦୁଃଖକଥା ଶୁଣି ହାକିମ କିଛି ଦୁଃଖିତ ହେଲେ। ପ୍ରକୃତ ହାକିମମାନଙ୍କ ମଧରେ ଆମ୍ଭମାନେ ଅନେକ ଦୟାଳୁ ହାକିମ ଦେଖିପାରୁ। ସେମାନେ ଅନୁଗତ ଲୋକମାନଙ୍କ ପ୍ରତି ଅତ୍ୟନ୍ତ ଦୟାଳୁ। ନଟବର ଦାସଙ୍କର ଏକାବେଳେ ଏତେବଡ଼ ଚାକିରିଟା ପାଇବାର ଆଶା ନ ଥିଲା। କେବଳ ଦାସେଙ୍କର ଦେଣା କଥା ଶୁଣି ହାକିମ କର୍ମରେ ବାହେଲ କଲେ। ଦାସେ ଚାକିରିରୁ ଖଲାସ ପାଇ ଏକାବେଳେକେ ଗାଁକୁ ଚାଲିଗଲେ – କଟକ ବସାରେ ରହିଲେ ଏକା ନଟବର ଦାସେ। ନଟବର ମନେକଲେ, ସେ ଗୋଟିଏ ଛୋଟିଆଭଳିଆ ହାକିମ ହୋଇଗଲେଣି – ହୁକୁମହାକିମ ଶୁଣିବା ପାଇଁ କେତେଗୁଡ଼ିଏ ପିଆଦା ପଇଦଳ ପାଖରେ ହାଜର। ଦରମା ତ ଅଛି, ତାକୁ ଛାଡ଼ି ରୋଜ ରୋଜ କଞ୍ଚା ପଇସା କିଛି କିଛି ଘରେ ପଶେ। ଅର୍ଥ ଆଉ ଆଧିପତ୍ୟ ଯୋଡ଼ାଯାକ ତେଜି ଜିନିଷ ଲାଗି ମିଜାଜ କିଛି ତରଳି ଗଲାଣି। ମନରେ ଠିକ୍ କରିନେଲେ ଏହା ବୋହୂର ପହରାର ଲକ୍ଷଣ। ନାୟକେ ଜାତକ ଦେଖି ସତ କହିଲେ, ମୋ ବୋହୂ ଗୋଟିଏ ରାଜରାଣୀ ହେବ। ସେ ଘରେ ଗୋଡ଼ପକାଇଛି କି ନାହିଁ, ଏକାବେଳେ ଏତେ ଟଙ୍କା ରୋଜଗାର। ଜ୍ୟୋତିଷ ଶାସ୍ତ୍ରଟା ଭାରି ଠିକ୍, ଶ୍ରୀ ନାୟକେ ପାଠରୁ ଜାଣି ଆଗୁଁ ଡ଼ାକଫୁକାରି କରି କହିଦେଇଥିଲେ।

ନଟବର ଦାସଙ୍କର ଧ୍ରୁବ ଧାରଣା ଅର୍ଥ ଉପାର୍ଜନ, ଅର୍ଥ ସଂରକ୍ଷଣ ମାନବ ଜୀବନର ସାର ଉଦ୍ଦେଶ୍ୟ ଅଟେ। ବୁଦ୍ଧିମାନ ଲୋକଙ୍କୁ ଅର୍ଥ ମିଳେ। ସେହିମାନେ ଏକା ଲୋକରେ ପୂଜା ପାଇଥାନ୍ତି। ଆଉ ଅର୍ଥ ଜଳପରି ବୃଷ୍ଟି ହୁଏ ନାହିଁ; ବୁଦ୍ଧି ବଳରେ କୌଶଳ କରି ଅନ୍ୟ ଠାରୁ ଆଣିବାକୁ ହେବ। ଧର୍ମ ବୋଲି ଯେ ଗୋଟାଏ ବାଛବିଚାର, ସେଇଟା କେବଳ ଅଳସୁଆ ନିର୍ବୁଦ୍ଧିଆଙ୍କ କଥା। ସଚରାଚର ଦେଖାଯାଏ ଯାହା ଯୋଗେ ଅର୍ଥ ଲାଭହୁଏ, ଅର୍ଥପିପାସୁମାନଙ୍କର ତାହା ପ୍ରତି ଅସୀମ ପ୍ରୀତି। ନଟବର ଦାସେ ସ୍ଥିର କଲେଣି, ବୋହୂ ପହଁଚାରୁ ଏତେ ଅର୍ଥଲାଭ – ବୋହୂଟି ବଡ଼ ସୁଲକ୍ଷଣୀ। ସୁତରାଂ ସ୍ତ୍ରୀ ପ୍ରତି ଅସୀମ ପ୍ରୀତି।

ଚଉଦ

ଦାଶତଥି ଦାସଙ୍କର ଶେଷ

ଜାତସ୍ୟ ହି ଧ୍ରୁବୋ ମୃତ୍ୟୁ

ଧ୍ରୁବ ଜନ୍ମ ମୃତସ୍ୟ-ଚ। ଗୀତା।

ବର୍ତ୍ତମାନ ଦାଶରଥି ଦାସେ ସ୍ୱଗ୍ରାମ ରୁକୁଣାଦେଇପୁରରେ ଅଛନ୍ତି। ଦିନକୁଦିନ ବ୍ୟାଧିଟା ବଳିପଡୁଛି। ଦୁଇଜଣ ପୁରୁଣା ବୈଦ ଶାସ୍ତ୍ର ଧରି ଚିକିତ୍ସାରେ ଲାଗି ସୁଦ୍ଧା ହଟିଗଲେଣି। ଜୁଆଁଇ ଉତ୍ତରରାୟ ଆଉ କନ୍ୟା ଚାନ୍ଦମଣି ସବୁବେଳେ ଖବର ନେଇଥାନ୍ତି। ତାଙ୍କ ଉଆସର ରାଜବୈଦ ବିଦ୍ୟାଧର କବି ଶିରୋମଣି ଧନ୍ୱନ୍ତରୀଙ୍କୁ ରୁକୁଣାଦେଇପୁରରେ ବସାଇ ରଖିଛନ୍ତି। ଯେ ଯାହା ବୋଇଲେ, କଳିକତା ଅବା ଯେଉଁଠାରେ ମିଳୁଛି, କଉଡ଼ିଆ ମହୌଷଧିମାନ ଆସି ପହଞ୍ଚିଯାଉଛି – ଶେଷରେ ରାଜବୈଦ୍ୟ ଧନ୍ୱନ୍ତରୀ ଆଉ କଥା ଲୁଚାଛପା ନ କରି ସାଫ ଫିଟାଇ ହାଙ୍କ ଦେଲେ – ଏହି ବ୍ୟାଧି ଶିବଶଙ୍କର ଅସାଧ। ରାଜଯକ୍ଷ୍ମା ରୋଗର ସ୍ଥିତିକାଳ ହଜାର ଦିନ। ଚନ୍ଦ୍ରଙ୍କର ଏହି ବ୍ୟାଧି ହୋଇଥିଲା, ଦେବବୈଦ୍ୟ ଅଶ୍ୱନୀକୁମାର ଭଲ କରିପାରି ନାହାନ୍ତି, ମାନବ ବୈଦ କି ଛାର!

ମେନକା ଦେଈ ଆଉ ବଡ଼ବୋହୂ ଦୁଇଜଣ ପାଳିକରି ରୋଗୀକୁ ଜଗି ବସିଥାନ୍ତି ଖାଇବା ପିଇବା ପାସୋରି ରୋଗୀ ଦେହରେ ଆଉ ଗୋଡ଼ରେ ହାତ ନ ବୁଲାଇଲେ ବଡ଼ କଷ୍ଟ ହୁଏ। ସଞ୍ଜ ଯେମିତି ବାଜିଲା କି ନ ବାଜିଲା ସାନବୋହୂର ମୁଣ୍ଡ ବଥେଇଲା – ଶୋଇପଡ଼ନ୍ତି। ଶାଶୁ ରନ୍ଧାବଢ଼ା କରି ବହୁତ ଡକାଡ଼କି କରି ଉଠାଇଲେ ପଥି ଚାରିଟା ପେଟରେ ପଡ଼େ। ଗୋଟିଏ କୁଶଳର କଥା, ଏତେ ରୋଗରେ ବି ତାଙ୍କୁ ଅରୁଚି ଧରି ନାହିଁ। ଅଇଁଠା କଂସାଖଣ୍ଡ ଠା'ରେ ପଡ଼ିଥାଏ, ଆରଦିନ ସକାଳେ ଶାଶୁ ଅବା ବଡ଼-ଯା ବିଛୁଳି ପକାନ୍ତି। ଶାଶୁ କହନ୍ତି, ହେଉ ହେଉ, ପିଲାଟା ଜ୍ଞାନ ହେଲେ ନକରି କାହିଁ ଯିବ?

ଦାସଙ୍କ ବ୍ୟାଧି ଭାରି ବଳି ପଡ଼ିଲାଣି – ଝଲକା-ଝଲକା ରକ୍ତ ଉକା ହୋଇପଡ଼େ, ଆଉ ଭରସା କ'ଣ? ନରିପୁର ଗଡ଼ରୁ ସରସ୍ୱତୀ ଦେଈ ଅଇଲେ। ଦାସଙ୍କ କଥା ଶେଷ। ପିତୃଶ୍ରାଦ୍ଧ କରିବା ସକାଶେ ନଟବର ଦାସ ଛୁଟି ଘେନି କଟକରୁ ଘରକୁ ଅଇଲେ। ବାନାମ୍ବର ଚାଷବାସରେ ଥାଏ, ନଗଦ ଟଙ୍କା ହାତରେ ପଡ଼େ ନାହିଁ। ମଗଦୁର ଭରି ଭୋଜ୍ୟ ସରଞ୍ଜାମ ଆଉଆଉ ସରଞ୍ଜାମମାନ ଯାହା ଏଥିକି ଲୋଡ଼ା, ଆୟୋଜନ କରିଦେଲେ। ଉପଯୁକ୍ତ କାଳରେ ମାନମହତ୍ତ୍ୱକୁ ଜଗି ଶ୍ରାଦ୍ଧକ୍ରିୟା ବଢ଼ିଲା। ନଟବର ଦାସେ ବୋଲନ୍ତି, ପିତୃଶ୍ରାଦ୍ଧରେ ତାଙ୍କୁ ଋଣୀ ହେବାକୁ ପଡ଼ିଲା। ହେଲେ

ଖଚୁଆ ଆଉ ଅସହଣୀ ଲୋକ ସବୁଆଡ଼େ – ଗ୍ରାମରେ ସେଭଳି ଲୋକଗୁଡ଼ାକ ଫୁସୁରୁଫାସର ହୁଅନ୍ତି – ବଡ଼ପୁଅ ତ ସବୁ ସରଞ୍ଜାମ ଯୋଗାଡ଼ କରି ରଖିଥିଲେ, ପୁଣି ଗଡ଼ ନରିପୁରରୁ ଯେତେ ପଦାର୍ଥ ଆଉ ବ୍ରାହ୍ମଣୀବିଦାକି ସକାଶେ ନଗଦ ଯାହା ଆସିଥିଲା, ସେଥିରୁ ବଳି ପଡ଼ିଥିବ – ନଟବର ଦାସେ ଋଣୀ ହେଲେ କ୍ୟାଁ? ଏଥିମଧ୍ୟରେ ବୋହୂର ଅଳଙ୍କାର ଗୁଡ଼ାଏ ଗଢ଼ି ପକାଇଲେ କ'ଣ?

ପନ୍ଦର

ନାଜର ଦମ୍ପତିଙ୍କ କଟକ ଯାତ୍ରା

ପିତାଙ୍କ ଅନ୍ତ୍ୟେଷ୍ଟି କ୍ରିୟାକଳାପ ସମାପ୍ତ-ନାଜରଙ୍କ ଛୁଟି ମିଆଦି ଶେଷହେଲା ବୋଲି କଟକ ଯାତ୍ରାର ଅନୁଷ୍ଠାନ ଆରମ୍ଭ ହେଲା। ଏଣେ ଦେଖିଲେ, ସେ କଟକରୁ ଆସିବା ଦିନଠାରୁ ବୋହୂଟି ମନରେ ସୁଖ ନାହିଁ, ସବୁବେଳେ ମୁହଁଟି ଶୁଖାଇ ବସିଥାଏ। ବାହାରର ନାନା କାର୍ଯ୍ୟରେ ଲାଗିରହିଥିବାରୁ ନାଜରବାବୁ ସେଥିର କାରଣ ବୁଝାବୁଝି କରିବାକୁ ବେଳ ପାଇନଥିଲେ। ବର୍ତ୍ତମାନ କଟକ ଯିବା ସକାଶେ ମେଲାଣି ଘେନିବାକୁ ବୋହୂ ପ୍ରଥମେ ରୁଷାରୁଷି, ତାହାବାଦ୍ ଡକାପକାଇ ବାହୁନି କାନ୍ଦିବାକୁ ଲାଗିଲେ। ହଟଧରି ବସିଲେ, କଟକ ଯିବେ, ସାଙ୍ଗରେ ଘେନି ନ ଗଲେ ବେକରେ ଦଉଡ଼ି ଦେବେ। ଘରେ ତାଙ୍କର ଯେତେ ଦୁଃଖ ଗୋଟି ଗୋଟି କରି ସ୍ୱାମୀଙ୍କୁ ବୁଝାଇ କହିଲେ। ଶାଶୂ ଭଲପାଆନ୍ତି ନାହିଁ – ତୁଚ୍ଛାଟାରେ ଗାଳିଫଜିତ୍ ଗଞ୍ଜମାନ ଲାଗିଛି – ଭାଇ ବୋଲି ଯାହାକୁ ବୋଲ, ଭାଙ୍ଗିକରି ଗୋଟାଏ କଥା କହିବେ ନା? ନିଆଁ ଯା'ଟା ପାଖ ପଶିବ ନାହିଁ – ଗାଁର କାହାରିକୁ ପାଖ ପୂରାଇ ଦେବନାହିଁ। ଆଉ ଖାଇବା ପିଇବା ଦୁଃଖକଥା କ'ଣ କହିବି – ଏ ଓଳିକୁ ସେ ଓଳି ତୁଚ୍ଛା ବରଗଡ଼ା ଭାତ ତିଅଣ ବୋଲି ନା। ତୁମେ ମୋ ଖାଇବା ପାଇଁ ମାସକୁ ମାସ ମୁଠା ମୁଠା ଟଙ୍କା ପଠାଅ – ମତେ ଲୁଚାନ୍ତି- ଲୋକମାନଙ୍କ ଆଗରେ କହି ବୁଲନ୍ତି, ତୁମେ ପଇସାଟିଏ ଦିଅନାହିଁ। କ'ଣ କରିବି, କାହା ପାଖରେ ଗୁହାରି କରିବି, ଉପାସ ଭୋକେ ପଡ଼ିଥାଏଁ। ମୋ କଥା ତୁଳିକୁ ଯାଉ, ତୁମ ମୁହଁଟି ଶୁଖିଗଲାଣି – କେଡ଼େ ସୁନ୍ଦର ଦେହଟି କଳାକାଠ। କଟକରେ କିଏ ପାଖରେ ଅଛି, ଖାଇଲ ନ ଖାଇଲ କିଏ ବୁଝୁଛି – ମୁଁ ଗଲେ ପାଞ୍ଚ ତିଅଣ କରି ପରଷିବି। ମୁଁ ପାଖରେ ନ ଥିଲେ ବାଧିକାବେଳେ ସେବା କରିବ କିଏ? ତୁମେ ମୋ ଠାକୁର ମୋ ଦେବତା ତୁମ ମୁଣ୍ଡ ଛୁଉଁଛି କଟକ ସାଙ୍ଗରେ ନ ନେଲେ ବେକରେ ଦଉଡ଼ି ଦେଇ ମରିବି।

ନାଜର ବଡ଼ ବ୍ୟାକୁଳ ହେଲେ, ମନରେ ବିଚାର କଲେ, ସତ ମୋର ଆଉ କିଏ ଅଛି? ନେବାକୁ ଖାଇବାକୁ ଢେର ଆଉ କଟକରେ ଯିଏ ଯେତେ ଥାଉ, ଭାର୍ଯ୍ୟା ସାଙ୍ଗରେ କିଏ ହେବ? ମୋର ଯେତେ ବୋଲବାଲ...ଧନ ଦୌଲତ, ସବୁ ଏହି ଭାର୍ଯ୍ୟା ସକାଶେ ସେ ଘରେ ଗୋଡ଼ ଲଗାଇଛି ତ; ଟଙ୍କା ସୁନା ପେଲି ଆସୁଛି। ତା' ହାତ ଧରିବା ଦିନୁ କପାଳ ଫିଟିଗଲାଣି। ବୋହୂ ମୋ ମୁଣ୍ଡ ଛୁଇଁଲାଣି, ସାଙ୍ଗରେ ନ ନେଲେ ଦଉଡ଼ା ଦେଇ ମରିବ। ରାମ ! ରାମ! ରାମ ! ମୋର ଯେ ଭେକ ବୁଡ଼ିବ। ସ୍ଥିର କଲେ, ସାଙ୍ଗରେ ନେବେ। ଘରେ ସମସ୍ତଙ୍କ ଆଗରେ ମନକଥା କହିଲେ। ମା' ଶୁଣି ଗୁମ୍ ମାରି ବସିଗଲେଣି। ଭାଇ ତ ପାଟି ଫିଟାଇବେ ନାହିଁ – ଏ ଯେ ଭାଇବୋହୂ ପ୍ରସଙ୍ଗ। ଧାଈମା ଧାଇଁଆସି କହିଲେ – ଏ କ'ଣରେ ନଟ? ବୋହୂଟାକୁ କଟକ କୁଆଡ଼େ ଘେନିଯିବୁ। ପିଲାଟା କିଛି ଜାଣେନା, କଟକ ପରି ସହର, ଚଳିବ କେମିତିରେ?

ନାଜର କହିଲେ – ହଁ ହଁ, ଥାଉ ଥାଉ ବୋହୂ ଉପରେ ଯେ ମାୟାଟା ନା ! ଖାଇଲା ନ ଖାଇଲା କେହି ଥରେ ପଚାରିବାକୁ ନାହିଁ, ଦିନରାତି କାମରେ ଲାଗିଥିବ – ବେରାମ ଆରମ ହେଲେ କେହି ଥରେ ହାତ ବୁଲେଇବାକୁ ନାହିଁ।

ବୋହୂ ଚାଲିଚଳନ ଦେଖି ଧାଈମା ଆଗରୁ ଖପା ହୋଇଥିଲେ। କହିଲେ "କ'ଣ କହୁଛୁରେ ନଟ ! ଘରକାମ ଗୁଡ଼ାକ ତ ଅପା ଆଉ ବଡ଼ବୋହୂ ଦୁହେଁ କହନ୍ତି – କୁଟା ଖଣ୍ଡ ଦି ଖଣ୍ଡ କରିବାକୁ ନାହିଁ। ମା' ଇମିତି ଢଙ୍ଗ ଶିଖେଇଛନ୍ତି ଯେ, ଖାଇବା କଂସାଖଣ୍ଡ ଏ ସଞ୍ଜକୁ ସେ ସଞ୍ଜ ପଡ଼ିଥିବ। ଆଉ କ'ଣ କହିଲୁରେ? ଶାଶୁ, ବଡ଼-ଯା' ତା' ଗୋଡ଼ରେ ହାତ ବୁଲେଇବେ? ବଡ଼ ସୁଖୀ ସାଆନ୍ତାଣୀ ଝିଅ ନା ! ବାପ ତା' ମା ପାଖରେ ପାଞ୍ଚଟା ପୋଇଲୀ ରଖିଦେଇଥିଲା ନା ! ତା ମା' ଦିନରାତି ସୁପାତି ଶେଯରେ ପଡ଼ିଥାଏ ନା! ନାଜରାଣୀ ଖୁବ୍ ଡକାପାଡ଼ି ବାହୁନି କହିଲେ, 'ଶୁଣ ଶୁଣ, ତୁମ ଆଗରେ – ପାଞ୍ଚ ଲୋକ ଆଗରେ ମୋ ମା' ବାପାଙ୍କୁ ଗାଳି ଦେଉଛନ୍ତି – ଶୁଣ – ଶୁଣ। ମୁଁ କି ବୋଲଣା କଲି, ଆଚ୍ଛା ମତେ ଛାଞ୍ଚୁଣି ମାରି ମାରି ପକାଅ –ଉଁ – ଉଁ – ଉଁ – ମୁଁ – ଏ ଜୀବନ ରଖିବି ନାହିଁ –ଉଁ – ଉଁ – ଉଁ ଆଜି ରାତିରେ ବେକରେ ଦଉଡ଼ି ଲଗାଇବି –ଉଁ – ଉଁ – ଉଁ। ତୁମେ ମୋତେ ଛାଡ଼ି କଟକ ଗଲେ ମୁଁ ବେକରେ ଦଉଡ଼ି ଦେବି–ଉଁ – ଉଁ – ଉଁ। ନଟବର କହିଲେ, 'ମଲା ସତ ତ, ମୋ ଆଗରେ ବୋହୂଟାକୁ ଏତେ ଗାଳିଗୁଲଜ ପଛରେ କଣ ନ କରୁଥିବେ?' ମୋ ଲକ୍ଷ୍ମୀ ଗାଳିଦେବୁ କିଏ ଲୋ ତୁ? ପରଘର ପଶିଛି, ତା'ର ଫେର ଏଡ଼େ ବହପା' ଧାଈମାର ମୁଣ୍ଡ ବୁଲାଇଲାଣି। ଗୁମ୍ ମାରି ବସିଗଲେ। ଅପା ମେନକା ଦେଇ ଧାଇଁ ଆସି ହାତ ଧରି – ଆ ସରସ୍ୱତୀ,

ଆ – ତା'ର ଯା' ଇଚ୍ଛାକରୁ, ଆମର ସେଥିରେ କ'ଣ ଅଛି? ବାନା ଆଉ ବଡ଼ବୋହୂ କାନ୍ଦି ପକେଇଲେ। ଦାସଙ୍କ ଘରେ ଗୋଳ ଶୁଣି ଗାଁ ରୁ କେତେଜଣ ମାଇକିନିଆ ଧାଇଁଆସି ଲଙ୍ଗୁପୁଙ୍ଗୁ ହୋଇ ଶୁଣୁଥିଲେ।

ତହିଁ ଆରଦିନ ସକାଳ ରାନ୍ଧୁଣୀ ଗାଧୁଆବେଳେ ଗାଁ ମଝି ପୋଖରୀ ତୁଠରେ ଛାମୁ କରଣ ଘର ବଡ଼ବୋହୂ, ମକ୍ରା ମା', ଚମ୍ପାଅପା, ଶାରିଆ, ଗେଣ୍ଡ୍ଲେଇ, ଚେମୀ ନଣନ୍ଦ, କଉଶୁଲୀ, ପାରୀପାଞ୍ଚ ଘରର ସାତ ବୋହୂ ଝିଅ ଆଉ ଗାଁ ମାଇପେ ଠୁଣ୍ଟ ହୋଇ କଥାରେ ଲାଗିଛନ୍ତି। ଛାମୁକରଣ ବଡ଼ବୋହୂ – କ'ଣ କହିବି ଚମ୍ପାଅପା, ଏଣିକି ଆଉ ମାନମହତ ରହିବ ନାହିଁ କଳିକାଳ ମାଡ଼ି ଆସିଲାଣି, ମୁଁ ଦି'ଟାର ମା ହେବାଯାଏ ଶାଶୁ ଆଗରେ ପାଟି ଫିଟାଇ ନାହିଁଚୁ – ଚୁ – ଚୁ – କରୁଥାଏଁ। ଘରେ ଚାଉଳ ନଥିଲେ ଖାଲି ପାଛଆଟା ଧରି ଧୋବାଲୁଗା କାଚିଲା ପରି ଇସ୍ ଇସ୍ କରି ଭୂଇଁରେ କଚାଡ଼େଁ। ରାତି ଅଧରେ ସମସ୍ତେ ସବୁଆଡ଼େ ଶୋଇବେ – ବିଲେଇଟି ବି ଶୋଇଗଲାଣି – ଧୀରେ ଧୀରେ ଗୋଡ଼ ପକାଇ ତାଙ୍କ ଶୋଇଲାଘର ବିଛଣାକୁ ଯାଏଁ। ଏ କ'ଣ ନା ଶାଶୁ ଯା' ସଙ୍ଗରେ କଥା ତ କଥା କଳି? ଦିନ ଆଲୁଅଟାରେ ଯୋଡ଼ାକଯାକ ଘରେ ବସି କଥାଭାଷା – କବାଟ ମେଲା ଅଛି ତ ଥାଉ।

ମକ୍ରାମା' – କ'ଣ ଚମ୍ପୀଅପା, କ'ଣ ପଟ୍ଟନାୟକ ଘର କଥାଟା କ'ଣ?

ଚମ୍ପୀଅପା – କଥା କ'ଣ କି, ପଟ୍ଟନାୟକ ଘର ନୂଆ ବୋହୂ ଦିନେ ଶୋଇଥିଲା, ଶାଶୁ ଭାତ ଖାଇବାକୁ ଡାକିଲେ। ବୋହୂଟା କ'ଣ କଲାନା, ନିଦ ଅଳସଟା ତ ଲାଗିଥିଲା – ଶାଶୁ ହାତଟା ଛିଞ୍ଚାଡ଼ି ଦେଇ କହିଲା – ନା, ମୁଁ ଭାତ ଖାଇବି ନାହିଁ। ଆଉ ଯାଏ କାହିଁ – ଶାଶୁ ତ କଥା କଲେଣି ଖଣ୍ଡେ ! ଘରର ଆଉ ବୋହୂଝିଅ ସବୁ ଉଜୁଡ଼ି ପଡ଼ିଲେ। ବୋହୂଟା ଶୋଇ ଖାଇବ କ'ଣ କବାଟ କୋଣରେ ବସି ଭୋ-ଭୋ ଡକା ପାରୁଛି। ଦେଢ଼ଶାଶୁ ଧାଇଁଅଇଲେ – ଶାଶୁକୁ ଖୁବ ଦି'ପଦ ଝାଡ଼ିଦେଲେ, ମଲା-ମଲା ଆପଣା କଥା ଭୁଲିଗଲୁଣି ପରା। ପିଲାଟା ନିଦ ବାଉଳାରେ କ'ଣ କହିପକାଇଲା, ସେଇଟାକୁ କାନି ଗଣ୍ଠିଲା କରି ବସିଛୁ – ମଲା –ମଲା ଆପଣା କଥାଟା ଭୁଲିଗଲୁଣି ପରା?

"ଡାହାଣୀ ହୋଇ ଗୁଣିଆ ଦେଲେ ଗାରଡ଼ିମନ୍ତର ଡ଼ାକେ,
ଚୋରଟା ଯେବେ ଛାଟିଆ ହେଲା ଡାକି ବୁଲେ ଗାଁ ଯାକେ। "
ଶାଶୁ ତା' କଥା ଶୁଣି ସନ୍ତୋଷ – ପଳାଇଗଲେ।
ଗେଣ୍ଡ୍ଲେଇ କହିଲା – ମଲା –ଯା
"କରଣ ବୋହୂ ଢ଼ମ,
ପିଠା ଗୋଟାଯାକ ଉଦୁଆ ପଡୁଛି ଓଢ଼ଣା ହାତେ ଲମ୍ବ।"

କଉଶୁଲୀ – ହଁ ଚମ୍ପୀଅପା, ତା' ଶାଶୁ କି ଦୋଷ କରିଥିଲା?

ଚମ୍ପୀଅପା – କଥା କ'ଣ କି, ଭୋକ ଲାଗିଲେ ବୋହୂମାନେ ଶାଶୁ ଆଗରେ ପାଟି ପାକୁ ପାକୁ କରିବେ – ହେଲେ ଓଢ଼ଣାଟାଏ ଢଙ୍କା ଥିବ। ସେହି ଯେ ବୋହୂ ଦିନେ ଶାଶୁ ଆଗରେ ପାଟି ପାକୁ ପାକୁ କରୁଥିଲା, ନାକଟି ଦିଶୁଥାଏ। ସେଇ କଥାଟା ବଡ଼ଯା' ଦାଇକା ଦେଲେ। ଆଉ ଆମର ଯେ ନୂଆ ନାଜରାଣୀ –ଶାଶୁ ଯେବେ ପଖାଳ ପରଷିବାକୁ ମିନିଟେ ମଠକରେ, ଶାଶୁକୁ ଝାଡ଼ିପକେଇବେ ନା !

ଛାମୁକରଣ ବୋହୂ ଜିଭଟା କାମୁଡ଼ିପକାଇ କହିଲେ, ଆ – କ'ଣ କହୁଚୁ। ଏଇଟା କରଣ କୂଳରେ ଜନ୍ମ ନେଲା ନା ନେଲା କେଳା କୁଳରେ? ଆମ ଘରେ ଭଲମନ୍ଦ କିଛି ଆସିଲେ ଲୁଚେଇ ବାରିଆଡ଼େ ଖାଇବି ପଛକେ, କ'ଣ ଶାଶୁ ଆଗରେ ଖାଇବି? ଶାଶୁ ଯାଚିଲେ ମୁଣ୍ଡ ହଲାଉଥାଏ। ଏଇଟା ହେଲା ଜାଣୁ କରଣ କୂଳର ମହତ।

ଗେହ୍ଲେଇ ଅଣ୍ଟାଏ ପାଣିରେ ବସି ସବୁ ଶୁଣୁଥାଏ – ଦାନ୍ତ ଘଷୁଥାଏ। ଜିଭଟା ଛେଲି କୁଲୁକୁଞ୍ଚା କରିପକାଇ କହିଲା-

"ବଡ଼ଘର ଝିଅ କିଛି ଖାଏନାହିଁ ବୋହୂଟି ବୋ ଚାନ୍ଦମୁଖୀ,
ତିନିଓଳି ତିନି କଂସା ପଖାଳରେ ମୁହଁଟି ଯାଇଛି ଶୁଖି।"

ପାରୀ-ଗୁଣ ତ ଶୁଣୁଚ, ଆଉ ରୂପଟା। ଗାରିମାଟା କେତେ? ଆଉ ବଡ଼ପଣିଆ ଦେଖାଇବା ଲାଗି ଦୁଆରକୁ କେହି ଗଲା ତ , ଚଞ୍ଚଳ ପାଟଶାଢ଼ି ଖଣ୍ଡେ ପିନ୍ଧି ପକାନ୍ତି।

ଗେହ୍ଲେଇ"ପେଟଟି ଜିଣିଛି ଧାନଉସା ହାଣ୍ଡି ପାଟଶାଢ଼ିଫରଫର
ଦେହରୁ କଜଳ କାଳି ପୋଛିପଡ଼େ ବାସତେଲ ଜରଜର।"

କଉଶୁଲୀ କହିଲା- ଆହୁରି ଦେଖିଛ ନା – ରୂପା ପାହୁଡ଼ ଯେମିତି ମୁଲକରେ କେହି ଦେଖିନାହିଁ – ପାହୁଡ଼ ଲଗାଇ ଚାଲିଠଣକଟା କିମିତି?

ଗେହ୍ଲେଇ- 'ଝମର ଝମର ଝମକଝୁଣ୍ଟିଆ କେତେ ନବରଙ୍ଗ ଚାଲୁ
ଉଇହୁଙ୍କା ହୁଁଣି ଲସରପସର ଧାଇଁଯାଉଥିଲା ଭାଲୁ।'

କଉଶୁଲୀ ହସି ହସି କହିଲା – ନାକବସଣୀଟା ଦେଖିଛୁ ନା?

"ପେଚାନାକଟାରେ ମୁକୁତା ବସଣୀ ଠିଆନାକ ବସି କାନ୍ଦେ,
ଲୋଟି ପଡ଼ିଥାଏ ଚାମର କେଶର ଛିଣ୍ଡାବଳୀ ଜୁଡ଼ା ବାନ୍ଧେ।"

ପାରୀ – ଆଲୋ ଗେହ୍ଲେଇ ନାନୀ, ସେ ବୋହୂଟା ସବୁବେଳେ ଡ଼େବିରି ହାତଟା ଘୋଡ଼ାଇଥାଏ କ୍ୟାଁ?

ଗେହ୍ଲେଇ ଭାରି ଗୋଟାଏ ହସି ହସି କହିଲା – ଆଲୋ ପାରୀ! ଶୁଣି ନାହୁଁ। ଧାଇ ଆଗରେ ପୁଣି ପେଟଛପା। ମୁଁ କାଲି ସଞ୍ଜବେଳେ ତ ଦାସେଙ୍କ ଦୁଆରକୁ

ଯାଇଥିଲି। ଯାଇଥିଲି ତ ଯାଇଥିଲି – ମନରେ କଲି, ଆସିଛି ତ ବୋହୂଟା ସାଙ୍ଗରେ ଦି'ଟା କଥା କହିଯାଏଁ। ପାଖରେ ତ ଗୁମ୍ ମାରି ବସିଗଲି। ଆଲୋ ଭଉଣୀ, କ'ଣ କହିବି, କଥା ତ ଥାଉ ମୁହଁଟା ଇମିତି ଭୁରୁକୁଣ୍ଡା କରି ବସିଲା ଯେମିତି – କେଡ଼େବଡ଼।ମୁଁ ମନରେ ପାଞ୍ଚିଲି ହଉ ନହେଲା ନାହିଁ, ଆସ ସାରିଛି, ଟିକିଏ ପାଖରେ ବସିଯାଏଁ। ଦେଖିଲି ଯେ ସବୁବେଳେ ଡ଼େବିରି ହାତଟା ଢଙ୍କା। ମନରେ କଲି ଭଲାରେ ଭଲା ଏ କ'ଣ ହାତଟା ଢାଙ୍କିଛି କ୍ୟାଁ? ଆଚ୍ଛା ଢାଙ୍କୁ।ଗୋଟାଏ ବୁଦ୍ଧି କାଢ଼ିଲି ଆଉ ଟିକିଏ ପାଖେଇ ଗଲି, ଧଡ଼କିନି ଠିଆ ହୋଇ – ବୋହୂସାଆନ୍ତାଣୀ – ବିଛାଟା- ବିଛାଟା- କହି ଝାଡ଼ିପକାଇଲା ପରି ଢଙ୍କା କନାରେ ଚାପୁଡ଼ାଏ ମାରିଦେଲି, ହାତରୁ ତ ଲୁଗା ବାହାରି ଗଲା। ଟିକିଏ କଣେଇ ଅନେଇଦେଇ ବାହାରକୁ ଧାଇଁଗଲି, ବିଛା ମାରିଲା ପରି ଭୂଇଁରେ ଯୋଡ଼ାଏ ଗୋଇଠା ମାରିଲି। ବାନାବାବୁ ବାହାରେ ଥିଲେ, ସେ ଆସିପାରିଲା ନାହିଁ। ଆଲୋ ପାରୀ ! କ'ଣ କହିବି-

"ଥୋବଡ଼ାନାକରେ ନାଟେଣୀ ମୟୁର ଯୋଡ଼ାଏ ବେହେଡ଼ାଦାନ୍ତ,
ଆଖି ଦୁଇଗୋଟି ମିଚିରି ମିଚିରି କେଂପାଟି ଡ଼େବିରି ହାତ।"

ପଟ୍ଟନାୟକ ବୋହୂ – ଦିନବୋଲି ନାହିଁ, ରାତି ବୋଲି ନାହିଁ, ବୁଙ୍ଗେ ପାନ ଛେଳି ପାଟି ବୁଲୁଥିବ। କରଣ ଘରେ ଏଇଟା କ'ଣ ଲୋ?

ଗେହ୍ଲେଇ-

"ଛେଳିପାଟି ପରି ସବୁବେଳେ ବୁଲେ ଗାଲରେ ଦେଖିଲା ପାନ,
ପଚର ପଚର ପିକ ପଡୁଥାଏ ଦାନ୍ତଗୁଡ଼ା ବଡ଼ ସାନ।"

ଆଉ ଗୋଟାଏ ଢ଼ଗ ଶୁଣିବୁ-

"ବସନ୍ତ ବାହାର ମୁଖଚନ୍ଦ୍ର ତା'ର ଥାଳିପଟ ପରି ଚକା
ପାଟି ମେଲି କଥାଗୁଡ଼ା ବୋଲିବାର ବିଲୁଆ ପାରୁଛି ଡକା।"

ଭୀମା ମା' ଚାରିଆଡ଼କୁ ଅନାଇ ହଗ୍ରା ମା' କାନରେ କ'ଣ ଫୁସରୁଫୁସୁରୁ କଥା କହିଲା।

ଗେହ୍ଲେଇ –

"ତୁନି ତୁନି କିମ୍ପା କାନ ଫୁସାଫୁସି ଗାଁରେ ବସିଛି ହାଟ,
ପୋଖରୀ ଗୋଟାକ ଦଳ ବଳବଳ ଗୋବରଗଡ଼ିଆ ଘାଟ।"

ଶଙ୍କରା ଜେଜୀ ନାତୁଣୀକୁ କାଖେଇ ଦାନ୍ତକାଠି ଖଣ୍ଡ ଚୋବାଇ ଘାଟରେ ପହଞ୍ଚିଲା। ବୁଢ଼ୀକୁ ଗାଁ ମାଇକିନିଆମାନେ ମାନ କରନ୍ତି। ସମସ୍ତେ ତୁନି ହୋଇଗଲେ। ବୁଢ଼ୀ ପଚାରିଲା, "କ'ଣ ବୋଲୁଛ ଲୋ – କୁହାକୁହି ହେଉଛ?"

ପାରୀ ବାଆଁରେଇ ଦେଇ କହିଲା ଏ ଆଉ ଗୋଟିଏ ଗାଁ ଆଉ ଗୋଟିଏ ବୋହୂ କଥା କହୁଚୁ।

ଶଙ୍କରା ଜେଜୀ – ନାଲୋ ନା ସା'ନ୍ତଘର ଶୁଣିଲେ କ'ଣ କହିବେ?

ଗେହ୍ଲେଇ-

"ସାଆନ୍ତାଣୀ ପରା ଧାଇଁ ଆସୁଛନ୍ତି କରନା କରନା ପାଟି,

ଖପାହୋଇ ପରା ଖପରା କାତିରେ ନାକ ପକେଇବେ କାଟି।"

ସମସ୍ତେ ହସି ହସି ଆପଣା ଘରକୁ ଚାଲିଗଲେ।

ଷୋହଳ
ଚିତ୍ରକଳା

ନାଜରାଣୀ କଟକ ଆସିବା ଆଗରୁ ବସାରେ ଥିଲେ ଗୋଟିଏ ରୋଷେଇଆ ପିଲା, ଆଉ ଗୋଟାଏ ଚାକରାଣୀ, ନାମ-ଚିତ୍ରକଳା। ଜାଣିଲା ଶୁଣିଲା ଲୋକେ ତାକୁ ଚାକରାଣୀ ବୋଲି ଜାଣନ୍ତି। ହେଲେ, ନୂଆଲୋକ କେହି ଆସିଲେ ସାଆନ୍ତାଣୀ ବୋଲି ଡ଼ାକପକାଏ। ସତକଥା, ଚିତ୍ରକଳାର ଯେପରି ରୂପ, ଲୁଗାପଟା ଗହଣାଗାଣ୍ଠିର ଢଙ୍ଗଢ଼ାଙ୍ଗ, ଚାଲିଚଳନର ଛଟକ, କଥାଭାଷାର ଧମକ, କିଏ କହିବ ଚାକରାଣୀ? ନାଜର ନଟବର ଦାସେ ବନ୍ଧୁବାନ୍ଧବମାନଙ୍କୁ ବୁଝାଇ ଦେଇଛନ୍ତି-ପାଇଟିପତ୍ର କରବା ଲାଗି ଏ ମାଇକିନିଆ ବସାରେ ଥାଏ। ତାଙ୍କର କଥା ଶୁଣି ଲେଖକ ବୁଝିଛି, ଏଟି ଚାକରାଣୀ। ଯେଉଁ ସମୟର କଥା ହେଉଛି ବୋଇଲେ ଚିତ୍ରକଳା ଅମଳଦାରି ସମୟରେ, ଏ କଥାରେ ଗୋଟାଏ ଧର ପଗଡ଼ ନ ଥିଲା-ଡ଼ାକଫୁକାରରେ କରଣ ଖଣ୍ଡାୟତ ମହାନାୟକମାନଙ୍କ ଘରେ ଅନେକ ଚାକରାଣୀ ଦାନାପାଣି ପାଉଥିଲେ। ଏଣିକି ପାଠୁଆମାନଙ୍କ ଭିତରେ ଚରିତ୍ର ବୋଲି ଗୋଟାଏ ବିଧି ବାହାରିବା ଦିନରୁ ଢେର୍ ଢେର୍ ଚାକରାଣୀଙ୍କର ଭଲ ଭଲ ଲୋକଙ୍କ ଘରୁ ଅନ୍ନରେ ଧୂଳି ପଡ଼ିଲାଣି। ସେ କଥା ଯାଉ ଖୋଦ୍ ନାଜରଙ୍କ ମୁହଁରୁ ନ ଶୁଣିଥିଲେ ଲେଖକର ଚିତ୍ରକଳାକୁ ଚାକରାଣୀ ବୋଲି ଡାକିବାକୁ ସାହାସ ଅଣ୍ଟନ୍ତା ନାହିଁ। ହେଉପଛେ ଚାକରାଣୀ, ହେଲେ ରୂପଟା ସୁନ୍ଦର। ହେଲେ, ଚମ୍ପାଫୁଲ ପରି ଚହଟଗୋରୀ ନୁହେଁ, ଦେହର ରଙ୍ଗଟା ଶ୍ୟାମଳ। ମୁଖଟିର ଗଢ଼ଣ ସୁନ୍ଦର, ତାହା ଉପରେ ପୁଣି ଓଳିକେ ଛ'ଥର ଘଷାମଜାରେ ସୁନ୍ଦରପଣ (ଯାହାକୁ ସାଧୁଭାଷାରେ ଲାବଣ୍ୟ କହନ୍ତି) ଫୁଟି ଦିଶୋବଡ଼ ଆର୍ଶିଟାଏ ଧରି ଭଲକରି ମାଙ୍ଗଟାଏ ପାରିଦେଲା ଉତ୍ତାରେ ଚଞ୍ଚଳ ଢଳଢଳ କଜ୍ଜଳାଭ ନେତ୍ରରେ କଣେଇ କଣେଇ ଚାହିଁଲେ ତାକୁ ଥରେ ଅନାଇ ଦେବାକୁ ଢେର୍ ଢେର୍ ଲୋକ ଅଛନ୍ତି।

ଆଉ ଗୋଟାଏ କଥା-ଉପନ୍ୟାସର ନାୟିକାମାନଙ୍କ ରୂପବର୍ଣ୍ଣନା ବିଷୟରେ ଗ୍ରନ୍ଥକାରମାନେ ଯେ ପ୍ରକାର ପଦ୍ଧତିର ଅନୁସରଣ କରିଥାନ୍ତି, ଲେଖକର ଦୁର୍ଭାଗ୍ୟ ଯେ-

"ରୂପଯୌବନସମ୍ପନ୍ନା ଅଜ୍ଞାତକୂଳସମ୍ଭବା
ଅପାଙ୍ଗାବିଲୋଳନେତ୍ରା ଲୋକଚିତ୍ତାନୁରଞ୍ଜିନୀ।"

ସନାତନ ପଦ୍ଧତି ଅନୁସାରେ ଇଦୃଶ ଯୁବତୀମାନଙ୍କ ରୂପ ବର୍ଣ୍ଣନାରେ ସେ ଅକ୍ଷମ। ହେଲେ କ'ଣ ହେଲା, ଏପରି ନିର୍ଦ୍ଦୟ ପାଠକ ବାହାରିବାର ଖୁବ୍ ସମ୍ଭବ ଯେ ଲେଖକ ବିଚରା ଯେ କିପରି ବିଷମ ସଙ୍କଟରେ ପଡ଼ିଛି, ତହିଁ ପ୍ରତି ଟିକିଏ ହେଲେ ସମବେଦନା ପ୍ରକାଶ ନ କରି କହିବସିଲେ, ଏଇଟା ମୂର୍ଖ – ଉପନ୍ୟାସ ମଧ୍ୟଗତା ନାୟିକାର ରୂପ ବର୍ଣ୍ଣନା କରି ଜାଣେ ନାହିଁ। କଥାଟା କ'ଣ ଜାଣନ୍ତି, ପ୍ରକୃତି ଅନୁସାରେ ପ୍ରତ୍ୟେକ ଲୋକ ଆପଣାର ଜ୍ଞାନବାର୍ତ୍ତା ପ୍ରତି ଆସ୍ଥାବାନ୍, ଅର୍ଥାତ ଆପଣାକୁ ଜ୍ଞାନବାନ ବୋଲି ସମସ୍ତେ ବିଶ୍ୱାସ କରିନ୍ତି। ଅନ୍ୟପ୍ରକାର ଗାଳି ସହିହୁଏ, ହେଲେ ମୁର୍ଖ, ଏଇ ଗାଳିଟା ସମସ୍ତଙ୍କ ମନକୁ ଯେମନ୍ତ ଟିକିଏ ଚେଁ କରି ଲାଗିଯାଏ। ସମସ୍ତ କଥା ପ୍ରତି ନଜର ରଖି ଲେଖକ ସ୍ଥିର କଲା- ସନାତନ ପଦ୍ଧତି ଆଉ ଆତ୍ମରକ୍ଷା ନିମନ୍ତେ ଅତି ସଂକ୍ଷେପରେ ଆଉ ସାଧୁଭାଷାରେ ଚିତ୍ରକଳାର ରୂପଗୁଣ ବର୍ଣ୍ଣନା କରିଦେଲେ କାହାରି ପାଟି ଫିଟେଇବାରେ ବାଟ ରହିବ ନାହିଁ। ହେ ପାଠକବର୍ଗ, ଅୟି ପାଠିକା ମହାଶୟା! ଆପଣମାନେ ଅବଧାନ କରନ୍ତୁ, ଚିତ୍ରକଳାର ରୂପ ବର୍ଣ୍ଣନା କରାଯିବ। ଅର୍ଥାତ ବୋଇଲା କି –

"ଅତସୀକୁସୁମଶ୍ୟାମା ଗନ୍ଧତୈଳାନୁରଞ୍ଜିତା
ବସ୍ତ୍ରାଳଙ୍କାରସର୍ବସା ବିପଣିବର୍ତ୍ମ ବର୍ଣ୍ଣନା।"

ସତର

ନାଜରଙ୍କ ଦାମ୍ପତ୍ୟ ପ୍ରେମ

ନାଜର ଦମ୍ପତି କଟକରେ ପରମ ସୁଖରେ ବାସ କରୁଛନ୍ତି। ଉଭୟଙ୍କ ମଧ୍ୟରେ ପ୍ରଣୟ ଭୋଗ୍ୟପଦାର୍ଥର ଅଭାବ ନାହିଁ। ସ୍ୱାଧୀନ ଭାବରେ ସୁଖସମ୍ଭୋଗ କରିବାର ଅନ୍ତରାୟ ହିନ୍ଦୁ ଗୃହରେ ଗୁରୁଜନ ଶାସନ, ତାହା ତ ଦୂରବର୍ତ୍ତୀ। ଏମାନଙ୍କର ପରସ୍ପର ସଂପ୍ରତୀକୁ ଇଚ୍ଛାକଲେ ଦାମ୍ପତ୍ୟପ୍ରଣୟ ବୋଲିପାର। କେବଳ ସ୍ତ୍ରୀ ପୁରୁଷ ନୁହେଁ, ଦୁଇଜଣ ପୁରୁଷ ବା ସ୍ତ୍ରୀ- ଯୁଗଳ ମଧ୍ୟରେ ଅଚ୍ଛେଦ୍ୟ ପ୍ରୀତି ଥିବାର ଦେଖାଯାଏ। ଆମ୍ଭମାନଙ୍କର ଶତ୍ରୁ ବା ମିତ୍ରରୂପେ ଜଗତରେ କେହି ଜନ୍ମଗ୍ରହଣ କରି ନାହାନ୍ତି।

ପ୍ରୟୋଜନ ସାଧନ-ମାର୍ଗରେ ଯେ ସହାୟ ସେହି ବନ୍ଧୁ, ଆଉ ବିଘ୍ନକାରୀ ବୈରୀ ନାମରେ ଅଭିହିତ। ନିତାନ୍ତ ଅଜ୍ଞାନକଦର୍ଯ୍ୟ ପରିବାର ବିନା ସଚରାଚର ପରିବାର ମଧ୍ୟରେ ବିଶେଷ ପ୍ରଣୟ ଥିବାର ଦୃଷ୍ଟିଗୋଚର ହୁଏ। ସେଥିର କାରଣ, ସଂସାରୀ ମାନବ ସମାଜରେ ଏପରି ଅନେକଗୁଡ଼ିଏ ପଦାର୍ଥର ପ୍ରୟୋଜନ, ଯାହାର ସାଧନା ସ୍ତ୍ରୀ ପୁରୁଷର ସହାୟତା ବିନା ଅନ୍ୟ ଯୋଗେ ହୋଇ ନ ପାରେ। ପୁଣି ସେହି ସମସ୍ତ ପ୍ରୟୋଜନ ଅପରିହାର୍ଯ୍ୟ। ଏହାହିଁ ପ୍ରୟୋଜନସାଧକ ପ୍ରୀତିର କାରଣ ଅଟେ। ଲେଖକ ବିବିଧ ପରିବାରଗତ ବିବିଧ ପ୍ରକାର ସ୍ତ୍ରୀ ପୁରୁଷ ମଧ୍ୟସ୍ଥ ପ୍ରଣୟର ଅବସ୍ଥା ଭୂୟୋଦର୍ଶନ ଯୋଗେ ଅନୁଭବ କରି ଏହି କଥା ଲେଖିବାକୁ ସାହାସ କଲା।

ମାନବ ମାତ୍ରକେ ସୁଖାଭିଳାଷୀ- ପୁଣି ସେହି ସୁଖପ୍ରଦ ବସ୍ତୁ, ରୁଚିଜ୍ଞାନ ଏବଂ ଇଚ୍ଛାରେ ଭେଦର ଧନ-ଧର୍ମ-ବିଦ୍ୟା-ଯଶ- ସୁନାମ ପ୍ରଚାର ପ୍ରଭୃତି ବିବିଧ ପ୍ରକାର। ଏଭଳି ଲୋକ ଦଳର ମଧ୍ୟ ଅଭାବ ନାହିଁ, ଯେଉଁମାନେ ମାଦକ ସେବନ ବା କଦର୍ଯ୍ୟ ଇନ୍ଦ୍ରୀୟବିଳାସକୁ ସୁଖଲାଭର ପରାକାଷ୍ଠା ବୋଲି ଜ୍ଞାନ କରିଥାନ୍ତି, ସେହି ସୁଖପ୍ରଦ ପଦାର୍ଥ ଲାଭର ସହକାରୀ ଲୋକ ହିଁ ବନ୍ଧୁ।

ନଟବାବୁଙ୍କର ବିଶ୍ୱାସ, ଉପାର୍ଜନ ହିଁ ମାନବ ଜୀବନର ଏକମାତ୍ର ଲକ୍ଷ୍ୟ। ଅର୍ଥଯୋଗେ ଜଗତର ପ୍ରୟୋଜନ ସାଧିତ ହୁଏ। ଅର୍ଥ ହି ସୁଖଲାଭର ଏକମାତ୍ର ଉପାୟ। ଶ୍ରୀ ନାୟକଙ୍କ ଗଣନା ପ୍ରତି ତାଙ୍କର ଧ୍ରୁବ ବିଶ୍ୱାସ। ପ୍ରତ୍ୟକ୍ଷ ବସ୍ତୁପ୍ରତି କାହାର ବା ଅପ୍ରତ୍ୟୟ ଜାତ ହେବ? ବୋହୂଟି ସୁଲକ୍ଷଣା-ତାହାର ପହରା ପଡ଼ିବା ମାତ୍ରକେ ଅର୍ଥାଗମ, ଉଚ୍ଚପଦ, ସୁଖସୌଭାଗ୍ୟ ଅବିଶ୍ରାନ୍ତ ରୂପେ ଲାଭ ହେଉଛି। ଏଥକୁ ସ୍ତ୍ରୀ ପ୍ରତି ନାଜରବାବୁଙ୍କର ବିଶେଷ ସଂପ୍ରୀତି। ପକ୍ଷାନ୍ତରେ ନାଜରାଣୀ ନିତାନ୍ତ ଦରିଦ୍ରର କନ୍ୟା- ସୁଖସମ୍ଭୋଗରେ ନିତାନ୍ତ ଅପରିଚିତା-ଭଗ୍ନକୁଟିରବାସିନୀ। ସହସା ଆଶାତୀତ ସୌଭାଗ୍ୟ ଅଧିପତ୍ୟ ଲାଭରେ ଆତ୍ମବିସ୍ମୃତା ହୋଇ ତାଙ୍କ ମସ୍ତିଷ୍କ ବିଚଳିତ ହୋଇଗଲାଣି।ମନରେ କଲେ, କାହାଣୀରେ ଯେଉଁ ରାଜରାଣୀ କଥା ଶୁଣିଥିଲେ, ବର୍ତ୍ତମାନ ସେ ଆପେ ଆପେ ସେହି ରାଣୀ ହୋଇଗଲେଣି। ଏହି ଯେ ରାଣୀତ୍ୱ ଲାଭ- କେବଳ ସ୍ୱାମୀ ସକାଶେ। ସୁତରାଂ ସ୍ୱାମୀକୁ ଭଲପାଇବାକୁ ହେବ। ଏହା କି ପବିତ୍ର ଦାମ୍ପତ୍ୟ ପ୍ରଣୟ? ସ୍ତ୍ରୀ ପୁରୁଷ ମଧ୍ୟରେ ଯେଉଁ ପ୍ରଣୟ ପ୍ରୟୋଜନାପେକ୍ଷିତ, ଯେଉଁ ପ୍ରଣୟର ଅନ୍ତରାଳରେ କଦର୍ଯ୍ୟ ବୃତ୍ତମାନ ପ୍ରଚ୍ଛନ୍ନ, ଯେଉଁ ପ୍ରଣୟ କୃତିମ, ପ୍ରକୃତ ବିଶ୍ୱାସ ଯାହାର ଭିତ୍ତିଭୂମି ନୁହେଁ, ତାହା ପ୍ରକୃତ ପବିତ୍ର ଦାମ୍ପତ୍ୟ ପ୍ରେମ ନାମରେ ଅଭିହିତ ହୋଇ ନ ପାରେ।

ଅଠର
ପ୍ରତିଯୋଗିନୀ – ପ୍ରତିଯୋଗିତା

"ପ୍ରାୟେଣ ସାମଗ୍ର୍ୟବିଧୋ ଗୁଣାନଂ
ପରାଙ୍ଗମୁଖୀ ବିଶ୍ୱସୃଜଃ ପ୍ରବୃତ୍ତିଃ।" (କୁମାରସମ୍ଭବମ୍)

ମାନବଜାତି ପୂର୍ଣ୍ଣମାତ୍ରାରେ ଅନାବିଳ ସୁଖସୌଭାଗ୍ୟ ସମ୍ଭୋଗରେ ସମର୍ଥ ହେଉନ୍ତୁ, ଏଇଟା ବୋଧକରୁଁ ବିଧିବିଧାନର ବିରୋଧୀ ବିଷୟ ଅଟେ। ଆପାତଦୃଷ୍ଟିରେ ତୁମେ ଯାହାକୁ ସମ୍ପୂର୍ଣ୍ଣ ସୁଖୀ ବୋଲି ଜ୍ଞାନ କର, ଅନୁସନ୍ଧାନ କର, ଜାଣିବ ତାହାର ସୁଖସୌଭାଗ୍ୟାକାଶ ନିରବଚ୍ଛିନ୍ନ ମଳିନତାବିହୀନ ନୁହେଁ, କୌଣସି ନିଭୃତ କୋଣରେ ହେଲେ ଖଣ୍ଡିଏ ଯାତନା ଜଳଦ ଭାସମାନ ହୋଇଥାଏ। ଆମ୍ଭମାନଙ୍କର ନାଜରଗୃହିଣୀ ସମ୍ପୂର୍ଣ୍ଣରୂପେ ସୁଖିନୀ। ସହସା ମନ କଷ୍ଟର ଗୋଟିଏ କାରଣ ଉପସ୍ଥିତ। ବସାରେ ଅପ୍ରତ୍ୟାଶିତରୂପେ ଚିତ୍ରକଳାର ପୁନଃ ପୁନଃ ଆବିର୍ଭାବ ଦେଖି ତାଙ୍କ ମନରେ କେମନ୍ତ ଗୋଟାଏ ଈର୍ଷାବିଜଡ଼ିତ କଷ୍ଟର ଛାୟା ପଡ଼ିଲାଣି। କୌଣସି କବି ନାଜରଗୃହିଣୀଙ୍କ ତତ୍କାଳିକ ଅବସ୍ଥା ଦେଖିଲେ ବୋଧକରୁ ଏହିପରି ଗୋଟିଏ କବିତା ଲେଖିବସନ୍ତେ-

"ହୃଦୟେ ଘୋଟିଲା ଅନ୍ଧାର
ବଦନ ବର୍ଣ୍ଣ ଯେ ପ୍ରକାର।"

ଚିତ୍ରକଳା ସୁନ୍ଦରୀ-ଭଲ ଧୋବଲୁଗା ପିନ୍ଧେ-ଗହଣାଗାଣ୍ଠିଗୁଡ଼ିକ ସୁନ୍ଦର- ଅନବରତ ଘଷା ମଜାରେ ଚକଚକ ଦିଶୁଛି। ପ୍ରତ୍ୟେକ ସୁନ୍ଦରୀ ଅନ୍ୟର ସୌନ୍ଦର୍ଯ୍ୟ ଦର୍ଶନ ବା ଶ୍ରବଣରେ ଅସହିଷ୍ଣୁ ଏଥିରେ ସତ୍ୟତା ସମ୍ବନ୍ଧରେ ପ୍ରମାଣ ପ୍ରୟୋଗ କରିବାକୁ ଲେଖକ ଅକ୍ଷମ; ହେଲେ କେତୋଟି ବଡ଼ଘରର ବଡ଼କଥା ଶୁଣି ତାହାର ମନରେ ଏହିପରି ଗୋଟିଏ ଧାରଣା ବଦ୍ଧମୂଳ ହୋଇଯାଇଛି। ଶୁଣାଅଛି, ଇଂଲଣ୍ଡରେ ସୁବିଖ୍ୟାତ ରାଣୀ ଏଲିଜାବେଥ୍ ବଡ଼ସୌନ୍ଦର୍ଯ୍ୟାଭିମାନିନୀ ଥିଲେ। ସେହି ସମୟରେ ଅନ୍ୟ ଗୋଟିଏ ଯୁବତୀର ସୌନ୍ଦର୍ଯ୍ୟ ବିଷୟ ସର୍ବତ୍ର ଘୋଷିତ ହେବାରୁ ଈର୍ଷାପରବଶ ରାଣୀ ତାହାକୁ କୌଶଳରେ ବଧ କରାଇଥିଲେ। ପ୍ରାତଃସ୍ମରଣୀୟା ଦେବୀ ଅହଲ୍ୟାବାଈଙ୍କ ସୌନ୍ଦର୍ଯ୍ୟଭାବ ଶ୍ରବଣରେ ତାଙ୍କର ପ୍ରତିଯୋଗିନୀ ମହାରାଷ୍ଟ୍ର ଦେଶୀୟା ଈର୍ଷାପରବଶ ଗୋଟିଏ ରାଣୀ ଭାରି ଆନନ୍ଦିତା ହୋଇଥିଲେ। ନାଜରପତ୍ନୀ ସୁନ୍ଦରୀ, ଯେହେତୁ ସେ ଗୋଟାଏ ବଡ଼ ଦର୍ପଣ ଧରି ଦିନରେ ଦଶଥର ମୁଖ ଦର୍ଶନ କରିଥାନ୍ତି। ପୁଣି ଅନତିଦୀର୍ଘ କୁନ୍ତଳ ବିନ୍ୟାସ ସକାଶେ ଶିଙ୍ଗ ପାନିଆଟିଏ ତାଙ୍କ ହାତରେ ଥିବାର ଦେଖାଯାଏ।ପୁଣି ଇଷଦ୍ ନମ୍ର ସ୍ଥୂଳତର ଓଷ୍ଠରେ ପାନବୋଳ ବସି କେମନ୍ତ ରଙ୍ଗ ହୋଇଛି, ସେଇଟା ପୁନଃ ପୁନଃ ଦେଖିବାକୁ ଭୁଲନ୍ତି ନାହିଁ। ଏପରି ସ୍ଥଳେ

ଚିତ୍ରକଳାର ସୌନ୍ଦର୍ଯ୍ୟ ତାଙ୍କ ପକ୍ଷରେ ଅପ୍ରୀତିକର ହେବା ବିଚିତ୍ର କଥା ନୁହେଁ।ସେ ବାହାରେ ପୁଣି ହସି ହସି ତାଙ୍କ ନିଜ ସ୍ୱାମୀ ସହିତ କଥାଭାଷା ହେବ! ନିଶ୍ଚୟ ଏହା ଦେହ ସହିବାର କଥା ନୁହେଁ। ନିଜ ସ୍ୱାମୀ (ଏପରି ଗୋଟିଏ କ୍ୟାଁ ବୋଇଲୁ କି) ନାଜରଙ୍କ ସହିତ ହସି ହସି କଥା କହିବାର ତାଙ୍କରି କେବଳ ଅଧିକାର – ବାହାରର ଅନ୍ୟ କୌଣସି ଯୁବତୀ ସ୍ତ୍ରୀର ସେ ଅଧିକାର ନାହିଁ। ଯେପରି ସ୍ତ୍ରୀହେଉ ପଛକେ, ସ୍ୱାମୀଙ୍କୁ ଭଲପାଉ ବା ନ ପାଉ ତଥାପି ଅନ୍ୟ ଯୁବତୀ ସୁନ୍ଦରୀ ସ୍ତ୍ରୀର ସେ ଅଧିକାରରୁ ବଞ୍ଚିତା। ନାଜରାଣୀ ମନରେ ସୁଖ ନାହିଁ, ସବୁବେଳେ ମୁହଁଟି ଶୁଖାଇ ବସିଥାନ୍ତି। ଆଗପରି ତୁଚ୍ଛାଟାରେ ହେଲେ ଚାକରଙ୍କ ଉପରେ ଦଶଥର ହୁକୁମ ଜାରି କରିବାକୁ ନାହିଁ। ଆଉ କାହିଁରେ ମନ ଲାଗୁନାହିଁ, ପୋଡ଼ାମୁହାଁ ଚିତ୍ରାର ରୂପଟା ଯେମନ୍ତ ସବୁବେଳେ ଆଖିରେ ନାଚୁଛି। ଚ୍ୟାଇଁଥିଲେ ଚିତ୍ରା ଚିନ୍ତା ଶୋଇଲେ ଚିତ୍ରାକୁ ସ୍ୱପ୍ନରେ ଦେଖନ୍ତି। ଠୋ' ଠୋ' ହସି ସ୍ୱାମୀ ସଙ୍ଗରେ ପ୍ରେମାଳାପ ଏକାବେଳକେ ବନ୍ଦ। କ'ଣ କରିବେ? ଭାଳି ଭାଳି କ'ଣ ବାୟାଣୀ ହୋଇଯିବେ। ପାଟି ଫିଟାଇ କିଛି ବୋଲିପାରୁ ନାହାନ୍ତି, ଏଣେ ଅସଲ କଥା କ'ଣ ଜଣାଯାଉନାହିଁ। କ'ଣ ବୋଇଲେ କ'ଣ ହୋଇଯିବ ପରା – ଏ କଥାଟାରେ ବି ଡ଼ର ଅଛି। ସନ୍ଦେହଟା ବେଳେବେଳେ ଅନ୍ୟ ପ୍ରକାର ବିଶ୍ୱାସକୁ ଢଳିପଡୁଛି। ତାଙ୍କ ବୁଦ୍ଧି ଗନ୍ତାଘରେ ଯେତେ ପୁଞ୍ଜିପଟା ଥିଲା, ସବୁଗୁଡ଼ାକ ବାହାରକରି କାମରେ ଲଗାଇଲେ – ଆପଣାକୁ କିଛି ସମ୍ଭାଳି ନେଇ ଚିନ୍ତାକଲେ

ପ୍ରଥମ ଚିନ୍ତା – ଏଇଟା କିଏ? କାହିଁକି ଆମ ଦୁଆରକୁ ଲାଗ ଲାଗ ଏତେ ଆସେ? ଏ ଦେଶରେ ଏଇ ରକମ କି ଆସନ୍ତି। ଆମର ହେଲା ହାକିମ ଘର- ଏଇପରି କି ସବୁ ଆସିବେ? କଥାଟା କ'ଣ କାହାକୁ ପଚାରିବି? ବାବୁଙ୍କୁ ପଚାରି ପାରିବି ନାହି।କଥାଟା ଯେ ତାଙ୍କୁ ଲାଗିଯିବ। ସେ କ'ଣ କହିବେ? ଚାରିଆଡୁ ଜଗି ବାଟ କାଟିବାକୁ ହେବ?

ଏଣେ ଚିତ୍ରକଳା ସାଆନ୍ତାଣୀଙ୍କ ମନୋଭାବ ଏକରକମ ସମଜିଗଲାଣି। ଯାହା ବୁଦ୍ଧି ପାଖରେ ନାଜରବାବୁଙ୍କର ବୁଦ୍ଧି ହଟିଯାଏ – ଏ ବା କେତେ କଡ଼ାରେ ଗଣ୍ଡାଏ? ଚିତ୍ରା ଠିକ୍ ବୁଝିଗଲାଣି, ଏହାକୁ ଛ'ଥର ହାଟରେ ବିକି କିଣିଆଣିବା ମୁସ୍କିଲ ହେବ ନାହିଁ। ଏ କଥାଟା ବି ଠିକ୍ କଲା, ମର୍କଟିଟାକୁ ବାନ୍ଧି ନ ରଖିଲେ କେତେବେଳେ କେଜାଣି ଆମ୍ଭୁଡ଼ିଧାମ୍ଭୁଡ଼ି ପକାଇବ, ବାନ୍ଧି ରଖିବାର ଦରକାର। ଚିତ୍ରାକୁ ଗୀତ ପୈଟେ-ଗୋଟାଏ ମନରେ ପଡ଼ିଗଲା।

"ଧନ କାର୍ପଣ୍ୟ ସେବାଫଳେ
କିବା ଅସାଧ ମହୀତଳେ।"

ଚିତ୍ରା ତୁଚ୍ଛାଟାରେ ହେଲେ 'ଆଜ୍ଞା ସାଆନ୍ତାଣୀ-ଆଜ୍ଞା' ବୋଲି ସାଆନ୍ତାଣୀଙ୍କୁ ଦଶଥର ଡାକେ। ସଞ୍ଜବେଳେ ବସିଥିଲେ, ଆଜ୍ଞା ମଣିମା ଶ୍ରୀପଦକୁ ପୀଡ଼ା ହୋଇଥିବ ପରା କହି ସାଆନ୍ତାଣୀଙ୍କ ପଦଯୁଗଳ ଆପଣାର ସୁକୋମଳ ସୁନ୍ଦର ଜାନୁ ଉପରେ ପକାଇ ମର୍ଦ୍ଦନ କରି ବସେ। ସାଆନ୍ତାଣୀ ଖୁବ୍ ଖୁସି ହୋଇଗଲେଣି, ହେଲେ, ମନଭିତରେ ଯେ ଗୋଟାଏ କିମିତିକା ବିଚିକିଚିଆ କଥାଟାଏ ପଶିଛି, ସହଜରେ ଛାଡୁନାହିଁ।

ଦିନେ ସକାଳଓଳି ନାଜରଖାନାରେ ଗୋଟିଏ ପିଆଦା ବସାଖରଚ ପାଇଁ ବଜାରରୁ ଚାରିଅଣାର ପନିପରିବା କିଣିଆଣିଲା। ଚିତ୍ରକଳା ସେଠି ଠିଆ ହୋଇଥିଲା – ପାଟିକରି କହିଲା- ଆଜ୍ଞା ସାଆନ୍ତାଣୀ ଏ କ'ଣ ଚାରିଅଣାର ସଉଦା? ମୋତେ ଚାରିଟା ପଇସା ଦେଉନ୍ତୁ ତ ମୁଁ ସଉଦା କିଣିଆଣେ? ନାଜରାଣୀ କଥାଟା ବିଢ଼ିବା ଲାଗି ସେଇଲାଗେ ଚାରିଟା ପଇସା ଚିତ୍ରା ହାତକୁ ବଢ଼ାଇଦେଲେ। ଚିତ୍ରା ଯେଉଁ ସଉଦା ଆଣିଲା, ପିଆଦା କିଣା ସଉଦାଠାରୁ ଢେର ଭଲ ଆଉ ବେଶି। ସାଆନ୍ତାଣୀ ତା' ଦେଖି ଜିଭ କାମୁଡ଼ି ପକାଇଲେ। ଆପଣା ବୁଦ୍ଧି ବଳରେ ଠିକ୍ କଲେ, ଚିତ୍ରା ବିଶ୍ୱାସୀ ଆଉ ବୁଦ୍ଧିମତୀ। ଆଉ ପିଆଦାଟା ହେଲା ଚୋର; ନୋହିଲେ ହୁଣ୍ଡା, ନିର୍ବୁଦ୍ଧିଆ। ସେହିଦିନରୁ ବସାର ସମସ୍ତ ଜିନିଷ କିଣାକିଣି କଥା ଚିତ୍ରା ଜିମା। ସାଆନ୍ତାଣୀଙ୍କ ଆଉ ଆଉ ଗୁମ୍ କଥା ଯାହାହେଉ, ଖୁବ୍ ଘରଣୀ। ଗୋଟିଏ ଗୋଟିଏ ପଇସା ଦେହର ରକ୍ତ। ମାମଲତକାରମାନେ ପନିପରିବା, ମାଛ, ଦୁଧ, ଦହି ନାଜରଙ୍କ ବସାକୁ ଢେର୍ ଢେର୍ ଦେଇଥାନ୍ତି। ବଳକା ହୋଇଗଲେ ବାରିଆଡ଼େ ଖତଗଦାରେ ଢାଳିଦେବେ ପଛେ ପଚା ପୋକରା ବାଇଗଣ କଷିଟାଏ ହାତଟେକି କାହାରିକୁ ଦେବେ ନାହିଁ। ନାଜରଙ୍କ ଇଚ୍ଛାନାହିଁ ଦୁହିଁଙ୍କ ମନ ଖୁବ ମିଳି ଯାଇଛି।

ସବୁ ତ ହେଲା – ହଁ, ଅସଲ କଥାଟା ରହିଗଲା-ଚିତ୍ରା ଯେତେବେଳେ ହସି ହସି ବାବୁଙ୍କ ସାଙ୍ଗରେ କଥାଟା କହେ, ମନରେ ଯିମିତିକା ଚେଁ ଚେଁ କରି ଲାଗିଯାଏ। ବିଶ୍ୱାସରେ ଅବିଶ୍ୱାସ ଆନନ୍ଦରେ ଦୁଃଖ –କେତେଦିନ କଟିଗଲା। ଚିତ୍ରା ଭଲକରି ନଜର ରଖିଥାଏ। ଅପ୍ରୀତି ଆଉ ରୋଗ ଅଳ୍ପ ବୋଲି ହେଣ୍ଟି ହେବ ନାହିଁ – କେତେବେଳେ କେଜାଣି ଟିକିଏ ଅପଚରା ପାଇଲେ ବଢ଼ିପଡ଼ିବ। ଦିନେ କ'ଣ ହେଲାନା ସଞ୍ଜବେଳିଆ ସା'ନ୍ତ କଚେରିବାହୁଡ଼ା ଶୀତଳ ଠା' ବଢେଇଦେଲେଣି, ଚିତ୍ରା ଚଞ୍ଚଳ ଯାଇ, କୋଠା ଉପରେ ସଉପଟାଏ ମେଲିଦେଲା-ସାନ୍ତେ ବିଜେହୋଇ ଭଡ଼ର ଭଡ଼ର କରି ହୁକଟା ଭିଡୁଛନ୍ତି, ସାଆନ୍ତାଣୀଙ୍କ ମୁଖରୁ ପଚର ପଚର କରି ପାନପିକଗୁଡ଼ାକ ସଉପ ପାଖରେ ଢାଳି ପଡୁଛି। ଚିତ୍ରକଳା ପାନ, ଗୁଡ଼ାଖୁ ଦୁହିଁଙ୍କୁ ଭଲକରି ସଜିଲ କରିଦେଇ ଆପଣା ଘରକୁ ଚାଲିଗଲା। ଏକଥା ସେକଥା ଚାରିକଥା

ବାଦେ ସାନ୍ତେ ଗଳାଖଙ୍କାରି ଦେଇ କହିଲେ, ଏ ଚିତ୍ରକଳା କିଏ ଜାଣ? ଏ ଗୋଟାଏ ଖୁବ ବଡ଼ ଲୋକ ଘରର ବୋହୂ – ଘରର ସମସ୍ତେ ମରିଗଲେଣି, ତାହାର ଆଉ କେହି ଆଶ୍ରା ନାହିଁ, ଆମ ଆଶ୍ରା ଧରିଛି। ହାତରେ ଟଙ୍କା ସୁନା ଢେର୍, ଭାରି ଗୋଟାଏ କୋଠାଘର, ବଗିଚାରେ ଦୁଇଜଣ ବାଗୁଆ-ସେସବୁ ଆମକୁ ଲେଖିଦେବ, ଠିକ୍ ହୋଇଗଲାଣି। ତୁମକୁ ବଗିରେ ବସାଇ ଦିନେ ଘେନିଯିବି, କୋଠାଘର, ବଗିଚାସବୁ ଦେଖାଇ ଆଣିବି। ସେ ସବୁ ତ ତୁମରି ହେବ। ଏଲାଗି ତାକୁ ବସାକୁ ଆସିବାକୁ ଦିଏଁ-ତା ମନ ମିଳାଇ ରଖିଛି। ନୋହିଲେ ଆଉକାହାରିକୁ କାଳେ ଦେଇ ପକାଇବ, ସେଥିଲାଗି ଏହିପରି କରେ।

ଧନ ଦଉଲତ-କୋଠାଘର କଥା ଶୁଣି ସାଆନ୍ତାଣୀଙ୍କ ମନ କ'ଣ ହୋଇଗଲାଣି। ମନ ଭିତରେ ଯେ ଟିକିଏ ଅନ୍ଧାରିଆ ରକମ ଗୋଳମାଳ ଥିଲା, ଏକାବେଳକେ ସାଫ। ଏରଣ୍ଡତୈଳ ମେଷ ଲୋମବତ୍ ଭାରି ମେଳ-ଚିତ୍ରାର ବସାକୁ ଆସିବା ନିମିଷେ ଡେ଼ରି ହେଲେ ପିଆଦା ଡାକିବାକୁ ଧାଏଁ। ଆଉ ଭିନ୍ନଭାବ ନାହିଁ, ଦୁହେଁ ଏକ ଆତ୍ମା। ପ୍ରଣୟର କାରଣ-ସାଆନ୍ତାଣୀ ପକ୍ଷରେ କଳ୍ପିତ ଆକାଶକୁସୁମର ସୌରଭ ସଂଗ୍ରହର ପ୍ରତ୍ୟାଶା, ଆଉ ଚିତ୍ରକଳା ପକ୍ଷରେ ସଦ୍ୟ ସୌଭାଗ୍ୟସମ୍ଭୋଗ। ଈଦୃଶ ପ୍ରଣୟର ପରଣାମ ଫଳ କ'ଣ ହୋଇପାରେ? ମାନବଜାତି ଭବିଷ୍ୟତ ଦର୍ଶନରେ ଘୋର ଅନ୍ଧ।

ଉଣେଇଶି

ନାକଫୋଡ଼ିଆ ମା'

କୋଡ଼ିଏ ବର୍ଷର ପୋଷଣାହାରି ଭେଣ୍ଡିଆ ପୁଅ ନାକଫୋଡ଼ିଆଟା ବାଡ଼ି ବେମାରିରେ ଚାଲିଗଲା ଦିନରୁ ତା' ମା' ବୁଢ଼ୀଟା ଢେର୍ ଦିନଯାଏ ଦୁଆରଟି ଆଉଜେଇ ଦେଇ ଏକୁଟିଆ ଘରେ ପଡ଼ି ରହିଥିଲା। ଦିନରାତି କାନ୍ଦି କାନ୍ଦି ଆଖିଯୋଡ଼ାକୁ ଜାଲୁଜାଲୁଆ ଦିଶିଲାଣି। ଯେତେ ଦୁଃଖ ହେଉ ପଛକେ ପେଟଟି ସେ କଥା ନ ଶୁଣେ। ଏଣେ ଘରେ ପଇସା ନାହିଁ-ପୁଅ ବାଧିକା ପଡ଼ିବାବେଳେ ବଇଦ, ଔଷଧ ପଥିରେ ସବୁ ସାରିଥିଲା। ଆଉ ଯାହା ଘର କରଣା ଜିନିଷ ଥିଲା, ଖଣ୍ଡେପଟେ କରି ସବୁ ବିକାବିକି କରିସାରିଲାଣି। ବସିଖାଇଲେ ଦରିଆ ବାଲି ସରେ ଘରେ ଆଉ କିଛି ନାହିଁ। ଶେଷରେ ଘର ଡ଼ିହଖଣ୍ଡ ବିକି ଦେଇ ସାବଜାଦା ବଜାର ନନ୍ଦକିଶୋର ବାବୁଙ୍କ ବଗିଚା ଗୁହାଳ କରଣେ ପାଞ୍ଚହାତ ଜାଗା ଖଣ୍ଡେ ମାଗିନେଇ ଟୁଙ୍ଗିଟାଏ ମାରିଲା। ଏଣକି ପଦାକୁ ନ ବାହାରିଲେ ନୁହେଁ –ଦୁଆରେ ବା କିଏ ଥୋଇଦେଇ

ଯିବ? ବୁଢ଼ୀର ଆଚ୍ଛା ଗୋଟିଏ ଗୁଣ ଥିଲା – ସେ ଭଲ ଜୁଡ଼ା ବାନ୍ଧି ଜାଣେ। ସେପରି ମୁଣ୍ଡକୁଣ୍ଡା ଆଉ କାହାରିକୁ ଜଣା ନାହିଁ। ହାତରେ ବାଡ଼ିଖଣ୍ଡେ ଧରି, ନଇଁ ନଇଁ ଯାଇ ବାବୁମାନଙ୍କର ଘର ବୋହୂଝିଅମାନଙ୍କର ଜୁଡ଼ା ବାନ୍ଧିଦେଇ ଆସେ। କାହାଠାରୁ ଚାଉଳ ସେରେ , ଡ଼ାଲି ମୁଠାଏ, ନୋହିଲେ ପଇସା ଯୋଡ଼ାଏ ପାଏ। ଆଉ ଗୋଟାଏ ତା'ର ଗୁଣ ଥିଲା, ବୋହୂଝିଅଙ୍କୁ ସାକୁଲାସାକୁଲି କରି କଥା କହି ଜାଣେ। କେହି ଦୟା କରି ଖଣ୍ଡେ ପୁରୁଣା ଲୁଗା ଫୋଡ଼ିଦେଲେ ତାହାର ବେଢ଼ଣ ବାଡ଼ଟା ଚଳିଯାଏ। ଏମିତି ସଟାବଟା କରି ଦିନ କାଟେ।

ଦିନେ ଶୁଣିଲା, ନାଜରବାବୁଙ୍କ ବୋହୂ ଦେଶରୁ ଆସିଛନ୍ତି। ବୁଢ଼ୀର ଆଉ ତର ସହିଲା ନାହିଁ – ବାଡ଼ିଖଣ୍ଡେ ଠୁକୁର ଠୁକୁର କରି ଦାଣ୍ଡଦୁଆର ପାଖରୁ ସାଆନ୍ତାଣୀ ସାଆନ୍ତାଣୀ –ଏ ସାଆନ୍ତାଣୀମଣୀ ଡାକିଡାକି ଏକାବେଳେ ନାଜରଙ୍କ ଭିତର ଉଆସରେ ହାଜର। ସାଆନ୍ତାଣୀଙ୍କ ପାଖରେ ବସିପଡ଼ି ଆପଣା ଗୁଣଟା ବନେଇ ଜାହିର କଲା। ସେଥିର ସାରମର୍ମ ତା'ପରି କଟକରେ କେହି ମୁଣ୍ଡକୁଣ୍ଡେଇ ଜାଣେ ନାହି – ସେ ଜୁଡ଼ା ବାନ୍ଧିଦେଲେ ମୁଖଟି ଚନ୍ଦ୍ରଉଦିଆ ପରି ଦିଶେ। କଟକରେ ସବୁ ବୋହୂଝିଅଙ୍କର ସେ ଜୁଡ଼ା ବାନ୍ଧିଦିଏ – ଆଉ କାହାରି ମୁଣ୍ଡକୁଣ୍ଡା ସେମାନଙ୍କୁ ମନକୁ ଘେନେ ନାହିଁ। ତାକୁ ଦିନରାତି ଦଣ୍ଡେ ଫୁରସତ୍ ନାହିଁ – ଗାଁ ଗାଁ ବୁଲି ଜୁଡ଼ା ବାନ୍ଧୁଥାଏ। ଏହିପରି ଢେର୍ ଢେର୍ ଆପଣାର ଗୁଣ ବାହୁନିଗଲା। ନାକଫୋଡ଼ିଆ ମା' କଥା ଶୁଣି ସାଆନ୍ତାଣୀଙ୍କ ମନ ସକ୍ ସକ୍ ହେଲାଣି – ଧାଇଁ ଯାଇ ମୁଣ୍ଡକୁଣ୍ଡା ପେଡ଼ିଟା ଆଣି ବୁଢ଼ୀ ଆଗରେ ଥୋଇଦେଲେ। ସେଥିରେ ସାନ ବଡ଼ ଯୋଡ଼ିଏ ଶିଙ୍ଗ ପାନିଆ, ଗୋଟାଏ ଚକା ଦର୍ପଣ, ଗୋଟାଏ ସିନ୍ଦୁର ଫରୁଆ, ତେଲଚିକିଟା ଥୋପ ଗୋଛାଏ, ଚଉଁରିମୁଣ୍ଡ ଖଣ୍ଡେ, ମହମ ଓ ଗନ୍ଧ ମସଲା ମିଶା ତେଲ ଶିଶିଏ ଥିଲା। ସାଆନ୍ତାଣୀ ସଉପଟାଏ ପାରି ମୁଣ୍ଡ ମୁକୁଳା କରି ବସିଗଲେ। ନାକଫୋଡ଼ିଆ ମା' ପିଠିଆଡ଼େ ବସି ଚିକ୍କଣ କରି ଗୋଟିଏ କଟକୀ ରକମ ଜୁଡ଼ା ପାରିଦେଲା। ସାଆନ୍ତାଣୀ ଚକା ଦର୍ପଣରେ ଏପାଖ ସେପାଖ କରି ଘଡ଼ିଏ ଯାଏ ମୁହଁଟି ଦେଖିଲେ। ମୁଖଭଙ୍ଗୀରୁ ବୁଢ଼ୀ ବୁଝିଗଲା ସାଆନ୍ତଣୀ ବଡ଼ ଖୁସୀ ହୋଇଗଲେଣି। ମନରେ ଯେମନ୍ତ କରୁଛନ୍ତି, ସତକୁସତ ନାକଫୋଡ଼ିଆ ମା' ବଡ଼ ସୁନ୍ଦର ଜୁଡ଼ା ବାନ୍ଧିଜାଣେ। ସବୁଦିନେ ଆସି ଜୁଡ଼ା ପାରିଦେଇ ଯିବାକୁ ଫରମାସ କଲେ।

ନାକଫୋଡ଼ିଆ ମା' ଦୁଇ ତିନିଥର ଆସି ମୁଣ୍ଡ କୁଣ୍ଡେଇ ଦେଲାଣି। ଜୁଡ଼ା ବାନ୍ଧିଦେଇ ସାରା ଘଡ଼ିଏ ଯାଏ ଏଣୁତେଣୁ କଥା ଗୁଡ଼ାଏ କହେ- ଇଚ୍ଛା, ସାଆନ୍ତାଣୀ କିଛି ଯାଚିକରି ଦେବେ। ପାଞ୍ଚ ଭଲଲୋକ ଯିବା ଆସିବା ଅଛି, ଟାଉକରି ଗୋଟାଏ

ମାଗିବସିବ, ସାଆନ୍ତାଣୀ ମନରେ ବିଚାରିବେ, ମାନମହତକୁ ଜଗି ବାଟ ଚାଲିବାକୁ ହେବ ତ?

ନାକଫୋଡ଼ିଆ ମା' ବୁଝିଗଲାଣି, ଜାଗାଟା ପଥୁରିଆ ରକମ – ମୁହଁ ନ ଫିଟାଇଲେ ଚଳିବ ନାହିଁ। ଦିନେ ଜୁଡ଼ାବାନ୍ଧି ଦେଇ ପାଖରେ ପାଖେଇ କଥା ପକେଇ ଶେଷକୁ ଧସପସ ହୋଇ କହି ବସିଲା- ଏ ସାଆନ୍ତାଣୀ, ଆଜି ଘରେ କିଛି ଖାଇବାକୁ ନଥିଲା, ସେରେ ଖଣ୍ଡେ ଚାଉଳ ଦେଲେ ହୁଅନ୍ତା।

ଏଇଟା କ'ଣରେ? ଆମର ହେଲା ହାକିମ ଘର- ପାଞ୍ଚଜଣ ପଦାର୍ଥ ଦେବେ, ପାଞ୍ଚଜଣ ଆସି ପାଞ୍ଚ ପାଇଟି କରି ଦେଇଯିବେ, ଏଇଟା କ'ଣ କହୁଛି ନା ଚାଉଳ ଦିଅ। ଚାଉଳ କଣରେ?ସାଆନ୍ତାଣୀ ମୁହଁ ମୋଡ଼ିଦେଇ ଚାଲିଗଲେ। ସେ ନାକଫୋଡ଼ିଆ ମା' କଟକିଆଣୀ, ପଥର ଚିପୁଡ଼ି ରସ କାଢିବା ବୁଢ଼ୀ-ମନରେ କଲା, ଆଚ୍ଛା ଦେଖାଯିବ। ସାଆନ୍ତାଣୀ ଯେ କି ପଦାର୍ଥ ବୁଝିଗଲାଣି। ବୋହୂଝିଅ ନାଡ଼ି ଚିପି ପେଟକଥା ଜାଣିବା ଲୋକ, ତାକୁ ନାଜରାଣୀ ବଳେଇଯିବେ?

ତହିଁ ଆରଦିନ କ'ଣ କଲା ନା, ଟିକିଏ ବେଳସୁଁ, ବେଳସୁଁ ଆସି ହସି ହସି ମୁଣ୍ଡ କୁଣ୍ଡେଇବାକୁ ବସିଗଲା। ଆଜି ମୁଣ୍ଡ କୁଣ୍ଡାରେ ଭାରି ଯତ୍ନ-ମୁଣ୍ଡକୁଣ୍ଡା ସାଙ୍ଗେ ସାଙ୍ଗେ ପ୍ରଶଂସା ଗୁଡ଼ାଏ ଢାଳିପକାଉଥାଏ- ଆଜ୍ଞା ଏଇ କାମରେ ମୋ' ମୁଣ୍ଡବାଳ ଝୋଟ – କଟକରେ ଖୁବ ବଡ଼ ବଡ଼ ଘରେ କେଡ଼େ କେଡ଼େବଡ଼ଲୋକ ଘର ବୋହୂଝିଅଙ୍କ ମୁଣ୍ଡ କୁଣ୍ଡେଇଲି-ଜୁଡ଼ା ବାନ୍ଧିଦେଲେ ଆପଣଙ୍କ ଶ୍ରୀମୁଖ ଯେମନ୍ତ ସୁନ୍ଦର ଦିଶେ, ଇମିତି କାହାରି ନୁହେଁ ପରା! ଆପଣଙ୍କ ବଦନଚନ୍ଦ୍ର ଯେମନ୍ତ ଆକାଶରୁ ଭାଙ୍ଗିଆସିଲା, କେଶଗୁଡ଼ିକ ଯିମିତି କି ରୋଶମ ଚାଙ୍ଗରୀମୁଣ୍ଡୀ, ଆପଣଙ୍କ ଜୁଡ଼ାକୁ ଚଉଁରୀ ଯିମିତି ମାନେ କି ଠାକୁରାଣୀ ମୁଣ୍ଡରେ ମାଳତୀଝରା। ଲେଖକ ଆପଣାର ପରିଶ୍ରମ ଲାଘବ ନିମିନ୍ତେ ସଂକ୍ଷେପରେ କେତୋଟି କଥା ଲେଖିଲା। ହେଲେ, ନାକଫୋଡ଼ିଆ ମା' ଅନେକ ଦେଶର ଅନେକ ଘରର ଢେର୍ ବୋହୂଝିଅଙ୍କ ପ୍ରସଙ୍ଗ ବ୍ୟାଖ୍ୟାନ କରି ସାବ୍ୟସ୍ତ କରାଇ ଦେଲା ଯେ, ସାଆନ୍ତାଣୀଙ୍କ ମୁଖର ସୌନ୍ଦର୍ଯ୍ୟ, ଜୁଡ଼ାର ମନୋହାରିତ୍ୱ ସମକକ୍ଷ ଲକ୍ଷକରେ ମିଳିବା କଠିନ। ଆପଣ ହଜାର ହଜାର ବୋହୂଙ୍କ ଭିତରେ ଛିଡ଼ା ହେଉନ୍ତୁ ପଛକେ ଜୁଡ଼ା ବନ୍ଧାଥିଲେ ଝଟ ବାଛି ହୋଇପଡ଼ିବ ପରା! ସାଆନ୍ତାଣୀ ଭାରି ଖୁସିଟାଏ ହୋଇ କହିଲେ, ସତ ନା ସତ ନା, ନାକଫୋଡ଼ିଆ ମା'? ନା ପରା ନା ପରା। ନାକଫୋଡ଼ିଆ ମା' କହିଲା, ଆଜ୍ଞା ଏତେ କଥା କ୍ୟାଁ, ସତ କି ମିଛ ଦର୍ପଣଟି ଧରି ମୁଖଚନ୍ଦ୍ରମାଟି ଦେଖି ଆଜ୍ଞା ହେଉନ୍ତୁ ନା। ସାଆନ୍ତାଣୀ ଏଣିକି କେଜାଣି ଆନନ୍ଦରେ ଢଳିପଡ଼ିଲେ-ପାଟିଟା ଆଁ କରିଦେଇ ଆଚ୍ଛା ଆଚ୍ଛା କହି ଦର୍ପଣ ହାତରେ ଧରିଲେ। ନାଜର ଗୃହିଣୀଙ୍କ ଦର୍ପଣ ଦର୍ଶନ ଏବଂ ଆନନ୍ଦବ୍ୟାପାର ଦେଖି ବୋଧକରୁଁ କୌଣସି

ନବୀନା ପାଠିକା ହସି ପକେଇଲେଣି। ହେଲେ, ଏଥକୁ ଗ୍ରନ୍ଥାକାର ସେମାନଙ୍କୁ କିଛି କଥା ଭରସି ବୋଲିବାକୁ ଅକ୍ଷମ। ଯେଣୁକି ସେ ନବୀନା-ବଳେ ତ ସୁନ୍ଦରୀ ହେବେ ତେଣୁ ନିଶ୍ଚୟ ଲାବଣ୍ୟମୟୀ, ତାଙ୍କ ଜାଣିବାରେ ଭାରି ବୁଦ୍ଧିମତୀ, ନୋହିଲେ ଏଡ଼େ ଚଞ୍ଚଳ ବାଛି ପକାଇ ହସିଉଠିଲେ କିପରି?ଏପରି ଲାବଣ୍ୟମୟୀ ବିଦ୍ୟାବତୀଙ୍କୁ ସାମାନ୍ୟ ଲେଖକଟାର କି କିଛି ଭରସା କୁଳେଇବ? ତେବେ ଗୋଟାଏ କଥା ନ କହିଲେ ନ ଚଳେ। କ'ଣ କି -

ଆଉ ଗୋଟାଏ ଦେଶରେ ଭାରି ବୁଢ଼ା-କାଳେ ଭାରି ଅସୁନ୍ଦର ଲୋକ ଥିଲା – ଲୋକେ ତାକୁ କବି ବୋଲନ୍ତି। ସେ ଦିନେ କ'ଣ କଲା କି ତା ମୁଣ୍ଡ ଫରୁଆରେ ଯେଉଁ ଜ୍ଞାନ ଟିକିଏ ଥିଲା, ପୋଛିପୋଛି ଖଣ୍ଡିଏ ଉପନ୍ୟାସ ଲେଖିବସିଲା। ହେଲେ, ସେପରି ଲୋକ ହାତରେ ଖୁବ ସୁନ୍ଦରୀ ନାୟିକା ଉତୁରିବେ କ୍ୟାଁ? ସେହି ଉପନ୍ୟାସର ପ୍ରଧାନ ନାୟିକା ଆପଣାକୁ ସୁନ୍ଦରୀ ମଣି ଦଶଥର ଦର୍ପଣରେ ମୁଖଟି ଦେଖି ବସେ। ଆପଣଙ୍କ ପରି କେହି ସୁନ୍ଦରୀ ନବୀନା ସେହି ଦର୍ପଣ ଦେଖାକୁ ଅନାଇ ଯେବେ ହସି ଉଠନ୍ତି, ତେବେ ତାହାର ମହତ୍ତ୍ୱ ସରିଲା ନା ରହିଲା? ଏପରି ଟୁଙ୍କିଲେ ବା ଟାପରା କରି କଥାଟା କହିଦେଲେ କବି ମନରେ ତ ନିଶ୍ଚୟ ଦୁଃଖ ହେବାର କଥା। ଯେତେବେଳେ କବି ମନଦୁଃଖରେ ବା କୋପରେ କ'ଣ କହିବାକୁ ଡରିବ ହେ ସୁନ୍ଦରୀ! ଉପରଓଳି ପାଇଟି ପତ୍ର ସାରି ନିରୋଳାରେ ବସି କେଶବିନ୍ୟାସରେ ନିଯୁକ୍ତ ହୁଅନ୍ତି କି ନା ବୋଲନ୍ତୁ ତ? ବିନ୍ୟାସ ଉତ୍ତାରେ ଖଣ୍ଡେ ଓଦାକନାରେ ମୁଖଚନ୍ଦ୍ର ରଗଡ଼ି ରଗଡ଼ିରକ୍ତମାଭ ହୋଇଯାଏ। ତେତେବେଳେ ଆପଣ ଦର୍ପଣଟା ଧରି ମୁଖ ଓଷ୍ଠ ନାସିକା ଭଲକରି ଦେଖିବା ସମୟରେ ଆପଣଙ୍କ ମୁଖରେ ଯେଉଁ ଗୋଟିଏ ପ୍ରଫୁଲ୍ଲ ଛଟା ଚହଟିଯାଏ; ସେଇଟା କ'ଣ? ବୋଇଲା, ପ୍ରତ୍ୟେକ ନବୀନା ସୌନ୍ଦର୍ଯ୍ୟରେ ବିମୋହିତା। ତେବେ ଲେଖକ ପଚାରିପାରେ, ନାଜର ଗୃହିଣୀର ଅପରାଧ କ'ଣ?

ବୁଢ଼ୀ ଦେଖିଲା ମନ୍ତ୍ରଟି କାଟୁ କରିଛି। କହିଲା, କଟକଯାକ ହାଟ ବସିଛି, ଆପଣଙ୍କପରି ହାକିମ-ଆପଣଙ୍କ ପରି ସୁନ୍ଦରୀ ଆଉ କେହି ନାହିଁ-ଦେବା ନେବା ପଦରେ ଆପଣ ହାତ ଝାଡ଼ିଦେଇ ଲକ୍ଷେ ଲୋକର ପେଟ ପୂରିଯାଏ ପରା ! ଆଉ ମାଇକିନିଆଙ୍କୁ ମୁଁ ବି କହେ, ତୁମ ଦୁଆରକୁ ଅଇଲେ କେତେ, ନ ଅଇଲେ କେତେ? ଏକା ସାଆନ୍ତାଣୀ କତିରୁ ଯା' ପାଇବି, ମୋର କିଏ ଖାଏ?

ଆମ୍ଭେମାନେ ପରେ ସମ୍ବାଦ ପାଇଲୁ, ନାକଫୋଡ଼ିଆ ମା'କୁ ଚାଉଳ ସକାଶେ ଦୁଇଓଳି ହରକତ ହେବାକୁ ପଡ଼ିନାହିଁ। ଆଉ ସେ ଯେଉଁ ପଚା ପୋକରା ପରିବାଗୁଡ଼ାଏ ପାଇଥିଲା, ସେଥିରେ ତିନିଓଳି ତାହାର ତିଅଣ ବାଡ଼ ଚଳିଯାଉଥିଲା।

କୋଡ଼ିଏ
ସମରାଭିନୟ

ନାଜରବାବୁଙ୍କ ବସାକୁ ନାକଫୋଡ଼ିଆ ମା'ଟାର ପୌନଃପୁନିକ ଗତାୟାତଟା ଆଶଙ୍କାର କାରଣ ବୋଲି ଚିତ୍ରକଳା ମନେକଲାଣି। ତାଦୃଶା ଅନର୍ଗଳବଚନା ଦ୍ବାର ଦ୍ବାର ବିହାରିଣୀ ବୃଦ୍ଧା ପ୍ରତି ଉପେକ୍ଷା ପ୍ରଦର୍ଶନ ନିରାପଦ ନୁହେଁ ବୋଲି ଚିତ୍ରକଳା ମନ ମଧ୍ୟରେ ସ୍ଥିର କରିସାରିଲାଣି। ଆପେ ଚିହ୍ନା ନ ପଡ଼ିକୌଣସିକୌଶଳରେ ବୁଢ଼ୀଟାକୁ ଦୂର କରାଯିବ, ସେଥିର ଉପାୟ ସନ୍ଧାନରେ ଥାଏ। ସହସା କିଛି କରି ବସିଲେ କ'ଣ ବୋଲି କ'ଣ ହୋଇଯିବ, ବୁଦ୍ଧିମତୀ ଚିତ୍ରକଳା ଏହା ମଧ୍ୟ ସ୍ଥିର କରିଅଛି।

ସନ୍ଧ୍ୟା ସମୟ, ମାଛି ଅନ୍ଧାରିଆ ହୋଇଗଲାଣି, ବାବୁଙ୍କ ସାଙ୍ଗରେ ସଞ୍ଜ ବଇଠା ଲାଗିନାହିଁ, ଚିତ୍ରକଳା ବଜାରରୁ ସଉଦା ଘେନି ଉପସ୍ଥିତ। ସାଆନ୍ତାଣୀ ବାରଣ୍ଡା ଉପରେ ବସି ସଉଦାପତ୍ର ବୁଝି ନେଉଛନ୍ତି-ଚିତ୍ରକଳା ସଉଦା ସଙ୍ଗେ ସଙ୍ଗେ ହିସାବ ବୁଝାଇ ଦେଉଛି – ଏଇ ମାଛ ସେରକୁ ଅଢ଼େଇ ପଇସା, ଲୁଣ ପଇସାକୁ ସେରେ, ମୁଁ ଢେର୍ କଷାକଷି କଲି, କଳି ଲଗାଇଲି, ତେଲ ସେରଟା ଛ' ପଇସାରୁ କଡ଼ାଏ ଊଣା କଲା ନାହିଁ ଇତ୍ୟାଦି, ଇତ୍ୟାଦି। ଇତ୍ୟବସରରେ ନାକଫୋଡ଼ିଆ ମା' ଧୀରେ ଧୀରେ ଆସି ପଛଆଡ଼େ ଠିଆ ହୋଇଗଲାଣି। ଏମାନେ ବୁଝାବୁଝିରେ ଲାଗିଛନ୍ତି, ତା' ଉପରେ ନଜର ନାହିଁ। ବୁଢ଼ୀ ବଜାର ସଉଦା କିଛି କିଛି ଆଗେ ଶୁଣିଥିଲା – ଆଜି ଆଖିରେ ଦେଖି ମନ ମଧ୍ୟରେ ବଡ଼ ହସିଲା – ଆଉ ସବୁ କଥା ଶୁଣିବା ଲାଗି ଧୀରେ ଧୀରେ ପଛଘୁଞ୍ଚା ଦେଇ ପାୟା ଉହାଡ଼ରେ ଠିଆ ହେଲାଣି। ଚିତ୍ରକଳା କହିଲା, "ଏଇ ଗୁଜରାତି ଦେଢ଼ପଣକୁ ପଇସାଏ –ପାନ ଦେଢ଼ ପଇସାର ଶଏ।" (ନାକଫୋଡ଼ିଆ ମା' ମନ ମଧ୍ୟରେ କହୁଥାଏ ତୋ ଚଉଦ ପୁରୁଷ ଢେର ପାନ ଖାଇଥିଲେ ଏକା) ସାଆନ୍ତାଣୀ କହିଲେ, "ଆଚ୍ଛା ଚିତ୍ରକଳା! ତୁ ତ ଦେଢ଼ପଇସାକୁ ଏତେ ଗୁଡ଼ାଏ ପାନ ଆଣିଲୁ – କାଲି ଉପରଓଳି ମୁଁ ନାକଫୋଡ଼ିଆ ମା' ହାତରେ ଯୋଡ଼ାଏ ପଇସା ଦେଇଥିଲି, ସେ ଢେର୍ କମ ଆଣିଥିଲା, କହୁଥିଲା, ପଇସାକୁ ପାଞ୍ଚଟା ନା ଛ' ଟା ପରା-ଦୁଇ ପଇସାରେ କୋଡ଼ିଏ।" ଚିତ୍ରକଳା ଟିକିଏ ଗୁମମାରି ବସିଲା ମନ ମଧ୍ୟରେ ବିଚାର କଲା – ଏଇ ତ ବେଶ୍ ବେଳ ପଡ଼ିଛି। କହିଲା, "ଏ ମଣିମା ! ଦେଖନ୍ତୁ ଦେଖନ୍ତୁ ବୁଝନ୍ତୁ ସେ ବୁଢ଼ୀଟା ଅସଲ ଚୋରଣୀ , ଅଧଲୋକର ପାନ ଆଣି ଦେଢ଼ପଇସା ରେସା କାଟିଲାଣି। ମୁଁ ତା କଥା ଭଲ କରି ଜାଣେ-କଟକ ସହରରେ କାହାକୁ ଅଛପା? ଆପଣ ପଛନ୍ତେ ତ ସବୁ ଶୁଣିବେ, ମୁଁ ଉଛୁଣି ନ କହିଲେ ଆପଣ କହିବେ, ଚିତ୍ରକଳା ସବୁ ଜାଣିଥିଲା କହିଲା ନାହିଁ ମତେ ଦୋଷ ଦେବେ।" ନାକଫୋଡ଼ିଆ ମା' ହସି ହସି ସବୁ କଥା ଶୁଣୁଥିଲା,

ତାହା ନିଜ କଥା ଏହିପରି ଶୁଣି ଦେହଯାକ ନିଆଁପରି ଜଳିଲାଣି –ହେଉ, ହେଉ ଆଉ କ'ଣ କହୁଛି କହିଯାଉ। ସାପୁଣୀ ଯେମିତି ବେଙ୍ଗୁଲୀ ଉପରକୁ ଝାମ୍ପିପଡ଼ିବା ଆଗେ ଅପଣା ଦେହଟା ଗୋଟାଇ ପଛଘୁଞ୍ଚାଦିଏ, ନାକଫୋଡ଼ିଆ ମା' ସେମିତି ପାୟା ଉହାଡ଼କୁ ଅପସରିଗଲା।

ଚିତ୍ରକଳା- "ଏ ମଣିମା ! ତୁଛା ସେଇଟା ଚୋରଣୀ। ସେଇଟା ଯେ ଟୁଣୀଆଣୀ ! କଟକ ସହରରେ ତାକୁ କେହି ଦୁଆର ମଡ଼େଇ ଦିଅନ୍ତି ନାହିଁ। ସମସ୍ତେ ଛାଞ୍ଚୁଣୀ ମାରି ତଡ଼ିଦିଅନ୍ତି ଚାରିଆଡ଼େ ଟଙ୍କା ପଇସା ବିଛାଡ଼ି ପଡ଼ିଛି –ସେଟା କେତେବେଳେ ଘେନିଯିବ, କିଛି ବୁଝି ସମଝି ପାରିବେ ନାହିଁ। ଏତିକିବେଳେ ହୁସୀଆର ହୋଇଯାନ୍ତୁ, ମତେ ପଛନ୍ତେ ଦୋଷ ଦେବେ ନାହିଁ। ଆଉ ସେଟା ଡ଼ାଆଣୀ –କଅଁଳ ପିଲା, ବୋହୂଝିଅ"............ଆଉ ନାକଫୋଡ଼ିଆ ମା' ସମ୍ଭାଳି ହୋଇପାରିଲା ନାହିଁ। ହେ ଲୋ ...ଅଇଁଠାଖାଇ ..ବାରବୁଲୀ –ପୋଇଲୀ ! ମୁଁ ଟୁଣିଆଣୀ...ମୁଁ ଚୋରଣୀ ..ମୁଁ ଡ଼ାଆଣୀ ଏହିପରି ଗର୍ଜନ କରୁ କରୁ ବାହାରକୁ ଡ଼େଇଁପଡ଼ିଲା; ପାକୁଆ ପାଟିଟାରୁ ପାଣିସୁଅ ପରି କଥା ଲହରି ଛୁଟିଥାଏ। ଚିତ୍ରକଳା ପ୍ରଥମେ ଚମକି ପଡ଼ି ସଟପଟି ଗଲା। ହେଲେ, ସେ କ'ଣ ସମ୍ଭାଳି ହେବାର ମାଇକିନିଆ! ଗର୍ଜନ କରି ବୁଢ଼ୀକି ଆକ୍ରମଣ କଲା। ନାକଫୋଡ଼ିଆ ମା'ର କୁଳ ଦେହର ଅଧିକ ଢଙ୍କିପରି ଉଠପଡ଼ ହେଉଥାଏ। ଡ଼େବିରି ହାତରେ ବାଡ଼ି, ଖାଇଲାହାତ ସଞ୍ଚାଳନଟା କୁଲା ପାଛୁଡ଼ା ସଙ୍ଗରେ ଉପମା ଦିଆଯାଇପାରେ। ମଙ୍ଗଳା ରାଉଳ ରଣପା ଗୋଡ଼ରେ ବାନ୍ଧି ନାଚିଲା ପରି ବାହାର ଗୋଟାକଯାକରେ ଧାଇଁ ବୁଲୁଥାଏ। ଏଣେ ଚିତ୍ରକଳା କଜଳପାତୀ କାଉ ଉପରେ ପଡ଼ିଲା ପରି ବୁଢ଼ୀ ଉପରେ ଝାମ୍ପି ପଡୁଥାଏ। ଷ୍ଟାଲିଂ ସାହେବ ଉତ୍କଳ ଦେଶୀୟ ନିମ୍ନଶ୍ରେଣୀର ସ୍ତ୍ରୀ ଯୁଗଳ ମଧ୍ୟରେ ଦ୍ୱନ୍ଦ ଯୁଦ୍ଧର ଆକାର ପ୍ରକାର କିଞ୍ଚିତ ବର୍ଣ୍ଣନା କରିଅଛନ୍ତି। ପାଠକ ମହାଶୟ ଇଚ୍ଛା କଲେ ଉତ୍କୃଷ୍ଟ ଉତ୍କଳ ଇତିହାସ ପାଠ କରିବେ। ଦୁଇଜଣଙ୍କ ଗର୍ଜନ ଶବ୍ଦ ବିମିଶ୍ରଣରେ ପକ୍କା କୋଠରିମାନ ପ୍ରତିଧ୍ୱନି ହେବା ଯୋଗୁ ମେଘଗର୍ଜନ ପରି ଜଣାଗଲା। ଦୁହିଁଙ୍କ ମଧ୍ୟରେ ଏକକୁ ଆରେକ ଯେ କେବଳ ଗାଳି ଫେରାଫେରି ହେଉଥାଏ ତାହା ନୁହେଁ, ସେମାନଙ୍କ ଉପର ଚଉଦପୁରୁଷ ପ୍ରତି ଅତି କଦର୍ଯ୍ୟ କଷ୍ଟକର ସ୍ଥାନକୁ ଯିବାର ବ୍ୟବସ୍ଥା ହେଉଥାଏ। ଦୁଃଖର ବିଷୟ, ତତ୍କାଳପ୍ରଯୁକ୍ତ ବାକ୍ୟାବଳୀର ମଛା ଲିପିବଦ୍ଧ କରିବା ବିଷୟରେ ଅଧମ ଲେଖକ ନିହାତି ଅକ୍ଷମ। ଉତ୍କଳ ଭାଷାର ଏହି ଉତ୍କଟ ଉନ୍ନତି ଦିନରେ ପ୍ରିଣ୍ଟର ମହାଶୟମାନେ ନଟୁଚୋରି, ଭୂତକେଳି, ଆଇ-ନାତୁଣୀ ରହସ୍ୟ ପ୍ରଭୃତି ମହାଗ୍ରନ୍ଥ ଛପାଇ ଦେଲେଣି, ସେଥିରୁ ଗୋଟାକେତେ ଅଣାଯାଇପାରେ।ହେଲେ ପୂରାପୂରି ନୁହେଁ। ଆଶା ଅଛି, ଏ ବାଦେ ସବୁ ବାହାରି ପଡ଼ିବ। ପୁଣି ଇସ୍ତକ ଅମରକୋଷଠାରୁ ମଧୁ ରାଓଙ୍କ ସୁଖଭୋଗ

ଅଭିଧାନ ପର୍ଯ୍ୟନ୍ତ କାହିଁରୁ ଏହି ଶବ୍ଦମାନ ଖୋଜି ପାଉନାହିଁ। ନିହାତି ନାଚାର ହାଲତରେ ତୁନି ହେଲୁଁ।

ଏତେବେଳ ଯାଏ ତୁଚ୍ଛା ମୁହଁ କଥାରେ ଯୁଦ୍ଧ ଚଳୁଥିଲା। ଦୁଇଜଣ ଟିକିଏ ଟିକିଏ ଲଗାଲଗି ଭିଡ଼ାଭିଡ଼ି ହୋଇଗଲେ। ତାହା ବାଦ୍ ପେଲାପେଲି – ଏବେ ଚଳିଲା ହାତ। ବାହାରଟାରେ ଅନ୍ଧାର ମାଡ଼ିଗଲାଣି, ମଣିଷର ଆକାରଟା ଭଲ ଦିଶୁ ନାହିଁ। ଦୁଇଜଣଙ୍କର ଚିତ୍କାର ମିଶି କେବଳ ହାଉ ଶବ୍ଦ-ଚଟ୍ ଚଟ୍ ଚାପୁଡ଼ା-ଗୁମ୍ ଗୁମ୍ ବିଧା – ଦୁମ୍ ଦୁମ୍ ଠେଙ୍ଗା ଏତିକି ଶବ୍ଦ ମାତ୍ର ଶୁଭୁଛି। କେତେ ମଣିଷ ଉପରେ, କେତେ ହୁଡ଼ିକି ଯାଇ ପାୟାରେ ବାଜୁଛି। ସୁନାରି ଠୁକୁର ଠୁକୁର କମାର ପାହାରେ –ଚିତ୍ରାର ଚାରି ଚାପୁଡ଼ାରେ ବୁଢ଼ୀର ପାହାରେ ଦୁମ୍। ହେଲେ, ଚିତ୍ରକଳା ସାଙ୍ଗରେ ବୁଢ଼ୀଟା ବଳରେ ପାରିବ କ୍ୟାଁ? ଦୁଇଟାଯାକ ଲହୁଲୁହାଣ ହୋଇଗଲେଣି।ବୁଢ଼ୀଟା ଭାରି ହାଲିଆ ହୋଇ ପଡ଼ିଗଲା ପରି ଆଉ ସମ୍ଭଳି ପାରିଲା ନାହିଁ। ଅସଲ କଥା ତାକୁ ଜଣା, ହେଲେ ସା'ନ୍ତ ସାଙ୍ଗରେ କଥାଟା ଲଗା ଶୁଣିଲେ ଖପା ହୋଇ ଦୁଆର ମନା କରିଦେବ ପରା। ଦେଉନ୍ତୁ ପଛକେ, କଥାଟା ଫିଟେଇ ହାଙ୍କି ଦେଲା-ହେ ଲୋ ଅଇଁଠାଖାଇ ପୋଇଲୀ- ହାତଗୋଡ଼ଖାଇ –ରାଣ୍ଡୀ – ଏତେ ଯେ ଗହଣା ଦିହରେ ଲଗେଇଛୁ, ତତେ କିଏ ଦେଇଛି? ନାଜରବାବୁ ଦେଇଛନ୍ତି। ସାନ୍ତଙ୍କ ସାଙ୍ଗରେ ପୀରତି ଆଉ ସାନ୍ତ ତୁନି ତୁନି ତତେ ପଇସା ଦିଅନ୍ତି, ସେଇ ପଇସା ନେଇ ସଉଦା କିଣୁ – ଶସ୍ତାରେ ସଉଦା ଆଣିଛୁ ବୋଲି ସାଆନ୍ତାଣୀଙ୍କ ପାଖରେ ଭଲେଇ ହେଉ ପରା!

ସା'ନ୍ତାଣୀ ବାରନ୍ଦାରେ ଗୋଡ଼ଯୋଡ଼ାକ ଲମ୍ବେଇ ଦେଇ ବସି ମାଇକିନିଆ ଯୋଡ଼ାକର ମାଡ଼ଗୋଳ ଦେଖି ଭାରି ଖୁସିଟାଏ ହେଉଥିଲେ। ନାକଫୋଡ଼ିଆ ମା' କଥାଗୁଡ଼ାକ ଯେମନ୍ତ କିଏ ତାଙ୍କ ଦେହରେ ଜଳନ୍ତା ନିଆଁ ଗୁଡ଼ାକ ଢାଳିଦେଲା। ଯେପରି ଭାର୍ଯ୍ୟା ହେଉ ପଛକେ, ସ୍ୱାମୀ ଅନ୍ୟ ସ୍ତ୍ରୀ ସହିତ ପ୍ରଣୟ କରିବ, ତାକୁ ଅଳଙ୍କାର ଗଢିଦେବ, ଏ କଥା ସେ କେତେବେଳେ ହେଲେ ସହି ପାରିବ ନାହିଁ –ନ ସହିବାର କଥା ଏକା।

'ହଇଲୋ ପୋଇଲି ଅଇଁଠାଖାଇ' କହି ସାଆନ୍ତାଣୀବାରଣ୍ଡା ଉପରକୁ ଖପ୍ କରି ଡ଼େଇଁ ପଡ଼ିଲେ। ତାଙ୍କ ମୁଣ୍ଡରେ ଲୁଗା ନ ଥିଲା। ଲୁଗା ପିନ୍ଧାରେ ସାଆନ୍ତାଣୀ ସବୁଦିନେ ଟିକିଏ ହେଙ୍ଗେଳି, ପଣତକାନିଟା ଭୂଇଁରେ ଲୋଟିଯାଉଥାଏ। ଚଞ୍ଚଳ ଡ଼େଇଁପଡ଼ିବା ବେଳେ ଅଣ୍ଟିଟା ଫିଟିଗଲା, ଅଣ୍ଟିମାରିବାକୁ ବେଳ କାହିଁ, ଡ଼େବିରି ହାତରେ ମୁଠେଇ ଧରିଥାନ୍ତି। ସାଆନ୍ତାଣୀ ଆସି ଦୁଇଜଣଙ୍କ ମଝିରେ ଏକାବେଳେ ଛିଡ଼ା ହୋଇ ଗଲେଣି। ସେ ମାଇକିନିଆ ଯୋଡ଼ାକ ତ ରଡ଼ିଛାଡ଼ି ଗୋଳମାଳରେ ଲାଗିଛନ୍ତି। ସାଆନ୍ତାଣୀ ମଝିରେ ବିଜେ ହୋଇଗଲେଣି, ଦେଖୁଛି କିଏ? ଦୁଇଆଡକା

ମାଡ଼ ତାଙ୍କ ଉପରେ ବସିବାକୁ ଲାଗିଲା-ଚଟ୍ ଚଟ୍ ଚାପୁଡ଼ା – ଗୁମ୍ ଗୁମ୍ ବିଧା- ଦୁମ୍ ଦୁମ୍ ଠେଙ୍ଗା, ସବୁଗୁଡ଼ାକ ଉପରେ ବସୁଛି। ସାଆନ୍ତାଣୀ ଖପା ହେବେ କ'ଣ – ଏକାବେଳେ ଜ୍ଞାନ ଲୋପ – କାବା ହୋଇଗଲେଣି, ଚାରିଆଡୁରୁ ମାଡ଼, ଅନ୍ଧକାରରେ ବାଟ ଦିଶୁନାହିଁ। କେଉଁଆଡ଼େ ପଳାଇବେ? ଠିଆହୋଇ ଗଧରଡ଼ି ଛାଡ଼ିଲାପରି 'ବାପା ଲୋ, ମା' ଲୋ ପୋଇଲି ଯୋଡ଼ାକ ମାରି ପକେଇଲେ – ଧାଇଁପଡ଼ ଲୋ କହି ଘୋର ରଡ଼ିଟାଏ ଛାଡ଼ିଲେ। ତାଙ୍କ ରଡ଼ି ସେ ଦୁଇଟାଙ୍କ ରଡ଼ିରୁ ବଳି ପଡ଼ିଲା। ସେତେବେଳେ ମାଇକିନିଆ ଯୋଡ଼ାକ ଏକାବେଳେ ଥକା ହୋଇ ଛିଡ଼ା ହୋଇଗଲେ –ମଲା ମଲା – ସାଆନ୍ତାଣୀଟାକୁ ବାଡ଼େଇ ପକାଇଲୁ କହି ଦୁଇ ଆଡ଼କୁ ଦୁଇଜଣ ପଳାଇଗଲେ। ସେତିକିବେଳେ ପଳାଇବା ଲାଗି ସାଆନ୍ତାଣୀଙ୍କୁ ଟିକେକ ବାଟ ମିଳିଗଲା। ଧଡ଼କରି ଶୋଇଲାଘର କବାଟଟା କିଳି ଦେଇ ଦୁଲକରି ପଲଙ୍କରେ ପଡ଼ିଗଲେ। ଦେହ ଗୋଟାଯାକ ପୋଡୁଛି – ରଡ଼ି ଛାଡ଼ି ଆଉଁସି ହେଉଛନ୍ତି। ଗମଗମ ଝାଳ କହି ଶେଯ ପାଛୁଡ଼ାଟା ତିନ୍ତିଗଲାଣି,ଘଡ଼ିଏ ଯାଏ, ଧକେଇ ଧକେଇ ତୁନି ହେଲେ। ଆଁ କ'ଣ ପୋଇଲିଗୁଡ଼ାକ ବାଡ଼େଇ ପକେଇଲେ? ରାଗରେ – ଅପମାନରେ ଦେହ ପରି ମନ ପୋଡୁଛି ଧାଇଁ ଯାଇଁ ଛାଞ୍ଚୁଣିମୁଣ୍ଡରେ ବାଡ଼େଇବାକୁ ମନ-କାମୁଡ଼ି ଚବୁଳା ଚବୁଳା କରିଦେବାକୁ ମନ। ଏଣେ ପ୍ରାଣରେ ଡ଼ର –କେଜାଣି ଆହୁରି ଗୁଡ଼ାଏ ବାଡ଼େଇ ବାଡ଼େଇ ପକାଇବେ ପାଖ ପଶୁଛି କିଏ? ଜଳାପୋଡ଼ା ଟିକିଏ ଉଣା ପଡ଼ିଲାରୁ ଟିକିଏ ଚିନ୍ତା କରିବାର ସମୟ ଉପସ୍ଥିତ ହେଲା।

ପ୍ରଥମ ଚିନ୍ତା- ବାବୁ ସାଙ୍ଗରେ ଚିତ୍ରାର ଭାବ ଅଛି? ଭାବ ତ ଅଛି – ତା ମୁଁ କ'ଣ ନ ଜାଣେ? ବାବୁ ବି ମତେ କହିଛନ୍ତି, ଢେର୍ ଧନଦୌଲତ୍ – ତା'ର କେହିନାହିଁ, ସବୁ ଆମକୁ ଦେଇ ପକାଇବ।ସେଇ ତ ଭାବ – ବୁଢ଼ୀଟା କହିଲା, ପୀରତି ଅଛି – ପୀରତି ଆଉ କ'ଣ? ମୁଁ ତ ଆଉ କିଛି ଦେଖେ ନାହିଁ। ସେ ସବୁ କଥା ଯାଉ- ଯେତେହେଲେ ତ ପୋଇଲିଟା – ମତେ କ'ଣ ବାଡ଼େଇବ? ଛାଞ୍ଚୁଣୀ ପିଟି ଦୂର କରିଦେବି।

ଦ୍ୱିତୀୟ ଚିନ୍ତା -ବାବୁ କ'ଣ ଘରୁ ଟଙ୍କା ଗଣିଦେଇ ଏତେଗୁଡ଼ାଏ ଅଳଙ୍କାର ଗଢେଇ ଦେଲେ? ତା'ଘରେ ତ ଏତେ ଟଙ୍କା, ସବୁ ତ ଆମକୁ ଦେବାକୁ ବସିଛି, ବାବୁ ପାଖରୁ କାଁା ନେବ? ଚିତ୍ରା ବାବୁ ହାତରେ ତା' ନିଜ ଟଙ୍କା ଦେଇଥିଲା। ସେହି ଟଙ୍କାରେ ବନାଇ ଆଣି ଦେଇଛନ୍ତି ପରା? ଚିତ୍ରା ଏବେ ପାଇଟି କରେ, କେବେ ତ କିଛି ମାଗେ ନାହିଁ।ବୁଢ଼ୀଟା ଟିକିଏ ଜୁଡ଼ା ବାନ୍ଧିଦେବ ତ, ଚାଉଳ ଦିଅ-ଡ଼ାଲିଦିଅ, ବାଇଗଣ ଦିଅ- କେତେ କଥା ମାଗିବ। ଚିତ୍ରା ଆହୁରି ତା' ଭାଇ ଦୋକାନରୁ ରୋଜ ସଞ୍ଜବେଳେ ଲେଣ୍ଡିକାନି, ସନ୍ଦେଶ ଆହୁରି କେତେ ରକମ ଖଜା ଆଣିଦିଏ, ବାବୁ କଚେରୁ ଆସିବା

ଆଗରୁ ମୁଁ ଖାଇ ବସିଥାଏ। ଚିତ୍ରାକୁ ତଡ଼ିଦେଲେ ତ ଆଉ ସେ ଖଜା ମିଳିବ ନାହିଁ। ଓ ହୋ ଭାରି ଖଜା, ନାହିଁ ନାହିଁ ତାକୁ ଦୂର କରିଦେବି। ଆଉ ଥରେ ଦେହରେ ଭଲକରି ହାତ ବୁଲାଇ ଉ-ହୁ କଲେ।

ଶେଷ ଚିନ୍ତା – ସେ କଥା'ଟା କ'ଣ ହେବ – ମୁଁ ହାତଗଣନ୍ତା ଦି' ପୁଞ୍ଜା ବରଷ ହେଲା ଆଇଲି – ପିଲାଟିଏ ମୁହଁ ଦେଖିଲି ନାହିଁ, ଏତେ ଧନଦୌଲତ କିଏ ଖାଇବ? ଚିତ୍ରା କହୁଛି, କଟକରେ ଢେର୍ ଢେର୍ ବାଞ୍ଝଙ୍କର ପୁଞ୍ଜା ପୁଞ୍ଜା ପୁଅ କରିଦେଲାଣି ଆସନ୍ତା ଉଆଁସ ଦିନ କାକଟପୁର ମଙ୍ଗଳା ପାଖକୁ ଯିବ-ନିଶାଭାଗ ରାତିରେ ଦେଉରି ପୂଜା କରିବ – କଳା ଛେଳି, କଳା କୁକୁଡ଼ା, କଳା ବିରାଡ଼ି, କଳା ଡାକୁଣିଫଳ ବଳି ଦେଲେ ତିନିମାସ ତିନିପକ୍ଷ ତିନିଦିନ ତିନିଘଡ଼ିରେ ଗର୍ଭ ହେବ। ଚିତ୍ରାକୁ ତଡ଼ିଦେଲେ ଏ କଥାଟା କିଏ କରିବ? ତା' ଛଡ଼ା ମୁଲକରେ ତ ଆଉ କାହାରିକୁ ଜଣା ନାହିଁ। ଆଚ୍ଛା ବାବୁ ଆସନ୍ତୁ –ଓଃ! ଏଡ଼େ ମଠ କ୍ୟାଁ।

ନାଜରବାବୁଙ୍କର ବସାରେ ପହଞ୍ଚିବାକୁ ରାତି ଆନ୍ଦାଜ ଦଶ ଘଣ୍ଟା। କଚେରି ଶେଷ ପାଞ୍ଚଟାବେଳରେ ଦୁଇଜଣ ପିଆଦା ମଫସଲରୁ ରୋଡ଼ ସେସ୍ ଅସୁଲି ଟଙ୍କା ଧରି ହାଜର। ଟ୍ରେଜେରି ବନ୍ଦ ହୋଇଗଲାଣି, ପିଆଦାମାନଙ୍କ ପାଖରେ ଅଧିକ ଟଙ୍କା ରଖାଯିବାର ମନା। ପରବାନା ହିସାବ ସଙ୍ଗରେ ମିଳାଇ ସେମାନଙ୍କ ପାଖରୁ ଟଙ୍କା ଗଣାଗଣି କରି ନେବାକୁ ଏତେ ଡ଼େରି ହୋଇଗଲା। ବସାରେ ପହଞ୍ଚି ଦେଖିଲେ, କେହି କୁଆଡ଼େ ନାହିଁ – ସବୁ ଅନ୍ଧକାର – ବଜାର ସଉଦାଗୁଡ଼ିକ ଚାରିଆଡ଼େ ବୁଣିପଡ଼ିଚି। ଡକାଡ଼କି କଲେ, ଶୁଣୁଚି କିଏ? ପହଡ଼ଘର କବାଟରେ ହାତ ଠୁଙ୍କିଲେ ଭିତରୁ ବନ୍ଦ। ଏତିକିବେଳେ ବାଡ଼ିଦୁଆରରୁ ଚୁ ଚୁ କରି କିଏ ଡାକିବାର ଇସାରା ଶୁଭିଲା। ଏଣେ ବୁଢ଼ୀଟା ପାୟା ମୂଳରେ ଅଚେତ ହୋଇ ପଡ଼ିଛି। ନାଜରବାବୁ ବାଡ଼ିଦୁଆର ପାଖକୁ ଚାଲିଯିବାରୁ ଅନ୍ଧକାରରେ କିଏ ଗୋଟିଏ ତାଙ୍କ ହାତ ଧରି ବାଡ଼ିକୁ ଭିଡ଼ି ଘେନିଗଲା। ଅନ୍ଧକାରରେ ଦୁଇଟା ଲୋକ ବସି ଢେର୍ ବେଳ ଯାଏ ତୁନି ତୁନି କଥାଭାଷା ହେଲେ। ତାହା ବାଦ୍ ବାବୁ ପହଡ଼ଘର ଦୁଆରକୁ ଆସି ହାତରେ ଥିବା ଟଙ୍କା ଥଳିଟା ଝମ୍ ଝମ୍ କଲେ। କହୁଥାଆନ୍ତି, "ଆଜି କଚେରିରୁ ଏତେ ଟଙ୍କା ମିଳିଲା, ଟଙ୍କା ସବୁ ଗଣି ଆଣିବାକୁ ଏତେ ଡ଼େରି ହୋଇଗଲା। ଏହି ଟଙ୍କାରେ ଗୋଟିଏ ସୁନା ଚମ୍ପାକଲି ବନାଇ ଦେବାକୁ ମନରେ କରିଥିଲି, ବକ୍ସିବଜାର ରାମ ପୃଷ୍ଟି ଆସି ଦୁଆରେ ବସିଛି –ବେକରୁ ମାପ ନିଅନ୍ତା, ଦୁଆର ମନରେ କରିଥିଲି, ବକ୍ସିବଜାର ରାମ ପୃଷ୍ଟି ଆସି ଦୁଆରେ ବସିଛି-ବେକରୁ ମାପ ନିଅନ୍ତା, ଦୁଆର ତ ବନ୍ଦ-ବଣିଆଟା ଚାଲିଯାଉ।"

ସାଆନ୍ତାଣୀ ବାହାରିବା ପାଇଁ ଆଗ ସଜ ହେଉଥିଲେ, ନାଜରବାବୁ କଥା ଶୁଣି ଧଡ଼କରି କବାଟଟା ମେଲାଇ ବାରନ୍ଦାକୁ ବାହାରିପଡ଼ିଲେ। ବସିପଡ଼ି ଆଗପରି ଭୋ ଭୋ ରଡ଼ି –ଧକେଇ ହେବାରେ ଘଡ଼ିଏ ଖଣ୍ଡେ ବିତିଗଲା। ତହିଁ ଉତ୍ତାରେ ସକେଇ ସ୍ୱାମୀଙ୍କ ପାଖରେ ଗୁହାରି କଲେ-"ଦେଖ ତ ପୋଇଲି ଯୋଡ଼ାକ ମତେ କେତେ ବାଡ଼େଇ ପକାଇଛନ୍ତି।" ନାଜରବାବୁଙ୍କ ହାତଟା ଭିଡ଼ିନେଇ ଆପଣା ପିଠି, ବାହୁ – ଆଉ ସବୁ ଜାଗା ଦେଖାଇଲେ। ନାଜରବାବୁ ଅଣ୍ଡାଳି ଅଣ୍ଡାଳି ଦେଖିଲେ, ଲମ୍ବ ଲମ୍ବ ରୁଳା-ଉଆଉ ଫଡ଼ା ପରି ଗେବା ଫୁଲିଛି। ମୁହଁରେ ହାତ ବୁଲାଇବାକୁ ସାଆନ୍ତାଣୀ ଉହୁଉହୁ କହି ଘୁଞ୍ଚିଗଲେ। ଆଖିପତାଟା ଉପରେ ଗେବା ପରି ଫୁଲିଛି। ବାବୁଙ୍କ ହାତକୁ ଚଟ୍ ଚଟ୍ ଲାଗିଲା। "ଏଁ, କ'ଣ ରକ୍ତ? ଏ କିଏ ବାଡ଼େଇଲା?" ସାଆନ୍ତାଣୀ କହିଲେ "ପୋଇଲି ଯୋଡ଼ାକ, ପୋଇଲି ଯୋଡ଼ାକ।" "ଏଁ ପୋଇଲି ଯୋଡ଼ାକ ତମକୁ ବାଡ଼େଇଲେ? " ଭାରି ରାଗିମାଗି ଗର୍ଜନ କରି ଡାକିଲେ – ଚିତ୍ରା ! ଚିତ୍ରା ଆସି ପାଖରେ ଛିଡ଼ା ହୋଇଗଲା – ଭୋ କରି ଡକାଟାଏ ପାଡ଼ିଲା। ସେ ଆକୁଳ କାନ୍ଦଣା ଶୁଣେ କିଏ? ଦୁଇଜଣଙ୍କ ଗୋଡ଼ ଅଣ୍ଡାଳି ସେଇ ଗୋଡ଼ ଉପରେ ଢପଢ଼ପ ମୁଣ୍ଡ ବାଡ଼େଇ ହେଉଥାଏ। ଆଳୁଅ ଥିଲେ ଦିଶନ୍ତା, ଭୂଇଁରେ ଗୁମ ଗୁମ ବିଧାମାରି ମୁଣ୍ଡ କୋଡ଼ା ବାହାନା କରୁଛି। ନୋହିଲେ ସେ ଯେତେ ମୁଣ୍ଡ କୋଡ଼ି ହେଲାଣି, ଗୋଟିଏ କଁ୍ୟା ତୋଡ଼ା ମୁଣ୍ଡ ଫାଟିଯାଆନ୍ତାଣି। ଚିତ୍ରା କାନ୍ଦି କାନ୍ଦି ବୋଲଥାଏ – ଆଜ୍ଞା, ଆପଣ ତୁମେ ମୋ ସାଆନ୍ତାଣୀ – ମୋ ଠାକୁରାଣୀ – ମୋ ଦେବତାଣୀ ତୁମ ଆପଣ ଶ୍ରୀଅଙ୍ଗକୁ ହାତ ଉଞ୍ଚାଇବି? ମୋ ହାତ ଛିଡ଼ିପଡ଼ିବ, ମୋ ହାତରେ କୁଢ଼ୀକୁଷ୍ଠୀ ବାହାରିବ, ମୋ ହାତରେ ପୋକ ପଡ଼ିଯିବ – ଭାତ ଖାଇ ପାରିବି ନାହିଁ- ଓପାସରେ ମରିଯିବି। ମୁଁ ଠାକୁର ଆଡ଼କୁ ହାତ ବଢ଼ାଇ କହୁଛି – ଜଗନ୍ନାଥ ଦୋହି ପକାଉଛି-ଆଖି ଛୁଉଁଛି – ମୋ ଆଖି କଣା ହୋଇଯିବ – ତୁମ ଦୁହିଁଙ୍କ ପାଦ ଛୁଉଁଛି- ମୁଁ ମାରି ନାହିଁ- ସେହି ଚୁଣିଆଣୀ ଚୋରଣୀ ବୁଢ଼ୀଟା ମାରିଛି।" ନାଜରବାବୁଙ୍କର ଚିତ୍ରା ଠାରୁ କିଛି କ୍ରୋଧ ଉଣା ହୋଇଗଲାଣି। ପଚାରିଲେ "ହଇହେ, ଚିତ୍ରା କହୁଛି ମାରି ନାହିଁ? ନାଜରାଣୀ ଟିକିଏ ଗୁମ୍ ମାରି କହିଲେ- "ଅନ୍ଧାରରେ ଠିକ୍ ଦେଖିନାହିଁ – ଦୁଇଜଣଯାକ ମୋ ପାଖରେ ଛିଡ଼ା ହୋଇ ମାରିଲା ପରି ଜଣାଯାଉଥାଏ।" ସେପରି ସେପରି ବିଚାରପତିଙ୍କ ପକ୍ଷପାତିତ୍ୱ ପ୍ରିୟପାତ୍ର ପ୍ରତି କିଞ୍ଚିତ ଢଳି ପଡ଼ିବାର କଥା। ଚିତ୍ରାର ନିର୍ଦ୍ଦୋଷତା ପ୍ରତି କିଞ୍ଚିତ ବିଶ୍ୱାସ ଜାତ ହେଲାଣି। ଏଥିର ଆଭାସ ପାଇ ବୁଦ୍ଧିମତୀ ଚିତ୍ରା ଟାଉକରି କହି ପକାଇଲା – "ଆଜ୍ଞା, ହଁ ଆଜ୍ଞା ହଁ, ସେଇ କଥା, ଠିକ୍ ସେଇକଥା। ମୁଁ ଦେଖିଲି – ଡ଼ାକୁଣୀ, ଅଇଁଠାଖାଇଟା ସାଆନ୍ତାଣୀକୁ ବାଡ଼େଇପକାଇଲା – ପାଖକୁ ଧାଇଁଗଲି ସେଟା ବାଡ଼େଇବା ବେଳେ ମୁଁ ମୁଣ୍ଡ ପିଠି ଦେଖାଇ ଦେଉଥାଏଁ। ମୁଁ କହିଲି

ହାୟରେ ହାୟ! କ'ଣ ହେଲା? ମୋତେ ମାରୁ, ମୋ ପିଠି ଭାଙ୍ଗିଯାଉ, ମୁଁ କାଣି ହୋଇଯାଏ, ହାଡ଼ ଭାଙ୍ଗିଯାଉ ପଛକେ ସାଆନ୍ତାଣୀ ଶ୍ରୀ ଅଙ୍ଗକୁ ଆଞ୍ଚ ନ ଲାଗୁ। ଦେଖନ୍ତୁ ଦେଖନ୍ତୁ – ସାଆନ୍ତାଣୀଙ୍କ ଲାଗି ମୋର କି ହାଲ୍।" ନାଜରବାବୁଙ୍କ ହାତଟା ଟାଣି ନେଇ ତା ଦେହର ସବୁ ଜାଗାରେ ବୁଲାଇଲା। ସତକୁସତ ଚିତ୍ରା ଦେହ ଗୋଟାକରେ ଜାଗା ଜାଗା ରୂଳା ବସିଛି, ଗେବାପରି ଗୋଟାକୁ ଗୋଟା ଫୁଲିଛି। ଚିତ୍ରାର ସାଆନ୍ତାଣୀ ଭକ୍ତି, ସ୍ୱାର୍ଥତ୍ୟାଗ, ପରାର୍ଥ-କଷ୍ଟସ୍ୱୀକାର ପ୍ରଭୃତି ସୁମହତ୍ ଗୁଣମାନ ଦେଖି ନାଜରବାବୁ ତ ପାଣି ହୋଇଗଲେଣି- ସମସ୍ତ ରାଗ ନାକଫୋଡ଼ିଆ ମା' ଉପରେ ଢଳି ପଡ଼ିଲା। ସ୍ଥିରକଲେ, ବୁଢ଼ୀଟା ଦୁଇଜଣକୁ ବାଡ଼େଇ ପକେଇଛି- ସେଇଟା ବଡ଼ ବଦମାସ, ପାଜି ତ ! ଚିତ୍ରା କହିଲା, "ଆଜ୍ଞା ପାଜି ବୋଲି ସେ – ସବୁବେଳେ ବାଡ଼ଖଣ୍ଡେ ଧରି କ୍ୟାଁ ବୁଲୁଥାଏ, ଆପଣ ଜାଣନ୍ତି ନାହିଁ? କିମିତି ଜାଣିବେ? ସବୁବେଳେ ତ କଚେରି ଦରବାରରେ। କଟକରେ କେତେ ସାଆନ୍ତାଣୀଙ୍କ ଝିଅ ବୋଲି ନାହିଁ, ବୋହୂ ବୋଲି ନାହିଁ, ବାଡ଼େଇ ପକେଇଲାଣି ପରା। ସମସ୍ତଙ୍କୁ ଦୁଆର ମନା। ଆପଣମାନେ ହେଲେ ଭୋଳା ମହାଦେବ; ଦୟାଶରୀର, ଦୁଃଖୀଟା ବୋଲି ଦୟାକରି ଦୁଆର ମଡ଼େଇଲେ। ଟିକିଏ କିଛି ଖଞ୍ଜ ଅଖଞ୍ଜ ପାଇଲା, କଥା ନାହିଁ, ବାର୍ତ୍ତା ନାହିଁ, ଚଳେଇଲା ଠେଙ୍ଗା। ଏଇଟା କ'ଣ ଲୋ ! ମାଇକିନିଆ ଝିଅ ଫେର କାହାକୁ ହାତ ଉଠାଇବ? ମତେ କେହି ହେଲେ ମାରିପକାଉ ପଛକେ ହାତ ଉଠାଇବି? ରାମ୍ ରାମ୍।" ସା'ନ୍ତାଣୀ କ'ଣ କହିବାକୁ ଯାଉଥିଲେ, ଚିତ୍ରା ଚଞ୍ଚଳ ଧାଇଁଯାଇ ତାଙ୍କ ଗୋଡ଼ ଧରି ବାହୁନି ବସିଲା – ମୋ ସା'ନ୍ତାଣୀ ଗୋ ଆପଣଙ୍କୁ ଏତେ ମାଡ଼ ମାରିଲା। ମୋ ଠାକୁରାଣୀ ଗୋ – ଶ୍ରୀ ଅଙ୍ଗକୁ କେଡ଼େ ବାଧିଥିବ! ମୋ ମୁଣ୍ଡର ମଣି ଗୋ ! ଚିତ୍ରା ଆହୁରି ଢେର୍ ବେଳଯାଏ କାନ୍ଦି କାନ୍ଦି ବାହୁନିଥାଆନ୍ତା, ଏତିକିବେଳେ ନାଜରବାବୁ ଭାରି ଗର୍ଜନ କରି କହିଲେ, "ସେ ବଦମାସ କୁଜୀ ବୁଢ଼ୀଟା କାହିଁ? ଚିତ୍ରା ସାଆନ୍ତାଣୀଙ୍କ ପାଦପଦ୍ମ ଝଟ ଛାଡ଼ିଦେଇ ବୁଢ଼ୀକୁ ଖୋଜିବାକୁ ଧାଇଁଲା। ସେତେବେଳକୁ ନାକଫୋଡ଼ିଆ ମା' ଆପଣା ପଲାରେ କଣା ଲୋଟାଟାରେ ଲୋଟାଏ ପାଣି ପିଇ କତରା ଖଣ୍ଡ ପାରି ଶୋଇପଡ଼ିଲାଣି। ଏମାନଙ୍କ କଥାଭାଷା ବେଳେ ବୁଢ଼ୀଟି ପାୟା ଉହାଡ଼ରେ ଥାଇ ସବୁ ଶୁଣୁଥାଏ – କେତେଥର ମନରେ କଲା, ବାହାରି ପଡ଼ି ଆପଣାର ନିର୍ଦ୍ଦୋଷତା ବିଷୟରେ ସାନ୍ତଙ୍କୁ ଦୁଇଚାରିପଦ କିଛି କହିବି? ହେଲେ ସେ ତ ବାଡ଼େଇଛି, ଠେଙ୍ଗା ଦାଗ ଦେଖାଗଲାଣି, କ'ଣ କହିବି? ହେଉ, କୁଆଡ଼ିକା ପାଣି କୁଆଡ଼େ ଯାଉଛି ଦେଖାଯାଉ। ଯେତେବେଳେ ଦେଖିଲା ତିନିଟାଯାକ ଦୁଷ୍‌ମନ – ସବୁଗୁଡ଼ାକ ବଲୁଆ- ଆହୁରି ଜାଗାଟା ବେଜାଗା – ହୋଇଥାନ୍ତା ବିଚ ବଜାର ସଡ଼କ ଦାଣ୍ଡ-ଖଣ୍ଡେ ପଟେ ନ ଦେଖି କ'ଣ ଛାଡ଼ନ୍ତି- ଆଉ ନା। ଧୀରେ ଧୀରେ ଅଣ୍ଡାଳି ଅଣ୍ଡାଳି ଠେଙ୍ଗାଟା ହାତ କଲା। ଧୀରେ ଧୀରେ ଉଠି,

ଚୌକାଠଟି ଟପି ମାର ଦୌଡ଼ – ଅନ୍ଧାରରେ ଚାରିଯାଗାରେ ପଡ଼ିଗଲାଣି ଉଠିପଡ଼ିପଛକୁ ଥରେ ଥରେ ଚାହିଁଦେଇ ଦେ ଦୌଡ଼। ଚିତ୍ରା ମାଡ଼ ଖାଲି ଅଣ୍ଟା କତିରୁ ଉପରେ ବାଜିଥିଲା। ପଡ଼ାଉଠାରେ ଆଣ୍ଠୁଗଣ୍ଠି ଛିଡ଼ି ଲହୁଲୁହାଣ ହୋଇଗଲାଣି। ଏକ ଦମ୍‌ରେ ଘରେ ଦାଖଲ।

ଅନ୍ଧାରରେ ଖୋଜି ଖୋଜି ନ ପାଇ ଚିତ୍ରା ଝଟକରି ନିଆଁ କାଠିଟାକୁ ଘଷିଦେଲା। ବଇଠା ଧରି ଅନ୍ଦିସନ୍ଧି ଘର ସବୁ ଜାଗାରେ ଖୋଜି ପାଇଲାନି। କାହାରିକୁ ନ ପାଇ କହିଲା "ହେଉ ହେଉ ଯା ଯା, ତୋ' ମା' ଠାକୁରାଣୀଙ୍କ ମୁଣ୍ଡରେ ଚମ୍ପା ଚଢେଇଥିଲା – ମୋ ହାତରୁ ବର୍ତ୍ତିଗଲୁ। ମୁଁ ସାଆନ୍ତାଣୀଙ୍କୁ ଆଗୁଳି ଅକଳରେ ପଡ଼ିଗଲି, ନୋହିଲେ କି ସେ ମୋ ହାତରୁ ବର୍ତ୍ତି ଯାଇଥାନ୍ତା? ମୋ' ସାଆନ୍ତାଣୀଙ୍କୁ ମାରିବୁ – ମୋ' ଠାକୁରାଣୀକୁ ମାରିବୁ? ଆଉ ସମସ୍ତଙ୍କୁ ଯେମିତି ମାରୁ, ସେହି କଥା ପାଇଛୁ ପରା? ମୋ' ସାଆନ୍ତାଣୀ ଯେ ହାକିମାଣୀ ମୋ' ସାଆନ୍ତାଣୀ ଯେ ଠାକୁରାଣୀ ! ହେଉ ହେଉ-ରାତି ଆଗ ପାହୁ-ସାଇବ ମୋତେ ଫାଶି ନଟକାଉ ପଛକେ; ତା' ବେକ କାମୁଡ଼ି ଲହୁ ପିଇବି, ତେବେ ଜଳ ଛୁଇଁବି?"

ନାଜରାଣୀ ଆପଣା ଦେହକୁ ଅନାଇ ଦେଖିଲେ, ଶେଯ ପାଛୁଡ଼ାଟା ଦେହରେ ଭିଡ଼ି ହେଇଛନ୍ତି। କିଛି ନ କହି ଚଞ୍ଚଳ ଘର ଭିତରକୁ ଚାଲିଗଲେ। ବାବୁ କିଛି କଥା ବୁଝିପାରିଲେ ନାହିଁ।

ନାଜରବାବୁ କଚେରି ପୋଷାକ ପାଲଟିଲେ, ଜଳଖିଆ କରି ସ୍ଥିର ହୋଇ ବସିଲେ। ଚିତ୍ରା ଗୁଡ଼ାଖୁ ସାଜି ଆଣିଦେଲା – ଭଡ଼ର ଭଡ଼ର କରି ହୁକା ଟାଣୁଥାନ୍ତି। ଚିତ୍ରା ଧାଇଁଯାଇ ଗୁଡ଼ାଏ ମିଠେଇ ଖଜା ଘେନି ଆସିଲା- ଗୋଡ଼ହାତ ଧରି ସାଆନ୍ତାଣୀଙ୍କୁ ଠାରେ ବସାଇଲା। ଅନାଉଁ ଅନାଉଁ ଅଧାଚୋବା, ଅଧାଗିଳା କରି ସାଆନ୍ତାଣୀ ତେତିକି ସାରିଦେଇ ଚଁ ଚଁ କରି ଲୋଟାଏ ପାଣି ପିଇ କିଞ୍ଚିତ ସାଷ୍ଟାମ ହେଲେ।

ଚିତ୍ରା ଉପରେ ସାଆନ୍ତାଣୀ ଖୁସୀ ହୋଇଗଲେଣୀ। ଚିତ୍ରା ନାଜରବାବୁଙ୍କ ଆଉ ଚିଲମେ ଗୁଡ଼ାଖୁ ସାଜି ଦେଇ ସାଆନ୍ତାଣୀଙ୍କ ପାଇଁ ଗୋଟାଏ ଶେଯ ପାରିଦେଲା। ଆହା ! ଏ ଅଙ୍ଗକୁ କେତେ ବାଧିଥିବ କହି ପଦସେବାରେ ଲାଗିଗଲା।

ନାଜରବାବୁ ଭଡ଼ର ଭଡ଼ର ଗୁଡ଼ାଖୁ ଟାଣୁ ଟାଣୁ ପଚାରିଲେ, "ହୋଇ ହେ, ସେ ବୁଢ଼ୀଟା ତୁମକୁ କ୍ୟାଁ ବାଡ଼େଇଲା?" ସାଆନ୍ତାଣୀ କ'ଣ କହିବାକୁ ଯାଉଥିଲେ, ଚିତ୍ର ଚଞ୍ଚଳ ବୋଲି ବସିଲା, 'ଆଜ୍ଞା, ବୁଝିନାହାନ୍ତି କ'ଣ?ସାଆନ୍ତାଣୀ ଅସଲ କଥା ଭେଦ ପାଇନାହାନ୍ତି। ମୁଁ ଢେର୍ ଦିନୁ ଜାଣେ। ତାହାର ମତଲବ, ଏ ଘରେ ସେ ବଜାର ସଉଦା କରିବ। ସାଆନ୍ତାଣୀ ବୁଦ୍ଧିକୁ କି ପଟାନ୍ତର, ସବୁ ବୁଝିଗଲେ। ତାକୁ ପଇସା ନ

ଦେଇ ମୋ' ହାତରେ ସଉଦା କିଣିଲେ। ତା'ର ଭାରି ରାଗ ଥିଲା – ଆଜି ମୁ ସଉଦା ଆଣି ସାଆନ୍ତାଣୀଙ୍କୁ ବୁଝେଇ ଦେଉଛି, ପହଞ୍ଚିଲା। ଆଉ କି ସେ କୋପ ସମ୍ଭାଳିପାରେ? ଚଳେଇଛି ତ ଠେଙ୍ଗା ଆଉ କ'ଣ!"

ସାଆନ୍ତାଣୀ କହିଲେ "ହଁ ହଁ, ସେ ଦିନ ଯୋଡ଼ାଏ ପଇସାର ପାନ କିଣିବାକୁ ଦେଇଥିଲି, ଅଧଲାକର ଆଣି ଦେଢ଼ ପଇସା ଚୋରି କଲା।"

ଚିତ୍ରା – ଆଜ୍ଞା ସାନ୍ତ ! ଶୁଣି ଆଜ୍ଞା ହେଉ – ଶୁଣି ଆଜ୍ଞା ହେଉ। ମୁଁ ଜାଣି ମିଛେଇ ମୋ' କଥା ସବୁ ପୋଡ଼ିଯାଉ ନିଆଁ ଲାଗିଯାଉ। ସାଆନ୍ତାଣୀ କ'ଣ ଆଜ୍ଞା କହୁଛନ୍ତି ଶୁଣନ୍ତୁ ଶୁଣନ୍ତୁ। ତୁମ ପରି ହାକିମ ତୁମପରି ବୁଦ୍ଧିଆ ପଣ୍ଡିତ ମୂଳକରେ କିଏ ଅଛି?ସାଆନ୍ତାଣୀଙ୍କ ପଦକରୁ ବୁଝନ୍ତୁ, ଭାତହାଣ୍ଡିରୁ ସିନା ଗୋଟିଏ ଟିପିବେ?

ନାଜରବାବୁ କହିଲେ, "ସେଇଟା ବଡ଼ ଚୋରଣୀ ତ।"

ଚିତ୍ରା – ଚୋରଣୀ ବୋଲି କଟକ ସହରଯାକ ପାଞ୍ଚବରଷିଆ ପିଲାକୁ ପଚାରନ୍ତୁ, ସେ କହିଦେବ। କେତେ ଜାଗାରୁ ବାଡ଼ିଆ ଖାଇଲାଣି। ଆପଣ ଦୁଇଜଣ ହେଲେ ଦୟାଶରୀର, କିଏ ଖାଇଗଲା ଖାଇଯାଉ –ଘେନିଗଲା ଘେନିଯାଉ।ନୋହିଲେ ସେଇ ପାନକିଣା ଦିନ କ'ଣ ସେ ବର୍ତ୍ତି ଯାଇଥାନ୍ତା?

ଇତ୍ୟବସରରେ ଚିତ୍ରା ତିନିଗିନା ମାଲପା ସାଆନ୍ତାଣୀଙ୍କ ଶ୍ରୀଅଙ୍ଗରେ ମଖେଇ ଦେଇ ସାରିଲାଣି। ଅଧାଅଧି ତେଲ କିମିତି ତା' ମାଡ଼ଜାଗାମାନଙ୍କରେ ଲାଗି ଜରଜର ହୋଇଛି।

ଚିତ୍ରା ଧାଇଁଯାଇ ଆଉ ଚିଲମେ ଗୁଡ଼ାଖୁ ସଜକରି ଆଣିଲା। ଦେଖିଲା ଗୁଡ଼ାଖୁ ଭଲ ଲାଗିଛି। ନାଜରଙ୍କ ମୁହଁରୁ ଭକ ଭକ ଧୂଆଁ ବାହାରୁଛି। ଚିତ୍ରା କହିଲା, "ଆଜ୍ଞା ସାନ୍ତେ ଶୁଣିଛନ୍ତି, ସେ ଚୋରଣିଟା ସାଆନ୍ତାଣୀଙ୍କ ଆଗରେ କହୁଥିଲା, ଆପଣ କିମିତି ହାତରୁ ଟଙ୍କା ଦେଇ ମତେ ଗହଣା ଗଢ଼େଇ ଦେଇଛନ୍ତି? ଗହଣା ଟଙ୍କା ଯେ ମୁଁ ଦେଇଥିଲି, କ'ଣ କିଏ ନ ଜାଣେ? ଦଶଜଣ ଆଗରେ କଥା। ବୁଢ଼ୀଟା ବି ତେତେବେଳେ ପାଖରେ ଛିଡ଼ାହୋଇ ଦେଖୁଥିଲା – ସେଇ କଥା ଆଜି ସାଆନ୍ତାଣୀ ଆଗରେ କହିଲା।"

କଥାଟା ଶୁଣି ତିନିଜଣଯାକ ଖୁସି-

ନାଜରାଣୀ ଖୁସୀ – ତାଙ୍କ ଅନୁମାନ ଠିକ୍- ତାଙ୍କର ଖୁବ୍ ବୁଦ୍ଧି।

ଚିତ୍ରା ଖୁସି – ତା' କଥାଟା ଭଲ ଲାଗିଗଲା।

ନାଜର ଖୁସି – ସହଜରେ ଖଲାସ ପାଇଗଲେ।

ଏକୋଇଶି
ଉତ୍ତରରାୟଙ୍କ ଅବସାନ

"ପ୍ରାଣୀର ଭଲମନ୍ଦ ବାଣୀ
ମରଣକାଳେ ତାହା ଜାଣି।" (ଭାଗବତ)

ଶ୍ରୀ ଶ୍ରୀ ଶ୍ରୀ ଉତ୍ତରରାୟଙ୍କ ପୀଡ଼ା ଆରମ୍ଭଠାରୁ ରାଜ୍ୟର ଭଲଲୋକ ଉଆସକୁ ଧାଡ଼ି ଛୁଟୁଛନ୍ତି। ଜ୍ୱରଟା ଦିନକୁ ଦିନ ବଳିପଡୁଛି। ଶାସ୍ତ୍ରପଢୁଆ ପୁରୁଣା ଟାଣୁଆ ଚାରିଜଣ କବିରାଜ ଥକିଗଲେଣି। କଟକରୁ ଯେଉଁ ଡାକ୍ତରଟା ଆସିଥିଲା, ନଗଦ ଦେଢ଼ଶ ଟଙ୍କା ବିଦାକି ବାନ୍ଧି ଜବାବ ଦେଇ ଚାଲିଗଲା। ଜ୍ୱରର ଆଜି ତେରଦିନ, ନିହାତି ବଳିପଡ଼ିଛି। ଉତ୍ତରରାୟଙ୍କୁ ଉଆସ ମଧ୍ୟରୁ ଘେନିଆସି କୂଳଦେବତା ଯୁଗକିଶୋର ଜୀଉଙ୍କ ନାଟମନ୍ଦିର ଆଗମେଲା ପକ୍କା ତୁଳସୀ ଚଉରା ମୂଳରେ ଦେବତାଙ୍କ ଆଡ଼କୁ ମୁଣ୍ଡ କରାଇ ଗୋଟିଏ ସଫାସୁତୁରା ଧୋବ ଶେଯରେ ଶୁଆଇ ଦେଇଛନ୍ତି। ଉପରେ ଖଣ୍ଡିଏ ଭଲ ଶାଲ୍ ଢଙ୍କା। ନାସାର୍ଦ୍ଧରୁ କେଶ ପର୍ଯ୍ୟନ୍ତ ହରିମନ୍ଦିର ଚିତା – ବେକରୁ ଛାତିଯାଏ ପ୍ରସାଦି ତୁଳସୀଧଣ୍ଡା ଲମ୍ବାଇ ଦେଇଛନ୍ତି। କୋଡ଼ିଏ ହାତ ଦୂରରେ ବୃଦ୍ଧ କବିରାଜ ପୁରୁଣା ତାଳପତ୍ର ଲେଖା ଶାସ୍ତ୍ରର ଖେଦାଏ ପାଠ ଧରି ତୁନି ତୁନି ବିଚାରରେ ମନ ଦେଇଛନ୍ତି। ଆଜି ସବୁ ଔଷଧ ବନ୍ଦ-ପାଠରୁ ବାହାରିଛି, ତ୍ରୟୋଦଶ ଦିବସ ରାତି ଶେଷ ପର୍ଯ୍ୟନ୍ତ ଜ୍ୱରର ପ୍ରକୋପ ବଢ଼ିବ। ମଣିମା ଉତ୍ତରରାୟଙ୍କ ପାଦଦିଓଟି ଧରି ମୁଖକୁ ବକ ବକ କରି ଚାହିଁଛନ୍ତି, ଆଖିରେ ପଲକ ପଡୁନାହିଁ। କାଠପିତୁଳିଟି ପରି ସ୍ଥିର ହୋଇ ବସିଛନ୍ତି। ଧାଇମା' ସରସ୍ୱତୀ ଦେଈ ଡଙ୍କିଟିଏ ଧରି ଟିକିଏ ଟିକିଏ ପାଦୁକ ରୋଗୀଙ୍କ ମୁଖରେ ଦେଉଛନ୍ତି। ସେ କେତେ ବା ଢୋକୁଛନ୍ତି, ବେଶିଭାଗ ଦୁଇକଳ ଦେଇ ବହିପଡ଼ିଚି। ବଡ଼ପୁଅ ଟୀକାଏତ ନରହରି ସବୁକଥା ବୁଝିଲାଣି – ବାପା' ମାଙ୍କ ମୁହଁକୁ, ଜେଜେମା ମୁହଁକୁ ନିହାତି ଆକୁଳ ହୋଇ ବାରମ୍ବାର ଚାହୁଁଛି। ଆଖିଯୋଡ଼ାକ ଲୋତକରେ ଢଳଢ଼ଳ। ସାନପୁଅ ଶ୍ରୀହରି ବୟସ ଅଢେଇ ବର୍ଷ-କିଛି ବୁଝୁନାହିଁ। 'ମା, ବାପା କନ ହେଲେ ବାପା କନ ହେଲେ' କହି ମା' ବେକ ଧରି ବେକରେ ଝୁଲି ପଡୁଛି। ସରସ୍ୱତୀ ଦେଈ ଠାରି ଦେବାରୁ ଯୋଡ଼ାଏ ପୋଇଲି ଧାଇଁଆସି ଶ୍ରୀହରିକୁ ମନ୍ଦିର ପଛକୁ କାଖେଇ ନେଇଗଲେ। ଶ୍ରୀହରି ଯିବାକୁ ନାରାଜ ଭାରି ପାଟିଟାଏ କଲା। ପୋଇଲିଟା କଣ୍ଢେଇ ଯୋଡ଼ାଏ ଦେଇ ବହଲଉଥାଏ।

ବାହାରେ ଲୋକରେ ଲୋକାରଣ୍ୟ –ସୋରିଷ ମୁଠାଏ ବିଞ୍ଚିଡ଼ି ଦେଲେ ତଳେ ପଡ଼ିବ ନାହିଁ। ହେଲେ ତୁଣ୍ଡ ନାହିଁ- ଗୋଳନାହିଁ ତୁନି ତାନି ଆକୁ ତାକୁ ପଚାରା ପଚରି କ'ଣ ହେଲା? କିଏ ଜବାବ ଦେଉଛି, କିଏ ବା ଜାଣୁଛି? ସିଂହଦ୍ୱାରରେ କିଳଣୀ – କବିରାଜଙ୍କର ମନା, ରୋଗୀଙ୍କ ପାଖକୁ କେହି ଯିବେ ନାହିଁ।ଏଣେ ଉଆସ ବିଜେ ହୋଇଥିବାରୁ ବାହାରି ଯିବାର ଆୟତ୍ତ ନାହିଁ। ହରିବୋଲ ବାରିକ ମନ୍ଦିର ସମ୍ମୁଖସ୍ଥ ବଉଳ ମୂଳରେ ମୁଣ୍ଡଟି ପୋତି ବସିଛି। ଘନ ରାଉତ ପାଖରେ ବସିପଡ଼ି ତୁନି ତୁନି ପଚାରିଲା, "ହୋଇଏ ବାରିକ ପୁଅ, କେମନ୍ତ ବୁଝୁଛ? ଭିତରେ ହାଲ ତ କିଛି ଜଣା ପଡୁନାହିଁ। କଥା କ'ଣ?" ବାରିକେ ଫଁକରି ନିଶ୍ୱାସଟାଏ ପକାଇ କହିଲେ, "ଏଁ ହରିବୋଲ ବାପା ଘନ ! କ'ଣ ପଚାରୁଛୁ? କ'ଣ କହିବି – କଥାଟା ଭାବିଲେ ହୃଦ ଫାଟିଯାଉଛି। ତୁ ତ କାଲିକା ପିଲା, କଣ ବୁଝିବୁ? ମୁଁ ଦେଖି ଦେଖି ମୁଣ୍ଡବାକ ଝୋଟ। ୟାଙ୍କ ତିନିପୁରୁଷ ଦେଖିଲି, ଏଇ ବାତକପି ବେମାରି। ଆଜି ରାଜି କଟିଲେ ତେବେ ଯାଇ କଥାବାର୍ତ୍ତା।" ଘନ ରାଉତ କହିଲା, "ବୁଝିଲ ବାରିକ ପୁଅ, ବାପା ଉତ୍ତରା ଯେ ଥିଲେ ଶୁଣିଛି ବୟସ ହୋଇଥିଲା ପନ୍ଦର କି ସତର ଗଣ୍ଡା, ତାଙ୍କ ଯିବାର ବେଳ ହୋଇଥିଲା। ଆଉ ଆମ ଉତ୍ତରା ତ କାଲିକା ପିଲା ବୋଲି କୁହ।କାଲି ରାତିରେ ମା' କହୁଥିଲା, ଆମ ଶଙ୍କରା ଆଉ ଉତ୍ତରାଙ୍କର ଏକା ବୟସ। ମାଘ ମାସରେ ଜନ୍ମ। ଶଙ୍କରାର ଗଣତି ହେଲା – କୋଡ଼ିଏ ଏଗାର ମାଘ ମାସରେ ପୂରିଲା।"

ଠିକ୍ ସନ୍ଧ୍ୟା, ଠାକୁରଙ୍କ ଆଳତି ଘଣ୍ଟ ଢଂ ଢଂ ଢଂ କରି ଯେମିତି ବାଜିଛି, ମନ୍ଦିର ଭିତରୁ ଭାରି ଗୋଟାଏ ଆକୁଳ କ୍ରନ୍ଦନ ଉଠିଲା। ସେହି ରଡ଼ି ଶବ୍ଦଟା ସାଙ୍ଗେ ସାଙ୍ଗେ ଗାଁ ଗୋଟାଯାକ ବୁଲିଗଲା। ସ୍ତ୍ରୀ, ପୁରୁଷ, ବୁଢ଼ା, ଭେଣ୍ଡିଆ, ପିଲା – ଠା ଯାଗାରେ ରଡ଼ି ଛାଡ଼ିଛନ୍ତି – ପିଲାଗୁଡ଼ାକ କିଛି ନବୁଝି ନ ସୁଝି କାନ୍ଦି ଲୋଟିଯାଉଛନ୍ତି। ଏଣେ ଚାନ୍ଦମଣି ମଣିମା ପାଟିକରି କାନ୍ଦିବାକୁ ନାହାନ୍ତି- ଥରକୁ ଥର ପଡ଼ି ଝାମ ଯାଉଛନ୍ତି। ପିଲା ଯୋଡ଼ାକ ବାପା ବାପା କହି କାନ୍ଦି କାନ୍ଦି ଧକେଇ ଗଲେଣି। ସରସ୍ୱତୀ ଦେଈ କାହାକୁ ସମ୍ଭାଳିବେ? ଏଣେ ନିଜର ତ ଠିକଣା ନାହିଁ। ପିଲା ଯୋଡ଼ାକୁ କୋଳରେ ଜାକି ଧରିଛନ୍ତି, ମଣିମା ମୁହଁରେ ପାଣି ଛାଟମାରି ଚେତା କରାଉଛନ୍ତି। ଜେଜୀମା ଯେପରି ବୁଦ୍ଧିମତୀ, ସେହିପରି ଧୈର୍ଯ୍ୟଶୀଳା। ସେହି ଘୋର ଦୁର୍ଯ୍ୟୋଗ ସମୟରେ ବିଚାରିଲେ, ଯାହା ହେବାରତ ହୋଇଗଲାଣି – ଏବେ ପ୍ରାଣୀ ତିନିଟାକୁ କିମିତି ବଞ୍ଚାଏଁ ! ଉଆସ ମଧ୍ୟରୁ ଦଶ ବାରଟା ପୋଇଲି – ପରିଜନ ଧାଇଁଆସି ସେହି ତିନି ଜଣଙ୍କୁ କୋଳରେ ଧରି ଶୂନ୍ୟେ ଶୂନ୍ୟେ ଟେକି ଘେନିଗଲେ।

ରାତି ଅନୁମାନରେ ଛ' ଘଡ଼ି – ଗ୍ରାମ ଗୋଟାକଯାକ ଅନ୍ଧାର – ସଞ୍ଜାଦୀପ ଲାଗି ନାହିଁ। କାହାର ଗୋଡ଼ ଚଳୁଛି ଯେ କାମରେ ମନ ଦେବେ-କାନ୍ଦି କାନ୍ଦି ସମସ୍ତେ

ଥକିଗଲେଣି। ମଣିମା ଉଆସକୁ ବିଜେ ହୋଇଯିବାରୁ ଭଙ୍ଗା ବନ୍ଧରେ ପାଣିସୁଅ ପରି ଲୋକେ ମନ୍ଦିର ଭିତରକୁ ପଶିଗଲେ। ଉତ୍ତରରାୟଙ୍କୁ ଦର୍ଶନ କରିବା ଲାଗି ଗୋଟାକ ଉପରେ ଗୋଟାଏ ପଡୁଛନ୍ତି। ସଦର ମଫସଲ ଅମଲା, ଆଉ ଆଉ ଭଲ ଲୋକେ ଏକ ସ୍ଥାନରେ ରୁଣ୍ଡ ହୋଇ ବସିଥିଲେ। ସଦର ଛାମୁକରଣ ରଙ୍ଗାଧର ମହାନ୍ତିଏ କହିଲେ, "ପେସ୍କାରେ ! ଅଧରାତି ହେଲା ଯେ ଆସି, ଆଉ ଏ ରକମର ଘାବୁରି ବସି ରହିଲେ କ'ଣ ଚଳିବ ! ସମସ୍ତଙ୍କର ଯେମନ୍ତ ଗୋଟାଏ ଚେତା ପଶିଲା – ଆୟୋଜନରେ ଲାଗିଗଲେ। ଗୋଟାଏ ସୁନ୍ଦର ମଣ୍ଡିତ ପଲଙ୍କରେ ଶ୍ମଶାନଯାତ୍ରାର ଆୟୋଜନ ହେଲା। ବାନାବୈରଖ, ନିଶାଣ, ଶକଡ଼ା ମଶାଲ ଆଲୁଅ, ଚାରିପଞ୍ଝା କୀର୍ତ୍ତନରେ ଯାତ୍ରା ଆରମ୍ଭ ହେଲା।ଆଗପଛ ଚାରିଆଡ଼େ ଦେଖଣାହାରି ଭିଡ଼-ସମସ୍ତଙ୍କ ମୁଖରେ ଚିତ୍କାର ହରିବୋଲ – ଆକାଶଟା ଯେମନ୍ତ ଭାଙ୍ଗିପଡୁଛି। ଗ୍ରାମର ବୋହୂଝିଅଗୁଡ଼ାକ ଲାଜସରମଛାଡ଼ି ଦାଣ୍ଡ ଦୁଇ ପାଖରେ କାତାର ଦେଇ ଶଙ୍ଖ ହୁଳହୁଳି ଶବ୍ଦ କରୁଛନ୍ତି। ଜଣାଯାଉଛି, ଯେମନ୍ତ ଦେବୀପ୍ରତିମା କଚେରିକୁ ବିଜେ। ଶ୍ମଶାନଯାତ୍ରୀ ବାହୁଡ଼ିବା ସରିକି ରାତି ପାହାଁ ପାହାଁ। ହରିଧ୍ୱନି, କୀର୍ତ୍ତନ, ଶଙ୍ଖ, ହୁଳହୁଳି ଶବ୍ଦ ରାତିରେ ଚାରି ପାଞ୍ଚକୋଶ ପର୍ଯ୍ୟନ୍ତ ଶୁଭିଥିଲା। ବୋଇଲା ଢୋଲ ବାଇଦ କୋଶେ, ତୁଣ୍ଡ ବାଇଦ ସହସ୍ରେ କୋଶ। ରାତି ପାହାନ୍ତା ଠାରୁ ବେଳ ଛ' ଘଡ଼ି ମଧ୍ୟରେ ଗୋଟା ଜିଲ୍ଲାର ଲୋକ ଉଆସଠାରେ ରୁଣ୍ଡ।

ଆଜି ଗାଁ ଲୋକଙ୍କ ଚୁଲିରେ ଲୁଣ୍ଡା ପଡ଼ିବାକୁ ନାହିଁ। କାହାରି ମୁହଁରେ ଆଉ କିଛି କଥା ନାହିଁ, କେବଳ ଉତ୍ତରରାୟଙ୍କ କଥା – ପୋଖରୀ ତୁଠ ମାଇକିନିଆ ପଲରେ କେବଳ ଉତ୍ତରରାୟଙ୍କ ଭାଳୁଣି, ଆଉ ବାହୁନି କାନ୍ଦିବା।

ଉତ୍ତରରାୟ ଧାର୍ମିକ, ପ୍ରଜାପାଳକ, ପରୋପକାରୀ ଥିଲେ। ତାଙ୍କ ସୁମଧୁର କଥୋପକଥନ ଯେଉଁ ଲୋକ ଶୁଣିଛି; ସେ ଜୀବନଯାପନ ଭୂଲିପାରିବ ନାହିଁ। ମାଗଣିଆ ତାଙ୍କଠାରୁ ନିରାଶ ହୋଇ ବାହୁଡ଼ିବା କେହି କହିପାରିବ ନାହିଁ। ପ୍ରଜାଙ୍କ ବିପଦ ଆପଦ ବେଳେ ଉତ୍ତରରାୟ ଏକା ସାହା। ଲୋକେ କଥାରେ କହନ୍ତି "ଯାହାକୁ ନ ହେବେ ଠାକୁରେ ସାହା, ତାହାକୁ ଦେଖିବେ ଉତ୍ତରରାୟ।" ହେଲା, ସେ ଜଣେ ବଡ଼ ଲୋକ, ପରୋପକାରୀ ଥିଲେ। ହେଲେ, କ'ଣ ସ ସବୁ ଲୋକଙ୍କର ଉପାକାର କରିଛନ୍ତି? ତେବେ କାହିଁକି ଦେଶଯାକ ଲୋକତାଙ୍କ ଲାଗି ଝୁରୁଛନ୍ତି? ଜିଲ୍ଲା ଗୋଟାକଯାକ ଯେଉଁଠାରୁ ଶୁଣ ତାଙ୍କ ପାଇଁ ହାୟ ହାୟ। କଥା କ'ଣ କି, ସେ ମାନବ ମାତ୍ରକର ହିତୈଷୀ ଥିଲେ- ତେଣୁ ସମସ୍ତେ ବିଚ୍ଛେଦରେ ବ୍ୟାକୁଳ। ସେ ଗୋଟିଏ ଦେବ ପ୍ରକୃତିର ଲୋକ ଥିଲେ – ଦେବତା ଗୋଟିଏ ସାଙ୍ଗ ଛାଡ଼ିଗଲେ କିଏ ଦୁଃଖିତ ନ

ହେବ? ଗୋଟିଏ ପ୍ରଚଳିତ ସାଧାରଣ କଥା ଅଛି, ସେ କଥାଟି ପ୍ରକାଶ କରିବାର ଲୋଭ ସମ୍ଭାଳି ହେଉନାହିଁ।

ବଜାରରେ ସାମାନ୍ୟ ବୃଦ୍ଧା ସ୍ତ୍ରୀ ଘରକରି ରହିଥାଏ। ଦିନେ ଜଣେ ବାଟୋଇ ପଣ୍ଡିତ ଆଉ ଆଡ଼େ ଜାଗା ନ ପାଇ ତାହା ଘରେ ବସାକରି ରହିଥିଲେ। ଏମନ୍ତ ସମୟରେ ଗୋଟିଏ ଶବକୁ ଶ୍ମଶାନ ଘେନିଯିବାର ହରିବୋଲ ଶବ୍ଦ ଶୁଭିଲା। ଘରବାଲି ବୁଢ଼ୀ ତାହାର ପୋଇଲିକୁ ଡାକି କହିଲା "ଯା ତ ଲୋ ! ବୁଝିଆ ତ, ଲୋକଟା ସ୍ୱର୍ଗକୁ କି ନର୍କକୁ ଗଲା?" ପଣ୍ଡିତେ ଶୁଣି ତ କାବା ! ଏ କଣ ଲୋକ ମଲେ କିଏ ସ୍ୱର୍ଗକୁ ଗଲା, କିଏ ନର୍କକୁ ଗଲା – ଏତେ ଶାସ୍ତ୍ର ପଢିଛୁ, କାହିଁରୁ ଜଣା ଗଲା ନାହିଁ – ଅଶିକ୍ଷିତ ବୁଢ଼ୀଟାକୁ ଜଣା। ସେ ପୁଣି ବୁଝି ଆସିଥିବା ସକାଶେ ପଠାଉଛି ପୋଇଲିଟାକୁ? ଆଉ ସମ୍ଭାଳି ହୋଇପାରିଲେ ନାହିଁ – ଭେଦଟା ଜାଣିବା ପାଇଁ ବୁଢ଼ୀକୁ ଯାଇ ପଚାରିଲେ। ବୁଢ଼ୀ ଉତ୍ତର ଦେଲା, "ପଣ୍ଡିତେ ! ଏତିକି କଥା କ'ଣ ବୁଝିଲ ନା? ଯେଉଁ ଲୋକ ମରିଲେ ଲୋକମାନଙ୍କର ହାହାକାର କରନ୍ତି, ଜାଣିବେ, ସେ ଲୋକଟି ଗଲା ସ୍ୱର୍ଗକୁ; ପୁଣି ଯେଉଁ ଲୋକଟା ମଲେ ଆଉ ସମସ୍ତେ କହନ୍ତି, ଜଞ୍ଜାଳିଆଟା ମଲା ଭଲ ହେଲା, ଜାଣିବେ ସେଟା ଗଲା ନରକକୁ।"

ବାଇଶି
ଚାନ୍ଦମଣିର ବୈଧବ୍ୟ

"ବିଧିନା ପ୍ରତିପାଦୟିଷ୍ୟତା,
ନବ ବୈଧବ୍ୟମସହ୍ୟବେଦନଂ" (କୁମାରସମ୍ଭବ)

ସ୍ୱାମୀ ସୁନ୍ଦର ବା କୁତ୍ସିତ ହେଉନ୍ତୁ, ଧନୀ ବା ଦରିଦ୍ର, ଧାର୍ମିକ ବା ପାପପରାୟଣ ହେଉନ୍ତୁ, ହିନ୍ଦୁ ସ୍ତ୍ରୀ ପକ୍ଷରେ ସ୍ୱାମୀ ପରମ ଦେବତା, ସ୍ୱାମୀ ଜୀବନସର୍ବସ୍ୱ। କେବଳ ଇହକାଳ ବୋଲି ନୁହେଁ, ପରକାଳରେ ମଧ୍ୟ ସଙ୍ଗୀ ଆଉ ସହାୟ। ସ୍ୱାମୀ ଜୀବନଯାତ୍ରା ନିର୍ବାହର ଅବଲମ୍ବନ, ସୁଖ ସୌଭାଗ୍ୟ ଲାଭର ଉପାୟ। ସ୍ୱାମୀର ଗୌରବରେ ସ୍ତ୍ରୀ ଗୌରବିନି, ଧନରେ ଧନବତୀ – ସ୍ୱାମୀର ପଦମର୍ଯ୍ୟାଦାର ଅଂଶଭାଗିନୀ – ଯଶରେ ଯଶସ୍ୱନୀ – ସ୍ୱାମୀର ଅର୍ଜିତ ସମ୍ପତ୍ତିର ସମ୍ଭୋଗକାରିଣୀ। ସେହି ସ୍ୱାମୀ ସ୍ତ୍ରୀର ଜୀବନସର୍ବସ୍ୱ ବିନା ଆଉ କ'ଣ ଅଭିହିତ ହୋଇପାରେ? ବିବାହବେଦୀ ଉପରେ ପୁରୋହିତ ଦଶଦିଗପାଳକୁ ସାକ୍ଷୀ କରି ଉଭୟଙ୍କ କରଯୁଗଳରେ ଯେଉଁ ପୁଷ୍ପମାଳର ଗ୍ରନ୍ଥି ଦେଇଥିଲେ ତାହା ଜୀବନବ୍ୟାପି ଅଚ୍ଛେଦ୍ୟ

ଗ୍ରନ୍ଥି। ହିନ୍ଦୁ ସ୍ତ୍ରୀର କୌଣସି ଗୋଟିଏ ସ୍ୱାତନ୍ତ୍ରବୋଧ ନାହିଁ-ସ୍ୱାମୀ ମାତ୍ର ସର୍ବସ୍ୱ। ସ୍ୱାମୀ ସ୍ତ୍ରୀ ମଧ୍ୟରେ ପ୍ରକୃତ୍ୟ ଦାମ୍ପତ୍ୟ ପ୍ରେମର ଅଭାବ ଥିଲେ ମଧ୍ୟ ପାର୍ଥିବ, ପାରତ୍ରିକ ସମସ୍ତ ବିଷୟରେ ପରସ୍ପର ଆବଦ୍ଧ। ସ୍ୱାମୀହୀନା ସ୍ତ୍ରୀ ଅସହାୟା, ଦୀନହୀନା, ମଳିନା, ଅଶୁଭକାରିଣୀ। ମାଙ୍ଗଲ୍ୟକାର୍ଯ୍ୟରେ ଅମଙ୍ଗଳା। ଦାକ୍ଷିଣାତ୍ୟବାସିନୀ ବିଧବା ମୁଣ୍ଡିତା ଏବଂ ଆବୃତମସ୍ତକା; ସଧବା ସ୍ତ୍ରୀ ଅନାବୃତ ଶିରା ଏବଂ ମୁକ୍ତକୁନ୍ତଳା, ଯେହେତୁ ସ୍ୱାମୀ ତାହାର ମସ୍ତକର ଆବରଣ। ଉତ୍ତମ ପ୍ରଥା। ଯେତେ ନୀଚ, ଅସୁନ୍ଦର, ଧନହୀନ ହେଉ ପଛକେ, ସ୍ୱାମୀ –ବିଚ୍ଛେଦ ସ୍ତ୍ରୀ ପକ୍ଷରେ ଅସହନୀୟ, ଧ୍ୱଂସାତ୍ମକ, ଯନ୍ତ୍ରଣାଦାୟକ। ଆଉ ଆମମାନଙ୍କ ମଣିମା ଚାନ୍ଦମଣି ଦେଈଙ୍କ ପକ୍ଷରେ? ଅତୁଳନୀୟ ରୂପ, ବ୍ୟାୟମଚର୍ଚ୍ଚାଜନିତ ସୁଗଠିତ ଅଙ୍ଗ, ଦୋଷସମ୍ପର୍କରହିତ ନିର୍ମଳ ଚରିତ୍ର, ଦେଶବ୍ୟାପି ଖ୍ୟାତି, ନରପତିସୁଲଭ ବିଭବଦାତା, ଧର୍ମବୀର ନିୟତ ଅଧ୍ୟୟନରତ, ଲୋକହିତୈଷୀ, ପ୍ରଜାବତ୍ସଳ, ଏକପତ୍ନୀବ୍ରତ – ଏପରି ସ୍ୱାମୀ – ବିଚ୍ଛେଦରେ ପନପଗତ ଯୌବନା ସ୍ତ୍ରୀ ପ୍ରାଣରେ କିପରି ଯାତନା ଉପସ୍ଥିତ ହୋଇପାରେ? କେବଳ ତାହା ନୁହେଁ, ଚାନ୍ଦମଣି ଦେବୀଙ୍କର ପ୍ରକୃତରେ ସ୍ୱାମୀ ଥିଲେ ଜୀବନସର୍ବସ୍ୱ – ସ୍ୱାମୀ ପ୍ରତ୍ୟକ୍ଷ ଉପାସ୍ୟଦେବତା। ତାଙ୍କର ଯାହା କିଛି ବାରବ୍ରତ, ଧର୍ମକାର୍ଯ୍ୟ ସାଧନ, କେବଳ ସ୍ୱାମୀଙ୍କ ମଙ୍ଗଳକାମନାରେ।ସ୍ୱାମୀଙ୍କ ପ୍ରୀତିପଦ କାର୍ଯ୍ୟବିନା ସେ ଆଉ କିଛି କାର୍ଯ୍ୟ ଜାଣୁ ନ ଥିଲେ। ଉଆସ ମଧ୍ୟରେ ତୁଚ୍ଛ ହେଉ ପଛକେ ସ୍ୱାମୀଙ୍କର କୌଣସି କାର୍ଯ୍ୟ ଅନ୍ୟ ଦାସଦାସୀ କରିଦେବ, ଏଇଟା ତାଙ୍କର ଅଭିପ୍ରେତ ନୁହେଁ। ସବୁବେଳେ ଯେମନ୍ତ ସ୍ୱାମୀଙ୍କ ଆଦେଶକୁ କାନଡେ଼ରି ରହିଥାନ୍ତି। ତାଙ୍କର ନିଜସ୍ୱ ବୋଲି ଗୋଟିଏ କିଛି ନଥିଲା। ତାଙ୍କ ହୃଦୟ ତଳଦେଶ ପର୍ଯ୍ୟନ୍ତ ସ୍ୱାମୀ-ପ୍ରେମରେ ପରିପୂର୍ଣ୍ଣ ଥିଲା। ତାଙ୍କର ହୃଦୟର ପ୍ରତ୍ୟେକ ତନ୍ତ୍ରୀ ଯେମନ୍ତ ସ୍ୱାମୀ ନାମ ଶ୍ରବଣରେ ଝଙ୍କାରିତ ହୋଇଉଠେ। ନିଜର ମୂଲ୍ୟବାନ ଅଳଙ୍କାର ବା ଟଙ୍କାସୁନା ପ୍ରତି ଅନାଦର ଭାବଦେଖି ଧାଈମା ବିରକ୍ତ ହେଲେ ସେ ଯେମନ୍ତ ତାଚ୍ଛଲ୍ୟଭାବରେ ହସି ହସି ଚାଲିଯାନ୍ତି। ବୋଧକରୁ, ତାଙ୍କ ମନର ଭାବ ଏହି-ସ୍ପର୍ଶମଣି ଯାହାର କରଗତ ତାହାର ଟଙ୍କା ସୁନାରେ ପ୍ରୟୋଜନ କ'ଣ? ବର୍ତ୍ତମାନ ସ୍ୱାମୀଙ୍କୁ ହରାଇ ଚାନ୍ଦମଣି ଦେଈଙ୍କର ସମସ୍ତ ଆଶା ଭରସା, ସମସ୍ତ ଆନନ୍ଦଉତ୍ସବ ଅନନ୍ତ ଅନ୍ଧକାରରେ ବିଲୀନ ହୋଇଅଛି। ପ୍ରଖର ଆଲୋକ ଉତ୍ତାରେ ସହସା ଘୋର ଅନ୍ଧକାର ଉପସ୍ଥିତ ହେଲେ ସେହି ଅନ୍ଧକାରଟା ନିତାନ୍ତ ପ୍ରବଳରୂପ ଜଣାଯାଏ। ଚାନ୍ଦମଣି ଦେଈ ଆବାଲ୍ୟ ଦୁଃଖ-ଯନ୍ତ୍ରଣା ସହିତ ଅପରିଚିତା, ସ୍ୱଭାବବେଶରେ ନିରୋଗରୀରା, ପିତାମାତାଙ୍କ ଆଦର ଏବଂ ସ୍ନେହରେ ପ୍ରତିପାଳିତା – ଧାଈମା'ର ଲୀଳାମୟୀ, ଆନନ୍ଦ ପ୍ରତିମା ଥିଲେ। ଏଣେ ଶ୍ୱଶୁର ଗୃହରେ ରାଜଲକ୍ଷ୍ମୀ – ସ୍ୱାମୀର ନୟନାନନ୍ଦକାରିଣୀ ଜୀବନମୟୀ,ପ୍ରେମପ୍ରବଳା। ଏବେ ସେ ସ୍ୱାମୀଙ୍କୁ

ହରାଇ ଚାନ୍ଦମଣୀ ଦେଈଙ୍କ ହୃଦୟରେ କିରୂପ ଭାବ ଜାତ ହୋଇଥିବ – ସ୍ୱଭାବ ବର୍ଣ୍ଣନ-ଅକ୍ଷମ, ଭାଷା ଏବଂ ଭାବ ସୁଶୃଙ୍ଖଳରୂପେ ପ୍ରକାଶ କରିବା ବିଷୟରେ ଅପଟୁ ଏହି କ୍ଷୁଦ୍ର ଲେଖକଠାରୁ ତାହା ଜାଣିବା ପ୍ରତ୍ୟାଶା କରିବା ବିଡ଼ମ୍ବନା ମାତ୍ର। ଯଦି କେହି ଯୁବତୀ ପାଠିକା ଜନ୍ମାନ୍ତର ଅର୍ଜିତ ଦୁଷ୍କୃତ ଯୋଗେ ଦେବତୁଲ୍ୟ ସ୍ୱାମୀହରା ହୋଇଥାନ୍ତି ସେହି କେବଳ ହୃଦୟରେ ଅନୁଭବ କରିବାକୁ ସମର୍ଥ ହେବେ। ସର୍ପଦଂଷ୍ଟ ଲୋକ ହିଁ ବିଷର ଯନ୍ତ୍ରଣା ଅନୁଭବ କରିଥାଏ। ଚାନ୍ଦମଣି ଦେଈଙ୍କ ଜୀବନଗ୍ରନ୍ଥି ସମସ୍ତ ଯେମନ୍ତେ ଛିନ୍ନଭିନ୍ନ ହୋଇଯାଇଅଛି। ଇନ୍ଦ୍ରିୟ ସମସ୍ତ ଆୟତ୍ତ ଏବଂ କର୍ମକ୍ଷମ। ପୃଥିବୀ ସହିତ ପଦ୍ମଯୁଗଳର ସମ୍ପର୍କ ରହିତ ହେବା ପରି ଜଣାଯାଏ। ନେତ୍ର ଯୁଗଳ ଦୃଷ୍ଟିଶକ୍ତିରହିତ। ନିଷ୍ପନ୍ଦ ଭାବରେ ଭୂମିତଳେ ପଡ଼ିରହିଛନ୍ତି – ନିଃଶ୍ୱାସ ପ୍ରଶ୍ୱାସ ମାତ୍ର ଜୀବନସତ୍ତାର ପରିଚାୟକ।

ତେଇଶି

ନାଜରବାବୁଙ୍କ ସଙ୍କୁଳା

"କହି ହେଉଥାଏ ସିନା
ତୁହାଇ ତୁହାଇ ପୁଟ ଦେଉଥିଲେ
ଲୁହାଟା କି ହେବ ସୁନା?" (କବିସୂର୍ଯ୍ୟ ବ୍ରହ୍ମା)

ଅନନ୍ତ ଶକ୍ତିମାନ ବିଧାତାଙ୍କ ବିଧାନରେ ଚନ୍ଦ୍ର, ସୂର୍ଯ୍ୟ ସ୍ୱସ୍ୱ କକ୍ଷରେ ଭ୍ରାମ୍ୟମାଣ ଥାଇ ଜଗତରେ ସମାନ ଭାବରେ ଦିବାନିଶି ବିଧାନ କରୁଛନ୍ତି। ଦୁର୍ଦ୍ଦିନ, ସୁଦିନ ବୋଲି ଯାହା ବୋଲୁଁ, ସେଇଟା ଆମ୍ଭମାନଙ୍କ ସକାଶେ। ନରିପୁର ଗଡ଼ର ଏହି ଘୋର ଦୁର୍ଯୋଗ ସମୟରେ ମଧ ଦିନ ସମାନ ଭାବରେ ଚାଲିଅଛି।

ସାମନ୍ତ ଉତ୍ତରରାୟଙ୍କର ବିୟୋଗର ଆଜି ଚତୁର୍ଥ ଦିବସ। କୌଳିକ ପ୍ରଥା ଅନୁସାରେ ସାତଦିନଠାରୁ ସଜକ୍ରିୟା ଆରମ୍ଭ ହେବ। ସଦର ମଫସଲରେ ସମସ୍ତ ଅମଲା ଗଡ଼ର ମୁଖ୍ୟା ମୁଖ୍ୟା ଲୋକମାନେ ଏବେ। ସ୍ୱୟଂ ଅରିଦମନ ଛୋଟରାୟ ଓ ତାଙ୍କ ପୁତ୍ର ପିତାମ୍ବର ଛୋଟରାୟ ଉପସ୍ଥିତ। ଯୁଗଳକିଶୋର ଜୀଉଙ୍କ ମନ୍ଦିର ପାଖରେ କଚେରି ମେଳାରେ ସଭାର ଅଧିବେଶନ କ୍ରିୟାସରଞ୍ଜାମ ତାଲିକା ବିଷୟରେ ଆଲୋଚନା ଲାଗିଛି। ହରିବୋଲ ବାରିକ ଠିଆହୋଇ ହାତଯୋଡ଼ି କହିଲା, "ଏଁ – ହରିବୋଲ – ଆଜ୍ଞା ଦୁଗଧ ଆଟିକାର ଡାବ ମୋ ପାଖରୁ ନିଅନ୍ତୁ ତିନି ପୁରୁଷର ଠାବ ମୋତେ ଜଣା।" ଠିକ୍ ତେତିକିବେଳେ ଦୂରରୁ ସବାରି ଡ଼ାକ ଶୁଭିଲା। ଦୁଇଜଣ ପାଇକ ଧାଇଁଯାଇ ବୁଝି ଅଇଲେ ନାଜରବାବୁ ଅଇଲେ। ଛୋଟରାୟ ଆଜ୍ଞା କଲେ, "ଭଲ ହେଲା ସମସ୍ତେ ମିଳିମିଶି ବିଚାର କରି ତାଲିକା ଠିକ୍ କରିବା।" ହରିବୋଲ ବାରିକ

କହିଲା, "ଏଁ –ହରିବୋଲ – ହୁଁ, ଆଜ୍ଞା ଛାମୁର କ'ଣ ଆଜ୍ଞା ହେଲା – କ'ଣ ହେଲା? " ଆପଣମାନେ ଉଆସ ସିଂହଦୁଆର ଆଗରେ ସବାରିଟା ଦମ୍‌କରି ଥୋଇଦେଲେ। ନାଜର ନଟବର ଦାସ ସବାରିରୁ ବାହାରି ସଳଖେ ସଳଖେ ଉଆସ ଭିତରକୁ ଚାଲିଛନ୍ତି। ଅମଲା ଫଏଲାମାନେ ଧାଇଁଯାଇ ନାଜରବାବୁଙ୍କୁ ମଜୁରା କଲେ। ସେ ତଳକୁ ଅନାଇ କାହାରିକୁ ନ ଦେଖିଲାପରି ଉଆସ ଭିତରକୁ ଚାଲିଗଲେ। ସେହି ସମୟରେ ଉଆସ ଭିତରୁ ଗୋଟିଏ ପ୍ରବଳ ତୁଣ୍ଡ ଶୁଭିଲା – ବାହାର ଲୋକେ ଶୁଣୁଛନ୍ତି, କେବଳ ଗୋଟାଏ ପୁରୁଷର ପାଟି। ମୋ ଚାନ୍ଦରେ – ମୋ ନରୁରେ – ମୋ ଶିରୁରେ – ଏ ଧାଇମା – ଏପରି ବାରମ୍ବାର କହି ନାଜରବାବୁ ଭୂଇଁରେ ଲୋଟି ଯାଉଛନ୍ତି।ରୁମାଲରେ ବାରମ୍ବାର ପୋଛି ପକାଇବାରୁ ଚକ୍ଷୁରେ ଜଳ ଦେଖାଯାଇନାହିଁ। ଚାନ୍ଦମଣି ଦେଈ ବାଡ଼କୁ ଆଉଜି ପ୍ରତିମାଟି ପରି ବସିଛନ୍ତି – ଭାଇଙ୍କ ଆକୁଳ କ୍ରନ୍ଦନ ଶୁଣୁଛି କି ନାହିଁ ସେ ଜାଣନ୍ତି। ଘଡ଼ିକେ ଉତ୍ତାରେ ନାଜରବାବୁ ଆପେ ଆପେ ସାଷ୍ଟାମ ହୋଇ ମଣିମାକୁ ଶୁଣାଇ ସରସ୍ୱତୀ ଦେଈଙ୍କୁ କହିଲେ, "ଧାଇମା ! ମୁଁ ମାସକ ଆଗରୁ ଆସିଥାନ୍ତି, ହେଲେ କଟକରେ ଇମିତିକା ଦୁଷ୍ମନ ଲାଗିଥାନ୍ତି ଯେ ହାକିମକୁ କହି ମୋ ଆସିବା ବନ୍ଦ କରିଦେଲେ। ମୁଁ ଆସିଥିଲେ କ'ଣ ଏଡ଼େ କଥାଟା ହୋଇଥାନ୍ତା? ସେହି ଯେ ଡାକ୍ତରଟା ଆସିଥିଲା ତା' କଥା ସମସ୍ତଙ୍କୁ ଭଲରୂପେ ଜଣା, ଏଠିକା ଲୋକେ ବା ଜାଣିବେ କିପରି?ଠିକ୍ ବେଳେ ପାଇଗଲେ। ଅର୍ଥାତ୍ ନାଜରବାବୁ ପ୍ରକାରରେ ଧାଇମା'ଙ୍କୁ ବୁଝାଇଦେଲେ, କୌଣସି ଦୁଷ୍ମନ ସେହି ଡାକ୍ତର ହାତରେ ଉତ୍ତରରାୟଙ୍କୁ ମରାଇଦେଲା – ନୋହିଲେ ସେ କ'ଣ ମରିଥା'ନ୍ତେ? ମଣିମା ତ କିଛି ବୁଝିନାହାନ୍ତି, ଧାଇମା'ଙ୍କୁ କଥାଟା କ'ଣ ସ୍ୱପ୍ନପରି ଜଣାଯାଉଛି ବଲବଲ କରି ନାଜରଙ୍କ ମୁହଁକୁ ଚାହିଁଛନ୍ତି। ଚିତ୍ରକଳା ନାଜରବାବୁଙ୍କ ସଙ୍ଗେ ସଙ୍ଗେ କଟକରୁ ଆସିଛି, ସକ୍ ସକ୍ କରି କାନ୍ଦି କାନ୍ଦି ମଣିମାଙ୍କ ପିଠିରେ ଗୋଡ଼ରେ ହାତ ବୁଲାଉଥାଏ। ଧାଇମା ବାରମ୍ବାର ଚିତ୍ରକଳାକୁ ଅନାଇବାରୁ ନାଜରବାବୁ ବୁଝିପାରି କହିଲେ, "ଏଇଟି ମା'ଙ୍କ ପାଖରେ ଅଛି- ମାଙ୍କର ଧର୍ମ ଝିଅ। ତୁମ ମାନଙ୍କ ସେବା କରିବାଲାଗି ମା' ପଠାଇଛନ୍ତି – ଏହାରନାମ ଲଳିତା।" ଚିତ୍ରକଳା (ଲଳିତା) କହିଲା, "ଧାଇମା ! ସବୁକଥା ଶୁଣିଲେଣି, କଟକଯାକ ହାଟ ବସିଲାଣି; ଏକା ମା' କଥା କ'ଣ ପଚାରୁଛନ୍ତି? ମା ମୋ ହାତରେ କହିପଠାଇଛନ୍ତି, ଆପଣ ଏଠି କାହାରିକୁ ହେଲେ ପରତେ ଯିବେ ନାହିଁ। ଭିତରେ ଭିତରେ କ'ଣ କଥା ଚାଲିଛି," ଆପଣ ଉଆସ ଭିତରେ ଥାଇ କ'ଣ ବୁଝିବେ? 'ବାଘ ମଲେ ବିଲୁଆ ରଜା!' ଏବେ ସମସ୍ତେ ଏକଜୋଟ ବାନ୍ଧିଲେଣି ପିଲାଦିଓଟିଙ୍କର ସର୍ବନାଶ କରି ଲୁଟିପୁଟି ଖାଇବାକୁ ଇଚ୍ଛା। କଟକ ହାକିମ ସବୁ କଥା ଶୁଣି ଭାଇସା'ନ୍ତଙ୍କୁ ପଠାଇଛନ୍ତି। ଯେତେହେଲେ ରକ୍ତଟାଣ କାହିଁଯିବ?"ମଇଁଷି ଶିଙ୍ଗ ଫଟା,

ମୁଝିଲା ବେଳକୁ ଗୋଟା।" ସରସ୍ୱତୀ ଦେଈ ଯାହାକିଛି ଧୈର୍ଯ୍ୟଧରି ରହିଥିଲେ, ତାଙ୍କର ସମସ୍ତ ଜ୍ଞାନ ହଜିଲାଣି। କାନ ଭୋଁ ଭୋଁ ମୁଣ୍ଡ ବୁଲାଉଛି। ସତକୁସତ ଉତ୍ତରରାୟଙ୍କ ବିୟୋଗଦିନରୁ ବାହାରର କଛି ଖବର ଜାଣନ୍ତି ନାହିଁ। କଚେରି ଅମଲାମାନେ ଅତି ସାନ ସାନ କଥାଗୁଡ଼ାକ ତାଙ୍କୁ ନ ପଚାରି କାହିଁରେ ହାତ ଦେଉ ନ ଥିଲେ; ଏବେ ସେମାନଙ୍କର ପାଖରୁ କିଛି କଥା ଶୁଣାଯାଉନାହିଁ। ଦୁର୍ଯୋଗ ଦେଖ, ଅମଲା ଫଏଲା ବା ଛୋଟରାୟ ସାନ୍ତ ଇଚ୍ଛାକରି ଉଆସ ଭିତରକୁ କିଛି ଖବର ପଠାଉ ନାହାନ୍ତି। ସେଥିର ମର୍ମ; ଉଆସ ଭିତରେ ତ ସମସ୍ତେ ଅଚେତ ହୋଇପଡ଼ିଛନ୍ତି, ତାହା ଉପରେ ଆଉ କ'ଣ ଖବର ଦେବେ? ବାହାରର କାର୍ଯ୍ୟଗୁଡ଼ାକ ସମସ୍ତେ ଏକଜୋଟ ହୋଇ ତୁଲେଇ ନେଇଛନ୍ତି। ଏବେ ବେଳେବେଳେ ସେ କଥାର ଅର୍ଥ ବିପରୀତ, ହେଉଛି। ଦୁର୍ଯୋଗ ଉପସ୍ଥିତ ହେବାବେଳେ ସବୁଥିରେ ଏହିପରି ଅଖଣ୍ଡ ହୋଇଥାଏ ପରା ! ଧାଈମା କହିଲେ, "କ'ଣ କହୁଛରେ ନଟ?" ଧାଈମା ନଟକୁ ଭଲକରି ଚିହ୍ନନ୍ତି। ହେଲେ, ପଚରାପଚରି କରି କଥାଟା କ'ଣ ବୁଝିବେ, ବଳ ନାହିଁ – ବେଳ କାହିଁ? ସହଜ ବୁଦ୍ଧିଟା ବର୍ତ୍ତମାନ ଯେ ବଣା। ନଟବରବାବୁ ମନ ମଧ୍ୟରେ କିଛି ଖୁସି ହେଲେଣି। କହିଲେ, "ମୁଁ କ'ଣ କହିବି ଧାଈମା, ପଛରେ ବଳେ ବଳେ ସବୁକଥା ପଦାରେ ପଡ଼ିବ ସେତେବେଳେ ସହଜରେ ବୁଝିପାରିବ। ସେସବୁ କଥା ପଛକୁ ଥାଉ, କଟକ ହାକିମ ତୁମ ପାଖକୁ ଖବର ଦେଇଛନ୍ତି, ମା'ବି ଏଇ ଲଳିତାକୁ ପଠାଇଦେଲେ। ତୁମକୁ କିଛି କରିବାକୁ ହେବ ନାହିଁ ଖାଲି ପିଲାଦିଓଟିଙ୍କୁ ସମ୍ଭାଳି ରଖିବ, ବାହାରକୁ ଛାଡ଼ିବ ନାହିଁ। ହାକିମ ନିଜେ ଆସି ସବୁ କଥା ସଜିଲ କରିଦେବେ। ଉଚ୍ଛୁଣି ଉଆସର ପହରା ଦେବା ସକାଶେ ମୋ ସାଙ୍ଗରେ ସିପାହୀ ପଠାଇଛନ୍ତି। ଏତିକି କଥା ବୁଝୁନାହାନ୍ତି – ସାହେବ ସରକାରୀ ସିପାହୀ କ୍ୟାଁ ପଠାଇଲେ? ସେହିପରି ଅଖଞ୍ଜିଆ କଥା ଶୁଣିଛନ୍ତି ବୋଲି ସିନା! ଥାଉ ସେସବୁ କଥା ପଛେ ହେବ- ଖାଲି ତୁମ ହୁସିଆରି ଲାଗି ଦି' ପଦ ଠାରିଦେଲି। ଉଚ୍ଛୁଣି ରାତିପାହିଲେ କ୍ରିୟା –ଯେମିତି ସେମିତି ଲୋକର ନୁହେଁ, ମୂଳକର ରାଜା – କୋଡ଼ିଏ ରାଇଜରେ ନାମଡ଼ାକ – ଯଶ ଅପଯଶକୁ କିଏ ପଚାରେ? କ୍ରିୟା ବଖଡ଼ ହେଲେ ଯେ ତାଙ୍କ ଆତ୍ମାର ଗତି ନାହିଁ – ବୈତରଣୀରେ ବଳେ ବଳେ ବାଧା ପଡ଼ିଯିବ, ଏକାବେଳକେ ନରକାନ୍ତ। ଖାଲି କ'ଣ ତା'ହିଁ – ବଂଶର ପିଲାମାନଙ୍କର ଅମଙ୍ଗଳ। ତୁମପରି ବୁଦ୍ଧିମତୀ ଥାଉଁ ଥାଉଁ ଏମିତି କଥାଟିଏ ଘଟିବ? ମୁଁ ତାହା କେଭେ କରେଇ ଦେବିନାହିଁ।" ସରସ୍ୱତୀ ଦେଈ ତ ଏକାବେଳେ କାଠମୂର୍ତ୍ତି। ତାଙ୍କର ସବୁ ବୁଦ୍ଧି ଲୋପ। କହିଲେ, "ନଟ, କ'ଣ କରିବାକୁ ହେବ କର।" "ଧାଈମା! ହାକିମ ମତେ ରାତି ରାତି ଆଉ କ୍ୟାଁ ପଠାଇଲେ? ଉଚ୍ଛୁଣି ଖାଲି ଘର କଥା ନୁହେଁ, ହାକିମଠାରେ ଜବାବ ଦେଲି କାମର ଟିକିଏ ବଖଡ଼ ହେଲେ ମୋର ଚାକିରି ଯିବାର କଥା। ମୁଁ ମନରେ

କରିଥିଲି, ଧାଈମା ! ଏତେ ଚାକର – ବାକର – ଏତେ ପାଞ୍ଜିଆ-ପଟୁଆରି, ସବୁ ସଜିଲ କରି ରଖିଥିବେ। କେହି କୁଆଡ଼େ ନାହିଁ – ଯେ ଯା'ର ଆପଣା ଆପଣା ଘରେ। ସେଇ ଯେ ମଉସା ମଉସା ଡାକ ପଡ଼ିଥାଏ ,ଏତେ ନାଟର ଗୋବର୍ଦ୍ଧନ ଦାସ କିଏ? କଚେରି ତହବିଲରେ ଯେତେ ନଗଦ ଥିଲା, ସବୁ ବାଣ୍ଟିକୁଣ୍ଟି ନେଇ, ମୁହଁପୋଛି ତୁନିତାନି ହୋଇ ବସିଛନ୍ତି। ଚିନ୍ତା କରନା ଧାଈମା! ମୁଁ କ'ଣ ତୁଚ୍ଛା ହାତରେ ଆସିଛି? ହାକିମ ଟଙ୍କା ଦେଇ ପଠାଇଛନ୍ତି। ଦଶହଜାର ପଡୁ, କୋଡ଼ିଏ ହଜାର ପଡୁ, ତୁଲେଇ ନେବି। ତେବେ କ'ଣ ଜାଣନ୍ତି, କଟକ ହେଲା ପନ୍ଦର କୋଶ ଦୂର। ଆଉ କାମ ତ ନୁହେଁ – କାମ ଅଟକିଲା ସାଙ୍ଗେ ସାଙ୍ଗେ ଚଳେଇବାକୁ ହେବ-ଆଉ କାମ ନୁହେଁ ଯେ ଦିନେ ଓଳିଏ ମଠ ହେଲେ ଚଳିବ। ଦୁଇ ଚାରି ହଜାର ନିଅଣ୍ଟ ପଡ଼ିଲେ ତୁମେ ଚଳେଇ ଦେଇଥିବା ମୁଁ କଟକରେ ଗୋଡ଼ ଦେବି, ଆଉ ପଠାଇଦେବି।" ସରସ୍ୱତୀ ଦେଈ କହିଲେ, "ନାରେ ନଟ! ଏତେ ଟଙ୍କା ଅଛି, ହେବ ନାହିଁ ପରା-ଚାନ୍ଦ ତହବିଲରେ ଦୁଇ ହଜାର ଅନ୍ଦାଜ ଟଙ୍କା ଅଛି, ନେବୁ ତ ନେଇ ଯା। " ନଟବରବାବୁ ଦୁଇ କାନରେ ହାତ ଦେଇ କହିଲେ, "ରାମ!ରାମ! କ'ଣ କହୁଛ, ଧାଈମା? ସେ ଟଙ୍କା ଯେ ମୋ ପକ୍ଷରେ କାଳିଆ ଗରଳ ମୋ ପକ୍ଷରେ ଗୋରକ୍ତ; ସେ ଟଙ୍କା କି ଛୁଇଁବି? ହେଲେ ନିହାତି କାମ ଅଚଳ ହେଲେ ଲଳିତା ହାତରେ ଖବର ଦେବି, ଦୁଇ ଦିନ ପାଇଁ ପଠାଇଦେବ। ମୁଁ କାମରେ ଛନ୍ଦିହବି, ଆସିପାରିବି ନାହିଁ।" ଘୋର ଅନ୍ଧାକାର ସମୟରେ ଟିକିଏ କ୍ଷୀଣ ଆଲୁଅ ଦେଖିଲେ ଲୋକ ଅନାଏ। କଟକ ହାକିମ ପଠେଇଛନ୍ତି, ଲଳିତା ଅପାଙ୍କ ପାଖରୁ ଆସିଛି, ନଟବରର ଆକୁଳ କ୍ରନ୍ଦନ ଦୁଃଖରେ ସାନ୍ତ୍ୱନା, ବିଶେଷରେ କ୍ରିୟା ସମନ୍ଧରେ କର୍ମଚାରୀମାନଙ୍କର ଔଦାସ୍ୟ, କର୍ମ ସମାଧାନ ବିଷୟରେ ନଟବରର ବ୍ୟଗ୍ରତା ଦେଖି ବୁଦ୍ଧିମତୀ ସରସ୍ୱତୀ ଦେଈ ସବୁ ଭୁଲି ଘୋର ବିପଦ ସମୟରେ ନଟବର ଏକମାତ୍ର ସାହା ବୋଲି ସ୍ଥିର କଲେଣି। ଆଉ କିଛି ଭାବି ପାରିଲେ ନାହିଁ- ଭାବିବାର ଶକ୍ତି ବି ଲୋପ। ବିଦାବେଳେ ନାଜରବାବୁ ପିଲା ଦିଓଟିଙ୍କ ମୁଣ୍ଡରେ ହାତ ବୁଲାଇ ଚୁମା ଖାଇ କହିଲେ, "ବୁଝିଲେ ଧାଈମା ! ମୋର ଆଉ କିଏ ଅଛି? ଏଇ ଦିଓଟି ମୋର ସବୁ – ଯାହା କିଛି ରୋଜଗାର, ଏମାନେ ଦୁଇକୁଳକୁ ପାଣି ଦେବେ, ଦୁଇକୁଳ ଉଦ୍ଧାର କରିବେ।"

ଧାଈମା ପାଖୁ ମେଲାଣି ଘେନି ନାଜରବାବୁ ଠାକୁର ମନ୍ଦିରକୁ ଅଇଲେ। ମନ୍ଦିର କଚେରି ମେଳାରେ ଆଗରୁ ପାଲିଙ୍କିଟି ଥୁଆ ହୋଇଥିଲା। ରାତି ହେବାରୁ ସମସ୍ତେ ସବୁଆଡ଼େ ଗଲେଣି, କେବଳ ବୁଢ଼ା ଛାମୁକରଣ ନାଜରବାବୁଙ୍କ ଚର୍ଚ୍ଚା ବୁଝିବା ସକାଶେ ଅଛନ୍ତି। ଛାମୁକରଣ ପଚାରିଲେ, "ଆଜି ରାତିରେ ଆପଣଙ୍କର କ'ଣ ଠା' ହେବ? ପ୍ରସାଦ ପ୍ରସ୍ତୁତ ଅଛି।"ନାଜରବାବୁ ଉପହାସ କରି କହିଲେ "ଆମକୁ ବଡ଼

ଭୋକ ଲାଗୁଛି। ହଁ ପ୍ରସାଦ ସେବା କରିବୁଁ। ଯା ଯା, ତୁମେ ପ୍ରସାଦସେବା କରି ଶୋଇପଡ଼।" ନାଜରବାବୁ ସବାରି ଭିତରେ ବୋଧକରୁଁ ଅଧଘଣ୍ଟାଏ ସନ୍ଧ୍ୟା କଲେ। ବେହେରା ଗଉଡ଼ ଆଗରୁ ଭଲ ପାଣି ଟୁକୁଣାଏ ଛାଣି ରଖିଦେଇଥିଲେ। ସନ୍ଧ୍ୟା ଉତ୍ତାରେ ଦୁଇ ଅବୁଖୁରା ଜଳ ଢକଢକ କରି ପିଇଦେଲେ। ପାନ ଗୁଡ଼ାଖୁ ପ୍ରସ୍ତୁତ ଥିଲା। ସବାରି ଭିତରେ ଢେର୍ ବେଳଯାଏ ଭଡ଼ର ଭଡ଼ର ହୁକା ଶବ୍ଦ ଶୁଭୁଥିଲା।

ଚବିଶି

ନାଜରବାବୁଙ୍କ ବନ୍ଦୋବସ୍ତ

ଭୋର କଚେରି ମେଲାରେ ବାରିକ ଗାଲିଚାଟାଏ ପାରି ବଡ଼ ମାଣ୍ଡିଟାଏ ଥୋଇଦେଲା। ନାଜରବାବୁ ବସି ଭଡ଼ର ଭଡ଼ର କରି ହୁକା ଟାଣୁଥାନ୍ତି। ସଦର ମଫସଲ ସମସ୍ତ ଅମଲାଙ୍କୁ ତଲବ କରି ପଠାଇଲେନାଜରବାବୁ କ୍ରିୟାର ବନ୍ଦୋବସ୍ତ କରିବେ, ମନରେ କରି ସମସ୍ତେ ତରବର ହୋଇ ଧାଇଁଲେ। କ୍ରିୟା ବିଷୟର ନାମ ଚର୍ଚ୍ଚା ନାହିଁ – କଡ଼ା ହୁକୁମ ଜାରି- ପାଞ୍ଜି ଆଉ ତହବିଲ ଦାଖଲ କର। କିଲଟର ସାହେବଙ୍କ ହୁକୁମ, ଚାରିଘଣ୍ଟା ମଧ୍ୟରେ ଦାଖଲ କରିବାକୁ ହେବ। ଜଣପିଛା କିଲଟରୀ ପିଆଦା ମଉସିଲ –ପିଆଦାମାନେ ବାବୁଙ୍କ ସଙ୍ଗରେ କଟକରୁ ଆସିଥିଲେ। ଉଆସର ସଦର ଆଉ ବେଣ୍ଟ ଦୁଆରେ କେତେଜଣ ପିଆଦା ବସିଗଲେ କି ସ୍ତ୍ରୀ, କି ପୁରୁଷ କେହି ଲୋକ ଉଆସ ମଧ୍ୟକୁ ଯାଇପାରିବ ନାହିଁ- ଭିତରୁ ମଧ୍ୟ ଲୋକ ବାହାରିବାର ବନ୍ଦ। ନାଜରବାବୁ ସମସ୍ତଙ୍କୁ ବିଶେଷ କରି ବୁଝାଇଦେଲେ କଟକ କିଲଟର ସାହେବଙ୍କ ହୁକୁମରେ ସମସ୍ତ କାର୍ଯ୍ୟ ହେଉଛି। ପାଞ୍ଜିଆକରଣ ଅସ୍ତବ୍ୟସ୍ତ – ସମସ୍ତେ ବ୍ୟାକୁଳ କ୍ରିୟାଟି କିପରି ସୁରୁଖୁରୁରେ ମେଣ୍ଟିଯିବ, ସେଥିପାଇଁ ସମସ୍ତେ ଲାଗିପଡ଼ିଛନ୍ତି- ନାଜରବାବୁଙ୍କ ହୁକୁମ ତାଲିମ କରୁଛି କିଏ? କ୍ରିୟାପ୍ରସଙ୍ଗ କେହି ପାଞ୍ଜିଆ ଉଠାଇଲେ ନାଜରବାବୁ ତାହା ଉପରେ ଭାରି ଖପା। କ'ଣ କରିବେ, ଯେ ସେ ଲୋକ ନୁହନ୍ତି, ମଣିମାଙ୍କ ସହୋଦର ଭାଇ, ପୁଣି ହାକିମ ତରଫ ଲୋକ-ସମସ୍ତେ ହାତ ବାନ୍ଧି ରହିଛନ୍ତି। ଏଣେ ନାଜରବାବୁଙ୍କ ଇଚ୍ଛା ନୁହେଁ ଯେ କ୍ରିୟାଟି ଆଡ଼ମ୍ବରରେ ହେଉ। ଅଳ୍ପ ଖରଚ, ଅଧା ମାଗଣା, ଅଧା କାଳିର ୦ କରି ଚଳେଇବେ। କୌଣସିରୂପେ ଟଙ୍କା ବଞ୍ଚାଇବାକୁ ହେବ। ପାଞ୍ଜିଆ ଆଉ କର୍ମଚାରୀମାନେ ଦେଖିଲେ, ଘୋର ବିପଦ ତ ଉପସ୍ଥିତ – ବିପଦ ବଳିପଡ଼ିଲାଣି। ନାଜରଙ୍କ ଆଗସରିକି ହେବାକୁ କେହି ଭରସି ପାରୁନାହିଁ। ସମସ୍ତେ ଯାଇ ଛୋଟରାୟଙ୍କୁ ଧରି ପଡ଼ିଲେ। ଛୋଟରାୟ ସାମନ୍ତ ନାଜରଙ୍କ ପାଖକୁ ଯାଇ କହିଲେ, "ନଟବରବାବୁ, କାଗଜ ବୁଝାବୁଝି ପଛକେ ହେବ,

ବର୍ତ୍ତମାନ କ୍ରିୟାଟି ଚଳିଯାଉ।" ଛୋଟରାୟ ଜଣେ ଭାଇ ରଜା, ଏଣେ ବୟସରେ ପିତା ସମାନ ଗୋଟାଏ ମାନ୍ୟ ଧର୍ମ ନାହିଁ- ଦଣ୍ଡବତ୍ ମଜରା ନାହିଁ- ନାଜରବାବୁ ଭାରି ଗୋଟାଏ ଖପା ହୋଇ କହିଲେ "ହଁ ଆପଣ ତୁନି ହେଉନ୍ତୁ। ସବୁ କଥା ଜଣା ପଡ଼ିଲାଣି, ଆଉ କିଛି କରିବାକୁ ହେବ ନାହିଁ। ଆଉ କିଛି କଥା କହିଲେ, ସରକାରୀ କାର୍ଯ୍ୟରେ ବାଧା ଦେଉଛନ୍ତି ବୋଲି ସାହେବଙ୍କୁ ଲେଖିବାକୁ ପଡ଼ିବ।" ଛୋଟରାୟଙ୍କ ମୁଣ୍ଡରେ ଯେମନ୍ତ ନିଆଁ ଗୁଡ଼ାଏ କିଏ ଅଜାଡ଼ି ପକେଇଲା। ତମ୍ପସାପ ଲାଞ୍ଜମୋଡ଼ିଦେଲା ପରି ଫଁ ଫଁ ହେଉଛନ୍ତି। ଅନ୍ୟ ସମୟ ଅନ୍ୟ ସ୍ଥାନ ହୋଇଥିଲେ ଆଜି ରକ୍ତଗଙ୍ଗାଟାଏ ବହିଯାଇଥାନ୍ତା। ହାତବାନ୍ଧି ଜିଭକାମୁଡ଼ି ଛିଡ଼ା ହୋଇଛନ୍ତି- ଦେହ ଗୋଟାକ ଥରୁଛି। ଖଣ୍ଡାଏତମାନଙ୍କ ଗୋଟାଏ ଜାତିଗତ ପ୍ରକୃତି –ସବୁଧନ ଦେବେ, ଜୀବନ ଦେବେ, ଅପମାନ ସହିପାରିବେ ନାହିଁ। ସେମାନଙ୍କର ଗୋଟାଏ ବୀଜମନ୍ତ୍ର, 'ସବୁ ଯାଉ ମହତ ଥାଉ ମହତ ଗଲେ ନଆସେ ଆଉ'। ଆଗେ ସେମାନଙ୍କ ମଧ୍ୟରେ ଥିଲା-କଥା ପଦକେ ମାଡ଼ଗୋଳ କଥା ପଦକେ ଖୁଣିଖରାପ। ଆଇନ ଆକବରି ସମୟରେ ସମସ୍ତ ଉତ୍କଳ ଜମିଦାରିଟା ଖଣ୍ଡାଏତମାନଙ୍କର କରଗତ ଥିଲା – ଏହି ଉଦ୍ଦଣ୍ଡ ପଣିଆରେ ସବୁ ହରାଇ ବସିଛନ୍ତି। ପେସ୍କାରବାବୁ ପାଖରେ ଛିଡ଼ା ହୋଇଥିଲେ, ଅବସ୍ଥା ବୁଝି ବାପାଙ୍କ ବାହୁଧରି ଭିଡ଼ି ଘେନିଗଲେ। ତାଙ୍କର ଅଭିପ୍ରାୟ, ଏଇଟା କ'ଣ କରୁଛି କରିଯାଉ – କିଲ୍ଲାଟା ତ ବଳେ କୋଟ୍ ଅବ୍ ୱାଡ୍‌ରେ ରହିବ, ତେତେବେଳେ ସବୁ ମାମଲା ବଳେ ଠିକ୍ ହୋଇଯିବ। ଛୋଟରାୟ ରାଗ ସମ୍ଭାଳି ପାରିଲେ ନାହିଁ, ସବାରି କଷିଦେଲେ। ହରିବୋଲ ବାରିକ ପଛରେ ଧାଇଁଛି, ଗହୀର ବିଲ ମଝିରେ ସବାରି ଆଗ ଦଣ୍ଡାଟା ଧରି ଭିଡ଼ି ବସାଇଦେଲା। ଆପଣମାନେ ସବାରି ଥୋଇଦେଇ ଆଡ଼େଇଗଲେ। ପୁରୁଣା ସଦର କରଣ ରଙ୍ଗାଧର ମହାନ୍ତିଏ ନସରପସର ହୋଇ ପଛରେ ଧାଇଁଛନ୍ତି-ନିଶ୍ୱାସ ବଳିପଡ଼ିଲାଣି। ହରିବୋଲ ବାରିକ କହିଲା, "ଏଁ ହରିବୋଲ ଆଜ୍ଞା ମଣିମା, କ'ଣ ହେଉଛି? ସବୁ ସରିଲା ଯେ କାହାକୁ ମାନ ମାରୁଛନ୍ତି? ଏ କାର୍ଯ୍ୟ କାହାର? ମାନ ଅପମାନ କାହାର? ଲୋକେ କ'ଣ ଏ ସବୁ କଥା ବୁଝିବେ? ଅପଯଶଟାଏ ମୁଣ୍ଡେଇବ କିଏ? ସବୁ ପଛକୁ ଫୋପାଡ଼ି ଦିଅନ୍ତୁ – ବାହୁଡ଼ା ବିଜେ କରନ୍ତୁ।" ଭଣ୍ଡାରି ବାପୁଡ଼ା ହେଲେ କ'ଣ ହେଲା, କଥାଟାଏ କହିଲା ଏକା ! ଛୋଟରାୟତ ଏକାବେଳକେ ପାଣି। ଏଇଟା ମଧ୍ୟ ଖଣ୍ଡାୟତ ଜାତିର ସ୍ୱଭାବ- ତାଙ୍କୁ ସାକୁଲେଇ ସାକୁଲେଇ ନ୍ୟାୟ ଅନ୍ୟାୟ ବୁଝାଇଦେଲେ କଥାଟା ବୁଝନ୍ତି। ଛୋଟରାୟ ଗଙ୍ଗାଧର ପଟ୍ଟନାୟକ ମୁହଁକୁ ଚାହିଁଲେ। ବୁଢ଼ା ପଟ୍ଟନାୟକ ଅଭିପ୍ରାୟ ବୁଝି କହିଲେ, "ସତ ନୁହେଁ ତ କ'ଣ?" ଏଥିଉତ୍ତାରେ ସେହି ଗହୀର ବିଲ ମଧ୍ୟରେ ପହରେଯାଏଁ ତିନିଜଣଙ୍କ ମଧ୍ୟରେ କଥାଭାଷା ଚାଲିଲା। ଛୋଟରାୟ ଉଆସକୁ ବିଜେ ହୋଇଗଲେ।

ପାଞ୍ଜିଆ ଆଉ କରଣମାନେ କ୍ରିୟାଦ୍ରବ୍ୟ ଆୟୋଜନରେ ଲାଗିଲେ। ସମସ୍ତେ ଆପଣା ଆପଣା କର୍ମରେ ବ୍ୟସ୍ତ, କେହି କାହାରିକୁ ବୋଲିବାକୁ ନାହିଁ। ସାତଦିନଠାରୁ ସଜକ୍ରିୟା ଆରମ୍ଭ। ଦହି, ଜଳପାନ, ଖଜା ଗୁଡ଼ ପର୍ବତ ପ୍ରାୟ ଗଦା ହୋଇଛି। ପ୍ରତିଦିନ ହଜାର ହଜାର ବ୍ରାହ୍ମଣ, ବୈଷ୍ଣବ, କାଙ୍ଗାଳି ଭୋଜନ କରୁଛନ୍ତି – ପଦାର୍ଥ ସରିବାକୁ ନାହିଁ। ଚାକରବାକର, ପ୍ରଧାନ, ମକଦମ ଗାଁ ଲୋକ ସାନଠାରୁ ବଡ଼ଯାଏଁ କାମରେ ଲାଗିଯାଇଛନ୍ତି- ସମସ୍ତେ ମନରେ କରୁଛନ୍ତି, ଯେମନ୍ତ ଆପଣାର କର୍ମ। ଏକା ଛୋଟରାୟଙ୍କ ଉଆସରୁ ଢେର ଢେର ସରାଞ୍ଜାମ ଆସିଗଲାଣି। ଛୋଟରାୟ ଉଆସରେ ଆପଣା ଜାଗାରେ ବସି ସବୁ କାମ ବରାଦ କରୁଛନ୍ତି। କାମରେ ଖଞ୍ଜ ଅଖଞ୍ଜ ପଡ଼ିଲେ ଲୋକେ ଧାଇଁଯାଇ ପରାମର୍ଶ ପଚାରି ଆସୁଛି। ଦ୍ରବ୍ୟମାନ କାହୁଁ ଆସୁଛି, ଟଙ୍କା କିଏ ଦଉଛି, ନାଜରବାବୁ କିଛି ଜାଣିପାରୁନାହାନ୍ତି। ଡାକିଲେ ପାଖ ପଶିବାକୁ କେହି ନାହିଁ। ସମସ୍ତଙ୍କ ଉପରେ ରାଗ – ହେଲେ କାହାର କ'ଣ କରିବେ? ଲୋକଟା ସିଆଣା ବଗୁଲିଆ କି ନା! ସେ କ'ଣ ବୁଝୁନାହିଁ ତା'ର ବଳ କ୍ଷମତା କେତେ? ଦେଖିଲା କର୍ମଟା ତ ଇଞ୍ଜାମ ହେବାକୁ ବସିଲା, ତୁଚ୍ଛାଟାରେ ହୋ ହୋ କରି ଚାରିଆଡ଼େ ଧାଉଁଛି, ତା' କଥା ଶୁଣୁଛି ବା କିଏ? ଏଣେ ଲଳିତା (ଓରଫ ଚିତ୍ରକଳା) ଉଆସ ଭିତରେ ଧାଈମାଙ୍କ ପାଖରେ, ମଣିମାଙ୍କ ପାଖରେ ପରଜନମହଲରେ ହାଙ୍କୁଥାଏ, "ନାଜରବାବୁ ସବୁ କାମ ଡୁଲାଉଛନ୍ତି – ଏଠି ତ ସବୁ ଜିନିଷ ମିଳୁ ନାହିଁ, ଜିନିସାତ ଲାଗି କଟକକୁ ଶଗଡ଼ ଲାଗିଛି।"ଉଆସ ମଧ୍ୟରେ ଲୋକମାନଙ୍କର ବି ସେଇ କଥା ବିଶ୍ୱାସ – ବାହାରୁ କିଛି ଖବର ମିଳିବାକୁ ନାହିଁ।କର୍ମଚାରୀମାନେ ଖାଲି କର୍ମ ଇଞ୍ଜାମରେ ଲାଗିଛନ୍ତି, ଖବର କାହାକୁ ଦେବେ, ଶୁଣୁଛି ବା କିଏ? ଯେଉଁମାନଙ୍କୁ ସମ୍ବାଦ ଦେବାର କଥା ସେମାନଙ୍କର କ'ଣ ଚେତନା ଅଛି? ବାହ୍ମଣ ବିଦାକି ସମୟରେ ନାଜରବାବୁ ବଳେ ବଳେ ଆପଣା ତରଫରୁ କିଛି ଟଙ୍କା ଦେବାର ଦେଖାଗଲା। ଗଡ଼ର ସଦର ଦ୍ବାରୀ ପୁର୍ଣ୍ଣ ଦୁଇଟା ଥଳି ଆଣି ନାଜରଙ୍କ ହାତରେ ଦେଇଗଲା। ଏଥକୁ କେହି ଅନୁମାନ କଲେ, ବ୍ରାହ୍ମଣ ବିଦାକି ସକାଶେ ଭିତର ପ୍ରସ୍ତରୁ କିଛି ଆସିଥିବ। ହେଲେ, ବିଦାକିଟା ଅତି ସାମାନ୍ୟ ଦୁଇ ଥଳି ତ ନୁହେଁ।

ଉତ୍ତରରାୟଙ୍କ ଯେପରି କ୍ରିୟା ହେବାର ଉଚିତ, ସମସ୍ତେ କହନ୍ତି ସେଥିରୁ ଢେର୍ ବଳିଗଲାଣି। ବ୍ରହ୍ମଣ ବୈଷ୍ଣବ, କାଙ୍ଗାଳି ପୂର୍ଣ୍ଣ ଭୋଜନ, ଉପଯୁକ୍ତ ଦକ୍ଷିଣା ପାଇ ମହାଆନନ୍ଦରେ ଅର୍ଶୀବାଦ କରୁ କରୁ ବାହୁଡ଼ି ଯାଇଛନ୍ତି।

ପଚିଶି
ପଣ୍ଡିତ ସଭା

ସାମନ୍ତ ପ୍ରତାପରୁଦ୍ରଦିତ ମଲ୍ଲ ଉତ୍ତରରାୟଙ୍କ ଅନ୍ତ୍ୟେଷ୍ଟିକ୍ରିୟା ଉପଲକ୍ଷେ ଗଙ୍ଗାକୂଳଠାରୁ ଗୋଦାବରୀକୂଳ ପର୍ଯ୍ୟନ୍ତ ପ୍ରାଚୀନ ଉତ୍କଳସ୍ଥ ପ୍ରଧାନ ପ୍ରଧାନ ପଣ୍ଡିତମଣ୍ଡଳୀ ଆହୁତ ହୋଇଥିଲେ। ନବଦ୍ୱୀପ ଏବଂ କାଶୀ ଦୁଇ ସୁବିଖ୍ୟାତ ସ୍ଥାନର ଥୋକାଏ ବିଖ୍ୟାତ ପଣ୍ଡିତ ମଧ୍ୟ ଉପସ୍ଥିତ। ଯୁଗଳକିଶୋର ମନ୍ଦିର ସମ୍ମୁଖସ୍ଥ ପ୍ରାଙ୍ଗଣରେ ଗୋଟିଏ ବୃହତ୍ କାରୁକାର୍ଯ୍ୟବିଶିଷ୍ଟ ସତରଞ୍ଜି ବିସ୍ତୃତ। ବିଜ୍ଞାନ ମଣ୍ଡଳୀ ସମାବେଶରେ ସଭାମଣ୍ଡପ ଅପୂର୍ବ ଶୋଭା ଧାରଣ କରିଅଛି। ପଣ୍ଡିତ ମହୋଦୟଗଣ ନସ୍ୟ ଆଦାନ, ପରସ୍ପର ଦୈହିକ ସାର୍ବତ୍ରିକ କୁଶଳ ପ୍ରଶ୍ନ –ଉତ୍ତର ଦାନରେ ନିଯୁକ୍ତ। ଇତ୍ୟବସରରେ ସାମନ୍ତ ବଂଶର ସଭାପଣ୍ଡିତେ ପୁରୁଷୋତ୍ତମ ରଥ ବିଦ୍ୟାବାଗୀଶେ ସଭା ମଧ୍ୟରେ ଦଣ୍ଡାୟମାନ ହୋଇ କୃତାଞ୍ଜଳିପୂର୍ବକ ନିବେଦନ କଲେ-"ଭୋ ଭୋ ବିଜ୍ଞ ମହୋଦୟଗଣ ! ଆପଣଙ୍କମାନଙ୍କ ଶୁଭାଗମନ ପଦରେଣୁ ସଂସ୍ପର୍ଶରେ ଏହି ଦେଶ – ରାଜବଂଶ ନିଜ ନିଜକୁ ଧନ୍ୟ ଜ୍ଞାନ କରୁଅଛନ୍ତି। ଆପଣମାନଙ୍କ ଉପଯୁକ୍ତ ସେବା ଯେ କରନ୍ତେ, ସେହି ସାମନ୍ତ, ବର୍ତ୍ତମାନ ସ୍ୱର୍ଗଗତ। ଶୋକସନ୍ତପ୍ତା, ବଳାପବିଧୁରା, ଅନ୍ତଃପୁରବାସିନୀ ଶିଶୁ ଭୂମ୍ୟଧିକାରୀମାନଙ୍କର ମାତା ଏବଂ ମାତାମହୀଙ୍କ ପକ୍ଷରୁ ମୁଁ ଅଭିବାଦନ ନିବେଦନ ପୂର୍ବକ ପ୍ରାର୍ଥନା କରୁଅଛି, ଅନୁଗ୍ରହପୂର୍ବକ ଶୁଭାଶୀର୍ବାଦ କରିବାକୁ ଆଜ୍ଞା ହେଉ।" ପଣ୍ଡିତବର୍ଗ ଦଣ୍ଡାୟମାନ ହୋଇ ଆଶୀର୍ବାଦ କଲେ –

"ଜୟୋଽସ୍ତୁ ଜୟୋଽସ୍ତୁ
ସପୁତ୍ରା ସୁଖିନୀ ଭବ।
ଆୟୁରାରୋଗ୍ୟୈଶ୍ୱର୍ଯ୍ୟାଣାଂ ବିବୃଦ୍ଧୟଂ ସନ୍ତୁ।
ପୁତ୍ରୌ ତେ ଯଶସ୍ୱନୌ ଭବତାମ୍
ଦବ ପ୍ରଜାନାଂ ସଗୋତ୍ରାଣାଂ ଶିବମସ୍ତୁ"

ପଣ୍ଡିତବର୍ଗ ଉପବେଶନ କଲା ଉତ୍ତାରେ ବାଲେଶ୍ୱର ଟୋଲର ପଣ୍ଡିତ ଆର୍ତ୍ତତ୍ରାଣ କବି ଶିରୋମଣି ଦଣ୍ଡାୟମାନ ହୋଇ ଜଣାଇଲେ, "ସମ୍ପ୍ରତି ଏହି ମାନନୀୟ ସମିତିରେ ପୁଣ୍ୟଧାମ ଶ୍ରୀକ୍ଷେତ୍ରସ୍ଥ ମୁକ୍ତିମଣ୍ଡପର ସଭାପଣ୍ଡିତ ଶ୍ରୀଯୁକ୍ତ ସଦାଶିବ ବିଦ୍ୟାସାଗର ମହୋଦୟଙ୍କୁ ସଭାପତି ପଦରେ ବରଣ କରାଯିବା ନିମନ୍ତେ ଆମ୍ଭେ ଆପଣମାନଙ୍କ ସମୀପରେ ପ୍ରସ୍ତାବ ଉପସ୍ଥାପିତ କରୁଅଛୁଁ।" ସମସ୍ତ ପଣ୍ଡିତେ ହସ୍ତୋତ୍ତୋଳନ ପୂର୍ବକ ଉଚ୍ଚୈଃସ୍ୱରେ କହିଲେ-

"ଭବତୁ- ଭବତୁ -ତଥାସ୍ତୁ -ତଥାସ୍ତୁ"।

ଢେଙ୍କାନାଳ ରାଜସଭାର ପଣ୍ଡିତ କେଳେଇ ମିଶ୍ର ବିଦ୍ୟାରତ୍ନେ ପ୍ରସ୍ତାବ କଲେ, "ସଭାପତି ମହୋଦୟଙ୍କ ଶ୍ରୀ ମୁଖରୁ କିଞ୍ଚିତ ଶାସ୍ତ୍ରୀୟ ବ୍ୟାଖ୍ୟା ଶ୍ରବଣାର୍ଥୀ ଆମ୍ଭେମାନେ ଉପସ୍ଥିତ ଅଛୁଁ।"

ଇତ୍ୟବସରରେ ସଭାପତି ମହୋଦୟ ଉପର୍ଯ୍ୟୁପରି ଦୁଇତିନି ଟିପ ନସ୍ୟ ଗ୍ରହଣ ଓ ଗାତ୍ରମାର୍ଜନୀରେ ଦୀର୍ଘ ନାସିକାଟି ପରିମାଜନ ପୂର୍ବକ ଦୁଇତିନି ଥର କଣ୍ଠଶବ୍ଦ କରଣାନନ୍ତର ଆରମ୍ଭ କଲେ-

"ଯଂ ଶୈବଃ ସମୁପାସନ୍ତେ ଶିବ ଇତି ବ୍ରହ୍ମେତି ବେଦାନ୍ତିନଃ
ବୌଦ୍ଧା ବୁଦ୍ଧ ଇତି ପ୍ରମାଣପଟବଃ କର୍ତ୍ତେତି ନୈୟାୟିକାଃ।
ଅର୍ହନ୍ନିତ୍ୟର୍ଥ ଜୈନଶାସନରତଃ କର୍ମେତି ମୀମାଂସକା।
ସୋଽୟଂ ବୋ ବିଦଧାତୁ ବାଞ୍ଛିତଫଳ ତ୍ରୈଲୋକ୍ୟନାଥୋ ହରି।"

ବାଲ୍ୟବେଢା ପହରାଜଙ୍କ ସଭାପଣ୍ଡିତ ଗଦାଧର ନନ୍ଦେ ପ୍ରଶ୍ନ କଲେ, "ସଭାପତି ମହୋଦୟ, ବ୍ରହ୍ମାଙ୍କର ଯେଉଁ ଭିନ୍ନ ଭିନ୍ନ ନାମାବଳୀ ଉଲ୍ଲେଖ କଲେ – କେଉଁ ନାମ ମୁକ୍ତିପଦ ଏବଂ କେଉଁ ମତ ସର୍ବଶ୍ରେଷ୍ଠ?"

ସଭାପତି ମହାଶୟଙ୍କର ଉତ୍ତର ଯଦି ଭକ୍ତିପଦକ ଅନୁଷ୍ଠାନ କର ଏବଂ ଏକାଗ୍ରତା ସହିତ ନାମ ହୃଦୟରେ ଧାରଣ କର ତେବେ ସମସ୍ତ ମତ ଉତ୍ତମ ଏବଂ ସମସ୍ତ ନାମ ମୁକ୍ତପ୍ରଦା ମନରେ କରନ୍ତୁ, ଗୋଟିଏ ପୁଷ୍କରିଣୀ କୂଳରେ ତୃଷାର୍ତ୍ତ ବିଭିନ୍ନ ଜାତୀୟ ଲୋକ ଉପସ୍ଥିତ ହେଲେ। ମୁସଲମାନ କହିଲେ ପାନି, ଉତ୍କଳୀ କହିଲେ ଜଳ, ତେଲୁଗୁ କହିଲେ ନୀଲୁ –କିନ୍ତୁ ନାମ ମାତ୍ର ଉଚ୍ଚାରଣରେ କାହାରି ତୃଷ୍ଣା ଦୂର ହେବ ନାହିଁ, ଆକଣ୍ଠ ପାନ କରିବାର ପ୍ରୟୋଜନ। ତଦ୍ରୁପ କେବଳ ବାକ୍ୟ ମାତ୍ର ବ୍ରହ୍ମା ବା ଶିବ, କୃଷ୍ଣ ନାମ ଉଚ୍ଚାରଣରେ କେହି ମୁକ୍ତିଲାଭ କରି ନ ପାରେ।ଭକ୍ତିପୂର୍ବକ ହୃଦୟରେ ଧାରଣ କରିବାକୁ ହେବ।

ବାଙ୍କୀନିବାସୀ ପୁରୁଷୋତ୍ତମ ବିଦ୍ୟାରତ୍ନ ପ୍ରକାଶ କଲେ

"ତସ୍ୟ ବ୍ରହ୍ମଣୋ ଲକ୍ଷଣଂ କିମ୍?"

ସଭାପତି ପ୍ରକାଶ କଲେ – ସର୍ବଶ୍ରେଷ୍ଠ ଉପନିଷଦ ଗ୍ରନ୍ଥରେ ଉଲ୍ଲେଖ-

"ସତ୍ୟଂ ଜ୍ଞାନମନନ୍ତଂ ବ୍ରହ୍ମ
ଆନନ୍ଦରୂପମମୃତଂ ଯଦ୍ ବିଭାତି
ଶାନ୍ତଂ ଶିବମଦ୍ୱୈତଂ
ଶୁଦ୍ଧମପାପବିଦ୍ଧଂ।"

ଅଦ୍ୱୈତବାଦ ପ୍ରକାଶକ ବେଦାନ୍ତୀ ଶଙ୍କରାଚାର୍ଯ୍ୟ ପରଂବ୍ରହ୍ମଙ୍କର ଏହି ଲକ୍ଷଣ ଅନୁମୋଦନ କରିଯାଇଅଛନ୍ତି। ତାହାଙ୍କ ମତରେ ବ୍ରହ୍ମ ନିର୍ଗୁଣ ପଦାର୍ଥ। ପରିଦୃଶ୍ୟମାନ

ଜଗତସଂସାର ମାୟା ବା ପ୍ରକୃତିଜନକ ବିକାର ମାତ୍ର। ସମସ୍ତ ବିଶ୍ୱବ୍ରହ୍ମାଣ୍ଡ ବ୍ରହ୍ମସତ୍ତାରୁ ଉତ୍ପନ୍ନ, ବ୍ରହ୍ମରେ ଅବସ୍ଥିତ, ପୁଣି ସେହି ବ୍ରହ୍ମରେ ବିଲୀନ ହୋଇଯିବ।

ବିଶିଷ୍ଟାଦ୍ୱୈତବାଦୀଙ୍କ ମତରେ-

"ବ୍ରହ୍ମ, ଚିତ୍ (ପ୍ରାଣ), ଆଚିତ୍ (ଜଡ଼) ଏହି ତିନି ନିତ୍ୟ ସନାତନ।"

ବିଶ୍ୱବ୍ରହ୍ମାଣ୍ଡ ବ୍ରହ୍ମରୁ ଉତ୍ପନ୍ନ ସତ୍ୟ, ମାତ୍ର ବ୍ରହ୍ମରୁ ସ୍ୱତନ୍ତ୍ର। ସେମାନଙ୍କ ମତ ସମର୍ଥନ ନିମନ୍ତେ ଏହିପରି ଦୃଷ୍ଟାନ୍ତ ପ୍ରୟୋଗ କରିଥାନ୍ତି – କୁମ୍ଭକାର ଘଟନିର୍ମାଣକାରୀ ସତ୍ୟ – ହେଲେ ହେଁ ଘଟରୁ ସମ୍ପର୍କ ବିଛିନ୍ନ। ଘଟପ୍ରତି କୁମ୍ଭକାର ନିମିତ୍ତ କାରଣ, ମାତ୍ର ମୃତ୍ତିକା ହିଁ ସମବାୟ ଉପାଦାନ କାରଣ ଅଟେ। ପୁଣି ଚକ୍ର, ଦଣ୍ଡ, ବସ୍ତ୍ରଖଣ୍ଡ ପ୍ରଭୃତି ଅସମବାୟ ଉପାଦାନ କାରଣ ଅଟେ।

ବିଶିଷ୍ଟାଦ୍ୱୈତବାଦୀମାନଙ୍କ ମତରେ –

"ଯେତୋ ବା ଇମାନି ଭୂତାନି ଜାୟନ୍ତେ-
ଯେନ ଜାତାନି ଜୀବନ୍ତି ତଦ୍ ବିଜିଜ୍ଞସସ୍ୱ ତତ୍ ବ୍ରହ୍ମ।"

ଏହା ବ୍ରହ୍ମଙ୍କ ଲକ୍ଷଣ ଅଟେ। ମାତ୍ର ଏହାକୁ ତଟସ୍ଥ ଲକ୍ଷଣ ବୋଲି ସ୍ୱୀକାର କରିବାକୁ ହେବ। ରାମାନୁଜାଚାର୍ଯ୍ୟ ବିଶିଷ୍ଟାଦ୍ୱୈତବାଦ ପ୍ରଚାରକ ଅଟନ୍ତି। ପୂର୍ବେ ବୋଲାଯାଇଅଛି, ଅଦ୍ୱୈତବାଦୀମାନଙ୍କ ମତରେ ବିଶ୍ୱସଂସାର ପ୍ରତି ବ୍ରହ୍ମ ଉପାଦାନ, ନିମିତ୍ତ କାରଣ ଅଟନ୍ତି।

ନବଦ୍ୱୀପର ବିଖ୍ୟାତ ନୈୟାୟିକ ତାରକନାଥ ନ୍ୟାୟରତ୍ନ ପ୍ରକାଶ କଲେ – ପରଂବ୍ରହ୍ମ ବୋଲି ଯାହାକୁ ବୋଲ, ତାଙ୍କ ଅସ୍ତିତ୍ୱର ପ୍ରମାଣ କାହିଁ? ସାମାନ୍ୟ ଶାସ୍ତ୍ରମାନଙ୍କରେ ବ୍ରହ୍ମଙ୍କର ନାମ ଉଲ୍ଲେଖ ଅଛି ସତ୍ୟ, ମାତ୍ର ସର୍ବଶ୍ରେଷ୍ଠ ଯେଉଁ ଦର୍ଶନ ଶାସ୍ତ୍ରମାନ, ସେଥିରେ ବ୍ରହ୍ମ ବା ଈଶ୍ୱରଙ୍କ ଅସ୍ତିତ୍ୱ ବିଷୟରେ ପ୍ରମାଣଭାବ। ଦର୍ଶନଶାସ୍ତ୍ର ଦୁଃଖବାଦପୂର୍ଣ୍ଣ – ମାନବ ଜୀବନ ଆଜନ୍ମମରଣାତ୍ମକ ଦୁଃଖରେ ହାହାକାର କରୁଥାଏ। ସେହି ଦୁଃଖର ଅବସାନର ଉପାୟ ନିର୍ଦ୍ଧାରଣ ଦର୍ଶନଶାସ୍ତ୍ରର ଉଦ୍ଦେଶ୍ୟ। ମହର୍ଷି କପିଳ ସାଂଖ୍ୟଦର୍ଶନରେ ଜୀବନ୍ମୁକ୍ତିର ଉପାୟ ନିର୍ଦ୍ଧାରଣ କରି ଅଛନ୍ତି।

ପଞ୍ଚବିଂଶତିତତ୍ତ୍ୱଜ୍ଞୋ ଯତ୍ର ତତ୍ରାସମେ ବସେତ୍।
.........ମୁଚ୍ୟତେ ନାତ୍ର ସଂଶୟଃ।

ସେହି ପଞ୍ଚବିଂଶତି ତତ୍ତ୍ୱ କ'ଣ ସେହି କଥା ବୋଲୁଅଛୁଁ –

"ସତ୍ତ୍ୱରଜସ୍ତମମସାଂ ସାମ୍ୟାବସ୍ଥା ପ୍ରକୃତିଃ
ପକୃତେର୍ମହାନ ମହତୋଽହଂକାରଃ –
ଅହଙ୍କରାତ୍ ପଞ୍ଚତନ୍ ମାତ୍ରାଣ୍ୟୁଭୟମିନ୍ଦ୍ରିୟଂ
ତନମାତ୍ରେଭ୍ୟୋଃ ସ୍ଥୁଳଭୂତାନି ପୁରୁଷଃ।"

ଇତି ପଞ୍ଚବିଂଶତି ଗଣଃ।

ଦେଖିବା ହେଉନ୍ତୁ, ମାନବାତ୍ମାର ମୁକ୍ତଲାଭ ନିମନ୍ତେ ଦର୍ଶନକାର ପଞ୍ଚବିଂଶତି ତତ୍ତ୍ୱର ନାମ ଉଲ୍ଲେଖ କଲେ, ସେଥିରେ ଇଶ୍ୱରଙ୍କ ପ୍ରସଙ୍ଗ ଉଲ୍ଲେଖ ନାହିଁ, ବରଞ୍ଚ ଦର୍ଶନକାର ସୁସ୍ପଷ୍ଟ ପ୍ରକାଶ କରୁଅଛନ୍ତି-

"ଇଶ୍ୱରାସିଦ୍ଧେଃ"

ଦେଖିଲା ହେଉନ୍ତୁ, ମହର୍ଷି କପିଳ ଇଶ୍ୱରଙ୍କ ଅସ୍ତିତ୍ୱ ଏକାବେଳକେ ଅସ୍ୱୀକାର କରିଯାଇଅଛନ୍ତି। ଅନ୍ୟାନ୍ୟ ଦର୍ଶନ ସମାନ ବୈଶେଷିକ ଦର୍ଶନ ମଧ୍ୟ ଦୁଃଖବାଦପୂର୍ଣ୍ଣ – ସେହି ଦୁଃଖରୁ ବିମୁକ୍ତ ହୋଇ ନିଃଶ୍ରେୟସ ଲାଭ ନିମନ୍ତେ ମହର୍ଷି କଣାଦ ଯେଉଁ ଉପାୟ ନିର୍ଦ୍ଧାରଣ କରିଯାଇଅଛନ୍ତି ସେଥିର ସାରମର୍ମ-

"ଦ୍ରବ୍ୟଗୁଣକର୍ମସାମାନ୍ୟ ବିଶେଷ ସମଦାୟନାଂ
ପଦାର୍ଥନାଂ ସାଧର୍ମ୍ୟବୈଧର୍ମ୍ୟାଭ୍ୟାଂ ତତ୍ତ୍ୱଜ୍ଞାନାତ୍ ନିଶ୍ରେୟସମ୍।"

ଅର୍ଥାତ ଆତ୍ମସାକ୍ଷାତକାର ଉପାୟ ଦ୍ରବ୍ୟ କର୍ମ ସମାନ୍ୟବିଶେଷ ସମବାୟର ସାଧର୍ମ୍ୟ ବୈଧର୍ମ୍ୟ ତତ୍ତ୍ୱଜ୍ଞାନରୁ ନିଃଶ୍ରୟସ ଲାଭ ହୁଏ।

ବୈଶେଷିକର ନିଃଶ୍ରେୟସ, ବେଦାନ୍ତର ମୁକ୍ତି, ନ୍ୟାୟର ଅପବର୍ଗ, ପାତଞ୍ଜଳିର କୈବଲ୍ୟ, ବୌଦ୍ଧର ନିର୍ବାଣ ସାମର୍ଥ୍ୟ ପ୍ରତିପାଦକ ! ମୀମାଂସା ଦର୍ଶନାକାର ଜୈମିନି ବେଦର ସତ୍ୟତା ସ୍ୱୀକାର କରନ୍ତି ସତ୍ୟ, ମାତ୍ର ତାହାଙ୍କ ମତରେ କର୍ମକାଣ୍ଡ ହିଁ ସାର ପଦାର୍ଥ। ଜ୍ଞାନକାଣ୍ଡ ଅର୍ଥାତ୍ ପରଂବ୍ରହ୍ମ ନାମ ପ୍ରତିପାଦକ ଜ୍ଞାନକାଣ୍ଡ ନିରର୍ଥକ ମାତ୍ର। ଜୈମିନଙ୍କର ଉପଦେଶ ଅତ୍ମାର ଉପକାର ନିମନ୍ତେ ଯଜ୍ଞାନୁଷ୍ଠାନ କର୍ମ କର। "ଇଶ୍ୱରାରାଧନାର ପ୍ରୟୋଜନାଭାବ।"

ମୀମାଂସା ଦର୍ଶନର ସାର ମୃତ-

"ଆମାୟସ୍ୟ କ୍ରୟାର୍ଥତ୍ୱାତ୍ ଆନର୍ଥକ୍ୟମତଦାର୍ଥାନମ୍।"

ଅର୍ଥ-କର୍ମ ହିଁ ବେଦର ପ୍ରତିପାଦ୍ୟ – ଅନ୍ୟ ଜ୍ଞାନତତ୍ତ୍ୱ ବିଷୟ ନିରର୍ଥକ।ଏହି ବଚନ ଅନୁସାରେ ଉପନିଷଦର ସମସ୍ତ ସାରସତ୍ୟର ଉପଦେଶ ଅର୍ଥବାଦ ମାତ୍ର। ଅର୍ଥାତ "ତତ୍ତ୍ୱମସି", "ସତ୍ୟ ଜ୍ଞାନଂ ଅନନ୍ତଂ ବ୍ରହ୍ମ", "ଆୟମାତ୍ମା ବ୍ରହ୍ମ" ଇତ୍ୟାଦି ବାକ୍ୟମାନେ ନିରର୍ଥକ। ଆତ୍ମାର ମୁକ୍ତି ସାଧନ ସକାଶେ କେବଳ ଯଜ୍ଞାଦି କର୍ମ ପ୍ରୟୋଜନ।

ନ୍ୟାୟଦର୍ଶନ ମତରେ ମଧ୍ୟ ସଂସାର ଦୁଃଖମୟ – ଦୁଃଖର କାରଣ ଜନ୍ମ – ଜୀବ ପ୍ରବୃତ୍ତି ବଶରେ କର୍ମ କରେ – କର୍ମର ଫଳ ଭୋଗ ନିମନ୍ତେ ପ୍ରବୃତ୍ତି ହେତୁ ରାଗ, ଦ୍ୱେଷ, ମୋହ ଏ ସମସ୍ତଙ୍କୁ ଦୋଷ ବୋଲାଯାଏ। ଦୋଷ ମିଥ୍ୟାଜ୍ଞାନ ଉତ୍ପନ୍ନ – ଏହି ମିଥ୍ୟାଜ୍ଞନାର ଉଚ୍ଛେଦ ସାଧନ ହିଁ ମୁକ୍ତିର କାରଣ।

ନ୍ୟାୟସୂତ୍ର ଯଥା-

"ଦୁଃଖ-ଜନ୍ମ ପ୍ରବୃତ୍ତ – ଦୋଷ – ମିଥ୍ୟାଜ୍ଞାନାନାଂ ଉତ୍ତରୋତ୍ତରୋପାୟେ ତଦନ୍ତରାପାୟତ୍ ଅପବର୍ଗ।"

ଅର୍ଥାତ –ନ୍ୟାୟଦର୍ଶନ ମତରେ ତତ୍ତ୍ୱଜ୍ଞାନ ଲାଭ ହିଁ ଅପବର୍ଗ, ଅର୍ଥାତ ଆତ୍ୟନ୍ତିକ ଦୁଃଖନାଶକର କାରଣ। ସେହି ତତ୍ତ୍ୱଜ୍ଞାନ କେଉଁ ବିଷୟରେ?।୧।ପ୍ରଣାମ।୨। ପ୍ରମେୟ।୩। ସଂଶୟ।୪। ପ୍ରୟୋଜନ।୫। ଦୃଷ୍ଟାନ୍ତ।୬। ସିଦ୍ଧାନ୍ତ।୭। ଅବୟବ।୮। ତର୍କ।୯। ନିର୍ଣ୍ଣୟ।୧୦। ବାଦ।୧୧। ଦଳ୍ପ।୧୨। ବିତଣ୍ଡା।୧୩। ହେତ୍ୱାଭାଷ।୧୪। ଛଳ।୧୫। ଜାତି।୧୬। ନିଗ୍ରହସ୍ଥାନ। ଏହି ଷୋଳଟି ବିଷୟରେ ତତ୍ତ୍ୱଜ୍ଞାନ ଅପବର୍ଗ ଲାଭର ଉପାୟ। ଏଥିରୁ ଜଣାଯାଏ, ଅପବର୍ଗ ଲାଭ ନିମନ୍ତେ ଈଶ୍ୱରାରାଧନା ପ୍ରସଙ୍ଗ ଆଦୌ ଉଲ୍ଲେଖ କରି ନାହାନ୍ତି।

ମହର୍ଷି ପାତଞ୍ଜଳିକୃତ ଦର୍ଶନକୁ ପାତଞ୍ଜଳ - ଦର୍ଶନ ବୋଲାଯାଏ। ମହର୍ଷି କପିଳ ଜୀବନ୍ମୁକ୍ତି ଲାଭର ଯେଉଁ ପଚିଶଗୋଟି ତତ୍ତ୍ୱ ନିର୍ଦ୍ଦେଶ କରିଅଛନ୍ତି, ପାତଞ୍ଜଳି ସେ ସମସ୍ତ ସ୍ୱୀକାରପୂର୍ବକ ଅଧିକନ୍ତୁ ଗୋଟିଏ ତତ୍ତ୍ୱ ପ୍ରକାଶ କରିଅଛନ୍ତି –ସେହି ତତ୍ତ୍ୱଟି ଈଶ୍ୱରଜ୍ଞାନ। ପାତଞ୍ଜଳି ଈଶ୍ୱରଙ୍କ ଲକ୍ଷଣ ଏହି ରୂପେ ନିର୍ଦ୍ଦେଶ କରିଅଛନ୍ତି-

"କ୍ଳେଶକର୍ମବିପାକାଶୟୈରପରାମୃଷ୍ଟଃ
ପୁରୁଷବିଶେଷ ଈଶ୍ୱରଃ
ତତ୍ର ନିରତିଶୟ ପ୍ରର୍ବବୀଜମ୍।"

ମହର୍ଷି ଈଶ୍ୱରଙ୍କ ଅସ୍ତିତ୍ୱସ୍ୱୀକାର କଲେ ମଧ୍ୟ ତାହାଙ୍କ ମତରେ ଯୋଗସାଧନ ହିଁ କୈବଲ୍ୟ ଲାଭର ଏକମାତ୍ର ଉପାୟ। ଯୋଗ କ'ଣ? ଚିତ୍ତବୃତ୍ତିରୋଧ। ଧ୍ୟେୟ ବସ୍ତୁରେ ଆତ୍ମସଂଯମ ହିଁ ଯୋଗ।"ଅର୍ଥ ଆସାଂ ନିରୋଧକ ଉପାଏ।" ଚିତ୍ତବୃତ୍ତି ନିରୋଧ କ'ଣ?

"ଅଭ୍ୟାସବୈରାଗ୍ୟାଭ୍ୟାଂ ତନ୍ନିରୋଧଃ।"

ଆମ୍ଭେ ଆପଣଙ୍କ ସମୀପରେ ଦର୍ଶନଶାସ୍ତ୍ର ସମ୍ବନ୍ଧରେ ଅତି ସଂକ୍ଷେପତଃ କେତୋଟି କଥା ମାତ୍ର ପ୍ରକାଶ କରୁ। ଏଥିରୁ ଗୋଟିଏ ଗୋଟିଏ କଥା ମୀମାଂସା କରିବାକୁ ହେଲେ ବହୁକାଳ ପ୍ରୟୋଜନ। ସହସ୍ର ସହସ୍ର ମହାଜ୍ଞାନୀ ସହସ୍ର ସହସ୍ର ବର୍ଷ ବ୍ୟାପୀ କାଳ ଆଲୋଚନା-ନିଯୁକ୍ତ ଥିବାର ଦେଖାଯାଏ। ସହସ୍ର ସହସ୍ର ଗ୍ରନ୍ଥ ମଧ୍ୟ ରଚିତ ହୋଇଯାଇଅଛି। ଯାହାହେଉ ଏହା ଧ୍ରୁବ ସତ୍ୟ ଯେ, ତତ୍ତ୍ୱଜ୍ଞାନ ଲାଭ ନିମନ୍ତେ ଦର୍ଶନଶାସ୍ତ୍ର ଆଲୋଚନା ହିଁ ମୁଖ୍ୟ ଉପାୟ।

ପଣ୍ଡିତ ମୃତ୍ୟୁଞ୍ଜୟ ବାଣୀଭୂଷଣ ବେଦାନ୍ତବାଗୀଶ ପୂର୍ବପକ୍ଷ ମତ ଖଣ୍ଡନ ସକାଶେ ଉତ୍ତର କଲେ-

'ନ୍ୟାୟରତ୍ନ ମହୋଦୟ ବିଜ୍ଞ ଏବଂ ବହୁଦର୍ଶୀ। ସଂଶୟ ନାସ୍ତି।' ମାତ୍ର ସେ ଦର୍ଶନଶାସ୍ତ୍ରର ସୂତ୍ରପାତ ପ୍ରତି ନିର୍ଭରକରି ଆପଣାର ମନ୍ତବ୍ୟ ପ୍ରକାଶ କରିଅଛନ୍ତି। ପରବର୍ତ୍ତୀ ମହାପ୍ରାଜ୍ଞ ଟୀକାକାର ମାନେ ଯେଉ ବ୍ୟାଖା ପ୍ରକାଶ କରିଯାଇଅଛନ୍ତି, ସେଥିପ୍ରତି ଦୃଷ୍ଟିକ୍ଷେପ ପର୍ଯ୍ୟନ୍ତ କରିଥିବାର ଜଣାଯାଉନାହିଁ। ପରମେଶ୍ୱରଙ୍କ ଅସ୍ତିତ୍ୱ ସମ୍ବନ୍ଧରେ ଯେଉଁ ମତ, ଅତି ସଂକ୍ଷେପରେ କିଛି କଥା ବୋଲିବାକୁ ଇଚ୍ଛା କରୁଁ।

ସାଂଖ୍ୟର ଟୀକାକାର ବିଜ୍ଞାନଭିକ୍ଷୁ 'ଇଶ୍ୱରାସିଦ୍ଧେଃ' ଏହି ସୂତ୍ର ଟୀକାରେ ଉଲ୍ଲେଖ କରିଅଛନ୍ତି – ଇଶ୍ୱର ଇନ୍ଦ୍ରିୟଗୋଚର ବା ପ୍ରମାଣଗମ୍ୟ ନୁହନ୍ତି। ଏ କ୍ଷେତ୍ରରେ ତାହାଙ୍କ ସମ୍ବନ୍ଧରେ କୌଣସି ବିଷୟ ଆଲୋଚନା କରିବା ଅନାବଶ୍ୟକ। କପିଳ ନିରୀଶ୍ୱରବାଦୀ ଥିଲେ 'ଇଶ୍ୱରାବାତ୍' ଏହିପରି ସୂତ୍ର ଲେଖିଥାନ୍ତେ।

ପୁନଶ୍ଚ ବୈଶେଷିକ ଦର୍ଶନରେ ମହର୍ଷି କଣାଦ ନିଃଶ୍ରେୟସ ଲାଭର କାରଣ ଇଶ୍ୱରଙ୍କ ନାମ ଷଡ଼ବିଂଶତି ସ୍ଥାନରେ ଉଲ୍ଲେଖ କରିଛନ୍ତି। ଏ କ୍ଷେତ୍ରକୁ ତାହାଙ୍କୁ ନିରୀଶ୍ୱରବାଦୀ ବୋଲାଯାଇ ନ ପାରେ। ତାହାଙ୍କ ଦର୍ଶନର ଗୋଟିଏ ଟୀକା ଏହି-

"ଅବଶ୍ୟମେବ ଭୋକ୍ତବ୍ୟଂ କୃତଂ କର୍ମ ଶୁଭାଶୁଭମ୍।

ନାଭୁକ୍ତହ କ୍ଷୀୟତେ କର୍ମ କଳ୍ପକୋଟିଶତୈରପି।"

ଶୁଭ ବା ଅଶୁଭ ହେଉ ଯେଉଁ କର୍ମ କରିବ, ସେଥିର ଫଳ ଅବଶ୍ୟ ଭୋଗ କରିବାକୁ ହେବ, କୋଟି କଳ୍ପରେ ମଧ୍ୟ କ୍ଷୟ ହେବ ନାହିଁ। ଏ କ୍ଷେତ୍ରରେ ମହର୍ଷି କଣାଦଙ୍କ ଉପଦେଶ ଶୁଭକର୍ମ ଅନୁଷ୍ଠାନ ବିଷୟରେ ସଚେଷ୍ଟ ହୁଅ-ଇଶ୍ୱରାରାଧନାର ପ୍ରୟୋଜନ କ'ଣ? ତେବେ ଏଥିସକାଶେ ତାହାଙ୍କୁ ନିରୀଶ୍ୱରବାଦୀ ବୋଲାଯାଇ ନ ପାରେ।

ପାତଞ୍ଜଳଦର୍ଶନୋକ୍ତ ଗୋଟିଏ ସୂତ୍ର-

'ତତଃ ପ୍ରତ୍ୟକ୍‌ଚେତନାଧିଗମୋଽପି ଅନ୍ତରାୟଭବଶ୍ଚ'

ଅର୍ଥାତ ଈଶ୍ୱର ପ୍ରଣିଧାନରେ ବ୍ୟାଧି ପ୍ରଭୃତି ବିଘ୍ନମାନ ଦୂର ହୋଇଥାଏ, ଏବଂ ଆତ୍ମସାକ୍ଷାତକାର ଲାଭ ହୋଇଥାଏ।

ଆମ୍ଭେ ଗୋଟିଏ ମାତ୍ର ସୂତ୍ର ଏ ସ୍ଥାନରେ ଉଲ୍ଲେଖକଲୁଁ ମାତ୍ର ପାତଞ୍ଜଳଦର୍ଶନରେ ଈଶ୍ୱରଙ୍କ ପ୍ରତି ଆତ୍ମସମର୍ପଣ କରିବା ଯୋଗର ମୂଳସୁତ୍ର ବୋଲି ଅନେକ ସ୍ଥଳରେ ଉଲ୍ଲେଖ ଅଛି।

ଆଉ ମୀମାଂସାକାର ଜୈମିନି ମଧ୍ୟ ନାସ୍ତିକ ନ ଥିଲେ। ଯେହେତୁ ସେ ବେଦର ପ୍ରାମାଣ୍ୟ ଅସ୍ୱୀକାର କରିନାହାନ୍ତି। କେବଳ ଏତିକି କଥା କହୁଛନ୍ତି ଯେ ,

'ଜୀବନ ମୁକ୍ତି ଲାଭ ସକାଶେ ବେଦର କର୍ମକାଣ୍ଡ ହିଁ ଅନୁଷ୍ଠେୟ, ଜ୍ଞାନକାଣ୍ଡ ଅନାବଶ୍ୟକ। ଏ ସ୍ଥଳେ ତାହାଙ୍କୁ ନିରୀଶ୍ୱରବାଦୀ ବୋଲାଯାଇନ ପାରେ।

କରୁଣାନିଧାନ ବୁଦ୍ଧଦେବଙ୍କ ସମ୍ବନ୍ଧରେ କଥିତ ହୁଏ, ସେ ନିରୀଶ୍ୱରବାଦୀ ଥିଲେ; କିନ୍ତୁ ଜୀବନର ଶେଷ ମୁହୂର୍ତ୍ତରେ ତାହାଙ୍କ ପ୍ରଦାନ ଶିଷ୍ୟ ଆନନ୍ଦକୁ ଯେଉଁ ଉପଦେଶ ଦେଇଯାଇଅଛନ୍ତି, ସେଥିର ସାରମର୍ମ ଏହି-"ଈଶ୍ୱର ଅଛନ୍ତି ବା ନାହାନ୍ତି, ସେ ବିଷୟରେ ଆନ୍ଦୋଳନ କରିବାର ପ୍ରୟୋଜନ କ'ଣ? ମାନବର ଏମିତି କିଛି ଇନ୍ଦ୍ରିୟ ନାହିଁ, ଯହିଁରେ ସେ ଈଶ୍ୱରସତ୍ତା ଅନୁଭବ କରିବାକୁ ସମର୍ଥ ହେବ; ତେବେ ଅନ୍ଧକାର ଆଲୋଡ଼ନର ପ୍ରୟୋଜନ କ'ଣ? ତୁମ୍ଭେ କେବଳ ଆତ୍ମୋନ୍ନତି ବିଷୟରେ ସଯତ୍ନ ହୁଅ- କର୍ମଫଳ ଯୋଗରେ ତୁମ୍ଭେ ଉଚ୍ଚମନ ସ୍ଥାନ ଲାଭରେ ସମର୍ଥ ହେବ। ତାହାଙ୍କ ମତରେ ଏମନ୍ତ ଗୋଟାଏ ଶକ୍ତି ଅଛି, ଯହିଁରେ ଅଦ୍ୟାବଧି ପୃଥିବୀର ଏକ-ତୃତୀୟାଂଶ ସ୍ଥାନରେ ତାହାଙ୍କ ମତ ବ୍ୟାପ୍ତ। ସେହି ଅନନ୍ତଜ୍ଞାନୀ ମହାପୁରୁଷଙ୍କର ଏମନ୍ ଗୋଟାଏ ଭବିଷ୍ୟତ ଦୃଷ୍ଟି ଥିଲା ଯେ, ତାହା ବଳରେ ସେ ଦେଖିଥିଲେ, ଈଶ୍ୱର ନାମ ଘେନି ପୃଥିବୀରେ ଭୟଙ୍କର ଉତ୍ପାତ ଘଟିବାର ସମ୍ଭବ। ବାସ୍ତବିକ୍ ଦେଖନ୍ତୁ, ତାହାଙ୍କ ପରବର୍ତ୍ତୀ କାଳରେ ମୁସଲମାନ-ଖ୍ରୀଷ୍ଟ, ହିନ୍ଦୁ- ମୁସଲମାନ, ବୌଦ୍ଧ-ହିନ୍ଦୁ, ପ୍ରୋଟେଷ୍ଟାଣ୍ଟ କାଥଲିକ୍ ମଧ୍ୟରେ କେବଳ ଈଶ୍ୱର ନାମ ଘେନି ଉତ୍ପାତ ଯୋଗେ କୋଟି କୋଟି ଲୋକଙ୍କର ରକ୍ତପାତରେ ପୃଥିବୀ ପ୍ଲାବିତ ହୋଇଅଛି। ବର୍ତ୍ତମାନ ଜ୍ଞାନ-ବିଜ୍ଞନର ବହୁଳ ପ୍ରଚାର ସମୟରେ ମଧ୍ୟ ପରସ୍ପର ବିଦ୍ୱେଷର ବିରାମ ନାହିଁ। "

ବଡ଼ଗଡ଼ ରାଜସଭା ପଣ୍ଡିତ ରଙ୍ଗାଭଟଲା ଭେଙ୍କଟା ପାନ୍ତୁଲୁ କହିଲେ, "ଦର୍ଶନଶାସ୍ତ୍ର ବଡ଼ କଠିନ ତୀବ୍ର ଥାଉଥିବାର – ହେଲେ ଅତି ଭଲ ଜ୍ଞାନପ୍ରଦ ଥାଉଛି। ଯେମନ୍ତ ମିରିପକାଇଲୁ ବୋଇଲେ ଲଙ୍କାମିରିଚା ତୀବ୍ର ଥାଉଛି, ମାତ୍ର ପୃଥିବୀରେ ସର୍ବଶ୍ରେଷ୍ଠ ଖାଦ୍ୟ ଥାଉଛି ଲଙ୍କାମରିଚା ଆଉ ଦର୍ଶନଶାସ୍ତ୍ର ନଥିଲେ ମାନବାଲୁ ରକ୍ଷା ପାଇବାର ନାହିଁ ଏକକା-

ମିରିପକାଇଲୁ ଚିନ୍ତାପାଣ୍ଡୁ ପେରୁଗୁମିଶ୍ରିତମ୍
ବେଦା ଦର୍ଶନଶାସ୍ତ୍ରାଣୀ ଚ ସମ୍ଭବନ୍ତୁ ମମ ଜନ୍ମଜନ୍ମନି।"

ପଣ୍ଡିତେ ଶ୍ଳୋକର ବ୍ୟାଖ୍ୟା କରିବାକୁ ଯାଉଥିଲେ; ମାତ୍ର ବିଦ୍ୟାସାଗର ମହାଶୟ କିଞ୍ଚିତ୍ ହସିଦେଇ ଆରମ୍ଭ କଲେ, "ଦର୍ଶନଶାସ୍ତ୍ର ଆଲୋଚନା ଦ୍ୱାରା ସୁସ୍ପଷ୍ଟ ପ୍ରତୀୟମାନ ହୁଏ-ମହର୍ଷିମାନେ ଯେମନ୍ତ ଆତ୍ମତତ୍ତ୍ୱ ବିଷୟର ତଳ ସ୍ପର୍ଶ କରିବାକୁ ଯଥାସାଧ୍ୟ ଚେଷ୍ଟା କରିଥିଲେ; କିନ୍ତୁ କୃତକାର୍ଯ୍ୟ ହୋଇପାରିଛନ୍ତି, ଏପ୍ରକାର ବିଶ୍ୱାସ କରାଯାଇନ ପାରେ। ଆଉ ଦେଖାଯାଏ, ଅସ୍ମଦ୍ଦେଶୀୟ ଦାର୍ଶନୀକମାନେ ପ୍ରକୃତ ପକ୍ଷରେ ନାସ୍ତିକ ନ ଥିଲେ। ଜାଗତିକ ପରିଦୃଶ୍ୟମାନ ଘଟଣାବଳୀର ଅନ୍ତରାଳରେ

ଯେଉଁ ଏକ ଅନନ୍ତ ଶକ୍ତି ବା ଅନନ୍ତ ଜ୍ଞାନ ବିଦ୍ୟମାନ, ଯାହାଙ୍କ ଅମୋଘ ନିୟମରେ ସମସ୍ତ କାର୍ଯ୍ୟ ସାଧିତ ହେଉଛି, ଆତ୍ମାର ସଦଗତି ନିମନ୍ତେ ତାହାଙ୍କ ପ୍ରତି ଯେ ସମ୍ପୂର୍ଣ୍ଣ ନିର୍ଭରତା ଆବଶ୍ୟକ, ଏ ବିଷୟ ସ୍ୱୀକାର ନକରିବା ହେତୁ ସମ୍ପୂର୍ଣ୍ଣ ମାୟାବାଦ ବା ଶୂନ୍ୟବାଦରେ ଉପସ୍ଥିତ ହୋଇଅଛନ୍ତି। ଏହା ହିଁ ନୈୟାୟିକ ନାସ୍ତିକତା।ପ୍ରକୃତ ପକ୍ଷରେ ନାସ୍ତିକ ଥିଲେ ଋଷି ଚାର୍ବାକ – କିନ୍ତୁ ତାହାଙ୍କର ନ୍ୟାୟଧର୍ମବିରୁଦ୍ଧ ଦର୍ଶନଶାସ୍ତ୍ର ଏକାବେଳକେ ବିଲୁପ୍ତ ହୋଇଅଛି।

ଦେଖାଯାଏ, ଯେଉଁଠାରେ ଦର୍ଶନଶାସ୍ତ୍ରର ଶେଷ, ସେହି ସ୍ଥାନର ଗୀତାଶାସ୍ତ୍ରର ଆରମ୍ଭ ଗୀତା ହିଁ ପ୍ରକୃତ ଧର୍ମଶାସ୍ତ୍ର। ମନରେ କରନ୍ତୁ, ଜଣେ ସୁପାଚକ ଉତ୍ତମ ମସଲା ଦେଇ ଅତି ଉତ୍କୃଷ୍ଟ ପଦାର୍ଥରେ ବ୍ୟଞ୍ଜନ ପ୍ରସ୍ତୁତ କଲା, କିନ୍ତୁ ଏକମାତ୍ର ଲବଣାଭାବ। ସୁତରାଂ, ସେହି ବ୍ୟଞ୍ଜନ ବୃଥା। ସେହିପରି ଦର୍ଶନକାରୀମାନେ ଜ୍ଞାନ ସମ୍ବନ୍ଧରେ ଆଲୋଚନାର ପରାକାଷ୍ଠା ଦେଖାଇଥିଲେ ମଧ୍ୟ ଏକମାତ୍ର ଈଶ୍ୱର ଆରାଧନା ସମ୍ବନ୍ଧରେ ବ୍ୟବସ୍ଥା କରି ଯାଇନଥିବାରୁ ସମସ୍ତ ଅସମ୍ପୂର୍ଣ୍ଣ ହୋଇଅଛି। ମାନବାତ୍ମା ସ୍ୱଭାବରେ ଲୋଡ଼େ ଗୋଟିଏ ଉଚ୍ଚ ଆଦର୍ଶ –ଲୋଡ଼େ ଗୋଟିଏ ଅବଲମ୍ବନ। ଦର୍ଶନଶାସ୍ତ୍ରରେ ସେଇଟିର ଅଭାବ।

ମାନବ ଶୈଶବ ଅବସ୍ଥାରେ ଈଶ୍ୱର ସମ୍ବନ୍ଧରେ ଗୋଟାଏ ଅନ୍ଧବିଶ୍ୱାସ କରିପକାଏ। ତଦନନ୍ତରେ ଜ୍ଞାନାର୍ଜନର ସମର୍ଥ ହେଲେ 'ନେତି' 'ନେତି' ଅର୍ଥାତ ଏହା ଈଶ୍ୱର ନୁହେଁ, ଏହିପରି ଘୋର ସଂଶୟରେ ତାହାର ମନ ଦୋଳାୟମାନ ହେଉଥାଏ। ସେହି ସଂଶୟ ଅବଶେଷରେ ଯେଉଁ ବିଶ୍ୱାସରେ ପରିଣତ ହୁଏ, ତାହାହିଁ ପ୍ରକୃତ ବିଶ୍ୱାସ।

ଗୀତା ଶାସ୍ତ୍ରଜ୍ଞାନ ଆଉ ଈଶ୍ୱରବିଶ୍ୱାସ ଉଭୟ ବିଷୟରେ ପରିଷ୍କାର ଉପଦେଶ ଦେଇଯାଇଅଛନ୍ତି। ଅତଏବ ଗୀତା ହିଁ ସର୍ବଶ୍ରେଷ୍ଠ – ସର୍ବବାଦୀସମ୍ମତ – ତେଣୁ ପୃଥିବୀସ୍ଥ ସର୍ବଦେଶୀୟ ଜ୍ଞାନୀଗଣଙ୍କଠାରେ ଏହାର ସମ୍ମାନ। ବିଶେଷରେ ଦର୍ଶନଶାସ୍ତ୍ରର ଅତି ନିଗୁଢ଼ ତତ୍ତ୍ୱମାନ ସର୍ବସାଧାରଣ ଜୀବନ୍ମୁକ୍ତ ନିମେନ୍ତେ ସାର ସାର ଉପଦେଶମାନ ସଂକ୍ଷେପରେ; ସାଧାରଣରେ ବୋଧଗମ୍ୟରୂପେ ପ୍ରକାଶ କରିଯାଇଅଛନ୍ତି। ଏଥକୁ –

'ଗୀତା ସୁଗୀତା କର୍ତ୍ତବ୍ୟା କିମନ୍ୟତ୍ ଶାସ୍ତ୍ରବିସ୍ତରୈଃ।'

ପୁଣି ପୃଥିବୀର ସର୍ବପ୍ରଥମ ସର୍ବଶ୍ରେଷ୍ଠ ଭ୍ରମପ୍ରମାଦଶୂନ୍ୟ ଶାସ୍ତ୍ର ଯେ ବେଦ, ସେଥି ସାରାଂଶ ଉପନିଶଦ ଶାସ୍ତ୍ର ଗାଭୀସ୍ୱରୂପ, ଗୀତା ତାହାର ଦୁଗ୍‌ଧ।।

'ସର୍ବୋପନିଷଦୋ ଗାବୋ ଦୋଗ୍‌ଧା ଗୋପାଳନନ୍ଦନଃ।
ପାର୍ଥୋ ବସଂ ସୁଧିର୍ଭୋକ୍ତା ଦୁଗଧଂ ଗୀତାମୃତଂ ମହାନ୍।'

ଅନ୍ୟାନ୍ୟ ଶାସ୍ତ୍ର ସମାନ ଗୀତାର ମତ ମଧ୍ୟ ପୃଥିବୀ ଦୁଃଖପୂର୍ଣ୍ଣ –

'ଦୁଃଖାଳୟମଶାଶ୍ୱତ।'

ଜୀବନ୍ମୁକ୍ତି ସକାଶେ ଗୀତାଶାସ୍ତ୍ର ଯେଉଁ ସହଜସାଧ୍ୟ ସାରଗର୍ଭ ଉପଦେଶମାନ ଦେଇଛନ୍ତି, ତାହାହିଁ ଧର୍ମାର୍ଜନର ସର୍ବଶ୍ରେଷ୍ଠ ଉପାୟ। ଆମ୍ଭେ ବର୍ତ୍ତମାନ ସେଥିରୁ ଦୁଇଗୋଟି ଶ୍ଳୋକ ବୋଲିବାକୁ ଇଚ୍ଛା କରୁ-

'ରାଗଦ୍ୱେଷବିମୁକ୍ତୈସ୍ତୁ ବିଷୟାନିନ୍ଦ୍ରି ୟେଶ୍ଚରନ୍।

ଆତ୍ମବଶ୍ୟୈର୍ବିଧେୟାତ୍ମା ପ୍ରସାଦ ମଧିଗଚ୍ଛତି।'

* * * * * *

'ସର୍ବଧର୍ମାନ୍ ପରିତ୍ୟଜ୍ୟ ମ୍ୟାମେକଂ ଶରଣଂ ବ୍ରଜ।

ଅହଂ ତ୍ୱାଭ ସର୍ବପାପେଭ୍ୟା ମୋକ୍ଷୟିଷ୍ୟାମି ମା ଶୂଚଃ।'

ଅସାର୍ଥ- ରୋଗଦ୍ୱେଷହୀନ ଆତ୍ମବଶୀଭୂତ ଇନ୍ଦ୍ରିୟମାନଙ୍କ ଯୋଗେ ବିଷୟ ଭୋଗ କଲେ ମଧ୍ୟ ଜିତେନ୍ଦ୍ରିୟ ଲୋକ ଚିତ୍ତପ୍ରସାଦ ଲାଭ କରେ। ଅନ୍ୟାନ୍ୟ ସର୍ବପ୍ରକାର ଧର୍ମ ପରିତ୍ୟାଗ କରି କେବଳ ଈଶ୍ୱରଙ୍କ ଆଶ୍ରୟ ଗ୍ରହଣ କର – ସେହି ଈଶ୍ୱର ତମକୁ ସର୍ବପ୍ରକାର ପାପରୁ ଉଦ୍ଧାର କରିବେ- ଶୋଚନା କର ନାହିଁ।

ଦେଖନ୍ତୁ, ଗୀତାକଥିତ ଉପଦେଶ ସର୍ବସାଧାରଣ ଲୋକଙ୍କ ପକ୍ଷରେ କେଡ଼େ ସହଜଲଭ୍ୟ ବିଷୟ ଅଟେ। ନିତାନ୍ତ ଶୁଷ୍କ – ନିତାନ୍ତ ଜଟିଳ – ନିତାନ୍ତ ତର୍କମୟ ଦର୍ଶନଶାସ୍ତ୍ର କେତେଜଣ ଲୋକଙ୍କର ବୋଧଗମ୍ୟ ହୋଇପାରେ? ଶାସ୍ତ୍ରରେ ଉକ୍ତି ଅଛି- 'ଅଚିନ୍ତ୍ୟାଃ ଖଲୁ ଯେ ଭାବାଃ ନ ତତ୍ ତର୍କେଷୁ ଯୋଜୟେତ୍।' ଆତ୍ମା, ପରକାଳ, ଈଶ୍ୱର ଏ ସମସ୍ତ ଅଚିନ୍ତ୍ୟ ବିଷୟରେ ମୁକ୍ତିକାମୀ ଲୋକ ତର୍କ ଉପସ୍ଥିତ କରିବେ ନାହିଁ। ବୁଦ୍ଧଦେବ ଦୃଢ଼ରୂପେ ନିଷେଧ କରିଯାଇଛନ୍ତି, ଚୈତନ୍ୟଦେବଙ୍କର ମଧ୍ୟ ଉପଦେଶ 'ବିଶ୍ୱାସେ ପାଇୟେ କୃଷ୍ଣ ତର୍କେ ବହୁଦୂର।'

ଏଥରକୁ ଆମ୍ଭର ମତ ଏହି –ବୁଦ୍ଧିବୃତ୍ତିର ତୀକ୍ଷଣତା ସମ୍ପାଦନ ନିମନ୍ତେ ଦର୍ଶନଶାସ୍ତ୍ର ଅଧ୍ୟୟନ କରିବାରେ ଆପତ୍ତି ନାହିଁ; ମାତ୍ର ଧର୍ମଶାସ୍ତ୍ରରୂପେ ତାହାକୁ ଗ୍ରହଣ କରିବା ଉଚିତ ବୋଲି ବୋଧକରୁନାହୁଁ; ବସ୍ତୁତଃ କି ଭାରତବର୍ଷ କି ପୃଥିବୀସ୍ଥ ଅନ୍ୟ ଉନ୍ନତ ଦେଶମାନ କୌଣସି ସ୍ଥାନରେ ଦର୍ଶନଶାସ୍ତ୍ର ଧର୍ମଶାସ୍ତ୍ରରୂପେ ଗୃହୀତ ହୋଇଥିବାର ଦେଖାଯାଏ ନାହିଁ। କପିଳ, କଣାଦ, ଜୈମିନି ବା ପାଶ୍ଚାତ୍ୟ ମିଲ୍, ସ୍ପେନସାଲ ପ୍ରଭୃତି ଦାର୍ଶନିକମାନେ ଯୁକ୍ତିତର୍କ ବଳରେ ଈଶ୍ୱରସତ୍ତା ପ୍ରତିପାଦନ କରିବାକୁ ଯାଇ ମାନବ ଜାତିର ସ୍ୱାଭାବିକ ବୃଦ୍ଧିର ସସୀମତା ଯୋଗୁଁ କୃତକାର୍ଯ୍ୟ ହୋଇ ନ ପାରି ସଂଶୟବାଦୀ ହୋଇପଡ଼ିଛନ୍ତି। ଏଣେ ଅଭ୍ରାନ୍ତ ବେଦବାକ୍ୟ-'ନ ତତ୍ର ଚକ୍ଷୁର୍ଗଚ୍ଛତି ନ ମନୋ ନ ବାକ୍।' ଏ କ୍ଷେତ୍ରରେ ସେମାନଙ୍କ ଚେଷ୍ଟା ଯେ ବ୍ୟର୍ଥ

ହୋଇଯିବ, ଆଦୌ ସେ କଥାଟା ବୁଝିବା ସେମାନଙ୍କ ପକ୍ଷରେ ଉଚିତ ଥିଲା। ଆଉ ଗୋଟିଏ କଥା ପ୍ରତି ଦୃଷ୍ଟି ରଖିବା ଉଚିତ ବୋଲି ସେମାନେ ବୋଧ କରିନାହାନ୍ତି। ସେମାନଙ୍କର ପଦତଳସ୍ଥ ଗୋଟିଏ ଅତି ତୁଚ୍ଛ ଦୁର୍ବାଦଳ ସୃଷ୍ଟିର ଉଦ୍ଦେଶ୍ୟ – ତାହାର ଗୁଣ ବା ଧର୍ମମାନ ଆୟତ କରିବା କ୍ଷୁଦ୍ରମାନବ ବୁଦ୍ଧିର ଅସାଧ୍ୟ। ଏ କ୍ଷେତ୍ରରେ ଅନନ୍ତ ବିଶ୍ୱ-ବ୍ରହ୍ମାଣ୍ଡର ଅଧିପତି ଜଗଦୀଶ୍ୱରଙ୍କ ସ୍ୱରୂପ ନିରୂପଣ କରିବାକୁ ଚେଷ୍ଟା କରିବା ପରିମିତ – ଜ୍ଞାନୀମାନଙ୍କ ପକ୍ଷରେ ନିତାନ୍ତ ଦାମ୍ଭିକତାର କାର୍ଯ୍ୟ। ପୁଣି ସର୍ବବ୍ୟାପୀ ଜଗତସ୍ରଷ୍ଟା ବିଶ୍ୱପିତା ଜଗଦୀଶ୍ୱରଙ୍କ ଅସ୍ତିତ୍ୱ ପ୍ରତି ସନ୍ଦିହାନ ହେବା ନିଶ୍ଚୟ ବୁଦ୍ଧିର ବିଡ଼ମ୍ବନା ବିଷୟ ଅଟେ। ଉପନିଷଦ ବାକ୍ୟ- 'ଈଶାବାସ୍ୟମଦଂ ସର୍ବଂ ଯତକିଞ୍ଚ ଜଗତ୍ୟାଂ ଜଗତ୍' ଜଗତର ପ୍ରତ୍ୟେକ ଅଣୁ ପରମାଣୁ ପର୍ଯ୍ୟନ୍ତ ଈଶ୍ୱରସଭାରେ ବ୍ୟାପ୍ତ।ବାୟୁ ସାଗରରେ ନିଗମ; ଅଥଚ ତାହାର ଅସ୍ତିତ୍ୱ ପ୍ରତି ସନ୍ଦିହାନ ମାନବ ଆଉ ଜନନୀ କ୍ରୋଡ଼ରେ ଶାୟିତ ଜନନୀକୁ ଅନ୍ୱେଶ୍ୱଣକାରୀ ଶିଶୁସମାନ ସେହି ଲୋକର ଚେଷ୍ଟା ଅଦୂରଦର୍ଶିତାର କାର୍ଯ୍ୟ ଅଟେ। ସାଧାରଣତଃ ଆମ୍ଭେମାନେ ଧର୍ମକ୍ଷେତ୍ରରେ ଚତୁର୍ବିଧ ଲୋକ ଦେଖିବାକୁ ପାଉ; ୧। ପ୍ରକୃତ ଈଶ୍ୱରବିଶ୍ୱାସୀ।୨।ସଂଶୟବାଦୀ।୩।ଅନ୍ଧବିଶ୍ୱାସୀ।୪।ନାସ୍ତିକ। ପ୍ରକୃତ ଧର୍ମଶାସ୍ତ୍ର ଅଧ୍ୟୟନ ବା ସଦଗୁରୁ ଉପଦେଶ ପ୍ରଭାବରେ ଈଶ୍ୱରସଭା ପ୍ରାଣରେ ଅନୁଭବକାରୀ ଈଶ୍ୱରୋପାସକମାନେ ହିଁ ଧର୍ମମାର୍ଗରେ ଶ୍ରେଷ୍ଠ ଯାତ୍ରୀ। ଯେଉଁମାନେ କୌଣସି ରୂପ ଅନୁସନ୍ଧାନ ନ କରି କୁସଂସର୍ଗ ବା ଭ୍ରାନ୍ତ ଉପଦେଶ ପ୍ରଭାବରେ କୌଣସି ପ୍ରକାର ପଦାର୍ଥକୁ ଈଶ୍ୱର ଜ୍ଞାନରେ ଉପାସନା କରିଥାନ୍ତି, ସେହିମାନେ ହିଁ ଅବିଶ୍ୱାସୀ। ସୌଭାଗ୍ୟପ୍ରଯୁକ୍ତ କେହି କେହି ଅନ୍ଧବିଶ୍ୱାସୀ ପ୍ରକୃତ ଈଶ୍ୱର ଆରଧନାରେ ନିଯୁକ୍ତ ଅଛନ୍ତି ସତ୍ୟ, ମାତ୍ର ସର୍ପ, ମାର୍ଜାର, କୁମ୍ଭୀର ବା ଅନ୍ୟ କୌଣସି ତୁଚ୍ଛ ପଶୁ, ବୃକ୍ଷ ବା ତୁଚ୍ଛ ଜଡ଼ପଦାର୍ଥକୁ ଈଶ୍ୱର ଜ୍ଞାନରେ ଅନ୍ଧଭାବରେ ଉପାସନା କରୁଥିବା ଲୋକର ପୃଥିବୀର ଅଭାବ ନାହିଁ। ତୁଳନାରେ ଅନ୍ଧବିଶ୍ୱାସୀଠାରୁ ଜିଜ୍ଞାସୁ ସଂଶୟବାଦୀ ବହୁଗୁଣରେ ଶ୍ରେଷ୍ଠ ପଦବାଚ୍ୟ ହେବାର ଯୋଗ୍ୟ। ଯେହେତୁ ସେମାନେ ଈଶ୍ୱରସେବା ଅନ୍ବେଶଣରେ ନିଯୁକ୍ତ – କେତେବେଳେ ହେଲେ ସେମାନଙ୍କର ସଂଶୟାକୁଳିତ, ଅନ୍ଧକାରଛନ୍ନ ହୃଦୟରେ ଈଶ୍ୱରଜ୍ୟୋତି ପ୍ରତିଫଳିତ ହେବ ବୋଲି ଆଶା କରାଯାଇପାରେ। କାରଣ ସଂଶୟବାଦୀମାନେ ସଚରାଚର ଜ୍ଞାନୀ, ବିଶେଷରେ ଦାର୍ଶନିକ। ସଂଶୟ ଉପସ୍ଥିତ ହେବା କାଳରେ ସେମାନେ ଅଧୀନ ଦର୍ଶନଶାସ୍ତ୍ରର ଆଶ୍ରୟ ଗ୍ରହଣ ନକରି ସ୍ୱାଧୀନଭାବରେ ପ୍ରତ୍ୟକ୍ଷ ପରିଦୃଶ୍ୟମାନ ବିଶ୍ୱବ୍ରହ୍ମାଣ୍ଡର କାର୍ଯ୍ୟାବଳୀର ମୂଳତତ୍ତ୍ୱ ଅନୁଶୀଳନ କଲେ ଅତି ସହଜରେ ସର୍ବମୂଳାଧାରସ୍ୱରୂପ ଅନନ୍ତ ଶକ୍ତିମାନ, ଅନନ୍ତ ଜ୍ଞାନୀ, ଅନନ୍ତ ଦୟାମୟ, ମହମହିମ ଈଶ୍ୱରଙ୍କର ହସ୍ତ ଦେଖିବାକୁ ସମର୍ଥ

ହୁଅନ୍ତେ। ସଂସାରବର୍ତ୍ତରେ ପୁନଃ ପୁନଃ ଆଘାତପ୍ରାପ୍ତ ହୋଇ ନିତାନ୍ତ ଆକୁଳ ଭାବରେ ଦୟାମୟ ଈଶ୍ୱରଙ୍କ ଶରଣାପନ୍ନ ହୋଇ ପରିଣତ ବୟସରେ ଜୀବନରେ ଶାନ୍ତିଲାଭ କରୁଥିବାର ଅନେକ ସଂଶୟବାଦୀ ସଚରାଚର ଦୃଷ୍ଟିଗୋଚର ହୁଅନ୍ତି। ଅବଶ୍ୟ ସଂଶୟବାଦୀ କୌଣସିରୂପେ ପ୍ରଶଂସ୍ୟ ନୁହନ୍ତି। ଗୀତାଶାସ୍ତ୍ରରେ ଉଲ୍ଲେଖ ଅଛି, 'ସଂଶୟାତ୍ମା-ବିନଶ୍ୟତି' ତଥାପି ଆମେ ବୋଲୁଛୁ ଅନ୍ଧବିଶ୍ୱାସଠାରୁ ସଂଶୟବାଦୀ ଅନେକ ଗୁଣରେ ଉତ୍ତମ ଅଟନ୍ତି, ଯେହେତୁ ସଂଶୟବାଦୀ କେବଳ ନିଜ ଆତ୍ମାର ଅନିଷ୍ଟକାରୀ ମାତ୍ର ଅନ୍ଧବିଶ୍ୱାସୀଗଣ ପୃଥିବୀର ଭୟଙ୍କର ଶତ୍ରୁ, ଭୀଷଣ ଅମଙ୍ଗଳକାରୀ। ଏମାନଙ୍କ ଯୋଗରେ ଲକ୍ଷ ଲକ୍ଷ ମହାପ୍ରାଣୀଙ୍କ ଶୋଣିତ ସ୍ରୋତରେ ପୃଥିବୀ ପୁନଃ ପୁନଃ ପ୍ଲାବିତ ହୋଇଅଛି। ଆପଣାର ମଙ୍ଗଳ କାମନାରେ ଏମାନେ ନରବଳି ଦେବାକୁ କିଛି ମାତ୍ର କୁଣ୍ଠିତ ନୁହନ୍ତି; ପ୍ରତ୍ୟୁତ ସ୍ୱର୍ଗପଦ ବୋଲି ବିଶ୍ୱାସ କରଥାନ୍ତି। ଦେଖାଯାଏ, ଅନ୍ଧବିଶ୍ୱାସୀମାନେ କୁସଂସ୍କାରାଚ୍ଛନ୍ନ କୃପାପାତ୍ର। ନାସ୍ତିକମାନେ ମାନବ ନାମରେ ଭକ୍ତ ହେବାର ଅଯୋଗ୍ୟ। ସର୍ପ, ବ୍ୟାଘ୍ର, ତସ୍କର ସମାନ ସେମାନଙ୍କୁ ବିଶ୍ୱାସ କରାଯାଇ ନପାରେ। ଏଭଳି ବହୁଳ ଲୋକ ଦୃଷ୍ଟ ହୁଅନ୍ତି, ଆତ୍ମସୁଖସାଧନ ନିମନ୍ତେ ଲୋକବିଶେଷ ବା ଲୋକ-ସମାଜର ଅନିଷ୍ଟ ସାଧନ ନିମନ୍ତେ କେତେମାତ୍ର କୁଣ୍ଠିତ ନୁହନ୍ତି। ରାଜଦଣ୍ଡ ଆଉ ଇଶ୍ୱର ଭୟରେ ଲୋକ ଦୁଷ୍କର୍ମରୁ ନିବୃତ୍ତ ହୁଏ। ଦୁଷ୍କୃତର ପ୍ରମାଣ ପ୍ରାପ୍ତ ହେଲେ ରାଜବିଧି ଦଣ୍ଡବିଧାନ କରିଥାଏ। ଏ କ୍ଷେତ୍ରରେ ଅତି ସଂଗୋପନ, ଅତି ସାବଧାନତା ସହିତ ଦୁଷ୍କାର୍ଯ୍ୟ ସାଧନ କରିବା ଧୂର୍ତ୍ତଲୋକ ପକ୍ଷରେ ଅସମ୍ଭବ ନୁହେଁ। ଆଉ ସେ ଲୋକର ଯଦି ବିଶ୍ୱାସ ଥାଏ, ସର୍ବଦର୍ଶୀ ଜାଗ୍ରତ ଦେବତା ପରମେଶ୍ୱର ଆମ୍ଭମାନଙ୍କ ପ୍ରତ୍ୟେକ କାର୍ଯ୍ୟ, ପ୍ରତ୍ୟେକ ଚିନ୍ତା ହୃଦୟର ଗଭୀରତମ ସ୍ଥାନରେ ଅବସ୍ଥିତ ଥାଇ ଦେଖୁଛନ୍ତି ଆଉ ସେହି ମହପ୍ରଭୁ ସମସ୍ତ ଶୁଭାଶୁଭ କାର୍ଯ୍ୟର ଦଣ୍ଡ ପୁରସ୍କାରଦାତା ଅଟନ୍ତି, ତେତେବେଳେ ଦୁଷ୍କାର୍ଯ୍ୟ ସାଧନ ସକାଶେ ଭୀତ ହେବା ତା'ପକ୍ଷରେ ଖୁବ ସମ୍ଭବ। ମାତ୍ର ନାସ୍ତିକ ପକ୍ଷରେ ସେ ଭୟର ନିତାନ୍ତ ଅଭାବ। 'ଋଣଂ କୃତ୍ୱା ଘୃତଂ ପିବେତ୍' ଏହି ନୀତି ଅବଲମ୍ବନପୂର୍ବକ କହିପାରିବେ-'ଚୌର୍ଯ୍ୟଂ କୃତ୍ୱାଂ ସୁଖୀ ଭବେତ୍ ଧର୍ମାଧର୍ମଫଳଃ କୃତଃ?'

ପଣ୍ଡିତମାନଙ୍କୁ ଚର୍ଚ୍ଚା କରିବାର ଭାର ହରିବୋଲ ବାରିକ ଉପରେ ଅଛି। ବାରିକେ ଦେଖିଲେ, ବ୍ରାହ୍ମଣ ଗୋସାଇଁଗୁଡ଼ାକ ଯେପରି ବକାବକିରେ ଲାଗିଛନ୍ତି, ସଞ୍ଜ ବଜାଇଦେବ। ସଭାର କିଛି ଦୂରରେ ଛିଡ଼ାହୋଇ ପଣ୍ଡିତମାନଙ୍କୁ ଶୁଣାଇ ଶୁଣାଇ ଖୁବ ଗୋଟାଏ ପାଟିକରି କହିଲା, "ଏଁ –ହରିବୋଲ। ଆରେ ଗୋସାଇଁ ମହାପ୍ରଭୁଙ୍କ ପାଠ ଛିଡ଼ି ନାହିଁ –ଏଡ଼େ ଚଞ୍ଚଳ ପତର କ୍ୟାଁ ଲଗାଇଦେଲ? ଆରେ, ଅମୃତସାବଳୀ, କାକାରା ହାଣ୍ଡି ତୋଳି ନେଇଯା' ରେ – ବିଲେଇଗୁଡ଼ାକ ପଲପଲ ବୁଲୁଛନ୍ତି। ମଲା

ଯା'! ଦହିସରଗୁଡ଼ାକ ଖାଇଗଲେ, ଦହିହାଣ୍ଡି ମାରୁ ଗଲା ନା ରହିଲା। ଏଣେ ଦିନ ତିନି ପହର ଗଡ଼ିଲା ପରି ହେଲାଣି। ସମସ୍ତଙ୍କ ପେଟ ଜଳୁଛି। ଯେଉଁମାନେ ପାଠରେ ଲାଗିଛନ୍ତି ଲାଗିଥାନ୍ତୁ, ଆଉ ସମସ୍ତେ ଦିକ୍‌କାର ହୋଇଗଲେଣି। ଏଡ଼େ ସଭାଟାରେ ପାଟି ଫିଟିବାକୁ ନାହିଁ, ମନରେ ଲାଜ, କଷ୍ଟ, ଏଣେ ପୁଣି ଭୋକ।" ବାରିକ କଥା ଶୁଣି ଗୋଳମାଳ କରି ସମସ୍ତେ ଉଠିପଡ଼ିଲେ। ପତରପାଣି ସକାଶେ ହୁରି ଡକା ପଡ଼ିଗଲା।

ଛବିଶି
ରିପୋଟ ଲେଖାଇ

ରାତି ଅନୁମାନ ପହରକ ଭିତରେ ନଅର ଭିତରେ ମଣିମା ଚାନ୍ଦମଣି ଦେଈ ପିଣ୍ଡା ବାଡ଼କୁ ଆଉଜି ବସିଛନ୍ତି। ଲଳିତା (ଓରଫ ଚିତ୍ରକଳା) ଡେବିରି ହାତଟା ତାଙ୍କ ପିଠିରେ ବୁଲାଉଛି, ଖାଇବା ହାତରେ ପଙ୍ଖାଟିଏ ଧରି ବିଞ୍ଚୁଛି। ନାଜର ଆଉ ଧାଈମା ଦୁଇଜଣ ପାଖରେ ବସିଛନ୍ତି। ଗୋଟାଏ ପିତ୍ତଳ ରୁଖାରେ ବଳିତା ଆଲୁଅଟାଏ ମିଞ୍ଜି ମିଞ୍ଜି ହୋଇ ଜଳୁଛି। ନଟବରବାବୁ କଥା ପକାଇଲେ "ଏ ଧାଈମା, ଦେଖିଲେ ତ ଚୋରାଛପା ନାହିଁ-ସବୁ କଥା ଦାଣ୍ଡରେ ପଡ଼ି ହାଟରେ ଗଡ଼ୁଛି। ମୁଁ ନ ଆସିଲେ କ'ଣ କ୍ରିୟା ହୋଇନଥାନ୍ତା?" ଲଳିତା କହିଲା, "ସେଥିପାଇଁ ତ ମା' ତରବର ହୋଇ ବାବୁଙ୍କୁ ପଠାଇଲେ। ତୁମକୁ ସିନା ଡରରେ କେହି କିଛି କହୁନାହାନ୍ତି, ମା' ସବୁକଥା ଶୁଣିଲେଣି, ମୁଲକ ଲୋକ ତ ଶୁଣିଲେଣି, ମାଁ କ'ଣ ନ ଶୁଣିବେ, ମା' ମୋ ହାତରେ ଆପଣଙ୍କୁ ଖବର ଦେଇଛନ୍ତି, ଖାଲି ବାବୁଙ୍କ କଥା ତ ଶୁଣିବେ, କିପରି କାହାରିକୁ ପରତେ ଯିବେ ନାହିଁ।" ନଟବର ବାବୁ କହିଲେ, "ସବୁ ତ ହେଲା ମୁଲକ କିପରି ସମ୍ଭଳା ଯାଏ? ଏ ଥାଳ ଖଣ୍ଡକ ଯେ ପିଲାଦିଓଟିଙ୍କର ସର୍ବସ୍ୱ।" ଧାଈମା କହିଲେ, "ମୁଁ କ'ଣ ଜାଣେ? ମଉସାଙ୍କୁ ଆଉ ପୁରୁଣା ପାଞ୍ଜିଆମାନଙ୍କୁ ଡକା, ବସି ବିଚାର କର, ଯାହା ଭଲ ହୁଏ କର।"

ନାଜର କହିଲେ. "ଏ ଧାଈମା ! ତୋର ମୁଁ, ନା ତୋର ଗୋସେଇଁଯାର ମୁଁ? ମୁଁ ତ ଛ'ଥର ଡାକିଲିଣି, କାହାରି ସୋରଶବଦ ନାହିଁ।ଆଉ କି ସେ ମଉସା ପାଞ୍ଜିଆ ଅଛନ୍ତି? ସମସ୍ତେ ମେଳା ମେଳା ହୋଇ କ'ଣ ଫୁସରୁଫାସର ହେଉଛନ୍ତି, ଡାକିଲେ ପାଖ ପଶୁନାହାନ୍ତି। ମୋ ଡରରେ କଥାଟା ଫୁଟିଆରା ହେଉନାହିଁ। ମୁଁ ଉଠିଗଲେ ଶୁଣିବ ଯେ କଟକ ହାକିମମାନଙ୍କର ସେମାନଙ୍କ ଉପରେ ତିଳେହେଲେ ବିଶ୍ୱାସ ନାହିଁ। କଟକ ହାକିମ କହନ୍ତି- ଚାନ୍ଦମଣି ନାମରେ ମୂଲକ ରହିବ – ତୁମେ ଟଙ୍କା ପଇସାଗୁଡ଼ାକ ସମ୍ଭାଳି ରଖିବ। ହାକିମ ତ ସବୁ କାମ କରିବେ, ମୁଁ ତୁମ କଥା ହାକିମଙ୍କୁ

ଆଉ ହାକିମଙ୍କ କଥା ତୁମକୁ ଶୁଣାଉଥିବି। ମୋର ଆଉ କ'ଣ କାମ – ଆଉ କିଏ ଅଛି! ପିଲା ଦିଓଟି ହୃଦୟର ନଧି-ନୟନର ପିତୁଳୀ। ଦୁଇ କୁଳରେ ଜଳ ମୁନ୍ଦାଏ ଟେକିବାକୁ ଆଉ କି? ବଞ୍ଚିବର୍ତ୍ତି ପଡ଼ିଥିଲେ ମଣିଷ ହେଲେ ତ ଚଉଦ ପୁରୁଷର ରାଜପଣ ସମ୍ଭାଳିବେ, ଆଉ ପ୍ରଜାପାଟକ ପାଳିବେ। ଆଉ ସାହେବ ହେଲେ ମୁଲକର ବାଦଶା ତାଙ୍କ କଥା ନ ରଖିଲେ କ'ଣ ବାକି ରଖିବେ?"

ଲଳିତା କହିଲା, "ସାହେବ କଥା ନ ମାନିଲେ ଭାରି ଖପା ହୋଇଯିବେ ପରା! କ'ଣ ବୋଲି କ'ଣଟାଏ କରି ପକାଇବେ! ଜଗି କାମ କରିବା ଉଚିତ।" ଧାଈମା କହିଲେ "ଆଉ ସବୁ କଥା ଯାହାହେଉ – ପିଲାଦିଓଟି କିପରି ରକ୍ଷପାଆନ୍ତି, ଏତିକି ବିଚାର କର।"

ନାଜରବାବୁ ମୋର ତ ସେଇ କଥା; ମୁ କ'ଣ ଟଙ୍କାସୁନାର ସାଇତିଆ ହୋଇଛି? ପିଲାଦିଓଟି ଉପରେ ଅମୃତ ବରଷୁ, କାଲିକି କାଲି ଛତି ଧରି ରଜା ହୋଇ ବସିବେ। ମୁଁ ଯେ ଏତେ ଧନ ସମ୍ଭାଳିଛି, କାହାଲାଗି? କଥାଟା ଶୁଣିଲାବେଳୁଁ ମୋ ମୁଣ୍ଡରେ ଚଡ଼କ ପଡ଼ିଲାଣି। ଏବେ ସମସ୍ତଙ୍କର ଇଚ୍ଛା, ଦୁଇ ରାଜଗିକୁ ଏକ କରିବେ, ପିଲାଯୋଡ଼ିକ ସେମାନଙ୍କ ଆଖିର ବାଲି ହୋଇଛନ୍ତି।

ସରସ୍ୱତୀ ଦେଈ କଥାଟା ଶୁଣି ଚମକି ପଡ଼ିଲେ। ତାଙ୍କ ବୁଦ୍ଧି ଶୁଦ୍ଧି ଯାହା ଟିକିଏ ଥିଲା, ଲୋପ ପାଇଲାଣି। ମୁଣ୍ଡ ବୁଲାଉଛି। ଦଣ୍ଡକ ବାଦ୍ ଟିକିଏ ସମ୍ଭାଳି ହୋଇ କହିଲେ, "କ'ଣ କହୁଛୁରେ ନଟ, କ'ଣ କହୁଛୁ? ନା- ନା ତୁ ବୁଝିନାହୁଁ ପରା ଏଡ଼େ କଥାଟା ସେମାନେ ମନରେ ପାଞ୍ଚିଥିବେ ନା?"

ନାଜର ଧାଈମା ! ମୁଁ କିଛି କହିବି ନାହିଁ, କହିବା ବେଳକୁ ଛାତି ଫାଟିଯାଉଛି। ତୁମେ ଲୋକାତରେ ସବୁ କଥା ଶୁଣିବ ଯେ – ଆଖିରେ କ'ଣ ସେମାନେ ଧୂଳି ପକାଇ ପାରିବେ। ସେମାନଙ୍କର ଡର ଏକା ତୁମକୁ। ଆଚ୍ଛା ଏତିକି କଥା ତୁମେ ବୁଝୁନାହଁ, ଆଜିକି ହାତ ଗଣନ୍ତା ଚଉଦ ଦିନ ବିତିଗଲାଣି, ତୁମକୁ ପଦେ କଥା କେହି ପଚାରୁଛି ନା! ଉଆସ ଭିତରେ କ'ଣ ହେଲା, କଣ ନ' ହେଲା, ଥରେ ବୁଝାବୁଝି କରିବାର ଉଚିତ ଥିଲା ତ! ବିପଦବେଳେ ଯେ ପାଖ ଛାଡ଼ପଡ଼େ, ସେ କିପରି ଲୋକ, ମନକୁ ବୁଝ ତ ! ଭଲମନ୍ଦ ଯେମନ୍ତ କି କିଛି ନ ବୁଝିଲେ ନାହିଁ, ଉଆସ କଚେରିକୁ ତ ଯିବାଆସିବା କରୁଥାନ୍ତେ।

ଲଳିତା – ମୁଁ ଉଆସ ଚାରିଆଡ଼େତିନିଥର ବୁଲି ଆସିଲିଣି, ପାଞ୍ଚ ବରଷିଆ ପିଲାଟିର ବି ଦେଖାନାହିଁ। ତୁମେ ଆପଣା ଦାଣ୍ଡଦୁଆର କଥା ଶୁଣିପାରି ନାହଁ – ମା'ଙ୍କ କାନରେ ସବୁ କଥା ବାଜିଲାଣି।

ସରସ୍ୱତୀ ଦେଈ – ଅପା କ'ଣ କହିଛନ୍ତି?

ଏହି କଥାଟା ଶୁଣି ନାଜରବାବୁଙ୍କ ମୁହଁ ଶୁଖିଗଲାଣି ଚିତ୍ରାର କେଉଁ ପୁରୁଷରେ କେହି ଆମ ଗ୍ରାମର ନାମ ଶୁଣି ନାହାନ୍ତି – ସେ ତ ମୋ ସାଙ୍ଗରେ କଟକରୁ ଦାଣ୍ଡେ ଦାଣ୍ଡେ ଆସିଲା, କ'ଣଟା ବୋଲି କ'ଣଟା କହିପକାଇବ – ସବୁକଥା ଭଣ୍ଡୁର ହୋଇଯିବ।

ଚିତ୍ରକଳା ନାଜରଙ୍କ ମୁହଁ ଦେଖି ଅଭିପ୍ରାୟ ବୁଝିଗଲାଣି। କହିଲା, "ମା', ବାବୁଙ୍କୁ ମାଲି-ମାମଲା କଥା କେତେ କହିଲେ, ମୁ ମାଇକିନିଆ ଲୋକ, କ'ଣ ବୁଝିବି, କ'ଣ କହିବି? ଆପଣ ବାବୁଙ୍କୁ ପଚାରନ୍ତୁ ସବୁ ଶୁଣିବେ। ଖାଲି ମୋ ହାତରେ ଏତିକି କହିଛନ୍ତି- ଆପଣ ବାବୁଙ୍କ କଥାରେ ଚାଲିବେ; ଆଉ କାହାରିକୁ ପରତେ ଯିବେ ନାହିଁ।" ନାଜରବାବୁ କଥାଟା ଶୁଣି ଭାରି ଖୁସି। ମନରେ କଲେ, ମୋର ଗୋଟିଏ ଲକ୍ଷ୍ମୀ, ଆଉ ଗୋଟିଏ ସରସ୍ୱତୀ। ପ୍ରକାଶ କରି କହିଲେ, "ଏ ଧାଇମା ! ଏତେ କଥାରେ କ'ଣ ଅଛି, ଯେ ଯାହା କରୁଛି କରୁ, ଆମର ଧର୍ମ ଅଛି। ଆପେ ସାବଧାନ ହେଲେ ଯେତେ ଦୁଷ୍‌ମନ ଆସନ୍ତୁ, କିଛି କରିପାରିବେ ନାହିଁ। ଆଉ ଗୋଟିଏ କଥା, ହାକିମ ତ ମୁରବି ବସିଛନ୍ତି – ସିଂହ ଡରରେ ବିଲୁଆଗୁଡ଼ାକ କାହିଁ ବିଲରେ ପଶିବେ। ଗୋଟିଏ କଥା ହେଉଛି ହାକିମ ହୁକୁମ ନ ମାନିଲେ ସର୍ବନାଶ।"

ସରସ୍ୱତୀ ଦେଈ ବୁଦ୍ଧିମତୀ, ସଂସାରରେ ଅନେକ କଥା ବୁଝନ୍ତି। ରୂପ ଦେଖି, ଲୋକର ଦୁଇ ଚାରିଟା କଥା ଶୁଣି ଲୋକ ଚିହ୍ନିବାର ଶକ୍ତି ତାଙ୍କର ଖୁବ ଅଛି। ଏଣେ ବଡ଼ ନିରୀହ, ସେହିପରି ସରଳ ହେଲେ କ'ଣ, ତାଙ୍କୁ କେହି ଠକାଇପାରିବ ନାହିଁ। ମାତ୍ର ଆଜି ନାଜର ନଟବର ଦାସଙ୍କ ବୁଦ୍ଧିଠାରେ ତାଙ୍କର ସବୁ ବୁଦ୍ଧି ପରାସ୍ତ। ସେଥିର କାରଣ, ବର୍ତ୍ତମାନ ସରସ୍ୱତୀ ଦେଈଙ୍କ ସମସ୍ତ ବୁଦ୍ଧି କେବଳ ପିଲାମାନଙ୍କ ରକ୍ଷା ବିଷୟରେ କେନ୍ଦ୍ରୀଭୂତ। ଆଉ ବିଷୟ ବୁଝିବାକୁ ଇଚ୍ଛା ନାହିଁ, ଶକ୍ତିର ମଧ୍ୟ ଅଭାବ। କେବଳ ଲକ୍ଷ୍ୟ ତିନୋଟି ପ୍ରାଣୀ କିପରି ରକ୍ଷା ପାଇବେ। ଆଉ ଗୋଟାଏ କଥା, ନଟବର ଯେତେ ବଡ଼ ହେଉ ପଛକେ, ସରସ୍ୱତୀ ଦେଈଙ୍କ ଆଖିରେ ସେ ପିଲା। କାଲି ତାକୁ କୋଳରେ ବସାଇ ମଣିଷ କରିଛନ୍ତି, ତାହା ବିଷୟରେ ସାବଧାନ ହେବେ କ'ଣ? ଏ କି କଥା! ପିଲାଙ୍କ ଅମଙ୍ଗଳ କାମନାରେ ଷଡ଼ଯନ୍ତ୍ର। ତାଙ୍କର ଆଉ ଯେତିକି ଟିକିଏ ବୁଦ୍ଧି ଥିଲା; ହଜି ଗଲାଣି। ସରସ୍ୱତୀ ଦେଈ ଛୋଟରାୟ ଆଉ ପାଞ୍ଜିଆ କାର୍ଯୀମାନଙ୍କୁ ଭଲରୂପେ ଚିହ୍ନନ୍ତି। ନଟବର ଯେ ଗୋଟେ ଭାରି ବଗୁଲିଆ ଟୋକା ତାହା ମଧ୍ୟ ତାଙ୍କୁ ଅଜଣା ନ ଥିଲା। ହେଲେ କ'ଣ ବର୍ତ୍ତମାନ ବୁଦ୍ଧି ବାମ-ବିପଦ ଉପସ୍ଥିତ ହେଲେ ବା ବିପଦାଗମ ପୂର୍ବରେ ମନୁଷ୍ୟର ବୁଦ୍ଧିର ଚାଞ୍ଚଲ୍ୟ ଦେଖାଯାଏ; ଆପଣାକୃତ କାର୍ଯ୍ୟର ଭବିଷ୍ୟତ ଫଳାଫଳ ତେତେବେଳେ ବୁଝିପାରେନାହିଁ। ସୀତାଦେବୀ ଭଲରୂପେ ଜାଣିଥିଲେ, ଲକ୍ଷ୍ମଣ ତାଙ୍କ ସକାଶେ ସର୍ବତ୍ୟାଗୀ ଘଟଣା ସ୍ଥଳରେ ଖାଲି ତୁଚ୍ଛା

କଥାଟାରେ ତାଙ୍କ ପ୍ରତି ଘୋର ଅବିଶ୍ୱାସ। ଧର୍ମରାଜ ଯୁଧିଷ୍ଠିର ପରା ଲୋକ ଧର୍ମପତ୍ନୀ ଦ୍ରୌପଦୀଙ୍କୁ ହରାଇ ବସିଲେ। ଦେଖାଯାଉଛି, ମାନବ ଘଟଣାର ଦାସ-ସହଜ ବୁଦ୍ଧିଟା ମଧ୍ୟ ସମୟରେ ହରାଇବସେ।

ସରସ୍ୱତୀ ଦେଈ ଆଉ କିଛି ଭାବି ପାରିଲେ ନାହି। ଅପା କହିଛନ୍ତି, ପୁଣି ହାକିମଙ୍କ ହୁକୁମ। କାନ୍ଦୁଣୁମାନ୍ଦୁଣୁ ହୋଇ କହିଲେ, "ନଟ! ସାହେବ ଯାହା କହିଛନ୍ତି କର। ଧର୍ମ ଜାଣେ ତାଙ୍କର ଯାହା ଇଚ୍ଛା କରନ୍ତୁ। ହାକିମଙ୍କୁ କହିବୁ ଖାଲି ପିଲାଦିଓଟିଙ୍କ ଉପରେ ଦୟା ରଖିଥିବେ"। ସରସ୍ୱତୀ ଦେଈଙ୍କ ଆକୁଳତା ଦେଖି ନଟବରବାବୁ ମନ ମଧ୍ୟରେ ଭାରି ଗୋଟାଏ ଖୁସି ହୋଇଗଲେଣି- ତେଣୁ ସେ ବର୍ତ୍ତମାନ କୃତକାର୍ଯ୍ୟ। ଆତ୍ମବୁଦ୍ଧିର ସଫଳତା ଦେଖି କିଏ ଆନନ୍ଦିତ ନ ହୁଏ? କ୍ଷତବିକ୍ଷତା ହରିଣୀର ଜୀବନ ଯାପନ ବ୍ୟାଘ୍ରଦମ୍ପତିର ଆନନ୍ଦର କାରଣ ହୋଇଥାଏ। ନଟବର ଆଉ ଚିତ୍ରା ଦୁଇଜଣ ମୁହଁ ଚାହାଁଚାହିଁ ହେଲେ-ଏ ଚାହାଁଚାହିଁଟା କାର୍ଯ୍ୟ ସାଫଲ୍ୟଜନିତ ଆନନ୍ଦର ଚିହ୍ନ ଅଟେ। ନଟବର ଦାସେ ଖଣ୍ଡିଏ ରିପୋର୍ଟ ଲେଖି ଆଣିଥିଲେ। ସେଥିରେ ମଣିମାଙ୍କର ଦସ୍ତଖତ ଦରକାର। ସରସ୍ୱତୀ ଦେଈଙ୍କ ଅନୁରୋଧ, ଚିତ୍ରକଳାର ସମସ୍ତ ଆୟୋଜନ ବ୍ୟର୍ଥ ହୋଇଗଲା। ଯେଣୁ କି ମଣିମାଙ୍କର ବୁଦ୍ଧି ବିଲୋପ-ଇନ୍ଦ୍ରିୟ ସମସ୍ତ ଅବଶ। କେବଳ ରିପୋର୍ଟରେ ମଣିମାଙ୍କ ମୋହରଟା ଚପାଇ ଦିଆଗଲା। ନାଜରବାବୁଙ୍କ ନିହାତି ଧରାଧରିରେ ସରସ୍ୱତୀ ଦେଈ ମୋଡ଼ ମୋଡ଼ ହୋଇ ସେଥିରେ ମଣିମାଙ୍କ ନାମଟା ଲେଖିଦେଲେ।

ବାସନା ପୂର୍ଣ୍ଣ। ହୃଦୟ ଆନନ୍ଦରେ ପୂର୍ଣ୍ଣ। ନାଜରବାବୁ ମେଲାଣି ଘେନିଲାବେଳେ ମଳିନ ମୁଖରେ କହିଲେ, "ଧାଈମା ! ଖବରଦାର ! ପିଲା ଦିଓଟିଙ୍କି ପଦାକୁ ଛାଡ଼ିବ ନାହିଁ। ସେମାନଙ୍କୁ କେହି ପଦେ କଥା କହିଲେ, ମୁଁ ଜୀବନ ହରାଇ ଦେବି। ଜାଣିଲ ଧାଈମା ପିଲାଯୋଡ଼ାକ ମୋ ଜୀବନ – ଦେହର ରକ୍ତ।"

ସତେଇଶି

ଅଳଙ୍କାର ପୋଟଳା

ଗଲାରାତି ପରି ଆଜି ମଧ୍ୟ ଠିକ୍ ସେହି ବେଳରେ ବେହରଣ ପିଣ୍ଡାରେ ସମସ୍ତେ ଯେ ଯାହା ଜାଗାରେ ବସିଛନ୍ତି। ନଟବର ଦାସ ଏକଥା ସେକଥା ପାଞ୍ଚକଥା ଉତ୍ତାରେ କହି ଆସିଲେ "ଧାଈମା ! ସବୁ ତ ହେଲା। ହ-ମୁଁ କଟକ ଯାଉଛି, ତୁମେ ତ ଜାଣ ସରକାରୀ କର୍ମରେ ପା ବନ୍ଧା, ସବୁବେଳେ ଆସିଯାଇ ପାରିବି ନାହିଁ। ଗୋଟିଏ କଥା ମନରେ ପଡ଼ିଗଲା, କହିବାକୁ ଅଇଲି। ତୁମେ ତ ବାୟାଣୀ ପରି ହେଉଛ, ଚାନ୍ଦ ତ

ଏକାବେଳେ ଅଜ୍ଞାନ, ମୁଁ କହୁଥିଲି ଅଳାଙ୍କର ଦି' ଖଣ୍ଡ ସାଇତିସୁଇତି ରଖିଦେଇଗଲେ ଭଲହୁଅନ୍ତା। ପୋଇଲୀ ପରିବାରୀଙ୍କୁ ଯେତେ ଆପଣାର ବୋଲ ସୁନାରୂପାକୁ କାହାର ଲୋଭ ନାହିଁ? ସେ ଅଳଙ୍କାର ଦି'ଖଣ୍ଡରେ ତୁମର କଣ ଅଛି, ମୁଁ ଲଗାଇବି? ବେଳରେ ପିଲାମାନଙ୍କର ଲୋଡ଼ା ହେବ। ସାଇତିସୁଇତି ନ ରଖିଲେ ଆମ୍ଭମାନଙ୍କର ଅଧର୍ମ। ପିଲାମାନେ କ'ଣ ଜାଣୁଛନ୍ତି? ଏଇଟା ହେଲା ଆମ୍ଭମାନଙ୍କର ଧର୍ମ।"

ସ୍ତ୍ରୀ ମାନେ ଯେତେ ବିପଦରେ ପଡ଼ନ୍ତୁ ଅଳଙ୍କାରରୁ ସେମାନଙ୍କର ଗୋଟାଏ ମାୟା ଛାଡ଼େ ନାହିଁ। ବିଶେଷରେ ଉଆସର ସମ୍ପତ୍ତିଗୁଡ଼ାକ ନଟବରକୁ ଦେଖାଇବାକୁ ଧାଇମା'ଙ୍କର ଇଚ୍ଛା ବଳୁନାହିଁ। କହିଲେ, "ସେଗୁଡ଼ାକ କେଉଁଠି ପଡ଼ିଛି – ସେହି ଅମଙ୍ଗଳିଆ ଦିନ ଚାନ୍ଦ ଦେହ ଅଳଙ୍କାରଗୁଡ଼ାକ ପହଡ଼ ପଲଙ୍କ ତଳକୁ ଫୋପାଡ଼ି ଦେଇଥିଲି, କ'ଣ ହେଲା ଜାଣେନା।" ନଟବର କହିଲେ, "ସେହି କଥା ମୁଁ କହୁଛି ପରା ଉଛୁଣି ନ ସାଇତିଲେ ସେଗୁଡ଼ାକ କୁଆଡ଼େ ଲଣ୍ଡଭଣ୍ଡ ହୋଇଯିବ, ତୁମେ ଧୈର୍ଯ୍ୟଧର। ସମ୍ଭାଳି ହୁଅ ନା ନା, ଉଛୁଣି ସବୁ ଦେଖି ରଖ। ମୁଁ ଚାଲିଯାଇଥାନ୍ତି, ହାକିମ ବାରବାର କରି କହିଛନ୍ତି, ସାଇତିସୁଇତି ଦେଇ ନ ଗଲେ ମୋ ଉପରେ ଭାରି ଖପା ହେବେ।" ଲଳିତା କହିଲା, "ହଁ ହଁ, ହାକିମ ତ ସେକଥା କହିଛନ୍ତି। ପଦାରେ ମାଲଗୁଡ଼ାକ ପଡ଼ିଛି- ମୁ ଦେଖିଛି ପୋଇଲିପରିବାରୀ ଯେ ସେ ଲୋକ ପହଡ଼ ଘରକୁ ଧାଡ଼ି ଛୁଟିଛନ୍ତି। କିଏ କେତେବେଳେ ଜଗିବସିଛି ବୋଲ ତ? ସାଇତାସୁଇତା ନ ହେଉ; ଖାଲି ଥରେ ଆଖିବୁଲାଇ ଯାଅ, ନୋହିଲେ ହାକିମ ପଚାରିଲେ କ'ଣ କହିବି?"

ଲଳିତା(ଚିତ୍ରକଳା)ର କଥା ଗୁଡ଼ାକ ଶୁଣି ନାଜରବାବୁ ଭାରି ଖୁସି – ଆପଣାକୁ ଭାରି ଭାଗ୍ୟବାନ୍ ବୋଲି ମନେକଲେ। ସେହି ସମୟରେ ଯେମନ୍ତ ଆଶାଟା ତାଙ୍କ ହୃଦୟରେ ବସି କହିଲା, ଲାଗିଥା-ସମୟରେ ଲକ୍ଷପତି ହୋଇଯିବୁ।

ସରସ୍ୱତୀ ଦେଈଙ୍କ ବୁଦ୍ଧି ଆଉଥରେ ପରାସ୍ତ ହେଲା। ସରସ୍ୱତୀ ଆଉ ଚିତ୍ରକଳା ଦୁହେଁ ବୁଦ୍ଧିମତୀ। ଜଣଙ୍କର ବୁଦ୍ଧି କଳଙ୍କ – ସମ୍ପର୍କମାତ୍ର ଶୂନ୍ୟ ଏବଂ ଜନହିତସାଧିନୀ। ଚିତ୍ରାର ବୁଦ୍ଧି ବୈଚିତ୍ର୍ୟମୟୀ, ସ୍ୱାର୍ଥସାଧନପ୍ରବଳା ଏବଂ ଭୟଙ୍କରୀ। ପୁଣି ବର୍ତ୍ତମାନ ସମୟରେ ସରସ୍ୱତୀ ଦେଈଙ୍କ ବୁଦ୍ଧି ବିପଦବାହୁଲ୍ୟବିଭ୍ରାନ୍ତ। ସୁତରାଂ ପରିଣାମ-ଫଳଚିନ୍ତନରେ ଶକ୍ତିଶୂନ୍ୟା। ଚିତ୍ରାର ବୁଦ୍ଧି କାର୍ଯ୍ୟସାଧନତତ୍ପରା। ଏମନ୍ତ ଅବସ୍ଥାରେ ବିଜୟ, ଚିତ୍ରା ବୁଦ୍ଧି ପକ୍ଷରେ ସହଜଲଭ୍ୟ। ନାଜରବାବୁ ପୂର୍ବବାର କହିଲେ, "ଧାଇମା ! ମୁଁ ଆସିଲାବେଳେ ହାକିମ ବାରବାର କରି କହିଛନ୍ତି, ସବୁ ଅଳଙ୍କାର ଏକ ଜାଗାରେ ପୁଟୁଳା କରି ବନ୍ଧାଯିବ, ସେହି ପୁଟୁଳା ସିନ୍ଦୁକରେ ରହିବ, ସେଥିରେ ଯୋଡ଼ାଏ ତାଲା ପଡ଼ିବ। ଗୋଟିଏ କଞ୍ଚିକାଠି ରହବ ତୁମ ହାତରେ ଆଉ ଗୋଟିଏ କଞ୍ଚିକାଠି କଟକ ଖଜଣାଖାନା ଲୁହା ସିନ୍ଦୁକରେ ରହିବ। ସେଠି ଚାରିଜଣ ସିପାହୀ

ବନ୍ଧୁକ କାନ୍ଧରେ ପକାଇ ଦିନରାତି ଖାଡ଼ା ପହରା – ମାଛିଟିଏ ଗଳିବାକୁ ବାଟ ନାହିଁ।" ସରସ୍ୱତୀ ଦେଈ ଖଣ୍ଡେ ଗୁମମାରି ରହିଲେ; କ'ଣ ଗୋଟାଏ କଥା ମନରେ ପାଞ୍ଚିଲେ, କିଛି କଥା ନ ବୋଲି ଦୀପଟାଏ ଧରି ଛିଡ଼ା ହୋଇଗଲେ, "ଆ ନଟ ଆ" କହି ସାମନ୍ତଙ୍କ ପହଡ଼ ଘର ଭିତରକୁ ଯାଇ କହିଲେ, 'ଯା ନଟ, ପଲଙ୍କ ତଳେ ସେଗୁଡ଼ାକ ପଡ଼ିଛି, ଗୋଟେଇ ଗୋଟେଇ ଆଣ।' ନାଜରବାବୁ ଅଳଙ୍କାର ଗୋଟାଇବାବେଳେ ପ୍ରତ୍ୟେକଟା ଭଲକରି ଦେଖିଯାଉଥାନ୍ତି – ଜଡ଼ଉ ଅଳଙ୍କାର –ହୀରା ନୀଳା ମୁକ୍ତାଗୁଡ଼ାକ ଦୀପ ଆଲୁଅରେ ଜୁଳଜୁଳା ପୋକ ପରି ଜକଜକ୍ ଦିଶୁଥାଏ। ସେହି ଆଲୁଅଗୁଡ଼ାକ ଯେମନ୍ତ ନାଜରବାବୁଙ୍କ ହୃଦୟରେ ଚହଟି ଯାଉଛି। କହିଲେ, ଧାଈମା! ଆଉ ଯେଉଁଠି ଯାହା ଅଛି ଦିଅ, ଏକା ସାଙ୍ଗରେ ବାନ୍ଧିଦିଏଁ।' ଧାଈମା ଗୋଟିଏ ବଡ଼ ବାକସ ଫିଟାଇ ଗୁଡ଼ିଏ ଅଳଙ୍କାର ବାହାର କରିଦେଲେ। ନାଜରବାବୁ ଖଣ୍ଡେ ଚିରା କନାରେ ଭଲକରି ବାନ୍ଧୁଥାନ୍ତି। ଧାଈମା ଅଳଙ୍କାରକୁ ଅନାଇ ପାରୁନଥାନ୍ତି। କେବଳ ବେଳେବଳେ ନାଜରବାବୁଙ୍କ ହାତର କାର୍ଯ୍ୟଟାକୁ ଅନାଇ ଦେଉଥାନ୍ତି। ଗୋଟିଏ ବଡ଼ ସିନ୍ଦୁକରେ ଯୋଡ଼ାଏ କୋଲପ ପଡ଼ିଲା। ନାଜରବାବୁ ଧାଈମାଙ୍କୁ ଦେଖାଇ ଦୁଇ ତିନିଥର କୋଲପ ଯୋଡ଼ାକ ଭିଡ଼ି ଭିଡ଼ି ଦେଖିଲେ। ଗୋଟିଏ କଞ୍ଚିକାଠି ଧାଈମାଙ୍କ ହାତକୁ ବଢାଇଦେଇ ଚଞ୍ଚଳ ଘରୁ ବାହାରି ଅଇଲେ। ନଟ ଅନ୍ଧାରରେ ଯାଉଛି ମନରେ କରି ଧାଈମା କଞ୍ଚିକାଠି ସା'ନ୍ତଙ୍କ ପହଡ଼ ପଲଙ୍କ ମାଣ୍ଡିତଳକୁ ଗୁଞ୍ଜିଦେଇ ଆଲୁଅ ଦେଖାଇବା ପାଇଁ ଘରୁ ବାହାରିଗଲେ। ସରସ୍ୱତୀ ଦେଈଙ୍କ କଞ୍ଚିକାଠି ରଖିବାଟା ଜଳକବାଟି ଫାଙ୍କ ବାଟେ ଯୋଡ଼ିଏ ଆଖି ଦେଖୁଥାଏ।

ନାଜରବାବୁ ବିଦା ହୋଇ ବସାକୁ ଅଇଲେ। ଲଳିତା ଦୀପ ଦେଖାଇ ଦେହୁଡ଼ି ଦୁଆର ଯାଇ ଅଇଲା। ଦୁଇଜଣ ମୁହଁ ଚାହାଁଚୁହିଁ ହୋଇ ମୁରୁକି ମୁରୁକି ହସୁଥାନ୍ତି – ଯେମନ୍ତ ଆଖିରେ ଆଖିରେ କିଛି କଥା ହୋଇଗଲା।

ଅଠେଇଶି

ନାଜରବାବୁଙ୍କ କଟକ ଯାତ୍ରା

ଅଳଙ୍କାର ହେପାଜତରେ ରଖାଯିବା ତିଆସି ଦିନ ଗଡ଼ ନରିପୁରରେ ପ୍ରଚାର ହେଲା, କଟକ କିଲଟରୀ ସାହେବଙ୍କ ଠାରୁ ଜରୁରୀ ଚିଠି ପାଇ ନାଜରବାବୁ ରାତକାରାତ କଟକ ରମାନା ହୋଇଗଲେ। ତାଙ୍କ ସାଙ୍ଗରେ ଆସିଥିବା ପୋଇଲୀ ଲଳିତା ମଧ୍ୟ ଚାଲି ଯାଇଛି। ବାବୁଙ୍କ ଯାତ୍ରା ପୂର୍ବମୁହୂର୍ତ୍ତ ପର୍ଯ୍ୟନ୍ତ ଏ କଥା କହାରିକୁ ଜଣା ନ ଥିଲା। ଗଡ଼ର ସଦରଦ୍ୱାରୀ ପାଇକମାନଙ୍କୁ କହିବାରୁ ଜଣାଗଲା

ନାଜରବାବୁଙ୍କ ରମାନା ପୂର୍ବ ରାତ୍ରି ସଞ୍ଜଠାରୁ ଅଧରାତି ଯାଏ ସେ ଗଡ଼ଦ୍ୱାରଠାକୁ ତିନି ଚାରିଥର ଯିବାଆସିବା କରିଥିଲେ। ସର୍ବଦା ଉତ୍ତମରୂପେ ଜାଗ୍ରତ ହୋଇ ପହରା ଦେବା, ଗଡ଼ ଭିତରକୁ ଛାଡ଼ି ନଦେବା କଥା ଥରକୁଥର ପାଇକମାନଙ୍କୁ ବୁଝାଇ ଦେଉଥାନ୍ତି। ପାଇକମାନେ ଏହା ପ୍ରକାଶ କରନ୍ତି ଯେ, ବାବୁ ଯେମନ୍ତ ଗଡ଼ ଭିତରକୁ କାହାର ଆସିବା ଅପେକ୍ଷା କରୁଥିଲେ। ରାତି ଛ'ଘଡ଼ି ସରିକି ଗୋଟିଏ ସ୍ତ୍ରୀ ଗଡ଼ ମଧ୍ୟରୁ ବାହରି ଅଇଲା। ତାହା କାଖରେ ଗୋଟିଏ ପୁଟୁଳି ଯେମନ୍ତ ଜକାଥିଲା-ନାଜରବାବୁ ତାହାକୁ ଧରି ଅଳ୍ପକ୍ଷଣ ଉତ୍ତାରେ କଟକ ଚାଲିଗଲେ। ଯିବାବେଳେ ସବାରି ଡ଼ାକ କେହିଁ ଶୁଣିନାହିଁ ବା ମଶାଲର ଆଲୁଅ ନ ଥିଲା।

ଅଣତିରିଶି
ରିପୋର୍ଟ ପେଶ

ବର୍ତ୍ତମାନ କଟକ ଜିଲ୍ଲାର କିଲଟର ସାହେବଙ୍କ ନାମ ମିଷ୍ଟର ଡାଉସନ। ଅନେକ ଇଂରେଜ ହାକିମ ଅମଲା ଆଉ ପ୍ରଜାଙ୍କ ପକ୍ଷରେ ପ୍ରକୃତ ଧର୍ମାବତାର। ଆମ୍ଭମାନଙ୍କ ଡାଉସନ ସାହେବ ସେଥିମଧ୍ୟରୁ ଜଣେ। ସେ ଜଣେ ପୁରୁଣା ବହୁଦର୍ଶୀ ହାକିମ ହେଲେ ମଧ୍ୟ ଅମଲା ମାନଙ୍କ ଠକପଣିଆ ବୁଝିବାକୁ ଅକ୍ଷମ, ଅଥବା ବୁଝିବା ପାଇଁ ଚେଷ୍ଟା ବି ନ ଥାଏ। ସାହେବଙ୍କ ଅଭିପ୍ରାୟ – ଚାକରଗୁଡ଼ାକ ଗରିବ, ସେମାନଙ୍କ ଦୋଷ ଖୋଜି ଧରିଲେ ଚଳିବେ କିପରି? ସାହେବଙ୍କ ଜାଣିବାରେ ନାଜର ନଟବର ଦାସ ଜଣେ ଖୁବ୍ ବିଶ୍ୱାସୀ ଚାଲାଖି ଆଉ କାମିକା ଲୋକ। ସାହେବଙ୍କ ମେସ୍‌ସାହେବ, ଗୋଟିଏ ବଡ଼ ମିସ୍ ବାବା, ଆଉ ସାନ ସାନ ଯୋଡ଼ିଏ ବାବା ଅଛନ୍ତି। କୋଠିରେ କାର୍ଯ୍ୟ ଢେର୍ ମେସ୍‌ସାହେବ ଏକଲା ପାରିଉଠନ୍ତି ନାହିଁ। ହେଲେ କ'ଣ ହେଲା, ନଟବରବାବୁଙ୍କ ସକାଶେ ତାଙ୍କୁ କିଛି ବାଧେ ନାହିଁ। ଏଥି ସକାଶେ ବାବୁଙ୍କ ଉପରେ ମେସ୍ ସାହେବଙ୍କର ବି ଖୁବ୍ ଅନୁଗ୍ରହ। କିଛି ଗୋଟାଏ କାମପଡ଼ିଲେ 'ବ୍ୟାବୁ ବ୍ୟାବୁ' ଡ଼ାକ ପକାନ୍ତି। ନାଜରବାବୁ ପ୍ରତିଦିନ ବହୁ ସଖାଳୁ ଦଶଟା ବେଳ ଯାଏ କୋଠିରେ ହାଜର ଥାଇ ସବୁ କାର୍ଯ୍ୟ ତୁଲେଇ ଦିଅନ୍ତି। ଆହୁରି ମଧ୍ୟ ମେମ୍ ସାହେବ ଢେର୍ ଥର ପରଖି ଦେଖିଲେଣି-ଖାନସାମା ବା ଚପରାସୀଙ୍କଠାରୁ ନାଜରବାବୁ କୁକୁଡ଼ା, ଛେଳି, ଅଣ୍ଡା, ଘୋଡ଼ାଦାନା ପ୍ରଭୃତି ଖୁବ୍ ଶସ୍ତାରେ କିଣି ପାରନ୍ତି। ଏଥି ସକାଶେ ମେମ୍ ସାହେବଙ୍କ କୋଠି ଖରଚ ଜିନିଷାଦ୍ ଅଧା ଦାମ୍ ବା ବିନା ଦାମରେ ମଫସଲ ଜମିଦାରମାନଙ୍କଠାରୁ ଅଣାଯାଏ। ଏଥିରେ ସାହେବ ଆଉ ଜମିଦାର ଦୁଇଜଣଙ୍କର ଲାଭ। ମଝିରେ ନାଜରବାବୁ ତ ବିନା ଲାଭରେ କାହିଁରେ ହାତ ଦେବାର ଲୋକ

ନୁହନ୍ତି। ସାହେବଙ୍କଠାରେ ସୁପାରିଶ କରି ମାମଲାଟାଏ କଥାଟାଏ ସଜିଲ କରାଇଦେଲେ ଜମିଦାରଙ୍କୁ ବିନା ଦାମ୍ ବା ଅଧା ଦାମ୍ ରେ ଜିନିଷ ଦେବାଟା ବାଧେ ନାହିଁ। ହେଲେ, ସାହେବଙ୍କୁ ଏ କଥା ନିଶ୍ଚୟ ଅଗୋଚର। ଏଣେ ଖାନ୍‌ସାମା ଚପରାସୀ ଠାରୁ ଅମଲା ଯାଏ ସମସ୍ତେ ନାଜରବାବୁଙ୍କ ବିପକ୍ଷ। ଭିଆଭିତି ବାଟରେ ହରକତ ହେଲେ କାହାର ବା ରାଗ ନହେବ? ହେଲେ କ'ଣ ହେଲା, ଖୋଦ ହାକିମଙ୍କର ଯାହା ଉପରେ ଅନୁଗ୍ରହ ତା' ବିପକ୍ଷରେ ଭରସି କଥା କହୁଛି ବା କିଏ?

ନାଜରବାବୁ ଗଡ଼ ନରିପୁର ବାହୁଡ଼ା ବାସିଦିନ ଖୁବ୍ ସକାଳେ ସାହବଙ୍କ କୋଠିରେ ହାଜର। ଏହିପରି ସବୁଦିନେ ହୋଇଥାନ୍ତି। ହେଲେ କ'ଣ, ଆଜି ଚେହେରାଟା ଅନ୍ୟ ରୂପମୁହଁ ଶୁଖିଲା-ମୁଣ୍ଡବାଳଗୁଡ଼ାକ ନୁଖୁରା – ଲୁଗାଗୁଡ଼ାକ ମଇଲା। ମୁହଁ ଦେଖିଲେ ଜଣାଯାଏ, କେତେଦିନ ହେଲା ଖାଇନାହାନ୍ତି; କାନ୍ଦି କାନ୍ଦି ଆଖିଯୋଡ଼ାକ ଫୁଲିଯାଇଛି। ପାୟା ଉହାଡ଼ରେ ଯାଇ ଦୁଇ ତିନି ଥର ଡୁଙ୍ଗିଲେଣି – ବେଳ ଉଣ୍ଡୁଛନ୍ତି। ନାଜରବାବୁଙ୍କ ଉପରେ ମେଲା ହୁକୁମ ଯେତେବେଳେ ଇଚ୍ଛା ଯେଉଁଠାରେ ହେଉ ଏତଲା ନ ଦେଇ ସାହେବଙ୍କ ପାଖକୁ ଚାଲିଯାଇ ମୁଲାକାତ କରିବେ, ଯାହା କରିବାର ଥିବ କହିବେ। ହେଲେ କ'ଣ, ନାଜରବାବୁ ହୁସିଆର ଲୋକ, ମାମଲା ଭଲ ବୁଝନ୍ତି – ସାହେବ ଭଲପାଆନ୍ତି ବୋଲି ଯେ ଫୁଲିଯାଇ ଯେତେବେଳେ ତେତେବେଳେ ପାଖକୁ ପଶିଯିବା, ଯାହା ମନକୁ ଆସିବ କହିପକାଇବା – ଏ କଥାଟା ଭଲ ନୁହେଁ। ହାକିମ ମନ ଉଣ୍ଡି ଜଗି ଜଗି ବାଟ ଚାଲିବା ଉଚିତ। ଆଉ ହାକିମଙ୍କୁ ପଟାପଟି କରିବା ମାମଲା ମଧ୍ୟ ତାଙ୍କୁ ଭଲ ଜଣା।

ସକାଳୁ ଚା'ଖିଆ ସରିଲାଣି। ମେସ୍‌ସାହେବ ବାରନ୍ଦାରେ ଗୋଟାଏ ଝୁଲଣା ଚଉକିରେ ବସି ଧୀରେ ଧୀରେ ଝୁଲୁଛନ୍ତି, ହାତରେ ଛୁଞ୍ଚି ସୂତା ଆଉ ଖଣ୍ଡେ କନା। ସେମାନଙ୍କ ଆଙ୍ଗୁଳିଗୁଡ଼ାକ ଯେମନ୍ତ ସଡ଼ସଡ଼ କରୁଥାଏ-ସିଲେଇଟା, ଲେଖାଟା କିଛି ଗୋଟିକରେ ନ ଲାଗି ଥୟ ହୋଇପାରେ ନାହିଁ।

ସାହେବ ଗୋଟିଏ ଆରାମ ଚଉକିରେ ପଡ଼ି ଖବରକାଗଜଟା ପଢୁଛନ୍ତି-ଦୁଇଜଣଙ୍କ ମଧ୍ୟରେ ବେଶ୍ ହସ କୌତୁକ କଥା ଚାଲିଛି। ଏଇଟା ତ ଠିକ୍ ବେଳ ନାଜରବାବୁ ଇଷ୍ଟଦେବ ନାମ ମନରେ ଇଷ୍ଟେଦେବ ନାମ ମନରେ କରି ଧୀରେ ଧୀରେ ପାୟା ଉହାଡ଼ରୁ ବାହାରିଲେ। ଧୀରେ, ଅତି ସାବଧାନରେ ସାହବଙ୍କ ଆଗରେ ହାଜର ହୋଇ ମୁଣ୍ଡନୁଆଇଁ ଦୁଇଜଣଙ୍କୁ ଗୋଟା ଚାରି ଛ' ସଲାମ କଲେ। ସଲାମ ବେଳେ ଡାହାଣହାତ ଆଙ୍ଗୁଳି ମୁଣ୍ଡଗୁଡ଼ାକ ପ୍ରାୟ ଭୂଇଁରେ ଲାଗିଯାଉଥାଏ। ସାହେବ ପଚାରିଲେ, "What's the matter, Nazir Babu?"ଉଭୟଙ୍କ ମଧ୍ୟରେ ତେତେବେଳେ ଇଂରାଜୀରେ ସବୁକଥା ହୋଇଥିଲା। ପାଠକମାନେ ସହଜରେ ବୁଝିବା

ଲାଗି ଆମ୍ଭେମାନେ ଓଡ଼ିଆରେ ତର୍ଜମା କରିଦେଉଛୁଁ। ନାଜରବାବୁ ଆଉଥରେ ପୂର୍ବପରି ସଲାମ କରି ଅତି କଷ୍ଟରେ ଯେମନ୍ତ କହିଲେ- ମୋ ଭଗିନୀପତି ନରିପୁରଗଡ଼ର ଜମିଦାର ସାମନ୍ତ ପ୍ରତାପଉଦିତ ମଲ୍ଲ ଉତ୍ତରରାୟ ମରିଯାଇଛନ୍ତି, ମୋ ଭଗିନୀ ଚାନ୍ଦମଣୀ ଦେଈ ବର୍ତ୍ତମାନ ବିଧବା – କଥା କହିବା ବେଳେ ତାଙ୍କ ଦୁଇ ଆଖିରୁ ଝର ଝର ଲୁହ ଝରି ପଡୁଥାଏ। ବାବୁ ଥରକୁଥର ରୁମାଲରେ ପୋଛି ପକାଉଥାନ୍ତି – ଆଉ କିଛି କହିପାରିଲେ ନାହିଁ। ଧକେଇଗଲେ। ସାହେବ କୋମଳ ଭାବରେ ଆଶ୍ୱାସ ଦେଇ କହିଲେ, "That I know already Nazir Babu"। ବର୍ତ୍ତମାନ ମୁଁ ଇଷ୍ଟେଟଟା କୋର୍ଟ ଉଆର୍ଡସବୁ ଆଣି ଭଲରୂପେ ବନ୍ଦୋବସ୍ତ କରାଇଦେବି। ତୁମ୍ଭ ଭଉଣୀର କିଛିମାତ୍ର କଷ୍ଟ ହେବ ନାହିଁ।'

ନାଜରବାବୁ ଆଉଥରେ ଦୁଇଜଣଙ୍କୁ "ମୋ ଭଉଣୀ ଚାନ୍ଦମଣୀ ଦେଈ, ହଜୁର ଆଉ ମେମ୍ ସାହବଙ୍କୁ ସଲାମ ଦେଇ କହିଛନ୍ତି, ଆପଣମାନେ ବର୍ତ୍ତମାନ ତା'ର ମା-ବାପା। ଆଉ ସେ କହିଛନ୍ତି – ତାଙ୍କ ଇଷ୍ଟେଟର ଆୟ ଖୁବ୍ କମ୍। ଉଆସରେ ଖାଇବାକୁ ଲୋକ ଢେର୍, ଖରଚ ବେଶି, ଆଉ ସାନ୍ତଙ୍କ କ୍ରିୟାରେ କିଛି ଦେଣ ହୋଇଯାଇଛି। ଇଷ୍ଟେଡ୍ ଉଆର୍ଡସରେ ରହିଲେ ମେନେଜର ଆଉ ଦପ୍ତର ଖରଚ ଢେର୍ ପଡ଼ିଯିବ। ଦେଣ ଶୁଝଟ ହୋଇପାରି ନାହିଁ। ଚାନ୍ଦମଣୀର ଇଚ୍ଛା, ସେ ନାବାଳକ ପିଲାମାନଙ୍କ ପକ୍ଷରୁ ମାତା ମହାଫିଜ ହୋଇ ଇଷ୍ଟେଟ ଚଳାଇବ"।

ସାହେବ କହିଲେ, " ସେ ଯେ ହିନ୍ଦୁ ଜନାନୀ, ବାହାର କାମ କିପରି ଚଳାଇବେ? ସେ ଲେଖିପଢି ଜାଣନ୍ତି କି?"

ନାଜରବାବୁ କହିଲେ, "ହଜୁର! ଚାନ୍ଦମଣୀ ଆଉ ହିନ୍ଦୁ ଜନାନା ପରି ନୁହନ୍ତି, ଇଷ୍ଟେଟ କାମସବୁ ତାଙ୍କୁ ଜଣା। ଆଉ ମୋର ଯେଉଁ ଭଗିନୀପତି ଜମିଦାର ଥିଲେ, ସେ କିଛି ବୁଝୁ ନ ଥିଲେ; ପଶାଖେଳ, ବାଦୀପାଲା ଶୁଣି, ଶୋଇ ଶୋଇ ଦିନ ସେ କଟାଉଥିଲେ। ଆଜକୁ ଆଠବର୍ଷ ହେଲା ଇଷ୍ଟେଟର କାର୍ଯ୍ୟ ଭଲରୂପେ ଚାଲିଛି, ସେଇଟା କେବଳ ଚାନ୍ଦମଣି ସକାଶେ। ସେହି ତ ସବୁ କାମ କରେ – ଇଷ୍ଟେଟର ଅମଲାମାନଙ୍କର ହିସାବପତ୍ର ବୁଝାସୁଝା କରେ କେହି ଅମଲା ପ୍ରଜା ଉପରେ ଜୁଲମ କଲେ, ଚାନ୍ଦମଣି ପ୍ରଜା ମୁହଁରୁ ସବୁ କଥା ଶୁଣି ସବୁ ମାମଲା ଫଏସଲା କରିଦିଏ। ଆଉ ଇଷ୍ଟେଟର ଉନ୍ନତି କରାଇବାକୁ ତାହାର ଭାରି ଇଚ୍ଛା। ଗଡ଼ରେ ଗୋଟାଏ ମାଇନର ସ୍କୁଲ ବସାଇଛି, ଆହୁରି ଯୋଡ଼ାଏ ବସାଇବାକୁ ତାହାର ଇଚ୍ଛା ଏହି ଗୋଳମାନ ନ ହୋଇଥିଲେ, ଏତେଦିନକୁ ସ୍କୁଲ ବସିଯାଇ ସାରନ୍ତାଣି। ଗଡ଼ରେ ଗୋଟାଏ ଡାକ୍ତରଖାନା ବସାଇବାକୁ ସବୁ ଠିକ୍ ଠାକ୍ ହୋଇଥିଲା, ହଠାତ୍ ବନ୍ଦ ହୋଇଯାଇଛି। ଚାନ୍ଦମଣି ଭଲ ଲେଖିପଢି ପାରେ, ଏହି ଦେଖନ୍ତୁ ତାହାର ରିପୋର୍ଟ।"

ନାଜର ପକେଟରୁ ରିପୋର୍ଟ ଖଣ୍ଡ ବାହାର କରି ସାହେବଙ୍କ ହାତକୁ ବଢାଇଦେଲେ। ସାହେବ ରିପୋର୍ଟ ଖଣ୍ଡକରେ ଥରେ ଆଖିବୁଲାଇ ଦେଇ କହିଲେ, "ଏହା କି ଚାନ୍ଦମଣିର ଲେଖା? ଅକ୍ଷରଗୁଡ଼ିକ ଗୋଟି ଗୋଟି ସୁନ୍ଦର ଦିଶୁଛି।" ନାଜର ବାବୁ କହିଲେ, "ଏହି ରିପୋର୍ଟ ଖଣ୍ଡ ଚାନ୍ଦମଣି ନିଜେ ଲେଖିଛି। ଏହ ଦେଖନ୍ତୁ ତାହାର ଦସ୍ତଖତ।ଇଷ୍ଟେଟର ହିସାବପତ୍ର ଆପେ ହାତରେ ଲେଖେ, ଟଙ୍କାକଉଡ଼ି ଆପେ ଗଣିନିଏ – ଦହବିଲ ଆପଣା ହାତରେ ରଖିଛି, କାହାରି ପ୍ରତି ସେ ନିର୍ଭର କରେ ନାହିଁ। ଆଉ ମୁଁ ମଧ୍ୟ ଦରକାରୀ କାର୍ଯ୍ୟରୁ ଫୁରସତ ପାଇବାବେଳେ ତାହାକୁ ସାହାଯ୍ୟ କରିବି, ସେଥି ସକାଶେ କିଛି ଦରମା ନେବି ନାହିଁ। ମୋ ଭଣଜା ଦିଓଟି ପିଲା, ତାଙ୍କ ପଇସା କି ନେଇ ପାରିବି?"

ମେସ୍‌ସାହେବ ସବୁ କଥା ଶୁଣିଥିଲେ। ଏତେବେଳେ କହିଲେ, " You see Dawsan, I know the Hindus are very cruel to women. They confine them in dark rooms like beasts. You better give some power to Chandamani in order that she may be enlighted"- ଆଉଲୋଡ଼ାକ'ଣ? ଚୂଡ଼ାନ୍ତ ହୋଇଗଲା। ନାଜରବାବୁଙ୍କ କାତର ପ୍ରାର୍ଥନା – ଚାନ୍ଦମଣି ଦେଈଙ୍କ ବିଦବତ୍ତା-ଇଷ୍ଟେଟ କାର୍ଯ୍ୟ ଚଳାଇବା ବିଷୟରେ ଦକ୍ଷତା – ସାହେବ ମନକୁ ଢେର୍ ତରଳାଇ ରଖିଥିଲେ – ତହିଁ ଉପରେ ମେସ୍ ସାହେବଙ୍କ ସୁପାରିଶ କିମ୍ବା ହୁକୁମ୍ ବୋଲିପାର- ଯେଉଁ ପଦପଲ୍ଲବ ମୁଦାର ଆମ୍ଭମାନଙ୍କ ହିନ୍ଦୁ ଦେବତାଙ୍କର ଶରସି ମଣ୍ଡନଂ ତାହାଙ୍କର ଆଦେଶ, ଆଉ କ'ଣ ଲୋଡ଼ା? ସାହେବ ଏକାବେଳେ ହୁକୁମ କଲେ- Better submit this report in the office. ନାଜରବାବୁ ପ୍ରଗାଢ଼ ଭକ୍ତିପୂର୍ବକ ପଛଘୁଞ୍ଚା ଦେଲେ। ସେତେବେଳେ କେହି ଲୋକ ବାବୁଙ୍କ ରୂପ ନିରୀକ୍ଷଣ କରି ଦେଖିଲେ, କଳାମେଘରେ ହଠାତ୍ ଚନ୍ଦ୍ରଜ୍ୟୋତ୍ସ୍ନା ଚହଟିଗଲେ କିପରି ଦିଶେ, ସେଥିରେ ଉପମା ପାଇଥାନ୍ତେ।

ତିରିଶି
ରିପୋର୍ଟ ମଞ୍ଜୁର

ଦିନ ବାରଟା ମଧ୍ୟରେ ପହିଲା କଚେରି ମିସଲ ଆଗ ବେଞ୍ଚ ଉପରେ ମୁନସୀ ପେସ୍କାର ବସି ନଥି ସଜଡ଼ାସଜଡ଼ି କରିବାରେ ବ୍ୟସ୍ତ। ଚପରାସୀ ଦୁଇଜଣ ଚୋପ୍ ଚୋପ୍ କହି ଆପଣା ଆପଣା କର୍ମଠତାର ପରିଚୟ ଦେଉଛନ୍ତି। ହାକିମ ଉପସ୍ଥିତ – ପେସ୍କାରକୁ ଅନାଇ ହୁକୁମ କଲେ, "ନଥି ପେଶ କର।" ନାଜରବାବୁ ମିସଲ ଆଗରେ

ଛିଡ଼ା ହୋଇଥିଲେ – ସଲାମ କରି ରିପୋର୍ଟ ଖଣ୍ଡ ବଢ଼ାଇଦେଲେ। ପେସ୍କାରବାବୁ ରିପୋର୍ଟ ଖଣ୍ଡର ଚାରିଧାଡ଼ି ପଢ଼ିଛନ୍ତି, ସାହେବ ହୁକୁମ କଲେ- "ଓଃ ଜମିଦାର ଚାନ୍ଦମଣି ଦେଈଙ୍କ ରିପୋର୍ଟ, ହୁକୁମ ଲେଖ- ଚାନ୍ଦମଣି ଦେଈ ନାବାଳକମାନଙ୍କ ପକ୍ଷରୁ ମାତା ମହଫିଜ ନିଜୁକ୍ତ ହେଲେ ସମସ୍ତ ଜମିଦାରୀର ଭାର ତାଙ୍କ ହାତରେ ରହିବ – ସରକାର ତରଫରୁ ସମସ୍ତ କାର୍ଯ୍ୟ ତଦାରଖ ଓ କର୍ମଚାରୀମାନଙ୍କ ସିରସ୍ତା ମାଇନା ସକାଶେ ନାଜର ନଟବର ଦାସ ନିଯୁକ୍ତ ହେଲେ; କିନ୍ତୁ ସେଥି ସକାଶେ କିଛି ଦରମା ପାଇବେ ନାହିଁ।"ହୁକୁମ ଶୁଣି ପେସ୍କାରବାବୁଙ୍କ ମସ୍ତକରେ ବଜ୍ରାଘାତ ହେଲାଣି। ତାଙ୍କୁ ବା କେଉଁ କଥା ଅଜଣା? ଚାନ୍ଦମଣି ଦେଈ ନାମମାତ୍ର – ଏଣିକି ନଟବର ଦାସେ ହେଲେ କିଲ୍ଲାର ମାଲିକ। ସାହେବଙ୍କୁ କ'ଣ କହିବାକୁ ଯାଉଥିଲେ, ସାହେବ ହୁକୁମ କଲେ, "ବସ୍ ବସ୍, ହୁକୁମ ହୋ ଚୁକା, ଦୋସରା ନଥି ନିକାଲୋ। " ପେସ୍କାରେ ହୁକୁମ ଲେଖିବେ କ'ଣ; ତାଙ୍କ ହାତ ବୋଲ ମାନୁନାହିଁ। ଚାନ୍ଦମଣି ଦେଈଙ୍କର ତୁଚ୍ଛା ନାମ ଡାକ ହେଲା- ଅସଲ ମାଲିକ ହେଲେ ନଟବର ଦାସେ। ଏଥିରେ ଶେଷ ଫଳ କ'ଣ ହେବ, ପେସ୍କାରବାବୁଙ୍କୁ ସବୁ ଦିଶିଗଲା। କେବଳ ପିଲା ଯୋଡ଼ାକର ନୁହେଁ, ଏଡ଼େ ବଡ଼ ବଂଶଟା ଲଣ୍ଡଭଣ୍ଡ ହୋଇଯିବ। ଅନ୍ୟର ବୋଲି ନୁହେଁ, ନିଜ ବଂଶର କଥା। ପେସ୍କାରବାବୁଙ୍କ ସମ୍ପୂର୍ଣ୍ଣ ଆଶାଥିଲା, କିଲ୍ଲାଟା କୋର୍ଟ ଅବ୍ ଉଆର୍ଡସରେ ରହିବ ରହିବାର ଏକା ବିଧି। କିଛି ନ ବୁଝି ନ ସୁଝି ଏକାବେଳେ କ୍ୟାଁ ଏପରି ଗୋଟାଏ ଅଖାଡୁଆ ହୁକୁମ ଦେଇ ବସିଲେ, ଏଥିର ମୂଳକଥା କ'ଣ? କିଛି ବୁଝିପାରୁ ନାହାନ୍ତି। ମୂଳରୁ ନାଜରଙ୍କ କର୍ମରେ ବାଧା ଦେଇଥିଲେ, ସାହେବଙ୍କୁ ସବୁ ହାଲହବାଲ ଜଣାଇଥିଲେ, ଏମନ୍ତ ଗୋଟାଏ ଦୁର୍ଯୋଗ ଘଟି ନ ଥାନ୍ତା। ପେସ୍କାରବାବୁ ଏତେବେଳେ ମନରେ କରୁଛନ୍ତି, ତାଙ୍କ ଢିଲାପଣିଆରୁ ଏପରି ଘଟିଲା – ସେ ଆପଣାକୁ ଦୋଷୀ ମଣି ସଡ଼ି ପଡୁଛନ୍ତି। କିଲ୍ଲାରେ ନାଜର ଗୋଳମାଳ ଲଗାଇବାବେଳେ ସେ ସମସ୍ତଙ୍କୁ କହିଥିଲେ, "ଏଇଟା କ'ଣ କରୁଛି କରୁ କେହି କିଛି ବୋଲି ନାହିଁ, ସାହେବ କିଲ୍ଲାକୁ କୋର୍ଟ ଅବ ଉଆର୍ଡ଼ସରେ ରଖିବେ।" ଏବେ କିଲ୍ଲାର ଲୋକମାନଙ୍କୁ କ'ଣ କହିବେ; ଲାଜରେ ମରିଯାଉଛନ୍ତି। ସାହେବଙ୍କୁ ଏ ପ୍ରସଙ୍ଗରେ ପଦେ କଥା ମଧ୍ୟ କହିପାରିଲେ ନାହିଁ। ଏ ମନଦୁଃଖଟା ବଳେଇ ପଡ଼ିଲାଣି। ନିହାତି ନାଚାର ହୋଇ ସାହେବଙ୍କ ହୁକୁମଟା ଲେଖିଲେ। ନ ଲେଖି ବା କ'ଣ କରିବେ? ରିପୋର୍ଟ ପିଠିରେ ହୁକୁମଟା ଲେଖିଲାବେଳେ ବିଜୟୀ ନାଜର କଣେ କଣେ ଅନାଇ ମନେ ମନେ ଖୁସିଟାଏ ହେଉଥାନ୍ତି।

ଗୋଟିଏ ପକ୍ଷ ପରଦୁଃଖକାତର – ପରମଙ୍ଗଳକାମୀ ଜନହିତୈଷୀ, ଅନ୍ୟ ପକ୍ଷ ସ୍ୱାର୍ଥ ସର୍ବସ୍ୱ – ନିଜର ମଙ୍ଗଳକାମନାରେ ଅନ୍ୟର ସମସ୍ତ ସୁଖସୌଭାଗ୍ୟ

ବଳିଦାନ କରିବାକୁ ଅକୁଣ୍ଠିତ ଅନ୍ୟାୟ ସ୍ୱାର୍ଥସାଧନମାର୍ଗ ଉନ୍ମୁକ୍ତ ଦେଖି ଉଲ୍ଲସିତ। ଅଦ୍ୟ ତଥାକଥିତ ଧର୍ମାସନ ସମ୍ମୁଖରେ ପ୍ରଥମ ପକ୍ଷ ପରାସ୍ତ – ଲଜ୍ଜିତ – ମୃତବତ ନିଶ୍ଚେଷ୍ଟ। ବିଚରାଳୟରେ ବିଶେଷ ଅବସ୍ଥା ଅବଗତ ଥିବା ଉପସ୍ଥିତ ଦର୍ଶକମଣ୍ଡଳୀ ଓ ଅମଲାମାନେ ଚକିତ, ନିସ୍ତବଧ। ଭ୍ରମସଙ୍କୁଳ ପାର୍ଥି ବିଚାରାଳୟରେ ସମ୍ମୁଖରେ ଏହା କିଛି ଗୋଟାଏ ନୂତନ ଦୃଶ୍ୟ ନୁହେଁ।

ଏକତିରିଶି
ମଣିମାଙ୍କ ହାଲ୍

ଚାନ୍ଦମଣି ଦେଈଙ୍କ ଯୋଗ୍ୟତା, କର୍ମଠତା, ଆଉ ଆଉ ସୁଖ୍ୟାତିମାନ ଶୁଣି କଲେକ୍ଟର ସାହେବ କିଲ୍ଲାର କାର୍ଯ୍ୟ ଚଳାଇବା ଭାର ତାଙ୍କ ହାତରେ ଦେଲେଣି। ହେଲେ, ଏଣେ ମଣିମାଙ୍କ କଥା କହିଲେ ନ ସରେ ! ସାଁନ୍ତ ଉତ୍ତରରାୟ ବିୟୋଗ ଦିନରୁ ତାଙ୍କୁ କେମନ୍ତ ଗୋଟାଏ, ଭକୁଆ ମାରିଯାଇଥିଲା। ଜଳଜଳ କରି ଚାହିଁଥାନ୍ତି, ହେଲେ ଆଖିରେ ଜ୍ୟୋତି ନାହିଁ-ପିଞ୍ଛଡ଼ା ପଡୁନାହିଁ-ଦୃଷ୍ଟିଜ୍ଞାନ ଅଛି କି ନାହିଁ ଜଣା ଯାଉନାହିଁ। ମୁଖରେ କଥା ନାହିଁ, ସମସ୍ତ ଅଙ୍ଗ ଯେମନ୍ତ ଅବଶ। ମଣିମା ଦହିକୁ ସବୁବେଳେ ଭଲପାନ୍ତି – ଠା' ବେଳେ ସବୁଦିନେ ବସାଦହି ଟିକିଏ ଯୋଗାଣ ଥାଏ। ଏଣିକି ସେହି ଦହି ଟିକକ ବି ରୁଚୁନାହିଁ। ଧାଈମା ଚହ୍ଲାପାଣି ମନ୍ଦାକରେ ଅନ୍ନମୁଠାଏ ଭଲକରି ଚକଟି ଚକଟି ଢେର ବେଳଯାଏଁ ଲାଗି ଲାଗି ବଡ଼ କଷ୍ଟରେ ପିଆଇ ଦିଅନ୍ତି, ତଣ୍ଟି ଭିତରକୁ ସହଜରେ ଯାଏ ନାହିଁ। ଧାଈମା ଲାଗି ପଡ଼ି ନ ଥିଲେ ତାଙ୍କ ଜୀବନ ରହିବାର କଥା ନ ଥିଲା। ମଣିମା ଗୋଟାଏ ଯାଗାରେ ଢୁନି ହୋଇ ପଡ଼ିଥାନ୍ତି। ନଡ଼ବଡ଼ ହେବାକୁ ନାହିଁ। ଏବେ ବର୍ଷକ ଉତ୍ତାରେ ଆଉ ଗୋଟାଏ ଜଞ୍ଜାଳ ଉପସ୍ଥିତ। ସମୟ ସମୟରେ ଗଁ ଗଁ ଗର୍ଜନ କରି ପଡ଼ିଯାନ୍ତି। ପ୍ରଥମେ ଗୋଡ଼ ହାତ ଥରେ, ତହିଁ ଉତ୍ତାରେ ଚେତା ବୁଡ଼ିଯାଏ। ଆଖପାଖ ଦଶ ପନ୍ଦର କୋଶ ମଧ୍ୟରେ ଜଣାଶୁଣା ସମସ୍ତ ବୈଦରାଜ ଲାଗିପଡ଼ିଛନ୍ତି। ଠିକ୍ ରୋଗଟା କ'ଣ ଏଯାଏଁ ଜଣାପଡ଼ିଲା ନାହିଁ। କେହି କେହି ଅପସ୍ମାର, କେହି କହେ ଭେକଲା ଭାତ। ଝିମଝିମିଆ ବାତ ବୋଲି ମଧ୍ୟ କେତେଜଣ ବୈଦରାଜ ସ୍ଥିର କଲେ। ଛାଗଳାଦି ଘୃତ-ଶିବା ଘୃତ-ମଧ୍ୟମ ନାରାୟଣ ତୈଳ-ମାଷତୈଳ-କୁବ୍‌ଜ ପ୍ରସାରିଣୀ ତୈଳ ଢେର୍ ଢେର୍ ତୈଳ, ଘୃତ ବସିଲା, କାହିଁରେ କିଛି ହେଲା ନାହିଁ, ଆହୁରି ତୈଳ ପ୍ରୟୋଗରେ ରୋଗଟା ବୋଇଲେ ବଢ଼ିପଡୁଛି। ଧାଈମା ଚାରି ଛ'ଥର ଭାଷା ଲେଖି ନାଜରବାବୁ ପାଖକୁ ଲୋକ ଦୌଡ଼ାଇ ଦୌଡ଼ାଇ ଥକିଲେଣି। ଶେଷରେ କଟକରୁ ଗୋଟାଏ ବୈଦ୍ୟ ଅଇଲା – ରୋଗିଣୀଙ୍କ ବାଁହାତ ନାଡିକା ଟିପି ରୋଗର ଅବସ୍ଥା ଶୁଣି ଠିକ୍ କଲା, ଏହା ଘୁମୁରିଆ ବାତ। ତିନିଟା

କଳା ରଙ୍ଗର ବଟିକା ଦେଇ କହିଲା, "ଅଦାରସ ଓ ମହୁ ଅନୁପାତରେ ଏହି ବଟିକା ଘୋଟି ପିଆଇଦେବ। ସାଙ୍ଗେ ସାଙ୍ଗେ ରୋଗୀକୁ ପାଣିରେ ବୁଡ଼ାଇବ, ଆଉ କଂସାଏ ଦହିପଖାଳ ପଥ୍ୟ ଦେବ।" ଧାଈମା ଅନେକ ରୋଗୀର ସେବା କରିଛନ୍ତି, ଢେର୍ ଢେର୍ ବୈଦ୍ୟରାଜଙ୍କ କଥା ଶୁଣିଛନ୍ତି; କାହିଁକି କେଜାଣି ଏ ଔଷଧଟା ତାଙ୍କ ମନକୁ ମାନିଲା ନାହିଁ। ବୈଦ୍ୟ କଟକକୁ ବାହୁଡ଼ିଲା।

ପେସ୍କାରବାବୁ ସବୁଦିନେ ମଣିମାଙ୍କ ଖବର ନେଉଥାନ୍ତି। କ'ଣ କରିବେ ସରକାର ଲଗା-ପୁଣି ଦୁଷ୍ଟ ଲୋକଟାଏ ମଝିରେ ଭରସି କିଛି କହିପାରୁନଥିଲେ। ଶେଷରେ ବୁଝିଲେ, ଦେଖୁଁ ଦେଖୁଁ ଯେ ମହାପ୍ରାଣୀଟା ଭାସିଗଲା। ଯାହା ଥାଉ କପାଳରେ – ଦିନେ କଟକରୁ ଗୋଟିଏ ପ୍ରବୀଣ ସାହେବ ସାର୍ଜନ ଆଉ ଜଣେ ଆସିଷ୍ଟାଣ୍ଟ ସାର୍ଜନକୁ ଧରି ଗଡ଼ ନରିପୁରରେ ଉପସ୍ଥିତ ହେଲେ। ଡାକ୍ତରମାନେ ରୋଗିଣୀକୁ ପରୀକ୍ଷା କରି ବୁଝିଲେ-ରୋଗଟା ମେଲାଙ୍କଲିଆ।ରୀତିମତ ଚିକିତ୍ସା ଚଳିଲା। ଦୁଇ ତିନିମାସ ଉତ୍ତାରେ ମଣିମା ଟିକିଏ ସହଜରେ ବସିପାରିଲେ। ଧାଈମାଙ୍କ ଧରାଧରିରେ ହାତରେ ଖାଇବାକୁ ଚେଷ୍ଟା କରନ୍ତି, ହେଲେ ତଣ୍ଟିରେ ସହଜରେ ଗଳେ ନାହିଁ। ଏବେ କିଛି କିଛି ବୁଝୁଛନ୍ତି। ଧାଈମା କହିଲେ, 'ହୁଁ – ହାଁ କରି ଉତ୍ତର ଦିଅନ୍ତି।

ଡାକ୍ତରୀ ଚିକିତ୍ସା କଥା ନାଜରବାବୁଙ୍କ କାନରେ ପଡ଼ିଲା। ସେ ପେସ୍କାରବାବୁଙ୍କୁ ଶୁଣାଇ ଶୁଣାଇ ଲୋକମାନଙ୍କ ଠାରେ କହି ବୁଲୁଥାନ୍ତି, "ଥରେ ଡାକ୍ତରଙ୍କୁ ଘେନି ଯାଇଥିଲେ, ହାଲଟା ତ ସମସ୍ତଙ୍କୁ ଜଣା – ପୁଣି ସେହି ଡାକ୍ତର – ବୁଝାବୁଝିଟାଏ ହେବ ଯେ !" ନାଜରବାବୁ ସିଆଣା ଲୋକ; ସେ କ'ଣ ଜାଣୁନାହାନ୍ତି ଯେ ଡାକ୍ତର ସାହେବ ଚିକିତ୍ସାରେ ଉଁ-ଚୁଁ କରିବାର ବାଟ ନାହିଁ। ସେ କ'ଣ ସତେ ସତେ କିଛି କରୁଥିଲେ? ଆଳୁ ଖୋଳୁ ଖୋଳୁ କେଜାଣି ମହାଦେବ ବାହାରି ପଡ଼ିବେ? ତୁଚ୍ଛାଟାରେ ପେସ୍କାରଙ୍କୁ ଡକାଇବା ଲାଗି ଲୋକଦେଖାଣି ମୁହଁଭୁରୁଡ଼!

ଡାକ୍ତରମାନଙ୍କ ପଛେ କେତେ ଟଙ୍କା ଖରଚ ହେଲା, କିଏ ଟଙ୍କା ଦେଲା, କାହାରିକୁ ଜଣା ନାହିଁ। ହେଲେ ନାଜରବାବୁ ଯେଉଁ ବୈଦ୍ୟରାଜ ପଠାଇଥିଲେ, ତା' ପାଇଁ ହଜାରେ ଟଙ୍କା ତହବିଲରୁ ଖରଚ ପଡ଼ିଥିବାର ପଛନ୍ତେ ଶୁଣାଗଲା।

ବତିଶି

ଧାଈମାଙ୍କ କର୍ତ୍ତବ୍ୟଜ୍ଞାନ

ଧୈର୍ଯ୍ୟ, ସହିଷ୍ଣୁତା, ପ୍ରୀତି ଏମଂ ବାତ୍ସଲ୍ୟ ପ୍ରଭୃତି ସଦଗୁଣ ପୁରୁଷମାନଙ୍କଠାରୁ ସ୍ତ୍ରୀମାନଙ୍କଠାରେ ଅଧିକ ପରିମାଣରେ ଥିବାର ଦେଖାଯାଏ। ଅଧିକନ୍ତୁ ଅବସ୍ଥା ବିଶେଷରେ ପଡ଼ିବା ଯୋଗୁଁ ସ୍ୱଭାବରେ ହୃଦୟଜନିତ ସଦଗୁଣମାନ ପ୍ରବଳ ରୂପେ

ପ୍ରସ୍ଫୁଟିତ ହୋଇଥାଏ। ସରସ୍ୱତୀ ଦେଈ ଆବାଲ୍ୟ ମାତୃହୀନା। ବିବାହର ଅଳ୍ପକାଳ ଉତ୍ତାରେ ସ୍ୱାମୀ ନିରୁଦ୍ଦିଷ୍ଟ, ଏଥକୁ କଷ୍ଟ ସହିବାରେ ଅଭ୍ୟସ୍ତ। ଏମନ୍ତ କି ସେ କଷ୍ଟକୁ କଷ୍ଟ ବୋଲି ମଣନ୍ତି ନାହିଁ। ପରସେବା ଅବା ରୋଗୀ ଶୁଶ୍ରୁଷାକୁ ଜୀବନର କର୍ତ୍ତବ୍ୟ ବୋଲି ଜ୍ଞାନ କରନ୍ତି ମଧ୍ୟ, ସେଥିସକାଶେ ଆନନ୍ଦିତା। ତାଙ୍କର ନିଜର ବୋଲି ଗୋଟାଏ କିଛି ନ ଥିଲା, ପର ସୁଖଦୁଃଖ ତାଙ୍କର ନିଜସ୍ୱ। ରୋଗୀ ସେବାବେଳେ ସେ ଯେମନ୍ତ ଆପଣାକୁ ଭୁଲିପକାନ୍ତି। ଆହୁରି ଯେମନ୍ତ ସେଥିରୁ ତାଙ୍କର କେମନ୍ତ ଗୋଟାଏ ଶାନ୍ତିଲାଭ ହୁଏ। ଯାହାର ସ୍ୱାର୍ଥ ସହିତ ସମ୍ପର୍କ ନାହିଁ, ଏଭଳି ସ୍ତ୍ରୀର ଅଭାବ କ'ଣ? ବାସ୍ତବରେ ସେ ସଦା ପ୍ରଫୁଲ୍ଲ ମୟୀ ଥିଲେ। ଦୁଃଖ ବା ଦୈନ୍ୟର ଚିହ୍ନ ତାଙ୍କ ମୁଖରେ ଲକ୍ଷିତ ହୁଏ ନାହିଁ। ବିଶେଷରେ, ଚାନ୍ଦମଣି ଯେମନ୍ତ ତାଙ୍କ ଚକ୍ଷୁରେ ସ୍ୱର୍ଗୀୟ କୋଟିନିଧି। ତାଙ୍କର ସମସ୍ତ ପ୍ରୀତି, ସ୍ନେହ, ସମସ୍ତ ବାତ୍ସଲ୍ୟ ଯେମନ୍ତ ଚାନ୍ଦମଣିଠାରେ କେନ୍ଦ୍ରୀଭୂତ ହୋଇଯାଇଥିଲା। ଚାନ୍ଦମଣିର ସେ ଭାଗ୍ୟରେ ଅପାର ଆନନ୍ଦ ଉପଭୋଗ କରିଥିଲେ। ଚାନ୍ଦମଣି ମଧ୍ୟ ମାତୃସ୍ନେହ କଦାଚିତ୍ ଅନୁଭବ କରିଅଛନ୍ତି – ଧାଈମା ତାଙ୍କର ସବୁ। ଚାନ୍ଦମଣି ଦେଈଙ୍କର ସମସ୍ତ ଶିକ୍ଷାଦୀକ୍ଷା ଧାଈମାଙ୍କ ଯୋଗୁଁ। ଆଉ ମଧ୍ୟ ସମସ୍ତ ବିଷୟରେ ସେ ଧାଈମା'ଙ୍କ ଅନୁଗତା ଏବଂ ଆଜ୍ଞାନୁବର୍ତ୍ତିନୀ। କେବଳ ଦୁଇଗୋଟି ବିଷୟରେ ଅବାଧ୍ୟ ବା ଶିକ୍ଷା ବିଷୟରେ ଅନିପୁଣା। ଅନେକ ସମୟରେ ଅନେକ କ୍ଷେତ୍ରରେ ଶିକ୍ଷା ସ୍ୱଭାବଠାରେ ପରାଜିତ। ଧାଈମା ସେଥିସକାଶେ ଅନେକଥର ବିରକ୍ତି ପ୍ରକାଶ କରିଥାନ୍ତି। ଧାଈମା'ଙ୍କର ଇଚ୍ଛା, ଚାନ୍ଦମଣି ରାଣୀ - ସେହିପରି ପୋଇଲି – ପରିବାରୀମାନଙ୍କ ସାଙ୍ଗରେ ବେଭାର କରୁ – ସମସ୍ତ ଦାସଦାସୀ ସଭୟ ତା'ଠାରେ ହାତଯୋଡ଼ି ରହନ୍ତୁ। ହେଲେ, ଏଣେ ଚାନ୍ଦମଣି କିନ୍ତୁ ସମସ୍ତ ପରିଜନଙ୍କୁ ମା ମାଉସୀ – ଭଉଣୀ ପରି ମଣନ୍ତି- ଧାଈମାଙ୍କୁ ଲୁଚାଇ ସମବୟସ୍କା ଦାସୀମାନଙ୍କ ସହ ଖେଳି ବସନ୍ତି –ହସି ହସି ସମସ୍ତଙ୍କ ସହିତ କଥା କହନ୍ତି ସହଜରେ ବି ଚାନ୍ଦମଣି ଦେଈ କଥା କହିବା ବେଳେ ତାଙ୍କ ମୁଖରୁ ହସଟାଏ ଫୁଟିପଡୁଥିବା ଭଳି ଜଣାଯାଏ। ଆପଣାର କିଛି କଥା ବୁଝିବାକୁ ନାହିଁ, ଏଣେ କେହି ପରିଜନ ବାଧିକା ପଡ଼ିଲେ, ଦିନ ନାହିଁ, ରାତି ନାହିଁ, ଦିନକୁ ଦଶଥର ତା' ପାଖକୁ ଧାଁଦଉଡ଼ କରୁଥିବେ। କେହି ଦାସୀ ତାଙ୍କ ହୁକୁମ ଅମାନ୍ୟ କଲେ ବା କଥା ବେଖାତିର କରି ହେଣ୍ଟି ଦେଲେ ତାକୁ ସଜା ଦେବା ତ ଥାଉ, ଆପେ ହସି ହସି ଚାଲିଯାନ୍ତି। ହେଲେ, ଧାଈମାଙ୍କୁ ଏ କଥାଗୁଡ଼ାକ ଭଲଲାଗେ ନାହିଁ।

ତେଲହଳଦୀ ବୋଲି ଗୋଟାଏ ବଡ଼ମୌଜା ବରାବର ଖଞ୍ଜା ଅଛି – ସେଥିରେ ଖଜଣା ଆଉ ଫାଉ- ଫୌରାତ ଟଙ୍କା ମଣିମାଙ୍କ ଭିତର ତହବିଲକୁ ଆସେ। ଏହାଛଡ଼ା ମଣିମା ଭେଟି ବୋଲି ଅନେକ ଟଙ୍କା ସଦର କଚେରିରୁ ପା'ନ୍ତି। କେହି ଦାସୀ ଟଙ୍କା

ଆଣି ମଣିମାଙ୍କ ହାତରେ ଦେଲେ ସେ ଧାଇମାଙ୍କ ଆଗକୁ ହସି ହସି ଫୋପାଡ଼ି ଦେଇ ଆଉ ଆଡ଼େ ଚାଲିଯାନ୍ତି। ଧାଇମା ଭାରି ଗୋଟାଏ ଦିକଦାର ହୋଇ କହନ୍ତି, 'ତୁ ଏହିପରି ଉଆସ ସମ୍ଭାଳିବୁ ପରା! ତୋର ଯେ ବୁଦ୍ଧି, ଦିନେହେଲେ କେହି ଜଣେ ଦୁଷ୍ଟ ଲୋକ ଆସି ତୋ ଗହଣାଗାଣ୍ଠି, ଟଙ୍କାସୁନାଗୁଡ଼ାକ ଠକାଇ ଘେନିଯିବ –ମୁଁ ମୁଣ୍ଡ ବାନ୍ଧିଛି, ସବୁଦିନେ ତୋର ସାଇତା ରଖୁଥିବି? ଚାନ୍ଦମଣିଙ୍କର ସେହି ହସ – ତେବେ ସେତେବେଳେ ଟିକିଏ ବଳିପଡ଼େ।

ଚାନ୍ଦମଣିଙ୍କ ବିପଦରେ ଧାଇମାଙ୍କ ଏକାବେଳେ ଭାଙ୍ଗିପଡ଼ିଥିଲେ। ପ୍ରଖର ଆଲୋକ ଉତ୍ତାରେ ହଠାତ୍ ଅନ୍ଧାରଟାଏ ଘୋଟିଗଲେ ସେହି ଅନ୍ଧାର ଭାରି ପ୍ରବଳ ଜଣାଯାଏ। ସମସ୍ତ ବିଷୟରେ ସୀମା ଥାଏ। ଧାଇମାଙ୍କ ସମସ୍ତ ଧୈର୍ଯ୍ୟ ଯେମନ୍ତ ବୁଡ଼ିଯାଇଥିଲା। କେବଳ ଦୃଢ଼ବିଶ୍ୱାସ ଥିବାରୁ ଇଶ୍ୱରଙ୍କ ପ୍ରତି ନିର୍ଭର କରି ସମ୍ଭାଳି ରହିଥିଲେ। ବର୍ତ୍ତମାନ ସେ ଯେମନ୍ତ ନିଃଶ୍ୱାସଟା ପକାଇବାକୁ ବେଳ ପାଇଛନ୍ତି। ବିପଦ ଆରମ୍ଭ ଦିନରୁ ଦୁଇଗୋଟି ବିଷୟ ଦୃଢ଼ରୂପେ ଧରି ବସିଛନ୍ତି – ତିନିଗୋଟି ପ୍ରାଣୀଙ୍କର ରକ୍ଷା ବିଷୟରେ ଯତ୍ନ, ଆଉ ନିୟମିତ ରୂପେ ଇଶ୍ୱର ଆରାଧନା। ଏହାଛଡ଼ା ଆଉ କୌଣସି ବିଷୟ ତାଙ୍କୁ ଏବେ ଦିଶୁନାହିଁ।

ତେତିଶି

ଗୋକୁଳ ପଟ୍ଟନାୟକଙ୍କର ବିନୋତ

ଶ୍ରୀ ଶ୍ରୀ ଜଗନ୍ନାଥ ମହପ୍ରଭୁଙ୍କ ଶ୍ରୀଚରଣେ

ଶ୍ରୀ ଶ୍ରୀ ଗୁରୁଦେବ ଉଦ୍ଧାର କରିବେ।

ମହାମହିମ ମହିମାସାଗର ଗୋବ୍ରାହ୍ମଣ ରକ୍ଷାପାଳକ, ଦାନେ କର୍ଣ୍ଣ, ମାନେ ଦୂର୍ଯୋଧନ ଶ୍ରୀ ଶ୍ରୀ ସାମନ୍ତବାବୁ ନଟବରଦାସ ନାଜରଙ୍କ ହଜୁରକୁ- ଗୋକୁଳ ପଟ୍ଟନାୟକ କାର୍ଯ୍ୟୀ ଚକ ନିଜ ଗଡ଼ କିଲେ ନରିପୂର ଜିଲ୍ଲେ କଟକର ବିନୋଦ୍ର ଅରଜ ନିବେଦନ ଏହିକି ଶ୍ରୀଛାମୁଙ୍କ ଶ୍ରୀହୁକୁମରେ ଅଧୀନ କାର୍ଯୀଗିରିରେ ନିଯୁକ୍ତ ଥାଇ ଉତ୍ତମରୂପେ କର୍ମ ଅଞ୍ଜାମ କରୁଥିଲା। ଏଣିକି କାର୍ଯ୍ୟ ଚଳାଇବା ହେଟକାଟ ହୋଇପଡ଼ିଲାଣି, ସରକାରୀ ଫାଉ ଫଉରାତ ଆୟ ଏକାବେଳକେ ବନ୍ଦ। ପୂର୍ବେ ସାମନ୍ତଅମଳଦାରୀ ସମୟରେ ଚକଲା କାର୍ଯୀର ଦରମା ମାସକୁ କୋଡ଼ିଏ ଟଙ୍କା ଥିଲା – ଶ୍ରୀ ହଜୁର ଅଧିନକୁ ମାସକୁ ଦରମା ତିରିଶ ଟଙ୍କାରେ ବାହାଲ କରି ଏହିପରି ହୁକୁମ୍ କରିଥିଲେ କି ଆଉ କାର୍ଯ୍ୟୀ ପରି ହଜୁରଙ୍କଠାରୁ ମାସକୁ ପାଞ୍ଚଟଙ୍କା ନଗଦ ନେଇ ଅଧୀନ ତିରିଶ ଟଙ୍କାରେ ରସିଦ ଲେଖିଦେବ। ବାକି ପଚାଶ ଟଙ୍କା ପ୍ରଜାମାନଙ୍କ

ନିକଟରୁ ବାଜେ ଆୟରୁ ନେବା ସକାଶେ ହୁକୁମ ଥିଲା। ସେହି ହୁକୁମ ମାଫିକେ ଦୁଇବର୍ଷ କାଳ ଉତ୍ତମ ରୂପେ କାର୍ଯ୍ୟ ଚଳିଆସୁଥିଲା – ବର୍ତ୍ତମାନ କର୍ମ ଅଞ୍ଜାମ କରିବା ଭାରି ମୁସ୍କିଲ ହୋଇପଡ଼ିଲାଣି। ପୂର୍ବେ ଯେଉଁ ଯେଉଁ ବିଷୟରେ ଆୟ ହେଉଥିଲା, ସେଥି ମଧ୍ୟରୁ କେତୋଟି ବିଷୟ ଉଲ୍ଲେଖ କରୁଅଛି।

୧। ପ୍ରଜାମାନଙ୍କ ମଧ୍ୟରେ ଦଙ୍ଗାଫିସାଦ ମାରପିଟ ହେଲେ ଦୁଇପକ୍ଷରୁ ଆୟ ହେଉଥିଲା।

୨। ଭାଇଭାଗ କରଜା ତମସୁକି ମାମଲାରେ ଦୁଇ ପକ୍ଷରୁ ଆୟ ହେଉଥିଲା।

୩। ପାଉତି –ବିଶୋଧନୀ ଖରଡ଼ାପଣି ଅମଲା ଗହିରୀ ଖର୍ଚ୍ଚା – ହଜୁରଙ୍କ ସଦର କଚେରି ସିରସ୍ତା ଖର୍ଚ୍ଚ ଇତ୍ୟାଦି ଅନେକ ଆୟ ହେଉଥିଲା।

ଗଲା ଦୁଇ ବରଷ ସାଲତମାମି ହିସାବରେ ଦେଖିବାକୁ ଆଜ୍ଞା ହେବ। ଏଣିକି ସବୁ ବିଷୟରୁ ଆୟ ବନ୍ଦ। ଅଧୀନର ଚଳାଚଳ ପକ୍ଷରେ ମୁସ୍କିଲ ହୋଇପଡ଼ିଲାଣି। କେବଳ ଗୋଟାଏ ଲୋକର ମନ୍ଦ ଆଚରଣ ହେତୁରୁ ଏହପରି ବେହଲ ଘଟିଅଛି – ଏଠାରେ ହରିବୋଲ ବାରିକ ନାମରେ ଗୋଟିଏ ଭଣ୍ଡାରୀ ଅଛି – ସେଇଟାର ଅସଲ ନାମ ଚତୁରା ବାରିକ – ସେ ପ୍ରତି କଥାରେ 'ହରିବୋଲ' ଏହି କଥା କହିବାରୁ ତାକୁ ଲୋକେ 'ହରିବୋଲ' ବାରିକ ବୋଲି ଡ଼ାକନ୍ତି। ସେଇଟା ନିଜ ଗଡ଼ ବାସିନ୍ଦା। ହେଲେ, ସେ ଗ୍ରାମ ଖଟେ ନାହିଁ, ତାହାର ଭାଇ ସତୁରା ବାରିକ ଗ୍ରାମ କର୍ମ ଅଞ୍ଜାମ କରେ। ହରିବୋଲିଆ ଡ଼ାକ୍ତରି କରେ – ଆଖପାଖ କୋଡ଼ିଏ ଖଣ୍ଡ ଗ୍ରାମରେ ତାହାର ନାମଡ଼ାକ। ସେ ତୁଚ୍ଛା ଭଣ୍ଡାରିଟାଏ ହେଲେ କ'ଣ ହେବ, ଲୋକେ ତାକୁ ମାନନ୍ତି ତା' କଥା ଶୁଣନ୍ତି। ଗ୍ରାମରେ ନ୍ୟାୟନିଶାପ ହେଲେ ଆଗେ ତାକୁ ଡକରା। କାହାରି ଘରେ କିଛି କଥା ଅଖଣ୍ଡିଆ ହେଲେ ସେ ହରିବୋଲିଆ ପାଖକୁ ଆସେ। ଏଇଟା ବଡ଼ ମେଳିଆ ସବୁ ଲୋକଙ୍କୁ ପଟାପଟି କରି ରଖିଥାଏ। ଏଣିକି କିଲ୍ଲା ମଧ୍ୟରେ କେଉଁଠି ଦଙ୍ଗାଫସାଦ, ଭାଇକଳି, ମାଲିମାମଲା ହେଲେ ବଳେ ବଳେ ଧାଇଁଯାଇ ରଫା କରିଦେଇ ଆସୁଛି। ସେମାନଙ୍କୁ ଧରି ଘେନି ଆସିବା ସକାଶେ ଅଧୀନ ପାଇକ ପଠାଇଲେ, କେହି ଆସିବାକୁ ନାହିଁ। ଅଧୀନର ପିଆଦା ପଇଦଳକୁ ଏଣିକି କେହିମାନୁ ନାହାନ୍ତି। ହଜୁର ଗୋଖେତି ଆଇନ ଜାରି କରିଥିଲେ, ଗଲା ବରଷମାନଙ୍କରେ ସେଥିରୁ ବେଶ ଦଶ ଟଙ୍କା ଆଦାୟ ହୋଇଥିଲା। ଏଣିକି ଫନ୍ଦାଖିଆ ଗୋରୁଙ୍କୁ ଅଧୀନ ନିକଟକୁ କେହି ଆଣୁ ନାହାନ୍ତି। ଟାଣୁଆ ଟାଣୁଆ ଆଉ ବଦମାସ ପ୍ରଜାଙ୍କ ଠାରୁ ଖଜଣା ନେଇ ସେମାନଙ୍କୁ ପାଉତି ନ ଦେବା ସକାଶେ ହଜୁରରୁ ଅଧୀନ ପ୍ରତି ହୁକୁମ ଥିଲା। ଅଧୀନ ଗଲା ବରଷମାନଙ୍କରେ ଠିକ୍ ସେହିପରି କରିଆସିଛି। ଏଣିକି ହରିବୋଲିଆର କୁପରାମର୍ଶରେ ପଡ଼ି ପାଉତି ନ ଧରିଲେ କେହି ଖଜଣା ଦେଉ ନାହାନ୍ତି। ମଧ୍ୟ ସେହି

ବଦମାସ ଭଣ୍ଡାରିର କୁଶିକ୍ଷାରେ ପଡ଼ି ଅଧୀନକୁ କେହି ମାନିବାକୁ ନାହିଁ। ହଜୁରକୁ ଜଣା କରିବାକୁ ଭୟ ଜାତ ହେଉଛି – ଦିନେ ଏହି ନିଜଗଡ଼ ଗ୍ରାମ ବିଚ୍ ଦାଣ୍ଡରେ ଅନେକ ଲୋକ ସାକ୍ଷାତରେ ହଜୁରଙ୍କ ନାମରେ ଯେଉଁ ବଦ୍ କଥାମାନ କହିଲା କ'ଣ ଲେଖିବି।

ସେହି ବଦମାସ୍‌କୁ ଜବତ ନକଲେ ଏଣିକି କୌଣସିରୂପେ କର୍ମ ଚଳିବ ନାହିଁ। ଏହି ଗ୍ରାମରେ ସେହି ମୁଖଣ୍ଡ ଲୋକ ହରି ସାହୁ ତେଲୀ ମହାଜନ ହଜୁରଙ୍କୁ ଅମାନ୍ୟ କରିବାରୁ ତାହା ନାମରେ ମାମଲା ଦାଏର କରି ଓଆରଣ୍ଟ ଦ୍ୱାରା ବନ୍ଧା ହୋଇ ହଜୁରଙ୍କୁ ଯେପରି ଦୁଇଶହ ଟଙ୍କା ଜରିମାନା ଦେଇଥିଲା, ସେହିପରି ଏ ଭଣ୍ଡାରି ନାମରେ ଏଣୁତେଣୁ ମାମଲା ଦାଏର କରିଦେବାକୁ ଆଜ୍ଞା ହେଉ। ସରକାରୀ ପିଆଦା ହଜୁରଙ୍କ ଅକ୍ତିଆର୍, ତାହା ସମନ ନ ଦେଇ ଏକାବେଳେ ଓଆରଣ୍ଟରେ ବନ୍ଧାଇ ଗାଁ ଗାଁକେ ବୁଲାଇଲେ ସବୁକଥା ସଜିଲ ହୋଇଯିବ। ଏ ଦେଶ ଲୋକ ଓଆରଣ୍ଟକୁ କଏଦି ବୁଝନ୍ତି – ପାଟକିମାନଙ୍କର ଜାତି ଯାଏ। ହରିସାହୁ ଜାତିରେ ଉଠିବାକୁ ତିନି ହଜାର ଟଙ୍କା ତହଖରଚରେ ପଡ଼ିଲା। ସେ ଭଣ୍ଡାରିଟା ଭଲ ଚଳେ ଦଶ ହଳ ଚାଷ – ତା ଅଣ୍ଟି କେତେବେଳେ ତୁଚ୍ଛା ଥାଏ ନାହିଁ। ତା' ନାମରେ ମାମଲା ଦାଏର କଲେ, ଟେକାକରେ ଯୋଡ଼ାଏ ଆମ୍ବ ଝଡ଼ିବ। ତାହାଠାରୁ ଜରିମାନା ଅସୁଲ ହେବ, ଆଉ ପ୍ରଜାମାନେ ଅକ୍ତିଆର ହୋଇଯିବେ। ଶ୍ରୀଘ୍ର ମାମଲା ଦାଏର କରିବାକୁ ଆଜ୍ଞା ହେବ ଅଧିକ କ'ଣ ଜଣାଣ କରିବି। ଲେଖିବା ଦୋଷ କ୍ଷମା ହେବ। ଇତି।

ସନ ୧୦୮୦ ସାଲ ଅଧୀନ ହୁକୁମ୍ ଦରବାର ଗୋକୁଳ ପଟ୍ଟନାୟକ

ମକର ସାତ ଦିନ, କାର୍ଯ୍ୟୀ ଚକଲେ ନିଜଗଡ଼ କିଲେ ନରିପୁର।

ପୁନଶ୍ଚ – ପ୍ରକାଶ ଥାଉ କି ମଫସଲ ହାଲ ଦରିଆପ୍ତ କରି ଅଧୀନରେ ଦରମାହା ପ୍ରତି ସୁନଜର ହେବ। ବର୍ତ୍ତମାନ ଅଧୀନ ମାସକୁ ପନ୍ଦର ଟଙ୍କା ହିସାବ ନେଇ ଟଙ୍କାର ରସିଦ ଦେବାକୁ ରାଜି ଅଛି। ଅନ୍ୟାନ୍ୟ କାର୍ଯ୍ୟୀମାନେ ଭିତର ମଫସଲରେ ଥିବା ଯୋଗୁଁ ସେମାନଙ୍କ ପକ୍ଷରେ କିଛି ହରକତ ହେଉ ନାହିଁ। ଶ୍ରୀ ଛାମୁଙ୍କ ଶ୍ରୀ ଗୋଚର ନିମନ୍ତେ ନିବେଦନ କଲି। ଇତି।

ତାରିଖ ସନ ସଦର।

ଚଉତିରିଶି

ଓଆସର ଅବସ୍ଥା

ଓଉରରାୟ ବିୟୋଗ ଦିନଠାରୁ ଧାଇମା ମଣିମାଙ୍କୁ କୋଳରେ ଧରି ବସିଥିଲେ। ବଡ଼ ପିଲାଟି ସ୍କୁଲକୁ ଯାଏ। ଧାଇମାଙ୍କର ବିଶେଷ ତାଗିଦ, ବିଶ୍ୱାସୀ ପଡ଼ିହାରୀ ମଦନ ମହାକୁଡ଼ ସାଙ୍ଗେ ସାଙ୍ଗେ ଥିବ। ପିଲାଟିର ପଢ଼ିବାରେ ଭାରି ମନ –

ପୋଥି ଖଣ୍ଡିଏ କେତେବେଳେ ହେଲେ ହାତରୁ ଛୁଟଣ ନଥାଏ। ଏଡ଼େ ସାନ ପିଲା – ହେଲେ କ'ଣ ହେଲା, ଆପଣାର ଅବସ୍ଥା, ମା'ଙ୍କର ହାଲ ସବୁ ବୁଝିଲାଣି – ସ୍କୁଲରୁ ଆସି ସବୁବେଳେ ମାଆଙ୍କ ପାଖରେ ଅବା ଜେଜୀମାଙ୍କ ପାଖରେ ବସିଥାଏ। ପୋଥିଖଣ୍ଡ ଧରି ଏ ପୁଡ଼ା ସେ ପୁଡ଼ା ଓଲଟାଉଥାଏ କିମ୍ବା ତୁନି ତୁନି ପଢୁଥାଏ। ଧାଇମାଙ୍କ କଥାରୁ କେତେବେଳେ ବାହାର ହୁଏ ନାହିଁ। ଆଗେ ବଡ଼ ଅଜଟିଆ ଥିଲା – ଯେଟା ଧରି ବସିଲା ନ ହେଲେ ନୁହେଁ। ଏବେ ସେ ଅଳିଦଳି କିଛି ନାହିଁ। ମା'ଙ୍କୁ ଅନାଇ ଢେର୍ ଥର କାନ୍ଦିପକାଏ। ସାନ ପିଲାଟି କିଛି ବୁଝେ ନାହିଁ – ସବୁବେଳେ ଖେଳରେ ମନ।

ସରସ୍ୱତୀ ଦେଈ ଏବେ ନିଃଶ୍ୱାସଟାଏ ପକାଇବାକୁ ବେଳ ପାଇଲେଣି। ମଣିମା ଏବେ ଧାଇମା କଥା ବୁଝୁଛନ୍ତି, କଥାରେ ଉତ୍ତର ଦେଉଛନ୍ତି। ହେଲେ ଆଗେ ଯେମନ୍ତ ମା' ଝିଅ କଥାଭାଷା ହେବାବେଳେ ଦୁହିଁଙ୍କ ମୁହଁରୁ ଆନନ୍ଦ ଉଚ୍ଛୁଳି ପଡୁଥାଏ – ହସଟା ଯେମନ୍ତ ଦୁହିଁଙ୍କ ମୁହଁରେ ଲେପିହୋଇ ରହିଥାଏ, ଆଜିକାଲି ସେଥିର ଚିହ୍ନବର୍ଣ୍ଣ ନାହିଁ। ଆଜିକାଲି ଦୁହିଁଙ୍କ ମୁଖମଣ୍ଡଳ ବିଷାଦ କାଳିମାରେ ଆଛନ୍ନ। ଚନ୍ଦ୍ରମଣ୍ଡଳ ଯେମନ୍ତ କଳାମେଘରେ ଢଙ୍କା। ମାନବ ହୃଦୟର ଭାବ ବଦନମଣ୍ଡଳରେ ପ୍ରତିଫଳିତ ହୁଏ – ଆଉ ବାକ୍ୟାବାଳୀ ହୃଦୟ ତାର ଝଙ୍କାରର ପ୍ରତିଧ୍ୱନି ମାତ୍ର। ସାନ୍ତଙ୍କ ଅତି ପ୍ରିୟ ପୋଥିଗୁଡ଼ିକ ପ୍ରତିଦିନ ଝଡ଼ାଝଡ଼ି କରିବା, ଖରାରେ ଶୁଖାଇ ସଜାଇ ରଖିବା ମଣିମାଙ୍କର ବର୍ତ୍ତମାନ ପ୍ରଧାନ କାର୍ଯ୍ୟ। ସାନ୍ତଙ୍କ ଜୋତାଗୁଡ଼ାକ, ହାତୀଦାନ୍ତ ବଉଳ ବସା କଠଉ ଯୋଡ଼ାକ ପଣତକାନିରେ ପୋଛି ମୁଣ୍ଡରେ ଲଗାଇ ଖଣ୍ଡିଏ ପଟା ଉପରେ ଠାକୁର ଖଟୁଲିରେ ବସାଇଲା ପରି, ସଜାଇ ରଖନ୍ତି।

ସରସ୍ୱତୀ ଦେଈ ବେହରଣ ଅଗଣା ଆଉ ଉଆସ ପଛପଟ ବେଣ୍ଟପୋଖରୀ ଘାଟ ଛାଡ଼ି ଆଉ ଜାଗା ମାଡ଼ି ନ ଥିଲେ। ଦିନେ ଉପରଓଳି ଏଣେତେଣେ ବୁଲୁଁ ବୁଲୁଁ ବାହାର ପ୍ରସ୍ତ ସଦର କଚେରିକୁ ଯାଇ ଦେଖିଲେ, ସିଂହଦ୍ୱାରର ସେହି ଆଠହାତ ଉଚ୍ଚ ପିତ୍ତଳ ଗୁବାବସା କାଠଛକ ମଧ୍ୟରେ ପଦ୍ମଫୁଲକଟା ଯାଉଁଳି କବାଟ ବନ୍ଦ। ଯୋଡ଼ାକ ଦ୍ୱାରୀ ପାଇକ କଚେରି ମେଲାରେ ଗୋଟାଏ କଣରେ ଜଣେ ଆପଣା ବାହୁଟାରେ ମାଣ୍ଡିପରି ମୁଣ୍ଡ ଲଗାଇ ଶୋଇପଡ଼ିଛି, ଆଉ ଜଣେ ତା' ପାଖରେ ବସି ଢୋଳାଉଛି। ପାଖରେ ମୋଟା ନିଆଁ ବଡ଼ିଆରୁ ଅଳ୍ପ ଅଳ୍ପ ଧୂଆଁ ବାହାରୁଛି – ଅଧ ଶଗଡ଼ ଭଳି ବଡ଼ିଆ ପାଉଁଶ, ଆଉ ଅଧ ଟୋକେଇଏ ଖଣ୍ଡିଆ ପିକାଗଦା। ଯେଉଁ କଚେରି ଘରେ ଦିନ ବୋଲି ନାହିଁ, ରାତି ବୋଲି ନାହିଁ, ମଣିଷ ଗିଜି ଗିଜି କରୁଥିଲେ – ସବୁବେଳେ ଚହଳ ପଡ଼ିଥାଏ, ସେ ଜାଗା ନିଛାଟିଆ। ଘରର କୋଣମାନ ବୁଢିଆଣୀ ଜାଲ ଆଉ ଅଳନ୍ଧୁରେ ଛନ୍ଦି ଗଲାଣି। ଘର ତଳିଟା ଅଳିଆ – ପାରାଗୁହ, ଚମଚଟାଲଣ୍ଡି,

ଧୂଳିମାଟିରେ ପୁରିରହିଛି। କଡ଼ିକାଠ ଖଟାଳ ଫାଙ୍କରେ ବୁଲା ପାରାଗୁଡ଼ାକ କୁଟାକାଠି ଶୁଖିଲା ପତରରେ ବସାବାନ୍ଧି ନିଶ୍ଚିନ୍ତ ମନରେ ବଂଶ ବଢ଼ାଉଛନ୍ତି। ଗୁଡ଼ାଏ ପାରା ଅଗଣାରେ ବୁଲି ବୁଲି ବକ୍ ବକମ୍ ଶବ୍ଦ କରୁଛନ୍ତି। କାନ୍ଥରୁ ବାଲତିକୁ ବାଲତି ଚୂନ ଖସି ପଡୁଛି, କେଉଁଠି ବା ଫୁଲିଯାଇ ଫାଟିଗଲାଣି, ଖସି ପଡ଼ିବ। ବାହାର ଅଗଣାରେ ଆଣ୍ଠିଏ ବହଳ ଅଳିଆ, ଶୁଖିଲା ପତର ଗୁଡ଼ାକ ପବନରେ କାହୁଁ ଉଡ଼ିଆସି ଜମା ହୋଇଛି। କଚେରି ମେଲା ଲଗାତ୍ ଏକପାଖିଆ ଗୋଟାଏ ଲମ୍ବ ପାଞ୍ଜିଘର। କଡ଼ିକାଠ ଲାଗେ ଲାଗେ ତିନି ଚାରି ଗୋଟା। ଖୋଲା ଆଲମାରିରେ (ସେ ଆଲମାରିରେ କବାଟ ଲାଗି ନାହିଁ) ତାଳପତ୍ର ପାଞ୍ଜି ପରିପୂର୍ଣ୍ଣ। କେତେ ପୁରୁଷର ତାଳକରୁ ପାଞ୍ଜି ଥୁଆ ହୋଇଛି। ସେଥିରେ ଉଇ ଲାଗି ହୁଙ୍କା ପାଲଟି ଗଲାଣି। ଧାଈମା ତାଙ୍କୁ ଅନାଇ ଦେଇ ନିଃଶ୍ୱାସଟାଏ ପକାଇଲେ। ପାଇକ ଦୁଇଜଣଯାକ ଧାଈମା ଉପରେ ନଜର ପଡ଼ିଗଲା – ଧାଇଁ ଆସି ଭୂଇଁଲଗା ମୁଣ୍ଡରେ ଦୁଇଜଣଯାକ ଏକ ସାଙ୍ଗରେ ମଜୁରା କଲେ। ଏମାନେ ଜଗିରଖିଥା। ଦରମାଖିଆ। ନୌକରମାନେ ଛାଡ଼ି ପଳେଇଲେଣି।

ଧାଈମା ଚଞ୍ଚଳ ମୁହଁ ଫେରାଇ ଅନ୍ୟ ଆଡ଼କୁ ଚାଲିଗଲେ। ବୁଲି ବୁଲି ଦେଖିଲେ ସବୁଆଡ଼େ ଏକା ରାହା। ହାତୀଶାଳ ପରି ବଡ଼ ବଡ଼ ଘରଗୁଡ଼ାକ ଛିଡ଼ା ଖାଁ ଖାଁ ଗୋଡ଼ାଉଛି। ଦିନ ଦିପହରରେ ମଧ୍ୟ ଏକୁଟିଆ ବୁଲିବାକୁ ଡର ମାଡ଼ିବ। ଯହିଁ ଯାଅ ପୃଥିବୀଯାକ ବୁଲାପାରା ବାଇଚଢ଼େଇ – ଚମଚଟାଗୁହ ଆଉ ବସାଭଙ୍ଗା ଅଳିଆ – ସବୁଯାକ ଯେମନ୍ତ ଏହିଠାରେ ରୁଣ୍ଡ ଦିନରାତି ପାଳିକରି ଚେଁ ଚେଁ ବକ୍ ବକମ୍ ଲଗାଇଛନ୍ତି।

ଉଆସ ଭିତରେ ପରିଜନ ପ୍ରସ୍ତରେ ବୁଢ଼ୀ ଯୁବତୀ ଟୋକୀ ଦଶବାର ବୋଡ଼ି ମାଇକିନିଆ ଜମା। ଥୋକେ ତିନିପୁରୁଷର ପୋଇଲୀ ଥୋକେ ଭଲ ଭଲ ଘରର ଚିର୍ଲା। ଉତ୍ତରରାୟ ଘରେ କେତେପୁରୁଷର ଏହିପରି ଚଳି ଆସୁଛି। କିଲ୍ଲା ମଧ୍ୟରେ କେହି ମହତ୍ ଘରର ବୋହୂଝିଅଙ୍କର କେହି ଆଶ୍ରା ନ ଥିଲେ ଉଆସ ମଧ୍ୟକୁ ଆସି ଘରଝିଅ ପରି ଖୋରାକ ପୋଷାକ ପାଇ ରହିବ। ପରିଜନ ପ୍ରସ୍ତରୁ ଦିନରାତି ବଜର ବଜର ଶବ୍ଦ ଉଠୁଥାଏ। ଦୂରଦୂରାନ୍ତରର ଅଜଣା ଲୋକେ ମନରେ କରିବେ, ଗୋଟାଏ ବଡ଼ ହାଟ ବସିଛି। ପୋଇଲୀ ମହଲର ବକର ବକର, ତାଳବାଇ ବସାର କିଚିରି ମିଚିରି ଯେମନ୍ତ ବିଧାତାର ସୃଷ୍ଟି। ହେଲେ ସାନ୍ତଙ୍କ ବିୟୋଗ ଦିନଠାରୁ ପରିଜନ ମହଲରେ ଯେମନ୍ତ ମାଛିଟି ମରିଯାଇଛି। ପଡ଼ିଦାତାଙ୍କ ବିୟୋଗ ମଣିମାଙ୍କର ଦୁର୍ଯୋକ ସରସ୍ୱତୀ ଦେଈଙ୍କର ଆକୁଳତା ସବୁ ବିପଦ ଯେମନ୍ତ ଏକା ବେଳକେ ଉପସ୍ଥିତ। ପାଟି କରିବେ କ'ଣ, ପେଟରେ ଦାନା ପଶିବାକୁ ନାହିଁ। ଶୁଖି ଶୁଖି ଆପଣା ଆପଣା

ଟୁଙ୍ଗୀଟିମାନରେ ଦରମଲା ହୋଇ ପଡ଼ିଲେଣି। ଖାଲୋଇରେ ଜିଅନ୍ତା ମାଛପରି ଛଟପଟ ହେଉଛନ୍ତି। ସବୁଆଡ଼େ କବାଟ ବନ୍ଦ – ତୋଟା ଦୁଆର ଆଉ ମଣିମାଙ୍କ ପ୍ରସ୍ତକୁ ଯିବକୁ ବି ବାସନ୍ଦ। ଯାଉଛନ୍ତି କୁଆଡ଼େ? କାହିଁ ବା ଯିବେ? ଟିକେ ଛିଡ଼ା ହେବାକୁ ବି ଜଗତରେ ଏମାନଙ୍କର ଜାଗା ନାହିଁ। ଗୁଡ଼ାଏ ପିଲାକାଳରୁ ଉଆସରେ ବନ୍ଦଥିବା ଯୋଗୁଁ ବାହାରେ ଯେ ଗୋଟାଏ ମୁଲକ ଅଛି, ସେମାନଙ୍କୁ ଅଜଣା ଆଉ ଆଉ ରାଜାରାଜୁଡ଼ା ପୋଇଲି ପରିଜନଙ୍କ ପରି ନୁହନ୍ତି, ସାନ୍ତଙ୍କ ଉଆସରେ ଉତ୍ତମ ବନ୍ଦୋବସ୍ତ ଥିଲା – ପରମ ସୁଖରେ ବାସ କରୁଥିଲେ – ସବୁ ସୁଖ ସରିଯାଇଛି। ସଂକ୍ରାନ୍ତି ବାସ ଦିନ ଧାନଘରିଆ ଆସି ସମସ୍ତଙ୍କୁ କଣ୍ଟମାପିକେ ଧାନ ଜଣଜଣକେ ମାପି ଦେଇଯାଉଥିଲା। ପ୍ରତି ଜଣ ତେଲ ହଳଦୀ ଖର୍ଚ୍ଚା ବୋଲି ମାସକୁ ମାସ ନଗଦ କିଛି କିଛି ପାଉଥିଲେ – ତିନି ମାସକୁ ତିନି ମାସ ନୂଆ ଲୁଗା ପାଇବା ତ ବନ୍ଦୋବସ୍ତ। ପରିଜନ ପ୍ରସ୍ତରେ ଗୋଟିଏ ସାନ ପକ୍କା ମନ୍ଦିରରେ ସୀତାରାମ ଠାକୁର ବିଜେ। ପୂଜା ବଢ଼ାଇବା ପାଇଁ ଦୁଇଜଣ ନାନୀ ଖଞ୍ଜା। ପ୍ରତିଦିନ ସଞ୍ଜବେଳେ ଗୋଟାଏ ବୁଢ଼ୀନାନୀ ମନ୍ଦିରରେ ବସି ଦୁଇ ଅଧ୍ୟାୟ ଭାଗବତ ପଢେ। ହେଲେ, କେତେଟା ବୁଢ଼ୀ ବିନା ଆଉ କେହି ଶୁଣିବାକୁ ଯାଏ ନାହିଁ। ପୂର୍ବ ତିନି ପୁରୁଷରୁ ଉତ୍ତରରାୟମାନେ ଧାର୍ମିକ, ସଚ୍ଚରିତ୍ର ଥିବାରୁ ଅପବିତ୍ରତା ଉଆସ ମଧ୍ୟକୁ ପଶିପାରି ନଥିଲା। ପରିଜନମାନେ ତ ସବୁଦିନେ ସୁଖରେ ଥାନ୍ତି, ବିଶେଷରେ ନୂଆ ମଣିମା ବିଜେ ଦିନରୁ ସେମାନଙ୍କର ସୁଖ ଯେମନ୍ତ ଆହୁରି ବଳିପଡୁଥିଲା। ମଣିମା ନିଜର ସମସ୍ତ ବିଷୟରେ ଅମନୋଯୋଗିନୀ -ଏମନ୍ତ କି ନିଜର ପାଲଟା ବେଢ଼ଣ ଖଣ୍ଡ କିମ୍ବା ଅଲଙ୍କାରଟା ସାଇତିବାକୁ ନାହିଁ। ହେଲେ, ପରିଜନ ମହଲରେ କାହାର କ'ଣ ଅଭାବ ସୁଖ ଦୁଃଖ ସମସ୍ତ ବିଷୟ ପ୍ରତିଦିନ ତନଖି ନକଲେ ନୁହେଁ। କେତେଥର ତାଙ୍କ ଶ୍ରୀମୁଖରୁ ଶୁଣାଯାଇଛି, ଏତେ ଗୁଡ଼ାଏ ମହାପ୍ରାଣୀ ବେକରେ ବନ୍ଧା, ସେମାନଙ୍କ ସୁଖ – ଦୁଃଖ ସମସ୍ତ ବିଷୟ ପ୍ରତିଦିନ ତନଖି ନକଲେ ନୁହେଁ। କେତେଥର ତାଙ୍କ ଶ୍ରୀମୁଖରୁ ଶୁଣାଯାଇଛି, ଏତେ ଗୁଡ଼ାଏ ମହାପ୍ରାଣୀ ବେକରେ ବନ୍ଧା, ସେମାନଙ୍କ ଆପଣା ବିଷୟରେ ପିଲାପରି, ହେଲେ ପରିଜନମାନଙ୍କ କଥା ବୁଝାବୁଝି ସମୟରେ ପକ୍କା ସାଆନ୍ତାଣୀ। ଏବେ ପରିଜନମାନଙ୍କ ହାଲ କେହି ବୁଝିବାକୁ ନାହିଁ। ଜଣାକେତେ ଗୋଟିଏ ଗୋଟିଏ ସାନ ସାନ ଡୋଲି ଆପଣା ଆପଣା କୋଠରିରେ ବସାଇ ପଡ଼ି ଧାନରୁ କିଛି କିଛି ଛଞ୍ଚି ରଖିଥିଲେ। ନିହାତି ହେଙ୍ଗଲୀଛଡ଼ା ଆଉ ସମସ୍ତଙ୍କ ହାତରେ କିଛି କିଛି ଟଙ୍କା ଜମା ଥିଲା। ଆଉ ପୁରୁଣା ଧୋରଣା ବେଢ଼ଣ ଖଦିଗୁଡ଼ାକ ସାଇତିବା ପାଇଁ ବି ସମସ୍ତଙ୍କ ଘରେ ଗୋଟିଏ ଗୋଟିଏ ବେତପେଡ଼ି ଉକୁଚା ଅଛି। ସେଥିରେ ଟାଣିଟୁଣି ତିନିବର୍ଷ କାଳ ଚଳେଇନେଲେ – ଏଣିକି ଏକାବେଳକେ ଅଚଳ। ସମସ୍ତଙ୍କର ପାଞ୍ଚ ଜାଗା ସିଆଁ

ଦଶଗଣ୍ଠଲିଆ ଲୁଗା। ଅଧାଅଧି ଦିନ ଉପାସ। ଚମ ଧୁଡ଼ଧୁଡ଼ – ଛାତିର ହାଡ଼ ଗଣି ହେଉଛି – ମୁଣ୍ଡେ ମୁଣ୍ଡେ ନୁଖୁରା ଜଟାଳିଆ ବାଳ ଫରଫର ଉଡ଼ୁଛି। ଦେହରେ ଝଡ଼ିଗାର ପଡ଼ିଯିବ। ନିହାତି କପାଳ ଭାଙ୍ଗିବାରୁ ମୁଣ୍ଡ ଗୁଞ୍ଜିବାର ଆଉ ଜାଗା ନ ପାଇ ସାନ୍ତଙ୍କ ଉଆସରେ ପଶିଛନ୍ତି ସତ, ହେଲେ ଅନେକ ଗୁଡ଼ିଏ ଭଲଲୋକ ଘର ବୋହୂଝିଅ। ସଙ୍ଗଗୁଣ ଆଉ ଆକଟରେ ରହିଥିବା ଯୋଗୁଁ କାହାରି ଆଚରଣରେ ଦାଗ ଲାଗିପାରି ନାହିଁ। ଦିନେ ଉପର ଓଳିଆ ବୁଢ଼ି ଭଳିଆ କେତେଜଣ ମାଇକିନିଆ ସମସ୍ତଙ୍କୁ ଭାଗବତଆଦି ଆଗରେ ଜମା କରାଇ କହିଲେ, "ତୁମ୍ଭେମାନେ ଶୁଣ, ଯାହାଙ୍କ ଅନ୍ନରେ ଆମ୍ଭମାନଙ୍କ ଜୀବନ, ସେ ଘରର ଅବସ୍ଥା ଦେଖୁଛ। ଯେ ମଣିମା ଆପଣ ମା'ପରି ଦୁଇଓଳି ଆସି ଆମ ଖାଇବା ନ ଖାଇବା ବୁଝୁଥିଲେ, ସେ ତ ଅଚେତ ହୋଇ ପଡ଼ିଛନ୍ତି। ଯେବେ ଭାଗବତ ଗାଦି ଅନାଇବେ, ମଣିମାଙ୍କୁ ଦାଣ୍ଡରେ ଚଳାଇବେ, ଦିନକେ ଆମର ସବୁ କଷ୍ଟ ମେଣ୍ଟିଯିବ। ନୋହିଲେ ଆସ ସମସ୍ତେ ଏକାଘରେ ପଡ଼ିରହିବା – ଏ ବଂଶରେ କାଳି ଲଗାଇବା ନାହିଁ – ଆପଣା ଆପଣା ବଂଶକୁ ନରକରେ ପକାଇବା ନାହିଁ – ଉଆସରୁ, ଗୋଡ଼ କାଢିବା ନାହିଁ। ସମସ୍ତେ ମଣିମାଙ୍କ ପାଇଁ ଠାକୁରଙ୍କ ନିକଟରେ ଜଣାଣ କର। ଟିକାୟତ ବାବୁ ଆଉ ଛୋଟବାବୁଙ୍କ ଶ୍ରୀ ଅଙ୍ଗରେ ମହୁ ବର୍ଷୁ। ସମସ୍ତେ ଭାଗବତ ଗୋସେଇଁ ଗାଦିକୁ ଅନାଇ ନିୟମ କର।" ଗାଦିକୁ ଅନାଇ ସମସ୍ତେ କାନ୍ଦି କାନ୍ଦି ନିୟମ କଲେ। ଏ ଉତ୍ତାରେ ସିଠ ଗନ୍ତାଘରଣୀ ତୋଟା ଦୁଆରେ ଗୋଟାଏ ବଡ଼ କୋଲପ ପକାଇଦେଲେ, ବାହାରକୁ କାହାରି ଯିବାର ବାସନ୍ଦ।

ପରିଜନ ପ୍ରସ୍ତରୁ ସାନ୍ତଙ୍କ ବେହରଣ ଅଗଣାକୁ ଆସିବାର ଗୋଟିଏ ଦୁଆର-ସେ ଦୁଆର ବନ୍ଦ; ଲୋକେ ଏପାରି ସେପାରି ହେବାକୁ ମନା। ମଣିମାଙ୍କ ଛାମୁକୁ କେହି ଆସିବାକୁ ନାହିଁ। କବିରାଜମାନେ କହିଛନ୍ତି, ଗୋଳମାଳ ହେଲେ ମଣିମାଙ୍କ ପୀଡ଼ା ବଢ଼ିଯାଇପାରେ। ଆଜି ସକାଳେ ଧାଈମା ମଝିଦୁଆର କବାଟ ଫିଟାଇ ପରିଜନ ପ୍ରସ୍ତକୁ ଗଲେ। ଯିମିତି ତାଙ୍କର ଉପରେ ନଜର ପଡ଼ିଛି, ବୁଢ଼ୀଠୁ ପିଲାଯାଏ ଧାଇଁଲେ – ଧାଈମାକୁ ବେଢ଼ିଡକା ପାରୁଛନ୍ତି। କେହି ଗୋଡ଼ ଧରି ଭିଡୁଛି, କେହି କୁଣ୍ଢେଇ ପକେଇ ଜାପଟି ଧରିଛି – ଗୋଟାକେତେ ମାଇକିନିଆ ଯୋଡ଼ାକଯାକ ହାତଧରି ଭିଡୁଛନ୍ତି। ଭୋ ଭୋ କରି ସମସ୍ତେ ଡକା ପାରୁଛନ୍ତି। ଦେହରେ ତ ବଳ ନାହିଁ, ଭୋ ଭୋ କରି ଡକା ପାରିବାରୁ କେତେଟାକୁ ଝାମ୍ ମାଡ଼ିଗଲାଣି। ଘଡ଼ିଏଯାଏ ରଡ଼ି ଛାଡ଼ି ଛାଡ଼ି ଗୁଡ଼ାଏ ତଳେ ବସିପଡ଼ି ଧକେଇ ହେଉଛନ୍ତି। ସାନ୍ତଙ୍କ ବିଯୋଗ ଦିନ ଯେପରି ବିକଳ କାନ୍ଦଣା ଉଠିଥିଲା, ଆଜି ପୁଣି ଠିକ୍ ସେହିପରି ଶୁଣିବାରେ ଆସିଲା। ସମସ୍ତେ ତ ମହାଦୁଃଖରେ ପଡ଼ି ମନ ମଧ୍ୟରେ କାନ୍ଦୁଥିଲେ, ଆଜି ଯେମିତି ଉଛୁଳି ଉଠୁଛି। ଧାଈମା ସେମାନଙ୍କ

ଭେକ, ଦେହର ଅବସ୍ଥା ଦେଖି ପିତୁଳିଟି ପରି ଛିଡ଼ା ହୋଇଛନ୍ତି। ଆଖି ଯୋଡ଼ାକରୁ ଲୋତକଧାର ବହିଯାଉଛି। ଧାଈମାଙ୍କ ଆଖିରେ ଜଳ ଆଗେ ଦେଖାଯାଉନଥିଲା। ଏବେ ଦିନେ ଦିନେ କିଛି କଥାରେ ଆଖିରୁ ଲୋତକ ବହିଯାଏ – ହେଲେ ତାଙ୍କୁ ଡକାପାରି କାନ୍ଦିବାର କେହି କେବେ ଦେଖିନାହିଁ। ଘଡ଼ିକ ଉତ୍ତାରେ ଧାଈମାନଙ୍କର ଯେମନ୍ତ ଚେତାଟା ବସିଲା। ରୂପ ଆଉ ଭେକ ଦେଖି ସମସ୍ତଙ୍କର ଚଳଚଳର ହାଲ ବୁଝିପାରିଲେଣି। ପ୍ରତିଜଣକୁ ଥରେ ଥରେ ଅନାଇଗଲେ। ହାତ ଠାରି ଠାରି ସମସ୍ତଙ୍କୁ ତୁନି ହେବାକୁ କହିଲେ। କେହି କେହି ପରିଜନ ଆପଣା ଆପଣା ଦୁଃଖହାଲ କହବା ସକାଶେ ଧାଈମାଙ୍କ ଆଗକୁ ଆସୁଥିଲେ। ସିଠ ଗନ୍ତାଘରିଆଣି ଆଖିଠାରି ମନା କରିଦେଲେ, କାହାରି କାହାରି କାନରେ ତୁନି ତୁନି କହିଲେ କିଛି ବୋଲ ନା।

ପଇଁତିରିଶି

ସାଧୁ ସାହୁ ମହାଜନ

ସରସ୍ୱତୀ ଦେଈ ପରିଜନପ୍ରସ୍ତରୁ ବାହୁଡ଼ି ଆସି ଗନ୍ତାଘର କବାଟଟା ଆଉଜେଇ ଦେଇ ଘଡ଼ିଏଯାଏ ଗୁମ୍ ମାରି ବସିଲେ। ସେ ଆପଣା କଷ୍ଟ ଖୁବ୍ ସହିପାରନ୍ତି, ହେଲେ ପର କଷ୍ଟ ତାଙ୍କ ପକ୍ଷରେ ଅସହ୍ୟ। ତାଙ୍କ ହୃଦୟଟା ଶୁଖି ନିରସ କାଠ ପାଲଟି ଯାଇଥିଲା; ସେଥିଲାଗି ହେଉ ଅବା ସେ କାନ୍ଦିଲେ ପିଲାଗୁଡ଼ାକ ଅଧୈର୍ଯ୍ୟ ହୋଇପଡ଼ିବେ, ଏଥିପାଇଁ ପୁର୍ବେ ତାଙ୍କ ଆଖିରେ ଜଳ ଦେଖା ନଥିଲା। ଆଜି ତୁନିତାନି ବସିଛନ୍ତି, ଦୁଇଆଖିରୁ ଧାରା ବହିଯାଉଛି। ସରସ୍ୱତୀ ଦେଈ ସମସ୍ତଙ୍କୁ ସାନ୍ତ୍ୱନା ଦିଅନ୍ତି, ତାଙ୍କୁ ସାନ୍ତ୍ୱନା ଦେଉଛି କିଏ? ଘଡ଼ିକ ବାଦ ଆପେ ଆପେ ସମ୍ଭାଳି ହେଲେ। ହାତସିନ୍ଦୁକ ଆଡ଼କୁ ଚାହିଁଲେ, ସେଟା ତୁଚ୍ଛା ପଡ଼ିଛି। ମନ ମଧ୍ୟରେ କଲେ ଏଥିରେ ଯେତେ ଟଙ୍କା ଥିଲା ଚାରି ଛ'ଦିନେ କଟକରୁ ପଠାଇବାକୁ କହି ନଟ ତ ଘେନିଗଲା, ଆଜିଯାଏ ଦେଲାନାହିଁ। ଆଉ କ'ଣ ସେ ଦେବ? ଯେତେଥର ସେ ଟଙ୍କା ସକାଶେ ତାକୁ ଲେଖିଲି ତା'ର ସେ ଗୋଟାଏ ଉତ୍ତର – "ସାନ୍ତଙ୍କ ନିଜ ଦେଣା ଶୁଝିନାହିଁ, "

ପ୍ରଜାମାନେ ମେଳିକରି ଟଙ୍କା ଦେଉନାହାନ୍ତି। ହାଏରେ ଦଇବ ! ଏ ଘରେ ପୁଣ ଦେଖା ! ଆଉ କ'ଣ ବାକି ଅଛି ଯେ ଦେଣା ପାଇଁ ଦୁଃଖ! ଏଣେ ଦେଖୁଁ ଦେଖୁଁ ଯେ ପରିଜନଗୁଡ଼ାକ ମଲେ ଆସି – ଏ ଅଧମର ଭାଗୀ କିଏ ହେବ? ତୁଚ୍ଛା ମୋହ ପାଇଁ ସମସ୍ତଙ୍କର ଏହି ହାଲ! କି ଦୁର୍ବୁଦ୍ଧି ଘଟିଲା – ନଟ କଥାରେ କ୍ୟାଁ ଭୁଲିଗଲି? ପରିଜନଗୁଡ଼ାକର ରୂପ ଯେମନ୍ତ ତାଙ୍କ ଆଖିରେ ଛାଇଯାଇଛି – ଆଉ କିଛି ତାଙ୍କୁ ଦିଶୁନାହିଁ। କେବଳ ଅଧାଲଙ୍ଗଳା ହାଡୁଆ ଛବି। ବେକ ଅଣ୍ଟାଳିଲେ, ପିଟା ସୁନାର

ଗୋଟିଏ ମାଳି ଥିଲା, ବାହାର କରି ଖାଇବା ହାତରେ ଟେକିଧରି ଦଣ୍ଡେ ଅନାଇଲେ। ପୁଣି ଆଖିରୁ କେତେଟୋପା ଜଳ ପଡ଼ିଗଲା। ଚାନ୍ଦମଣି ଜନ୍ମ ସମୟରେ ଅପା ବାଧିକା ପଡ଼ିଥିଲେ, ବଞ୍ଚିବାର ଠିକଣା ନ ଥିଲା – ମୁଁ ଟିକିଏ ସେବା କରିଥିଲି, ଅପା ଭଲ ହୋଇ ଆପଣା ବେକରୁ ଏହି ମାଳିଟା କାଢ଼ି ବେକରେ ଲଗାଇଦେଲେ। ମୁଁ 'ନାହିଁ' 'ନାହିଁ' କରି ମାଳିଟା କାଢ଼ି ଫେରାଇ ଦେଉଥିଲି, ଭିଣୋଇ ସାନ୍ତ ପାଖରେ ଛିଡ଼ା ହୋଇ ମୁରୁକି ମୁରୁକି ହସୁଥାନ୍ତି, କହିଲେ, "ଏ ସରସ୍ୱତୀ ଭଗବତୀ ଦେବୀ ନମସ୍ତେ ନିଅ – ନିଅ,ମାଳୀଟା ନେଇ ବେକରେ ଲଗାଅ, ତୁମ ଅସୁନ୍ଦର ବେକଟାକୁ ସୁନ୍ଦର ଦିଶିବ – ମତେ କେହି ଯାଚୁନାହିଁ, ମତେ ଦେଲେ ଲଗାନ୍ତି।" ମୁ କହିଲି, "ନିଅ ନିଅ ଭିଣୋଇ ସାନ୍ତ,ଚପକନ ଉପରେ ଲଗାଇ କଚେରିକୁ ଯିବ – ସାହେବ ଦେଖି ଖୁସି ହେବେ।" ହା! ଭିଣୋଇ ସାନ୍ତ! କାହିଁ ସ୍ୱର୍ଗରେ ଅଛ, ମୁଁ ନରକରେ ପଡ଼ି ଘାଣ୍ଟି ହେଉଛି। ପୁଣି ତାଙ୍କ ଅଜାଣତରେ ଆଖିରୁ କେତେ ଟୋପା ପାଣି ଗଡ଼ିଲା। ସେହି ହାରଟା ତଳେ ଥୋଇ ଟିକିଏ କାଗଜରେ କ'ଣ ଚାରିଧାଡ଼ି ଲେଖି ସେହି ସୁନାମାଳି ଆଉ ଭାଷାଖଣ୍ଡ ସାଧୁ ସାହୁ ମହାଜନ ପାଖକୁ ପଠାଇଦେଲେ।

ସାଧୁ ସାହୁ ନରିପୁର କିଲ୍ଲା ମଧରେ ଗୋଟାଏ ଟାଣୁଆ ତେଲୀ ମହାଜନ। ନଗଦ ଟଙ୍କା ଆଉ ଧାନର କାରବାର। ଚାଳିଶ ପଚାଶ ଖଣ୍ଡ ଗ୍ରାମର ଲୋକ ତାହାର ଖାତକ। ଲୋକେ କହନ୍ତି, ସାଧୁ ସାହୁ ରାତି ଅଧରେ ଲକ୍ଷେ ଟଙ୍କା ଗଣିଦେବା ଲୋକ। ଦଶଟା ଗାଁରେ ତାହାର ଧାନକୋଠି। ମାଗିବାକ୍ଷଣି ହଜାର ଭରଣ ଧାନ ମାପିଦେବା ତା' ପକ୍ଷରେ ବଡ଼କଥା ନୁହେଁ। ସମସ୍ତେ କହନ୍ତି – ସାଧୁ ସାହୁ ମହାଜନର କଳନ୍ତର ପରି କୋହଳ ଆଉ କାହିଁ ଦେଖିବାର ନାହିଁ। ଧାନ ବର୍ଷକୁ ସୋଇ ବଢ଼ନ୍ତିରୁ ବେଶି ନୁହେଁ। ସେପରି ନଥିଲା ଖାତକ ଗୋଡ଼ତଳେ ପଡ଼ିଗଲେ କଳନ୍ତର ବାଢ଼ଟା ଧରୋଟ ଥାଏ ନାହିଁ। ଖାତକ ଯେତେବେଳେ ଆସୁ ତାଳପତ୍ର ଡ଼େମ୍ପକେରେ ଗୁଜାଖଣ୍ଡେ ଲେଖିଦେଲେ ଟଙ୍କା ହେଉ, ଧାନ ହେଉ ପାଇଲା। ଗୁଜାରେ ମଣିଷ ସାକ୍ଷୀ ଥାଏ ନାହିଁ – ଚନ୍ଦ୍ର ସୂର୍ଯ୍ୟ ଦଶଦିଗପାଳ ଧର୍ମସାକ୍ଷୀ। ତୁଚ୍ଛା ହାତରେ କେହି ବାହୁଡ଼େ ନାହିଁ। ସବୁ ଖାତକ ସାଙ୍ଗରେ ହସି ହସି କଥା- ଟାଣକରି ପଦେ କହିବାର କେହି ଶୁଣି ନାହିଁ। କେହି ଖାତକକୁ ତୁଟି ପକାଇବାକୁ ଅସଲ କୁଲି ବା ପିଆଦା ପଇଦଲଙ୍କୁ ମନା! ସାଧୁ ସାହୁର ହଜାର ହଗାର ଖାତକ – ହେଲେ, କେହି ଖାତକ ନାମରେ ନାଲିସ ହୋଇଛି, ଏ କଥା କେହି ଭରସି ବୋଲି ପାରିବ ନାହିଁ। ଏଣେ କେହି ଖାତକ ଧାନ ବା ଟଙ୍କା ଖାଇ ବୁଡ଼ିଗଲା, ଏ ଯାଏ ଶୁଣିବାର ଆସି ନାହିଁ। ଏଥିର ଦୁଇଗୋଟି କାରଣ ଶୁଣାଯାଏ। ପ୍ରଥମ କାରଣ – ସାଧୁ ସାହୁ ମହାଜନଠାରୁ କରଜ ଖାଇ ବେମାନି କଲେ ବଂଶ ବୁଡ଼ିଯାଏ, ଏ କଥାଟାରେ ସାଧାରଣ ଲୋକଙ୍କର ଦୃଢ଼ ବିଶ୍ୱାସ। ଗୋପଳପୁର

ଶାସନର ରାମ ପଣ୍ଡା ନାତି ବ୍ରତଘରକୁ କୋଡ଼ିଏ ଟଙ୍କା କରଜ ଖାଇ ବେମାନି କରିବାରୁ ତା' ବଂଶଯାକ ଠାକୁରାଣୀରେ ମରିଗଲେ।ଢେର୍ ବର୍ଷ ତଳର କଥା, ହେଲେ କ'ଣ ହେଲା ଆଖିରେ ଦେଖିବାର ଲୋକ ଅଛନ୍ତି ପରା ! ଦ୍ୱିତୀୟକାରଣ-ବୁଢ଼ା ସାନ୍ତ ଭାରି ମହାଖର୍ଚ୍ଚୀ ଥଲେ, ସବୁବେଳେ ଟଙ୍କା ଲୋଡ଼ା-ସାନ୍ତ ଆଜ୍ଞାଟାଏପଠାଇଦେଲେ ସାହୁଏ ସାଙ୍ଗେ ସାଙ୍ଗେ ଟଙ୍କା ଗଣି ଦିଅନ୍ତି। ଏଥକୁ ସାମନ୍ତଙ୍କର ଭାରିକୃପା। ମହାଜନ ଟଙ୍କା କିଏ ଦେଲା, କିଏ ନଦେଲା ଆପେ ଆପେ ବୁଝୁଥାନ୍ତି। ଅଦିଆ ଖାତକଉପରେ ଦିଗବାର ମଉସିଲ ଦେଇ ଟଙ୍କା ଅସୁଲ କରାଇ ଦିଅନ୍ତି। ଏ ଲାଗି ସମସ୍ତଙ୍କ ଚିତ୍ତରେଡ଼ରଟାଏ ଥାଏ। ସାଉଙ୍କ ଘର-ଲଗାଲଗି ଆଗ ଛାମୁକୁ ଗୋଟାଏ ମେଲା, ଚଉପାଢୀ ଭଳିଆ ଗୋଟାଏଉଚ୍ଚ ଘର। ସେଇଟା ହେଲା ମହାଜନଙ୍କ ବେଉସା ଘର। ଦଶ ବାରଟା ପାଞ୍ଜିଆ ଅଧବଳଦେ ଲେଖାଏତାଳପତ୍ରର ପାଞ୍ଜି ପାଖରେ ଥୋଇ କେହି ଛିଣ୍ଡା, ଅଖା ଖଣ୍ଡକରେ, କେହିବା ଭୂଇଁରେ ବସିସକାଳୁ ସଞ୍ଜଯାଏ ଦୁଇଓଳି ଲେଖନଟାଏ ଧରି ଚରଚର୍ କରି ଲେଖୁଥାନ୍ତି। କିଛି ଦୂରରେ ମହାଜନନିଜେ ବାଡ଼କୁ ଆଉଜି ଭୂଇଁରେ ବସିଥାନ୍ତି, ମୁଖରେ ସବୁବେଳେ କୃଷ୍ଣ କୃଷ୍ଣ ଭଜନ। ସାଧୁସାହୁଏ ଡ଼େଙ୍ଗା ଭଳିଆ ଲୋକ, ଶ୍ୟାମଳ ବର୍ଣ୍ଣ, ମୁଖଟି ଢ଼ୌଲ, ଠିଆ ନାକ, ଆଖି ଦିଓଟିକିଛି ବଡ଼ବଡ଼-ଟିକିଏ ରଙ୍ଗା ରଙ୍ଗା ଦିଶେ। ମୁଣ୍ଡରେ ସାନ ତେଲଚିକ୍କଣ ପେଣ୍ଡାଟିଏପଛକୁ ଝୁଲିପଡ଼ିଥାଏ। ବେକଟି ଲମ୍ବା -ବେକ ମଝି ଆଗକୁ ଗୋଟାଏ ଗେବ ପରି ବାହାରିଛି।ଦୁଇ ବାହୁ ବଳିଲା ପରି-କିଛି ଲମ୍ବା। ଛାତିଗୋଟାକ ଆଉ ଦୁଇ କାନ, ଲୋମ ବଲବଲ।ବାଲିବିଶି ବୁଣା ହଳଦିଆ ରଙ୍ଗର ନ' ହାତି ଖଦି ଖଣ୍ଡିଏ, ଆଉ ତେଲ ଚଟ୍‌ଚଟ୍ ମଳିଆ ଛ'ହାତିଖଣ୍ଡେ ଗାମୁଛା- ଏହି ପହରଣଟା ସବୁଦିନେ। ଦୁଇମାସେ, ଚାରିମାସେ ପିନ୍ଧା ଖଦିଖଣ୍ଡନିହାତି ମଳିଚିକିଟା ହୋଇଗଲେ ଉଜୁଳି ଘରକୁ ଯାଏ। ହେଲେ ଗାମୁଛା କଚାହେବ ନାହିଁ, ସେଖଣ୍ଡ ଯେ ଗାମୁଛା- ପବିତ୍ର ଲୁଗା-ଧୋବ ହୋଇ ଆସିଲେ ଛୁଆଁଛୁତ ହୋଇଯିବ।ସାହୁଙ୍କରଦୁଇପୁଅ।ବଡ଼ ପୁଅ ଗୋବିନ୍ଦା, ବୟସ କୋଡ଼ିଏ, ପାଞ୍ଚବର୍ଷ ହେଲା ବିଭା ହେଲାଣି-ପନ୍ଦରବର୍ଷର ପାରିଲା ବୋହୁଟି ଘରେ। ସାନ ପୁଅର ବୟସ ବାର- ଗାଁ ଇସ୍କୁଲରେ ପଢ଼େ। ଏହି ବରଷଆସନ୍ତା ମେ ମାସରେ ତାହାର ବିଭା ହେବାର ପ୍ରସଙ୍ଗ ଚଳୁଛି। ବଡ଼ ପୁଅ ଗୋବିନ୍ଦା ଗାଁସ୍କୁଲ ମାଇନର କ୍ଲାସ ପର୍ଯ୍ୟନ୍ତ ପଢ଼ିଛି।ହେଲେ କ'ଣ ହେଲା, ସାହୁର ଜାଣିବାରେ ସେଇଟାନିର୍ବୁଦ୍ଧିଆ-କାମପାଇଟିରେ ମନ ନାହିଁ, କବୁତର ପୋଷେ, ଗୁଡ଼ାଏଗୋବରା ଚଢ଼େଇପିଞ୍ଜରାରେ ପୂରେଇଚି। ପାତଳ ଦଶହାତି ବାସି ଧୋବଲୁଗା ପିନ୍ଧେ, ଅଙ୍ଗ ଲଗାଏ। ବାସତେଲ

ମୁଣ୍ଡରେ ଲଗାଏ, ଜୋତା ମାଡ଼େ। ସାହୁଙ୍କୁ ଏଗୁଡ଼ା ଭଲ ଲାଗେ ନାହିଁ।ମନ ମଧ୍ୟରେ ଖପା ହୁଅନ୍ତି, ସାହୁଆଣୀ ଡରରେ କିଛି କହିପାରନ୍ତି ନାହିଁ। ପଦେ କଥା କହିଲେ, ସାହୁଆଣୀବାଘୁଣୀ ପରି ଗର୍ଜିବେ। ମଝିଆ ପୁଅଟି ବାହୁଡ଼ିବାଦିନୁ ପୁଅମାନଙ୍କୁ ପଦେ କଥା କହିବାକୁଗେରସ୍ତକୁ ଦିଅନ୍ତି ନାହିଁ। ପୁଅମାନେ ଯାହା ଇଚ୍ଛା କରନ୍ତୁ, ଆପେ ମଧ୍ୟ କିଛିବୋଲନ୍ତି ନାହିଁ।ସାହୁଆଣୀ ଶ୍ରୀମତୀ ବି କିଛି ଢ଼େଙ୍ଗୀ-ଦେହ ରଙ୍ଗଟି ସୁନ୍ଦର।ନେତ୍ର-ନାସିକା-ମୁଖଟି ଏମନ୍ତ ଡୌଲ ଯେ ଦେଖିଲେ ଗୋଟିଏ ଦେବୀ ପ୍ରତିମା ପରି ଜଣାଯାଏ।ଶ୍ରୀମତୀ ଗାଆଁଯାକର ସାହୁଆଣୀ ମା, ବାପର ମା', ପୁଅର ବି ମା', ଶାଶୁର ମା', ବୋହୂର ବିମା'।ସମସ୍ତେ ତାଙ୍କୁ ସାହୁଆଣୀ-ମା' ବୋଲି ଡ଼ାକନ୍ତି। ସତକୁ ସତ ସେ ଗାଁ ଯାକ ଲୋକଙ୍କୁପୁଅଝିଅ ପରି ମଣନ୍ତି। କେହି ବାଧକି ପଡ଼ିଲେ, ତା ପାଖକୁ ଛ'ଥର ଧାଇଁ ଯାଉଥିବେ।ଗାଁରେ କିଏ ଖାଇଲା ନଖାଇଲା ତନଖି କରନ୍ତି। ଗାଁରେ କାହାରି ବାହାପୁଆଣିରେ ଥିଲା ନଥିଲାଚଳେଇ ନିଅନ୍ତି।

ସାହୁଙ୍କ ଦୁଆରୁ ଅତିଥି ବାହୁଡ଼େ ନାହିଁ। ଘରେ ପଟେ ଚୁଡ଼ା, ମାଠିଆଏ ଗୁଡ଼, ହାଣ୍ଡିଏ ପଖାଳ ସବୁବେଳେ ଥୁଆ; କେତେବେଳେ କିଏ ଭୋକିଲା ଶୋଷିଲା ପହଞ୍ଚିଯିବ ପରା। ସେହିପରି ବି ପହଞ୍ଚନ୍ତି। ଗାଁ ଲୋକେ କହନ୍ତି, ସାହୁଆଣୀଙ୍କର ଲକ୍ଷ୍ମୀ ପହରା, ସେ ଗୋଡ଼ ଦେବାଦିନୁ ଗାଁରେ କାହାରି ଦୁଃଖ ନାହିଁ। ସାହୁଙ୍କ ଏଡ଼େ ବଡ଼ନ୍ତି ସାହୁଆଣୀଙ୍କ ଧର୍ମବଳରୁ। ସାହୁଆଣୀଙ୍କର ବି ଷୋଳହାତ ଲମ୍ବ ହଳଦିଆ କସ୍ତା ବାଲିବିଶ ବୁଣା ଶାଢ଼ି ଖଣ୍ଡେ ପହରଣ, ଦୁଇ ହାତରେ ଦୁଇ ଦୁଇ ବିଶା ଚାରି ବିଶା ଓଜନର ପିତ୍ତଳ ବାହିବଳା, ହାତଗଣ୍ଠି କତିରୁ କହୁଣିଯାଏ ଲାଗିଛି। ଆଙ୍ଗୁଳିରେ ଯୋଡ଼ାଏ ରୂପାର ଛାପମୁଦି। ବେକରେ ମାଳେ ସୁନା ଦାନା, ଆଉ ମାଳେ ଗୋଡ଼ଲଗା ଟଙ୍କାମାଳି। ଦୁଇ କାନରେ ଦୁଇ ତୋଳା ଓଜନ ପିଟା ଚାରିଖଣ୍ଡିଆ ସୁନା କାନଚମ ଟାଣି ଆଣିଲାଣି।

ବାହାଘରବେଳେ ଗୋବିନ୍ଦା ଭାରି ଗୋଟାଏ ଗୋଳମାଳ କଲା, ବୋହୂ ହାତରେ କଟକୀ ରୂପାଗହଣା, ବେକରେ କାନରେ ସୁନାଗହଣା ନ ଲଗାଇଲେ ବାହା ହେବ ନାହିଁ। ମା' ବାପା ଆଉ ଗାଁ ଲୋକେ ଢେର୍ ବୁଝାଇଲେ, ଜାତିରେ ନାହିଁ- ସାତ ପୁରୁଷର କୂଳରେ ନାହିଁ, ସେ କଥାଟା କେମିତି ହେବ। କଥାଟା ସାନ୍ତଙ୍କ କାନରେ ବାଜିଲା, ଏକାବେଳକେ ହୁକୁମ ସାଙ୍ଗେ ସାଙ୍ଗେ ବୋହୂ ଅଳଙ୍କାରର ଡାବ ଆସିଲା, ବୋହୂ ସକାଶେ ହଜାରେ ଟଙ୍କାର ଅଳଙ୍କାର କଟକରୁ ତିଆରି ହୋଇ ଆସିବ। ସାଆନ୍ତଙ୍କ ଆଜ୍ଞା ମେଣ୍ଟନ କରୁଛି କିଏ? ଶ୍ରୀମତୀ ଉଆସକୁ ଯାଇ ଢେର୍ କାନ୍ଦିଲା, ଗଡ଼ିଲା। ମଣିମା ବି ଆଜ୍ଞା କଲେ, ଏଥିରେ କିଛି ଦୋଷ ନାହିଁ। ଦୋଷ ମେଣ୍ଟିବା ପାଇଁ

ଯୁଗଳକିଶୋର ମନ୍ଦିରରେ ଶଏଆଠ ମୂର୍ତ୍ତି ବ୍ରାହ୍ମଣ ଭୋଜନ ହେଲା। ଜାତିମାନେ ଅଡ଼ିବସିଲେ – ଶାକାନ୍ନ ମିଷ୍ଟାନ୍ନ ଦୁଇବେଳା ଖାଇଲେ। ବୋହୂର ଅଳଙ୍କାର ସବୁ କଟକ ତିଆରି – ସାନ୍ତ ଆପେ ବରାଦ କରି ବନାଇ ଆଣିଥିଲେ। ବୋହୂଟି ବି ସୁନ୍ଦର ଦେଖିବାକୁ। ଶ୍ରୀମତୀ କହିବାରେ, ଗୁଣ ଢେର୍ – ଶାଶୁର ସବୁକଥା ମନେ ପଡ଼େ।

ସାହୁ ଆଉ ସାହୁଆଣୀ ମଧ୍ୟରେ ଯେପରି ପ୍ରେମ, ଅଶିକ୍ଷିତ ସାଧାରଣ ଲୋକଙ୍କ ଘରେ ସେପରି ଅଳ୍ପ ଦେଖାଯାଏ। ସକାଳୁ ଉଠି ମୁହଁଧୋଇଲା ପାଣି ଲୋଟାଏ ଥୋଇଦେବାଠାରୁ ପାଲଟା ଲୁଗାଖଣ୍ଡ କାଚିବାଯାଏ ସ୍ୱାମୀର ସମସ୍ତ କାର୍ଯ୍ୟ ଶ୍ରୀମତୀ ଆପେ କରିବେ। ଚାକର ଚାକରାଣୀ ଅଛନ୍ତି, ହେଲେ ସେସବୁ କାମରେ ହାତ ଦେବେ ନାହିଁ। ସ୍ୱାମୀ ଭୋଜନ କରି ଉଠିଗଲେ, ଯେତିକି ପ୍ରସାଦ ଛାଡ଼ିଥିବେ ତେତିକି ସେବା। ସଞ୍ଜଠାରୁ ରାତି ଛ'ଘଡ଼ିଯାଏ ସ୍ୱାମୀ ଗୋଡ଼ରେ ତେଲ ମର୍ଦ୍ଦନ କରୁଥିବେ। ସ୍ୱାମୀର ଉଚ୍ଛିଷ୍ଟ ବିନା କୌଣସି ପଦାର୍ଥ ହେଉ ପଛକେ ସାହୁଆଣୀ ଛୁଇଁବେ ନାହିଁ। ଏତେ ହେଲେ କ'ଣ ହେଲା, ଦୁଇଜଣଙ୍କ ମଧ୍ୟରେ ନିତି କଳି। ସାହୁଙ୍କର ଗୋଟାଏ ସ୍ୱଭାବ ଆଖିବୁଜି ବସି ସବୁବେଳେ କୃଷ୍ଣ କୃଷ୍ଣ କହୁଥିବେ। ଦିନ ଦୁଇପହର ଗଡ଼ିଗଲାଣି। ପାଞ୍ଜିଆମାନେ ପାଞ୍ଜିରେ ଡୋରି ଦେଇ ଯେ ଯାହା ଘରକୁ ଗଲେଣି, ସାହୁଏ ଆଖିବୁଜି ବସି କୃଷ୍ଣ କୃଷ୍ଣ କରୁଛନ୍ତି। ଚାକିରିଆ ଗୁରୁବାରିଆ ଦୁଇଥର ଡାକିଗଲାଣି। ଶେଷରେ ସାହୁଆଣୀ ଘରଭିତରୁ ଗର୍ଜି ଆସିବେ – ଟିକିଟାଟା ଠକରାଟା ଆପେ ଖାଇବ ନାହିଁ, ଘରେ ସମସ୍ତଙ୍କୁ ଭୋକରେ ମାରିବ। ପାଖକୁ ଆସି ନ ଗର୍ଜିଲେ, ସାହୁଙ୍କର ଚେତା ପଶେ ନାହିଁ। ସାହୁଏ ଖପାଟା ହୋଇ କହନ୍ତି, "ଆଃ, କୃଷ୍ଣ କୃଷ୍ଣ ! – ତୁନି ତୁନି କହନ୍ତି ଗୋବିନ୍ଦା ମା' ବଡ଼ କଳିହୁଡ଼ି ! ରୋଜ ଏହି କଳି।"

ଚଉଦଘଡ଼ିଆ ବେଳ – ସାହୁଏ ତାଙ୍କ ବେଉସାଘର ପିଣ୍ଡାରେ ବସି ଆଖିବୁଜି କୃଷ୍ଣ କୃଷ୍ଣ କରୁଛନ୍ତି। ପାଞ୍ଜିଆମାନେ ଆପଣା ଆପଣା କର୍ମରେ ବ୍ୟସ୍ତ – ଦଶ ପନ୍ଦରଟା ଖାତକ ସେମାନଙ୍କୁ ବେଢ଼ି ବସିଛନ୍ତି। ଉଆଁସ ଭିତିରିଆ ପଢ଼ିଆରୀ ମଦନ ମହାକୁଡ଼ ବାଉଁଶ ବାଡ଼ିଟାଏ ଠୁକୁରୁ ଠୁକୁରୁ କରି ନଇଁ ନଇଁ ସାହୁଙ୍କ ପାଖରେ ପହଞ୍ଚିଲା। 'ଧାଇମା ଏହି ସୁନାମାଳି ଆଉ ଭାଷା ଦେଇଛନ୍ତି' କହି ସାହୁଙ୍କ ହାତକୁ ବଢାଇ ଦେଲା। ଭିତିରିଆ ପଢିଆରୀ ଧାଇମା'ଙ୍କ ଭାଷା ଆଣିଛି ଦେଖି ସାହୁଏ ଧଡ଼ପଡ଼ହୋଇ ଛିଡ଼ା ହୋଇଗଲେ – ଭାଷା ଆଉ ସୁନାମାଳିଟା ତିନିଥର ମୁଣ୍ଡରେ ଲଗାଇଲେ। ସେ ପଢି ଜାଣନ୍ତି ନାହିଁ, ଜଣେ ପାଞ୍ଜିଆ ଭାଷା ପଢି ଶୁଣାଇଦେଲା ଧାଇମା ଲେଖିଛନ୍ତି "ସୁନାର ମାଳିଟା ରଖି ତିନିଶ ଭରଣ ଧାନ କରଜ ଦେବ। ଆସନ୍ତା ମକର ମାସରେ ଖଞ୍ଜା ମୌଜାରୁ ଖଜଣା ଆଉ ଧାନ ଆସିଲେ, ମୂଳ କଳନ୍ତର ଶୁଝିଟ କରିଦିଆଯିବ।" ସାହୁଏ କାନ୍ଦିପକାଇଲା ପରି ହୋଇ କହିଲେ, "କୃଷ୍ଣ କୃଷ୍ଣ ! ଧାଇମା'ଙ୍କୁ ମୋର ଲକ୍ଷ ଲକ୍ଷ ମଜୁରା କହିବ। ଏହି

ମାଳି ଆଉ ତିନିଶ ଟଙ୍କା ଘେନିଯା କୟାଳ ଅଇଲେ, ପଛକେ ଧାନ ମପାଇ ପଠାଇଦେବି। ଧାଇମାଙ୍କୁ କହିବ, ମୁଁ କ'ଣ ଏଡ଼େ ନିମକହାରାମ ହେଲି ଯେ ମାଳି ରଖି ଟଙ୍କା ଦେବି, ପୁଣି କଳନ୍ତର ନେବି? ଏ ସବୁ ବିଷୟ କାହାର? ଯେତେବେଳେ ଯେତେ ଟଙ୍କା ଲୋଡ଼ା ଘେନିଯାଉଥିବ। ଅନ୍ନଦାତା ହାକିମ ଅବୋଧ ପିଲା, ମୋ ବିଷୟ ସବୁ ଆଉ କେଉଁଦିନ ଲାଗି?"

ହେ ପାଠୁଆ ନଟବର ଦାସ ! ବେଳେ ଆସି ମୂର୍ଖ ସାଧୁସାହୁର ବେଭାରଟା ଦେଖିଯାଆନ୍ତୁ!

ଛତିଶି

ଟିକାଏତବାବୁଙ୍କର ମାଇନର ପାସ୍

ସାମନ୍ତ ପ୍ରତାପ ଉଦିତମଲ୍ଲ ଉତ୍ତରରାୟ ନିଜ ଗଡ଼ରେ ଯେଉଁ ମାଇନର ସ୍କୁଲ ଗୋଟାଏ ବସାଇଥିଲେ, କେବଳ ଟିକାଏତ ବାବୁଙ୍କ ଲାଗି ଆଜିଯାଏ ସେ ସ୍କୁଲଟି ଚଳୁଛି। ତାଙ୍କ ଦେଖାଦେଖି ଆଉ ତାଙ୍କ ମନ ବହଲେଇବା ପାଇଁ ନିଜଗଡ଼ ନିବାସୀ ଲୋକମାନେ ଆପଣା ଆପଣା ପିଲାଙ୍କୁ ସ୍କୁଲକୁ ପଠାଇଥାନ୍ତି। ମାଷ୍ଟର ଦରମା ସ୍କୁଲରୁ ଆଉ ଆଉ ଖର୍ଚ୍ଚ ସବୁ ସାନ୍ତଙ୍କ ତହବିଲରେ ଖର୍ଚ୍ଚ ପଡ଼େ। ସାନ୍ତଙ୍କ ବିୟୋଗ ଦିନଠାରୁ ତାହା ବନ୍ଦ। ବର୍ତ୍ତମାନ ମଣିମାଙ୍କ ଖଞ୍ଜା ମୌଜାରୁ ଅଧେ ଦିଆଯାଏ। ବାକି ଅଧେ ପିଲାମାନଙ୍କ ଦରମାରୁ ଉଠେ। ଦୁଇମାସ ତଳେ ଟିକାଏତ ବାବୁ ମାଇନର ପରୀକ୍ଷା ଦେଇଥିଲେ। ସେ ପ୍ରଥମ ଶ୍ରେଣୀରେ ପାସ୍ କରିଥିବାରୁ ଇନସ୍ପେକ୍ଟର ସାହେବଙ୍କ ଅଫିସରୁ ମାଷ୍ଟରଙ୍କ ନାମରେ ଚିଠି ଆସିଲା- ମାସକୁ ଚାରିଟଙ୍କା କରି ଜଳପାନ ପାଇ କଟକ ବଡ଼ ସ୍କୁଲରେ ପଢିବେ। ଚିଠି ପହଞ୍ଚିଲା କ୍ଷଣି, ଗାଁଯାକରେ ଆନନ୍ଦ ଚହଳ ପଡ଼ିଗଲା। ଥୋକେ ଲୋକ କଥାଟା ବୁଝି – ଢେର୍ ଲୋକ କିଛି ନ ବୁଝି ଖୁସିଟାଏ ହୋଇଗଲେ। ଆଜି ପାଞ୍ଚବର୍ଷ ଉତ୍ତାରେ ଉଆସରେ ଆନନ୍ଦର ଚିହ୍ନ ଦେଖାଗଲା। ପରିଜନ ପ୍ରସ୍ତରେ ଶଙ୍ଖ ହୁଳହୁଳି ଶବ୍ଦ ଉଚ୍ଛୁଳି ପଡୁଛି। ଜଳନ୍ତା ନିଆଁରେ ପାଣି ପଡ଼ିଲେ ଗୋଟାଏ ବାମ୍ଫ ବାହାରେ – ଜେଜେମାଙ୍କ ଆଖିରୁ ଝର ଝର କରି ପାଣି ବହିପଡ଼ିଲା। ମଣିମା ଆରୋଗ୍ୟଲାଭ କରିଅଛନ୍ତି ସତ; ହେଲେ ବିଷୟ ଧାରଣା ମନ ମଧ୍ୟରେ ଏଯାଏ ଜାତ ହୋଇନାହିଁ – ଭଲମନ୍ଦ କିଛି ବୁଝିପାରୁ ନାହାନ୍ତି। ନରୁର ପାସ ଖବର ଶୁଣି ଘଡ଼ିଏକାଳ ଗୁମ୍ ମାରି ବସିଲେ, ଦୁଇଆଖି କୋଣରେ ଦୁଇ ଟୋପା ପାଣି ଯେମନ୍ତ ଢଳ ଢଳ ହେଲା। ମଣିମାଙ୍କ ମୁଖର ଏପରି ଭାବ କେବେ ଦେଖାନଥିଲା।

ଘୋର ଆନନ୍ଦ ବେଳେ ଭୟଙ୍କର ବିପଦ ଉପସ୍ଥିତ। ନରୁବାବୁ ଧରିବସିଲେଣି, ଇଂରାଜୀ ପଢିବାକୁ କଟକ ଯିବେ। ଉଆସରେ ଚଡ଼କଟାଏ ଯେମନ୍ତ ପଡ଼ିଗଲା। ଜେଜୀମା ତ କାନ୍ଦି କାନ୍ଦି ଅଜ୍ଞାନ, ନାତିକୁ କୁଣ୍ଢେଇ ଧରି କହିଲେ, "କ'ଣରେ ନରୁ- ଇଂରାଜୀ ପାଠ ପଢିବୁ, ଏଇ ଉଆସରେ ବସି ପଢ଼, ଯେତେ ଟଙ୍କା ଲାଗୁ ମୁଁ ଦେବି। କଟକରୁ ଭଲ ଭଲ ମାଷ୍ଟର ଆଣି ଦେବି – ତୁ କଟକ ଯା'ନା। ନରୁବାବୁର ଏକା–ରା ସେଇ ହଟ। ପାଞ୍ଜିଆ ପଢିଆରୀ ବୁଝାଇଲେ, ସିଠ ଗନ୍ତାଘରିଆଣୀ ଆଉ ସମସ୍ତେ ବୁଝାଇଲେ, କିଏ ଶୁଣେ – ସେଇ ଗୋଟାଏ କଥା-କଟକ ଯିବେ। ଧାଈମା ମଣିମାଙ୍କୁ କିଛି କହିନାହାନ୍ତି, ସେ ଆପେ ଆପେ କହିଲେ, "ଧାଈମା ! ନରୁ କହୁଛି ତ କଟକ ଯାଉ। ୟାଙ୍କ ବଂଶରେ ସେଇ ଗୋଟାଏ ଜିଦ – ଯେଉଁଟା ଧରିବେ, ସେଇଟା କରିବେ। ଏଇପରି ତାଙ୍କର" କ'ଣ କହିବାକୁ ଯାଉଥିଲେ, ପାଟି ଫିଟିଲା ନାହିଁ। ଧାଈମା କ'ଣ ବୁଝି, ଚଞ୍ଚଳ ଆଉ ଆଡ଼କୁ ଚାଲିଗଲେ।

ପାଟଜ୍ୟୋତିଷ ଗଣେଶ୍ୱର ଖଡ଼ିରତ୍ନେ ଆସି ଦିନଟାଏ ଧରି ଦିନଟାଏ ଦେଇଗଲେ – ମେଷ ଶୁକ୍ଳ ପଞ୍ଚମୀ ବୁଧବାର ପୃଷ୍ଠଯୋଗିନୀ ଅମୃତ ଯୋଗ – ବୃଷ ରାଶିକୁ ପଶ୍ଚିମ ଯାତ୍ରାର ଶୁଭ ବ୍ରାହ୍ମ ମୁହୂର୍ତ୍ତରେ ଯାତ୍ରା। ଯୁଗଳକିଶୋର ମନ୍ଦିରରେ ବିଷ୍ଣୁ ସହସ୍ର ନାମ ପାଠ ଓ ପ୍ରଭୁଙ୍କ ପାଦପଦ୍ମରେ ଲକ୍ଷେ ତୁଳସୀ ଚଢ଼ାଇବା ସକାଶେ ଦୁଇ ଜଣ ବ୍ରାହ୍ମଣ ବରଣି ହେଲେ-ଧାଈମା ନରୁ ମୁଣ୍ଡରେ ଛୁଆଁଇ ବ୍ରାହ୍ମଣ ହାତରେ ଗୁଆ ଟେକିଦେଲେ। ଉଆସରେ ପ୍ରତିଦିନ ଶଏଆଠ ମୂର୍ତ୍ତି ବ୍ରାହ୍ମଣ ଭୋଜନର ବନ୍ଦୋବସ୍ତ ହେଲା।

ଧାଈମା ବୁଢ଼ୀ ଛାମୁକରଣକୁ ଡକାଇଲେ। ଦୁଇଜଣଙ୍କ ମଧ୍ୟରେ ପରାମର୍ଶ ଚଳିଲା ଘରୁ କଟକ ଯାଇ କେଉଁଠି ରହିବ। ପାଞ୍ଜିଆ କହିଲେ, "ଦୁଇଟା ଜାଗା ଅଛି – ହେଲେ ମାମୁ ବସାରେ ବଡ଼ ଗୋଳମାଳ, ସେଠାରେ ରହିବାର ସୁବିଧା ହେବ ନାହିଁ।" ପାଞ୍ଜିଆ ସାଫ୍ ଫିଟାଇ କହିବାକୁ ଭରସିଲେ ନାହିଁ ସତ; ହେଲେ ମାମୁଁ ବସାରେ ରଖାଇବାକୁ ତାଙ୍କର ବିଶ୍ୱାସ ଖଟୁନାହିଁ। ଧାଈମା ପାଞ୍ଜିଆଙ୍କ ମନକଥା ବୁଝିଗଲେ – କହିଲେ, "ତୁମେ ଯେ କଥା କହିଲ, ସେ କଥାଟା ସତ; ହେଲେ ମୁଁ କେତୋଟି ଦୋଷ ଦେଖୁଛି। ମଉସା ବସାରେ ରହିଲେ, ନଟ ଖର୍ଚ୍ଚ ଦେବେ ନାହିଁ; ଏଣେ ମଉସା ବି ଖର୍ଚ୍ଚ ମାଗିବେ ନାହିଁ। ଯେତେହେଲେ ତ ବନ୍ଧୁ ଖର୍ଚ୍ଚ ନ ନେଇ ତାଙ୍କ ଘରେ ରଖାଇବାଟା ମୁଁ ପସନ୍ଦ କରୁନାହିଁ। ଆଉ ଗୋଟାଏ କଥା ନଟ ଯେପରି ମଣିଷ, ନରୁ-ମଉସାଘରେ ରହିଲେ ଜାଣିଶୁଣି ଅନିଷ୍ଟ କରିବ, ଲୋକରେ ବି ଅସୁନ୍ଦର ଦିଶିବ ଆପଣା ମାନ ମହତକୁ ଜଗି ତ ବାଟ କାଟିବାକୁ ହେବ; କରୁଣା ବାରିକ ତା' ସାଙ୍ଗରେ ଯାଉଛି ଲୋକଟା ଯେପରି ବୁଦ୍ଧିଆ, ସେହିପରି ବିଶ୍ୱାସୀ; ପୁଣି ନରୁକୁ ପ୍ରାଣରୁ ଅଧିକ ମଣେ –

ସେପରି ସେ ଯେବେ ଦେଖିବ, ମଉସା ବସାକୁ ଉଠିଯିବା କେତେବେଳ? " ପାଞ୍ଜିଆ ଆଉ କିଛି ନ ବୋଲି ତୁନି ହେଲେ।

ସଇଁତିରିଶି

ନରୁବାବୁଙ୍କର କଟକ ଯାତ୍ରା

ସବାରିରେ ଚାରିଯୋଡ଼ା କାନ୍ଧିଆ ଆପଟ ଲାଗିଛନ୍ତି। ଆଗ ପଛରେ ଦୁଇଟା ପାଇକ ଚାରିଟା ଭାର, ଡେବିରି ହାତରେ ଗୋଟାଏ ପିତଳ ତେଲଦାନି ଆଉ ମଶାଲ, ଖାଇବା ହାତରେ ଖଣ୍ଡେ ବାଡ଼ି ପିଠିରେ ଗୋଟାଏ ସାନ ବୋକଚା ପକାଇ କରୁଣା ବାରିକ ଧାଇଁଛି। କାଳେ ବାଟରେ ରାତି ହୋଇପଡ଼ିବ ମଶାଲଟି ସଜିଲ କରି ଧରିଥାଏ। ସଞ୍ଜଦୀପ ଲାଗେ ଲାଗେ ସବାରି କଟକ ବାଖରାବାଦ ନାଜରଙ୍କ ବସାରେ ଭିଡ଼ିଲା। ଆପଟମାନେ ସବାରିଟା ଦୁମ୍‌କରି ଥୋଇଦେଇ ଅଣ୍ଟାରୁ ଗାମୁଛା କାଢ଼ି ବିଞ୍ଚି ହେବାକୁ ଲାଗିଲେ। ନାଜରବାବୁ ମାଳା ଝୁଲିଟିଏ ଧରି ବାହାରକୁ ବାହାରୁଥିଲେ। ସଞ୍ଜସକାଳ ନାଜରବାବୁଙ୍କ ହାତର ମାଳା ଝୁଲିଟାଛାଡ଼ି ନ ଥାଏ। ଦୁଷ୍ଟ ଲୋକେ ବୋଲନ୍ତି; ଏଇଟା ଲୋକ ପତିଆରା। ନାଜରବାବୁ ସବାରି କବାଟଟା ଭିଡ଼ିଦେଇ ଆସ ବୋଲି କହି ନରୁବାବୁଙ୍କୁ ଓହ୍ଲାଇନେଲେ। ବାରିକ ସବାରିରୁ ଶେଯଟା କାଢ଼ିନେଇ ନାଜରବାବୁଙ୍କ କୋଠରି ମେଲାରେ ପାରିଦେଲା। ବାବୁ ସେହି ଶେଯରେ ନରୁବାବୁଙ୍କୁ ବସାଇ ଭିତର ପ୍ରସ୍ତକୁ ଗଲେ। ଭିତର ମଝି ଅଗଣାରେ ଖଣ୍ଡେ ସାନ ସତରଞ୍ଜି ବିଛାଇ ଗୋଟିଏ ବଡ଼ ମାଣ୍ଡିକୁ ଆଉଜି ନାଜରାଣୀ ବସିଥିଲେ। ରୋଷେୟା ବସିଥିଲେ। ରୋଷେୟା ବ୍ରାହ୍ମଣ ରାତିଓଳି ଖନ୍ଦାର ଉପଦେଶ ଶୁଣିଯାଉଥାଏ। ବାବୁଙ୍କୁ ଦେଖି ସାଆନ୍ତାଣୀ ଟିକିଏ ସଜାଡ଼ିସୁଜଡ଼ି ବସି ମୁହଁଟେକି କହିଲେ, "ଏ ପୁଣି କ'ଣ ଗୋଟାଏ ପ୍ରେମ? ସେଥିଲାଗି ଗାଁରୁ କେହି ଆସିଲେ ମୁଁ ତାକୁ ବସିବାକୁ ଠା ଦିଏ ନାହିଁ। ସେମାନଙ୍କର କ'ଣ ଊଣା ଜଞ୍ଜାଳ!" ନାଜରବାବୁ କହିଲେ, "ତୁନି ପଡ଼ ତୁନି ପଡ଼ ଭଲ ହେଲା, ଭଲ ହେଲା ଖୁବ୍ ଭଲ ଅଛି। ଗଡ଼ ଉଆସ ଭିତରୁ ଢେର୍ ଢେର୍ ପିଠା ଖଜା ଆଉ ଭଲ ଭଲ ଜିନିଷ ଆସିବ – ପିଲାଟା କେତେ ଖାଇବ? ଆଉ ତା ପିଛା ମାସକୁ ଦଶଟଙ୍କା ଖର୍ଚ୍ଚ କରି ପଚିଶ ଟଙ୍କା ଲେଖିବା।" ନାଜରାଣୀ କହିଲେ, "ନା, ନା ତୁମେ ତ ବୁଝିନାହଁ, ପିଲାଗୁଡ଼ାକ ପିଛେ ଖରଚଢେର – ମାସକୁ ପାଞ୍ଚକୋଡ଼ି ଟଙ୍କାରୁ ପଇସାଏ ଊଣା ନୁହେଁ – ତୁମେ ପଛରେ ବୁଝିବ।" ନାଜରବାବୁ କହିଲେ , "ମୁଁ କ'ଣ ତା' ଛାଡ଼ିବି, ଆହୁରି ବେଶୀ ଲେଖିବି।" ମାମୁଁ ମାଇଁ ଦୁଇଜଣ ହସି ହସି ମୁହଁ ଚାହାଁ ଚାହିଁ ହେଲେ। ନାଜରବାବୁ ନରୁବାବୁଙ୍କୁ ଡାକିଆଣି ମାଇଁ ସାଙ୍ଗରେ ଭେଟ କରାଇଦେଲେ। ନରୁବାବୁ

ଭୂଇଁରେ ମୁଣ୍ଡ ଲଗାଇ ଦଣ୍ଡବତଟା କରି ଛିଡ଼ା ହୋଇଥାନ୍ତି। ମାଇଁ ବକବକ କରି ମୁହଁକୁ ଅନାଇଛନ୍ତି, ପଦେ ପାଟି ଫିଟାଇବାକୁ ନାହିଁ ଅବା କଥା ପଇଟୁଛି କି ନାହିଁ, କିଏ ଜାଣେ? ମାଇଁଙ୍କ ଆଚରଣ ଦେଖି ନାରୁବାବୁଙ୍କ ମନକୁ କିମିତିକା ଲାଗିଲା। ତୁନି ହୋଇ ମୁଣ୍ଡ ପୋତି ଛିଡ଼ା ହୋଇଥାନ୍ତି। ନାଜରବାବୁ ଚଞ୍ଚଳ ନରିବାବୁଙ୍କ ହାତଧରି ବୈଠକଖାନାକୁ ଘେନିଗଲେ। ବୈଠକଖାନା ଏକ ପାଖରେ ଗୋଟିଏ ଲମ୍ବା ଗମ୍ଭିରି, ପୁରୁଣା ମରହଟ୍ଟୀ ତିଆରି; ଦୁଆରଟା ନୁଆଣ, ଢ଼େଙ୍ଗା ମଣିଷ ସଳଖେ ଛିଡ଼ା ହୋଇ ଭିତରକୁ ପଶିପାରିବ ନାହିଁ, ମୁଣ୍ଡ ନଇଁ ଯିବାକୁ ହୁଏ। ଉତ୍ତରରେ ହାତପହୁଞ୍ଚା ଉପରକୁ ଗୋଟିଏ ସାନ ଜଳକବାଟି। ବାହାରଲୋକ ଘର ଭିତରକୁ ଅନାଇଦେଲେ ମହତଟା ତ ଗଲା, ଏଥିଲାଗି ଆଗକାଳକା ସିଆଣା ଲୋକେ ଜଳକବାଟି ଉପରକୁ ରଖୁଥିଲେ। ଜଳକବାଟି ଆଉ ଦୁଆର ବନ୍ଦ କରିଦେଲେ, ଦିନବେଳେ ବି ଘରଟା ଅନ୍ଧାରିଆ ହୋଇଯାଏ, ପବନ ପଶିବାର ତ ମୁସଲମ ବାଟ ନାହିଁ। ନରୁବାବୁଙ୍କ ଚିଜବସ୍ତୁ ସବୁ ସେହି ଘରେ ରହିଲା। ଗୋଡ଼ ଟକଟକିଆ ପୁରୁଣା ତକ୍ତପୋଷ ଖଣ୍ଡେ ପଡ଼ିଛି, ସେଥିରେ ବାବୁ ଶୋଇବେ। କରୁଣା ଛାଞ୍ଚୁଣିଟା ଧରି ଘର ଓଳେଇ ପକେଇଲା, ତକ୍ତପୋଷରେ ବିଛଣା ପାରିଦେଲା। କରୁଣାଟା ଖାଲି ନାକ ସିଟକାଉଛି – ଘରଟା ମନକୁ ମାନୁନାହିଁ ପରା!

ରାତି ଅନୁମାନ ଛ'ଘଡ଼ି ଗଡ଼ିଯାଇଛି।ନାଜରବାବୁଙ୍କ ବସାରେ ସମସ୍ତେ ଖିଆପିଆ କରି ଶୋଇଲେଣି। ଆପଟ ଆଉ ପାଇକ ଦିନଯାକ ଧାଇଁ ଥକିପଡ଼ିଥିଲେ, ଦିନବେଳେ ବାଟରେ ମୁଠାଏ ମୁଠାଏ ଚୁଡ଼ା ଖାଇଛନ୍ତି। ବାଟଚଲା ଥକା ବାଧିଥିଲା, ଲୁଗାକାନିଟାମାନ ପାରି ସମସ୍ତେ ଶୋଇପଡ଼ିଥିଲେ। ସେମାନଙ୍କ କଥା କେହି ବୁଝିବାକୁ ନାହାଁ। ଯେତେବେଳେ ନିଦ ଭାଙ୍ଗିଲା, ଭୋକରେ କାଉଳି ହେଉଛନ୍ତି। କହିବେ କାହାକୁ. ଶୁଣୁଛି ବା କିଏ? ମଫସଲିଆ ଲୋକ, ଏଣେ ହାକିମ ଘର, ପାଟିକରିବାକୁ ଡ଼ର। ଗଡ଼ରୁ ଆସିବାବେଳେ ଜେଜୀମା ଗୋଟାଏ ବଟୁଆରେ ଗୁଡ଼ାଏ ଟଙ୍କା ଆଉ ରେଜିକି ପୁରାଇ ପେଟରାରେ ଥୋଇ ଦେଇଥିଲେ। କରୁଣାକୁ ବୁଝାଇ ଦେଇଥିଲେ, ଦରକାର ପଡ଼ିଲେ ନରୁକୁ ନ ପଚାରି ଖରଚ କରିବ। ପେଟରା କଞ୍ଚିକାଠି ହାତରେ ଥିଲା-କରୁଣା ସେଥିରୁ ଯୋଡ଼ାଏ ଟଙ୍କା କାଢ଼ି ପାଇକମାନଙ୍କ ହାତରେ ଦେଲା। ବଜାର ବନ୍ଦ ହୋଇନାହିଁ; ଚୁଡ଼ା ଗୁଡ଼ କିଣି ପେଟେ ଖାଇ ଶୋଇପଡ଼ିଲେ। ମାଛି ଅନ୍ଧାର ଥାଉଁ ଥାଉଁ ସେଗୁଡ଼ାକ ଉଠି ଗାଁକୁ ପଳେଇଲେଣି। ପାହାନ୍ତା ବେଳକୁ ଦେଖାଗଲା – କେହି କୁଆଡ଼େ ନାହିଁ।

ଅଠତିରିଶି

ମେନକାଦେଈଙ୍କ ଘରଭଡ଼ା

କଟକରେ ଥିବାବେଳେ ମେନକା ଦେଈ ମାସକୁ ଟଙ୍କାଏ ଆଠଅଣା କରି ଚାରି ବର୍ଷରେ କିଛି ଟଙ୍କା ଛଞ୍ଚିଥିଲେ। ତାଙ୍କ ବସା ଲଗାଟ ଦରଘାବଜାରରେ ପାଞ୍ଚଗୁଣ୍ଠ ଜମି, ତା' ଉପରେ ଚାରି ବଖରା କାଇ ଘର ଅଦାଲତ ଡ଼ିଗ୍ରୀ ଜାରିରେ ନିଲାମ ହେଉଥିବା କଥା ଦିନେ ଶୁଣିଲେ। ଦୁଇ ଭଉଣୀ ବସି ବିଚାର କଲେ, ଟଙ୍କା ତ ହାତରେ ରହିବ ନାହିଁ – କଟକ ସହରରେ ଘର ବଖରା କିଣି ରଖିଥିଲେ କେତେବେଳେ ହେଲେ ପିଲାମାନଙ୍କ କାମକୁ ଆସିବ। ଦାଶରଥୀ ଦାସେ ତ ସରକାରୀ ଚାକିରିଆ, ତାଙ୍କ ନାମରେ କିଛି ଭୂସମ୍ପତ୍ତି କିଣାଯାଇ ପାରିବ ନାହିଁ, ମେନକା ଦେଈ ଆପଣା ନାମରେ ନିଲାମରେ କିଣିନେଲେ। ଏତେବେଳେ ତାଙ୍କର ନିଜର ବଡ଼ ଉପକାରକୁ ଆସିଲା। ବୟସ ତ ଗଡ଼ିଗଲାଣି-ଏଣେ ବେମାରିଗୁଡ଼ାକ ଲାଗିରହିଛି। ଏଣିକି କାମ ପାଇଟି ତ ଥାଉ, ଚାଲବୁଲ ହେବାକୁ ବି କଷ୍ଟ ହେଲାଣି। ସଞ୍ଜବେଳକୁ ଯୋଡ଼ିଏ ପଇସାର ଆପୁ ଗିଳିପକାଇଲେ ଦେହଟା କିଛି ଚଞ୍ଚଳ ଥାଏ। ଆଉ ଗୋଟିଏ କଥା, ଆପୁଲୀମାନେ ଆପୁଟା ଗିଳିପକାଇବାକ୍ଷଣି ଟିକିଏ ମିଠାସିଠା ପାଟିରେ ପକାଇବାକୁ ତାଙ୍କର ମନଟା କେମନ୍ତ ଟକଟକ କରେ, ପାନ ଟିକିଏ କଲରେ ନ ଜାକିଲେ ନୁହେଁ। ଭଡ଼ା ଚାରି ଟଙ୍କାରେ ସବୁ ଖର୍ଚ୍ଚ ଚଳିଯାଏ। ବଡ଼ପୁଅ ବାନାମ୍ବରକୁ ସେଥିଲାଗି କିଛି ବୋଲନ୍ତି ନାହିଁ। ତେବେ ବି ବାନାମ୍ବର ମାଆଙ୍କର ଆପୁଖିଆ କଥା ଛ' ଥର ବୁଝାବୁଝି କରନ୍ତି। ମା' ତ ଦେଖିଛନ୍ତି ପୁଅଟା ଚାଷବାଷରେ ଲାଗିଛି, ନଗଦ ପଇସା କଉଡ଼ି ହାତରେ କେଭେଁ ଥାଏ ନାହିଁ, ତାକୁ ଆଉ କ'ଣ କରିବେ? ତେବେ ଲୋଡ଼ା ବି ନାହିଁ-ଖାଇଲା ପିନ୍ଧିଲା ବାଡ଼ଟାରେ ତ ହରକତ ନାହିଁ। ବାନାମ୍ବରର ମା' ଠାରେ ବଡ଼ ଭକ୍ତି। ସଞ୍ଜବେଳେ କାମଧନ୍ଦା ସାରି ମା' ପାଖରେ ଘଡ଼ିଏ ବସେ, ଦେହପା କଥା ପଚାରେ।ବୁଢ଼ୀ ବାଧିକି ପଡ଼ିଲେ, ବଡ଼ ବୋହୂ ଜଗି ଦେହପା'ରେ ହାତ ବୁଲାଉଥାଏ; ଶାଶୁର କ'ଣ ଲୋଡ଼ା ତିନିଥର ପଚାରୁ ଥାଏ। ଦିନେ ମେନକା ଦେଈ ଶୁଣିଲେ, ନରିପୁର ପ୍ରଜାପାଟକ ମାଲିମାମଲା ପାଇଁ କଟକକୁ ଆସି ରହିବା ସକାଶେ ନଟବରବାବୁ ତାଙ୍କର କଟକ ବସାଟା ହାତରେ ରଖିଲେ। ବୁଢ଼ୀ ତାଙ୍କର ଘରଭଡ଼ା ଆଉ ପାଇଲେ ନାହିଁ।

ଅଣଚାଳିଶି

ଶାମ ସାମଲ ଓ ହରିବୋଲ ବାରିକ

ଦିନ ଦି' ପହର ଗଡ଼ିଗଲାଣି। ଗାଁଯାକର ଖିଆପିଆ ବେଳ। ଚନ୍ଦନ ପୋଖରୀ ତୁଠରେ କେହି ନାହିଁ, ଏକା ହରିବୋଲ ବାରିକେ ଛାତିଏ ଜଳରେ ଛିଡ଼ାହୋଇ ତେଲଚିକିଟା ଛିଣ୍ଡା ଗାମୁଛା ଖଣ୍ଡିକରେ ଦେହ ରଗଡ଼ୁଛି। ୟାଙ୍କର ଏଇଟା ହେଲା ଗାଧୁଆ ବେଳ। ସକାଳୁ ଗାଁ ବୁଲିଯାଇଥାନ୍ତି – ବାହୁଡ଼ିବାକୁ ମଠ ହୁଏ।

ଶାମ ସାମଲ ଜଙ୍ଘ ଅଧାରୁ ଅଣ୍ଟାଯାଏ ମୋଟା କରିଆଖଣ୍ଡ ଆଣ୍ଟକରି ଭିଡ଼ିଦେଇଛି; ମୁଣ୍ଡରେ ଝାମ୍ପିଟାଏ, ଦେହ ଗୋଟାକଯାକ କାଦୁଅ ଲଟପଟ, ଖାଇବା ହାତରେ ପାଞ୍ଚଣ ଖଣ୍ଡେ, ଜିଭରେ ଟକ୍ ଟକ୍ କରି ଟାକରା ଫୁଟାଇ ଫୁଟାଇ ଗହୀର ଭିତରୁ ହଳଟାଏ ଧରି ବାହାରି ଆସି ତୁଠରେ ହଳିଆ କାନ୍ଧରୁ ଯୁଆଳି ଲଙ୍ଗଳ ଫିଟାଇ ରଖି ଗୋରୁ ଯୋଡ଼ାକୁ ଚରିବା ପାଇଁ ଏକପାଖିଆ ଏଡ଼ାଇଦେଲା, ମୁହଁରେ ମୋଟା ଗବ ଦାନ୍ତ କାଠି ଖଣ୍ଡ କାମୁଡ଼ି ଧରିଥିଲା – ଦାନ୍ତ ଘଷିପକାଇ ଭୁସ୍ ଭୁସ୍ ହୋଇ ପାଣି ଭିତରକୁ ପଶିଗଲା। ବାରିକେ କହିଲେ, "ଏ – ହରିବୋଲ, କିରେ ବାପ ସାମଲଘର ପୁଅ ! ବିହୁଡ଼ା ବେଶ ଯେ ଦେଖୁଛି। ଆଜି କକଡ଼ା ଅଧାଅଧି ଗଡ଼ିବାକୁ ବସିଲାଣି, ଗାଁ ଯାକର ହଳ ଲଙ୍ଗଳ ଓଳିରେ ଟଙ୍ଗା, ତୋ'ର କ'ଣ ପାଇଟି ଛିଡ଼ିନାହିଁ? ଭାରି ଚାଷୀଟା ତ ରେ-ତୋର କେତେ ବାଟି ବିଲ କିରେ? ସାମଲ କହିଲା, ବାଭେ, ଯାହା କହିଥିଲ, ସେଇ କଥା ଏକା ଠିକ୍ ହେଲା। ଶସ୍ତା ପାଇଁ କିଣି ପକାଇଥିଲି। ଶସ୍ତାରୁ ଅବସ୍ଥା, କାନ୍ଦି କାନ୍ଦି ବିକିବାକୁ ତର ସହିଲା ନାହିଁ। ମୁଁ କହୁଥିଲି ଏ ବରଷଟା ପେଲିପାଲି ଭିଡ଼ିନେବି, ଗୋସେଇଁଖିଆଟା କ'ଣ କରେଇଦେଲା – ଯୁଆଳି କାନ୍ଧ ଛୁଇଁଲା ତ ଲଠ କରି ଶୋଇବ।" ବାରିକେ ବୋଇଲେ , "ଏଁ ହରିବୋଲ, ଏଇଲାଗି ବଳଦ ଗୋରୁ କିଣାବିକା ବେଳେ ପଞ୍ଚୁଆତି ବସେ। ତୁ ଅତି ବୁଦ୍ଧିଆଟା ପରା – ମୁରବି ଲୋକ ବି ଲୋଡ଼ିବୁ ନାଇଁ ଫଳ ଭୋଗ ! ଜାଣୁ ବଳଦ କିଣାର ବି ପହଲି ଅଛି-"

'ଜାଣ ନ ଜାଣ, ଖାଡ଼ିଆଶିଙ୍ଗା ସବୁଠାରୁ ଟାଣ।
ମୂଳା ଶିଙ୍ଗା କିଣିବୁ ରସି, କାନ୍ଦୁଥିବୁ ହିଡ଼ମୂଳରେ ବସି।
ମୁଣ୍ଡ ଚେପଟା ଲାଞ୍ଜ ମୋଟା, ମାହାଳିଆ ଦେଲେ ନେବୁ ସେଟା।
ଗାଈ ପିଛାଡ଼ ବଳଦ ଆଗ, ଦେଖି କିଣିବ ପାଇଲେ ବାଗ।

କ'ଣ ବୋଇଲା ଜାଣୁ? ଗାଈ ପଛ ଚୌଡ଼ା ହେଲେ ଦୁହାଁଳୀ ହୁଏ। ଆଗଭାରିଆ ବଳଦ ଟାଣୁଆ ପଡ଼ନ୍ତି।

ଶାମ ସାମଲ – ମୋ ଗୋସେଇଁଖିଆଟା ମୂଳଶିଙ୍ଗା ଥିଲା। ଏକା ସତକୁସତ ସେଟା। ଯେମିତିକା ଠାପୁଆ, ସିମିତିକା ଅଳସୁଆ। ଏଇ ଯେ କସରା ବାୟଟାକୁ

ଦେଖୁଛ, ବଳଦଟାଏ ଏକା ! ହଳବେଳେ ସଳଖ କରି ମୁଠିଟା ମାଡ଼ି ବସିଥିଲେ ହେଲା। ଲାଞ୍ଜ ଛୁଇଁଦିଅ ତ ନିଆଁ।

ସାମଲ-ମୋଟା ବଳଦ ଆଉ ଛିଟ ପଡ଼ିଲା ଦଶ ଟଙ୍କା। ଘରେ ପଇସାଏ ନ ଥିଲା। ଷାଠିଏ ନଉତି ଧାନ ବିକିବାକୁ ହେଲା। ଘରେ ଖାଇବାକୁ ତେତିକି ଥିଲା – ସବୁ ହେଲା ଝାଡ଼ଝୁଡ଼। ବଳଦ ତ କିଣାଗଲା,ହେଲେ ଘରେ ଖାଇବାକୁ ନାହିଁ। ସାଉଙ୍କ ନୂଆଗାଁ ଖମାରରୁ ଚାଳିଶ ନଉତି କରଜ ଆଣି ରଖିଲି। ମତେ ଯେ ଦୋଷ ଦେଲେ – ଏଇ ଲାଗି ବିହୁଡ଼ା ମଠ।

ବାରିକେ – ଏଁ ହରିବୋଲ ! କ୍ୟାଁ ରେ ବାପ ଏତେ ବାଟ ଧାଇଁଲୁ? ଠାକୁରେ ଗାଁ ଖମାରକୁ ଯାଇ ସା'ନ୍ତଙ୍କ ପାଞ୍ଜିଆକୁ କହିଥିଲେ ତ ସାଙ୍ଗେ ସାଙ୍ଗେ ମାପୁଣି ଧାନ ମାପି ଦେଇଥାନ୍ତା।

ସାମଲ – ଏ ଭାବେ! ଆପଣ ଯେ ଉଦାରିଆ ପରି କଥା କହୁଛନ୍ତି? ଗାଁ ରେ କ'ଣ ଥିଲେ ନାହିଁ କି? ସେକାଳ ପଖାଳକୁ ବାଘ ଖାଇଲାଣିରେ ବାପ! ମାଲ କାହିଁ ଯେ କରଜ ଆଣିବୁଁ? ହାତୀଶାଳ ପରି ପୁଞ୍ଜାଏ ଅମାର ଫାଟିପଡ଼ିଥାଏ – ସା'ନ୍ତଙ୍କର ଟାଣ ଆଜ୍ଞା ପ୍ରଜାପୁଅ ଟୋକେଇ ଧରି ଗଲେ ତୁଚ୍ଛା ବାହୁଡ଼ିବ ନାହିଁ। ଏବେ ଦେଖ ଯାଇ, ସବୁ ଝାଡ଼ ଝୁଡ଼ – ଲକ୍ଷ୍ମୀଭଣ୍ଡାର ଶୂନଶାନ। କ'ଣ ନା ସାତପୁରୁଷର ପାଞ୍ଜିଆଗୁଡ଼ାକ ଭାରି ଚୋର, ପ୍ରଜାଗୁଡ଼ାକ ବେମାନ ଧାନ କରଜ ଖାଇ ବୁଡ଼ାଇଦେଲେ। ପ୍ରତ୍ୟକ୍ଷ ଗୋଟାଯାକ ପରା ମାମୁ ହୁକୁମ! କହିଲେ ଭଣଜାମାନେ ପିଲା, ତାଙ୍କ ଟଙ୍କା ଭଲକରି ସାଇତି ରଖାଯିବ। କଟକରୁ ବିଶ୍ୱାସୀ ପାଞ୍ଜିଆ ଆସିଲେ ପୁରୁଣା ପାଞ୍ଜିଆ ଆଡ଼େଇ ଯାଅ। ଧାନ ସବୁ ବିକା ହେଲା, ଟଙ୍କା ସବୁ ଥଳିରେ ଭର୍ତ୍ତି, ସବୁ କଟକରେ ଦାଖଲ! ନୂଆ ଧାନ ବି ଖମାର ଛୁଇଁବ ନାହିଁ – ଖଳାମୁଣ୍ଡରେ ବିକା ଟଙ୍କା କଟକରେ ପୈଠ! ଭଲ ଭାବେ, ଆମେ ପ୍ରଜାଗୁଡ଼ାକ ତ କାଉ – ସବୁ କଥାରେ ହାଉହାଉ ଗୋଟାଏ ମାରୁଛି ଦାଉ – ଶୁଣିଛି ଆପଣ ବେଳେବେଳେ ହୁଅନ୍ତି ଭାଉଭାଉ, ମୁଖଣ୍ଡିଏ କ'ଣ କରୁଛନ୍ତି ଆଉ?

ବାରିକେ ନିଃଶ୍ୱାସଟାଏ ପକାଇ କହିଲେ, "ଏ – ହରିବୋଲ ! ବାପ ଶ୍ୟାମ, ତୁ, ତ କବିଟାଏ ପାଲଟି ଗଲୁଣି। ତୋ ଟାପରା କଥାଟା ସତ ଏକା। ଗୋଟିଏ ଲୁଟିପୁଟି ଖାଉଛି, ସମସ୍ତେ ଅନାଇ ବସିଛୁ। ତୁଇ ଆଜି ଜ୍ଞାନଟାଏ ଦେଲୁ। ଏହି ସୂର୍ଯ୍ୟନାରାୟଣ ଠାକୁରେ ମୁଣ୍ଡ ଉପରେ, ଏଇ ଦେବତା ସାକ୍ଷୀ, ଆଜି କତିରୁ ଲାଗିଲି ଜାଣ।"

ସାମଲେ – ବାଭେ, କ'ଣ କହୁଛ, ଜୋକ ମୁହଁରେ ଲୁଣ ଦେଲା ପରି ରହିଲୁଣି ଆମ୍ଭମାନଙ୍କର କି ଆଉ ପିଣ୍ଡରେ ପ୍ରାଣ ଅଛି? ଲକ୍ଷ ପ୍ରକାର ନିଃଶ୍ୱାସ ପଡୁଛି, ଧର୍ମ ଦେବତା ବି କାଲେଇ ଗଲେଣି। କଥା ପଦେ କହିବାକୁ ବି ଛାତି ପତଉ ନାହିଁ। ଉଆସ

ପରିଜନଗୁଡ଼ାକର ଠିଆ ଉପାସ, ଆମ୍ଭମାନଙ୍କୁ ପଚାରେ କିଏ? କାର୍ତ୍ତିକ ପହିଲା କିସ୍ତି ଟଙ୍କା ଯୁଗଳକିଶୋର ମନ୍ଦିରରେ ଅସୁଲ ହୁଏ – ସେଥିରୁ ଚାରିପଣି ପ୍ରଭୁଙ୍କ ଗଣ୍ଡାଘରକୁ ଯାଏ – ସା'ନ୍ତଙ୍କ ବିୟୋଗଦିନୁ ଠାକୁରେ ପଇସା କଷିଟାଏ ଦେଖିଲେଣି ନା? ଲୋକେ ଆଉ ଠାକୁର ଦେବତା ମାନିବେ କ୍ୟାଁ?

ଶ୍ୟାମ ସାମଲ ତ କଥାରେ ଲାଗିଛନ୍ତି, ଆପଣା କଥା ମନରେ ନାହିଁ। ହରିବୋଲ ବାରିକଙ୍କର କ'ଣ କଥା ପଡ଼ିଛି ତ ପାଣି ତଣ୍ଟିକରେ ହେଉ, ଛିଡ଼ା ହୋଇ କଥାରେ ଲାଗିଥିବେ। ଶାମଙ୍କର ଏବେ ପେଟ ଭାରି ପୋଡ଼ିଲାଣି, ଖଲାସର ବାଟ ଖୋଜୁଛନ୍ତି। ଗୋଟାଏ ମତଲବ ବାନ୍ଧିଲେ ଆରେ ଗୋସେଇଁଖିଆ! ପର ଫନ୍ଦାରେ ପଡ଼ିଲେଣିରେ ! ଖୁବ ପାଟିଟାଏ କରି ଡ଼ାକଟାଏ ଦେଲେ – ରହ ରହ ଗୋସେଇଁଖିଆଏ ଆଜି ଦଶା ଘାଟରେ ବ୍ରାହ୍ମଣ ହାତରେ ତୁମ ଦି'ଟାଙ୍କୁ ଟେକିଦେବି – କହି ପାଣି ସଡ଼ ସଡ଼ ବହିପଡୁଛି, ପାଞ୍ଚଣ ଖଣ୍ଡ ଧରି ଧାଇଁଲେ। ଗୋସେଇଁଖିଆକୁ ଦେଖୁଛି କିଏ – ଏକାବେଳେ ଭାତଖିଆ ଜାଗାରେ ହାଜର।

ଚାଳିଶି

ମାଜିଷ୍ଟ୍ରେଟ୍ ମିଷ୍ଟର ଜୋନ୍ସ ସାହେବ

ବିଲାତ ଫେରନ୍ତା ଅନେକ ଲୋକଙ୍କ ମୁଖରୁ ଶୁଣାଯାଏ, ଇଂଲଣ୍ଡର ଶିକ୍ଷିତ ସମ୍ଭ୍ରାନ୍ତ ବଂଶୀୟ ଲୋକେ ଗୋଟିଏ ଗୋଟିଏ ଦେବତା। ଆମ୍ଭେମାନେ ମଧ୍ୟ ଏ ପ୍ରକାର ଅନେକ ବେଦଧର୍ମୀ ସିବିଲିଆନ ଦେଖୁଛୁ, ଅନେକଙ୍କର କୀର୍ତ୍ତିକାହାଣୀ ମଧ୍ୟ ସଚରାଚର ଶ୍ରୁତିଗୋଚର ହୋଇଥାଏ। ତେବେ ଭଲମନ୍ଦ ସବୁଆଡ଼େ। ଲୋକ ସ୍ୱଭାବାନଭିଜ୍ଞ ଶୀତଳ ଦେଶୀୟ ଗୋଟିଏ ନବଯୁବକ କଠିନ ପରୀକ୍ଷାରୁ ଉତ୍ତୀର୍ଣ୍ଣ ହୋଇ ଉନ୍ନତିର ଆଶାଭରସା ମନ ମଧ୍ୟରେ ପୋଷଣପୂର୍ବକ ବିଶାଳ ବାରିଧି ଅତିକ୍ରମ କରି, ଜାହାଜରୁ ଅବତୀର୍ଣ୍ଣ ହେଲେ ଭାରତର ଶୁଷ୍କଖଞ୍ଜା ବାୟୁରେ ଶରୀର ଉତ୍ତ୍ୟକ୍ତ, ପ୍ରବଳ ଆଧିପତ୍ୟ ପ୍ରଭାବରେ ଚିତ୍ତଚାଞ୍ଚଲ୍ୟ ଉପସ୍ଥିତ। ଠିକ୍ ସେହି ସମୟରେ କୋଠିରେ ଏକଦେଶୀୟ ନିମ୍ନଶ୍ରେଣୀ ଚବୁଚ ଖାନସାମା ବେହେରାଙ୍କ ସହିତ ସର୍ବଦା ସହବାସ ନିତ୍ୟ ପ୍ରୟୋଜନୀୟ ଦ୍ରବ୍ୟାଦି କ୍ରୟ ସମ୍ବନ୍ଧରେ ସେମାନଙ୍କ ସହାୟତା ପ୍ରୟୋଜନ ପୁନଃ ପୁନଃ ପ୍ରତାରିତ ହେବା ଅସମ୍ଭବ ନୁହେଁ। ସେହି ଖାନସାମା ଦଳର ବ୍ୟବହାର ଛାଞ୍ଚରେ ସାହେବଙ୍କ ତରଳ ମନ ଢାଳି – ହୋଇ ଗୋଟିଏ ରୂପ ପାଲଟିଯାଏ – ସେହି ରୂପଟାର ସହାୟତାରେ ଦୀର୍ଘକାଳ ପର୍ଯ୍ୟନ୍ତ ଭାରତୀୟ ସର୍ବସାଧାରଣ ଲୋକଚରିତ୍ର ପରିମାଣ କରି ବସନ୍ତି – ସେହି ସମୟରେ ଏ ଦେଶୀ ଲୋକମାନଙ୍କ ପ୍ରତି ସହାନୁଭୂତିର ବିରଳତା ଦୃଷ୍ଟ ହୁଏ, ମଧ୍ୟ ସେମାନଙ୍କ ସହିତ ତୀବ୍ର

ବ୍ୟବହାର କରିବା ଉପଯୁକ୍ତ ବୋଲି ସ୍ଥିର କରିବସନ୍ତି। ଆମ୍ଭମାନଙ୍କ ଜଏଣ୍ଟ ମାଜିଷ୍ଟ୍ରେଟ ଜୋନ୍ସ ସେହିପରି ଶ୍ରେଣୀର ଲୋକେ ବୋଲି ଅମଲା ଲୋକେ କଳ୍ପନା କରିଥାନ୍ତି।

ଡବଲିଗ ଜୋନ୍ସ କଟକ ଜିଲ୍ଲାର ଜଏଣ୍ଟ ମାଜିଷ୍ଟ୍ରେଟ। ବୟସ ଅନୁମାନରେ ଊଣା ଅଧିକେ ତିରିଶ ହେବ। ସାହେବଟି ମୁଫଲିସ ବୋଇଲେ ଅଭିଆଡ଼ା – କଡ଼ାମିଜାଜର ହାକିମ ବୋଲି ଅମଲା ଆଉ ଚପରାସୀମାନେ ତାଙ୍କ ପାଖରେ ଶଙ୍କି ରହିଥାନ୍ତି। ମଇମାସ – ଦିପହରିଆ ବେଳ ଭାରି ଗରମ – ସାହେବ କଚେରି କରୁଛନ୍ତି। ଲୋକ ଗହଳରେ ମିଜାଜ ଆହୁରି କିଛି ଗରମ ହୋଇଗଲା; ହଜୁରରୁ ହୁକୁମ ହେଲା – 'ଜୋରରେ ପଙ୍ଖା ଖେଁଚୋ।' ଖୋଦାବକସ ଚପରାସୀ ହୁକୁମଟା ଭଲ କରି ତାଲିମ କରିବା ପାଇଁ ଧାଇଁଗଲା, ଗଙ୍ଗା ବେହେରାକୁ ଧକ୍କାଟିଏ ମାରି ଆପେ ପଙ୍ଖା ରସି ଧରି କାମଟା ଶିଖାଇ ବସିଲା। ଦୁଇଥର ବଳରେ ଭିଡ଼ିଦେଇଛି, ପଟକରି ରସିଟା ଛିଡ଼ିଗଲା। ସାହେବ ଭାରି ଗୁସ୍‌ସା ହୋଇଗଲେ। ପେସ୍କାରକୁ ଅନାଇ କହିଲେ, "କିସ୍ ବାଷ୍ଟେ ରସି ତୁଟା?" ପେସ୍କାର କହିପକାଇଲା, 'ହଜୁର ରସି ପୁରାନା'। ସାହେବ "ନନସେନ୍ସ ସୋ ହାମ୍ ଡ଼େକତା ହେ କିସ୍ ବାଷ୍ଟେ ପୂରାନା?"

ପେସ୍କାର – ହଜୁର ନୟା ରସି ଦେନା ନାଜରକା କାମ – ଫି ବରଷମେ ମହନାମେ ନୟା ହୋତାହେ – ସବ୍ ମିସଲ୍‌ମେ ହୋଗୟା, ଇହିଁ ବି ହୋଯାଏଗା।

ସାହେବ – ବୋଲାଓ ରାସ୍କେଲ ନାଜରକୁ।

ଚପରାସୀ ଧାଇଁଲା; କିନ୍ତୁ ନାଜରବାବୁ ତେତେବେଳେ କିଲଟରି ସାହେବଙ୍କ କୋଠିରେ ଅଛନ୍ତି। ଚପରାସୀ ଫେରିଆସି ଖବର ଦେଲା, ଇତ୍ୟବସରରେ ହୁସିଆର ଖୋଦାବକସ ରସି ଗଇଣ୍ଠାଗଇଣ୍ଠି କରି କାମ ଚଳାଇ ଦେଲାଣି। ସାହେବଙ୍କ ଘୋସ୍ସା ଦେଖି ପେସ୍କାରବାବୁ ଟିକିଏ ସଟ୍‌ପଟି ଗଲେଣି। ଦୁଇଜଣଙ୍କ ଭିତରେ ବନିବନା ନାହିଁ ସତ, ହେଲେ ଜାତି ଭାଇ ସାଙ୍ଗ ଚାକିରିଆ – ତାଙ୍କ ନାମଟା ସାହେବଙ୍କ ପାଖରେ କହିବା ଭଲ ହେଲା ନାହିଁ। ଅବଶ୍ୟ ସେ ହିଂସାରେ କହିନାହାନ୍ତି, ସାହେବଙ୍କ ରାଗ ଦେଖି ଚଞ୍ଚଳ ସତକଥା କହିପକାଇଲେ।

ଖୋଦାବକସ ଭାଇ ରହିମବକ୍ସ ନାଜରଖାନାର ପିଆଦା, ନାନା କାରଣରୁ ନାଜରବାବୁ ଉପରେ ରାଗ। ଭାଇ ପାଖରୁ କଚେରି ହାଲ ଶୁଣି ଭାରି ଖୁସିଟାଏ ହେଲା। ତହିଁ ଆରଦିନ କଚେରି ବେଳର ଅଧଘଣ୍ଟା ଆଗରୁ କଚେରିକୁ ଆସିଲା। କଲମକଟା ଛୁରୀଟାଏ ଧରି ସାହେବଙ୍କ ମିସଲ ପଙ୍ଖା ରସିଟା କ'ଣ ସଜିଲ କରିଦେଲା। ହଜୁର ଆସି ମିସଲରେ ବସିଛନ୍ତି – ଦୁଇ ତିନିଥର ପଙ୍ଖା ଭିଡ଼ା ହୋଇଛି କି ନାହିଁ, ପୁନର୍ବାର ରସିର ଗତକାଲିକାର ହାଲ ଉପସ୍ଥିତ। ନାଜରକୁ ଧରି ଆଣିବା ସକାଶେ ପିଆଦା ଧାଇଁଲେ। କିନ୍ତୁ ହେଲେ ସେ ଆସି ନାହାନ୍ତି। ସକାଳେ କିଲଟରି

ସାହେବଙ୍କ କୋଠିକୁ ଯିବାକୁ ପଡ଼େ, ବଳେ କଚେରିକୁ ଆସିବା ବେଳଟା କିଛି ମଠ ହୋଇଯାଏ। ସାହେବ କ୍ୟାଁ ଏତେକଥା ତନଖି କରିବାକୁ ଯିବେ; ଠିକ୍ କରିନେଲେ, ଏଇଟା ନାଜରର ଗୋସ୍ତାକି। ଆପଣା ବାକ୍ସରୁ ଟଙ୍କାଟାଏ ପେସ୍କାରବାବୁ ଉପରକୁ ଫୋପାଡ଼ି ଦେଇ ତେଜରେ ହୁକୁମ ଦେଲେ, "ଜଲଦି ରସି ଲଗାଓ।" ଖୋଦାବକସକୁ ରସି ହାଲ ଜଣା-ସରକାରୀ ଟଙ୍କାରେ ରସି କିଣା ହୋଇ ଆସି ନାଜରଖାନାରେ ଜମା ସବୁଆଡ଼େ ଲାଗୁଛି – କେଜାଣି ଏ ମିସଲରେ ଆଜି ଲାଗିଥାନ୍ତା। ଖୋଦାବକସ ଚଟ୍ ଧାଇଁଯାଇ ପାଞ୍ଚମିନିଟ୍ ମଧ୍ୟରେ ରସି କାମ ଠିକ୍ କରିଦେଲା। ସାହେବ ତାକୁ ଟିକିଏ ଚାହିଁଦେବାରୁ ଖୁବ ମୁଣ୍ଡ ଲଗାଇ ସଲାମଟାଏ କଲା। ନାଜରର ଗଫଲତି ଆଉ ଖୋଦାବକସର ଚାଲାକି ଏକାବେଳେ ହଜୁରରେ ପ୍ରକାଶ ପାଇଲା। ଅମଲାମାନେ ଅବଶ୍ୟ କଥାର ଅର୍ଥ ବୁଝିଗଲେ।

ଏକଚାଳିଶି

ଶାଶୁଙ୍କ ଆଗମନ

ଆଜି ରବିବାର, କଚେରି ବନ୍ଦ। ହେଲେ କ'ଣ ହେବ, ନାଜରବାବୁଙ୍କ ହାତରେ କାମର ଭିଡ଼ ସବୁଦିନେ। ସାହେବ ମଫସଲ ଗସ୍ତରେ ଅଛନ୍ତି, ତାଙ୍କ ପାଖକୁ ଡ଼ାକ ପଠାଇବାକୁ ହେବ। ମହାଫିସଖାନାରେ ଆଠଗୋଟା ଆଲମାରି ଲୋଡ଼ା, ଚାରିଜଣ ବଢେଇ ହାଜର। ଆଲମାରି ଦାମ୍ ତ ସରକାରୀ ବନ୍ଧା, କେବଳ ନାଜରବାବୁଙ୍କ ରୋଷମ ସକାଶେ ତିନିଘଣ୍ଟା କାଳ କଷାକଷି। ଶେଷରେ ବକ୍‌ସିବଜାରର ମଦନ ମହାରଣା ଟଙ୍କାରେ ଶୋଇ ରୋଷମ କବୁଲ କରି ବଇନା ଟଙ୍କା ରସିଦ ଦେଇ ଚାଲିଗଲା। ଏସବୁ କାମ ଅଞ୍ଜାମ କରି ବସାକୁ ବାହୁଡ଼ିବାକୁ ରୋଜିକା ପରି ସଞ୍ଜ। ଜଳଖିଆ କରି ଭିତର ଅଗଣାରେ ଗୋଟିଏ ମାଞ୍ଚିଆ ଉପରେ ବସିଛନ୍ତି – ନାଜରାଣୀ ତଳେ ବସି ପାନଖିଲ ଭାଙ୍ଗିବାରେ ବ୍ୟସ୍ତ। ଚିତ୍ରକଳା ଗୁଡ଼ାଖୁ ସାଜି ଆଣିଲା, ଭଲକରି ଚିଲମଟା ଫୁଙ୍କିଦେଇ ବାବୁଙ୍କ ହାତକୁ ବଢାଇଦେଲା। ଆଜିକା କଚେରି ରୋଜଗାର ଆଲମାରି ତିଆରି ବାବଦ ଦଶଟଙ୍କା ନାଜରାଣୀ ଏ ଯାଏ ବାକସରେ ରଖି ନାହାନ୍ତି, ଥାକ ହୋଇ ଆଗରେ ଥୁଆ ଅଛି- ସେହି ଟଙ୍କାରେ ନଜର ପଡ଼ିବାରୁ ଦୁଇଜଣଙ୍କ ମନରେ ଭାରି ଆନନ୍ଦ। ଚିତ୍ରକଳା ତୁହାକୁ ତୁହା ଚିଲମଟା ବଦଳାଇ ପକାଉଛି। କିଛିକ୍ଷଣ ଉତ୍ତାରେ ନାଜରବାବୁ ମାଳଝୁଲିଟା ତଲବ କଲେ – ଏଇଟା ବାହାରକୁ ବାହାରିବାର ପୂର୍ବ ସଙ୍କେତ। ଝୁଲିଟା କାନ୍ଥରେ ବାଡ଼ିଆ ଗୋଟିଏ ଲୁହାକଣ୍ଟାରେ ଟଙ୍ଗା ହୋଇଥାଏ।ବାହାରକୁ ବାହାରିବା ବେଳେ ହାତରେ ପୂରାଇ ବାହାରନ୍ତି। ନାଜରାଣୀ କହିଲେ, "ତୁମେ ତ ମନ୍ଦିରକୁବାହାରିଲ; ଦିନ ଓଳିଟା ସଟାବଟାରେ,ଚଳିଗଲା,ରାତି

ଓଳିଟା କ'ଣ କରାଯିବ? ଆଗ କଥା ତ ନୁହେଁ, ଭଣଜା ବାବୁ ଅଛି, ତାହାର ଚାକରଟା ବି ଅଛି, ସେମାନଙ୍କର ଚିନ୍ତା କ'ଣ ଊଣା ?" ନାଜରବାବୁ କହିଲେ, "ସତ-ସତ ଆଚ୍ଛା-ଆଚ୍ଛା' ମୁଁ ଯାଉଛି ପିଆଦା ପଠାଇ ଜଣେ ରୋଷେୟା ବ୍ରାହ୍ମଣକୁ ଖୋଜାଇବି' ନୋହିଲେ ରାମ ପାଣ୍ଡେ ପିଆଦା ରାତିଓଳିଟା ଚଳେଇନେବ' କାଲିକା କଥା ତ ଅଛି !"

ନାଜରାଣୀ କହିଲେ, "ଦେଖ ବ୍ରାହ୍ମଣଗୁଡ଼ାଙ୍କୁ ଆଉ ପାରିବି ନାହିଁ ! ତିନି ଓଳି ତିନିପେଟ ଖାଇବେ-ତାହା ଉପରେ ଚୋରି। ପୁଣି ମାସ ପୂରିଲା କି ନାହିଁ ଦିଅ ଦରମା।ଦରମା ଦେବାକୁ ଦଶ ପନ୍ଦର ଦିନ ମଠ ହୋଇଗଲା ତ ପଳାଇଯିବେ। ଦେଖୁ ନାହଁ, ଦୁଇ ମାସରୁ ଅଧିକ କେହି ଗୋଟାଏ ରହିବାକୁ ନାହିଁ। ମୁଁବି ସେମାନଙ୍କ ଗୁଣ ଜାଣି ଦରମା ଦିଏ ନାହିଁ।" ଚିତ୍ରା! କହିଲା, ""ହଁ-ହଁ ସତ-ସତ-ବ୍ରାହ୍ମଣଗୁଡ଼ାକ ଢ଼େର୍ ଖାଆନ୍ତି-ଓଳିକେ ଦି' ସେର ଚାଉଳ କାହିଁ ଫୁଙ୍କିଦେବେ। ଆଉ ମୁଁ କଟକରେ ଯେତେ ରୋଷେୟା ବ୍ରାହ୍ମଣ ଦେଖିଲି, ସବୁଗୁଡ଼ାକ ଚୋର, ସେଇଗୁଡ଼ାକ ତ ଡ଼ାକୁ, ମଣିଷ ମାରନ୍ତି। ସେମାନେ ଦରମା ମାଗିଲେ ସାଆନ୍ତାଣୀ ତାଙ୍କୁ ତଡ଼ିଦିଅନ୍ତି,ଆଛା କରନ୍ତି - ଲୁହା ଜାଣି ପାଣି ଦିଅନ୍ତି। ଖାଇଲ ପିଇଲ ଫେରେ ଦରମା କ'ଣରେ ବ୍ରାହ୍ମଣ?ନାହିଁ ନାହିଁ, ସେମାନଙ୍କୁ ଦରମା କେଭେଁ ଦେବେ ନାହିଁ !"

ନାଜରାଣୀ-ଯାହା ବୋଲ, ବ୍ରାହ୍ମାଣଗୁଡ଼ାଙ୍କୁ ମୁଁ ଆଉ ପାରିବି ନାହିଁ, ସେମାନେ ମୋତେ ବଡ଼ ହଇରାଣ କଲେଣି।

ଚିତ୍ରା –ରାମ, ରାମ,ରାମ ! ହଇରାଣ ବୋଲି ହଇରାଣସାଆନ୍ତାଣୀ ତ ସେଇ ହଇରାଣ ସହି ନପାରି କାନ୍ଦିପକାନ୍ତି, ତାଙ୍କ କାନ୍ଦଣା ଦେଖି ମୋ ପ୍ରାଣକୁ ବଡ଼ ବାଧେ।ସହିପାରେ ନାହିଁ ଘରକୁ ପଳେଇଯାଇ ଘଡ଼ିଏ ବସି କାନ୍ଦେ।

ନାଜରାଣୀ-ମୁଁ କହୁଥିଲି ବୋଉକୁ ଆଣିଲେ ଭଲ ହୁଅନ୍ତା ନାହିଁ?

ଚିତ୍ରା-ଖୁବ ଭଲ ହେବ,ଆଚ୍ଛା ହେବ। ଆଜିକି ଆଠଦିନ ହେଲା ମୁଁ ସେଇ କଥାଟାକହିବି ପାଞ୍ଚିଲିଣି, ଭୁଲିଯାଇଥିଲି।

ନାଜରାଣୀ – ବୋଉ ଆଉ ମୁଁ ଦୁଇଜଣ ମିଳିମିଶି ରାନ୍ଧିବାକିଛି ହରକତ ହେବନାହିଁ। ଆଉ ଖର୍ଚ୍ଚ କେତେ ଊଣା, ସେ କଥାଟା ବି ବୁଝ। ବୋଉ ସିନା ମୁଠାଏ ଖାଇବ, ଖଣ୍ଡେ ପିନ୍ଧିବ' ଦରମା ତ ଦେବାକୁ ପଡ଼ିବ ନାହିଁ।

ଚିତ୍ରା-ମା' ବୁଢ଼ାଟା ଖାଇବେ କ'ଣ ମ?ମୁଠାଏ ଖାଇଦେଲେ ତ ଗଲା ଚାରି ଦିନ ବାହାରି। ଆଉ ଲୁଗା କ'ଣ, ଖଣ୍ଡେ ଲୁଗା ହେଲେ ଚାରି ପାଞ୍ଚ ବରଷ କଥା ଛିଡ଼ିଲା। ଏଣେ ଦରମା ବାଡ଼ଟା ଧରନା – ମାସକୁ ମାସ, ମୁଠାକୁ ମୁଠା ଟଙ୍କା ରହିଯିବ।

ନାଜରାଣୀ-ତୋର ମନଦେଇ ପାଞ୍ଚ ଚିଜ ରାନ୍ଧିବା ପୁଅ ସାରିବେ-ଦରବ ବସିବ। ଚାକରବାକର କଥା! ବୋଲ, ଯିମିତି ସିମିତି ଚାରିଟା ସିଝାସିଝି କରିଦେଇ ଦରମାଟା ନେଲେ ତାଙ୍କର ପାଇଟି ଛିଡ଼ିଲା।

ଚିତ୍ରା-ମା' ଯିମିତିକା ରାନ୍ଧିବେ, କଟକ ସହରରେ ଯେତେ ବ୍ରାହ୍ମଣ ଅଛନ୍ତି' ତାଙ୍କ ଆଗରେ ଆଗେ ମୁହଁ ଦେଇ ପାରିବେ?ତାଙ୍କ ପରି ପରଷି ଜାଣିବ କିଏ?ଉହୁଁ ସେ ରାନ୍ଧିବାଢ଼ି ବୁଢ଼ୀ-ସେ ଜଣେପୁଣି ତାଙ୍କପାଖକୁ ଆଉ ଜଣେ?

ନାଜରବାବୁ ବସି ବସି ସବୁ କଥା ଶୁଣିଯାଉଥିଲେ, ଏବେ ମନରେ ଠିକ୍ କରିନେଲେ,ହେଉ ତେବେ ଆସନ୍ତୁ। ଆଜି ଭାତ ନାହିଁ, କାଲି ଲୁଗା ନାହିଁ, ଖଜଣା ଲାଗି ଜମିଦାରପାଇକ ଦୁଆରେ ବସିଛି, ସବୁ ତ ଚଳେଇବାକୁ ହେଉଛି।ଏ ବି ଲୁଚାଚୋରାରେ କିଛି କିଛିଚଳାଚଳି କରନ୍ତି। ହେଉ ଆସନ୍ତୁ' ଏକା ଖରଚରେ ଯିବ। ହେଲେ ରାଘବଟା ନ ଆସୁ,ଅସୁର ପରି ମଣିଷଟାଏ' ଦିନକେ ଦୁଇ ସେର ଠୁଙ୍କିବ' ତୁଚ୍ଛାଟାରେ ଏ ଖର୍ଚ୍ଚ କିଏଁ ଦେବୁ? ପ୍ରକାଶ୍ୟରେ କହିଲେ, "ହେଉ ହେଉ ଆସନ୍ତୁ, ରାଘବ ମାହାଲିଆଟା କିଆଁ ଆସିବ?

ଚିତ୍ରା-ହଁ ହଁ ମା ଅବଶ୍ୟ ଆସିବେ, ନାହିଁ ନାହିଁ, ରାଘୋ ଭାଇସାନ୍ତ ଆସିବେ ନାହିଁ-ସେଠି ଘର ସମ୍ଭାଳିବ କିଏ?ଚୋର ତସ୍କର ସବୁ ଘେନି ପଳାଇବେ। ପୀଢ଼ାରେ ହନୁ ଡ଼େଇଁ ଚାଳ ଭାଙ୍ଗି' ପକାଇବେ, ଘଉଡିବ କିଏ?

ନାଜରାଣୀ-ନାହିଁ ନାହିଁ, ବୋଉ ଆସିଲେ ସେ ପିଲାଟା ଏକୁଟିଆ କିମିତି ଚଳିବ? ତାକୁ ଭାତ ଚାରିଟା ରାନ୍ଧିଦେବ କିଏ?

ଚିତ୍ରା-ହଁ ହଁ, ସତ ସତ, ଭାଇସା'ନ୍ତ କିମିତି ନ ଆସିବେ?ପିଲାଲୋକ, ଏକୁଟିଆ ଭାରି ଡରିବେ। ଆଉ ସବୁ ବାଦେ ଭାତ ଚାରିଟା ରାନ୍ଧିଦେଉଛି କିଏ?

ନାଜର ବିଚାର କଲେ-ନ ଆଣିଲେ ତ ନୁହେଁ, କ'ଣ ସେଟା ବସି ବସି ଖାଇବ? କିଛି ଗୋଟାଏ କାମରେ ଲଗାଇଦେବି। ପ୍ରକାଶ କରି କହିଲେ, "ହେଉ ତେବେ ଆସନ୍ତୁ" ଦୁହେଁ ଆସନ୍ତୁ।

ଚିତ୍ରା-ସା'ନ୍ତ' ମୁଁ କହୁଛି ଚଞ୍ଚଳ ଲୋକ ପଠାନ୍ତୁ ଆଜି ରାତି ବରାତ ଧାଉଡ଼ିଆ ଯାଆନ୍ତୁ।ନାଜରବାବୁ ଟିକିଏ ହସି ତୁନି ହେଲେ।ଆସନ୍ତା ବୁଧବାର ସେମାନଙ୍କୁ ଆଣିବା ସକାଶେ ଲୋକ ଯିବାର ସ୍ଥିର ହେଲା।

ବୟାଳିଶି

ମାତା ପୁତ୍ରଙ୍କ ଆଗମନ

ବୋଉକୁ ଅଣାଇବା ପ୍ରସ୍ତାବର ଚତୁର୍ଥ ଦିନ ସଞ୍ଜବେଳେ ଖଣ୍ଡିଏ ତାଳତାଟି ଛପର ଶଗଡ଼, ଖଣ୍ଡେ କନା ଆଗ ମୁହଁରେ ପର୍ଦ୍ଦାପରି ଝୁଲୁଛି, ନାଜରବାବୁଙ୍କ ବାଖରାବାଦ ବସା ଦୁଆର ଆଗରେ ଆସି ଛିଡ଼ାହେଲା।ନାଜରଖାନାର ଜଣେ ପିଆଦା ଶଗଡ଼ର ଆଗେ ଆଗେ ଚାଲିଆସୁଥିଲା କହିଲା "ଫିଟା।ଏଇଠି ଫିଟା।" ଶଗଡ଼ିଆ ଯୁଆଳିରୁ ବଳଦଯୋଡ଼ାକ ଫିଟାଇ ନେଇ ଶଗଡ଼ର ଲାଞ୍ଜ ଦଣ୍ଡାରେ ବାନ୍ଧିଦେଲା।ଶଗଡ଼ ଯୁଆଳିଟା ଦୁଆରେ ଭିଡ଼ାଇ ଦେଇ ବଳଦ ପାଖକୁ ଚାଲିଗଲା।ପିଆଦା ଆଉ ଆଉ ଯେଉଁ ଲୋକମାନେ ଥିଲେ ବାହାରକୁ ଆଡ଼େଇଗଲେ !" ଚିତ୍ରା ଦୀପଟିଏ ଧରି ଆଗେ ଆଗେ ଚାଲିଥାଏ, ନାଜରାଣୀ ପଛେ ପଛେ ଚାଲୁଛନ୍ତି; ଶଗଡ଼ ପାଖରେ ପହଞ୍ଚ ପରଦା କନା ଖଣ୍ଡେ ରିଡ଼ିଦେଲେ, "ଆ ବୋଉ ଆ"-କହି ବୁଢ଼ୀଟିର ହାତ ଧରି ଧରି ଶଗଡ଼ ଭିତରୁ ଓହ୍ଲାଇନେଲେ। ଚିତ୍ରା ଦୀପଟିଧରି ଆଗେ ଆଗେ ଚାଲିଲା। ବାରନ୍ଦାଏ ବାରନ୍ଦାଏ ସମସ୍ତେ ଭିତରକୁ ଗଲେ। ଆଣ୍ଠୁଲୁଚାଲୁଗା ଖଣ୍ଡେ ପିନ୍ଧା, ମୁଣ୍ଡରେ ଖଣ୍ଡିଏ ମଳିଆ ଗାମୁଛା ଗୁଡ଼ିଆ' ହାତରେ ଛାତିଏ ଲମ୍ବ ବାଉଁଶବାଡି ଖଣ୍ଡେ ଧରି ଗୋଟିଏ ଡେଙ୍ଗା ଭେଣ୍ଟିଆ ଅନ୍ଧକାରରେ ମିଶି ଶଗଡ଼ ପାଖ କିଛି ଦୂରରେଛିଡ଼ା ହୋଇଥିଲା। ମାଇକିନିଆ ପଲ ଭିତରକୁ ପଶିଗଲା ବାଦେ ସେହି ଛିଡ଼ା ହୋଇଥିବା ପୁରୁଷଟି ଧୀରେ ଧୀରେ ଆସି ଶଗଡ଼ ଭିତରୁ ଅଣ୍ଟାଳି ଗୋଟାଏ ଟୋକେଇ ବାହାର କଲା। ସେ ଟୋକାଇଟି କେତେରକମ ଜିନିଷରେ ପୂର୍ଣ୍ଣ। ବାଁ କାନ୍ଧରେ ସେହି ଟୋକେଇଟା କାନ୍ଧେଇ, ଡାହାଣ ହାତରେ ବାଡ଼ି ଖଣ୍ଡେ ଧରି ଘର ଭିତରକୁ ଚାଲିଲା। ନୂଆ ଲୋକଟି ଦୁଆରବନ୍ଧ ଡ଼େଇଁ ସଳଖେ ସଳଖେ ଚାଲିଛି। ମନରେ ଭାରି ଆନନ୍ଦ, ଏଇଟା ଅପା ଘର, କେଡ଼େ କୋଠା ଘରଟାଏ, ଏହି କୋଠାରେ ରହିବାକୁ ହେବ। ତଳବାଟକୁ ନଜର ନାହିଁ, ଉପରକୁ ଅନାଇ କୋଠାଘର ଦେଖୁଛି, ଆଉ ଚାଲୁଛି। ଏଣେ ଘରର ଚାରିପାଖ ବାରନ୍ଦା, ମଝିରେ ଅଗଣା ସେହି ଅଗଣାଟା ବାରନ୍ଦାଠାରୁ ହାତେ ଗହୀର। ଲୋକଟି ଯେମନ୍ତ ଗୋଡ଼ ପକାଇଛି, ମୂଳକଟା ତାଳଗଛ ପରି ଏକାବେଳକେ ଦୁଲ କରି ପଡ଼ିଗଲା। ଠଣ୍ ଠଣ୍ ଠଣ୍ ଝଣ୍ ଝଣ୍ ଝଣ୍ ଶବ୍ଦ କରି ଟୋକେଇ ଭିତରୁ ଜିନିଷଗୁଡ଼ାକ ଅଗଣା ଗୋଟାକଯାକ ବୁଣି ପଡ଼ିଲା। ଲୋକଟିର ତେତେବେଳକା ଅବସ୍ଥା କଥା କହିଲେ ନ ସରେ। ଚଞ୍ଚଳ ଉଠିବସି ଦୁଇ ଜଙ୍ଘ ଆଣ୍ଠୁ ଆଉଁସି ହେଉଛି। ବନ୍ଧୁବାସ ଘର, ଯେତେହେଲେ ହାକିମ ଘର – ନୂଆ ମଣିଷ, ଲାଜରେ –ବେଶି ଭାଗ ଡରରେ ପାଟିକରି କାନ୍ଦି ପାରୁନାହିଁ।

ହାୟ ହାୟ! ମନୁଷ୍ୟର ଜୀବନ କି ଶୋଚନୀୟ ଦୁଃଖଗୁଡ଼ାକ ଯେମନ୍ତ ତା' ପଛେ ପଛେ ଲାଗିରହିଛି। ମନ ମଧ୍ୟରେ କେତେ ଆଶାଭରସା ପୋଷିଥିଲା – କେଡ଼େ ଆନନ୍ଦ – ଆଖିପିଛୁଳାରେ ସବୁ କାହିଁ ଗଲା – ପୁଣି ଦାରୁଣ ଦୁଃଖ ଉପସ୍ଥିତ। ଦୁଃଖଗୁଡ଼ାକ ଯେମନ୍ତ ମନୁଷ୍ୟ ପଛେ ପଛେ ସବୁବେଳେ ଗୋଡ଼ାଇଛନ୍ତି। ଟିକିଏ ବେଳ ପାଇଲେ ବାଘ, ଶିକାର ଉପରେ ଝାମ୍ପି ପଡ଼ିଲା ପରି ମାଡ଼ି ବସିବେ। କର୍ମବାଦୀ କହିବେ, ସେ ଲୋକଟା ବାରନ୍ଦା ବାଟେ ବୁଲିଗଲା ନାହିଁ କ୍ୟାଁ? ଏଇଟା କର୍ମଫଳ। ହେଲେ, ଆମ୍ଭମାନଙ୍କର ବିଶ୍ୱାସ, କୃତକର୍ମ ଛାଡ଼ି ମନୁଷ୍ୟମାନଙ୍କର ଶୁଭାଶୁଭଦାତା ଆଉ ଗୋଟିଏ ହସ୍ତ ସେମାନଙ୍କ ଭାଗ୍ୟର ଅନ୍ତରାଳରେ ନିୟତ ବିଦ୍ୟମାନ ଅଛି– ସହଜ କଥାରେ ତାହାକୁ ଅଦୃଷ୍ଟ ବୋଲାଯାଏ। ଅର୍ଥ କ'ଣ କି, ଲୋକେ ତାକୁ ଦେଖି ପାରନ୍ତି ନାହିଁ। ବୁଝନ୍ତି, ନଳ ବା ଯୁଧିଷ୍ଠିର ଜାଣୁ ଜାଣୁ ପଶାଖେଳି ବନକୁ ଗଲେ। ଶ୍ରୀ ରାମଚନ୍ଦ୍ର ତ ନିଜେ କୌଣସି ଦୋଷ କରିନାହାନ୍ତି। ଏଥକୁ ଜାଣ, ଏକ ଅଲକ୍ଷ୍ୟ ବିଧାତା ପୁରୁଷଙ୍କ ପ୍ରେରଣାରେ ଅଲକ୍ଷ୍ୟ ସୂତ୍ର ଧରି ଏମନ୍ତ ଅନେକ ସୁଖଦୁଃଖ ଆସେ, ଯାହା ନିବାରଣ କରିବା ମାନବ ପକ୍ଷରେ ସାଧ୍ୟାତୀତ ବିଷୟ ଅଟେ।

ଠଣ୍-ଠଣ୍ ଝଣ୍-ଝଣ୍ ଶବ୍ଦଟା ଭିତରୁ ଶୁଣିଲା ଚିତ୍ରକଳା, "ଆହା! ଭାଇସାନ୍ତ ପଡ଼ିଗଲେ ପରା!" ଦୀପଟା ଧରି ଧାଇଁଲା। ଆସି ଦେଖିଲା କ'ଣ ନା ଜିନିଷଗୁଡ଼ାକ ଅଗଣାଯାକ ବୁଣିପଡ଼ିଛି – ଲୋକଟା କାଳିଆ ଉଇହୁଙ୍କାଟା ପରି ବସି ଦୁଇ ଆଣ୍ଠୁରେ ହାତ ବୁଲାଉଛି! ବୁଦ୍ଧିମତି ଚିତ୍ରକଳା ଅନାଇଦେଲେ କଥାଟା ବୁଝିଗଲା। ମନମଧ୍ୟରେ ଖୁବ ଗୋଟାଏ ହସି ହସି କହିଲା, 'ଏଇଟା ଅନ୍ଧ ନା କ'ଣ?' ପ୍ରକାଶ୍ୟରେ ଛାନିଆ ହୋଇଗଲା ପରି ଆକୁଳ ହୋଇ କହିଲା, 'ଆହା' ! "ଭାଇସା'ନ୍ତ କିମିତି ପଡ଼ିଗଲ? ମୁଁ ତ ଆଲୁଅ ଧରି ଧାଇଁଛି – ଟିକିଏ ଥୟ ଧଇଲ ନାହିଁ।" ଭାଇସା'ନ୍ତଙ୍କ ହାତଧରି ଛିଡ଼ା କରାଇଦେଲା। ଲଜ୍ଜାରେ, ଦୁଃଖରେ, ଦେହଯନ୍ତ୍ରଣାରେ ଭାଇସା'ନ୍ତ ଗୋଟା ଝାଳରେ ଗାଧୋଇ ଗଲେଣି। ଚିତ୍ରା ହାତକୁ ଚଟ ଚଟ ଲାଗିବାରୁ ଘୃଣାରେ ହାତଟା କାଢ଼ିନେଇ ଅଗଣାରେ ବୁଣି ପଡ଼ିଥିବା ଜିନିଷଗୁଡ଼ାକ ଗୋଟାଇ ବସିଲା। ଦୁଷ୍ଟାଟା ପରଖି ଯାଉଥାଏ ଜିନିଷଗୁଡ଼ାକ କ'ଣ ! ଏଇଟା ତ ଲୁଗାପୁଟୁଳା ଖଣ୍ଡ ଦୁଇ ଲୁଗା ହେବ। ଏଇଟା ଚାଉଳ ପୁଡ଼ିଆ-କଣ୍ଟି ଦେଖିଲା ଓଜନରେ ଦୁଇ ସେର ହେବ। ସାନ ପୁଡ଼ିଆଟା ବିରି କି ମୁଗ ଚିପି ଚିପି ଠିକ୍ କରିପାରିଲା ନାହିଁ। ଓହୋ ! ଏ ସାନ ପୁଟୁଳା ତ ଦୁଇମୁଠା ଅନ୍ଦାଜ ସୋରିଷ। ଚିତ୍ରା ମନ ମଧ୍ୟରେ ଖୁବ୍ ଗୋଟାଏ ହସି କହିଲା, "ହୁଁ – ହୁଁ, ଘରକରଣା ସବୁ ଜିନିଷଗୁଡ଼ାକ ଧରି ବାହାରି ଆସିଲେ, ଛାଡ଼ିଆସିନାହାନ୍ତି।" ଗଡ଼ି ଗଡ଼ି ଯାଇ ପାଞ୍ଚହାତ ଦୂରରେ ନୋଟାଟା ପଡ଼ିଥିଲା – ଚିତ୍ର ଉଠାଇ ଦେଖିଲା ସେଥିରେ ଝୁଣାର ଗୋଟାଏ ଗେବ ବସିଛି। ଚିତ୍ରା ଠିକ୍ କରିନେଲା, ଏଇଟା କ'ଣ?

ତୋରାଣିପିଆ କଂସା ହେବ ହାତକୁ ପତର ପରି ଲାଗୁଛି – କଂସା କ'ଣ ଏଡ଼େ ପାତଳ, ଏଡ଼େ ଉଶ୍ୱାସ ହୁଏ? ମଲା ଯା! ଏ ଖଣ୍ଡ ଯେ ପକ୍କାରେ ପଡ଼ି ଚାରିଚାଙ୍ଗୁଳା ହୋଇ ଫାଟିଗଲାଣି। ହେ ଚିତ୍ରକଳା, ଟିକିଏ ତୁନି ହୁଅ, ଭାଇସା'ନ୍ତେ ଦେହ ଯନ୍ତ୍ରଣାରେ ଅସ୍ଥିର, ତହିଁ ଉପରେ ସର୍ବନାଶର ସମ୍ବାଦ ଶୁଣାଇଲେ ତାଙ୍କର ଦଶା କ'ଣ ଘଟିବ? ଚିତ୍ରକଳା ଜିନିଷଗୁଡ଼ାକ ପାଚିଆରେ ପୂରାଇ ଦୀପଟା ଧରି ଆଗେ ଆଗେ ଚାଲିଲା – ଭାଇସାନ୍ତ ପଛେ ପଛେ ଚାଲିଛନ୍ତି। ବାହାରେ ଯେ ଏତେ କାଣ୍ଡ, ମା ଝିଅଙ୍କୁ କିଛି ଜଣାପଡ଼ିନାହିଁ, କାନ୍ଦକଟାରେ ଲାଗିଛନ୍ତି। ଝିଅ ଭିତର ଅଗଣା ମଝିରେ ଖୁମ୍ବଟି ପରି ଛିଡ଼ା ହୋଇ ଭୋ ଭୋ ଡକା ପାରୁଛନ୍ତି।

ଦୀର୍ଘ ବିଚ୍ଛେଦ ଉତ୍ତାରେ ମିଳନ ସମୟରେ ହୃଦୟରେ କେମନ୍ତ ଗୋଟାଏ ଆନନ୍ଦ ଉଚ୍ଛୁଳି ଉଠେ – ବିଚ୍ଛେଦ ଅନଳରେ ମିଳନ ଜଳପାତ ଯୋଗୁଁ ହୃଦୟରୁ ଯେଉଁ ଗୋଟାଏ ବାଷ୍ପ ବାହାରେ; ସେଇଟା ଜଳରୂପେ ପରିଣତ ହୋଇ ନେତ୍ରଯୁଗଳ ମାର୍ଗରେ ଅଶ୍ରୁରୂପରେ ବହିପଡ଼େ। ବୋଉ ତ ଝିଅଙ୍କୁ କୁଣ୍ଢାଇ ପକାଇ ତୁହାକୁତୁହା ବାହୁନି ଯାଇଛନ୍ତି- ଆରେ ମୋ ବିସ୍କୀରେ ! ତୋ ଚାନ୍ଦମୁଖ ନଦେଖି ମୁଁ ଅନ୍ଧୁଣୀ ହୋଇଯାଇଥିଲି, ଆରେ ମୋ କଳାମାଣିକରେ – ଚନ୍ଦ୍ରବଦନ – ଅନ୍ଧାର ଆଲୁଅ – ଦୁଃଖ ସଙ୍ଗାଳୀ ଏହପରି ଢେର୍ ଢେର୍ ବିଶେଷଣ ଦେଇ ଢେର୍ ବେଳଯାଏ ବାହୁନିଲେ। ପାଠକ ମହାଶୟ! ଅନୁମାନରେ ବୁଝିଯାଆନ୍ତୁ, ସବୁଗୁଡ଼ାକ ଲେଖିବାର ଦରକାର ନାହିଁ। ଗୋଟାଏ କଥା ଏତେଦିନ ଉତ୍ତାରେ ଜଣାପଡ଼ିଲା। ନାଜରଗୃହିଣୀଙ୍କ ନାମ, ବିସ୍କୀ – କ'ଣ କି ବୋଉ ସିନା ଗେହ୍ଲାରେ ବିସ୍କୀ ବୋଲି ଡ଼ାକନ୍ତି, ସନ୍ଧାନଦ୍ୱାରା ଜଣାପଡ଼ିଲା, ଅସଲ ନାମ ହେଉଛି ବିଶାଖା। ଆମ୍ଭେମାନେ ଏତେ ଦିନଯାଏ ନାଜରାଣୀ ସାଆନ୍ତାଣୀ ବାରମ୍ବାର ଲେଖି ପାଠକ ମହାଶୟଙ୍କୁ ବିରକ୍ତି କରିଅଛୁଁ – ଜଣା ନ ଥିଲା, କ'ଣ କରିବୁ? ଏଡ଼େ ଘର ସାଆନ୍ତାଣୀ, ନାମ କ'ଣ ଦାଣ୍ଡରେ ପଡ଼ିଛି ଯେ ଲେଖିପକାଇଲେ ହେଲା? ଏହି ଯେ ବୋଉଙ୍କ ଶୁଭାଗମନ, ଲେଖକ ପକ୍ଷରେ ଗୋଟିଏ ସୌଭାଗ୍ୟର ବିଷୟ ଅଟେ।

ବୋଉଙ୍କ ଗୋଡ଼ଧୂଆ ନିମନ୍ତେ ଚିତ୍ରକଳା ଲୋଟାଏ ଜଳ ଧରି ଛିଡ଼ାହୋଇଛି। ମା ଝିଅ ତ କାନ୍ଦିବାର ଲାଗିଛନ୍ତି। ଚିତ୍ରକଳା ମନ ମଧ୍ୟରେ ଭାରି ଦିକ୍କାର ହେଲାଣି, ମାଇକିନିଆ ଗୁଡ଼ାକ କ'ଣ ରାତିଯାକ ଛିଡ଼ାହୋଇ କାନ୍ଦୁଥିବେ? କହିଲା, "ଆସନ୍ତୁ ଆସନ୍ତୁ ବୋଉସାଆନ୍ତାଣୀ! ଦିନଯାକ ଶଗଡ଼ରେ ବସି ବସି ଶ୍ରୀ ଅଙ୍ଗକୁ ବାଧିଥିବ। ଆସନ୍ତୁ ପଦ ପଖାଳ କରନ୍ତୁ" କହି ହାତଧରି ଭିଡ଼ିଦେଇ ନଳାମୁହଁ ପାଖରେ ବସାଇଦେଲା। ପାଣି ଢାଳି ଗୋଡ଼ ଧୋଇଦେଲା – ଆବଡ଼ା ଖାବଡ଼ା ଗୋଡ଼ତଳିଟା ହାତକୁ ଖୁଆଁ ପରି ବାଜିବାରୁ ନାକଟା କେମିତିକା ସିଟ୍କୁଥାଏ। ବୋଉସାଆନ୍ତାଣୀଙ୍କ

ଉତ୍ତାରେ ଭାଇସାନ୍ତ ଉପସ୍ଥିତ, ଚିତ୍ରା ଥରେ ତାଙ୍କ ପାଦରେ ହାତବୁଲାଇ ନାକପୁଡ଼ା ଯୋଡ଼ାକ ଫୁଲାଇଦେଲା। ହାତଟା କାଢ଼ିନେଇ ପାଦରେ ପାଣି ଢାଳୁଥାଏ। ଦେଖିଲା, ଗୋଡ଼ ପାପୁଲିଟା ଭାରି ଚଉଡ଼ା- ବୁବେଇ ଦଉଡ଼ା ପରି ଶିରଗୁଡ଼ାକ ଛିଡ଼ାହୋଇଛି – ଆଙ୍ଗୁଳିଗୁଡ଼ାକ ଫାଙ୍ଗୁଳା – ଅଗଗୁଡ଼ାକ ଚେପଟା ଚେପଟା କେଉଁ କାଳରୁ ନହୁରୁଣୀ ଛୁଇଁନାହିଁ – ଅଗଗୁଡ଼ାକ ଦା' ଦାଢ଼ ପରି ଗୋଇଠି ଫାଟରେ ଅଙ୍ଗୁଳି ପଶିଯିବ।

ପଦଧୌତ ହେଲା ଉତ୍ତାରେ ମା'ଝିଅ, ପୁଅ, ଏକ ଜାଗାରେ ବସି ଜଳଖିଆ ସାରିଲେ। ଚିତ୍ରା ସବୁ ଜିନିଷ ଠିକଣା କରି ବଢ଼େଇ ଦେଉଥାଏ। ବୋଉ ପଚାରିଲେ "ହୋଇରେ ମା' ବିସ୍କୀ, ଏ ଝିଅଟି କିଏ" ବିଶାଖାଦେଈ କହିଲେ, "ମୋ ପୋଇଲୀ।" ଚିତ୍ରା ତ ଶୁଣି ମନ ମଧ୍ୟରେ ଭାରି ଖପା – ହଁ ତୋ' ଚଉଦପୁରୁଷ ଢେର୍ ପୋଇଲୀ ରଖିଥିଲେ। କ'ଣ କରିବ – ପେଟପାଇଁ ପିଠି ସହେ – ତୁନି ହେଲା। ବୋଉ ସାଆନ୍ତାଣୀ ଢେର୍ ବେଳଯାଏ ଚିତ୍ରକୁ ଅନାଇ ରହିଲେ। ଏଁ ମୋ ବିସ୍କୀର ପୋଇଲୀ ଏଡ଼େ ସୁନ୍ଦରୀ ! ତା ଦେହରେ ଏତେ ଅଳଙ୍କାର ସତେ! ସେ ରାଣୀ ହୋଇଗଲାଣି।

ତେୟାଳିଶି

ନରୁବାବୁ ଅସୁବିଧା

ନରୁବାବୁ କଟକ ପହଞ୍ଚିବା ଦିନଠାରୁ ଯାବତ ଅସୁବିଧା ଭୋଗ କରୁଛନ୍ତି। ପ୍ରଥମେ ପୁଣି ବିଶେଷ ଅସୁବିଧା, ଆହାର ବିଷୟରେ। ପ୍ରଥମ ଦିନ ଭୋଜନ କରିବାକୁ ଯାଇ ନିତାନ୍ତ ଆକୁଳ ହୋଇପଡ଼ିଲେ। ରାତିପହରକ ସରିକି ନାଜରବାବୁଙ୍କ ରୋଷେୟା ବ୍ରାହ୍ମଣ ଭିତର ପ୍ରସ୍ତକୁ ଡାକି ଘେନିଗଲା। ଖଣ୍ଡିଏ କମଳାସନ ପରା – ଆଗରେ ଗୋଟିଏ ପିତ୍ତଳ ଦୀପରୁଖାରେ ଆଲୁଅଟା ମିଞ୍ଜି ମିଞ୍ଜି ହୋଇ ଜଳୁଛି। 'ବସିବା ହେଉ' ବୋଲି କେହି ବୋଲିବାକୁ ନାହାଁ। ଠାଁ ଛିଡ଼ା ହୋଇ ସ୍ଥାନ ଆସନ ଆଉ ଆଲୁଅ ଦେଖୁଚନ୍ତି। ମନଟା କିମିତିକା ହୋଇଗଲା। କେହି ଭଲକରି ଅନାଇ ଥିଲେ ତାଙ୍କ ମୁଖ କେମନ୍ତ ଶୁଖି ଯାଇଛି ଦେଖିଥାନ୍ତା। ରୋଷେୟା ଅନ୍ନ ବ୍ୟଞ୍ଜନ ଆଉ ଅବଖୁରାଟାଏରେ ଜଳ ଥୋଇଦେଇ, "ଆସିବା ହେଉ, ଠା-ରେ ବିଜେ ହେଉ" କହି ଚାଲିଗଲା। ଯନ୍ତ୍ରଚାଳିତ ପରି ନରୁବାବୁ ଯାଇ ଆସନରେ ବସିଲେ। ତାଙ୍କ ପକ୍ଷରେ ଆଜି ଏଇଟା ନିତାନ୍ତ ଅଭିନବ ଏବଂ ଅସ୍ୱାଭାବିକ ଦୃଶ୍ୟ। ଗୋଟିଏ ସୁନ୍ଦର ରୂପାଥାଳରେ ମଲ୍ଲିଫୁଲ ପରି ଧଳା ଧଳା ଅନ୍ନ ସୁନ୍ଦର ରୂପେ ଅତି ଯତ୍ନରେ ବଢା, ତା' ଉପରେ ରୂପା ଗିନାରେ ଗୁଆଘିଅ, ଆଠଦଶଟା ଗିନାରେ ନାନାପ୍ରକାର ବ୍ୟଞ୍ଜନ ବଢା ନାହିଁ। ଶୁକ୍ଳାବସନ ସୁଗଠନ ଦୁଇଜଣ ନାନୀ ଆଗରେ ଛିଡ଼ା ହୋଇନାହାନ୍ତି। ଲଙ୍ଗଳା ଶିଶୁ ଦୁଇହାତରେ

ଭାତତିଅଣ ଘାଣ୍ଟୁ ନାହିଁ, ଜେଜୀମା ତାକୁ ଡ଼ରାଇ ଗାଳି ଦେଇ ବହଲାଇ ଖୁଆଇ ଦେଉନାହାନ୍ତି। ନରୁ ଏଇଟା ଖା' ସେଇଟା ଖା' କହି ଭଜାମାଛ ଖଣ୍ଡରୁ କଣ୍ଟା କାଢ଼ି ବଢ଼ାଇ ଦେଉନାହାନ୍ତି। ବାପସାନ୍ତ କଟକରୁ ଯେଉଁ କାବୁଲି ଧଳା ବିରାଡ଼ିଟା କିଣିନେଇ ଯାଇଥିଲେ ସେଇଟା ଆଗରେ ବସି ମିଆଁଉ ମିଆଁଉ କରୁନାହିଁ। ଆମ୍ଭମାନଙ୍କୁ ଲେଖିବାକୁ ଏତେ ବିଳମ୍ବ ହେଲା; ମାତ୍ର ମୁହୂର୍ତ୍ତ ମଧ୍ୟରେ ନରୁବାବୁଙ୍କ ମନରେ ସବୁକଥାଗୁଡ଼ାକ ଖେଳିଗଲା। ବାବୁ ନିତାନ୍ତ କାତର ହୋଇପଡ଼ିଲେ। ଆଗେ ବଡ଼ ଚଞ୍ଚଳିଆ ଆଉ ଅଝଟିଆ ପିଲା ଥିଲେ। ବାପସାନ୍ତଙ୍କ ବିୟୋଗ ଦିନଠାରୁ କ'ଣ ବୁଝି ଭାରି ଗମ୍ଭୀର ଆଉ ଧୀର ହୋଇପଡ଼ିଛନ୍ତି; ଖୁବ କଷ୍ଟ ସହି ପାରିଲେଣି। ଦିନବେଳେ ଠା ହୋଇନାହିଁ, ବଡ଼ ଭୋକ ଲାଗୁଛି, ଆଖି କାନ ବୁଜି ଚାରିଟା ଖାଇଦେଲେ। ମନରେ କଲେ ଦୁଧ ଟିକକ ପିଇଦେଇ ଉଠିଯିବେ, ପାଟିକୁ କିପରି ଲାଗିଲା। ଡାଟିଆଟା ଆଲୁଅରେ ଧରି ଦେଖିଲେ ଦୁଧ ପରି ଧଳା ଦିଶୁଛି, ପିଇଲେ ନାହିଁ, ଡାଟିଆଟା ଥୋଇଦେଇ ଉଠିଗଲେ। କାହାରିକୁ କିଛି ନ କହି, ହାତ ଧୋଇ ଶେଯରେ ପଡ଼ିବାମାତ୍ରେ ନିଦେଇଗଲେ। କରୁଣା ଠା ଗୋଟେଇବାକୁ ଯାଇ ଚମକି ପଡ଼ିଲା, ବିଚାର କଲା, ଦିନେ ଓଳିଏ କଥା ନୁହେଁ, ସବୁଦିନେ ଚଳିବ କିପରି? ଜେଜୀମା କାନେ କାନେ କରୁଣାକୁ କହିଦେଇଛନ୍ତି, ସେ ପ୍ରତିଦିନ ମଉସାଙ୍କ ପାଖକୁଯାଇ ନରୁର ହାଲ ହବାବ ଜଣାଇ, ସେ ଯାହା କହିବେ, ସେହିପରି କରିବ। କରୁଣା ସକାଳୁ ନରୁବାବୁଙ୍କ ପାଇଟି ସାରି ସଲଖେ ସଲଖେ ମଉସାଙ୍କୁ ଯାଇ ସମସ୍ତ କଥା ଜଣାଇଲା। ମଉସା ବନ୍ଦୋବସ୍ତ କରିଦେଲେ, ବାଲୁବଜାରରେ ଜଣେ ବ୍ରାହ୍ମଣର ଗୋଟାଏ ହୋଟେଲ ଅଛି, ଆଉ ଆଉ ବଜାରି ହୋଟେଲ ପରି ନୁହେଁ, ଭଲ ଭଲ ରୋଷେୟା, ଭଲ ଭଲ ଚାକର ଅନେକ ନିଯୁକ୍ତ ଅଛନ୍ତି। ଭଲ ଭଲ ଜିନିଷମାନ ତିଆରି ହୁଏ। କଟକରେ ବଡ଼ ବଡ଼ ବାବୁମାନେ ତାହାର ଗହକି। ହୋଟେଲରେ ଜଣେ ରୋଷେୟା ଭଲ ଭଲ ଖାଦ୍ୟ ନାନାପ୍ରକାର ବ୍ୟଞ୍ଜନ ବାସନରେ ପୂରାଇ ନରୁବାବୁଙ୍କ ବସାରେ ଦେଇଯିବ। ଜେଜୀମା ନରୁର ଖାଦ୍ୟ ବିଷୟରେ ନଟବରବାବୁଙ୍କୁ ବିଶେଷକରି ଲେଖିଥିଲେ। ସେଥିରେ ଗୋଟିଏ କଥା ଥିଲା ନରୁ ରାତି ଓଳିଟା ଅନ୍ନ ଠାରେ ବସେ ନାହିଁ, ପୁରି ତରକାରି ବନ୍ଦୋବସ୍ତ କରିଦେବ। ପ୍ରଥମ ଦୁଇ ତିନି ରାତି ଭୋଜନ ବିଷୟରେ ବଡ଼ କଷ୍ଟ ହୋଇଥିଲା। ମାମୁଙ୍କ ବସା ଭିତରୁ ଯେଉଁ ଶୁଖିଲା ପୁରି ଆଉ ସାମାନ୍ୟ ତରକାରି ଆସୁଥିଲା, ତାହା ନରୁବାବୁଙ୍କ ପକ୍ଷରେ ଅଖାଦ୍ୟ। ପରେ ତାହା କରୁଣାର ଭୋଗରେ ଆସିଲା, ହୋଟେଲ ଖାଦ୍ୟରେ ନରୁବାବୁଙ୍କର ସୁନ୍ଦର ଚଳେ। ନରୁବାବୁଙ୍କ ରାତିଓଳିଟା ଠା ବିଷୟ ମାମୁ – ମାଈଁ ଗନ୍ଧବାସନାଦି ପା'ନ୍ତି ନାହିଁ, କିଛି ତତ୍ତ୍ୱ ନେବାର ନାହିଁ, କିପରି ବା ଜାଣିବେ? କଚେରି କାମ ଆଉ ସନ୍ଧ୍ୟା ଉତ୍ତାରେ ଦେବତା ଦର୍ଶନ କାମରେ

ମାମୁଙ୍କର ସଖାଳୁ ରାତିଅଧ ହୋଇଯାଏ, ରାତିରେ ମନ୍ଦିରରୁ ବାହୁଡ଼ି ଆସିବା ବେଳକୁ ନରୁବାବୁ ଆହାରାଦି କରି ଶୋଇପଡ଼ନ୍ତି। ଆହାର ବିଷୟରେ ଏଇ ଅବସ୍ଥା, ରହବା ଘରରେ ମଧ୍ଯ ଭାରି ଅସୁବିଧା। କୋଠରି ଦୁଆରଟା ବନ୍ଦ କରିଦେଲେ ଭିତରଟା ରାତି ପରି ଅନ୍ଧାରିଆ ହୋଇଯାଏ। ରବିବାର କିମ୍ବା ଆଉ ଆଉ ଦିନରେ ମାମୁଙ୍କ କଚେରି ଘରେ ଏତେ ଗୋଳମାଳ ହୁଏ ଯେ ନରୁବାବୁ ଦୁଆର ମେଲା ରଖିପାରନ୍ତି ନାହିଁ। କରୁଣା ଦୁଆରଟା କିଳିଦେଇ ବାବୁଙ୍କ ପଢ଼ିବା ସକାଶେ ମେଜ ଉପରେ ବତିଟାଏ ଜାଳିଦିଏ। ନରୁବାବୁ ବିଦେଶୀ ସାଙ୍ଗ ପଢୁଆଙ୍କଠାରୁ ଶୁଣିଲେ ସମସ୍ତଙ୍କୁ ନାନାପ୍ରକାର ଅସୁବିଧା ଭୋଗିବାକୁ ହୁଏ। ସେ ତ ଲୋକର ଅବସ୍ଥା ବୁଝନ୍ତି ନାହିଁ, କଟକରେ ପଢିବାକୁ ହେଲେ କଷ୍ଟ ସହିବାକୁ ହେବ-ସ୍ଥିର କଲେ, ଯେତେ କଷ୍ଟ ହେଉ ପଛକେ ସବୁ ସହି କଟକରେ ପାଠ ପଢିବେ। ଉତ୍ତରରାୟ କୂଳଚନ୍ଦ୍ରମା – ଜେଜୀମାର ନୟନ-ପ୍ରତିମା, ଦୁଃଖ କାହାକୁ ବୋଲନ୍ତି ଜାଣି ନଥିଲେ, ବର୍ତ୍ତମାନ ସମସ୍ତ ଦୁଃଖ ଏକାବେଳେ ଉପସ୍ଥିତ। ମନରେ ଦୃଢ଼ପ୍ରତିଜ୍ଞ, ସବୁ କଷ୍ଟ ସହି ଇଂରେଜୀ ପଢିବେ। ଦୁଃଖ ସହିବାକୁ ଶିଖିଲେଣି ବିପଦ ମଣିଷପଣିଆ ଶିଖାଏ।

ସବୁ ବିଷୟରେ ଗୋଟାଏ ସୀମା ଥାଏ – ନରୁବାବୁଙ୍କ କଷ୍ଟ ଏବେ ସୀମାରୁ ବଳିପଡ଼ିଲାଣି। ବର୍ତ୍ତମାନ ଉପସ୍ଥିତ ଦୁଃଖଟା କୌଣସି ଲୋକ ପକ୍ଷରେ ହେଲେ ମଧ୍ଯ ଅସହ୍ୟ। ରାଘବ ପଟ୍ଟନାୟକେ ନରୁବାବୁଙ୍କ ସହିତ ଏକ ଘରେ ରହିଛନ୍ତି। ମାଇଁ କହିଲେ, "ଏଡ଼େ ଘରଟା, ଦଶଜଣ ମଣିଷ ରହିପାରିବେ, ପିଲାଟା କେତେ ଜାଗାରେ ଶୋଇବ କି? ନୋହିଲେ ଭଣ୍ଡାରିଟା ବାହାରେ ରହିବ।" ରାଘବମାମୁଁଙ୍କର ଆକାର ଆଚରଣ ଦେଖି, ବାଘମାମୁକୁ ଦେଖିଲା ଭଳି ନରୁବାବୁଙ୍କ ମନରେ ଗୋଟିଏ ଭାରି ଆତଙ୍କ ଜାତ ହେଲାଣି। କାନ୍ଦିପକାଇବେ ପରା! ସାନ୍ତେ, ବାରିକେ ଦୁଇଜଣ ବସି ବିଚାର କଲେ, ଶେଷରେ ସ୍ଥିର ହେଲା, ଦେଖାଯାଉ କ'ଣ ହେବ। ହେଲେ କ'ଣ ନରୁବାବୁଙ୍କ ମନ ସ୍ଥିର ହେଉ ନାହିଁ, କିପରି ମାମୁ ହାତରୁ ରକ୍ଷାପାଇବେ, ସବୁବେଳେ ମନରେ ଏହି ବିଚାର।

ରାଘବବାବୁ ପ୍ରଥମେ ପ୍ରଥମେ ଦୁଇ-ଚାରିଦିନ ଘରର ଗୋଟିଏ କୋଣରେ ତୁନିତାନି ହୋଇ ପଡ଼ିଥାନ୍ତି, କେବଳ ଶୋଇବା ବେଳଟାରେ ଘର ମଧ୍ଯରେ, ଆଉ ଆଉ ସମୟରେ ପିଆଦା ବା ଚାକରମାନଙ୍କ ସଙ୍ଗେ ବସି ଦିନ କାଟନ୍ତି। ଭରସି ନରୁବାବୁଙ୍କ ପାଖ ପଶନ୍ତି ନାହି, ଆଲୋ ବାପଲୋ, ବଡ଼ଲୋକ ପୁଅ, କ'ଣ କରିବ ପରା! ଦୁଇ ଚାରିଦିନ ଗଲା, ଆଠ ଦିନ ବି ଗଲା, ସବୁବେଳେ ପାଖରେ ରହିଲେ ମଧ୍ଯ ଭୟଭଡ଼କ ଭାଙ୍ଗିଯାଏ। ଆଉ ଅପା କହିଦେଇଛନ୍ତି, ନରୁ ତୁମ ଭଣଜା, ଭଣଜାବାବୁ ବୋଲି ଡାକିବାକୁ ହେବ। ଦିନେ ସଖାଳେ ନରୁବାବୁ ଖଟିଆଟି ଉପରେ ବସି ସ୍କୁଲର ପାଠ

ଅଭ୍ୟାସ କରୁଅଛନ୍ତି, ରାଘବମାମୁ ପାଖ ପାଖ ହୋଇଯାଇ ଏକାବେଳକେ କତିରେ ଦେହକୁ ଲାଗିଲାପରି ବସିପଡ଼ିଲେ। ତହିଁ ଆରଦିନଠାରୁ କିତାପଗୁଡ଼ାକ ଓଲଟପାଲଟ କରିବା ଆରମ୍ଭ ହେଲା। ଦିନେ ଖଣ୍ଡେ କିତାପ ମେଲାଇ କହିଲେ, "ମଲା-ମଲା, 'ଏଇଟା ଗୋଟାଏ ବଳଦ ପରି ଦିଶୁଛି।" ଆଉ ଦିନ ପୁଡ଼ାଏ ଓଲଟାଇ କହିଲେ, "ହୋ ହୋ ହୋ ଏଇଟା ବିରାଡ଼ି, ଏଇଟା ଗୋଟାଏ ଗଛ, ପୋଥି ଉପରେ ପଟାଗୁଡ଼ାକ – କିମିତିକା ରଙ୍ଗ ଦିଶୁଛି, ଭଣଜାବାବୁ! ଏ ଖଣ୍ଡିକି ପୋଥି? ମୁଁ ଟିକେ ପଢ଼ନ୍ତି। ମତେ ଦିନେ କହିଦେବା" କରୁଣା ପାଖରେ ବସିଥିଲା, ବୁଝିପାରିଲା ପଢ଼ରେ ବାଧା ପଡ଼ିବାରୁ ଟିକାଏତବାବୁ ବଡ଼ ଦିକଦାର ହେଲେଣି। ଆଉ ସହିପାରିଲା ନାହିଁ – କହିଲା, "ଏ ମାମୁସାଆନ୍ତ, ଟିକାୟତବାବୁ ଉଛୁଣି ପାଠ ପଢ଼ନ୍ତୁ, ତାଙ୍କୁ କିଛି ବୋଲ ନା-ଆଉ ବେଳେ ତାଙ୍କ ସାଙ୍ଗରେ କଥା କହିବ – ପୋଥିକଥା ପଚାରିବା" କରୁଣା କଥା ଶୁଣି ରାଘବମାମୁ ମନ ମଧ୍ୟରେ ଭାରି ଖୁସି – କରୁଣା ତାଙ୍କୁ ସାଆନ୍ତ ବୋଲି ଡାକିଲା – ଆଜିଯାଏ ତାଙ୍କୁ ସାଆନ୍ତ ବୋଲି କେହି ଡାକି ନାହିଁ – ଏଇଟା ହେଲା ପ୍ରଥମ ସମ୍ବୋଧନ। ଗାଁରେ ତ ତାଙ୍କୁ ରଘୁଆ ମହାନ୍ତ ବୋଲି ସମସ୍ତେ ଡ଼ାକନ୍ତି। ଅପା ରାଣୀ – ମୁଁ ସାଆନ୍ତ, କଥାଟା ମନରେ କରି ହସି ହସି ଉଠିଗଲେ।

ରାଘବ ମହାନ୍ତି ସଙ୍ଗରେ ଏକତ୍ର ବାସ ଟିକାୟତବାବୁଙ୍କ ପକ୍ଷରେ ଦିନକୁ ଦିନ ନିହାତି କଷ୍ଟକର ହୋଇପଡ଼ିଲାଣି। ସ୍କୁଲ ବାହୁଡ଼ା ନରୁବାବୁ ଟିକିଏ ଶୀତଳ ଠାରେ ବସନ୍ତି – ରାଘବ ମହାନ୍ତି କଟମଟ କରି ଖାଇବାକୁ ଅନାଇଥାଏ। ନିପଟ ମୂର୍ଖ, ଦରିଦ୍ର, ମଫସଲ ଗାଉଁଲିଆ ଲୋକ, ଭଦ୍ର ବ୍ୟବହାର କାହୁଁ ଜାଣିବ? ନରୁବାବୁଙ୍କୁ ବଡ଼ ଲାଜ ମାଡ଼େ – ଦରଖିଆ ହୋଇ ଉଠିଯାନ୍ତି। କରୁଣାକୁ ଭଲ ଲାଗେ ନାହିଁ, ଦିକଦାର ହୋଇଗଲାଣି – ଠା ବେଳେ କରୁଣା ପିଠି ଉହାଡ଼ କରି ବସେ। ଗୋଟାଏ କଥା ରକ୍ଷା ଥିଲା – ନରୁବାବୁଙ୍କ ରାତି ଠା ବେଳେ ରାଘବମାମୁଁ ପିଆଦାମାନଙ୍କ ସଙ୍ଗେ ବଜାର ବୁଲି ବାହାରିଥାନ୍ତି। କରୁଣା କବାଟଟା କିଳି ଦେଇ ମାମୁଘର ବାହୁଡ଼ା ଆଗରୁ ସେ ପାଇଟି ସବୁ ନିବାଡ଼ି ରଖେ। ମାମୁଁ ଦିନେହେଲେ ସେ କଥାର ଗନ୍ଧ ପାଇନାହାନ୍ତି।

ଚଉରାଳିଶି

ତୁ ବେଠିଆ ଗଉଡ଼ ପରା

କଟକ ଆସିବା ପରଦିନ ସକାଳେ ରାଘବ ମହାନ୍ତି ନାଜରବାବୁଙ୍କ ସଦର ଦରଜା ପାଖରେ ଛିଡ଼ା ହୋଇ ସଡ଼କରେ ଯିବାଆସିବା ଲୋକମାନଙ୍କୁ ଦେଖୁଛନ୍ତି। ଇଃ! କଟକଠାରେ କେତେଗୁଡ଼ିଏ ମଣିଷ ମ ବାବୁଗୁଡ଼ାକ କେତେ ଏଇଟା କ'ଣ ଘୋଡ଼ାଗାଡ଼ି? ମନ ମଧ୍ୟରେ ବଡ଼ ଗୋଟାଏ ହସମାଡ଼ିଲା – ଘୋଡ଼ା ଯୋଡ଼ାକ

ଶଗଡ଼ରେ କିମିତି ଯୋଡ଼ା ହୋଇଛନ୍ତି। ଘୋଡ଼ାଗାଡ଼ି ନାମ ତାଙ୍କୁ ଶୁଣାଥିଲା – ମନରେ କରିଥିଲେ ଘୋଡ଼ାମାନଙ୍କ କାନ୍ଧ ଉପରେ ଯୁଆଳି ପଡ଼େ। କାନ୍ଧରେ ହୁଦା ପଡ଼ିଛି, ଦୁଇଜଣ ପିଆଦା ବାବୁଙ୍କ ବସାରେ ଆସି ପହଞ୍ଚିଲେ। ଗୋଟିଏ ପିଆଦା ରାଘବ ମହାନ୍ତିଙ୍କୁ ପଚାରିଲେ, "କିରେ ବେହେରା ! ତୁ କାଲି ରାତିରେ ଆସିଛୁ ପରା?" ରାଘବ ମହାନ୍ତିଏ ତାକୁ ବକ୍ ବକ୍ କରି ଅନାଇଛନ୍ତି। ମନରେ କଲେ ଏ ତ ଜମାଦାର, କିଏରେ ବୋଲି ନ କହିବ, ହେଲେ ବେହେରା କହିଲା କ୍ୟାଁ? କଟକରେ କ'ଣ ଏହିପରି କହନ୍ତି? ଉତ୍ତରଦେଲେ-"ହଁ" ପିଆଦା ପୁଣି ପଚାରିଲା-"କ'ଣ ଆଣିଥିଲୁ, ଦୁଧ ନା ଦହି? ମହାନ୍ତିଏ ଉତ୍ତରଦେଲେ"ଦୁଧ ଦହି କ୍ୟାଁ ଆଣିବି" ପିଆଦା କହିଲା, "ତୁ ମଇଁଷାଳ ବେଠିଆ ଗଉଡ଼ ପରା?" ମହାନ୍ତିଏ ଆଉ ସମ୍ଭାଳି ହୋଇପାରିଲେ ନାହିଁ, ମୁହଁଟା ଥମ ଥମ କରି ଭିତରକୁ ଚାଲିଗଲେ। ଏ କଥା ନିଶ୍ଚୟ ସତ୍ୟ, ପଟ୍ଟନାୟକଙ୍କ ଅପମାନ କରିବା ପାଇଁ ପିଆଦା ତାଙ୍କୁ ମଇଁଷାଳ ବେଠିଆ ଗଉଡ଼ବୋଲି କହିନାହିଁ। ନରିପୁରରୁ କେବେ କେବେ ମଇଁଷାଳ ଗଉଡ଼ମାନେ ଦହି, ଦୁଧ ବେଠି ଭାର ଘେନି ଆସିଥାନ୍ତି। ରାଘବ ମହାନ୍ତିଙ୍କ ଆକାର ପୁଣି ବେଶ ଦେଖିଲେ ଗଉଡ଼ ପରି ଜଣାଯାଏ, ଏଥିରେ ପିଆଦାର ଅପରାଧ କ'ଣ? ରାଘବ ମହାନ୍ତି କିଛି ଡ଼େଙ୍ଗାଳିଆ ଲୋକ, ମଇଁଷାଳ ପରି ଖୁବ୍ ବଳୁଆ ଜଣାଯାଏ, ଦେହର ରଙ୍ଗଟା କାଳିଆ, ହେଲେ, ନବଘନ କାଳିଆ ପରି ସୁନ୍ଦର ନୁହେଁ, ଟିକିଏ ପାଉଁଶିଆ ରଙ୍ଗ ମିଶା, ତାହା ବି କିଛି ଚିକ୍କଣଚାକ୍କଣ ନୁହେଁ, ଟାଉଁଶିଆ ଆଉ ଖସଖସିଆ। ମୁଣ୍ଡବାଳଗୁଡ଼ାକ କେରା କେରା ଆଉ ସାନ ସାନ। ତେଲ ବା ପାନିଆ ନ ଲାଗିଲେ ଯେପରି ଜଟାଳିଆ ଆଉ ମେଣ୍ଢାଲୁମିଆ ମୋଡ଼ା ହୋଇଯାଏ, ସେହିପରି। ମୁଖଟି ଥାଳିପଟ ପରି ଚକା, ଲଲାଟ ଆଉ ନାକ କିଛି ଚେପଟା, ପୁଣି ନାକଟି ଟିକିଏ ସାନ ଆଉ ମୋଟା, ଗାଲ ଯୋଡ଼ିକ ଫୁଲକା ଫୁଲକା, ଓଠଟି ମୋଟା ଆଉ ତଳକୁ ଟିକିଏ ଝୁଲିପଡ଼ିଛି, ଦୁଇ କଳ ଶାରୀ କଳ ପରି ଧଳା ଧଳା, ଦାନ୍ତଗୁଡ଼ିକ ବଡ଼ ବଡ଼ ଫାଙ୍କ। ଗ୍ରନ୍ଥକାରମାନେ ଡ଼ାଳିମ୍ବ ବୀଜ ସହିତ ଦନ୍ତର ତୁଳନା ଦେଇଥାନ୍ତି ହେଲେ ବଡ଼ ବଡ଼ ଲୋକର ଶ୍ୟାଳକର ଦନ୍ତ ଏଡ଼େ କ୍ଷୁଦ୍ର ବୀଜ ସହିତ ତୁଳନା ଦେବାକୁ ମନ ବଳୁ ନାହିଁ। ଆମ୍ଭମାନଙ୍କ ବିବେଚନାରେ ପୁଣି ନିଶ୍ଚୟ ସାଦୃଶ୍ୟରେ ଲାଉଫାଳ ବୀଜ ସହିତ ତୁଳନା ଦିଆଯାଇପାରେ। ଆଖି ଯୋଡ଼ିକ ଶୂକରୁ ନେତ୍ର ପରି ଗୋଲ ଗୋଲ, ସାନ ସାନ, ଆଉ ଉଞ୍ଚା, ଉଞ୍ଚା, ଭ୍ରୂବିରଳ ପକ୍ଷ୍ମଯୁକ୍ତ। ଦେହଟି ସାନ ଆଉ ମୋଟା, ଛାତିଟା କିଛି କମ୍ ଚଉଡ଼ା, ପେଟଟି ଦୁଇ ନଉତିଆ ଘମପରି ବିଶାଳ, ଏଥକୁ ହରଦରରେ ଛାତି ପେଟ ସମାନ। ଦୁଇ ଚେପଟା ବାହୁରେ ଖୁବ ବଳ ଥିବାର ଜଣାଯାଏ – କହୁଣିଠାରୁ ହାତ ପାପୁଲି ଯାଏ କିଛି ଖର୍ବ, ବାଁ ହାତ କବଜାଟା ଟିକିଏ କେମ୍ପା ଭଳିଆ। ପିଲାକାଳରୁ ଗାଁ ଗୋରୁଗୋଠ ରକ୍ଷାରେ ନିଯୁକ୍ତ

ଥିବା ଯୋଗୁଁ ଦଗଧ କାଷ୍ଠ ପରି ଅସୁନ୍ଦର ହେଲେ କ'ଣ ହେବ, ଗୋଡ଼ ଯୋଡ଼ିକ ଖୁବ ବଳୁଆ ଆଉ ଚଞ୍ଚଳିଆ। ସବୁଦିନ ଖରାରେ, ପାଣିରେ, ଦିନଯାକ ପଡ଼ିଆରେ ବୁଲିବା ଦେହ ଚର୍ମ- ଟାଣୁଆ ଆଉ ଖସିଖସିଆ ହେବାର ତ ସମ୍ଭବ। ପହରଣ ଆଣ୍ଠୁଲୁଚା ଖଣ୍ଡିଏ ମଇଳା ଲୁଗା, କାନ୍ଧ ଉପରେ ସେହିପରି ଖଣ୍ଡେ ଗାମୁଛା।

ପିଆଦା କଥାରେ ଅପମାନ ବୋଧକରି କାନ୍ଦୁଣୁମାନ୍ଦୁଣୁ ହୋଇ ଅପାଙ୍କ ଆଗରେ ଗୁହାରି କଲେ। ମାତା ମଙ୍ଗଳା ଦେଈ ଆସି ରାଗରେ କହିବସିଲେ, "ମା ବିସ୍କୀ ! ଶୁଣ ତ, ସେ ତ ଅଳପଇସିଆ, ଡ଼ାଙ୍କୁଣୀଖିଆ, ଅଧାବଇସିଆ ମଣିଷଟା ବନ୍ଧୁବାସ ଦୁଆରେ ପିଲାଟାକୁ କ'ଣ କହିଲା! ଯା' ତ ମା, ଜୁଆଁଇବାବୁଙ୍କ ପାଖରେ କହି ତାକୁ ଫଜିତ କରା ତ।"ବିସ୍କୀଦେଈ ବି ଭାରି ଖପାଟା ହୋଇ ସ୍ୱାମୀଙ୍କ ପାଖରେ ସବୁକଥା ଜଣାଇଲେ। ତାଙ୍କର ଆଶାଥିଲା ବାବୁ ଧାଇଁଯାଇ ପିଆଦାଟାକୁ ଗାଳିଫଜିତ କରିବେ। ହେଲେ, ନାଜରବାବୁ ରାଘବବାବୁଙ୍କୁ ଟିକିଏ ଅନାଇ ଦେଇ କହିଲେ, "ଯେପରି ବେଶ ଦେଖୁଛି, ଲୋକେ ସେହିପରି କଥା ବୋଲିବେ ତ।ସଫାସୁତୁରା ହୋଇ ବାହାରକୁ ବାହାରିବ ସିନା।" ମଙ୍ଗଳା ଦେଈ କହିଲେ, "ମା ବିସ୍କୀ, କାଲି ଦିନଯାକ ବାଟଚଲାରେ ଧୂଳିଉଡ଼ି ପଡ଼ି ଦେହଟି କିଛି ମଇଳା ହୋଇଯାଇଛି, ନୋହିଲେ ମୋ ରାଘୋଟି ଅସୁନ୍ଦର? ଧୋବାଘର ଲୁଗା ସବୁ କାଚିବାକୁ ଦେଇଥିଲି, ଆମେମାନେ, ଚଞ୍ଚଳ ବାହାରି ଆସିଲୁ, ସବୁ ଲୁଗା ରହିଗଲା। ଗୋଟିଏ ସଫାଲୁଗା ଦେ'ତ ମା', ତେଲ ଟୋପାଏ ଦେହରେ ମାରିଦେଇ ପୁଅଟା ଗାଧୋଇ ପାଧୋଇ ଆସୁ।" ହେଲେ, ମଙ୍ଗଳା ଦେଈଙ୍କ କହିବା ଆଗରୁ ଯୋଡ଼ାଏ ପାଞ୍ଚଗଜି ଖଦି କିଣିଆଣିବା ପାଇଁ ନାଜରବାବୁ ଜଣେ ପିଆଦା ହାତରେ ବଜାରକୁ ଟଙ୍କା ପଠାଇ ଦେଲେଣି। ମାତ୍ର ମନ ମଧ୍ୟରେ ଦିକଦାର ହୋଇ କହୁଥାନ୍ତି, 'ଗ୍ରହଟାଏ ପହଞ୍ଚିଲା ଆଉ କ'ଣ, ଏହି ତ ହେଲା ଖରଚ ଆରମ୍ଭ।' ବିଶାଖା ଦେଈ କହିଲେ, 'ଚିତ୍ରା ! ଯା ତ, ଗୋଟାଏ ବାରିକ ଡାକିଆଣ, ରାଘୋକୁ ଖିଅର କରିଦେଉ। ମାଲପା ମାଖି ଗାଧୋଇ ଆସୁ। ସେ ବାଟ ଦେଖି ନାହିଁ, ତୁ ନଈକୁ ବାଟକଢ଼େଇ ନେଇଯିବୁ। ଖବରଦାର, ସାଙ୍ଗରେ ପିଆଦା ଦେବୁନାହିଁ, ଆପେ ସାଙ୍ଗରେ ଯିବୁ। ଚିତ୍ରା କହିଲା, "ହଁ ହଁ, ସାନ୍ତାଣି, ମୁଁ ତ ସେଇ କଥା ଆଗରୁ ମନରେ କରିଥିଲି, ସାଙ୍ଗରେ ନଗଲେ ସେ ନୂଆ ମଣିଷ, ବାଟବଣା ହୋଇଯିବେ। ନିଆଁଲଗା କଟକ ବାଟଗୁଡ଼ାକ ନୂଆ ମଣିଷକୁ ଭୂଆଁବୁଲାଏ। " ଭଣ୍ଡାରିଟାଏ ଆସି ଭାଇସାନ୍ତକୁ କ୍ଷୌର କରି ବସିଲା, ଚଉକେ ଚଉକେ ରୁଢ଼ ସାଙ୍ଗରେ କାଦୁଅ ପରି ମେଞ୍ଚାକୁ ମେଞ୍ଚା ମଇଳା କ୍ଷୁର ଦାଢ଼ରେ ଲାଗିଆସୁଥାଏ। ଭଣ୍ଡାରିଟା ଚିତ୍ରା ମୁହଁକୁ ଟିକିଏ ଟିକିଏ ଅନାଇ ଦେଉଥାଏ, ଦୁଇଜଣଯାକ ମୁରୁକି ହସାହସି ହେଉଥାନ୍ତି। ନଖଗୁଡ଼ାକ ଭାଲୁ ନଖପରି ଲମ୍ବ ଆଉ ମୋଟା ଟାଣୁଆ,

କାଟିଲାବେଳେ ନହୁରୁଣୀଟା ଠକରି ପଡୁଥାଏ। ଚିତ୍ରା ଅଙ୍ଗୁଳି ଦେଇ ଦେଖେଇଦେଲା, "ଦେଖ ତ ବାରିକ, ଭାଇସାନ୍ତ କାଲି ବାଟ ଚାଲି ଆସିଲେ ଗୋଇଠି ଆଉ ତଳିପା ଚମ ଫାଟିଯାଇଛି, ନହୁରୁଣୀରେ ମଲାଚମଗୁଡ଼ାକ ଛେଲି ପକା ତ।" ଭଣ୍ଡାରି ତ ଚମ ଛେଲୁଛି – ଫଡ଼ାକୁ ଫଡ଼ା ମଲାଚମ ଜମା ହେଲାଣି। ଚମ ଛେଲିବାବେଳେ ରାଘବବାବୁଙ୍କ କୁତୁରୁ କାତୁରୁ ଲାଗୁଥାଏ – କ'ଣ କରିବେ, ଆଖିବୁଜି ଓଠ କାମୁଡ଼ି ବସିଥାନ୍ତି। ବାରିକ କହିଲା, "ଦେଖନ୍ତୁ ଚାରିଟା ନହୁରୁଣୀ କୁଣ୍ଠା – ଚାରିପଇସାରୁ ଊଣା ନୁହେଁ। " ଚିତ୍ରା କହିଲା, "ହେଉ, ହେଉ, ଭଲକରି ପାଇଟି ସାର, ସାଆନ୍ତାଣିକୁ କହି ପଇସା ଆଣିଦେବି।"

ବିଶାଖା ଦେଈ ଗିନାଏ ସୋରିଷ ମାଲପା ଆଣି ଥୋଇଦେଇ, କହିଲେ, "ଚିତ୍ରା! ପିଲାଟା ଦେହରେ ଭଲକରି ମାଖି ଦେ'ତ। " ଚିତ୍ରା କହିଲା, ହଁ ହଁ, ମୁଁ ମାଖିଦେବି। ମନରେ କରୁଥାଏ – ମୋର ତ ସବୁ ଗରଜ ପଡୁଛି! ସତକଥା, ଚିତ୍ରାର କୋମଳ ହସ୍ତ ସେହି ଗଣ୍ଡା ଚର୍ମ ପରି ଦେହରେ ଲାଗିଲେ ଫାଳ ଫାଳ ହୋଇ ଚିରିଯାଇପାରେ।ଚିତ୍ରା ଆଙ୍ଗୁଳିରେ ଦେଖାଇ ଦେଉଥାଏ – ଏଠି ଭଲକରି ତେଲ ଲଗାଅ, ଏଠି ଭଲକରି ଘଷିହୁଅ, ସେହି ଗିନାକ ତେଲ ଚଁ ଚଁ କରି ସାନ୍ତଙ୍କ ନୁଖୁରା ଦେହଟା କାହିଁ ପିଇଗଲା। ଚିତ୍ରା ସାଆନ୍ତାଣୀଙ୍କ ପାଖରୁ ଆଉ ଅଧଗିନାଏ ତେଲ ମାଗିଆଣିଲା, ତେତେବେଳେ ଯାଇ ଦେହଟା ଟିକିଏ ତେଲ ଜକ ଜକ ଦିଶିଲା। ନଦୀରୁ ଗାଧୋଇ ଆସିଲାବେଳକୁ ବଜାରରୁ ନୂଆ ଲୁଗା କିଣା ହୋଇ ଅଇଲାଣି। ମା' ପୁଅ ଦୁଇଜଣଙ୍କ ମନ ଆନନ୍ଦରେ ଉଛୁଳିଉଠୁଛି। ରାଘବ ମହାନ୍ତିଏ ନୂଆଲୁଗା ଖଣ୍ଡିଏ ପିନ୍ଧି ଦେହର ଚାରିଆଡ଼କୁ ଅନାଉଛନ୍ତି। ମଙ୍ଗଳା ଦେଈ ପଚାରିଲେ, "ହୋଇରେ ମା' ଚିତ୍ରକଳା! ମୋ ପୁଅ ରଘୁ ଦେହଟି କଣ ସୁନ୍ଦର ନୁହେଁ?" ଚିତ୍ରକଳା କହିଲା, "ଏ ବୋଉ ସାଆନ୍ତାଣୀ ! ସେ ପିଆଦା ବାପୁଡ଼ାଟା ଅନ୍ଧ ବୋଲି କ'ଣ କାହାରି ଆଖି ନାହିଁ? ଗାଁଟାଯାକ ବୁଲିଆସନ୍ତୁ ତ, ସୁନ୍ଦରପଣ କିଏ ବାଛିବ ଭଲା!" ହେଲେ ମନ ମଧ୍ୟରେ ହସି ହସି କହୁଥାଏ, 'ସଞ୍ଜବେଳେ ଏକା ଗାଁ ଦାଣ୍ଡରେ ବୁଲିଲେ ଭୂତ ବୋଲି କହି ପିଲାଗୁଡ଼ାକୁ ଡ଼ରିମରି ପଳାଇବେ।' ବିଶାଖା ଦେଈ ନାଜରବାବୁଙ୍କ ଅଜଣାରେ ଚିତ୍ରକଳା ହାତରେ ଯୋଡ଼ାଏ କୁରୁତା ଆଉ ଯୋଡ଼ାଏ ଚାଦର କିଣି ଅଣାଇଦେଲେ। କେତେଦିନଯାଏ ରାଘବ ମହାନ୍ତିଏ ଭଲକରି ବାଟ ଚାଲିପାରିଲେ ନାହିଁ, ଲମ୍ବ ଆଉ ଓସାରିଆ ଲଗାଗୁଡ଼ାକ ଛନ୍ଦି ହେଉଥାଏ। ହେଲେ କ'ଣ ପୋଷାକ ପିନ୍ଧିଲେ ମହାନ୍ତିଏ ଘରେ ତୁନି ହୋଇ ବସିପାରନ୍ତି ନାହିଁ, ମିଛଟାରେ ହେଲେ ସଡ଼କରେ ପିଆଦାମାନଙ୍କ ପାଖରେ ଚାରିଥର ବୁଲିଆସନ୍ତି। ଦାଣ୍ଡଗଲା ଲୋକେ ତାଙ୍କ ପୋଷାକକୁ ଚାହିଁ

ଦେଖୁଛନ୍ତି କି ନା, ସମସ୍ତଙ୍କ ମୁହଁକୁ ଅନାଉଥାନ୍ତି! କେତେଥର ମନରେ କଲେଣି, ଗାଁର ସାଙ୍ଗଟୋକା ଭିକା, ମକ୍ରା, ଭିମା, ବେଙ୍ଗା ଏମାନେ ଆସି ପିନ୍ଧାଲୁଗା ଦେଖିଯାନ୍ତେ କି?

ପଇଁଚାଳିଶି

ପ୍ରଭୁଦୟାଲ ଭଗତ

ରାମଦୟାଲ ଭଗତ ବିହାର ଦେଶର ଲୋକ, ଗୋଟିଏ ଶୁଣ୍ଢୀ ମହାଜନ। ଜଣେ ବେପାରୀର ନୌକର ଟୋକା ହୋଇ କଟକ ଆସିଥିଲା। ବାଣିଜ୍ୟରେ ଲୋକେ ଲକ୍ଷ୍ମୀବନ୍ତ ହୁଅନ୍ତି। ରାମଦୟାଲ ଆପଣାର ଦରମା ଟଙ୍କା କେତୋଟି ପାଣ୍ଠିକରି ମସଲା କାରବାର ଆରମ୍ଭ କରିଥିଲା। ସେହି କାରବାର ବଢ଼ି ବଢ଼ି ପାଣ୍ଠି ଲକ୍ଷକରୁ ଟପିଲାଣି। ବାଣିଜ୍ୟ ଛାଡ଼ି ମହାଜନୀରେ କୋଡ଼ିଏ ପଚିଶ ହଜାର ଟଙ୍କା ଲାଭହୁଏ। ଖର୍ଚ୍ଚ ଖୁବ କମ୍; ଚାକରବାକର ବୋଲି ଘରେ କେହି ନାହିଁ, ସବୁ କାମ ହାତେ ହାତେ। ଅଢେଇ ଗଜ ମୋଟା ମାର୍କିନର ପାଞ୍ଚହାତି ଯୋଡ଼ାଏ ଧୋତି, ଏକଗଜ ମାର୍କିନରେ ଯୋଡ଼ିଏ ମିରିଜାଇରେ ବର୍ଷକ କାଟେ। ଲାଲ ସାଲୁ ଲୁଗାର ପଗଡ଼ି ଖଣ୍ଡେ ଦଶବର୍ଷ ତଳେ କିଣା ହୋଇଥିଲା; ଆହୁରି ବି ଦଶବର୍ଷ ସେଥିରେ କାମ ଚଳିପାରେ। ଖଣ୍ଡିଏ ମୋଟା ଲୋହିରେ ଶୀତ ଚାରିମାସ କଟିଯାଏ – ଗରମ ପଡ଼ିଲେ ତାକୁ ଝାଡ଼ିଝୁଡ଼ି ବାନ୍ଧି ରଖିଦିଏ। ସେହି ଲୋହି ଖଣ୍ଡ ଛାଡ଼ି ଶୀତଲୁଗା ତା' ଦେହରେ କେବେ କେହି ଦେଖିନାହିଁ। ବନ୍ଧୁବାନ୍ଧବ ଲୋଡ଼ିବା ତେଣିକି ଥାଉ, କାଙ୍ଗାଳି ବାଟଭିଖାରିକୁ ମୁଠାଏ ଚାଉଳ ଦେବାକୁ ସେ ବେଜାଏ ଖରଚ ବୋଲି ମଣେ। ଅନେକ ଜାଗାରେ ଦେଖାଯାଏ ଠାକୁରେ ଗୋଟିଏ ଲୋକକୁ ସବୁ ବିଷୟ ଦିଅନ୍ତି ନାହିଁ। ଏତେ ଯେ ସମ୍ପତ୍ତି, ଭୋଗ କରିବ କିଏ? ଭଗତେ ଆଣ୍ଠୁକୁଡ଼ା, ସେଥିଲାଗି ତାଙ୍କର କିଛି ଚିନ୍ତା ନ ଥାଏ। ତାଙ୍କ ଜାଣିବାରେ ଟଙ୍କା ଥିଲେ ସବୁ ହେଲା। ହେଲେ ଭଗତିଆଣୀଙ୍କର ସେଥିଲାଗି ଭାରି ମନଦୁଃଖ – ସନ୍ତାନଟିଏ ଲାଗି ବାରବ୍ରତ, ଦେବାଦେବୀଙ୍କ ପୂଜାରେ ଲାଗିଥାନ୍ତି। ଠାକୁରେ କୃପା କଲେ, ବୁଢ଼ା କାଳରେ ଗୋଟିଏ ପୁଅ ହେଲା। ବୁଢ଼ାବୁଢ଼ୀ ତ ଭାରି ଖୁସି – ବୁଢ଼ୀ ସବୁକାମ ଛାଡ଼ି ଛୁଆଟିକୁ ଦିନରାତି କୋଳରେ ଧରି ବସିଥାନ୍ତି। ପ୍ରଭୁଙ୍କ ଦୟାରୁ ପିଲାଟିଏ ପାଇଲେ, ସେଥିଲାଗି ପୁଅର ନାମ ଦେଲେ ପ୍ରଭୁଦୟାଲ। ପିଲାଟି ବଢ଼ଗଲାଣି, ପାଠ ପଢ଼ିବ, ଜଣେ ବିହାରୀ ଲାଲା ଘଣ୍ଟାଏ ଘଣ୍ଟାଏ କାଏଥି ଅକ୍ଷର ପଢ଼ାଇ ଦେଇଯାଏ। ଅନେକ କଷକଷିରେ ଲାଲାଙ୍କର ଦରମା ଠିକ୍ ହେଲା ମାସକୁ ଟଙ୍କାଏ।

ଗୋଟିଏ ମାମଲାରେ ସାକ୍ଷ୍ୟ ଦେବା ସକାଶେ ବୁଢ଼ା ରାମଦୟାଲ ଜଗତ ଦିନେ କଚେରିକୁ ଯାଇଥିଲେ- ତାଙ୍କ ଜୀବନରେ କଚେରି ମାଡ଼ିବା ଏଇ ପ୍ରଥମ ଆଉ

ଶେଷ। ଭଗତ ଦେଖିଲେ, ହାକିମ୍ ସିଂହାସନରେ ବସିଛନ୍ତି। ଶହ ଶହ ଲୋକ ତାଙ୍କୁ ବନ୍ଦଗୀ କରିବା ପାଇଁ ହାଜର! ଭଗତେ ବି ବନ୍ଦେଗୀ କଲେ। ଆଉ କ'ଣ ଦେଖିଲେ କି, ଗୋଟିଏ ଓକିଲ ଆସି ହାକିମଙ୍କୁ କେତେଟା କଥା କହିଲା – ଜଣେ ଲୋକ ପାଖରୁ ମୁଠାଏ ଟଙ୍କା ନେଇ ପକେଟରେ ପକାଇଲା। ସେ କଥାରେ ଭାରି ମନଲାଗିଛି। ଲୋକଙ୍କଠାରୁ ବୁଝାବୁଝି କରି ଜାଣିଲେ, ଏମାନେ ଇଂରାଜୀ ପାଠ ପଢ଼ି ହାକିମ ଆଉ ଓକିଲ ହୋଇଛନ୍ତି। ପ୍ରଭୁଦୟାଲଙ୍କୁ ଇଂରେଜୀ ପାଠ ପଢ଼ାଇଲେ ସେ ଗୋଟିଏ ହାକିମ, ନିଛୁକରେ ଓକିଲଟାଏ ହୋଇଯିବ। ବୁଢ଼ୀ ସବୁକଥା ଶୁଣିଲେ। ତାଙ୍କର ତ ଆନନ୍ଦରେ ଗୋଡ଼ ଭୂଇଁ ଛୁଉଁନାହିଁ। ପ୍ରଭୁଦୟାଲଙ୍କର ଇଂରେଜୀ ପଢାର ବନ୍ଦୋବସ୍ତ ହୋଇଗଲା। ଆଉ ଆଉ ଖରଚବେଳେ ଟଙ୍କାଟିଏ ରାମଦୟାଲର ଟୋପାଏ ରକ୍ତ, ପ୍ରଭୁଦୟାଲଙ୍କର ଇଂରେଜୀ ପଢାଖର୍ଚ୍ଚବେଳେ ଏକାବେଳେ ବାକ୍ସଟା ଉଦିଆଁ। ଟଙ୍କା ଛଅିବି ଆଉ କାହା ପାଇଁ? ବୁଢ଼ୀର କେମନ୍ତ ଗୋଟାଏ ଝୁଙ୍କ ଧରିଛି, ସବୁ ଟଙ୍କା ଯାଉ, ମୋ ପ୍ରଭୁ ହାକିମଟାଏ ହେଉ। ବୁଢ଼ୀର କଥା ଅଧିକ ବା କ'ଣ ବୋଲିବୁ, ସେ ବୁଢ଼ାଠାରୁ ବଳିଗଲାଣି। ଜାତିଭାଇମାନେ ଶୁଣି ଗାଳିଦେଲେ-ଏ କ'ଣରେ ରାମଦୟାଲ? ଆମ ସାତପୁରୁଷର ଜାତିକାମ ମହାଜନୀ କାରବାର- ତୁ କ୍ୟାଁ ପୁଅଟାକୁ ପରର ଗୋଲାମ କରାଇବାକୁ ବାହାରିଛୁ। ଇଂରେଜୀ ପାଠ ପଢ଼େଇବୁ ପଢ଼ା, ହେଲେ ତାକୁ ଜାତି ବେସରେ ଲଗା। ଜାତିଭାଇମାନେ ତ ସବୁକଥା ବୁଝନ୍ତିନାହିଁ। ବୁଢ଼ା ଭଗତ ସବୁବେଳେ କହି ବୁଲିଲା, ପ୍ରଭୁଦୟାଲ ଚାକିରି କରିବ, ସେଥି ସକାଶେ ସେମାନେ, ଏପରି କଥା କହନ୍ତି, ଶୁଣୁଛି କିଏ? ଇଂରେଜୀ ବିଦ୍ୟାର ଫଳ ମଧ୍ୟ ପ୍ରଭୁଦୟାଲଠାରେ ଦେଖାଗଲାଣି। ରାମଦୟାଲ ଖଣ୍ଡେ ସପ ଉପରେ ବସି ସବୁ କାରବାର କରେ – ପ୍ରଭୁଦୟାଲ ଘରେ ଚୌକି ମେଜ ପୂରିଗଲାଣି। ସେ ଯେ ହାକିମ ହେବ, ସେହିପରି ତୟାର ହେଉଛି।

ମଣିଷ ମରନ୍ତି – ରାମଦୟାଲ ବୁଢ଼ାହୋଇଥିଲା, ମରିଗଲା। ଅହ୍ୟ ସୁଲକ୍ଷଣୀ ସତୀ ବୁଢ଼ୀ ହାତରେ ଚୁଡ଼ି, ମୁଣ୍ଡରେ ସିନ୍ଦୁର ଅହିଅ – ଢ଼େଙ୍ଗୁରା ବଜାଇ ମାସକ ଆଗରୁ ଚାଲିଯାଇଥିଲେ। ପ୍ରଭୁଦୟାଲ ସ୍ୱାଧୀନ – ବିଷୟର ଅଧିକାରୀ। ଆଠ ଦଶ ବର୍ଷକାଳ ସ୍କୁଲକୁ ଯା'ଆସ କରି ଥାର୍ଡକ୍ଲାସକୁ ପ୍ରମୋସନ ପାଇଥିଲେ – ବିଷୟ ସମ୍ଭାଳିବାକୁ ହେବ, ସ୍କୁଲରୁ ନାମ କଟାଇ ଆଣିଲେ। ତାଙ୍କ ସହିତ ଇଂରେଜୀ ପଢୁଆ ଦଶଜଣ ବଡ଼ଲୋକ ପୁଅ ସଭ୍ୟ ବାବୁଙ୍କର ଆଳାପ ପରିଚୟ – ଭଲ ପୋଷାକ ପିନ୍ଧି ଦଶଟା ସଭା ସମିତିକୁ ଯିବାଆସିବା ଅଛି। ଦୁଇ ଚାରିଟା ସଭାରେ – ହେ ସଭ୍ୟଗଣ! ସଭାପତି ମହାଶୟ! ସମ୍ବୋଧନ କରି ମୁଖସ୍ଥ ବକ୍ତୃତା କରିସାରିଲେଣି। ସେ କ'ଣ ଅଶିକ୍ଷିତ ଜାତିଭାଇଙ୍କ ସାଙ୍ଗରେ କାରବାର କରି ଧୂଳି ଘାଣ୍ଟିବେ?ସବୁ ଜାତିଭାଇ

ଗୁଡ଼ାକ ଯେ ତଳେ ବସି ଦଣ୍ଡି ଧରନ୍ତି – ଏତେବର୍ଷ ମେହନତ ଏତେ ଟଙ୍କା ଖରଚ କରି ଯେବେ ସେହପରି କଲେ, ତେବେ ଇଂରେଜୀ ପାଠର ମର୍ଯ୍ୟାଦା କାହିଁ ରହିଲା? କାହିଁକି ବା ସେପରି ଛୋଟକାମ କରିବେ – ଅଭାବ କ'ଣ? ଆଗେ ପ୍ରଭୁଦୟାଲବାବୁ ସଞ୍ଜବେଳେ ବୁଲିବାକୁ ଯାଇ ଗାଉଣା ବାଜଣାର କିଛି କିଛି ଚର୍ଚ୍ଚା କରୁଥିଲେ। ସାଙ୍ଗମାନଙ୍କ କଥାରୁ ଜଣାଯାଏ ଯେ ଭଲ ଗାଇପାରନ୍ତି, କଣ୍ଠସ୍ୱରଟି ବଡ଼ ସୁନ୍ଦର। ସଞ୍ଜଠାରୁ ଅଧରାତିଯାଏ ଘରଠାରେ ମଜଲିସ ଜାରି। ମାସରୁ ଅଧେଦିନ ବାବୁମାନଙ୍କ ମର୍ଯ୍ୟାଦା ନିମନ୍ତେ ଘରଠାରେ ଭୋଜି ହୁଏ। ଖାଦ୍ୟପେୟ ବାବୁମାନଙ୍କ ମନମାଫିକ ହୁଏ, କଥା ବୋଲିବା ଅନାବଶ୍ୟକ।

ଜାତିଭାଇମାନେ ପ୍ରତ୍ୟହ ପ୍ରଭୁଦୟାଲର ଆଚରଣ ଦେଖୁଅଛନ୍ତି, ପୁଣି ସେ କୌଣସି ବନ୍ଧୁବାନ୍ଧବ କଥା ଶୁଣେନାହିଁ। ଆଉ ପ୍ରଭୁଦୟାଲ ବଜାରର ଗୋଟିଏ ନୀଚ ସ୍ତ୍ରୀଲୋକ ହାତରୁ ଖାଏ, ଏ କଥା ଜାତି ମଜଲିସରେ ଜଣାପଡ଼ିବାରୁ ତାକୁ ଏକାବେଳକେ ଜାତିସଭା ବାସନ୍ଦ କରିଦେଲେ।

ଦେଖୁଁ ଦେଖୁଁ ଦୁଇ ତିନିଟା ବର୍ଷ ଭିତରେ ସମ୍ପତ୍ତିଗୁଡ଼ାକ କାହିଁ ଉଡ଼ିଗଲା – ଲୋକେ କୁହାକୁହି ହେଲେ, ଦେଣାକୁ ପ୍ରଭୁଦୟାଲର ସମ୍ପତ୍ତି ନିଅଣ୍ଟ। ସତକୁ ସତ ବିକ୍ରୀଜାରୀରେ ଗୋଟାକ ପାଖରେ ଗୋଟାଏ କରି ସବୁ ସମ୍ପତ୍ତି ନିଲାମ ହୋଇଗଲା – ଶେଷକୁ ଘରଖଣ୍ଡ ମଧ୍ୟ ଗଲା। ନିଜେ ଅଚେତ୍ ଅବସ୍ଥାରେ ସବୁବେଳେ ପଡ଼ିଥାଏ, କିଛି ଦେଖେନାହିଁ, ପାଣିସୁଅ ପରି ଖରଚ ଚାଲିଛି, ଘରେ ଭୂତ ପଡ଼ି ଖାଇଗଲେ ସେ ସମ୍ପତ୍ତି କେତେଦିନ ରହିପାରେ?

ପ୍ରଭୁଦୟାଲ ଖଣ୍ଡେ ଇଂରେଜୀ ବହିରେ ପଢିଥିଲା, ଋଷିଆ ଦେଶରେ ଜଣେ ବଡ଼ ଜମିଦାରପୁଅ ଗରିବ ହୋଇଯାଇ ପଛକୁ ପିଆଦା କଲା ପଛକେ, କୌଣସି ବନ୍ଧୁଘର ଅଦୁର୍ଯ୍ୟା ହେଲା ନାହିଁ। ଲୋକଟା ଭାରି ମହତ୍‌ଦାର, ଏତେ ଦୁର୍ଦ୍ଦଶାରେ ମଧ୍ୟ କିଛି ଚିନ୍ତା ନାହିଁ, ସଞ୍ଜକୁ ସଞ୍ଜ ନିଶା ବାଡ଼ଟା ଚଳିଗଲେ ହେଲା। ଇଚ୍ଛାକଲା ଗୋଟିଏ ପିଆଦା ହେବ, ପିଆଦାମାନଙ୍କ ଦରମା ଛାଡ଼ି ଉପରି ରୋଜଗାର ଢେର୍। ବଜାରରେ ଗୋଟିଏ ସ୍ତ୍ରୀପାଖରୁ ଖବରପାଇ ନାଜର ନଟବରବାବୁଙ୍କ ସାଙ୍ଗରେ ଭେଟ ହେଲା। ସୁନ୍ଦର ଚେହେରା, କଥାବାର୍ତ୍ତାର ଢଙ୍ଗଢାଙ୍ଗ ଦେଖି ନାଜରବାବୁ ବଡ଼ ଖୁସି, ପୁଣି ସେ ଇଂରେଜୀ ଜାଣେ। ସ୍ଥିର କଲେ; ଖୁବ କାମଦାର ଲୋକ ହେବ। ନାଜରବାବୁ ତାକୁ ଗୋଟିଏ ପିଆଦାଗିରି କାମରେ ବାହେଲ କରାଇବା ପାଇଁ ମନ ମଧ୍ୟରେ ସ୍ଥିର କଲେ। ସ୍ଥିର ହେଲା ପ୍ରଭୁଦୟାଲ ଶହେଟଙ୍କା ନଜରାନା ଦାଖଲ କଲେ ଗୋଟାଏ କାମ ପାଇବ। ଟଙ୍କା ଦାଖଲ ହୋଇନାହିଁ – କାମ ପାଇନାହିଁ – ଉମେଦଦାର ନାଜରବାବୁଙ୍କ ବସାକୁ ଯିବା ଆସିବା କରୁଥାଏ। ରାଘବକୁ ଦୁଇଚାରଥର ଦେଖି ତାହାର ଆଖିଟି

ବିଷୟ ଅଟକଳି ଗଲା – ଲୋକଟା ଭାରି ସନ୍ଧାନୀ। ଦିନେ ସକାଳେ ପ୍ରଭୁଦୟାଲ ତା' ପାଖକୁ ଚାଲିଯାଇ ହସି ହସି କହିଲା, 'ରାମ –ରାମ ରାଘବବାବୁ, ରାମ – ରାମ'। ରାଘବଙ୍କ ମନ ଆନନ୍ଦରେ ଉଚ୍ଛୁଳି ଉଠିଲା। ଗାଁରେ ଡ଼ାକନାମ ରଘୁଆ ମହାନ୍ତି, ଏକାବେଳକେ ବାବୁ ପାଲଟି ଗଲେଣି। ମାତ୍ର 'ରାମ – ରାମ' କ'ଣ କହିଲା, ବୁଝିପାରିଲେ ନାହିଁ। କ'ଣ ଉତ୍ତର ଦେବାକୁ ହେବ ଜଣାନାହିଁ। ତୁଚ୍ଛା ଛିଡ଼ାହୋଇ ମୁରୁକି ମୁରୁକି ହସୁଥାନ୍ତି। ଚଲାଖ ପ୍ରଭୁଦୟାଲ, ବାବୁଙ୍କ ହାତଧରି ଇଂରେଜୀ ଧରଣରେ ଦୁଇଥର ଝଙ୍କାଝଙ୍କି କଲେ। ଅଳ୍ପ ସମୟରେ ଦୁଇଜଣଙ୍କ ମଧ୍ୟରେ ଭାରି ବନ୍ଧୁପଣ ହୋଇଗଲା। ପ୍ରଣୟ ସଞ୍ଚାର ବିସ୍ତାର ସମ୍ବନ୍ଧରେ ବିସ୍ତୃତ ବିବରଣ ଲେଖି ପାଠକ ମହାଶୟଙ୍କୁ ବିରକ୍ତ କରିବାର ଦରକାର ନାହିଁ। ସାରକଥା, ଦୁଇ ଦୋସ୍ତ ମିଳିମିଶି ସହରର ସବୁ ସ୍ଥାନରେ ଭ୍ରମଣ, ଭଦ୍ରଲୋକର ଅଗମ୍ୟ ସ୍ଥାନକୁ ଗମନ, ସଙ୍ଗୀତ ଶ୍ରବଣ, ନୃତ୍ୟ ଦର୍ଶନ ପ୍ରଭୃତି ଅଳ୍ପ ସମୟ ମଧ୍ୟରେ ହୋଇଗଲାଣି। ରଘୁବାବୁଙ୍କ ପକ୍ଷରେ ଏ ସମସ୍ତ ନୂତନ ଆଶ୍ଚର୍ଯ୍ୟ ଦର୍ଶନ, ତାଙ୍କର ଯେଉଁ ଗ୍ରାମରେ ଘର, ଯେଉଁ କାର୍ଯ୍ୟରେ କାଳକ୍ଷେପଣ, ଏ ସମସ୍ତ ସମ୍ବାଦ ସେଠାରେ ପହଞ୍ଚିବା କଦାଚ ସମ୍ଭବ ନୁହେଁ। ଯେଉଁଦିନ ଇଂରେଜୀ ରଙ୍ଗପାଣିରୁ କିଛି ପେଟରେ ପଡ଼ିଗଲା, ସେତିକିବେଳେ ମନରେ କଲେ, ପାଠରେ ଶୁଣାଅଛି, ସ୍ୱର୍ଗରେ ଦେବତାମାନେ ଅମୃତ ଖାଆନ୍ତି, ଏ ସେହି ଅମୃତ। ପ୍ରଭୁଦୟାଲ ସେହି ଦେବତାଙ୍କ ମଧ୍ୟରେ ଜଣେ, ସେ ନିଜେ ବି ଗୋଟାଏ ଦେବତା ପାଲଟି ଗଲେଣି। ଏପରି ଆନନ୍ଦଟା ଜୀବନରେ କେବେ ଜାଣି ନଥିଲେ। ଏଣେ ପ୍ରଭୁଦୟାଲ ମନରେ କରୁଥାଏ, ଡ଼ାହୁକ ମାଉଁସ ଖାଇବାଲାଗି ଶିକାରି ଗୋଟାଏ ଡ଼ାହୁକ ପୋଷେ। ଭଲ ଚଢେଇଟି ମିଳିଛି, ପୋଷା ମନାଇ ନେଇପାରିଲେ, କାମଫତେ। ନାଜରବାବୁଙ୍କ ବସାରେ ଟଙ୍କାରେ ପ୍ରାଚୁର୍ଯ୍ୟ, ଗୋଟାଏ ଗର୍ଦ୍ଦଭୀ ରକ୍ଷିକା, କଥାଟା ବିଶେଷ ରୂପେ ଜଣା। ହେଲେ, ହାତ ବଢାଇବାର ଉପାୟ ନ ଥିଲା, ଏବେ ମନରେ କଲେ କାମଫତେ।

ଦିନେ ପ୍ରଭୁଦୟାଲ କହି ବସିଲେ, "ଦୋସ୍ତ! (ଦୁଇଜଣ ଦୋସ୍ତ ବୋଲି ଡକାଡ଼କି ହୁଅନ୍ତି) ଜାଣ ରୋଜ ତ ରାତିରେ ଟଙ୍କା ଖରଚ -ମୋର ହାତଟା ଉଚ୍ଛୁଣିକା ଟିକିଏ ଖେଞ୍ଚ ଅଛି, ମୋହର କଲିକତାରୁ ହୁଣ୍ଡି ଆସିବାକୁ ଡ଼େରି, ତୁମେ ଦିନାକେତେ ଖରଚ ଚଳାଇନିଅ, ମୋ ଟଙ୍କା ପହଞ୍ଚିଗଲେ ଆଉ ପରବା କ'ଣ?"

ରାଘବବାବୁ – "ଦୋସ୍ତ! ମୁଁ କାହୁଁ ପାଇବି? ମୋ ହାତରେ ଟଙ୍କା କାହିଁ?" ଭଗତ ମନରେ କଲା, ହୁଁ ତୋ ବୋପାର ପରା ଗିଣ୍ଟିରି ଜମା ଅଛି – ରୋଜ ରୋଜ ମଜାମାରି ଖାଇବୁ। ପ୍ରକାଶ୍ୟରେ କହିଲା, "ସେ କ'ଣ ଦୋସ୍ତ! ତୁମ ଅପା ରାଣ – ତମାମ କଟକ ଜାଣିଲେଣି, ତୁମେ ଗୋଟାଏ ବାବୁ, ଟଙ୍କାନାହିଁ କ'ଣ? ଦେଖ ଦୋସ୍ତ,

ନାଜରବାବୁ କଚେରି ବାହୁଡ଼ା ଟଙ୍କାଗୁଡ଼ାକ ତୁମ ଅପା ହାତରେ ଦିଅନ୍ତି – ସେ ଟଙ୍କା ଗୁଡ଼ାକ କୁଲଙ୍ଗୀରେ ବିଛଣା ମାଣ୍ଡିତଳେ ଦୁଇ ତିନିଦିନ ପଡ଼ି ରହେ, ତା ବାଦେ ସାଆନ୍ତାଣୀ ବାକ୍ସରେ ରଖନ୍ତି। ସେଥିରୁ କିଛି କିଛି ଟଙ୍କା ଆଣିବ। ଖବରଦାର୍, ଏକାବେଳକେ ସବୁ ଆଣିବ ନାହିଁ।" ମାହାନ୍ତିଏ ଟିକିଏ ଗୁମମାରି ବସିଲେ, ଦେହଟା ଯେମନ୍ତ ଥରିଉଠିଲା। ଭଗତ ବୁଝିପାରିଲେ, ପିଠିରେ ହାତମାରି କହିଲେ, "ଚିନ୍ତା ନାହିଁ ଦୋସ୍ତ! ଡର ନା, ମୁଁ ଜାଣେ, ତୁମେ ଘେନିଆସ! ରାଘବବାବୁ ଦେଖିଲେ, ଟଙ୍କା ନ ଆଣିଲେ ନୁହେଁ – ଦୋସ୍ତ କ'ଣ ମନରେ କରିବେ, ମଜାଟା ବି ବନ୍ଦ ହୋଇଯିବ। ଦିନାକେତେ ଖରଚ ବେଶ୍ ଚଳିଲା – ମାହାନ୍ତିଏ ପ୍ରଥମେ ଡ଼ରୁଥିଲେ, ଏବେ ଚିନ୍ତା ନାହିଁ। କେଜାଣି କିମ୍ପା ଅପା ଏବେ ଟଙ୍କା ବାହାରେ ପକାନ୍ତି ନାହିଁ, ସାଙ୍ଗେ ସାଙ୍ଗେ ସିନ୍ଦୁକରେ ରଖି କୋଲପ ଦିଅନ୍ତି। ଭଗତ କ'ଣ ହଟିବାର ଲୋକ! ସଙ୍ଗେ ସଙ୍ଗେ ମହଣର ଛାପ ଅଣାଗଲା; ସବୁ ବାକ୍ସ ସିନ୍ଦୁକର କଞ୍ଚିକାଠି ତୟାର କରିପକାଇଲେ। ଏଣିକି ଆଉ ଚିନ୍ତା କ'ଣ?"

ଏତେ ଯେ କାଣ୍ଡ – ନାଜରଙ୍କୁ ସବୁ ଅଜ୍ଞାତ, ସଖାଳୁ ଅର୍ଦ୍ଧରାତ୍ର ପର୍ଯ୍ୟନ୍ତ କାର୍ଯ୍ୟରେ ଲାଗିଥାନ୍ତି।ଏଣେ ମଙ୍ଗଳା ଦେଈ ସର୍ବଦା ବୋଲନ୍ତି, "ମା ବିସ୍କୀ ! ତୁ ତ ଲକ୍ଷ୍ମୀଭଣ୍ଡାର, ଏ ଛେଉଣ୍ଡପିଲା ତୋ ଆଶ୍ରାଧରି ପଡ଼ିଛି, ଟିକିଏ ଦୟା ରଖିଥିବୁ।" ବିଶାଖା ଦେଈଙ୍କର ବି ସାନଭାଇ ଉପରେ ଭାରି ଦୟା; ଖୁବ ବିଶ୍ୱାସ।

ଛୟାଳିଶି
ନରିପୁର କିଲ୍ଲାର କାର୍ଯ୍ୟ

ରବିବାର କଚେରି ବନ୍ଦ, ସକାଳ ଓଳିଟାରେ ନାଜରବାବୁ ସାହେବଙ୍କ କୋଠିର କାମପାଇଟି ସାରି ଆସିଛନ୍ତି। ଉପରଓଳି ବସା କଚେରି ଘରେ ବସି ନରିପୁର କିଲ୍ଲାର ପାଞ୍ଜିଆ ମକଦମ ପ୍ରଧାନମାନଙ୍କ କାଗଜ ହିସାବପତ୍ର ବୁଝାବୁଝି କରନ୍ତି – ଗୁହାରିଆ ରଇତମାନଙ୍କ ମାମଲା ବି ଫଇସଲ ହୁଏ। ଆଜିକା କଚେରିଟା ଭାରି ଭିଡ଼ – ଦଶ ବାର ଜଣ ଗୁହାରି କରିବାକୁ ଆସିଛନ୍ତି। ଚାରିଜଣ ପାଇକ ଅମଲାମାନଙ୍କ ଚିଠି ଧରି ଉପସ୍ଥିତ। ନାଜରବାବୁ ମକ୍ରାମପୁର ମକଦମ ମଦନ ମହାନ୍ତିର ରିପୋର୍ଟ ଖଣ୍ଡ ତୁନି ତୁନି ପାଠ କରି ପଚାରିଲେ, "ଭୀମା ସାମଲ ହାଜର" ଭୀମା ସାମଲ ହାଜର – ପିଆଦା ଡାକିଦେବାରୁ ଗୋଟାଏ ଲୋକ ବେକରେ ପଟକା ପକାଇ ଲମ୍ବହୋଇ ଗୋଡ଼ତଳେ ପଡ଼ିଗଲା।

ନାଜରବାବୁ ହୁକୁମ କଲେ- "ବେ – ତୋର କଥା କ'ଣ ଅଛି କହ – ଶୋଇପଡ଼ିଲୁ ଯେ!" ସାମଲ ସେହପରି ପଡ଼ିରହି କହିଲା "ଆଜ୍ଞା ଗୁହାରି ଶୁଣନ୍ତୁ, ମୋର ଛ ପରାଣୀ କୁଟୁମ୍ବ ଭାସିଗଲେ – ଆପଣ ମୋ ବେକରେ ଛୁରି ମାରନ୍ତୁ – ମତେ କଣିକାଏ ବିଷ ଦେଉନ୍ତୁ ଖାଇ ଏଇଠି ମରିବି।"

ନାଜରବାବୁ – "ବେ ! ମରବାକୁ ମନ ଥିଲେ ପଦାକୁ ଯାଇ ମର ଯା, ତୋ' କଥା କ'ଣ କହ।"

ସାମଲ- "ଆଜ୍ଞା ଧର୍ମ ଅବତାର! ବିଚାର କରନ୍ତୁ – ଗାଁ ତଳ କିଆଗହୀର ଚକରେ ମୋର ସାତମାଣ ଜମି – ସାତପୁରୁଷର ଦଖଲ। ମକଦମ ଗାଁର ଶାମ ସାଉ ମହାଜନ ପାଖରୁ ଶହେ ଟଙ୍କା ଲାଞ୍ଚ ଖାଇ ମୋ ଜମି ତାକୁ ଦେଇଛନ୍ତି ଧର୍ମ ଅବତାର! ମୁଁ ବେକରେ ଦଉଡ଼ିଦେବି।"

ନାଜର – "କାହିଁ, ମକଦମ ତ ଲେଖିଛି, ଅଶୀଟଙ୍କା। ଶଳା ମିଛୁଆ।"

ସାମଲ – "ଆଜ୍ଞା, ମୁଁ ଯୁଗଳକିଶୋରଙ୍କ ଧଣ୍ଡା ଧରି କହିବି, ଶହେ ଟଙ୍କା!"

ନାଜର – "ଆଜ୍ଞା, ସେ କଥା ବୁଝାଯିବ। ପିଆଦା! ଏ ଲୋକଟାକୁ ବାହାର କରିଦିଅ।" ସାମଲ କାନ୍ଦି ଉଠିଗଲା।

ପିଆଦା ଡାକିଲା- "ଗୁହାରିଆ ହାଜର!" ଏକାବେଳେ ପାଞ୍ଚ ଛଅଟା ଲୋକ ଗୋଡ଼ତଳେ ପଡ଼ିଗଲେ। ନାଜରବାବୁ ଭାରି ଖପାଟାଏ ହୋଇ କହିଲେ, "ଶଳାଙ୍କର ସବୁଥିରେ ମେଳି, ଏକ ବିଚାର! " ଗୋଟିଏ ପିଆଦା ବୁଝାଇଦେଲା, "ଆରେ ଯାହା ଜଣାଇବାର ଅଛି, ଜଣ ଜଣ କରି।"

ବାଉରି ବାରିକ – ଆଜ୍ଞା, ମୋ ଖଜଣା କଳାଜଳ ମିଶି ବରଷକୁ ଛ' ଟଙ୍କା ନ' ଅଣା ଦି' ପଇସା; ସାନ୍ତ ଅମଳ ଏତକି ଦେଇଆସୁଥିଲି। ହାଲକୁ ଆପଣଙ୍କ ପାଞ୍ଜିଆ କେତେ ରକମ ଖର୍ଚ୍ଚା ଭିଡ଼ିଦେଇ ଆଠ ଟଙ୍କା ଆଠଅଣା କଲେ, ତାହା ବି ଦେଲି। ଆହୁରି କହୁଛନ୍ତି, ଦି'ଟଙ୍କା ଛ' ଅଣା ବାକି। ପ୍ରଭୁ! ମୋ ପିଲା ବାଳକ ଲାଗିଲେ, ମୁଁ ଦେଶରୁ ଯାଉଛି, ଟଙ୍କା କାହୁଁ ପାଇବି।

ନାଜରବାବୁ – ହଁ, ତୋ କୁଟୁମ୍ବ ପୋଷିବୁ ନାହିଁ ତ ଆଉ କ'ଣ ! ଆଚ୍ଛା କେତେ ଟଙ୍କା ଦେଉଛୁ ପାଉତି ଦେଖା।

ବାରିକ- ଆଜ୍ଞା ଖଜଣା ନେଇ ମତେ ବାଉତି ଦେଲେ ନାହିଁ। ସେ ହାକିମ, ଯେତେ ମାଗିଲି ଦେଲେ ନାହିଁ, ମୁଁ କ'ଣ କରିବି।

ନାଜରବାବୁ – ସେ ମେଳିଆ ରଙ୍ଗାଧରିଆ ବୁଢ଼ା ତୋତେ ପଠାଇଛି ପରା। ଆଚ୍ଛା ଆଚ୍ଛା, ଯା ତୁ, ମଫସଲ ଗସ୍ତକୁ ଗଲେ ତୋ କଥା ବୁଝାଯିବ। ପାଖ ଲେକଟା କିଏ ବୋ ତୋର କି ନାଲିଶ?

ମକ୍ରା ସାହୁ – ଆଜ୍ଞା, ମୁଁ ସବୁଦିନେ ସରକାରୀ ଖମାରରୁ ଧାନ କରଜ ଖାଏ, ମୋ ଉପରେ ପିଛିଲା କିଛି ବାକି ନାହିଁ, ମୂଳ କଳନ୍ତର ସବୁ ଶୁଝିଛି। ଏ ବରଷ ଧାନଘରିଆ କରଜ ଦେଉନାହିଁ, କହିଲା – 'ସବୁ ଧାନ ବିକା ସରିଲାଣି।' ଧର୍ମାବତାର ! ମୋତେ ଭରଣେ ଧାନ କରଜ ନ ଦେଲେ ପାଞ୍ଚ ପରାଣୀ ଠୋ ଠୋ ମରିଯିବେ।

ନାଜରବାବୁ – "ପୁରୁଣା ଅମଲା ରଇତ ସମସ୍ତଙ୍କର ଏକ ବିଚାର! ସରକାରୀ ଧାନ ସବୁ କରଜ ବାହାନାରେ ନେଇ ତୋସରଫ କରିଦେଲେଣି। ତୋ ସା'ନ୍ତ ପରି ମୋତେ" ନରୁବାବୁ କୋଠରୀକୁ ନଜର ପଡ଼ିବାରୁ ତୁନି ହୋଇଗଲେ। କହିଲେ, "ମୋ ଭଣଜାମାନେ ପିଲା, ମୁଁ ଜଗି କାମ କରାଇବି ନାହିଁ ପରା?"

ଆହୁରି ବି ଦଶବାର ଜଣ ଗୁହାରିଆ ପ୍ରଜା ଥିଲେ, ନାଜରବାବୁଙ୍କ ବିଚାରର ହାଲ ଦେଖି ଡ଼ରରେ ଛିନ୍-ଛାଟ ପଳାଇଗଲେଣି।

କରୁଣା କହିବାରୁ ଜଣାଗଲା, ନାଜରବାବୁଙ୍କ ବିଚାରର ହାଲ ଶୁଣି ନରୁବାବୁଙ୍କ ମୁହଁ ଶୁଖିଗଲା, ଦୁଇଆଖି ଲୁହରେ ଛଳ ଛଳ ହେଉଥାଏ।

ନାଜରବାବୁଙ୍କ ମିଜାଜଟା ସବୁଦିନେ କଡ଼ା, ପୁଣି ନାଜରାତି କର୍ମରେ ନାନା ପ୍ରକାର ବିରକ୍ତି ଜନକ କର୍ମ କରିବା ଯୋଗୁଁ ଆହୁରି ବେଶି କଡ଼ା ହୋଇଗଲାଣି, ତଥାପି ସେ ପ୍ରଜାମାନଙ୍କ ସଙ୍ଗରେ ଆଗେ ମଧୁର କଥା କହୁଥିଲେ। ବୁଦ୍ଧିଆ ନାଜର ଭଲ ଜାଣନ୍ତି, ପ୍ରଜା କାଉପଲ ଉଛୁଳିଲେ ମୁଠାକୁ ଆସିବା ମୁସ୍କିଲ। ହେଲେ, ଆଜକୁ ପାଞ୍ଚ ଛ' ମାସ ହେଲା ମଫସଲ କର୍ମଚାରୀମାନଙ୍କୁ ପୁଲିନ୍ଦା ଚିଠିରେ ବାରମ୍ବାର ଲେଖୁଛନ୍ତି, କୌଣସି କଥାକୁ ନ ଅନାଇ ଯେ ଉପାୟରେ ହେଉ ଟଙ୍କା ଅସୁଲ କର – ଟଙ୍କା ଭାରି ଜରୁର ଦରକାର। ଅମଲାମାନେ ବି ବାବୁଙ୍କୁ ଖୁସି କରିବା ପାଇଁ କାମରେ ଲାଗିଛନ୍ତି।

ସତଚାଳିଶି

ମୁ ତୁମକୁ ରାଣୀ ବନାଇବି

ଦିନଯାକ କାମ କରି ନାଜରବାବୁ ଥକିପଡ଼ିଥାନ୍ତି। କଚେରି ବାହୁଡ଼ା ଗୋଡ଼ହାତ ଧୋଇ ଜଳଖିଆ କରିବା ଆଗରୁ ବିଶାଖା ଦେଇ ଗୋଟାଏ ସାନ କାଚଗ୍ଲାସରେ ଗୋଟାଏ ଇଂରାଜୀ ଲାଲ ରଙ୍ଗ ଔଷଧ ଆଣି ହାତକୁ ବଢ଼ାଇ ଦିଅନ୍ତି। ନାଜରବାବୁ ସେ ଔଷଧର ନାମ ଦେଇଥିଲେ ଦିଲଖୋସ୍। ଡାକିଦିଅନ୍ତି – ଦିଲଖୋସ୍ ଆଣତ ଗୋ! ସେହି ଔଷଧଟି ସେବା କରିଦେଲେ ସବୁକଥା ମେଣ୍ଟିଯାଏ ବାବୁଙ୍କର – ଏଇଟା ଖୁସିମିଜାଜର ବେକ – ବଜାର ବୁଲି ବାହାରିବା ଆଗୁ ସାଆନ୍ତାଣୀ ସଙ୍ଗରେ ଘଣ୍ଟାଏ ଖଣ୍ଡେ ପ୍ରେମାଳାପ କରିଥାନ୍ତି। ଏଇଟା ହେଉଛି ଘରକଥା, ସୁଖଦୁଃଖ କଥା କହିବାର

ବେଳ। ଦିନେ କଚେରିରୁ କିଛି ବେଶୀ ରୋଜଗାର ହୋଇଥିଲା ସଞ୍ଜବେଳ ଔଷଧଟା ବି ଭଲ ଧରିଛି। ଆଜି ବାବୁଙ୍କ ମନ ଭାରି ଖୁସି – କାହିଁ କିଛି କଥାନାହିଁ, ଟାଉକରି କହି ବସିଲେ, "ଦେଖ, ମୁଁ ତୁମକୁ ରାଣୀ ବନାଇଦେବି।"

ବିଶାଖା ଦେଈ – ମୁଁ ତ ରାଣୀ ହୋଇଛି।

ନାଜରବାବୁ ଠୋ ଠୋ କରି ହସିପକାଇ କହିଲେ – "ମଲା ମଲା, ତୁମେ ପୁଣି କେବେ ରାଣୀ ହୋଇଗଲ?"

ବିଶାଖା – କ୍ୟାଁ, ବୋଉ ଆଉ ଚିତ୍ରା ଦୁହେଁ ମତେ ରାଣୀ ବୋଲି ଡାକନ୍ତି। ଆଉ ସେଇ ଯେ ବୁଢ଼ୀଟା ସକାଳେ ଚାଉଳ ମାଗିବାକୁ ଆସେ, ସେ ବି ରାଣୀ ବୋଲି ଡାକେ, ଆଉ କ'ଣ?

ନାଜରବାବୁ – ନାହିଁ, ସେଟା କିଛି କଥା ନୁହେଁ, ମୁଁ ତୁମକୁ ଠିକ୍ ରାଣୀ ବନେଇଦେବି।

ବିଶାଖା – ତେବେ ବନାଇ ଦିଅ, ଜଲଦି ବନାଇଦିଅ, ଆଜି ବନାଇଦିଅ।

ନାଜରବାବୁ – ସେ କ'ଣ ସହଜ କଥା, ଢେର୍ ଫିକର ଅଛି, ଢେର୍ ଟଙ୍କା ଦରକାର, ମୁଁ ଯାହା କହୁଛି ଶୁଣ। ଖବରଦାର୍! କଥା ପେଟରେ ରଖିବ – ଫାସିଆରା ହେଲେ ସବୁକଥା ଭଣ୍ଡୁର ହୋଇଯିବ। ଦେଖ, ନରିପୁର କିଲ୍ଲାଟା ହାତରେ ନ ପଡ଼ିଲେ ତୁମେ ରାଣୀ ହୋଇପାରିବ ନାହିଁ।

ବିଶାଖା – କ୍ୟାଁ? ନରିପୁର ତ ଆମର ଖଜଣା ଟଙ୍କା ଘରକୁ ଆସୁଛି, କେତେ ଜିନିଷପତ୍ର ଆସୁଛି, ଆଉ କ'ଣ?

ନାଜରବାବୁ – ନାହିଁ ନାହିଁ, ଆମେ ମାଲିକ ନୋହୁଁ, ମାଲିକ ନରୁବାବୁ ଆମ ଜିମାରେ ଅଛି।

ବିଶାଖା – ମ, ମ' ତୁମେ ହାକିମ, ତୁମେ ମାଲିକ ହେବ ନାହିଁ, ଏ ପିଲା ଖଣ୍ଡ ମାଲିକ ହେବ ପରା?

ନାଜର – ନାହିଁ, ନାହିଁ , ଉଛୁଣି ସେ ମାଲିକ ସତ; ତା'ର ଗୋଟିଏ ଫିକର ଅଛି; ଆମେ ମାଲିକ ହେବା। ଏଥର ନାଟବନ୍ଦିରେ ଟଙ୍କା ସରକାରଙ୍କୁ ଦେବା ନାହିଁ – କିଲ୍ଲା ନିଲାମ ହୋଇଯିବ ବେନାମିରେ ବଇସୁଲତାନ କିଣି ପକାଇବା। ଢେର୍ ଟଙ୍କା ଲୋଡ଼ା – ଗୋଟାଏ ଶୁଣ୍ଢୀ ମହାଜନ ଘଟଣା କରିଛି – ଏଇଥର ସବୁ ଠିକ୍ ହୋଇଯିବ।

ବିଶାଖା ଦେଈ କଥାର ଅର୍ଥ କିଛି ବୁଝିପାରିଲେ ନାହିଁ – ବକ୍ ବକ୍ କରି ମୁହଁକୁ ଅନାଇ ଥାଆନ୍ତି, କହିଲେ, "ନାହିଁ ନାହିଁ; ତୁମେ ମାଲିକ ହେବ, ଏ ମାଙ୍କଡ଼ ପିଲାଖଣ୍ଡ

କ'ଣ ହେବ? ମୋ ପାଖରେ ପାଞ୍ଚକୋଡ଼ି ଦଶକୋଡ଼ି ଟଙ୍କା ଅଛି, ସବୁ ଦେବି, ତୁମେ ସାଇବକୁ ଦେଇ ମାଲିକ ହୋଇଆସ – ମତେ ରାଣୀ ବନାଇଦିଅ।"

ନାଜରବାବୁ ହସିଲେ – ଆଉ କିଛି କହିଲେ ନାହିଁ। ବୁଲି ବାହାରିବାକୁ ମାଳାଝୁଲି ହାତରେ ଧରିଲେ।

ଆଠଚାଳିଶି

ନରୁବାବୁର ସ୍ଥାନତ୍ୟାଗ

ରାତି ଦଶ ବାଜେ ରାଘବ ମହାନ୍ତିଏ ବଜାରରୁ ବୁଲିଆସି ଗୁମ କରି ନରୁବାବୁ ପାଖରେ ଖଟ ଉପରେ ବସିଗଲେ। 'ଭଣଜାବାବୁ' ଡାକଟାଏ ହୋଇ ଏଣୁ ତେଣୁ କ'ଣ ଗୁଡ଼ାଏ କହୁଥାନ୍ତି –କିତାପଗୁଡ଼ାକ ଟାଣିଓଟାରି ବାଣି ପକାଇଲେ। ତାଙ୍କ ଦେହରୁ, ମୁଖରୁ ଗୋଟାଏ ଭାରି ଦୁର୍ଗନ୍ଧ ବାହରୁଥାଏ। ନରୁବାବୁ କୁଞ୍ଚକାନିର ମେଞ୍ଚାଏ ଲୁଗା ନାକରେ ଜାକି ଧରିଲେ, ନୋହିଲେ କେଜାଣି ବାନ୍ତିକରି ପକାଇଥାନ୍ତେ। ପଢୁଥିଲେ, କିତାପ ଖଣ୍ଡ ଏକପାଖିଆ ଫୋପାଡ଼ିଦେଲେ। ସେ ଏହିପରି ଅନେକ ଥର ସହିଗଲେଣି, ହେଲେ ଆଜିକା କଥାଟା ବଳିପଡ଼ିଲାଣି। କହିଲେ, ତୁମେ ରୋଜ ରୋଗ ବଜାରରୁ କ'ଣ ଗୁଡ଼ାଏ ଖାଇଆସ, ମୁହଁରୁ ଦୁର୍ଗନ୍ଧ ବାହାରୁଛି, ବାୟା ପରି କଥା କହ, କାଲି ସକାଳେ ମୁଁ ମାମୁଙ୍କୁ ଏହିସବୁ କଥା କହିବି। ରାଘବ ମହାନ୍ତି ନରୁବାବୁ ପାଖରୁ ଉଠିଯାଇ ଲଠକରି ଆପଣା ବିଛଣାରେ ଶୋଇପଡ଼ିଲେ। ମନ ମଧ୍ୟରେ କେମନ୍ତ ଗୋଟିଏ ଡର ପଶିଗଲା। ମତୁଆଲା ମାନଙ୍କ ମନରେ ଡର ପଶିଲେ ଭାରି ଛାନିଆ ହୋଇପଡ଼ନ୍ତି; ତୁଚ୍ଛା ସେହି କଥାଟା ମନରେ ଘାଣ୍ଟି ହେଉଥାଏ। ଭୟରେ ନିଦ ମାଡୁନାହିଁ, ମଲାଟା ପରି ପଡ଼ିଛନ୍ତି। କେବଳ ଏହି ଚିନ୍ତା, ନରୁ ନିଶ୍ଚେ କାଲି ଭିଣୋଇସାନ୍ତଙ୍କ ଆଗରେ କହିବ। ସେ କ'ଣ ବାକି ରଖିବେ, ନିଶ୍ଚୟ ଘରୁ କାଢ଼ିଦେବେ। ଗାଁକୁ ବାହୁଡ଼ିଯିବି ସିନା, କଟକ ମଜା ତ ଆଉ ମିଳିବ ନାହିଁ। ଏହପରି ଚିନ୍ତା କରୁ କରୁ କେତେବେଳେ ନିଦ ମାଡ଼ିଗଲାଣି। ନିଦ ଭାଙ୍ଗିବାକୁ ଦିନ ଘଡ଼ିଏ। ପ୍ରଭୁଦୟାଲ ସକାଳୁ ଆସି ଦୋସ୍ତକୁ ଅପେକ୍ଷା କରିଛି, ଡାକିପାରୁନାହିଁ, ବାହାରୁ ତୁଣ୍ଡ ଶୁଣାଉଛି, ରାଘବଙ୍କ ନିଦ ଭାଙ୍ଗିବା ମାତ୍ରକେ ଦୋସ୍ତଙ୍କ ତୁଣ୍ଡ ଶୁଣିଲେ। ମୁଣ୍ଡଟା ମଡ଼ ଭାରୀ, ଦେହଟା ଉଠୁନାହିଁ। ପୁଣି ସେହି ଚିନ୍ତା, ଉଠିବାକୁ ମନ, ଉଠିପାରୁନାହାନ୍ତି। ପୁଣି ପ୍ରଭୁଦୟାଲଙ୍କ ତୁଣ୍ଡ ଶୁଭିଲା, ହଠାତ୍ ମନରେ ପଡ଼ିଗଲା – ଦୋସ୍ତ ଗୋଟାଏ ଭାରି ବୁଦ୍ଧିଆ ଲୋକ, ସେ କିଛି ଉପାୟ କାଢ଼ିବ। ମନରେ ଭାରି ଗୋଟାଏ ବଳ ଆସିଗଲା। ବିଛଣାରୁ ଉଠି ସଳଖେ ସଳଖେ ଦୋସ୍ତ ପାଖକୁ ଚାଲିଗଲେ। ନିରୋଳାରେ ବସି ଦୁଇଜଣଙ୍କ ଭିତରେ ଢେର୍ ପରାମର୍ଶ ଚଳିଲା। ରାଘବ ମହାନ୍ତିଙ୍କର ମନ ଭାରି ଖୁସି।

ପ୍ରଭୁଦୟାଲ କହିଲେ " ଯାଅ, ମୁଁ ସେତିକି କଥା କହିଲି, ସବୁ ଠିକ୍ ସେହି ରକମ କାନ୍ଦି କାନ୍ଦି କହିବ, କିଛି କଥା ଛାଡ଼ିବ ନାହିଁ।"

ରାଘବ ମହାନ୍ତି ସକେଇ କାନ୍ଦୁଛନ୍ତି, ଭିତରେ ଏକାବେଳେକେ ଉପସ୍ଥିତ।"ଉଁ ଉଁ ଉଁ ଅପା ଶୁଣ! ନରୁ ମତେ ଢେର ଗାଳିଦେଲା।" ଅପା ପଚାରିଲେ –"କ'ଣ ଗାଳି ଦେଲାରେ? ମତେ କହ – ବୁଝିବି, ତୁ କାନ୍ଦନା, କାନ୍ଦନା। "

ରାଘବ ମହାନ୍ତି କହିଲେ – ନରୁ ମତେ କହିଲା, ଶଳା ଅଇଁଠାଖିଆ ପୋଇଲା, ମୋ ମାମୁ ଘରେ ପଶିଛୁ – ଆଜି ମାମୁ ପାଖରେ କହି ଘରୁ ଦୂର କରାଇବି।

ବିଶାଖ ଦେଈ ଭାରି ଗୋଟାଏ ଗର୍ଜନ କରି ପଚାରିଲେ, "ତତେ କ୍ୟାଁ ଗାଳି ଦେଲାରେ ! ସେଟା ଗାଳି ଦେବାକୁ କିଏ? କାନ୍ଦନା, କାନ୍ଦନା।"

ରାଘବ ସକେଇ ସକେଇ କହିଲେ " ନରୁ ସଞ୍ଜରୁ ଅଧରାତିଯାଏ ରୋଜ ରୋଜ ବଜାର ବୁଲିଯାଏ – ତୁମେତ ଉଆସ ଭିତରେ, କିମିତି ଜାଣିବ? ବଜାରରୁ କ'ଣ ନିଶା ଗୁଡ଼ାଏ ଖାଇଆସେ-ତା ମୁହଁ ଗନ୍ଧାଉଥାଏ। ମୁଁ କହିଲି ନରୁବାବୁ, କଟକ ଆସିଛ, ପାଠପଢ଼ ବଜାର ବୁଲା କ'ଣ! ଆଉ ଗୋଟାଏ କଥା ଶୁଣିଛ, ତୁମେ ଯେ ରୋଜ ରୋଜ ଏତେ ସଜ କରି ପୁରି ତରକାରି ପଠାଅ, ସେସବୁ ଭଣ୍ଡାରି ଖାଏ, ନରୁ ଖାଲି ବଜାରରୁ ନିଶା ଖାଇ ଆସି ଶୋଇପଡ଼େ। ଗୁରୁବାର ଓଷା ଦିନ ରାତିରେ ତୁମେ କେତେ ମେହେନତ କରି ପୁରି ପିଠା ବନାଇ ପଠାଇଲ – ସେ ଗୁଡ଼ାକ କେଡ଼େ ସୁନ୍ଦର ଲାଗୁଥିଲା – ମୁଁ ପୋଛି ପୋଛି ଖାଇଲି – ନରୁ ଗୋଡ଼ରେ ଫୋପାଡ଼ି ଦେଲା – କହିଲା , ତାଙ୍କ ଘରେ ପୋଇଲୀମାନେ ତା' ଠାରୁ ଭଲ ରାନ୍ଧି ଜାଣନ୍ତି।" ଏହ କଥାଟା କହି ମନ ମଧ୍ୟରେ ଭାରି ଖୁସିଟାଏ ହେଲେ। କାରଣ ଏ କଥା, ଦୋସ୍ତ ଶିଖାଇ ନାହାନ୍ତି, ଆପେ ବୁଦ୍ଧିବଳରେ କହିଲେ।

ମଙ୍ଗଳା ଦେଈ ଶୁଣି ଧାଇଁ ଅଇଲେ – କାନ୍ଦି କାନ୍ଦି ପଣତକାନିରେ ପୁଅ ମୁହଁଟି ପୋଛି କହିଲେ, "ଶୁଣ ତ ମା' ବିସ୍କୀ, ଶୁଣ ତ! ମାଙ୍କଡ଼ ଖଣ୍ଡିକୁ ଚାପୁଡ଼ାଏ ମାଇଲେ କେଉଁଠି ପଡ଼ିବ – ତୋ ଭାଇପିଲାଟାକୁ କେତେ ଗାଲିଦେଲା। ସକାଳେ ଗାଳି ଦେଉଥାଏ ମୁଁ ଦୁଆରବନ୍ଧ ପାଖରେ ଛିଡ଼ାହୋଇ ଶୁଣୁଥାଏ, ମନରେ କଲି ଆଉ କାହାକୁ ଗାଳିଦେଉଛି। ରାଘୋକୁ ଗାଳିଦେଉଛି ଜାଣିଥିଲେ ଧାଇଁଆସି ତତେ ଡାକିନେଇ ଶୁଣାଇଥାନ୍ତି।"

ରାଘବ କହିଲେ – ନାହିଁ ନାହିଁ , ଆଜି ସକାଳେ ଗାଳି ଦେଇ ନାହିଁ, କାଲି ରାତିରେ।

ମଙ୍ଗଳା ଦେଈ – ହଁ ହଁ , କାଲି ରାତିରେ କବାଟ କିଳି ଦେବାକୁ ଯାଇଥିଲି, ଶୁଣିଲି।

ବିଶାଖା ଦେଈ ରାଗରେ କମ୍ପୁଛନ୍ତି – ଡାକିବା ପାଇଁ କାହାକୁ ପଠେଇବାକୁ ତର ସହିଲା ନାହିଁ, ଆପେ ଧାଇଁଲେ, ଭିତର ପ୍ରସ୍ତରୁ ବାହାରିବା ଦୁଆରବନ୍ଧଟା ଟକିଏ ନୂଆଣ – ଠାଇକରି ମୁଣ୍ଡରେ ବାଜିଲା – ଓଲଟି ପଡୁ ପଡୁ ବସିଗଲେ। ମୁଣ୍ଡଟା ବେଙ୍ଗପରି ଫୁଲିଗଲା। ଢ଼େବିରି ହାତରେ ଆଉଁସି ଦେଉଥାନ୍ତି, ମୁଣ୍ଡଟା ଭାରି ପୋଡୁଛି ଏଣେ ପୋଡୁଛି ମନ-ଦଣ୍ଡକ ବାଦ୍ ଛିଡ଼ା ହେଲେ, ଦୁଆରବନ୍ଧରେ ଗୋଟାଏ ଗୋଡ଼, ଦୁଇ ହାତରେ ଦୁଆରବନ୍ଧ ଉପରଟା ଧରି ଗର୍ଜନ କରି ଡାକିଲେ, "ନରୁ ନରୁ, ଏ ନରୁ!" ସେ ଭୟଙ୍କର ଶବ୍ଦଶୁଣି ନରୁବାବୁଙ୍କର ହଂସା ଉଡ଼ିଗଲାଣି। ଚାଟଶାଳୀ ପିଲା ବେତହାତିଆ ଅବଧାନ ଆଗରେ ଛିଡ଼ା ହୋଇ ଯେମନ୍ତ ଥରୁଥାଏ, ମାଈଁଙ୍କ ଆଗରେ ଛିଡ଼ାହୋଇ ନରୁବାବୁ ସେହପରି ଥରୁଛନ୍ତି। ଭୟରେ ଅପମାନରେ ତାଙ୍କ ତଣ୍ଟି ଶୁଖିଗଲା।

ମାଈଁ ଗର୍ଜନ କରି କହିଲେ – ହଁ ରେ ନରୁ! ବାପ କିଏ ମାମୁଁ କିଏ? ତୁ ପିଲାଖଣ୍ଡ, ମାମୁକୁ ଗାଳି ଦେବୁ ଶଳା, ଅଇଁଠାଖିଆ? ଅଇଁଠାଖିଆ କିଏରେ? କିଏ କାହା ଘରେ ପଶିଛିରେ? ରାଇଜଟା ମାମୁ ଦୟାକରି ରଖି ନ ପାରିଲେ କୁଆଡ଼େ ଉଠି ପୋଡ଼ି ଯା'ନ୍ତାଣି!

ମଙ୍ଗଳା ଦେଈ କହିଲେ – ଏ କଳିକାଳ ପରା, ଏ କାଳରେ ପରର ଉପକାର କରିବାକୁ ନାହିଁ।

ମାଈଁ ଆଜି ଗାଳିଦେଇ ଚାଲିଗଲେଣି। ନରୁବାବୁ କାଠପିତୁଳିଟି ପରି ଛିଡ଼ା ହୋଇଛନ୍ତି। ଚାରଆଡ଼ ଅନ୍ଧାର ଦିଶୁଛି, ଦୁଇଆଖିରୁ ଝରଝର କରି ଦୁଇଟା ଧାର ବହିଯାଉଛି। ସରସ୍ୱତୀ ଦେଈ, ଶୋକସନ୍ତପା ମା'ମଣିମା। ଆସ ଥରେ ଦେଖିଯାଅ; ତୁମ୍ଭମାନଙ୍କ ନେତ୍ରପିତୁଳି ହୃଦୟର ଧନ, ଆଶାଭରସାର ସ୍ଥଳ ନରୁ କିପରି ଅବସ୍ଥାରେ ବର୍ତ୍ତମାନ ଛିଡ଼ାହୋଇଛି।

ନରୁବାବୁ କେତେବେଳ ଯାଏ ଏହପରି ଛିଡ଼ାହୋଇ ରହନ୍ତେ କେଜାଣି, ଟିକିଏ ପେଲିଦେଲେ ପଡ଼ିଯିବେ ପରା। ତାଙ୍କର ଯେ ଜ୍ଞାନ ଅଛି, ଏପରି ଜଣାଯାଉ ନାହିଁ। ଠିକ୍ ତେତିକିବେଳେ ଚିତ୍ରକଳା ପହଞ୍ଚିଲା – ନରୁବାବୁଙ୍କୁ ଦେଖିଲା, ସବୁକଥା ଶୁଣିଲା। ଚିତ୍ରକଳା ସବୁଦିନେ ନରୁବାବୁଙ୍କୁ ମନମଧ୍ୟରେ ବଡ଼ ଭଲପାଏ – ସ୍ନେହ କରେ। ହେଲେ ସାଆନ୍ତାଣୀଡ଼ରରେ ପାଖ ପଶିପାରେ ନାହିଁ। ଥରେ ଦି'ଥର ବିଡ଼ି ଦେଖିଛି ସେ ନରୁବାବୁଙ୍କୁ ଭଲପାଇବା କଥା କହିଲେ ସାଆନ୍ତାଣୀ ଗରଗର ହୁଅନ୍ତି। ଆଉ ସେ ରାଘବ ମହାନ୍ତିଙ୍କୁ ଗୋଟିଏ ଗାଉଁଲିଭୂତ ବୋଲି ମଣେ; କେବଳ ସାଆନ୍ତାଣୀଡରରେ "ଭାଇସାଆନ୍ତ" ଏହପରି ମନଘେନା କଥାଗୁଡ଼ାଏ କହେ। ନରୁବାବୁଙ୍କ ବାହୁଧରି ଚିତ୍ରା କହିଲା, "ନାହିଁ ବାବୁ ! ନାଇଁ ବାବୁ! ମାଈଁ ଖପା ହୋଇ କ'ଣ କଥାଟାଏ

କହିପକାଇଲେ, ସେ କିଛି ନୁହେଁ। ଉଚ୍ଛୁଣୀ ମାଇଁ ସାଆନ୍ତାଣୀ ଫେରି ଭଲ ପାଇବେ ଯୋ" ମନ ମଧ୍ୟରେ କହୁଥାଏ, ଘୁଷୁରିଆଣୀଟା କ'ଣ ଦେବତା ପୁଅକୁ ଚିହ୍ନିବ। ବାହୁଧରି ଘେନିଯାଇ ତାଙ୍କ ବସା ଭିତରେ ଛାଡ଼ିଦେଇ ଆସିଲା। ଦୈବଯୋଗରେ କରୁଣା ତେତେବେଳେ ବଜାରକୁ ଯାଇଛି। ଘରେ ବସିବେ କ'ଣ ବାହାରକୁ ବାହାରିପଡ଼ିଲେ। ସଦର ଦୁଆର ପାଖରେ ରାଘବ ଆଉ ଭଗତ ଦୁଇଜଣ ଛିଡ଼ାହୋଇ ଖୁବ ହସାହସି କରୁଛନ୍ତି – ଉଚ୍ଛୁଣି ଯେ ତାଙ୍କର ଜିତାପଟ! ନରୁବାବୁ ଆଉ ରାଘବ ଦୁଇଜଣଙ୍କର ଚାରି ଚକ୍ଷୁ ହୋଇଗଲା। ମହାନ୍ତିଏ ତ ପ୍ରେମରେ ଗଦଗଦ୍। ନରୁବାବୁ ବାଘଟା ପାଖରୁ ଡ଼ରରେ ପଳାଇଆସିଲା ପରି ଏକାବେଳକେ ଚଞ୍ଚଳ ଚାଲିଆସି ସଡ଼କରେ ଦାଖଲ। ମୁଣ୍ଡପୋତି ସଡ଼କରେ ଚାଲିଛନ୍ତି କାହାରି ମୁହଁକୁ ଲାଜରେ ଅନାଇ ପାରୁନାହାନ୍ତି – ମନରେ କରୁଛନ୍ତି, ମାଈଙ୍କ ଗାଳିଦେବାଟା ସମସ୍ତେ ଶୁଣୁଛନ୍ତି ପରା! ମୁଣ୍ଡପୋତି ଚାଲିଛନ୍ତି ତ ଚାଲିଛନ୍ତି। ଲୋକଟାଏ ତେଲମାଖି ନଈବନ୍ଧ ଉପରେ ବସି ଦାନ୍ତ ଘଷୁଛି, ନଈକୁ ଗାଧୋଇଯିବ ପରା – ନରୁବାବୁ ତା' ପାଖଦେଇ ଚାଲିଛନ୍ତି, ବାଟକୁ ନଜର ନାହିଁ, ସଳଖେ ସଳଖେ ଚାଲିଛନ୍ତି। ସେ ଲୋକ ଦେଖିଲା – ଆଉ ଦୁଇ ପାହୁଣ୍ଡ ଆଗକୁ ଗୋଡ଼ ବଢ଼େଇଲେ କାଠଯୋଡ଼ି ନଈ ପଥରବନ୍ଧ ତଳେ କଚାଡ଼ି ହୋଇ ପଡ଼ିବେ। ଖୁବ୍ ପାଟିଟାଏ କରି ଡାକିଦେଲା, "ଏ ପିଲାବାବୁ!" ଡାକ ଶୁଣି ନରୁବାବୁ ଗୁମ୍‌କରି ଛିଡ଼ା ହୋଇଗଲେ, ଦେଖିଲେ, ଆଗରେ ବନ୍ଧତଳ, ଯିବାର ବାଟ ନାହିଁ, ଛିଡ଼ାହୋଇ ପଛକୁ ଫେରିଲେ, ନଦୀକୂଳର ଗୋଟାଏ ବଡ଼ ବରଗଛ ମୂଳରେ ବସିଲେ। ଦୁଇ ଆଣ୍ଠୁ ଉପରେ ମୁହଁଟି ଲଦିଦେଇ ଧକେଇ ହେଉଛନ୍ତି। ଗୋଟା ଝାଳରେ ଦେହଟା ସରପଟ ହୋଇଯାଇଥିଲା। ନଈର ଶୀତଳ ପବନ ଲାଗି ଟିକିଏ ଝାଳ ଶୁଖିଲାଣି। ଜଣେ ବାବୁ ତେଲ ମାଖି ଚାରିଚଉତା ଗାମୁଛାଟାଏ କାନ୍ଧରେ ପକାଇ ନଈକୁ ଗାଧୋଇବାକୁ ଚାଲିଛନ୍ତି। ଖଣ୍ଡିଏ ଧୋବ ତଉଲିଆରେ ଗୁଡ଼ିଆ ଗୋଟିଏ ପାଟଯଥା ଆଉ ଗୋଟିଏ ରେଶମୀ କନାଛତା ଡ଼େବିରି କାଖରେ ଜାକି, ଆଉ ଜୋତା ଯୋଡ଼ିଏ ଖାଇଲା ହାତରେ ଧରି ପଛରେ ଗୋଟିଏ ଭଣ୍ଡାରି ଚାଲିଛି। ବାବୁଟି ପଥରବନ୍ଧ ଉପରେ ଛିଡ଼ାହୋଇ ଦେଖିଲେ, ପାଖ ବରଗଛ ମୂଳରେ ଗୋଟିଏ ପିଲା ମୁଣ୍ଡପୋତି ବସିଛି – କାନ୍ଦୁଥିବା ପରି ଜଣାଯାଏ। ପିଲାଟା ଚିହ୍ନା ଚିହ୍ନା ପରି ଜଣାପଡ଼ିଲା। ଧୀରେ ଧୀରେ ପାଖେଇ ପାଖେଇ ଆସିଲେ, ଦଣ୍ଡେଯାଏଁ ଛିଡ଼ାହୋଇ ଭଲକରି ଅନାଇଲେ। ପଚାରିଲେ, "ନରୁବାବୁ ନା କିଏ ରେ " ନରୁବାବୁ ମୁଣ୍ଡଟେକି ଦେଖିଲେ, ଆଗରେ ମଉସା ଛିଡ଼ା ହୋଇଛନ୍ତି। ଧଡ଼ପଡ଼ ହୋଇ ଛିଡ଼ା ହୋଇଗଲେ। ସମ୍ଭାଳି ନ ପାରି ଭୋ କରି ରଡ଼ିଟାଏ କରିପକାଇଲେ। ମଉସା ଗୋଡ଼ରୁ ମୁଣ୍ଡଯାଏ ଦଣ୍ଡେ ପର୍ଯ୍ୟନ୍ତ ଦୁଇତିନି ଥର ଅନାଇଲେ, କିଛି ପଦେ ବି କଥା କହିଲେ ନାହିଁ। ଆଉ

ଗୋଧୋଇ ଯିବେ କ'ଣ ନରୁବାବୁଙ୍କ ହାତଧରି ବସାକୁ ବାହୁଡ଼ିଲେ। ନରୁବାବୁଙ୍କ ଦେହରୁ ସେତେବେଳଯାଏଁ ଝାଳଟା ମରିନାହିଁ। ମଉସା ନିଜ ଗାମୁଛାରେ ନରୁବାବୁଙ୍କ ଦେହ ପୋଛାପୋଛି ଆଉ ପଙ୍ଖା କରିବାକୁ ଯୋଡ଼ାଏ ଭଣ୍ଡାରି ଲାଗିଗଲେ। ଆଉ ଗୋଟାଏ ଚାକର ବାସତେଲ ଆଣି ମର୍ଦ୍ଦନ କରିବସିଲା। ଏଣେ ମଉସା ଦୁଇଜଣ ପାଇକ ସାଙ୍ଗରେ ଚାରିଜଣ ମୂଲିଆ ଆଉ ଆପଣା ଚାକର ଦୁଇଜଣ ଦେଇ ବିଶେଷ କରି ବୁଝାଇଦେଇ ହୁକୁମ କଲେ, ନଟବର ଦାସ ବସାରେ ନରୁବାବୁର ଯେତେ ଜିନିଷ ଅଛି, ଧରି ବାହାରି ଆସ, କରୁଣାକୁ ସାଙ୍ଗରେ ଡାକିଆଣିବ। ଖବରଦାର୍ ! କାହାରି କଥା ଶୁଣିବ ନାହିଁ, କିଛି ଜିନିଷ ଛାଡ଼ିବ ନାହିଁ।

ଅଣଚାଶ

ମାଈଁଙ୍କ ଅନୁତାପ

ମନୁଷ୍ୟ ରାଗମୁଣ୍ଡରେ ଗୋଟାଏ ଖରାପ କାମ କରିପକାଏ, ରାଗଟା ମେଣ୍ଟିଗଲେ ସେଥିଲାଗି ସନ୍ତାପି ହୁଏ। ନରୁବାବୁ ଚାଲିଯିବାରୁ ବିଶାଖା ଦେଈଙ୍କ ମନରେ ଗୋଟାଏ ଡର ପଶିଲାଣି – କ୍ୟାଁ ସେ ପିଲାଟାକୁ ଗାଳିଦେଲି – ସାଆନ୍ତ ଆସିଲେ କ'ଣ କହିବେ, ମୋ ଉପରେ ଖପା ହେବେ ପରା? ମଙ୍ଗଳା ଦେଈ କହିଲେ, କ୍ୟାଁ ଏତେ ସନ୍ତାପି ହେଉଛୁ, କ୍ୟାଁ ଏତେ ଡର, ଜୁଆଁଇବାବୁ ଆସିଲେ କହିବା, ଆମ୍ଭେମାନେ କିଛି କହିନାହୁଁ, ତୁଚ୍ଛାଟାରେ ନରୁ ଆପେ ଆପେ ଚାଲିଗଲା। ଆହୁରି ଯିବାବେଳେ ମାମୁ – ମାଈଙ୍କୁ ଦାଣ୍ଡେ ଦାଣ୍ଡେ କେତେ ଗାଳି ଦେଇଗଲା! ଚିତ୍ରକଳା କହିଲା, ନାହିଁ ନାହିଁ, ସେପରି କଥା ନୁହେଁ, ତୁମ୍ଭେମାନେ ତୁନି ପଡ଼ିଥାଅ, ସାନ୍ତ ଆସିଲେ ମୁଁ ସବୁକଥା ବୁଝାଇ କହିବି।

ରୋଜ ରୋଜ ଯେପରି ଯା'ନ୍ତି, ସକାଳୁ ଉଠି ନାଜରବାବୁ ସାହେବଙ୍କ କୋଠିକୁ ଚାଲିଯାଇଛନ୍ତି। ବସାରେ ଯେ ଏତେ କାଣ୍ଡ, ତାଙ୍କୁ କିଛି ଜଣାନାହିଁ। ବେଳ ଦଶ ବାଜିବା ସରିକି ବସାକୁ ବାହୁଡ଼ିଲେ। ଚିତ୍ରକଳା ଜଗି ବସିଥିଲା, ସାନ୍ତ ଭିତର ଚୌକାଠ ଡେଇଁଛନ୍ତି କି ନାହିଁ, ପାଖକୁ ଧାଇଁଗଲା ଗୋଟାଏ ଯେମନ୍ତ ଦାରୁଣ ବିପଦ ଉପସ୍ଥିତ। ଭାରି ଗୋଟାଏ ଛାନିଆ ହେଲା ପରି କହିଲା, "ଶୁଣିନାହାନ୍ତି ସାନ୍ତ! ସକାଳେ ଆପଣ ଯିମିତି ସାହେବଙ୍କ ପାଖକୁ ବାହାରି ଯାଇଛନ୍ତି, ସେଇ ସେ ଯେ ପୋଡ଼ାମୁହାଁ ପେସ୍କାର, ନରୁବାବୁ ଯାହାକୁ ମଉସା ବୋଲି କହନ୍ତି, ଦି କୋଡ଼ି କି ଚାରି କୋଡ଼ି ଲୋକ ସାଙ୍ଗରେ ଘେନି ଆସିଲା – ନରୁବାବୁଙ୍କର ଯେତେ ଜିନିଷ ଥିଲା, ସବୁ ଘେନିଗଲା – ନରୁବାବୁ ତା' ସାଙ୍ଗରେ ଚାଲିଗଲେ। ମୁଁ ଆଉ ଭାଇସାନ୍ତ ଦୁଇଜଣ ତାଙ୍କୁ ଯେତେ ନେହୁରା କଲୁ କହିଲୁ ଟିକିଏ ମଠ କର, ସାନ୍ତ ଆସିଯାଆନ୍ତୁ, ଶୁଣିଛି କିଏ? ଭାଇସାନ୍ତ ଆଉ ମୁଁ

ଦୁଇଜଣ ଯିମିତି ରାଗିଥିଲୁ ଆସିଥାନ୍ତେ କି ଆଠ ଦଶଜଣ, ଗାଲ କାମୁଡ଼ି ପକାଇ ନ ଥାନ୍ତୁ? ପଣକୁ ପଣ ଲୋକ, କ'ଣ କରିବୁଁ? ଦେଖନ୍ତୁ ସାଆନ୍ତାଣୀ ତେତିକିବେଳକୁ ଠା ବସି କାନ୍ଦୁଛନ୍ତି।" ମଙ୍ଗଳା ଆଉ ବିଶାଖା ଦେଇ ଦୁଇଜଣ ଚିତ୍ରା ଉପରେ ଭାରି ଖୁସି। ତାଙ୍କ ଜାଣିବାରେ ଚିତ୍ରା ପରି ସିଆଣୀ ଆଉ ଭଲ ମଣିଷ ପୃଥିବୀରେ ନାହିଁ।

ନାଜରବାବୁ ସବୁ କଥା ଶୁଣି ପ୍ରଥମେ ଭାରି ଖପାଟା ହେଲେ। ତହିଁ ଉତ୍ତାରେ ମନରେ ଦୁଃଖ କଲେ। ଦୁଃଖର କାରଣ ନରୁ ପିଛେ ସବୁ ସବୁ ରକମରେ ମାସକୁ ତିରିଶ ଟଙ୍କାରୁ ବଳି ଖରଚ ନୁହେଁ – ମୁଁ ମାସକୁ ଅଢ଼େଇଶ ଟଙ୍କା ଖରଚ ପକାଉଥିଲି। ଏତେ ଗୁଡ଼ାଏ ଟଙ୍କା ଏକାବେଳକେ ଲେକାସାନ। ସାଆନ୍ତାଣୀଙ୍କ ମନରେ ଦୁଃଖ – କେତେ ରକମ ଖଜା, କାକରା, ଏଣ୍ଡୁରୀ, ସରୁଚକୁଳି, ମଣ୍ଡାପିଠା ଜେଜୀମା ପଠାଉଥିଲେ; ବଡ଼ ଉଆସରୁ କେତେ ଭଲ ଘିଅ, ଛେନା, ସରୁ ଚାଉଳ, ମୁଗ ଜାଇ ଆସୁଥିଲା। ଏବେ ଆଉ ଆସିବ ନାହିଁ। ମଙ୍ଗଳା ଦେଈ ଆଉ ରାଘବ ମାମୁଁ ଭାରି ଖୁସି, ଗୋଟାଏ କଣ୍ଟା ଗଲା। ନାଜରବାବୁ କଚେରିକୁ ଯାଇ ପେସ୍କାରକୁ ଧମକାଇଲେ, ସାହେବ ପାଖରେ ରିର୍ପୋର୍ଟ କରିବେ ବୋଲି କହିଲେ। ପେସ୍କାରବାବୁ କେବଳ ଏତିକି କହିଲେ, "ସାବଧାନ ! ଆଳୁ ଖୋଳୁ ଖୋଳୁ ମହାଦେବ ବାହାରିବେଟି।"

ପଚାଶ

ଧର୍ମଭାଇ

"ତସ୍ୟା ବିସ୍ତାରିତା ବୁଦ୍ଧିଃ ତୈଳବିନ୍ଦୁରିବାମ୍ଭସି"

ଚିତ୍ରାଟା ଚାକରାଣୀ ପରା-ବସାରେ କିଛି ଅଟକିଲେ ନାଜରବାବୁ ଡ଼ାକୁ ଡାକିଯାନ୍ତି ତାଙ୍କ କହିବାରୁ ଏକଥା ଜାଣିଛୁ। ସତକଥା, ନୋହିଲେ ତାଙ୍କ ପରି ବଡ଼ ଲୋକଟା ଚାକରାଣୀଟା ଦୁଆରକୁ କାଁ। ଯିବେ? ବାବୁଙ୍କ ଡାକିଯିବା ବେଳ ପ୍ରତିଦିନ ରାତି ଆଠ ବାଜିବା ଉତ୍ତାରେ। କାଁ। କେ ଜାଣେ ଆଜି ସଞ୍ଜକୁ ଉପସ୍ଥିତ। ଚିତ୍ରା ଶୋଇବାଘରେ ସଉପ ମଶିଣାଟା ଉପରେ ଗୋଟିଏ ଭେଣ୍ଡିଆ ଭଳିଆ ଲୋକ ବସିଛି, ଚିତ୍ରା ବଟା ଆଗରେ ଥୋଇ ପାନ ଭାଙ୍ଗୁଛି ଦୁଇଜଣଯାକ ହସି ହସି କଥାବାର୍ତ୍ତା କରୁଛନ୍ତି। ନାଜରବାବୁ ଯାଇ ଥକାହୋଇ ଛିଡ଼ା ହୋଇଗଲେ; ରାଗରେ ବିଜୁଳିଟା ଯେମନ୍ତ ତାଙ୍କ ଦେହଯାକ ଖେଳିଗଲା। ଏହି ଲୋକଟାକୁ ବାବୁ ଚିତ୍ରା-ଘର ଆଗ ସଡ଼କରେ କେତେଥର ଦେଖିଛନ୍ତି – ହେଲେ ଲୋକବିଶେଷକୁ ସ୍ଥାନ ବିଶେଷରେ ଦେଖିଲେ ମନରେ ଭାବବିଶେଷର ଉଦୟହେବା ସହଜ କଥା। ନାଜରବାବୁ ଚିହ୍ନି ଗଲେଣି, ଏଇଟା ତ ସେହି ଉମେଦବାର। ଭାରି ଖପା ହୋଇ ପଚାରିଲେ, "ଚିତ୍ରା !

ଏ ଲୋକଟା କିଏ?" ଲୋକଟା ଖପ୍ କରି ଉଠିପଡ଼ି ଗୋଟାଏ କୋଣ କାନ୍ଥରେ ମିଶିଗଲାଣି। ଚିତ୍ରା ଦେଖିଲା, ଦୁଇଜଣଯାକ ପବନରେ ବରଡ଼ାପତ୍ର ପରି ଥରୁଛନ୍ତି – ଜଣେ ଭୟରେ, ଆଉ ଜଣେ ଭୟଙ୍କର କ୍ରୋଧରେ। ହି-ହି-ହି- ଚିତ୍ରା ଭାରି ଗୋଟାଏ ହସି କହିଲା, "ଆରେ ପ୍ରଭୁ! ତୋ କପାଳ ବଡ଼ ଭଲ, ଆଜି ସକାଳୁ ତୁ ଶଙ୍ଖଚିଲ ମୁହଁ ଚାହିଁଥିଲୁ – ଆଜି ଜାଣ ତୋର ସବୁ ଦୁଃଖ ମେଣ୍ଟିଲା। ମୁଁ କହୁଥିଲି, ସାନ୍ତଙ୍କ ଆସିବା ଢେର ଡେରି, ତୁ କେତେବେଳଯାଏ ବସିବୁ? ତୋ କପାଳ ଯୋଗ ଦେଖ, ସାନ୍ତ ଗୁମ୍ କରି ବିଜେ ହୋଇଗଲେ – ଆଜ୍ଞା ସାନ୍ତେ! ଟିକିଏ ଦୟା କର, ଆପଣ ଶହେଟଙ୍କା ହୁକୁମ କରିଥିଲେ, ମାସେ ହେଲା ଧାଇଁଛି, ରୁଣ୍ଡେଇ ପୁଣ୍ଡେଇ ଦି' କୋଡ଼ି ନ ଟଙ୍କା ଆଠଅଣା କଲା, ଆଉ ପାରିଲା ନାହିଁ। ମୁଁ ଯୋଡ଼ାଏ ସୁକି ମିଶାଇ ଦି'କୋଡ଼ି ଦଶ ପୂରା କରିଦେଲି। ଏ ମୋ ଧର୍ମ ଭାଇ, ଆପଣ ୟାକୁ ଟିକିଏ ଦୟାକର ସାନ୍ତଙ୍କ ଗୋଡ଼ତଳେ ପଡ଼ରେ, ଗୋଡ଼ତଳେ ପଡ଼ିଯା।" ନିଆଁରେ ପାଣି ପକାଇଲା ପରି ଦୁହିଁଙ୍କ ରାଗ ଆଉ ଡର ଊଣା ହୋଇଗଲାଣି।"ଟକିଏ ରହନ୍ତୁ ସାନ୍ତ, ପ୍ରଭୁ ଯେ ଟଙ୍କା ରଖିଛି ଘେନିଆସେଁ" କହି ଚିତ୍ରା ଚଟକରି ବାକ୍ସଟା ଫିଟାଇ ପକାଇଲା। "ମଲା ଯା' ସର୍ବନାଶ! କଥା ଲହସରେ ସିନା କହିପକାଇଛି, ବାକ୍ସଟା ଅଣ୍ଡାଳି ଦେଖେ ଯେ ନ'ଟା ଟଙ୍କା ଆଉ କେତେ ଅଣା ପଇସା ପଡ଼ିଛି, ଦଶ ଟଙ୍କା ବି ପୂରାପୁରି ନୁହେଁ।" ସେହି ଟଙ୍କାଗୁଡ଼ା ଥରକୁଥର ଝମ୍ ଝମ୍ କରୁଛି, ମତଲବ ପାଞ୍ଚୁଛି କ'ଣ କରିବ, ନାଜରବାବୁ ଡାକିଦେଲେ, "ଥାଉ ଥାଉ ଉଚ୍ଛୁଣିଟା ଟଙ୍କା ଥାଉ।" ଚିତ୍ରା ତ ଧଡ଼୍କରି ବାକ୍ସ ପକାଇ ଫଁ-କରି ନିଃଶ୍ୱାସଟାଏ ମାରିଲା। "ଆଚ୍ଛା, ଆଚ୍ଛା, ଯେତେବେଳେ କହିବେ ବସାରେ ଦେଇଆସିବି। ଏ ଟଙ୍କା ଆଉ ଛୁଇଁବି ନାହିଁ, ତୁଳସୀ ପତ୍ରଟାଏ ପକାଇ ରଖିଲି। ଦେ ରେ ପ୍ରଭୁ ! ସାନ୍ତଙ୍କୁ ଗୁଡ଼ାଖୁ ଚିଲମେ ସଜାଡ଼ି ଦେ" ପ୍ରଭୁଦୟାଲ ଚଟ୍ କରି ଲୁହା ଶିକରେ ହୁକାନଳିଚାଟା ସଫା କରିପକାଇଲା। ଚିଲମରେ ଠିକ୍ କରିଦେଇ ଗୁଡ଼ାଖୁ ସାଜି ଭଲକରି ଫୁଙ୍କି ସାଆନ୍ତଙ୍କ ହାତକୁ ହୁକଟା ବଢାଇଦେଲା। ଘଣ୍ଟାଏ ହେଲା ଗୁଡ଼ାଖୁ ଖାଇ ନଥିଲେ। ଦୁଇ ଚାରିଟା ଦମ୍ ଟାଣି ସାନ୍ତଙ୍କ ଆତ୍ମାପୁରୁଷଟା ଶୀତଳ ହୋଇଗଲା। ଏଣେ ତ ଚିତ୍ରାର କଥାର ଲହର ଛୁଟିଛି। କହିଲା – "ଜାଣିବା ହେଲେ ସାନ୍ତ! ମୋର ଯେ ଧର୍ମମା' ଏଇ ପ୍ରଭୁର ନିଜ ମା', ୟାଙ୍କରି ଦୟାରୁ ମୁଁ ଅଣ୍ଟାଟି କତିରୁ ଭେଣ୍ଟିଟିଏ। ସେ ଯେ ଥିଲେ ସାନ୍ତ, ମୁଁ କ'ଣ କହିବି, ତାଙ୍କୁ ଦେ ପଦେ କହି ତୁଣ୍ଡ ହୁଡ଼ିଲେ 'ନା' ପଦ ବୋଲି ନ ଥିଲା। କ'ଣ କହିବି ସାନ୍ତ, ସେ ଥିଲେ ଗୋଟିଏ ଲକ୍ଷ୍ମୀ ଠାକୁରାଣୀ ତା'ପରା ଦେବୀ ଚାଲିଗଲେ, ମୁଁ ପଡ଼ିଛି।" ଉଁ – ଉଁ –ଉଁ। ଦଣ୍ଡେ କାନ୍ଦି ମୁହଁଟା ପଣତକାନିରେ ପୋଛି ଦେଲା। ମା' ସ୍ୱର୍ଗକୁ ଗଲାଦିନୁ ମୋ ସେ ଦୁଆରେ କଣ୍ଟା। ଏ ଯେ ସାନଭାଇଟା, ନିଆଁଖାଇ ଭଉଣୀଟା ମଲା କି ଗଲା, ଥରେ ଭଲା ଆସି ଦୁଆର ଡୁଙ୍ଗିଯା, ନା ସେ

କଥା ଭାଇଙ୍କ ପାଖରେ ଦେଖିବେ ନାହିଁ। ଆଜି କି କାମ ଅଟକିଲା ବୋଲି ଧାଇଁଆସିଛି। ନୋହିଲେ କିଏ କାହାକୁ ଅନାଏ? ଦେଖ ତୁ ପ୍ରଭୁ, ଯଦି ଥରେ ଆସି ଦେଖା ଦେଇ ନ ଯିବୁ, ତୋ ଲାଗି ସାନ୍ତକୁ କିଛି କେବେ କହିବି ନାହିଁ। କହ ଆସିବୁ କି ନା, କହ। ପ୍ରଭୁଦୟାଲ, "ହଁ ନାନୀଜୀ ଆସିବି।" ଏଥିମଧ୍ୟରେ ପ୍ରଭୁଦୟାଲ ଦୁଇ ତିନି ଚିଲମ ଗୁଡ଼ାଖୁ ସାଜି ସାରିଲାଣି ସେ ଖାଲି ସାନ୍ତଙ୍କ ହାତକୁ ଅନାଇ ବସିଛି। ନାଜରବାବୁ ମନ ମଧ୍ୟରେ ଭାରି ଖୁସି, ଏଟା ଖୁବ୍ କାମକା ଲୋକ ହେବ।

ଚିତ୍ରା କହିଲା – "ରେ ପ୍ରଭୁ ! ତୁ ଟୋକାଳିଆ ଚଗଲା ବୁଦ୍ଧି ସବୁ ଛାଡ଼। ସାନ୍ତଙ୍କ ପିଛା ଧରି ରହ – ତୋ କପାଳ ଫିଟିଲା ଜାଣ।"

ଏକାବନ

ମଧୁବନ ତୋଟା

"ନବ ପଳାଶ ପଳାଶ ବନଂ ପୁରଃ ସ୍ଫୁଟରାଗ ପରାଗ ତପଙ୍କଜଂ।
ମୃଦଲତାନ୍ତଲତାଙ୍କ ମଲୋକୟତ ସସୁରଭିଂ ସୁରଭିଂ ସୁମନୋହରୈଃ।"

ଆଜିକାଲି ମଣିମା ଚାନ୍ଦମଣି ଦେଈ ଟିକିଏ ବୁଲାଚଲା କରିପାରିଲେଣି। ସଞ୍ଜ ସକାଳ ଉଆସ ଭିତରେ ଏଣେତେଣେ ଚଲାବୁଲା କଲେଣି। ଦିନେ ଉପରଓଳି ଖରା ଗଡ଼ିଗଲାଣି, ଏକୁଟିଆ ଏଣେତେଣେ ଚଲାବୁଲା କରୁ କରୁ ମଧୁବନ ତୋଟା ବେଣ୍ଟପୋଖରୀ ଘାଟକୁ ଚାଲିଗଲେ। ଚାରିବର୍ଷ ବାଦେ ଆଜି ପ୍ରଥମ ଯିବାର।

ଉଆସକୁ ଲାଗି ପଛପଟକୁ ମଧୁବନ ତୋଟା ତାହା ମଝିରେ ବେଣ୍ଟପୋଖରୀ। ପୋଖରୀ ତୁଚ୍ଛା ଜଳପୁଟଟା ପାଞ୍ଚ ମାଣରୁ ଊଣା ହେବନାହିଁ – ବଗଚରା ମିଶିଲେ ଛ' ସାତ ମାଣକୁ ବଳିପଡ଼ିପାରେ। ତା ନାମ ବେଣ୍ଟସର। ସରର ଚାରପାଖରେ ମାଙ୍କଡ଼ା ପଥରରେ ବନ୍ଧା ଚାରିଟା ଘାଟ। ଉଆସ ପାଖ ମାଜଣା ଘାଟଟା ସବୁଠାରୁ ବଡ଼। ଉଆସ ବେଣ୍ଟଦୁଆର ଚୌକାଠ ମୂଳକୁ ଲାଗି ଘାଟଯାଏଁ ଗୋଟାଏ ସଳଖ ସଡ଼କ। ଓସାର ଦୁଆର ଓସାର ମାପରେ, ଇଟା ପାଖପଟ ପୋତା ଚାରି ଆଙ୍ଗୁଳି ଉଚ୍ଚରେ ସଡ଼କ ଦୁଇପାଖ ବନ୍ଧା, ମଝିରେ ଗୋଡ଼ି ବାଡ଼ିଆ ହୋଇଥାଏ। ସଡ଼କ ଦୁଇପାଖରେ ଡାଳକୁ ଡାଳ ଲଗାଲଗି ମନାଣ ସହିରେ କତୁରା ମଲ୍ଲୀଗଛ ଲଗା ହୋଇଛି। ବସନ୍ତ ଆଉ ଗ୍ରୀଷ୍ମ କାଳରେ କୋମଳ ପତ୍ର ଆଉ ପୁଷ୍ପପୂର୍ଣ୍ଣ ହେଲେ ବଡ଼ଡୌଲ ଦିଶେ। କୌଣସି ପ୍ରକାର ଫୁଲ ଗଛରୁ ଛିଡ଼ାଇବାକୁ ସାଆନ୍ତ ଆଉ ମଣିମାଙ୍କର ବିଶେଷ ରୂପେ ମନା – ରାତିରେ ଫୁଲ ଫୁଟିଲେ ଗନ୍ଧରେ ଉଆସଟା ପୂରିଯାଏ। ସେହି ସଡ଼କଟିକୁ ବ୍ୟାସ କରି ଗୋଟିଏ ବଡ଼ ବୃତ୍ତ ଚାଣିକା। ଆଉ ବ୍ୟାସ ଚୌଡ଼ା ମାପରେ ଗୋଟିଏ

ସଡ଼କ ପରିଧି ଚାରିପଟ ବୁଲିଯାଇଛି। ସେହି ସଡ଼କ ଦୁଇ ପାଖରେ ମଧ୍ୟ ମଲ୍ଲୀଗଛ ରୂଆ। ବୃତ୍ତ କେନ୍ଦ୍ର ସ୍ପର୍ଶକରି ପଶାପାଲି ଛକ ପରି ଆଉ ଗୋଟିଏ ସଡ଼କ ପରିଧି ଅତିକ୍ରମପୂର୍ବକ ବଗିଚା ମଧ୍ୟକୁ ଚାଲିଯାଇଛି। ପୁଣି ସହର ଚାରିପାଖ ଘୂରି ମୁଣ୍ଡ ମିଳିଯିବାରୁ ଗୋଟିଏ ସଡ଼କ ପରି ଜଣାଯାଏ। ସବୁ ସଡ଼କ ଦୁଇଧାର ଇଟାରେ ବନ୍ଧା, ଆଉ ଧାରେ ଧାରେ ଜାଇ, ଯୂଇ, ମଲ୍ଲୀ, ନିଆଳୀ, କୁନ୍ଦ, କାମୋଦ, ରଙ୍ଗଣୀ ଆହୁରି କେତେଜାତି ଫୁଲଗଛ ରୂଆହୋଇଛି। ସାମନ୍ତ କଲିକତା ଫୁଲବାଗ ଦୋକାନମାନଙ୍କରୁ ପଲନିରନ, ମଣ୍ଟକ୍ରିଷ୍ଟ, ଇମୋଶନ ବ୍ଲାକପିନସ, ମାର୍ସେଲ, ଲିଲି ପ୍ରଭୃତି ଭଲ ଭଲ ଜାତି ଗୋଲାପ ଫୁଲ ଚାରାମାନ ଅଣାଇ ଘାଟ ପାଖମାନଙ୍କରେ ରୋଇଥିଲେ। ଆମ୍ବ, ପଣସ, ପେଡ଼ା, ଜାମୁରୋଲ, ଗୋଲାପଜାମୁ, ଜାମୁ, ସପେଟା, ଜଳପାଇ, ଲିଚୁ, ମଙ୍ଗୋଷ୍ଟିନ, ତାଳ ପ୍ରଭୃତି ଦେଶୀ ବିଦେଶୀ ଗଛମାନଙ୍କରେ ତୋଟା ପୂର୍ଣ୍ଣ ଥାଏ। ସର ଚାରିପାଖରେ ନଡ଼ିଆ, ଗୁଆ ଧାଡ଼ି ଧାଡ଼ି ଲଗାହୋଇଛି। ସେ ଗଛ ଫାଙ୍କାମାନଙ୍କରେ ପଦ୍ମ, କରବୀର ଫୁଲ ଫୁଟି ପବନରେ ଦୋହଲିବାରେ ବଡ଼ ସୁନ୍ଦର ଦିଶେ। ନଡ଼ିଆ ବାହୁଙ୍ଗାରେ ଅସଂଖ୍ୟ ତାଳବାଇ ବସା ଦୋହଲୁଥାଏ, ସାନ ସାନ ପକ୍ଷୀଗୁଡ଼ାକ ସବୁବେଳେ କିଚିରିମିଚିରି କରୁଥାନ୍ତି। ତୋଟାରେ ହେତାଖିଆ ଦଶ ପନ୍ଦର ଜଣ ତୋଟାଳିଆ ନିଯୁକ୍ତ ଥିଲେ। କୌଣସି ଗଛମୂଳ ଶୁଖିଲା ପଡୁନଥିଲା। ସବୁବେଳେ ଜଳଢ଼ଳା – ସଫାସୁତରା।ପତ୍ରଟିଏ ପଡ଼ିଲେ ସାଙ୍ଗେ ସାଙ୍ଗେ ପହଁରାଯାଏ- ସଡ଼କମାନଙ୍କରେ ଦିନକୁ ଦୁଇଥର ପହଁରାଙ୍କ ବାଜୁଥାଏ।

ସାଆନ୍ତଙ୍କ ବିୟୋଗ ଦିନଠାରୁ ତୋଟା ସମ୍ଭାଳିବାକୁ କେହି ନାହିଁ। ନାଜରବାବୁ ହେତା ଜମି ଉପରେ କର ଭିଡ଼ିଦେବାରୁ ତୋଟାଳିଆଗୁଡ଼ାକ ଛାଡ଼ି ପଳାଇଲେଣି। ପୃଥିବୀର ସମସ୍ତ ମାଙ୍କଡ଼ ଯେମନ୍ତ ତୋଟାରେ ରୁଣ୍ଡ; ଧୋ ବୋଲି କହି ଟେକାଟିଏ ଫୋପାଡ଼ି ଦେବାକୁ କେହି ନାହିଁ। ତୋଟା ଚାରିପଟ ମେଲା। ଅଧସରିକି ଗଛ ମରିଗଲାଣି। ଗାଁ ଲୋକେ ଶୁଖିଲା ଗଛ ବୋଲି କଞ୍ଚା ଗଛ କେତେ ହାଣି ଘେନିଗଲେଣି। ଘାଟ ଦୁଇପାଖ ହାଁସିଆ ଉପରଠାରୁ ପାଣି ଲଗାଯାଏ ଦୁଇଧାଡ଼ି କୁଣ୍ଡ ବସାଇ ସେଥିରେ ଗୋଲାପ ଆଉ କ୍ରୋଟନ ଗଛ ଲଗାଥିଲା। କେତେଟା କୁଣ୍ଡରେ ମଲାଗଛର ଡାଙ୍ଗଗୁଡ଼ାକ ଛିଡ଼ା। ଢେର୍ କୁଣ୍ଡ ଘାଟ ତଳକୁ ପଡ଼ିଯାଇ ଭାଙ୍ଗିଗଲାଣି। ଖରାପ ଆଉ ଡାଙ୍ଗ ଗୁଡ଼ାକ ବୁଣିପଡ଼ିଛି। ଘାଟରେ ବି ଗୁଡ଼ାଏ ଖରାପ ମାଟି ଟେଲା ଜମା ହୋଇଛି। ସାନ୍ତଙ୍କ ଅମଳରେ ଗାଁର ବିଲେଇ ପିଲାଟିଏ ବି ତୋଟାରେ ପଶିପାରୁ ନଥିଲା, ଏବେ ଗାଁ ଗୋରୁଗୋଠର ଚରାଭୂଇଁ। ଗୋରୁମଣି ପିଲାଗୁଡ଼ାକ ଗୋରୁପଲ ଛାଡ଼ିଦେଇ ଡାଳମାଙ୍କୁଡ଼ି ଖେଳି କେତେ ଡାଳ ଭାଙ୍ଗିପକେଇଲେଣି। ତୋଟାର ଫଳସବୁ ତାଙ୍କ ଜିମା ଚୋର ବୋଲେ ମୁହିଁ ଆଗେ ତୋଟାରେ ଲୋକେ ଭାତବାଢ଼ି ଖାନ୍ତେ,

ଏବେ ଭଇଞ୍ଚ, ଆଙ୍କୁ, ବଣିଆଘଣ୍ଟା, କୁକୁରଛାଲିଆ, ଚାକୁଣ୍ଡା ବଣରେ ପୂରିଗଲାଣି। ସଡ଼କ ବାଟର ଚିହ୍ନ ନାହିଁ। ଠେକୁଆପଲରେ ବିଲୁଆପଲ ନିର୍ଭୟରେ ଖେଳୁଛନ୍ତି। ହୁଣ୍ଡାଳିଆ ଡରରେ ଉଆସ ପରିଜନମାନେ ଖରା ଥାଉଁ ଥାଉଁ ପୋଖରୀ ତୋଠ ପାଇଟି ସାରିଦେଇଯାଆନ୍ତି – କେବେ କେମିତି ରାତିରେ ଆସିବାକୁ ହେଲେ ବଇଠାଟିଏ ହାତରେ ଧରି ଚାରିପାଞ୍ଚଟା ମାଇକିନିଆ ରୁଣ୍ଡ ନହେଲେ ଭରସି ଆସିପାରନ୍ତି ନାହିଁ। ପୋଖରୀଟା ବୋରଝାଞ୍ଜି-ବଉଳମାଳା-ଘୋଡ଼ାଦଳରେ ପୂରିଗଲାଣି – କେତେଟା ଦଳପିମ୍ପି ସରଳ ଲମ୍ବ, ଲମ୍ବ ଗୋଡ଼ ପକାଇ ଜଳ ଉପରେ ବୁଲୁଛନ୍ତି। ଛାତିଏ ପାଣିଯାଏ ଘାଟଟି ମାତ୍ର ସଫା। ଦଣ୍ଡେଇ ଗସିମରା ସାନ ମାଛପଲ ଝକଝକ କରି ଖେଳୁଛନ୍ତି।

ମଣିମା ଆସି କେତେବେଳୁ ପୋଖରୀକୁ, କେବେ ବା ତୋଟା ଭିତରକୁ ବକ ବକ କରି ଅନାଇ ଦେଖୁଛନ୍ତି। କିଛି ବୁଝିପାରୁ ନାହାନ୍ତି। ସ୍ୱପ୍ନପରି ପୂର୍ବ ଚିତ୍ରଛାୟାଟା ଯେମନ୍ତ ମନରେ ପଡ଼ିଯାଉଛି। ସବୁ ଦେଖୁଛନ୍ତି, ତେଜେ କଥା ମନରେ ବି ପଡ଼ିଯାଉଛି, ହେଲେ ମନରେ ଧାରଣା ଶକ୍ତି ନାହିଁ। କ'ଣ ଥିଲା, କ'ଣ ଦେଖୁଛନ୍ତି, କ୍ୟାଁ ହେଲା, ଏ ସବୁ କଥା ମିଳାଇ ବୁଝିପାରୁ ନାହାନ୍ତି। ଧାଇମା ପରିଜନ ପ୍ରସ୍ତରେ ଥିଲେ, ମଣିମାଙ୍କ ତୋଠକୁ ଆସିବା କଥା ଜଣାନାହିଁ। ବେହରଣ ପ୍ରସ୍ତକୁ ଆସି ଛାନିଆ ହେଲା ପରି ଚାରିଆଡ଼େ ଅଣ୍ଡାଳି ପକାଇଲେ। ମାଜଣା ତୋଠକୁ ଧାଇଁଲେ, ପାଞ୍ଚ ଛ'ଟା ପୋଇଲୀ ପଛରେ ଗୋଡ଼ାଇଛନ୍ତି। ଦେଖିଲେ, କାଠପିତୁଳିଟିପରି ମଣିମା ଘାଟରେ ଉଭା ହୋଇଛନ୍ତି। ଧାଇଁଆସି କୁଣ୍ଡାଇ ପକାଇଲେ, ଆସ ଆସ, ଭିତରକୁ ଆସ କହି ହାତଧରି ଘେନିଗଲେ।

ବାଉନ

ନରୁବାବୁଙ୍କ ଚିଠି

"ସପ୍ରତିବନ୍ଧଂ କାର୍ଯ୍ୟଂ ପ୍ରଭୁରଧିଗନ୍ତୁଂ ସହାୟଦାନେନ।"

(ମାଳବିକାଗ୍ନି ମିତ୍ର)

ପରମ ପୂଜନୀୟା ଶ୍ରୀ ଶ୍ରୀମତୀ ଜେଜୀମା ଠାକୁରାଣୀ ଶ୍ରୀଚରଣକୁ ଅଧୀନ ଦାସ ନରହରିର ଶତଶତ ଦଣ୍ଡବତ ଓଳଗି। ଆଗେ ଏ ନିମନ୍ତେ କଟକ ମୁକାମ ବସାଘରଠାରେ ଥାଇ ଲେଖିଲୁ କି ଏଠାରେ ମୋ ଦେହପା ସମସ୍ତ ମଙ୍ଗଳ, ଆପଣମାନଙ୍କ କ୍ଷେମକୁଶଳକୁ ଶ୍ରୀ ଶ୍ରୀ ଯୁଗଳକିଶୋର ଦେଉ ବିଚାର ଅଛନ୍ତି। ମାତା ଠାକୁରାଣୀଙ୍କ ଶ୍ରୀ ଚରଣରେ ମୋହର ଲକ୍ଷ ଲକ୍ଷ ଜୁହାର ଜଣାଇବ। ଶିରୁକୁ କହିବ, ମାଇନର ପରୀକ୍ଷା ଫଳ ବାହାରିଲେ ଦେଖାଯିବ। ସେ ଯଦି ପାସ୍ କରିଥାଏ, କଟକକୁ ଆସି ଇଂରେଜୀ ପଢ଼ିବ, ମଉସା ଏ କଥା କହିଛନ୍ତି। ମୁଁ ଏଣ୍ଟ୍ରାନ୍ସ ପରୀକ୍ଷାରେ ପ୍ରଥମ

ବିଭାଗରେ ପାସ୍ କରିଥିବା ବିଷୟ ପୂର୍ବ ଚିଠିରେ ଜଣାଇଥିଲି। ମାସିକ ପନ୍ଦର ଟଙ୍କା ଜଳପାନି ପାଏଁ। ଗଲାକାଲି କଲେଜ ପ୍ରିନ୍ସପାଲ ସାହେବ ତିନିମାସର ବୃତ୍ତି ପଇଁଚାଳିଶ ଟଙ୍କା ଏକ ସଙ୍ଗରେ ମୋତେ ଦେଲେ। ମୁଁ ସେ ଟଙ୍କା ନେଇ ମଉସାଙ୍କୁ ଦେବାରେ ସେ ନେଲେ ନାହିଁ – ଖରଚ କରିବା ସକାଶେ ମୋତେ କହିଲେ। ଏଠିକା ଖରଚ ତ ମଉସା ସବୁ ଦେଉଛନ୍ତି, ମୁ ଆଉ କ'ଣ ଖରଚ କରିବି? ସେହି ୪୫ ଟଙ୍କା ଭୀମମଲ୍ଲ ହମରା ପଠାଇଲି। ଶୁଣାଶୁଣିରେ ଆପଣ ଉଚ୍ଛୁଣି ଖରଚପତ୍ର ଟାଣଟୁଣ ଅଛନ୍ତି। କି ସକାଶେ ଟାଣଟୁଣ ମାମୁ କି ସବୁ ଖରଚ ଦେଉନାହାନ୍ତି?

ମୁଁ ଏଠାରେ ପରମ ସୁଖରେ ଅଛି। ବାରଲୋକଙ୍କ ଯିବାଆସିବା ଯୋଗୁଁ ମଉସାଙ୍କ ବସାରେ ଗୋଳମାଳ ହୁଏ। ମୋ ପଢାରେ ହରକତ ହେବା ଭୟରେ ମୋତେ ଗୋଟାଏ ଅଲଗା ବଡ଼ ଦୋତାଲା ଘର ଠିକ୍ କରି ଦେଇଛନ୍ତି। ଚାରିଜଣ ଚାକର ତଳେ କାମପାଇଟି କରନ୍ତି, ଦୁଇଜଣ ପାଇକ ଦୁଆରେ ପହରା, ଅକାରଣ ସେମାନଙ୍କର ମୋ ପାଖକୁ ଆସିବାକୁ ମଉସାଙ୍କର ମନା, କେବଳ କରୁଣା ସବୁବେଳେ ପାଖରେ ହାଜର ଥାଇ ଡ଼ାକହାକ ଶୁଣେ। ମଉସା ରୋଜ ରୋଜ ବସାକୁ ଆସି ସବୁ ବିଷୟ ଦେଖିଯାନ୍ତି, ଦେହପା ହେଲେ ଦିନଯାକ ମୋ ପାଖରେ ଛୁଟାଣ ହୁଅନ୍ତି ନାହିଁ। ଏଠାକୁ ଆସିବା ଦିନରୁ ମାମୁଙ୍କୁ ଦେଖିନାହିଁ। ଦିନେ କଚେରିଦାଣ୍ଡରେ ଭେଟ ହୋଇଥିଲା। ମୁଁ ଦଣ୍ଡବତ କଲି, କଥାଭାଷା କିଛି ହୋଇନାହିଁ। ଉଆସକୁ ଯିବା ସକାଶେ ମୋତେ ବାରମ୍ବାର ଲେଖୁଛି; ମାତ୍ରମୁଁ ପ୍ରତିଜ୍ଞା କରିଛି, ଏଫ.ଏ. ପାସ୍ ନ କଲେ ଗଡ଼କୁ ଯିବି ନାହିଁ। ମୁଁ ଏଠି ଭଲ ଅଛି। ଲେଖିବା ଦୋଷ ମାଫ୍ କରିବ।

। ଇତି।

ମେଷ ମାସ ସାତ ଦିନ, ୧୨୭୦ ସାଲ

ଚିଠିଖଣ୍ଡ ପୁଲିନ୍ଦାରେ ଉତ୍ତମରୂପେ ବନ୍ଦକରି ଟଙ୍କା ସହିତ ପାଇକ ହମରାରେ ପଠାଇଦେଲେ। ଠିକ୍‌ବେଳେ ଚିଠିଟି ଗଡ଼ରେ ପହଞ୍ଚିଲା। ନରୁ ଚିଠି ନରୁ ଚିଠି କହି ଜେଜେମା ଉଆସ ଭିତରୁ ଧାଇଁଛନ୍ତି। ପାଇକ ହାତରୁ ଚିଠି ଆଉ ଟଙ୍କା ପୁଟୁଳା ନେଇ ବାରମ୍ବାର ଚୁମା ଖାଉଥାନ୍ତି। ପହଡ଼ ଘର ମଧ୍ୟରେ ନିରୋଳାରେ ବସି ଚିଠି ପଢ଼ାପଢ଼ି ହେଲା। ଧାଇଁମା ପଢ଼ିଯାଉଛନ୍ତି, ମଣିମା ଆଁଟା କରି ଏକ ଧ୍ୟାନରେ ଶୁଣୁଥାନ୍ତି। ଦୁହିଁଙ୍କ ନେତ୍ରରେ ଝରଝର କରି ଲୋତକ ବହିଯାଉଥାଏ। ସାତବର୍ଷ ଉତ୍ତାରେ ଆଜି ମଣିମାଙ୍କ ନେତ୍ରରେ ଲୋତକ ଆଉ ମୁଖରେ ପ୍ରସନ୍ନ ଭାବ ଦେଖାଗଲା। ପରିଜନ ମହଲରୁ ଶଙ୍ଖ ହୁଳହୁଳି ଉଚ୍ଛୁଳି ପଡୁଛି। ଗ୍ରାମଯାକ ହାଟ ହାଟ ହୋଇଗଲା; କଟକ ହାକିମ ଖୁସିହୋଇ ଟିକାୟତ ବାବୁଙ୍କୁ ପାଞ୍ଚଶ ଟଙ୍କା ଖଜାଖିଆ ଦେଇଛନ୍ତି। କେହି ହଜାରେ, ଆଉଜଣେ କହିଲା, ନାହିଁ ନାହିଁ କହେ ଦି ହଜାର।ସବୁ କଥାର ହାଲ ଆଉ ଟଙ୍କାର ସଂଖ୍ୟା

ଜାଣିବା ପାଇଁ ଜଣାକେତେ ହରିବୋଲ ବାରିକଙ୍କ ପାଖକୁ ଧାଇଁଲେ। ବାରିକଙ୍କୁ ମୂଲକର ସବୁକଥା ଜଣା। କାହାରି କିଛି କଥା ଅଟକିଲେ ବାରିକଙ୍କ ପାଖକୁ ଧାଇଁଆସେ। ସେ ଯେଉଁ କଥା ପଚାରୁ ତା' ପାଖରୁ ସାଙ୍ଗେ ସାଙ୍ଗେ ଉତ୍ତର ପାଏ। କାମ ଚଳାଇବା ଅଥବା ଆପଣା ଗୌରବ ବଢାଇବା ପାଇଁ ମିଛକଥାରେ ଯେ ଅଧର୍ମ ଅଛି, ବାରିକେ ଏ କଥା ବୁଝନ୍ତି ନାହିଁ। ହେଲେ, ଯହିଁରେ ଲୋକର ଅନିଷ୍ଟ ହେବ, ଏ ସବୁ ଜାଗାରେ ବାରିକେ ଧର୍ମଯୁଧିଷ୍ଠିର। ପ୍ରଶ୍ନଶୁଣି ବାରିକେ ଉତ୍ତର କଲେ – "ଏ ହରିବୋଲ। ଜେଜୀମା ଡକାଇଥିଲେ, ମୁଁ ଏଇଲାଗେ ଉଆସରୁ ଆସି ବସିପଡୁଅଛି ପରା! ନିଜେ ଟଙ୍କା ଗଣି ଥଳିରେ ପୂରାଇ ମୁହିଁ ବାନ୍ଧିଦେଲି। ଯୋଡ଼ାଏ ଥଳିରେ ହଜାରେ ହଜାରେ ଏକ ଟଙ୍କା। ହାକିମମାନେ ଶୂନ ଟଙ୍କା ଦିଅନ୍ତି ନାହିଁ, ସେଥିଲାଗି ଟଙ୍କାଟାଏ ବଳକା ଦେଇଛନ୍ତି।"

ରାମ ପରିଡ଼ା ପଚାରିଲା, "ଶୂନ ଟଙ୍କା କ'ଣ?"

ବାରିକେ – "ଏ – ହରିବୋଲ। ଆରେ ବାପା, ଏତିକି ବୁଝିପାରିଲୁ ନାହିଁ? ହଜାରେ ଲେଖିଲେ ଶେଷ ଅକ୍ଷରଟା ଶୂନ ହୋଇଯାଏ, ଏଥିଲାଗି ଏକ ବସାଇ ଦିଅନ୍ତି। (ଖଣ୍ଡେ ଅଙ୍ଗାରରେ ଭୂଇଁରେ ଲେଖିଲେ) ଏହି ସଂଖ୍ୟା ୧୦୦୦, ଶେଷ ଅକ୍ଷରଟା ହେଲା ଶୂନ୍ୟ, ଏଥିଲାଗି ଗୋଟାଏ ୧ ଚଢାଇଦେଲେ ହେବ ୧୦୦୧। ସମସ୍ତେ ଭାରି ଖୁସି। ବୁଝିଲେ, ହିସାବ କିତାବରେ ବି ବାରିକେ ବଡ଼ ଟାଣୁଆ। ବାରିକେ ଆଉ ଗୋଟିଏ ଗୁପ୍ତକଥା ତୁନି ତୁନି ସମସ୍ତଙ୍କୁ ଜଣାଇଦେଲେ – କଟକ କମିଶନର ସାହେବ ପରଗଣାରେ ହୁକୁମ ଲେଖିଦେଲେଣି, ଏଇ ଆସନ୍ତା ଦଶହରା ପୂଜା ବେଳକୁ ଟିକାୟତ ବାବୁ ପାଲିଙ୍କି ପାଟଛତା ଉଡ଼ାଇ, ବାଜା ବଜାଇ ଆସି ଗାଦିରେ ବସିବେ। ତୁଚ୍ଛାଟାରେ ଏ କଥା କହିନାହାନ୍ତି, ଏଥିରୁ ଢେର୍ ମତଲବ ହାସଲ ହେବ।

ଜେଜୀମା ଆଉ ମା' ମଣିମା ସ୍ଥିର କଲେ, ନରୁର ଏହି ପ୍ରଥମ ଟଙ୍କାରେ ଯୁଗଳକିଶୋର ମନ୍ଦିରରେ ହରିଲୁଟ୍ ହେବ। ବୁଢ଼ା ରଙ୍ଗାଧର ମହାନ୍ତିଙ୍କୁ ପଢ଼ିହାରୀ ଡାକିଆଣିଲା, ଛାମୁ ଦୁଇ ବନ୍ଧ ଦୁଇ, ପାଖରେ ଜେଜୀମା ଆଉ ବୁଢ଼ା ଛାମୁକରଣ ଦୁଇଜଣ ବସି କଥାବାର୍ତ୍ତା ହେଲେ। ଛାମୁକରଣ ଭାରି ଖୁସିଟାଏ ହେଲେ, 'ଯୁଗଳକିଶୋର' କହି ହାତଯୋଡ଼ି ଦୁଇ ତିନିଥର ଦଣ୍ଡବତ କଲେ। ଯୁଗଳକିଶୋର ମନ୍ଦିରରେ ହରିଲୁଟ ହେବ – ଆସନ୍ତା ସ୍ନାନପୂର୍ଣ୍ଣିମାକୁ ଦିନ ସ୍ଥିର ହେଲା। ମୁଲକର ବାଇଶ କୀର୍ତ୍ତନ ସଂପ୍ରଦାୟଙ୍କୁ ଗୁଆ ଦିଆଯିବ – ମୁଲକର ସାନବଡ଼ ସମସ୍ତ ପ୍ରଜା ହାଜର ହୋଇ ପ୍ରସାଦସେବା ନିମନ୍ତେ ପ୍ରଭୁଙ୍କ ଧଣ୍ଟା ଗାଁ ଗାଁ କେ ବିଜେ ହେବେ। ଜେଜୀମା ପଇଁଚାଳିଶିଟି ଟଙ୍କା ଥାକ କରି ପଟ୍ଟନାୟକଙ୍କ ପାଖରେ ଥୋଇଦେଲେ।

ପଟ୍ଟନାୟକେ ଟଙ୍କା ଉଠାଇ ଅଳ୍ପ ଟିକିଏ ହସି ଜେଜୀମାଙ୍କ ମୁହଁକୁ ଚାହିଁଲେ। ଜେଜୀମା ସେଥିର ଅର୍ଥ ବୁଝିପାରି କହିଲେ, ହେଉ ତୁମେ ତ ଆରମ୍ଭ କରିଦିଅ, ଅଣ୍ଟନିଅଣ୍ଟକୁ ଦେଖାଯିବ।

ସ୍ନାନପୂର୍ଣ୍ଣିମାକୁ ଆଉ ଚାରିଦିନ ବାକି – ମଫସଲରୁ ସରଞ୍ଜାମ ମାନ ଆସୁଛି। ଭାରିଆ, ମୁଣ୍ଡବୋଝିଆ ଧାଡ଼ି ଲାଗିଛି। କାହା ପିଢ଼ାରେ କଖାରୁ, କାହା ବାଡ଼ିରେ କଦଳୀ ଆପେ ଧରି ଚାଲିଛି। ଟିକାଏତବାବୁଙ୍କ ମାନସ – ଯୁଗଳକିଶୋର ମନ୍ଦିରରେ ହରିଲୁଟ, ଏଡ଼େ ପୂଣ୍ୟଯୋଗ କି ଘଟିବ? ସାନବଡ଼ ସମସ୍ତ ପ୍ରଜା ଧାଇଁଛନ୍ତି। ନାନା ପ୍ରକାର ସରଞ୍ଜାମ ପର୍ବତ ପ୍ରମାଣ ମନ୍ଦିରରେ ଜମାହୋଇଗଲାଣି। ମୂଲ୍ୟ ଯାଚିଲେ 'ରାମ – ରାମ' କହି ଟଙ୍କା ଫେରାଇ ଦେଉଛନ୍ତି। ଟଙ୍କା କେତୋଟିରେ ପଟ୍ଟନାୟକେ ଆଉ ହାତ ଲଗାଇ ନାହାନ୍ତି। ସିଠ ସବୁ ଗୋଠିଆ ଗଉଡ଼ଙ୍କୁ ଏକାଠି କରି ଡାକିଦେଲା, "ସମସ୍ତେ ଶୁଣ, ଅନ୍ନଦାତା ହାକିମ ପିଲା, ବିଦେଶରେ ଅଛନ୍ତି, ତାଙ୍କର ଶୁଭକାର୍ଯ୍ୟ, ଯୁଗଳକିଶୋରଙ୍କ ଅମଣିଆ – ପାଞ୍ଚ ମୁଖରେ ପଡ଼ିବ, ବୁଝି ଖବରଦାର, କୂଳ ବୁଡ଼ିଯିବାର କଥା। " ଦୁଧ ଦହି ଘିଅ ଛେନାରେ ମନ୍ଦିର ସରଘର ପୂରିଗଲାଣି।

ଚତୁର୍ଦ୍ଦଶୀ ପିଛିଲା ପହର ରାତି ଥାଉଁ ଥାଉଁ ମନ୍ଦିର ଖନ୍ଦାଚୁଲିରେ ନିଆଁକୁଣ୍ଡା ପଡ଼ିଗଲା। ଦୁଇକୋଡ଼ି ସରକି ଗୁଡ଼ିଆ ପିଠା ଖଜା ତିଆରିରେ ଲାଗିଗଲେ। ଦିନେ ପହରକ ସରିକି ଚାରିଆଡ଼ୁ କୀର୍ତ୍ତନ ଶବ୍ଦ ଶୁଭିଲା, କୀର୍ତ୍ତନିଆ ପଞ୍ଝା ଆସୁ ଆସୁ ଅଧକୋଶ ଦୂରରୁ କୀର୍ତ୍ତନ ଆରମ୍ଭ କରିଦେଇଅଛନ୍ତି। କ୍ରମେ ସମସ୍ତ ପଞ୍ଝା ପହଞ୍ଚିଗଲେ। ସେମାନଙ୍କର ଉନ୍ମାଦ –ନୃତ୍ୟ ଚିତ୍କାର ସଙ୍ଗୀତରେ ଝାଞ୍ଜ ମୃଦଙ୍ଗ କାହାଳୀ ଶବ୍ଦ ମିଶି ଦୂରକୁ ସମୁଦ୍ର ଗର୍ଜନ ପରି ଶୁଭୁଛି। ଶଙ୍ଖ ହୁଳହୁଳି ଶବ୍ଦରେ ମାଇକିନିଆମାନେ ଗାଁ କମ୍ପାଉଛନ୍ତି। କି ସ୍ତ୍ରୀ କି ପୁରୁଷ ଆଜି କାହାରି ହାତରେ କିଛି କାମ ପାଇଟି ନାହିଁ। ସମସ୍ତଙ୍କ ମନରେ ଆନନ୍ଦ, ସମସ୍ତେ ହରିଲୁଟରେ ଲାଗିଛନ୍ତି। ସବୁ କୀର୍ତ୍ତନିଆ ପଞ୍ଝା ମିଶି ଗୋଟାଏ ସଙ୍ଗୀତ ଆରମ୍ଭ କଲେ –

"ଭଜରେ ମନ ହରିନାମ
ହରିନାମ ହରିନାମ ହରିନାମ
ଯେ ନାମ ଯପିଲେ ପୂର୍ଣ୍ଣହୁଏ ମନସ୍କାମ।
(ସେହି) ସୁଧାମୟ ନାମ ଜପି ଲଭ ସ୍ୱର୍ଗଧାମ (ଘୋଷା)
ସଂସାରର ଧନ ଜନ   ସବୁ ହେବ ଅକାରଣ
ଯେବେ ତେଜିବୁ ଭବଧାମ।
ତୁଚ୍ଛା ଚିନ୍ତା ପରିହରି   ଭଜ ମନ ହରି ହରି
ଜୀବନେ ମରଣେ ସାହା ମାତ୍ର ସେହି ନାମ।

ହରି ପିତା ହରି ମାତା ହରି ଗୁରୁ ଜ୍ଞାନ – ଦାତା
ହରି ଜଗତର ତ୍ରାତା ହରି ପୂର୍ଣ୍ଣଧାମ। "

ଦିନ ଦିପହର ଯାଏ କୀର୍ତ୍ତନ ଗାଇ ଗାଇ ବାଆଣିଆ ଗାଆଣିମାନେ ଥକିପଡ଼ିଲେଣି। ଥକା ମେଣ୍ଟିବା ପାଇଁ କୀର୍ତ୍ତନ ବନ୍ଦ କରି ସମସ୍ତେ କିଛିକ୍ଷଣ ବସିଲେ। ବାଲଭୋଗ ପାଇଁ ଜେଜୀମା ଦଶ ଭରଣ ଧାନ ଆଉ ଗୁଡ଼ର ବରାଦ କରିଦେଇଥଲେ। ମଫସଲମାନଙ୍କରୁ ଉଖୁଡ଼ା ତିଆରି ହୋଇ ଆସିଥିଲା। ସେହି ବାଲଭୋଗ କୀର୍ତ୍ତନ ଆଉ ଆଉ ଲୋକେ ସେବା କରି ଜଳପାନ କଲେ। ପ୍ରସାଦ ହେବାକୁ ଢେର୍ ବିଳମ୍ବ ଅଛି।

କୀର୍ତ୍ତନିଆମାନଙ୍କ ମଧ୍ୟରେ ସଙ୍ଗୀତ ବିଦ୍ୟାର ଆଲୋଚନା ଆରମ୍ଭ ହେଲା। ଦେଶ ମଧ୍ୟରେ କେଉଁ ବାଆଣିର କିପରି ହାତ, କାହାର କିପରି କଣ୍ଠସ୍ୱର ଇତ୍ୟାଦି ଚର୍ଚ୍ଚା ଲାଗିଲା। ମୁକୁନ୍ଦପୁର ସମ୍ପ୍ରଦାୟର ଶ୍ରୀ ବାଆଣିଆଙ୍କର ଭାରି ନାମଡ଼ାକ, ସେ ମନ ମଧ୍ୟରେ ବିଚାର କଲେ ସମସ୍ତଙ୍କ ଆଗରେ ଆପଣା ଗୁଣ ଜାହିର କରିବାର ତ ଏହି ବେଳ! ଆପଣା ହାତର ସଫାଇଟା ସମସ୍ତଙ୍କୁ ଦେଖାଇବା ପାଇଁ ମୃଦଙ୍ଗଟା କାନ୍ଧରେ ପକାଇ ଖପ୍ କରି ଛିଡ଼ା ହୋଇ ଏକତାଲାର ବୋଲଟା ଝାଡ଼ିବାକୁ ଲାଗିଲେ –

ଧିକକା – ତାଧିନା – ତାକତି – ତାଧିନା

ନାଚି ନାଚି କେବେ ଚକ୍ରାକାର, କେତେବେଳେ ଗାଈଛନ୍ଦ ପରି ଘୂରି ଯାଉଥାନ୍ତି, ତାଳ ଛିଡ଼ିବାବେଳେ ମୁଣ୍ଡଟାକୁ ବେଜାଏ ଝୁଲାଇ ବାଆଣିଆମାନଙ୍କ ଆଡ଼କୁ ଡାହାଣ ହାତଟା ଲମ୍ବାଇ ଦେଉଛନ୍ତି। ଶ୍ୟାମ ନଗର ସମ୍ପଦାୟର ବାଆଣିଆ ରାମ ଦାସେ ଆଉ ସମ୍ଭାଳି ପାରିଲେ ନାହିଁ – ଛିଡ଼ା ହୋଇଯାଇ ଲୋଫ ତାଳରେ ବୋଲଟା ଆରମ୍ଭ କରିଦେଲେ-

ଧାକତି – ତିଦ୍ଧାକତି

ଦୁଇ ଚାରିହାତ ଦେଖାଇଛନ୍ତି, ବାଆଣିଆ ଭୀମ ଅଧିକାରୀଏ ଖୁବ ପାଟିଟାଏ କରି କହିଲେ, "ହଁ-ହେଁ ହାଁ ଏକତାଲା – କବାଲି – ତେଓଟି କାହାକୁ ଅଜଣା? ଦେଖା ତ ଭଲା ହାତେ ରୁଦ୍ରତାଳ।" ରାଧା ଦାସ ବାଆଣିଆ ଜବାବ ଦେଲେ – "ହୋଇ ହେ ବାଆଣିଆ ଭାଇ! ଆପଣଙ୍କ କଥାଟା ଠିକ୍ ହେଲା ଜାଣେ ମୋ ମୁଣ୍ଡ ଉପରେ। ବୋଇଲା ଭଲା, ରୁଦ୍ରତାଳ ବଡ଼ ନା ବ୍ରହ୍ମତାଳ ବଡ଼? ଏଇ ଦେଖନ୍ତୁ ବ୍ରହ୍ମତାଳ।" ତାଙ୍କ ହାତ ନ ଚାଲୁଣୁ, ଆଉ କ'ଣ ସମ୍ଭଳା ପଡ଼େ, ଆଉ ଆଉ ସମ୍ପ୍ରଦାୟର ବାଆଣିଆମାନେ କମ୍ପିଗଲେଣି। ଆପଣା ସମ୍ପ୍ରଦାୟର ଆଗରେ ସମସ୍ତେ ଏକାବେଳକେ ମୃଦଙ୍ଗ କାନ୍ଧରେ ପକାଇ ଛିଡ଼ା ହୋଇଗଲେ। ଯେଉଁ ବାଆଣିଆଟା ଗଲା ଶ୍ରୀ ପଞ୍ଚମୀ ଦିନ ପୂଜା ଦେଇ ମୃଦଙ୍ଗ ଛୁଇଁଛି, ତାହାର ଡ଼ିଆଁଡ଼େଇଁ ପଡିପଡ଼ିଛି। କିଏ ପଚାରେ ତାଳମାନ, ଚାରିହାତ

ଚିଲାମାରି ତୁଚ୍ଛା ମୃଦଙ୍ଗ ବାଡ଼ଉଛନ୍ତି। ହଜାର ହଜାର ଲୋକଙ୍କ ହରିବୋଲ ଆଉ ଗାଁର ମାଇକିନିଆମାନଙ୍କ ଶଙ୍ଖ ହୁଳହୁଳିରେ ଯେମନ୍ତ ଭୂମିକମ୍ପ ଉପସ୍ଥିତ। ବାଆଣିଆମାନଙ୍କର ଚେତା ଥିଲା, ପରି ଜଣାଯାଉ ନାହିଁ। ମୃଦଙ୍ଗକୁ ମୃଦଙ୍ଗ ଠୁଙ୍କା ଠୁଙ୍କି ହୋଇ ଦଶ ବାରଟା ଭାଙ୍ଗିଗଲାଣି, ଖପରାଗୁଡ଼ାକ ଖସିପଡ଼ି ତୁଚ୍ଛା କାକେରି ଗୁଡ଼ାକ ବେକରେ ଝୁଲୁଛି, ହେଲେ ହାତ ବନ୍ଦ ନାହିଁ। କାହାରି ଗାମୁଛା କାହାରି ବା ପାଛୋଡ଼ିଖଣ୍ଡମାନ ମୁଣ୍ଡରେ ପାଗ ବନ୍ଧାଥିଲା, ବେକାଏ ମୁଣ୍ଡଝୁଙ୍କାରେ ତଳେ ଖସି ପଡ଼ିଗଲାଣି, ଲୋକ ମାଡ଼ି ଦଳିହୋଇ ଯାଉଛନ୍ତି। ଥୋକେ ବାଆଣିଆମାନଙ୍କର କଛା ମୁକୁଳା। କୀର୍ତ୍ତନିଆମାନେ ଦେଖିଲେ ଆଉ ସମ୍ଭଳା ପଡ଼ିବ ନାହିଁ, ଆପଣା ଆପଣା ପଞ୍ଝାର ବାଆଣିଆମାନଙ୍କୁ ହାତ ଧରି ଭିଡ଼ି ନେଇ ବସାଇଦେଲେ। ସମସ୍ତେ ଗୋଟା ଝାଳରେ ସରପଟା ଲୁଗାକାନିଟାମାନ ଧରି ବିଞ୍ଚି ହେଉଛନ୍ତି। ଫଁ ଫଁ କରି ନିଶ୍ୱାସ ପଡୁଛି।

ବେଳ ତିନି ପହର ସରିକି ଧୂପଘଣ୍ଟା ବାଜିଲା। ଭୋଗମଣ୍ଡପର ଏତେ ଜାଗା କାହିଁ? ଆଗ ଅଗଣାଟା ଧୋଇଧାଇ ଗଛ ପ୍ରମାଣ ଅମଣିଆ ଗଦା, ପୂଜାହାରୀ ଚଳୁଧରି ତୁଳସୀପତ୍ରଟାଏ ପକାଇ ଘଣ୍ଟ ବଜାଇ ଭୋଗ ଲଗାଇଦେଲେ।

ଧୂପ ଉତ୍ତାରେ ପ୍ରସାଦସେବାର ଆୟୋଜନ ହେଲା। ପ୍ରଥମେ ହେଲା ବ୍ରାହ୍ମଣ ଭୋଜନ ନିସଙ୍ଖୁଡ଼ି।ବୈଷ୍ଣବ ପଙ୍ଗତ ଉତ୍ତାରେ ବାବୁଙ୍କର ପ୍ରସାଦସେବା ହେବ। ହଜାରକୁ ହଜାର ବୈଷ୍ଣବ ଗୋସେଇଁ ଧାଡ଼ି ଧାଡ଼ି ବସିଗଲେ।ଊଣା ଅଧିକେ ତିନିକୋଡ଼ି ସରିକି ପରଷୁଣିଆ ଅଣ୍ଟାରେ ଗାମୁଛା ଭିଡ଼ି ପରଷି ଯାଉଛନ୍ତି। ଅନ୍ନ ବ୍ୟଞ୍ଜନ ଲାଗିଗଲା, ଅଧିକାରୀଏ ଆଗରେ ଛିଡ଼ାହୋଇ ଜୟ ଫେରାଇଲେ –

ଅଧିକାରୀ – ଶ୍ରୀ ଯୁଗଳକିଶୋର କି –

ସମସ୍ତ ବୈଷ୍ଣବ – ଜେ

ଅଧିକାରୀ ଶ୍ରୀ ବ୍ରିନ୍ଦାବନବିହାରି କି

ସମସ୍ତେ – ଜେ !

ଅଧିକାରୀ ଶ୍ରୀ ରାଧାରାଣି କି

ସମସ୍ତେ – ଜେ !

ଅଧିକାରୀ ଶ୍ରୀ ଗିରିଗୋବର୍ଦ୍ଧନ କି –

ସମସ୍ତେ – ଜେ !

ଅଧିକାରୀ ଶ୍ରୀ ବାଳଗୋପାଳ କି –

ସମସ୍ତେ – ଜେ !

ଅଧିକାରୀ ଜାଣ ଭକ୍ତ କି –

ସମସ୍ତେ – ଜେ !
ଅଧିକାରୀ ସବୁ ବୈଷ୍ଣବ ଗୋସେଇଁ କି –
ସମସ୍ତେ – ଜେ !
ଅଧିକାରୀ ଟିକାୟତବାବୁ କି –
ସମସ୍ତେ – ଜେ !
ଅଧିକାରୀ ମା' ମଣିମା କି –
ସମସ୍ତେ – ଜେ !
ଅଧିକାରୀ ଜେଜୀ ମଣିମା କି
ସମସ୍ତେ – ଜେ !
ଅଧିକାରୀ ପ୍ରେମସେ କହ
ସମସ୍ତେ କହି ଉଠିଲେ , ନାହିଁ ନାହିଁ, ପୁଝାରୀ ଟହଲିଆ ରହିଗଲେ।
ଅଧିକାରୀ ପୁଝାରୀ ଟହଲିଆ କି –
ସମସ୍ତେ – ଜେ!
ଅଧିକାରୀ ସହିତେ – ପ୍ରେମସେ କହ ରାଧେ –

ବାକ୍ୟ ସମାପ୍ତ ନ ହେଉଣୁ ସପ୍-ସପ୍, ଗପ୍ – ଗପ୍, ସଡ୍ଡ଼ – ସଡ୍ଡ଼, ମଡ୍ଡ଼ – ମଡ୍ଡ଼, ଶବ୍ଦ ଶୁଭିଲାଣି। ଚହଳ ପଡ଼ିଛି, ଆହେ ଡାଲି ଦିଅ ହେ – ଏ ଧାଡ଼ିରେ ଶୁକତାନି ନାହିଁ, ଆମ୍ବିଳ, ଅନ୍ନ ଆଣ, ଅନ୍ନ ଆଣ ! ଯେତେ ଦିଅ, ବୈଷ୍ଣବ ଗୋସେଇଁମାନଙ୍କ ପତ୍ର ତୁଚ୍ଛା ପୋଛାପୋଛି। ଖାଇଲାପତ୍ର ଦୁଇ ପାଖରେ ଆଉ ଦୁଇଖଣ୍ଡ ପତ୍ର ରହିଛି, ବୈଷ୍ଣବ ଗୋସେଇଁମାନେ ସେହି ଦୁଇପତ୍ରକୁ ବାହି ପକାଉଛନ୍ତି। ଏ ଦୁଇଖଣ୍ଡ ପତ୍ର କ'ଣ ନା ଗୋସେଇଁଆଣୀଙ୍କ ପାଇଁ।ପାଣି ପିଇଦେଇ ଟୁକୁଣା ଭିତରେ ତମସା ଭର୍ତ୍ତିକରିନେଲେ। ବୈଷ୍ଣବ ଗୋସେଇଁମାନଙ୍କର ପ୍ରସାଦସେବା ବଢ଼ିଲା, ଅଧିକାରୀଏ ସମସ୍ତଙ୍କ ପତ୍ରରୁ କଣିକାଏ ଅଧରାମୃତ ନେଇ ଗୋଟିଏ ପଥର ଗିନାରେ ପୂରାଇ କଦଳୀପତ୍ର ଖଣ୍ଡେ ଘୋଡ଼ାଇଦେଲେ। ଜେଜୀମା, ମା' ମଣିମା, ଆଉ ଉଆସର ସମସ୍ତେ ସେବା କରିବେ।

ତହିଁ ଉତ୍ତାରେ ବାବୁମାନେ ବସିଗଲେ। ଛତିଶପାଟଙ୍କର ଏକ ଧାଡ଼ି, ଆଜି କି ଜାତି ବିଚାର? ଏ ଯେ ହରିଲୁଟ ! ଖାଲି ଚହଳ ପଡ଼ିଛି, ଆଣ ଅନ୍ନ। ପରଷୁଣିଆମାନେ ଧାଇଁଛନ୍ତି, ଗମଗମ ଝୋଳ ଗୋଡ଼ବାଟେ ବହିଯାଉଛି। ପ୍ରସାଦସେବା ବଢ଼ିବାକୁ ରାତି ପ୍ରାୟ ଶେଷ। ପ୍ରଜାହାରୀ ମଙ୍ଗଳ ଆଳତୀ ପାଇଁ ସ୍ନାନ କରିବାକୁ ବାହାରିଛନ୍ତି, ଧାଇମା ସକାଳୁ ଠା ବସିଛନ୍ତି, ସ୍ନାନଟା ଯେ ବଢ଼େଇ ଆସିଥିଲେ ତେତିକି, ମହାରଦ ବି ସେବା ହୋଇନାହିଁ। ଚମକିପଡ଼ିଲେ, ରାତି ଯେ ପାହିଲା ଆସି, ପୂର୍ବ ଦିଗରେ ସିନ୍ଦୁରା ଫାଟିଲାଣି। ଅଧିକାରୀ ଦେଇଥିବା ଅଧରାମୃତ ପଥରଗିନାଟା ଧରି ଉଆସକୁ

ବାହାରିଲେ। ଯୋଡ଼ାଏ ପୋଇଲୀ ପଛରେ ଧାଇଁଛନ୍ତି। ଏ କ'ଣ? ଧାଈମା ଯେଉଁ ଜାଗାରେ ବସାଇ ଦେଇ ଆସିଥିଲେ, ମଣିମା ଠିକ୍ ସେହି ଜାଗାରେ ବେଙ୍ଗୁଲୀଟି ପରି ତୁନିହୋଇ ବସିଛନ୍ତି। ଧାଈମା ଚଞ୍ଚଳ ଆପଣା ମୁହଁହାତ ଧୋଇପକାଇ ମଣିମାଙ୍କ ମୁହଁରେ ଓଦା ହାତଟା ବୁଲାଇ ଦେଲେ, ଆପେ କଣିକାଏ ଅଧରାମୃତ ମୁହଁରେ ଦେଇ ମଣିମାଙ୍କ ମୁଖରେ କଣିକାଏ ଗୁଞ୍ଜିଦେଲେ। ଆଉ କଣିକାଏ ଦେବାବେଳେ ମଣିମା ମୁହଁ ବୁଲାଇ ନେଲେ।

ତେପନ

ମନ୍ତ୍ରଣା

ଉପର ଓଳିଆ – ବେଳ ଚଉଦଘଡ଼ି ସମୟ – ଯୁଗଳକିଶୋରଙ୍କ ନାଟମନ୍ଦିର ମଧ୍ୟରେ ଖଣ୍ଡିଏ ଗାଲିଚା ଆସନରେ ଛୋଟରାୟ ବିଜେ। ତାଙ୍କ ଆଗ ପାଞ୍ଚହାତ ସରିକି ଦୂରରେ ବୁଢ଼ା ଛାମୁକରଣ ପକା ଉପରେ ବସିଛନ୍ତି। ସାନ୍ତଙ୍କ ଡାହାଣହାତି ଦୁଆରବନ୍ଧ ଲଗାଲଗି ହରିବୋଲ ବାରିକେ। ଠିକ୍ ତାହାର ଆଗ ଛାମୁଆ ବିଜେ ମନ୍ଦିର ଭିତରେ କବାଟ ଉହାଡ଼ରେ କେବେ ପଣତକାନି, କେତେବେଳେ ବା ଓଢ଼ଣାର ଧଡ଼ି ଦିଶୁଛି। ନିରୋଳା କରାଯାଇଛି, କେହି କାଳେ ପାଖକୁ ଚାଲିଆସି କଥା ଶୁଣିପକାଇବ – ସେଥିଲାଗି ଅଗଣାରେ ଯୋଡ଼ାଏ ପାଇକ ଟହଲି ପହରାରେ ଥାନ୍ତି। ସମସ୍ତେ ତୁନିତାନି -ତୁଚ୍ଛା ମୁହଁ ଚାହାଁଚାହିଁ ହେଉଛନ୍ତି – କେହି କିଛି ବୋଲିବାକୁ ନାହିଁ, ବୋଲିବେ କ'ଣ, କ୍ୟାଁ ଆସିଛନ୍ତି କାହାରିକୁ ଜଣା ନାହିଁ, ତୁଚ୍ଛା ହରିବୋଲ ବାରିକଟା ବସି ବସି ଗୋଟାଏ ମତଲବ ପାଞ୍ଚୁଛି। ସାନ୍ତ ଦୁଇ ତିନିଥର ମନ୍ଦିର ଭିତରକୁ ଅନାଇଲେଣି -ଆଚ୍ଛା, କ୍ୟାଁ ଡାକରା ହେଲା କହିବା ହେଉ। କବାଟ ଉହାଡ଼ରୁ ବି ଦୁଇ ତିନିଥର ଓଢ଼ଣା ଭିତରୁ ନାସିକାଟିଏ ଦିଶିଗଲାଣି। ପଟ୍ଟନାୟକେ ଦୁହିଁଙ୍କ ମୁହଁକୁ ଚାହୁଁଛନ୍ତି। ଛୋଟରାୟ ସାନ୍ତେ ଆଉ ତୁନି ହୋଇ ବସି ରହିପାରିଲେ ନାହିଁ – ପଟ୍ଟନାୟକ ମୁହଁକୁ ଅନାଇ ପଚାରିଲେ, 'କଥା କ'ଣ ପଟ୍ଟନାୟକେ'? ଧାଈମା ଡ଼ାକୁଛନ୍ତି ସତ, ହେଲେ – ହଠାତ୍ ତାଙ୍କୁ ପଚାରିଦେବାଟା ମର୍ଯ୍ୟାଦାର କଥାନୁହେଁ, ଏହା ମଧ୍ୟ ଜାଣନ୍ତି। ଅନୁମାନ କରିନେଲେ, ପଟ୍ଟନାୟକେ ତ ପାଖରେ ଅଛନ୍ତି, ଧାଈମାଙ୍କ କଥା ଜଣାଥିବ। ହରିବୋଲ ବାରିକ ସଟପଟି ଗଲାଣି .... ଯା ମଲା। କଥାଟା ଯେ ଫାସିଆରା ହେବାକୁ ବସିଲା। କଥା କ'ଣ କି, କେହି କାହାରିକୁ ଡାକି ନାହାନ୍ତି। ହେଲେ କ'ଣ ହେଲା, ସମସ୍ତେ ଡାକରାରେ ଆସିଛନ୍ତି। ସକାଳ ଓଳି ଗୋଟାଏ ଧାଉଡ଼ିଆ ଯାଇ ସାନ୍ତଙ୍କ ପାଖରେ ଜଣାକଲା, ଧାଈମାଙ୍କ ଇଚ୍ଛା, ଆଜି ଚଉଦଘଡ଼ିଆ ବେଳେ ଯୁଗଳକିଶୋରଙ୍କ ଦର୍ଶନ ବିଜେ ହେବେ। ଧାଈମାଙ୍କ ପାଖରେ ସମ୍ବାଦ ପହଞ୍ଚିଲା, ଛୋଟରାୟ ସାନ୍ତ ମନ୍ଦିରରେ ବିଜେ

ହେବେ, ତାଙ୍କର କିଛି ଜଣାଇବାର ଅଛି। ପଟ୍ଟନାୟକେ ସମ୍ବାଦ ପାଇଲେ, ସାଆନ୍ତ ଆଉ ସାଆନ୍ତିଣିଙ୍କ ଆଜ୍ଞା, ମନ୍ଦିରରେ ହାଜର ଦେବେ। ହେଲେ କାହାରିକୁ ଡାକି ନାହାନ୍ତି। ଏ ସବୁ ହରିବୋଲ ବାରିକର ଚକ୍ର। ହରିବୋଲିଆ ବିନା ସୂତ୍ରରେ ହାଟକୁ ଯିବାର ଲୋକ ନୁହେଁ, ଏତେ କାଣ୍ଡ କ'ଣ ମାହାଲିଆ କରି ପକାଇଛି? ନାହିଁ ନାହିଁ, ତାହାର ମତଲବଟା ଆମ୍ଭମାନଙ୍କୁ ଜଣା। ହରିବୋଲ ବାରିକର ଗୋଟାଏ ସ୍ୱଭାବ, ତୁଚ୍ଛାଟାରେ ଗୋଟିଏ ରାଣିଆ ଲୋକକୁ କେହି ତୁଟି ପକାଇବ ଏ କଥାଟା ତାକୁ ଅସହଣି, ଆଜି ସକାଳେ ନିଜ ଗଡ଼ରେ ହରି ମହାକୁଡ଼କୁ ନଟବର ବାବୁଙ୍କର ଗୋଟାଏ ଗୁମାସ୍ତା ଖଜଣା କଥାରେ ଦୁଇଟା ଚାପୁଡ଼ା ଲଗାଇଦେଲା। ହରିବୋଲ ବାରିକ ସେଠି ଠିଆହୋଇଥିଲା, ତା'ଦେହ ସହିଲା ନାହିଁ। ସେ ଗୁମାସ୍ତା ସଙ୍ଗରେ ଲଗାଇଲା, ଭଟ୍ ଭଟ୍। ଗୁମାସ୍ତା ହାକିମ ହୁକୁମ ଧରା ଲୋକ; ସେ ଭଣ୍ଡାରି ଚାପୁଡ଼ା କଥା ଶୁଣି କ'ଣ ଟପିଯିବ? ସେ ମଧ୍ୟ ଆଚ୍ଛାକରି ଚାରିକଥା ବଜେଇଦେଲା। ବାରିକେ ଭାରି ଖପାଟା ହୋଇ କହିଲେ, "ଦେଖ, ତୁମେ ଆପଣ ତ ହାକିମ ପ୍ରସ୍ତ ଲୋକ, ଆଉ କ'ଣ କହିବି? ତେବେ, ମୋ କଥା ଶୁଣ, ଆଜୁଁ ପାଞ୍ଚଦିନ ଭିତରେ ତୁମକୁ ତଣ୍ଟିଆ ଦେଇ ଯେବେ ଦେଶରୁ ନ ତଡେଁ, ମୁଁ ଭଣ୍ଡାରି ପିଲା ନୁହେଁ।" ରାଗ ମୁଣ୍ଡରେ ବଡ଼ପଣଟାଏ କରି କଥାଟା ପାଞ୍ଚଜଣଙ୍କ ଆଗରେ କହିପକାଇଲା, ଏବେ ମାନମହତ୍ତ୍ୱ ରହେ କିପରି? କିପରି ବାହାର କରିବା ପାଇଁ ଗୋଟାଏ ଫିକର କରି ସମସ୍ତଙ୍କୁ ରୁଣ୍ଡ କରିଛି। ହେଲେ, କଥାଟା ବାହାରିଗଲାଣି ଆଉ ଆଡ଼େ।

ବାରିକ ଆପଣା ଗାମୁଛା ବେକରେ ପଟା ପକାଇ 'ଆଜ୍ଞା, ଆଜ୍ଞା, ଆଜ୍ଞା' ତିନିଥର କହି ତିନି ଜଣକୁ ଢପ୍ ଢପ୍ କରି ଭୂଇଁରେ ମୁଣ୍ଡ ଲଗାଇ ତିନିଟା ଜୁହାର କରି କହିଲା, "ଆଜ୍ଞା, ଏଁ ହରିବୋଲ! ଆପଣମାନେ କିଛି କଥା ଆଜ୍ଞା କରିବା ଆଗରୁ ମୁଁ ଦି'ଟା କଥା ଜଣାଇବି। ମୁଲକର ହାକିମ ହେଲେ ପିଲା, ସେ ପୁଣି କାହିଁ ପରବାସରେ ପଡ଼ିଛନ୍ତି; ଉଛୁଣି ନ'ଛ କ'ଣ ବା ବୁଝନ୍ତି, ଆପଣମାନେ ହେଲେ ପୁରୁଣା ହାକିମ; ଭଲମନ୍ଦ କାହାକୁ ଲାଗେ? ନିନ୍ଦା ପରଶଂସା କାହାକୁ? ଉଆସ ପରିଜନ ଦୁଃଖକଥା ଶୁଣି ମୂଲକ ଲୋକଙ୍କ ଆଖିରୁ ଥପ୍ ଥପ୍ ପାଣି ବହିପଡୁଛି। ଆଉ ଦେଖନ୍ତୁ ସାତ ପୁରୁଷର ଦାନାଖିଆ ଚାକର ପାଞ୍ଜିଆ – ପଟୁଆରିମାନଙ୍କ ଭାଲୁଣି କଅଣ ଅସରନ୍ତା! କାରଣ ପିଲାଗୁଡ଼ାକ କ'ଣ ମୂଲ ଲାଗିବାକୁ ଯିବେ? ମରନ୍ତୁ, ବଞ୍ଚନ୍ତୁ, ମୁହଁମାଡ଼ିମାଟି କାମୁଡ଼ି ଘରେ ପଡ଼ିଛନ୍ତି। ଏଣକି ଆଉ ରକ୍ଷା ନାହିଁ। ପ୍ରଜାଙ୍କ ଘରୁ ରୁଟି କବଟା ସରିଲାଣି, ପୁଣି କଥା କଥାକେ କହୁଣି ବସୁଛି। ପ୍ରଜା ଲୁଚା ହେଲେ କାଉପଲ, ଅସହଣ ହେଲେ ଗଦାହୋଇ ତ ରାଉ ରାଉ କରିବେ। ଗଲା ଗୁରୁବାର ହାଟପାଳି ଦିନ ନୂଆପୁରର ହାଟମୁଣ୍ଡରେ ପାଞ୍ଚ କି ଦଶହଜାର ପ୍ରଜା ରୁଣ୍ଡ ହୋଇ ବିଚାର କରୁଥିଲେ,

କଟକ ଯାଇ ହାକିମଙ୍କୁ ଦୁଃଖହାଲ ଜଣାଇବେ। ମୁଁ ପହଞ୍ଚିଗଲି – ବିଚାରକଲି, କଥା ସରିଲା ଆସି ଦେଶ ନିନ୍ଦା – କୁଳ ନିନ୍ଦା – ଦାନାଦାର ହାକିମମାନଙ୍କୁ ନିନ୍ଦା! ହାତଓଠ ଧରି ଅଟକାଇ ଦେଲି କହିଲି, ଆରେ ଘର ହାକିମମାନଙ୍କୁ ଜଣାଇବା – ସେମାନେ ନ ବୁଝିଲେ କଟକ ଯିବା। ସେମାନେ ଆପଣମାନଙ୍କ ଚରଣ ଛାମୁରେ ଦୁଃଖ ହାଲ ଜଣାଇବାକୁ ପଠାଇଲେ। କ'ଣ ଆଜ୍ଞା ହେଉଛି? "

ସବୁ କଥା ଶୁଣି ତିନିଜଣଯାକ ମୁଣ୍ଡ ତଳକୁ କରି ବସିଲେଣି। ସମସ୍ତେ ଆପଣା ଆପଣାକୁ ଦୋଷୀ ମଣି ଲାଜରେ ସଢ଼ିଯାଉଛନ୍ତି। ଧାଇମା ମନରେ କଲେ, ମୁଁ ରିପୋର୍ଟରେ ଚାନ୍ଦର ମୋହରଟା ଚପାଇ ଦେବାରୁ ସିନା ନଟ ହାତରେ ଅଧିକାର ପଡ଼ିଲା। ସାନ୍ତ ମନରେ କଲେ ମୁଁ ପ୍ରଥମରେ ବାଧା ଦେଇ ତଦ୍‌ବିର କରିବା ଲାଗି କଟକ ଚାଲଯାଇଥିଲେ ନଟିଆ ଟୋକାଟା କ'ଣ ଏତେ ଲଟଘଟ କରିପାରନ୍ତା? ପାଞ୍ଜିଆ ବସି ବସି ମନରେ ଭାଲୁଛନ୍ତି, ପାଞ୍ଜିଆଗୁଡ଼ାକ ବଢ଼ାଇଦେଇ ସର୍ବନାଶ କରିଛି; ପାଞ୍ଜି ପାଇ ନଥିଲେ ସେ କ'ଣ କରନ୍ତା?

ଦଣ୍ଡକ ଉତ୍ତାରେ ଫଁ କରି ନିଃଶ୍ୱାସଟାଏ ପକାଇ ଛାମୁକରଣେ କହିଲେ, "ଯା ହେବାର ତ ହୋଇଛି, ଏବେ ଉପାୟ କ'ଣ?" ବାରିକେ ଛିଡ଼ା ହୋଇପଡ଼ି କହିଲେ, ଏଁ ହରିବୋଲ! ଆଜ୍ଞା, ଉପାୟ ସହଜ – ମତେ ଆଜ୍ଞା ହେଉ, ଦିନକ ଭିତରେ ଠିକ୍ ବନେଇଦେବି। ମୁଁ କହୁଛି, କଟକୀ ପାଞ୍ଜିଆମାନଙ୍କୁ ପାନେ ପାନେ ଚଢ଼େଇ ପାଞ୍ଜି ଛଡ଼ାଇ ନେବା ଆମର ତ ସମସ୍ତେ ଗୁହା କାହୁଁ ପାଇବ ଯେ ନାଲିଶ କରିବେ? ଆମ ପୁରୁଣା ପାଞ୍ଜିଆମାନେ ଟଙ୍କା ଅସୁଲ କରି ସରକାର ଘରେ ଖଜଣା ଦାଖଲ କରିବେ? ହାକିମ ସିନା ଟଙ୍କାର ମାଲିକ, ଟଙ୍କା ପାଇଲେ କ'ଣ କରିବେ? ସମସ୍ତେ ହସିଉଠିଲେ। ସାନ୍ତେ କହିଲେ, "ସରକାରୀ ଲଗା ଗୋଟିଏ ଗୋଳମାଳ ଉଠିବ।"

ପାଞ୍ଜିଆ କହିଲେ – ତେବେ ସେମାନଙ୍କଠାରୁ ହିସାବ ବୁଝିବା, ସବୁ ଧରାପଡ଼ିଯିବ।

ସାନ୍ତେ – ତାହା ବି ହାକିମଙ୍କର ହୁକୁମ ଦରକାର। ହେଉ, କିଲ୍ଲାର ଆଉ ଉଆସର ହାଲ-ହବାଲ ଲେଖି ରିପୋର୍ଟ କରି ଟଙ୍କା ଖରଚ ବୁଝିବା ସକାଶେ ସରକାରରୁ ହୁକୁମ ଅଣାଯାଉ। ଧାଇମା କ'ଣ ଆଜ୍ଞା କରୁଛନ୍ତି?

ଧାଇମା ମୁଁ ତିରିଲା ଲୋକ, କ'ଣ ଜାଣେ କ'ଣ କହିବି? ହେଉ, ସାନ୍ତ ଯାହା ଆଜ୍ଞା କରୁଛନ୍ତି ତା' ହିଁ ହେଉ। ପିତାମ୍ବରବାବୁଙ୍କୁ ଲେଖନ୍ତୁ ସେ କଟକରେ ଓକିଲ ମୁକ୍ତାର ମାମଲତକାରଙ୍କୁ କଥାସବୁ କହିବେ, ସେମାନେ ଯେପରି ପରାମର୍ଶ ଦେବେ ସେଇପରି କରାଯିବ।

ହରିବୋଲ ବାରିକ ମନକୁ ଏ କଥାଟା ପାଇଲା ନାହିଁ। ତାହାର ବଡ଼ ଇଛା ଥିଲା ହାକିମମାନେ ହୁକୁମ ଦେଲେ, ସେ ଧାଇଁଯାଇ ସେ ପାଞ୍ଜିଆଟା ପାଖରୁ ପାଞ୍ଜିବିଡ଼ା ଛଡ଼ାଇ ଆଣିବ। ପଛନ୍ତେ ଆପଣା ମନକୁ ବୁଝାଇଲା, ହେଉ ହେଉ –

"ବୁଝି – ସମଝି କାମ କଲେ
ପ୍ରମାଦ ନ ପଡ଼ଇ ଭଲେ।"

ଚଉବନ

ସାବଧାନତା

ସାପର ଆଖି ଚାରିଆଡ଼େ ଖେଳେ। ମନ୍ଦିରର ମନ୍ତ୍ରଣାଟା ଠିକ୍ କରି ନାଜରବାବୁଙ୍କ କାନରେ ବାଜିଗଲା। ଟିକିଏ ଚମକିଗଲେ। ଦଣ୍ଡେ ବସି ବିଚାରିଲେ – ଆହୁରି ଅଛି ଚାରିମାସ ଡେରି।ଏହି କେତେଟା ମାସ ଟିକିଏ ସୁରୁଖୁରୁରେ ଗଡ଼େଇ ନେବାକୁ ହେବ। ସତକଥା, ପ୍ରଜାଗୁଡ଼ାକ ତ କାଉ – ଉଛୁଳିଲେ ସମ୍ଭଳା ପଡ଼ିବ ନାହିଁ। ରିପୋର୍ଟଟା ପହଞ୍ଚିବା ବି ହରକତ ମାମଲା। ଆପେ ବାହାରି ପଡ଼ିବାକୁ ହେବ ଆଉ କାହାରି ହାତରେ ହେବାର କଥା ନୁହେଁ, ଖୁବ ସାବଧାନତା ଦରକାର। ଚାଦରଟା କାନ୍ଧରେ ପକାଇ ବାହାରିପଡ଼ିଲେ – ଏକାବେଳେ ନରୁବାବୁ ଦୁଆରେ ହାଜର୍।"ନରୁବାବୁରେ ! ମୋର ନରୁବାବୁରେ !" ତଳୁ ଡାକି ଦୁମ୍ ଦୁମ୍ କରି ଦୋତାଲା ଉପରକୁ ଉଠିଗଲେ। ନରୁବାବୁଙ୍କର ପଢ଼ା ଚାଲିଛି, ଆଗରେ ପଣ୍ଡିତ ମୃତ୍ୟୁଞ୍ଜୟ କବିଭୂଷଣ ଚୌକିଟାରେ ବସି 'ସୋଽହମାଜନ୍ମସୁଦ୍ଧା ନାମୋଫୋଳଦୟକର୍ମଣା' ଶ୍ଳୋକଟାର ଅର୍ଥ ବୁଝାଉଛନ୍ତି। ଦଣ୍ଡେଇ ପିଲାକୁ ବଗ ଚାହିଁଲା ପରି ବାବୁପିଲା ରଘୁବଂଶ କିତାପଟା ଫିଟାଇ ଏକ ଧ୍ୟାନରେ ଚାହିଁଛନ୍ତି! ମାମୁଁଙ୍କୁ ଦେଖି ନରୁବାବୁ ଛିଡ଼ା ହୋଇଗଲେ।"ବସ, ବାପ, ବସ" ବୋଲି ମାମୁ ଖଣ୍ଡେ ଚୌକି ଟାଣିନେଇ ଦୁମ୍ କରି ବସିପଡ଼ିଲେ। "ପଣ୍ଡିତେ, ଭଣଜାବାବୁଙ୍କ ସଙ୍ଗରେ କିଛି ନିରୋଳା କଥାଭାଷା ଅଛି।" କଥାଟା ଯିମିତି ମାମୁଙ୍କ ମୁହଁରୁ ବାହାରିଛି ପଣ୍ଡିତ ବିଚରା ଭଲ ଲୋକଟି ପରି ତଳକୁ ଓହ୍ଲାଇଗଲେ। ଦୁଷ୍ଟ କରୁଣାଟା କେଉଁଠି ଥିଲା ତୁନି ତୁନି ଆସି ଟିକେଇତ ବାବୁଙ୍କ ପଛପଟ କବାଟ ଉହାଡ଼ରେ ଲୁଚିକରି ବସିପଡ଼ିଲାଣି। ଠିକ୍ ଏମନ୍ତ ଜାଗାଧରି ବସିଛି। ଯେମନ୍ତ ନାଜରଙ୍କ କଥା ସବୁ ଶୁଭିବ, ଆଉ ସେ କ'ଣ କରୁଛନ୍ତି ଦେଖିବ; ମାତ୍ର ନାଜର ତାକୁ ଦେଖିପାରିବେ ନାହିଁ।କରୁଣା ନାଜରକୁ ଭଲକରି ଚିହ୍ନେ।

ଆରେ ନରୁବାବୁ ! ତୁମେ କ'ଣ ମୋ ଭଣଜାରେ, ତୁମେ ମୋ କୁଳ ନନ୍ଦନ! କୁଳଚନ୍ଦ୍ରମା' ତୁମେ ମୋ ହୃଦୟର ରକ୍ତ! ତୁମେ ଦୁଇପିଲା ଯେ ମୋ ନୟନର ପିତୁଳି!

ମୁଁ ଦୁଇଓଳି ତୁମର ଖବର ନେଉଥାଏଁ, ପଢ଼ା କେତେଦୁର ହେଲା ବୁଝୁଥାଏ, ତୁମର ଯେ ପାସ୍ ହେଲା – ଏକଜାମିନରମାନଙ୍କୁ ଉଣା ଖୋସାମଦ କରିଛି? ସେମାନେ ସାଫ୍ କାଗଜ ଦେଖାଇଲେ, ଏଗ୍ରିଗେଟକୁ ପୂରା ଚାରିନମ୍ବର ଉଣା – ମୋ ମୁଣ୍ଡରେ ତ ବଜ୍ରଟାଏ ପଡ଼ିଗଲା (ଖୁବ୍ ତୁନି ତୁନି କହିଲେ) କାହାରି ପାଖରେ କହିବି ନାହିଁ, ସେ ଲାଗି ଢେର୍ ଟଙ୍କା ଖରଚ। ମୁଁ ବରାବର ଏଠିକି ଆସେଁ – ଘର ଚାରିପଟ ବୁଲିଯାଏଁ, ଖାଇବା ପିଇବା କଥା, ପଢ଼ାଶୁଣା କଥା ପରବାରେ ସବୁ ବୁଝିଯାଏଁ। ପାଖକୁ ଆସେ ନାହିଁ, ଖାଲି ତୁମର ପଢା କ୍ଷତି ହେବ ବୋଲି। ମନରେ କରେଁ, ଦେଖାରେ କ'ଣ ଅଛି – ନରୁ ପଢ଼ା କରୁ, ପଢ଼ାରେ ସବୁ – ପାଠ ପଢ଼ିଲେ ଖୁବ୍ ଜ୍ଞାନ ହୁଏ।ଖୁବ୍ ମନ ଦେଇ ପଢ଼ିବ। ସଞ୍ଜ ସକାଳେ ବଜାରକୁ ବୁଲିଯିବ ନାହିଁ। ଦେହରେ ଗୁଣ ଥିଲେ ସମସ୍ତେ ମାନିବେ। ତୁମେ କ'ଣ ଚାକିରିଟାଏ କରିବ? ରଜାପୁଅ ରାଜା ହେବ, ଆଜି କ୍ୟାଁ ଅଇଲି ଜାଣ? ତୁମେ ଯେ ମୋ ବସାରେ ଥିଲ ଆରେ ଛି! ସେଟା କ'ଣ ତୁମ ଭଳି ରଜାପୁଅଙ୍କ ରହିବାର ଘର? ହଠାତ୍ ଘର ମିଳିନଥିଲା ବୋଲି ସିନା! ଯେଉଁଦିନ ଘର ଠିକ୍ ହେଲା, ମୁଁ ଯାଇଛି ସଫା ଘରଟା କରିବାକୁ – ମେଜ ଚୌକି ସଜାଇ ଦେବାକୁ, ତୁମକୁ ତ ଜଣା ନାହିଁ- ଚାଲିଆସିଲ। ହେଉ ହେଉ, ମଉସା କ'ଣ ପର? ମୁଁ ତ ତାକୁ ହୃଦୟବନ୍ଧୁ ବୋଲି ଜାଣେ -ସେ ମନରେ ଯାହା କରନ୍ତୁ। ଆଜି କ୍ୟାଁ ଅଇଲି ଜାଣ? ଉଁ – ହୁଁ ! ଏଇଟା କ'ଣ ତୁମଲାଗି ଘର? ଗୋଟାଏ ସୁନ୍ଦର ତେତାଲା ନୂଆଘର ଭଡ଼ାଘର ଭଡ଼ା କରି ସଜାଇ ଦେଇଛି ଘରର ତଳଟା ଶତରଞ୍ଜି ବିଛଣା – ତା' ଉପରେ ଚୌକି, ମେଜ, ଖଟ, ଆଲମାରି ଥୁଆ ସ୍କୁଲକୁ ଖୁବ୍ ପାଖ, ତୁମେ ଯାଇ ସେଇ ଘରେ ରହିବ। ଗୋଟାଏ ବଗି ଗଡ଼ି ଖୁବ୍ ଶସ୍ତାରେ କିଣିଛି, ସେକେଣ୍ଡ ହେଣ୍ଡ ହେଲେ କ'ଣ ହେଲା, ଅରଖ ନୂଆ ପରି ଚକଚକିଆ। ସେଇ ଗାଡ଼ିରେ ଚଢି ସହରଯାକ ବୁଲିବ। ପାଞ୍ଜି ଦେଖିଲି ଆସନ୍ତା ଶୁକ୍ଳ ଦଶମୀ, ବେଳ ଛ ଘଡ଼ି ଦି' ଦଣ୍ଡ ତିନି ଲିତ୍ୟା ଉତ୍ତାରେ ଗୃହପ୍ରବେଶ ଶୁଭ। ତୁମେ ପ୍ରସ୍ତୁତ ଥିବ, ବଗିଧରି। ମାଲମତା ଘେନିଯିବାକୁ ଶଗଡ଼ ଦୁଇଖଣ୍ଡ ଆସିବ।କି ବାବୁ, ଏହି କଥା ହେଲା ତ?

ନରୁବାବୁ – " ମଉସାଙ୍କୁ ପଚାରି ଖବର ଦେବି।"

ମାମୁ – "ଅବଶ୍ୟ!ଅବଶ୍ୟ! ସେ ହେଲେ ଜଣେ ମୁରବି – ତାଙ୍କୁ ନପଚାରିବ କିପରି? ବଡ଼ ଖୁସି ହେଲି। ଯେପରି ଲୋକର ପୁଅ, ସେହିପରି କଥା ଆଚ୍ଛା ଆଚ୍ଛା, ମୁଁ ବି ଧାଇମାଙ୍କୁ କହିବି। ସେ କ'ଣ ମୋ କଥାରୁ ବାହାର ହେବେ? ରୋଜ ରୋଜ ଚିଠି ଯିବାଆସିବା ହେଉଛି – ମୋତେ ନ ପଚାରି କିଛି କଥା କରନ୍ତି ନାହିଁ। ନା-ନା, ମୁଁ ନିଜେ ଯିବି, ଚିଠି ପତ୍ର କଥା ନୁହେଁ। ଚାନ୍ଦକୁ ବି ଢେର୍ ଦିନ ହେଲା ଦେଖି ନାହିଁ- ମନଟା କେମିତି ଛଟପଟ ହେଉଛି। ସରକାରୀ କାମ କିଛି ହରକତ ହେବ,

ହେଉପଛକେ ତୁମ କାମ ବଡ଼ ନା ସରକାରୀ କାମ ବଡ଼? ମୋ ଯିବା ଆସିବାରେ ଚାଳିଶପଚାଶ ଟଙ୍କା ଖରଚ, ଏ ସବୁ ଖରଚ ନିଜ ହାତରୁ କରେ, କିଲ୍ଲା ତହବିଲରୁ ପଇସାଏ ନିଏ ନାହିଁ। ପ୍ରତ୍ୟକ୍ଷ ଦେଖୁଛି, ମୋ ଭଣଜା ଯୋଡ଼ିକ ପିଲା, ତୁମମାନଙ୍କ ଟଙ୍କା ମୋ ପକ୍ଷରେ ବିଷ-ଠାକୁର ଅମଣିଆ।" ଚାରିଆଡ଼କୁ ଆଉଥରେ ଅନାଇ କହିଲେ, "ସେଇ ଯେ ଭଣ୍ଡାରି କରୁଣାଟାକୁ ଯେତେବେଳେ ସାଙ୍ଗରେ ଧରି ନଈକୂଳରେ ବୁଲ, ସେଇଟା ମୋତେ ଭଲ ଦିଶେ ନାହିଁ। କଟକର ଲୋକେ ଭାରି ନିନ୍ଦା କରନ୍ତି। ଛି – ଛି! ମୋତେ ବଡ଼ ବାଧେ। ମୁଁ ଜଣେ ଭଲ ଚାକର ପଠାଇବି, ତାକୁ ସବୁବେଳେ ପାଖରେ ରଖିବ, ତାକୁ ଧରି ବୁଲିଯିବ।"

ନାଜରବାବୁ ଉଠି ଛିଡ଼ାହେଲେ, ପକେଟରୁ ଗୋଟା ପଞ୍ଚାଶ ହେବ ଟଙ୍କା କାଢ଼ି ନରୁବାବୁଙ୍କ ଆଗରେ ଥାକ କରି ଥୋଇଦେଲେ। ନରୁବାବୁ ପଚାରିଲେ, ଏ କି ଟଙ୍କା? ନଟବର ବାବୁ କହିଲେ, "ରଖିଥାଅ, ରଖିଥାଅ ବାପ, ପାଖରେ ରଖିଥାଅ, ଏଇଟା ତୁମର ପକେଟମନି। ରଜାପୁଅ ରଜା; କେତେ ଖରଚ ଅଛି – ଏଣିକି ମାସକୁ ମାସ ଶଏ ଟଙ୍କା କରି ପକେଟମନି ପାଇବ। କିଲ୍ଲା ହିସାବ ମୁଣ୍ଡରେ ଢେର୍ ଦେଣା ଥିଲା, ଦେଇପାରୁ ନ ଥିଲି।" ନରୁବାବୁ ଏତେବେଳଯାଏ ମୂଷାଟି ପରି ତୁନି ହୋଇ ବସି ସବୁକଥା ଶୁଣିଯାଉଥିଲେ। ଏତେବେଳେ ପାଟି ଫିଟାଇ କହିଲେ, "ମଉସା ତ ସବୁ ଖର୍ଚ୍ଚ ଦେଉଛନ୍ତି, ଆଉ ଟଙ୍କା କ'ଣ ହେବ?" ମାମୁଁ – "ଆରେ ବାପା! ଏଇଟା କ'ଣ ମୋ ଗଣ୍ଠିଧନ? ତୁମ ଟଙ୍କା ତୁମେ ଖରଚ କରିବ। ନାହିଁ ନାହିଁ ପଡ଼ିଗଲା ଦଶଟଙ୍କା ଖରଚ – କିଁଆ ବନ୍ଧୁଲୋକଙ୍କୁ ମୁହଁ ହରାଇବ?" ନାଜରବାବୁ ଝଟକରି ସେ କଥାଟା ଛାଡ଼ିଦେଲେ – ବହୁତ ଆଦର କରି – ବହୁତ ଗେହ୍ଲାକରି ନରୁବାବୁଙ୍କ ମୁଣ୍ଡରେ ପିଠିରେ ହାତ ବୁଲାଉଥାନ୍ତି। ହେଲେ ନରୁବାବୁଙ୍କୁ କଣ୍ଟାଛାଟ ପରି ଜଣାଯାଉଥାଏ। ମାମୁଁ "ମୁଁ ଆଜି ନିରିପୁର ଯିବି, ମା'ଙ୍କୁ ଜେଜୀମାଙ୍କୁ କ'ଣ କହିବି? ତୁମେ ଆଉ କ'ଣ କହିବ ! ସବୁତ ଦେଖୁଶୁଣି ଗଲି, କହିବି। ବସ୍ ବାପ ବସ୍, ପଢ଼ ପଢ଼, ବୃଥା ସମୟ ନଷ୍ଟ କରିବ ନାହିଁ, ପଢ଼ାରେ ଖୁବ୍ ମନ ଦେବ।" ଏତିକି କଥା କହି ଧପ୍ ଧପ୍ କରି ଉପରୁ ଚଞ୍ଚଳ ଓହ୍ଲାଇପଡ଼ି ବାହାରିଗଲେ। ଦୁଷ୍ଟ କରୁଣାଟା ଲୁଚିବା ଜାଗାରୁ ବାହରି ପଡ଼ିଲା। ଦୁଇଜଣ ଟିକିଏ ହସାହସି ହେଲେ।

ନାଜରବାବୁ ସାହେବଙ୍କ ଠାରୁ ଚାରିଦିନର ଛୁଟିନେଇ ବାରଟା ଆପଟରେ ସବାରି କଷିଦେଲେ। ଝଟପସର କାଉ କା' କରିବାବେଳେ ନରିପୁର ଉଆସ ସିଂହଦ୍ୱାରଠାରେ ହାଜର। ବାବୁ ପାଲିଙ୍କିରୁ ବାହାରିପଡ଼ି ସଳଖେ ସଳଖେ ଉଆସ ଭିତରକୁ ଧଡ୍ ଧଡ୍ କରି ବାହାରିଲେ! ଯୋଡ଼ାଏ ଜଗୁଆଳ ପାଇକ ସିଂହଦରଜାରେ ବସିଥାନ୍ତି, ଝଟ୍ ରୋକିଦେଲେ, "କିଏ ହେ ବାବୁ? ଛିଡ଼ା ହୁଅ, ଭିତରକୁ ଯାଅ ନାହିଁ,

ଯିବାକୁ ବାସନ୍ଦା।" ବାବୁ ମନରେ ବିଚାରିଲେ, "କ'ଣ। ଆମେ ହାକିମ, ଆମେ ମାଲିକ, ଏ ଅଦାନା ପାଇକ ଯୋଡ଼ାକ ଆମ ବାଟ ରୋକିବେ?" କହିଲେ, "ଆରେ ତଫାତ୍ ହୁଏ, ଆମେ ଉଆସ ଭିତରକୁ ଯିବୁଁ।" ପାଇକ "ଆରେ ବାନ୍ଧି ରଖ ତୁମେ ତଫାତ୍ ଛିଡ଼ାହୁଅ।" ନାଜରବାବୁଙ୍କ ମିଜାଜଟା ଟିକିଏ ପିତ୍ତଳ ତଳି ଭଳିଆ। ଅଳ୍ପରେ ତାତିଯାଏ। ଆଉ ତୁଚ୍ଛ ଚାକରଟା ମୁହଁରୁ ଟାଣକଥା ଶୁଣିଲେ କିଏ ବା ନ ରାଗିଯିବ, ତୁମେ ଆମେ କ'ଣ ରାଗିଯିବୁ ନାହିଁ? ଏଣେ ଖଣ୍ଡାୟତ ପାଇକ ପିଲା, କଟିବେ ପଛକେ, ହଟିବେ ନାହିଁ। ଲାଗିଲା ଦୁଇ କୁଳରୁ ତୋଖଡ଼୍ ମୋଖଡ଼୍, ଦଣ୍ଡେ ଦି'ଦଣ୍ଡ କାଳ ବିତିଗଲା। ବାବୁ ଆପଣଙ୍କୁ ଆପେ ଟିକିଏ ସମ୍ଭାଳି ହୋଇଗଲେ। ବିଚାରକଲେ, ଅଦାନା ଚାକରଗୁଡ଼ାକ ସାଙ୍ଗରେ ଲାଗିଛୁଁ, ଲୋକେ ଶୁଣିଲେ କ'ଣ କହିବେ? ପେଟରେ ନିଆଁ ଭର୍ତ୍ତି, ମିଛଟାରେ ଟିକିଏ ହସିଦେଇ କହିଲେ, "ବେଶ୍ କଥା ବେଶ୍ କଥା, ମୁଁ ଟିକିଏ ପରଖୁଥିଲି ତୁମ୍ଭେମାନେ ଠିକ୍ କାମ ଅଞ୍ଜାମ କରୁଛ କି ନା! ଖୁସି ହେଲି, ବଡ଼ ଖୁସି ହେଲି, ଯା, ଧାଇମାଙ୍କୁ ଆଉ ଚାନ୍ଦମଣିଙ୍କୁ ଖବର ଦିଅ ଆମେ ଆସିଛୁଁ।" ହାକିମ କ'ଣ ଚାକରମାନଙ୍କ ଆଗରେ ଆପଣାର ନାମ କହିବେ, ପରିବାର ଚିହ୍ନା ଦେଲେ। ମନରେ କଲେ, ଏବେ ପାଇକଗୁଡ଼ାକ ଦଣ୍ଡବତ କରି ଆଡ଼େଇଯିବେ। ' ତୁ ଯେତେ ମାଠିବୁ ମାଠ, ମୁଁ ସେହି ଦରପୁଡ଼ା କାଠ।' ହେଲେ କ'ଣ ନରମକୁ ନରମ ଗରମକୁ ଗରମ। ପାଇକମାନେ ଦଣ୍ଡବତଟାଏ କଲେ, ମାତ୍ର ବାଟ ଛାଡ଼ିଲେ ନାହିଁ। କହିଲେ, "ଆମେ ହେଲୁ ହୁକୁମର ଚାକର, ମୁର୍ଖ ଲୋକ ଛାମୁଙ୍କୁ କିପରି ଚିହ୍ନିବୁ? ବିଜେ କରନ୍ତୁ, ଏହିଠାରେ ବିଜେ ହୁଅନ୍ତୁ ବିଜେ ଭିତରକୁ ଖବର ଦେବୁଁ। ବିଜେ ହେଉନ୍ତୁ ବୋଇଲେ ସିନା, ହେଲେ ହେଉନ୍ତୁ। ପଢ଼ିଆରୀ ଅଇଲେ ବିଜେ ହେଉଛନ୍ତି କାହିଁ? ସେଇ ଠାଁ ଉଭା। ନାଜରବାବୁ କହିଲେ, ତେବେ ବି ବାଟ ଛାଡ଼ିଲେ ନାହିଁ, ଆଚ୍ଛା ଆଚ୍ଛା ଆଉ ଚାରଟା ମାସ ବାଦେ ତୁମର ଆପଣାର ବୁଝାମଣା! ତୁମ ସବଂଶକୁ ଯଦି ଦେଶରୁ ଦୂର ନ କରେଁ, ମୁଁ ନଟବର ଦାସ ନୁହେଁ। ଏଣେ ପାଇକଗୁଡ଼ାକ ମନରେ କରୁଛନ୍ତି – ଏଇଟା କ'ଣ ସେହି ସବାଗିଳା ରାହୁ? ହାଏ, ଆମ ଅନ୍ନଦାତା ଖାଉନ୍ଦ ବିଜେ ହେବେ?"

ଉଆସ ଭିତରୁ ପଢ଼ିଆରି ଆସି ବାବୁଙ୍କୁ ଭିତରକୁ ଡାକି ଘେନିଯିବାକୁ ବେଳ ରମାରମି ପହରେ। ତୁଚ୍ଛ ପାଇକ ହାତରେ ଅପମାନ ପାଇ ବାବୁ ତାତି ରହିଛନ୍ତି। ମାମଲତକାର କିନା, ଓଠକାମୁଡ଼ି ସମ୍ଭାଳି ହୋଇଗଲେ। ସବୁର ଗଛରେ ମେଓ୍ଵା ଫଳେ। ହେଉ! ହେଉ! ଆଉ କେତୋଟା ଦିନ ଯାଉ, ସବୁ କଥା ଏ ପେଟ ଭିତରେ ରହିଲା। ବାବୁ ଛାମୁ ଦୁଆରବନ୍ଧ ପାଖରୁ ପାଟିକରି ଡାକ ପକାଇ ପକାଇ ଚାଲିଛନ୍ତି, "ଧାଇମା- ଧାଇମା, ଚାନ୍ଦମଣି!" ଧାଇମାଙ୍କ ମନ ତ ଆଗରୁ ଜଳିପୋଡ଼ି ପାଉଁଶ ହୋଇଛି। ମନରେ ବିଚାରିଲେ, ଓହୋ ନଟର ଯେ ଆଜି ଭକ୍ତିଟା ବଳିପଡ଼ୁଛି। ଧାଇମା

ଆଉ ମଣିମା ଦୁହେଁ ବେହରଣ ପିଣ୍ଡାରେ ବସିଥିଲେ। ଧାଈମା, "ଆରେ ନଟ ! ଆସ ଆସ, କେତେବେଳେ ଅଇଲୁରେ? ବାବୁ ସେ କଥାଟା ନ ବୁଝିଲାପରି ଧାଈମାଙ୍କ ଦୁଇ ପାଦରେ ହାତଦେଇ ଲଠ୍ କରି ଦଣ୍ଡବତଟାଏ ହେଲେ। ଡେବିରି ହାତରେ ଟଙ୍ଗାଥଳିଟା ଧରିଥିଲେ, ଦୁଇଜଣଙ୍କ ମଧ୍ୟରେ ଝମ୍ କରି କଚାଡ଼ିଦେଲେ। "ଓହୋ ! ଧାଈମା ! କ'ଣ କରିବି ଆଜି ସାତ ବରଷ ବାଦେ ଟିକିଏ ନିଃଶ୍ୱାସ ପକାଇବାକୁ ତର ମିଳିଲା। ସରକାରୀ କାମଟା କୌଣସି ରୂପେ ଥାପଡ଼ା ଥାପଡ଼ି କରିଦେଇ ଖାଲି କିଲ୍ଲା କାମରେ ଲାଗିଛି – ଦିନ ନାହିଁ, ରାତି ନାହିଁ, ଏଇ କାମ। ଦିନେ ଦିନେ ରାତିଓଳିଟା ଖାଇବା ପିଇବା କଥା ଛାଡ଼। କେତେଥର ଡାକି ପଠାଇଥିଲ, ମୋର କ'ଣ ନାକ ପୋଛିବାକୁ ତର ଥିଲା? ମନରେ କଲି, ମା କୁଆଡ଼େ ଯାଉଛନ୍ତି କି? ମା' ପୁଅ ଭେଟାଭେଟି ତ ହେବା ଆଗେ କାମ ଛିଡୁ। ଓହୋ ! ରାମ ରାମ ରାମ ! କ'ଣ କହିବି ଧାଈମା ! କିଲ୍ଲାର ହିସାବପତ୍ର ବୁଝାବୁଝି କରିବାକୁ ଯାଇ ଦେଖେଁ ଯେ ପାଞ୍ଜିବିଡ଼ା – ନା ପୋଆଳବିଡ଼ା। ସବୁ ଚୋର ଏକା ଜାଗାରେ ରୁଣ୍ଡ ହୋଇଥିଲେ (ଧାଈମା ଧୀର ହୋଇ କଥାଗୁଡ଼ାକ ଶୁଣି ଯାଉଥିଲେ, ଏତିକିବେଳେ ମୁହଁଟା କିଛି ବିଚିକିଚି ଗଲା) ସେହି ଚୋରଗୁଡ଼ାଙ୍କୁ ବାହାର କଲି। ମୋର ଇଚ୍ଛା ନଥିଲା – ହେଲେ ତାଙ୍କୁ ଅନାଇବି ନା ପିଲାମାନଙ୍କ କାମକୁ ଚାହିଁବି? ସେ ଚୋରଗୁଡ଼ାଙ୍କୁ କାଢ଼ିଦେଇ ବିଶ୍ୱାସୀ, ହିସାବ – କିତାବରେ ମଜଭୁତ ଲୋକ ଆଣିବାରେ ତେବେ କାମ ଚଳିଲା। ପୁରୁଣା ପାଞ୍ଜିଗୁଡ଼ାକ ଫିଟାଇ ଦେଖେଁ ଯେ ପ୍ରଜାଙ୍କ ପାଖରୁ ଟଙ୍କା ନେଇଛନ୍ତି ତ ସିହା କରିନାହାନ୍ତି – ପାଉତି ବିଶୋଧନ ନାହିଁ। କେତେ ପ୍ରଜାଙ୍କୁ ପାଉତି ବିଶୋଧନ ଦେଇଛନ୍ତି, ଟଙ୍କା ନେଇଥିବେ, ପାଞ୍ଜିରେ ଜମା ଦିଆଯାଇ ନାହିଁ।"

ଧାଈମା ଆଉ ସମ୍ଭାଳି ପାରିଲେ ନାହିଁ. ଟିକିଏ ହସିଉଠି କହିଲେ, "ଆଚ୍ଛା ପାଞ୍ଜିଆ ତ!"

ନଟବରବାବୁ – ମୁଁ ଆଉ କ'ଣ କହୁଛି, ଧାଈମା? ସବୁ ପାଞ୍ଜିପତ୍ର ବିଡ଼ା ବାନ୍ଧି ରଖିଛି, ଗୋଟିକୁ ଗୋଟି ତୁମକୁ ଫିଟାଇ ଦେଖାଇବି ପରା! ଏହିସବୁ ଗୋଳମାଳରେ ସରକାରର, ସରକାରର କଣ, ପିଲାଗୁଡ଼ିଙ୍କର କ'ଣ ଉଣା କ୍ଷତି? ସବୁ ପାଦ ଗାଏ କରି ନାହିଁ, ମୁଁ ତ ଅନୁମାନ କରୁଛି, ପନ୍ଦର କୋଡ଼ିଏ ହଜାର ଉଣା ନୁହେଁ, ମାହାଳିଆ ଛାଡ଼ିଦେଲି, ସବୁଗୁଡ଼ାକ ତମାଦି। (ଧାଈମା ନିଃଶ୍ୱାସଟାଏ ପକାଇ ମନ ମଧ୍ୟରେ କହିଲେ, ହାୟ! ଏତେ ଗୁଡ଼ାଏ ଟଙ୍କା କ'ଣ ସତ ନେଲୁରେ ନଟ?) ପ୍ରକାଶ କରି କହିଲେ, ଜଆଇଁବାବୁ ତ ସାତ ଆଠ ବରଷର ସାଲତମାମି କାଗଜ ଗୋଟି ଗୋଟି କରି ମୋତେ ଦେଖାଇଛନ୍ତି, ଦୁଇଜଣ ଉଆସ ଭିତରେ ବସି ବରଷକର ଜମାଖର୍ଚ୍ଚ ବାନ୍ଧୁଁ, ଏତେ ଟଙ୍କା କେଉଁଠି ବାକି ପଡ଼ିଲାରେ?

ନଟବର – "ଦେଖିବ ଦେଖିବ ଧାଈମା! ମୁହଁ କଥା ନୁହେଁ, କାଗଜପତ୍ରର ପ୍ରମାଣ କରାଇଦେବି। ଆଉ ଗୋଟାଏ କଥା ଶୁଣିନାହଁ ଧାଈମା ! ଛୁଟକୁରିଆ ହାତଉଧାରି କରଜ ଏତେ ଥିଲା। ସାନ୍ତ ଥରେ କଟକ ଯିବେ ତ, ଦି' ହଜାର ତିନି ହଜାର ଟଙ୍କା କରଜ କରି ଆସିବେ, ରେଜିଷ୍ଟରୀ ତମସୁକ ଖଣ୍ଡେ ବି ନାହିଁ, ତୁଚ୍ଛା ହେଣ୍ଡନୋଟ୍।"

ଧାଈମା ମନ ମଧ୍ୟରେ ଟିକିଏ ଦିକ୍‌କାର ହୋଇଗଲାଣି। କହିଲେ, "ନା ପରାରେ ନଟ! ଜୁଆଇଁବାବୁ ତ କଟକ ଯିବାବେଳେ ଖର୍ଚ୍ଚକୁ ଚାହିଁ ମୁଁ ଉଆସ ତହବିଲରୁ ଟଙ୍କା କାଢ଼ିଦିଏ। କାହିଁ ଟଙ୍କା କରଜ କରି ଆସି ଦିନେ ବି ତ ମୋତେ କହନ୍ତି ନାହିଁ? ଆଉ ବାହୁଡ଼ାବିଜେ କରି ଖରଚର ହିସାବ ତ ମୋତେ ବୁଝାଇ ଦିଅନ୍ତି, ସବୁ ହିସାବ ତ ମୋ ହାତରେ, କର୍ଜା ଟଙ୍କା ତ କାହିଁ ଦେଖେ ନାହିଁ।" ଏହିଠାରେ ଗୋଟାଏ କଥା ଫିଟାଇ କହିବା ଦରକାର। କେବଳ ମଣିମା ଚାନ୍ଦମଣିଙ୍କୁ ଶିଖାଇବା ଲାଗି ଭିତର ତହବିଲ ଆଉ ହିସାବ ଧାଈମା ହାତରେ ରଖିଥିଲେ। ସାନ୍ତଙ୍କର ମଧ୍ୟ ତାହା ଇଚ୍ଛା, ହେଲେ ପାଞ୍ଚ ଛ ବର୍ଷ କାଳ ବିଶେଷ ଚେଷ୍ଟା କରି ମଧ୍ୟ ଅଯୋଗ୍ୟ ଛାତ୍ରୀକୁ କିଛି ହେଲେ ଶିଖାଇ ପାରିନାହାନ୍ତି। ଚାନ୍ଦମଣି ଦେଈ ସବୁ ଭଲ ବୁଝିପାରନ୍ତି, ପାଟୀଗଣିତର ସବୁ ଅଙ୍କଗୁଡ଼ିକ କଷାକଷି କରି ଶିଖିଥିଲେ, ଲେଖିପଢ଼ି ଭଲ ଜାଣନ୍ତି, ହାତଅକ୍ଷରଗୁଡ଼ାକମୁକ୍ତାମାଳା ପରି, ଏତେ ହେଲେ କ'ଣ ହେବ, ଟଙ୍କା କଉଡ଼ି ହିସାବପତ୍ରର ପାଖ ପଶିବେ ନାହିଁ। ମା'ଝିଅ ଦୁଇଜଣ ବସି ହସଖୁସି କଥାବାର୍ତ୍ତା କରୁଥିବେ, ନୋହିଲେ ଦୁହେଁ ବସି ବହି ପଢ଼ାପଢ଼ି କରୁଥିବେ, ମା ଯେମିତି ଟଙ୍କା କଉଡ଼ି ବା ହିସାବ କଥା ପକାଇବେ, ମଣିମାଙ୍କର ମୁଣ୍ଡବ୍ୟଥା ବେମାରିଟା ବାହାରିପଡ଼େ, ଝଟ ଧାଇଁଯାଇ ପଲଙ୍କରେ ଲଠ୍‌କରି ଶୋଇପଡ଼ନ୍ତି, ନୋହିଲେ କବାଟ କିଳିଦେଇ ପେନ୍‌ସିଲ ଖଣ୍ଡେ ଧରି ବିରାଡ଼ିଟାଏ ବା କୁକୁରଟାଏ ଚିତ୍ର କରିବସନ୍ତି। ଧାଈମା ବୁଝିପାରି ବିରକ୍ତ ହୋଇ ମୁରୁକି ମୁରୁକି ହସି ଆଉ ଆଡ଼େ ଚାଲିଯାନ୍ତି। ସେ ଆଉ ଢେର୍ ଢେର୍ ଥର କଅଁଳରେ ବୁଝାଇ ଦିକ୍‌ଦାରିରେ ବଳାବଳି କରି ଥକିଲେଣି – ଛାତ୍ରୀଙ୍କ ଶିକ୍ଷା କିଛି ମାତ୍ର ଉନ୍ନତି ଲାଭ କରପାରିଲା ନାହିଁ। ନଟବରବାବୁଙ୍କୁ ଭିତର କଥା ସବୁ ଜଣାଇଥିଲେ ସେ ଏତେଗୁଡ଼ାଏ ନିରୋଳା ମିଛକଥା ବୋଲିବାକୁ ସାହାସ କରନ୍ତେ ନାହିଁ।

ନଟବର ବାବୁ – "ଏ ଧାଈମା ! ମୁଁ କୋଡ଼ିଏଖଣ୍ଡ ହେଣ୍ଡନୋଟ୍ ଗଣି କଚେରି ଫିତାରେ ବାନ୍ଧିରଖିଛି – ମହାଜନମାନେ ଟଙ୍କା ଅସୁଲ ଲେଖି ହେଣ୍ଡନୋଟ୍ ପିଠିରେ ଦସ୍ତଖତ କରି ଦେଇଛନ୍ତି, ସାହେବଙ୍କୁ ବୁଝାଇବାକୁ ହେବ, ପୁଣି ତମେ ସବୁ ବୁଝିବ ସୁଝିବ ଦେଖିବ। ଏ କ'ଣ ଖେଳଘର ମାମଲା? ରସିଦ ଭାଉଚର ଗୁଡ଼ାକ ନ

ଦେଖାଇଲେ ହିସାବ ମଞ୍ଜୁର ହେବ କ୍ୟା?" ନାଜରବାବୁ ଚାହିଁ ଦେଖିଲେ, ଗୁଡ଼ାଏ ଦାସୀ କବାଟ ଫାଙ୍କ ଆଉ ଜଳାକବାଟି ବାଟେ ଚାହିଁଛନ୍ତି, ସେମାନଙ୍କୁ ଶୁଣାଇ ଶୁଣାଇ କହିଲେ – "ଓହୋ ! ଟଙ୍କା ଲାଗି ଉଆସ ଲୋକଗୁଡ଼ାଙ୍କର ବଡ଼ କଷ୍ଟ ହୋଇଥିବ। ଆଉ ସେପରି ଏଣିକି ହେବ ନାହିଁ। ବାଜେ ଖରଚ ସକାଶେ ମାସିକ ହଜାରେ ଲେଖାଏଁ ଟଙ୍କା ପଠାଇବି – ସଂକ୍ରାନ୍ତି ବାସି ଟପିବ ନାହିଁ।"

ଧାଈମା କଥାଗୁଡ଼ାକ ଶୁଣି ଭାରି ଦିକ୍‌ଦାର ହେଲେଣି, କହିଲେ,-"ଆରେ ବାବୁ ନଟ! କାଲି ରାତିରେ ତ ଖାଇନଥିବୁ, ଯାଆ- ଯାଆ, ଜଲଦି ଗୋଧୋଇ ଆସ। କାଲି ନିଦ ବି ହୋଇନଥିବ – ହେବ କୁଆଡ଼ୁ? ଆପଟଗୁଡ଼ାକ ଯେ ହୁଁ ହା କରନ୍ତି, ସେଥିରେ କ'ଣ ନିଦ ମାଡ଼େ? ଏ ସିଠଘରିଆଣୀ! ବାବୁ ସଙ୍ଗରେ ଯେଉଁ ଚାକରବାକର ଆସିଛନ୍ତି, ସେମାନଙ୍କ କଥା ବୁଝାବୁଝି କର। ଜଲଦି ଯାଆ! ଏ ପଡ଼ିଆରୀ, ବାବୁଙ୍କ ତେଲ ମଖାଇ ଦେଇ ବେଣ୍ଟପୋଖରୀକୁ ସାଙ୍ଗରେ ଘେନି ଯା'ତ।"

ପଞ୍ଚାବନ

ନାଜରବାବୁଙ୍କ କଚେରି

ସନ୍ଧ୍ୟା ସମୟ।ନାଜରବାବୁ ଯୁଗଳକିଶୋରଙ୍କ ବାହାର ମେଲାରେ କଚେରି କରି ବସିଛନ୍ତି। ବାରିକ ତା' ପଛକୁ ପଛ ଚିଲମ ବଦଳାଇ ଦେଉଛି, ବାବୁ ଭଡ଼ର ଭଡ଼ର କରି ହୁକା ଟାଣି ଭକ୍ ଭକ୍ କରି ଧୂଆଁ ଛାଡ଼ିଦେଉଛନ୍ତି, ସବାରିରେ ବିଛଣା ହୋଇ ଆସିଥିବା ଗାଲିଚା ଖଣ୍ଡକରେ ଗୋଟାଏ ବଡ଼ ମାଣ୍ଡିକୁ ଆଉଜି ବସିଛନ୍ତି। ଆଉ ସମସ୍ତେ ତଳେ – ଏତେ ବିଛଣା କାହିଁ? ବାବୁ ସମସ୍ତଙ୍କ ମୁହଁକୁ ଅନାଇ ଗଲେ। ତାଙ୍କ ନିଜର ପାଞ୍ଜିଆ ପାଇକ ଛାଡ଼ି ଆଉ ବାହାର ଲୋକ କେହି ନାହିଁ। ବାବୁଙ୍କର ଇଚ୍ଛା, ନିରୋଳାରେ ଆପଣା ଲୋକଗୁଡ଼ାକ କିଛି ଉପଦେଶ ଦେବେ, ତା' ଠିକ୍ ଅଛି। ବାବୁ ଟିକିଏ ତୁନି ତୁନି ସମସ୍ତଙ୍କୁ ଉପଦେଶ ଦେଲେ, "ବର୍ତ୍ତମାନ ମାସ କେତେ ଖୁବ୍ ସାବଧାନରେ କର୍ମ କରିବ – ପ୍ରଜାଗୁଡ଼ାଙ୍କୁ ବିଗାଡ଼ିବ ନାହିଁ, କାହାରି ଉପରେ ଜୁଲମଜାଲମ କରିବ ନାହିଁ।" କାଳେ ଚାକରଗୁଡ଼ାକ ଘାବରେଇଯିବେ, ସେଥିଲାଗି ଇସାରା ଦେଖାଇ କହିଲେ, ଅଳ୍ପଦିନ ବାଦେ ସେ ସମ୍ପୂର୍ଣ୍ଣ ଅଧିକାର ପାଇବେ।

ନାଜରବାବୁଙ୍କ କଚେରି ଦୁଇଦିନ ଜାରି ଥିଲା। ସେ ମନରେ ବିଚାରିଥିଲେ, ପୁରୁଣା ପାଞ୍ଜିଆ, ମକଦ୍ଦମ, ଗ୍ରାମର ମୁଖିଆ ଲୋକେ, ପ୍ରଜାପାଟକ ହାଜର ହୋଇ ଭେଟିବେ, କେତେ ପ୍ରଜା ଗୋଡ଼ତଳେ ପଡ଼ିଯିବେ, କେତେ ହାରିଗୁହାରି କରିବେ, କେତେ ସଲାମି ଦାଖଲ ହୋଇଯିବ, ମାତ୍ର ଦୁଇଦିନ ପୂରା କଚେରିରେ ଗୋଟିଏ ହେଲେ ଲୋକର ମୁହଁ ଦିଶୁନାହିଁ। ଗୁଡ଼ାଖୁ ଧୂଆଁରେ କଚେରିଟା ପୂରିରହିଛି। କିଲ୍ଲାଟା

ଯାକ ଲୋକ ଜଳିପୋଡ଼ି ମଲେଣି। କାହାର ଭକ୍ତି ଗଦ୍‌ଗଦ୍ ହେଉଛି ଯେ ଧାଇଁଆସି ଗୁହାରିଟା ଜଣାଇବ? ଆଉ ସଲାମି ଟଙ୍କାଟାଏ ଠଣ୍‌କରି ଫୋପାଡ଼ି ଦେଇଯିବ? କେହି କେହି ଓଲା ହେଣ୍ଡା ଅଜଣା ଲୋକ ବା ଚାଲିଆସନ୍ତେ, ମାତ୍ର ହରିବୋଲ ବାରିକେ ଗାଁକୁ ଗାଁ ଘର ବୁଲି ମନାକରି ଦେଇ ଆସିଛନ୍ତି। କେବଳ ଏତିକି ନୁହେଁ, ସବୁ ଦୁଃଖଧନ୍ଦା ଛାଡ଼ି ଆଖପାଖ ବୁଲି କିଏ ଗଲା କିଏ ଅଇଲା ଦେଖୁଛନ୍ତି।

ବାବୁ ଧାଇମାଙ୍କ ପାଖରେ ବସି ଆହୁରି ଢେର୍ ମାମଲା କଥା ଜଣାଇଲେଣି – ହେଲେ, ମନରେ ବେଶ୍ ବୁଝିଗଲେଣି, ମାଁ ମନଦେଇ କିଛି କଥା ଶୁଣିବାକୁ ନାହିଁ। ଗୋଟିଏ ମାମଲାର କଥା ପଡ଼ିଲେ ମା' ବାଆଁରେଇ ଆଉ ଗୋଟାଏ ଏଣୁତେଣୁ କଥା କହିବସନ୍ତି – ନିହାତି ଜିଦ୍ କରି ଧରିବସିଲେ କହନ୍ତି, ମୁ ମାଇପିଲୋକ, କ'ଣ ଜାଣେ?

ବାବୁ ଦୁଇଦିନ ଗଡ଼ରେ ଥିଲେ, କ୍ୟାଁ କେଜାଣି ତାଙ୍କୁ କିଛି କଥା ସୁଖ ଲାଗୁନାହିଁ। ହେଲେ ଆଶା – ପିଶାଚୀଟା ଯେମନ୍ତ ଆସି କାନରେ କହିଦେଉଛି, ଚିନ୍ତା – ଲାଗିପଡ଼; ମାଲିକ ହେବୁ।

ଛପନ

ଗୁଡ଼ ଫ୍ରାଇଡ଼େ ଛୁଟି

ଗୁଡ଼ଫ୍ରାଇଡ଼େ ସକାଶେ ଶୁକ୍ର, ଶନି, ରବି, ସୋମ ଚାରିଦିନ କଚେରି ବନ୍ଦ। ଡାଉସନ ସାହେବ ବିଲାତରେ ପିଲାମାନଙ୍କୁ ଛାଡ଼ିଆସିବା ସକାଶେ ବର୍ଷକ ଲାଗି ଫର୍ଲୋ ନେଇ ଚାଲିଯାଇଛନ୍ତି। ସକାଳ ଓଳିଟା କୋଠିକୁ ଯିବାଆସିବା କାମ ନାହିଁ। ହେଲେ, କ'ଣ ଆଉ ଗୋଟାଏ କି କାମରେ ନାଜରବାବୁ ଦିନରାତି ଲାଗିଛନ୍ତି। ଧେଉଁକଲ ଭଗତ ଶୁଣ୍ଢୀ ମହାଜନ ସଙ୍ଗରେ ସବୁବେଳେ ପରାମର୍ଶ। ଦିନ ବୋଲି ନାହିଁ ରାତି ବୋଲି ନାହିଁ, ଦୁଇଜଣ ନିରୋଳାରେ ବସି କ'ଣ ଫୁସୁରୁଫାସର ହେଉଥାନ୍ତି। ବାବୁ ଆଉ ଗୋଟିଏ କାମରେ ବି ଲାଗିଛନ୍ତି। କଟକରେ ଟଙ୍କା କରଜଦିଆ ଯେତେ ମହାଜନ ସମସ୍ତଙ୍କ ନିକଟକୁ ଯିବାଆସିବା – କାହାରିକୁ କଥା ନ ବୋଲି କାହାଠାରୁ ହାତଉଧାରି, କହାକୁ ବା ହେଣ୍ଡନୋଟ୍ ଲେଖିଦେଇ, କେତେଜଣଙ୍କୁ ରେଜିଷ୍ଟରୀ ତମସୁକ ଲେଖିଦେଇ ଟଙ୍କା କରଜ କରିବାର ବନ୍ଦୋବସ୍ତ କରୁଛନ୍ତି – ସମସ୍ତଙ୍କୁ କହି ରଖୁଛନ୍ତି; ଏ ଲାଗେ ଟଙ୍କା ଲୋଡ଼ା ନାହିଁ – ଚାରିମାସ ବାଦେ ଦରକାର, କେବଳ କଥାଟା ଠିକ୍ ହୋଇଥାଉ। ସିଆଣା ମଣିଷ କ'ଣ ବାହାବେଳେ ବାଇଗଣ ରୁଏ? ଆଗରୁ ଠିକ୍‌ଠାକ୍ କରି ରଖେ। ବର୍ତ୍ତମାନ ବାବୁଙ୍କର ଆଉ କିଛି କଥା ନାହିଁ, କେବଳ

ଟଙ୍କା-ଟଙ୍କା-ଟଙ୍କା। ଯୋଡ଼ାଏ ଟଙ୍କା ହେଉ ପଛକେ, ହାତପୈଠ ହେଲେ ସିନ୍ଦୁକରେ ପଡୁଛି।

କଚେରିରେ ଲୋଡ଼ା ସକାଶେ ବଜାର ଦୋକାନୀମାନଙ୍କ ପାଖରୁ ଅନେକ ଜିନିଷ କାଳିରେ ଆସେ। ପଛନ୍ତି ବିଲ୍ ହେଲେ ଦୋକାନୀମାନେ ରସିଦ ଲେଖିଦେଇ ଟଙ୍କା ଘେନିଯାନ୍ତି। ନାଜରବାବୁ ହାତ ବାଟେ ଏସବୁ କାମ ଚଳେ – ଏଥିରେ ବି ଭିତିରିଆ ତାଙ୍କର କିଛି ଫାଏଦା ରହିଯାଏ। ଆଜକୁ ଦେଢ଼ମାସ ହେଲା ଦୋକାନୀମାନଙ୍କୁ ଟଙ୍କା ମିଳୁନାହିଁ – ଦୋକାନୀମାନଙ୍କ ତାଗଦାରେ ବାବୁଙ୍କର ଏକ ଜବାବ, ବିଲ ହୋଇନାହିଁ। କେତେଜଣ ଛୋଟକୁରିଆ ଦୋକାନୀ ବାଟ ଚାଲି ଚାଲି ଦିକ୍‌ଦାର ହୋଇଗଲେଣି, କେତେଜଣ କଚେରିରୁ ବୁଝିଆସିଲେ-ବାବୁଙ୍କୁ ଭରସି କହୁଛି କିଏ? ସାନ ଅମଲାଟାଏ ହେଲେ କ'ଣ ହେବ, ସରକାରୀ ହାକିମ ତ ସବୁଦିନର ଭରସା, ଟାଣକରି ପଦେ କହୁଛି କିଏ? ବାରମ୍ବାର ମାଗିବାରୁ ବାବୁ କେତେଜଣଙ୍କ ଉପରେ ରାଗି ବି ଗଲେଣି। ଏ କ'ଣରେ ବାପା – 'ବଡ଼ଲୋକଙ୍କୁ ଦିଅ ଧାର, ଯାଉଣୁ ଆସୁଣୁ ନମସ୍କାର!' ଆଉ କ'ଣ ନା -'ଦିଅ କାଳି, ଖାଅ ଗାଳି!'

ଆଜି ଶନିବାର, ବାବୁଙ୍କ କଚେରି ଭାରି ଜାରି। ଦଶ ବାରଜଣ ପିଆଦା ହାଜର, ଜାରି ହେବା ପାଇଁ ପରବାନା ବଣ୍ଟାବଣ୍ଟି ଲାଗିଛି। ଏଥିରେ ବି କିଛି ମାରପେଞ୍ଚ ଅଛି, କେହି ପାଇଲା ପାଞ୍ଚଖଣ୍ଡ କଉଡ଼ିଆ ପରବାନା ତ କେହି ପାଇଲା ଶୁଖିଲା ଖଣ୍ଡେ। ଯେ ଭଲ ପରାବାନା ପାଇନାହିଁ, ବଳେ ତ ସେ ଦିକ୍‌କାର ହେବ। ବାହାରକୁ ଆସି ପିଆଦାଗୁଡ଼ାକ ଆପଣା ମଧ୍ୟରେ କଥାଭାଷା ହେଉଛନ୍ତି, "ଆରେ ଭାଇ, ତୁ ରୋଜଗାରରୁ ଅଧେ ଦେଲୁ ବୋଲି ସିନା ଭଲ ମାଲ୍ ପାଇଲୁ; ଆମକୁ ପଚାରୁଛି କିଏ?"ଯେ ଭଲ ପରବାନା ପାଇଛି,ସେ ବି ଦିକଦାର। କହିଲା, "ରାତି ନାହିଁ ଦିନ ନାହିଁ, ସାପ ନାହିଁ, ବେଙ୍ଗ ନାହିଁ, ଖିଆପିଆ କଥା ଛାଡ଼, ଏ ଘରେ ବସି ମାରିନେବେ ଅଧେ! ତାହା ବି ହେଲା। ରୋଜଗାର ପଇସାଟା ଭଲା ହାତ ଛୁଉଁ, ନା, ତୁ ଘରୁ ଆଣି ଆଗେ ଦେଇ ଯା। ଏ ସବୁ କପାଳ କଥାରେ ଭାଇ। କାହାକୁ କ'ଣ କହିବୁଁ?" ଠିକ୍ ଏତିକି ବେଳେ ମଫସଲ ଅସୁଲି ରୋଡ଼ସେସ ଟଙ୍କା ଧରି ଚାରିଜଣ ପିଆଦା ହାଜର। ନାଜରବାବୁ ସେମାନଙ୍କୁ ଦେଖିଲା କ୍ଷଣି ତାତି ଗଲେଣି, କହିବସିଲେ, "ମୁଁ କାହା ବୋପାର ଚାକର, ଏପରି କାମ କରୁଥିବି?" ନାଜରବାବୁଙ୍କ ମୁହଁଟି କିଛି ଅସବୁର, ରାଗ ବେଳେ କ'ଣ ବୋଲି କ'ଣ କହିବସନ୍ତି। ପ୍ରଭୁଦୟାଳ ଭଗତ ଆଗରେ ଛିଡ଼ା ହୋଇଥିଲା। ତା' ଉପରେ ନଜର ପଡ଼ିବାରୁ ବାବୁ ମନରେ ପାଞ୍ଚିଲେ, ବେଶ୍ ବେଳ ହୋଇଛି, ଲୋକଟା ଖୁବ୍ ବିଶ୍ୱାସୀ କାମଦାର, ଦୁଇ – ତିନି ମାସ ହେଲା ବେଠି ଖଟୁଛି, ଚିଡ୍ରା ପାଖରେ ଟଙ୍କା ଗୁଡ଼ାକ ଅଟକି ରହିଲା। କାହାରିକୁ ହେଲେ ଜଣକୁ ତଡ଼ିଦେଲେ

ହେଲା। ବାବୁ ଅସଲି ପିଆଦାମାନଙ୍କ ମୁହଁକୁ ଅନାଇଗଲେ, ଦୁଇଥର ଅନାଇଲେ, କ'ଣ ଗୋଟିଏ କଥା ଠିକ୍ କରିନେଲେ। ପିଆଦାମାନଙ୍କୁ ଅନାଇ କହିଲେ, " ଆଣ ଆଣ, ଟଙ୍କା ଆଣ।" ପିଆଦାମାନେ ଗଜ୍ ଗଜ୍ କରି ବାବୁଙ୍କ ଆଗରେ ଆପଣା ଆପଣା ଟଙ୍କା ଗୁଡ଼ାକ ଅଜାଡ଼ି ପକାଇଲେ। ବାବୁ ଜଣଜଣକର ଟଙ୍କା ଗଣି ଏକସଙ୍ଗରେ ମିଶାଇ ଦେଉଥାନ୍ତି। ଶେଷକୁ ଥିଲା ଖୋଦାବକ୍ସ। ବାବୁ ତା ମୁହଁକୁ ଆଉଥରେ ଅନାଇଦେଇ ଟଙ୍କା ଗଣିବସିଲେ – ଗଣାଗଣିବେଳେ ଖୋଦାବକ୍ସ ଏକ ଧ୍ୟାନରେ ବାବୁଙ୍କ ହାତକୁ ଅନାଇଥାଏ। ମନରେ କଲା, ବାବୁଙ୍କର ଏଟା କି ରକମ ଟଙ୍କା ଗଣା? ଦୁଇ ତିନିଟା ଟଙ୍କା ଗୋଟାଏ ବୋଲି ଗଣିଯାଉଛନ୍ତି, ଆଉ ସମସ୍ତଙ୍କର ତ ଏପରି ଗଣି ନାହାନ୍ତି! ତା ମନଟା କେମିତିକା ଛକେଇଗଲାଣି, କିଛି ନ କହି ତୁନିତାନି ବସିଛି। ବାବୁ ଗଣିସାରି ସାଙ୍ଗେ ସାଙ୍ଗେ ଆଉ ଟଙ୍କା ସାଙ୍ଗରେ ମିଶାଇଦେଲେ, ଖାଲି ଦେଢ଼ଟା ଟଙ୍କା ପଡ଼ିଥାଏ। ବାବୁ ପଚାରିଲେ, "ଖୋଦାବକ୍ସ! ତୁ କେତେ ଟଙ୍କା ଆଣିଥିଲୁ? ଖୋଦାବକ୍ସ, "ହଜୁର, ଶହେ ଏକୋଇଶ ଟଙ୍କା ଆଠଅଣା।" ବାବୁ, "ଏହି ତ ଶଏ ଟଙ୍କା ଗଣିନେଲି ଦେଢ଼ ଟଙ୍କା ପଡ଼ିଛି, ଆଉ କୋଡ଼ିଏ ଟଙ୍କା କାହିଁ "। ଖୋଦାବକ୍ସ ଛାତି ଦୁଲକିଲାଣି, ଡକାପକାଇଥାଏ "ବାବୁ! ହଜୁର ! ଆଉ ଥରେ ସବୁ ଟଙ୍କା ଗଣନ୍ତୁ।"ବାବୁ ଭାରି ଖପାଟାଏ ହୋଇ କହିଲେ, "କ'ଣ। ରୋଜ ହଜାର ହଜାର ଟଙ୍କା ଗଣୁଛି, ଦିନେ ଗୋଟାଏ ଭୁଲ ହୁଏ ନାହିଁ, ତୋହରି କୋଡ଼ିଏ ଟଙ୍କା ଭୁଲ କଲୁ। ଆମର ଆଉ କିଛି କାମ ନାହିଁ, ତୋହରି ଟଙ୍କା ଦୁଇଶ ଥର ବସି ଗଣୁଥିବୁଁ।" ପିଆଦା ଯେତେ ବିକଳରେ ରଡ଼ି ଛାଡୁଥାଏ, ବାବୁ ତେଡ଼ିକି ରାଗୁଥାନ୍ତି! ହଜୁର ଦାନାଦାର ! ଧର୍ମାବତାର! ମା ବାପ! ଗରିବପରିବାର! ଯେତେ ପ୍ରକାର ଖୋସାମନ୍ତ କଥା ଥିଲା, ଖୋଦାବକ୍ସ ସବୁ ଝାଡ଼ିଲାଣି – ଶୁଣିଛି କିଏ? ବାବୁ ଆହୁରି ଖପା ହୋଇ କହିଲେ, "ତୁ ସରକାରୀ ଟଙ୍କା ତୋସରଫ କରିଛୁ, ବରଖାସ୍ତ ତ ହେବୁ, ପୁଣି ସଜା ପାଇବୁ – ତୋର ଭଲ ଲୋଡ଼ା ତ କୋଡ଼ିଏ ଟଙ୍କା ଦାଖଲ କର। ନାହିଁ – ନାହିଁ, ତୋ ନାମରେ ରିପୋର୍ଟ ହେବ, ସାହେବ ସେକଥା ବୁଝିବେ, ଆମର କିଛି ଅକତିଆର ନାହିଁ।"

ସଦାଶିବ ଶନିବିଗ୍ରହ ଖଡ଼ିରତ୍ନେ ନାଜରବାବୁଙ୍କ ଗ୍ରହରିଷ୍ଟ ଶାନ୍ତି ସକାଶେ ଆଦିତ୍ୟାଦି ନବଗ୍ରହଙ୍କୁ ଶ୍ଳୋକରେ ଜଣାଇ ଅଧଘଣ୍ଟାଏ ହେଲା ପାଖରେ ବସିଥିଲେ। ଲୋକଟି ନିହାତି ସାଧାସିଧା ଭଳି ସମ୍ଭାଳି ନ ପାରି କହିଲେ – "ବାବୁ ! ଶନିବାର – ବର୍ତ୍ତମାନ ବାରବେଳା ଆପଣଙ୍କ ସିଂହରାଶିକୁ ଚନ୍ଦ୍ର ଅଷ୍ଟମ ଘାତଚକ୍ର – ବର୍ତ୍ତମାନ ସବୁ ମାମଲା ବନ୍ଦ ରଖନ୍ତୁ।"

ଲୋକମାନଙ୍କର ଏମନ୍ତ ଗୋଟାଏ ବେଳ ପଡ଼େ ଯେ, ହିତକାରୀ ବନ୍ଧୁଙ୍କ କଥାଗୁଡ଼ାକ ବି ପିତା ଲାଗେ। ନାଜରବାବୁ ଭାରି ଖପାଟାଏ ହୋଇ କହିଲେ – "ହଁ ହଁ,

ତୁନିପଡ଼, ଏଇଟା ହେଲା ସରକାରୀ ମାମଲା – ଭିକମଗା କଥା ନୁହେଁ।" ଅବଧାନଙ୍କୁ ତ ମରଣତୁଲ୍ୟ ବାଧିଲାଣି। ସେ ଜଣେ ଜଣାଶୁଣା ଲୋକ – ପାଞ୍ଚ ବଡ଼ଲୋକଙ୍କ ପାଖକୁ ଯିବାଆସିବା ଅଛି। କଥାଟା ତାଙ୍କ ମର୍ମକୁ ବାଧିଗଲା। ପାଖରେ ଥିବା ଆଉ ଆଉ ଲୋକେ ମୁଣ୍ଡ ତଳକୁ କଲେଣି।

ଅସୁଲି ଟଙ୍କା ଉଣା ପୁରା ପାଞ୍ଚ ହଜାର ହେବ, ତିନିଟା ଥଳିରେ ପୂରାଇ ସୁରୁଲି ଦଉଡ଼ିରେ ମୁହଁ ବାନ୍ଧିଦେଲେ। ଟିକିଏ ଉପରକୁ ଅନାଇ ଦିଅନ୍ତେ ଚାଲାଖ ପ୍ରଭୁଦୟାଲ 'ହଜୁର' 'ହଜୁର' କହି ହାତଯୋଡ଼ି ପାଖରେ ଛିଡ଼ାହୋଇଗଲା। ହୁକୁମ ପାଇ ଏକାବେଳକେ ଦୁଇଟା ଥଳି ଡ଼େବିରି କାଖରେ, ଆଉ ଗୋଟିଏ ଥଳି ଖାଇବା ହାତରେ ଧରି ବାବୁ ପଛେ ପଛେ ଚାଲିଲା। ବାବୁଙ୍କ ପହଡ଼ଘର ଦୁଆରେ ଝମ୍ କରି ତିନିଟା ଥଳି ଥୋଇଦେଲେ ରୋଟି ଥାପୁଡ଼ିଲା ପରି ଦୁଇହାତ ଝାଡ଼ିଦେଇ ଝଟ୍ ବାହାରକୁ ବାହାରି ଅଇଲା। ଚିତ୍ରା ତେତେବଳେ ବାହାରେ ପାଇଟି ବୁଲା – ନାଜରବାବୁଙ୍କ ଟଙ୍କା ରଖାଟା ଟେରେଇ ଟେରେଇ ଚାହିଁ ଦେଖୁଥାଏ। ଆଉ ତ କେବେ ଦେଖେ ନାହିଁ, ଆଜି ଏତେ ମନଦେଇ କାଁ୍ୟା ଦେଖୁଛି?

ସମସ୍ତେ ସବୁଆଡ଼େ ଆପଣା ଆପଣା ଘରକୁ ଚାଲିଗଲେ। ଖୋଦାବକ୍ସ ଘରକୁ ଗଲା ନାହିଁ। ସଳଖେ ସଳଖେ ଜୁମା ମସଜିଦ୍‌କୁ ଗଲା। ଉଜୁ କଲା – "ଇଲାଲାଇଲ୍ଲା ମହମ୍ମଦ ରସୁଲ ଇଲ୍ଲା" ପଢ଼ି ପଶ୍ଚିମ ଦିଗକୁ ଅନାଇ ନମାଜ ପଢ଼ିଲା।

ଏହି ସମସ୍ତ କାର୍ଯ୍ୟ ସମାପ୍ତ କରିବାକୁ ଦିନ ଶେଷ ପ୍ରାୟ ହୋଇଆସିଲାଣି। ଟିକିଏ ବସି ପୁନର୍ବାର ଉଜୁକଲା – ନମାଜ ପଢ଼ିଲା।ତହିଁ ଉତ୍ତାରେ ହାତଯୋଡ଼ି କରି ପଶ୍ଚିମ ଦିଗକୁ ଅନାଇ କହିଲା – "ୟା ଆଲ୍ଲା କୋରାଣ୍ ସରିଫ୍ ହୁକୁମ୍ ମାଫକେ ମୁଁ ରୋଜ ପାଞ୍ଚଥର ନମାଜ ପଢ଼େ – ବରାବର ରୋଜା ରଖେ। ମୁଁ ବେକସୁର, ମୋ ପାଇଁ ଯେବେ ହକ୍ ଇନସାଫ୍ ନ ହୁଏ, ଜାଣିବି କୋରାଣ ସରିଫ୍ ଝୁଠା – ନବୀ – ପୟଗମ୍ବର ସବୁ ଝୁଠା।" ଖୋଦାବକ୍ସ ଧର୍ମ ପ୍ରତି ବିଶ୍ୱାସ ନାହିଁ ଏମନ୍ତ ନୁହେଁ, ବଡ଼ ମନକଷ୍ଟରେ ବଡ଼ ଅଭିମାନରେ ଖୋଦାଙ୍କୁ ଏହିକଥା ଜଣାଇଲା। ଖୋଦାବକ୍ସଟି ବଡ଼ ସରଳ ଲୋକ, ନ – ଛ' ରେ ଥାଏ ନାହିଁ, ଆପଣା ଦୁଃଖଧନ୍ଦାରେ ଲାଗିଥାଏ। ଘରେ ଖାଇବାକୁ ପାଞ୍ଚପ୍ରାଣୀ – କଷ୍ଟରେ ଚଳେ ସେଥିପାଇଁ ତାହାର ପରବା ନଥାଏ, ବଡ଼ କଷ୍ଟ ପଡ଼ିଲେ ବସି ବସି ନମାଜ କରେ। ଆଉ ଆଉ ପିଆଦା ଜବରଦସ୍ତ ବୋଲି ନାଜରବାବୁ ତାଙ୍କ ପାଖ ପଶିଲେ ନାହିଁ – ପଠାଣଟିକି ବଡ଼ ଭଲ ଲୋକ ଦେଖି ସର୍ବନାଶ କରିବାକୁ ବସିଛନ୍ତି। କୋହଳ ମାଟିକୁ ଆମ୍ବୁଡ଼ି ବିରାଡ଼ିx x କ୍ରିୟା କରେ।

ସତାବନ

ବଙ୍ଗଳା ଖରିଦ

କଟକରୁ ତୁଳସୀପୁର ପଶ୍ଚିମପଟ ପଡ଼ିଆ ଲଗାଲଗି ଗୋଟାଏ ଛପରଛାଉଣୀ ବଙ୍ଗଳା ଅଛି। ବକ୍ସିବଜାର ଶୁଣ୍ଢୀ ମହାଜନ ଶିଉଶରଣ ଭଗତର ଯେଉଁ ଚାରି ପାଞ୍ଚଟା ବଙ୍ଗଳା ଅଛି, ସେଇଟା ସେଥିମଧ୍ୟରୁ ଗୋଟାଏ। ସହରର ଏକକୋଣିଆ ନିଛାଟିଆ ଆଉ କଚେରି ବଜାରଠାରୁ ଦୂର ଥିବାରୁ ବେଶି ଲୋକେ ତା' ପାଖ ପଶନ୍ତି ନାହିଁ। ଭଲ ଭଲ ସାହେବ ରହିବା ଭଳିଆ ବି ନୁହେଁ। ଭୁଲ ଭଟକାରେ କେବେ କେବେ। ହେଲେ ଆଉ ଜାଗାକେ ଶସ୍ତାରେ ବଙ୍ଗଳା ନ ମିଳିଲେ ଅଧା ସାହେବ ମାଟିଆ ଭଳିଆ ପୁରୁଷ ଫିରିଙ୍ଗୀ ରହିଯାନ୍ତି, ତାହା ବି ସବୁଦିନ ନୁହେଁ। ଭଗତ ହିସାବୀ ଲୋକ, ମରାମତି, ତଳିଜମି ଖଜଣା ମିଳାଇ ଭଡ଼ା ଟଙ୍କା କଷି ଦେଲେ ମୂଳରୁ ଲେକାସାନ। ଭାରି ଖପାଟା ହୋଇ କହିଲେ – "ଯାନେଦେଓ ଏସା ବଙ୍ଗଲାକା ମୁହଁ ମେ ପୟଜାର।" ସେଦିନରୁ ବଙ୍ଗଳାଟା ତୁଚ୍ଛା ପଡ଼ି ପଡ଼ି ଧୀରେ ଧୀରେ ଭାଙ୍ଗିଯିବାକୁ ଲାଗିଛି। ପ୍ରଭୁଦୟାଲ ଭଗତକୁ ଏକଥା ଜଣା। ଦିନେ ସକାଳଓଳିଆ ସେହି ନିଛାଟିଆ ବଙ୍ଗଳାଟା ଭାରି ଜାରି, ଦଶ ପନ୍ଦର ଜଣ ମୂଳିଆ କାମରେ ଲାଗିଯାଇଛନ୍ତି। କି ଦିନ କି ରାତି ବୁଲାଗୋରୁଗୁଡ଼ାକ ସେହି ବଙ୍ଗଳା ବାରନ୍ଦାରେ ଶୁଅନ୍ତି – ଶୁଖିଲା ଗୁଣ୍ଡା କଞ୍ଚା ଗୋବର ଗଦାକୁ ଗଦା ପଡ଼ିଛି। ମୂଳିଆମାନେ ଟୋକେଇ ଧରି ବୋଝକୁ ବୋଝ ସେଗୁଡ଼ାକ କାଢ଼ି ପକାଉଛନ୍ତି। ଯୋଡ଼ାଏ ମୂଳିଆ ବତା ଖଣ୍ଡକ ମୁଣ୍ଡରେ ଗୋଛାଏ ଗୋଛାଏ ଖଜୁରିପିଞ୍ଛା ବାନ୍ଧି ଚାଳରୁ ଚେମଣି ତଡୁଛନ୍ତି। ସେମାନଙ୍କ ଉତ୍ପାତରୁ ଢେର୍ ଗୁଡ଼ାଏ ଚେମଣି ଚାଳକୁ ଚାଳ ଉଡ଼ି ପଳାଇଲେଣି, ଗୁଡ଼ାଏ ନିର୍ଲଜ ଚେମଣି ଫରଫର ଉଡ଼ି ଏଘର ସେଘର ହେଉଛନ୍ତି। କେତେଟା କବାଟ ଖିଡ଼ିକି ତଳେ ପଡ଼ିଯାଇଥିଲା, ଗୋଟାଏ ବଢେଇ ସେଗୁଡ଼ାକୁ ଛିଡ଼ାକରିବାକୁ ଲାଗିଛି। ବାବୁ ଡାକିଦେଲେ "ଆରେ ମହାରଣା ! ତୁରପଣ କରିଛୁ କ'ଣ – ପେଞ୍ଚ କଷିବୁ ପରା! ଆରେ ହାତୁଡ଼ିଟା ଧରି ତୁଚ୍ଛା କଣ୍ଟା ବାଡ଼େଇ ଦେ ମ – ଯେମିତି ସେମିତି କବାଟ ଗୁଡ଼ାକ ଖାଲି ଛିଡ଼ାହୋଇ ରହିଯାଉ। ଆରେ ରାଜମିସ୍ତ୍ରୀ ! ଖାଲି ମଝି କାମରାଟାରେ ଭଲକରି କଲି ଦେ – ଆଗ ଦୁଆରଟାରେ ଟିକିଏ ଲଗା, ଆ୍ଉ ସବୁଆଡ଼େ ପାଣି ପୋଚରାଟା ବୁଲେଇ ଆଣ।" ଏତିକିବେଳେ ଗୋଟାଏ ଶଗଡ଼ରେ ଲଦା କୁଣ୍ଡ ସହିତ ଦଶବାର ରକମ କ୍ରୋଟନ ଗଛ, ଫୁଲ ଫୁଟିଥିବା ଗୋଲାପଗଛ ପହଞ୍ଚିଗଲା। ବାବୁ ସେସବୁ ଗୁଡ଼ାକ ଆଗ ବାରନ୍ଦାରେ ସଜାଇ ରଖିଦେଲେ। "ଆରେ ଦୁଇଜଣ ମୂଳିଆ ଯାଇ ବବର୍ଚିଖାନା ସଫା କରିପକାଅ!" ସଞ୍ଜସରିକି ସବୁ କାମ ଛିଡ଼ିଲା। ଘର ସଜାସଜି ଆରମ୍ଭ ହେଲା। ମଝି କାମରା ତଳେ

ଖଣ୍ଡେ ପୁରୁଣା ଛିଣ୍ଡା ଶତରଞ୍ଜି ବିଛଣା ଉପରେ ଗୋଟାଏ ପାଞ୍ଚଡ଼ାଳିଆ ଝାଡ଼ ଆଉ କେତେଟା ବିଲୋରି ହାଣ୍ଡି ଟଙ୍ଗା ଗଲା। ବାବୁ ଡାକିଦେଲେ, "ସାବଧାନ ! ସାବଧାନ ସବୁ ଭଡ଼ା ଜିନିଷ, ଭାଙ୍ଗି ନଷ୍ଟ ହେଲେ ଦାମ୍ ଦେବାକୁ ପଡ଼ିବ।" ଚାରିଟା ଚୌକି, ଗୋଟାଏ ମେଜ ଆଗରୁ ଶତରଞ୍ଜି ଉପରେ ଥୁଆ ହୋଇଛି – ମେଜ ଉପରେ ଗୋଟାଏ କେରୋସିନି ଲାମ୍ପ। ସେକ୍ ରହମ୍ ବକ୍ସ ବବର୍ଚିକୁ ବାବୁ ଡାକିଦେଇ କହିଲେ, ଦେଖ ବକ୍ସ! ସେ ଗଧଟା ତ କିଛି ବୁଝେନାହିଁ, କାଳେ ଜାଣିପକାଇବ; ନେ ଗୋଟାଏ ସୂତା କାନ୍ଧରେ ପକା। କହିବୁ ତୋ ନାମ ରାମ ପଣ୍ଡା। ଖାଲି ମାଉଁସ ସରୁଆ ଆଉ ପଲାଉ ରାନ୍ଧ। ଆରେ ଆପୁଡ଼ (ଗୋଟାଏ ତେଲେଙ୍ଗା ଧୋବା ଟୋକା), ଟଙ୍କାଧର ମାଲ ଆଉ ପୁରି କଚୁରି କିଛି ମିଠା କିଣିଆଣିବୁ। ମାଲ ଦୁଇ ରକମ ଆଣିବୁ, ବିଲାତି ବ୍ରାଣ୍ଡି ଆଉ ବୋତଲ ଦେଶୀ ଦୋବାରା। ଗଞ୍ଜେଇ ଚାରିଅଣାରୁ ବେଶି ନୁହେଁ – ମାଲ ଢେର୍ ହେଲାଣି। କାଦୁ ! (କାଦର ଖାଁ କଂସେଇ ଟୋକା) ଯା, ସମସ୍ତଙ୍କୁ ଡାକଡୁକ କରିଆଣ, ମୋର ଆଉ ବେଳନାହିଁ, ସମସ୍ତେ ଭଲ ପୋଷାକ ପିନ୍ଧି ଆସିବ; ନ ଥିଲେ ଧୋବାଘରୁ ଭଡ଼ା ଆଣିବ। ଆାରେ କୁଲିମାନେ ! ଯା ଆଜି ମଜୁରା ମିଳି ନାହିଁ। ନା, ନା, ଓଜର କର ନାହିଁ। ଆଚ୍ଛା ବକସିସ ପାଇବ। ବାବୁଙ୍କୁ କହି ଦେଢ଼ଦିନର ମଜୁରି ଦିଆଇ ଦେଇଦେବି, ନୋଟ ଭଙ୍ଗା ନାହିଁ, ଉଚ୍ଛୁଣି ଏ ପଦଟାରେ ଟଙ୍କା କାହୁଁ ପାଇବି?"

ରାତି ପହରକ ସମୟରେ ଦୁଇ ଦୋସ୍ତ ଖଣ୍ଡେ ଥାର୍ଡକ୍ଲାସ ଗାଡ଼ିରେ ଚଢ଼ି ପହଞ୍ଚିଗଲେ। ସମସ୍ତେ ଚଞ୍ଚଳ ଛିଡ଼ା ହୋଇପଡ଼ି ଦଣ୍ଡବତରକମ କରି ଆପଣା ଆପଣା ଜାଗାରେ ବସିଗଲେ। ଦୁଇ ଦୋସ୍ତ ବସିବା ସକାଶେ ଯୋଡ଼ାଏ ଚୌକି ଏକ ଜାଗାରେ ଥୁଆ ହୋଇଥିଲା। ବାବୁ ବସିପଡ଼ି ଉପରକୁ ଅନାଇ ଆଲୁଅଗୁଡ଼ାକ ଦେଖୁଛନ୍ତି। ଗୋଟାଏ ଘରେ ଏକ, ତିନି, ଚାରି, ପାଞ୍ଚ, ଦଶଟା ଆଲୁଅ ଦିନପରି ହୋଇଯାଇଛି। ଝାଡ଼ଟା ଦେଖି ଦେଖି ମୋହିତ ହୋଇଗଲେଣି – "ଏଁ – ଦୁଇଟା ଦୀପ – ଜକ ଜକ ଦିଶୁଛି।" ନାଚୁଣୀଗୁଡ଼ାକ ବକ ବକ କରି ଅନାଇ ରହିଛନ୍ତି – ଏମାନେ କିମିତିକା ଲୁଗା ପିନ୍ଧିଛନ୍ତି – ଏଗୁଡ଼ାକ କ'ଣ ସୁନାରୂପାର ଲୁଗା? ଆମ ଅପାରାଣୀ, ସେ ତ ଇମିତିକା ଲୁଗା ପିନ୍ଧିନାହିଁ – ଏମାନେ ଅପାଠାରୁ ବି ବଡ଼ ରାଣୀ ହେବେ। ତଳକୁ ଅନାଇଦେଲେ – ବିଛଣା ବିଛା, ତା' ଉପରେ ମାଞ୍ଚିଆ, ତା' ଉପରେ ଜୋତା ମାଡ଼ି ବସିଛନ୍ତି। ଏତିକିବେଳେ ଆଉଥରେ ଆପଣା ପୋଷାକଟି, ଦେହକୁ ଅନାଇଲେ, ମନରେ କଲେ – ଅପା ହେଲେ ରାଣୀ – ସେ ବି ଜଣେ ବଡ଼ଲୋକ ହୋଇଗଲେଣି। ମନ ମଧ୍ୟରେ ଭାରି ଗୋଟାଏ ଖୁସି ହୋଇଗଲେ। ଏହି ସମୟରେ ଦୋସ୍ତ ବିଲାତୀ ପାଣି ଗ୍ଲାସ ଦୁଇଥର ପହଞ୍ଚାଇ ଦେଲେଣି। ଲାଲ ପାଣିଟା ଢକ୍ ଢକ୍ କରି ପିଇଦେଇ ବାବୁ ଆଖିବୁଜି ଦାନ୍ତ ନିସିଡ଼ି ଦେଇ ଆଁକରି ଉପରକୁ ଟିକିଏ ଅନାଇ ଫେଁ – କରି ନିଶ୍ୱାସଟା

ପକାଇବାବେଳେ ଆଉ ଲୋକମାନେ ମୁହଁ ବୁଲାଇ ଟିକିଏ ହସି ଉଠିଲେ। ବାବୁଙ୍କ କଣ୍ଠଠାରୁ ପେଟଯାଏ ହାଉ କରି ପୋଡ଼ି ଉଠିଲା। ଆଲୁଅଗୁଡ଼ାକ ଦାଉ ଦାଉ କରି ଦଶଗୁଣ ତେଜରେ ଜଳି ଉଠିଲାପରି ବାବୁଙ୍କ ଆଖିକୁ ଦିଶିଲା। ବାବୁ ସବୁ ଭୁଲିଗଲେଣି – ଆପଣାକୁ ବି ଭୁଲିପକାଇଲେଣି – ତାଙ୍କୁ ଜଣାଯାଉଛି, ଜଗତ ସଂସାରଟା ଆଲୋକମୟ, ଆନନ୍ଦମୟ – ମନରେ କଲେ, ସେ ଆସି ସ୍ୱର୍ଗ ସିଂହାସନରେ ଅମୃତ ଖାଉଛନ୍ତି। ଗୀତରେ ଶୁଣୁଥିଲେ, ସ୍ୱର୍ଗରେ ବିଦ୍ୟାଧାରୀମାନେ ନାଚନ୍ତି। ଏମାନେ କ'ଣ ବିଦ୍ୟାଧାରୀ? ଏତିକିବେଳେ ଅଧଶିଶି ଲେଭେଣ୍ଡର ଜଳ ଦୋସ୍ତ ବାବୁଙ୍କ ମୁଣ୍ଡରେ ଢାଳିଦେଲେ, ଦେହ ଗୋଟିକ ଭିଜି ଗୋଡ଼ଯାଏଁ ବହିପଡ଼ିଲା। ଘର ଗୋଟାକ ମହକି ଗଲା, ବାବୁଙ୍କୁ ବଡ଼ ବାସିଲା, ବଳଦ ଯେମନ୍ତ ନାକପୁଡ଼ା ଫୁଲେଇ ଉପରକୁ ଅନାଇ କିଛି ଜିନିଷ ଶୁଙ୍ଘେ, ବାବୁ ଲେଭେଣ୍ଡର ଭିଜା କନା ନାକରେ ଦେଇ ସେହିପରି ଶୁଙ୍ଘା ଲଗାଇଛନ୍ତି। ଏତିକିବେଳେ ସାରଙ୍ଗି ଦବଲା ବାଜିଉଠିଲା। ନାଚୁଣୀ ଯୋଡ଼ିକ ଏକଜାଗାରେ ଠିଆହୋଇ ପଛଘୁଞ୍ଚା ଦେଇ – ଆଗପଛ ହୋଇ – ଦୁଇ ହାତରେ ଫୁଟିକି ମାରି – ଦାନ୍ତ – ନିସିଡ଼ି – ମୁହଁଟା ବିଚିକିଟେଇ – ଝମର ଝମର କରି ଢେରଗୁଡ଼ାଏ ନାଚିଲେ। ଟିକିଏ ଛିଡ଼ାହେବାରୁ ବାବୁ ହୁକୁମ କଲେ, ଆହୁରି ନାଚ – ଆହୁରି ନାଚ। ପୁଣି ନାଚୁଣୀମାନେ ଘୂରି ଚକର ଦେଇ ଟେରେଇ ଟେରେଇ ଅନାଇ ଆଁ କରି ଦାନ୍ତ ନିସିଡ଼ି ବାୟାଣୀ ପରି ମୁଣ୍ଡହଲାଇ ଗୁଡ଼ାଏ ନାଚିଲେ। ତହିଁ ଉତ୍ତାରେ ଗୀତ ଆରମ୍ଭ –

ଆଁ – ଆଁ – ଆଁ – ଇଁ – ଇଁ – ଇଁ – ଉଁ – ଉଁ – ଉଁ – ଅଁ

ସାୟାଁରେ ବୟାଁ – ତେରେ କ୍ୟେସେ ଛୋଡୁଁ ଜାନ୍।

ମେରି କ୍ୟେସେ ଗୁଜର ଗୁଜରାନ୍।

ବାବୁ ହୁକୁମ କଲେ, "ଗୀତ ଗାଅ – ଗୀତ ଗାଅ" ନାଚୁଣୀ ଆଉ ବାଜଣାଦାର ମାନେ ମୁହଁ ଚାହାଁ ଚାହିଁ ହେଲେ – ଗୀତ ଆଉ କ'ଣ? ସମଜଦାର ଦୋସ୍ତ ପ୍ରଭୁଦୟାଲ ଭଗତ ହୁକୁମ କଲେ, "ଆରେ, ଓଡ଼ିଆ ଚୌପଦୀ ଗା"। ତବଲା – ସାରଙ୍ଗି ପୁଣି ବାଜିଲା, ପୁଣି ଗୀତ ଆରମ୍ଭ ହେଲା।

ଚୌପଦୀ

"ସୁଖସାଗରରେ ଭାସିଗଲାଣିରେ କିପରି ଦେବି ବନ୍ଧୁ ମେଲାଣିରେ
ରତନ ଦୀପାବଳୀ ରତ୍ନଜ୍ୟୋତିରୁ ବଳି ଜଳୁଛି ତାରା ଜ୍ୟୋତି କି ଜାଣିରେ। (ଘୋଷା)
ସଙ୍ଗୀତ ସୁଧା ଜିଣି ମଧୁର ରଙ୍ଗପାଣି ରଖିଛି ସ୍ୱର୍ଗ ସୁଧା କି ଆଣିରେ,
ନିଶି ଦିନ ବିଳାସ ଜୀବନେ ଉଲ୍ଲାସ ନଥିବ ତ୍ରିଭୁବନେ କି ଜାଣିରେ।
ଶମ୍ପା କମ୍ପନ ପ୍ରାଏ କାନ୍ତି ଚହଟିଯାଏ ନାଚନ୍ତି ଅପସରୀ ଇନ୍ଦ୍ରଣୀରେ।"

ପାଖ ଘରେ ଗୋଟାଏ ଭଙ୍ଗା ମେଜ ଉପରେ ଚିନା ବାସନରେ ଖାନା ସଜଡ଼ା ହୋଇଥିଲା। ପ୍ରଭୁଦୟାଲ ବାବୁ ବହୁତ ମର୍ଯ୍ୟାଦାରେ ଦୋସ୍ତଙ୍କ ହାତଧରି ଘେନିଗଲେ। ବାବୁଙ୍କ କେଉଁ ପୁରୁଷରେ କେହି ପଲାଉ ନାମ ଶୁଣି ନଥିଲେ – ତା' ପାଖରେ ଥାଳିଏ ମାଉଁସ ତିଅଣ, ପୁରି, ଛେନାବଡ଼ା ସଜ। ରଙ୍ଗପାଣି ପଡ଼ି ବାବୁଙ୍କ ପେଟ ଜଳୁଥାଏ – ଆଉ ଖାଇବା ଜିନିଷଗୁଡ଼ାକ ମିଠା – ସ୍ୱର୍ଗରୁ ଅମୃତ ଆସିଛି – ସବୁ ଗୁଡ଼ାକ ଚାଖିଗଲେ, ଏବେ କେଉଁଟା ଖାଇବେ? ସବୁ ଜିନିଷ ମିଶା ସଜା କରି କୁକୁରପରି ଗାବୁଲୁ ଗାବୁଲୁ ଚାହୁଁ ଚାହୁଁ ହାଣ୍ଡିଏ ଟେକିଦେଲେ। ଖାଇବାବେଳେ ଦୋସ୍ତ ରଙ୍ଗପାଣି ଗ୍ଲାସେ ଗ୍ଲାସେ ହାତକୁ ବଢ଼େଇ ଦେଉଥାନ୍ତି। ଖାଇସାରି ଯେତେବେଳେ ଚଉକିରେ ଆସି ବସିଲେ, ଭାରି ଆରାମ ଭାରି ଫୁର୍ତ୍ତି। ନାଚ ଗୀତ ଚାଲିଛି, ଜଣେ ଡାକିଦେଲା, ବାହାବା–ବାହାବା– ସାବାସ। ସବୁଗୁଡ଼ାକ ତ ନିଶାରେ ଢର ବନିଛନ୍ତି। ଗୋଟାଏ ବିଲୁଆ ଯେମନ୍ତ ହୁକେ – ହୁଡ଼ାକିଲେ ପଲଯାକ ହୁକେ – ହୁ କରନ୍ତି, ସେହିପରି ସବୁ ଲୋକଗୁଡ଼ାକ ବାହାବା-ବାହାବା -ସାବାସ୍- ସାବାସ୍ ବୋଲି ରଡ଼ିଛାଡ଼ିଲେ। ବାବୁ କି ସମ୍ଭଳା ପଡ଼ନ୍ତି? ଖୁବ୍ ଗୋଟାଏ ପାଟି କଲେ, ବାବା- ବାବା, ସାବୁସ୍ – ସାବୁସ୍-। ବାବୁଙ୍କ କଥା ଶୁଣି ସମସ୍ତେ ହିଁ ହିଁ କରି ହସିଲେ, ବାବୁଙ୍କ ହସି ବି ଘୋଡ଼ାହସରୁ ବଳିପଡ଼ିଲା। ଆଉ ବାବୁ ବସିପାରିଲେ ନାହିଁ ଠିଆ ହୋଇ ନାଚିବାକୁ ଲାଗିଲେ, ଆଉ ସମସ୍ତେ ତ ନାଚ ଆରମ୍ଭ କରିଦେଲେ। ବାବୁଙ୍କ ପିନ୍ଧିବା ଲୁଗାର ଠିକଣା ନାହିଁ, ନାଚୁଣୀ ଯୋଡ଼ାକ ଲାଜରେ ପଳାଇଗଲେଣି। ଏମାନଙ୍କ ବିକଟ ଚିତ୍କାର ଓ ତାଣ୍ଡବନୃତ୍ୟରେ ଘରଟା କମ୍ପୁଛି। ସହର ମଧ୍ୟରେ ହୋଇଥିଲେ ଘର ପୋଡ଼ିଗଲା ବୋଲି ଗାଁ ଲୋକେ ଅଜାଡ଼ି ପଡ଼ନ୍ତେଣି। ନାଚୁନାଚୁ ବାବୁ ଘଲଘାଲ କରି ହାଣ୍ଡିଏ ବାନ୍ତି କରି ଦୁଲ୍ କରି ପଡ଼ିଯାଇ ବେହୋସ୍। ଆପୁଡୁ ଆଉ ଯୋଡ଼ାଏ ଲୋକ ବାବୁ ଉପରେ ବାନ୍ତିକରି ପଡ଼ିଯାଇଛନ୍ତି। ଘରଟା ଏକାବେଳକେ ତୁନ୍ ତାନ୍, ଭୟଙ୍କର ଦୁର୍ଗନ୍ଧ, ଯେମନ୍ତ ନରକକୁଣ୍ଡରେ କେତେଟା ଭୂତପ୍ରେତ ଗଡ଼ାଗଡ଼ି ହେଉଛନ୍ତି। ଦୋସ୍ତ ପ୍ରଭୁଦୟାଲ ଭଗତ କିନ୍ତୁ ଠିକ୍ ଅଛି, ସେ ଖୁବ୍ ହଜମ କରିଯିବା ଲୋକ, ପୁଣି ରୋଜ ରୋଜ ସେହି କାମ, ଅଭ୍ୟାସ ହୋଇଗଲାଣି। ପାଞ୍ଚରକମ ଟାଣିଦେଇ ଟିକିଏ ଟଳିବା ଲୋକ ନୁହନ୍ତି। ପାଠ ଡ଼ାକୁଛି, ବିପଦ ବନ୍ଧୁ – ଏତେବେଳେ ଆଉ ସାହା କିଏ? ଆଉ ଲୋକଗୁଡ଼ାକ ନିଶା ଭୋଳରେ କିଏ କେଉଁଠି ପଡ଼ିଲେଣି , ହିତୈଷୀ ବନ୍ଧୁ ଏକା ପ୍ରଭୁଦୟାଲ, ମେହେନ୍ତର ମଡ଼ା ଘୋଷାରିଲାପରି ବାବୁଙ୍କୁ କୌଣସିରୂପେ ସେହି ବ୍ୟକ୍ତି ବହଳରୁ ଘୋଷାରି ଘୋଷାରି କରି ଗୋଟାଏ ଭଙ୍ଗା ତକ୍ତପୋଷରେ ପକାଇଲା।

ରାତିପାହି ଆଠଟା ବାଜିଲାଣି, ଏ ଅଞ୍ଚଳକୁ ସହରର କେହି ଲୋକ ଆସନ୍ତି ନାହିଁ। ଗୋଟାକେତେ ଗାଈରଖା ଟୋକା ଛେଳି, ଗୋରୁପଲ ଘେନି ପଡ଼ିଆରେ

ବୁଲୁଥିବାର ଦେଖାଗଲେ। ଦୁଇ ଚାରିଟା ଘାସିଆରା କାଖରୁ ଥଳି ତଳେ ପକାଇ ଖୁରପିରେ ଘାସ ଛେଲିବାକୁ ଆରମ୍ଭ କରିଛନ୍ତି, ତାହା ବି ବଙ୍ଗଳା କତିରୁ ଦୂରରେ। ବଙ୍ଗଳା ଭିତରେ ତେତେବଳର ହାଲ ଲେଖିବାକୁ ବା ପଢ଼ିବାକୁ ନିଶ୍ଚୟ କେହି ସମ୍ମତ ହେବେ ନାହିଁ। ପ୍ରଭୁଦୟାଲ ଗୋଟାଏ ମେହେନ୍ତର ଭଳିଆ ଲୋକ ଡକାଇ ଚଟାପଟ୍ ଘରଟା ସଫାସୁତୁରା ଧୂଆଧୋଇ କରାଇ ପକାଇଲେ। ଏବେ ବାବୁଙ୍କୁ ଉଠାଇବା ବେଳେ, ତାଙ୍କ ଦେହ ଉପରେ ଖଣ୍ଡେ ଲୁଗା ଘୋଡ଼ିଆ ହୋଇଛି, ପଣ ପଣ ମାଛି ଭଣଭଣ ମୁହଁରେ ବସୁଛନ୍ତି। ପ୍ରଭୁଦୟାଲ ଡାକିଲେ, "ଦୋସ୍ତ! ଦୋସ୍ତ ! ଦୋସ୍ତ !" ଅନେକ ଡ଼ାକହାକରେ ଶବ୍ଦ ମିଳିଲା, ହୁଁ। ଥରେ ହୁଁ କରି ପୁଣି ଘୁଙ୍ଗୁଡ଼ି ମାରିବାକୁ ଲାଗିଲେ। ଘୁଙ୍ଗୁଡ଼ି ପରି ଘୁଙ୍ଗୁଡ଼ି – ଯେମନ୍ତ ବୁଢ଼ା ଭାଲୁଟାଏ ଦିପହରିଆ ଜରରେ କମ୍ପୁଛି। ଭଗତ ଦେଖିଲେ, ମୁହଁର କଥା ନୁହେଁ, ହାତଧରି ଟଣା ଟଣି କରି ବସାଇଲେ। ବାବୁଙ୍କ ନିଦ ଭାଙ୍ଗିଲାଣି, ଚାରିଆଡ଼କୁ ଅନାଇଲେ, ମୁଣ୍ଡଟା ଘୂରାଉଛି, ବଡ଼ ଭାରି, ଉଠି ଛିଡ଼ାହେବାକୁ ମନ ବଳୁନାହିଁ, ଦେହଟା କେମନ୍ତ ଘେତ ଘେତ କରି ବାନ୍ତି ମାଡୁଛି। ଭଗତ ଜାଣିବା ଶୁଣିବା ଲୋକ; ବାବୁଙ୍କ ହାଲ ବୁଝିଗଲେ, ଏଟା ଖେଉରି। ଇସାରା ପାଇ ଆପୁଢୁ ଗିନାଏ ରାଶି ମାଲପା ଆଣି ବାବୁଙ୍କ ମୁଣ୍ଡରେ ଦେହରେ ଘଷିବାକୁ ଲାଗିଲା, ବଡ଼ ଆରାମ ଲାଗୁଥାଏ, ବାବୁ ମିଞ୍ଜି ମିଞ୍ଜି କରି ଆଖି ବୁଜୁଥାନ୍ତି, ଚାହୁଁଥାନ୍ତି। ବଙ୍ଗଳା ହତା ମଧ୍ୟରେ ପକା-ଘାଟ-ବନ୍ଧା ଗୋଟାଏ ପୋଖରୀ ଅଛି, ପ୍ରଭୁଦୟାଲ କୌଣସିରୂପେ ଧରାଧରି କରି ବାବୁଙ୍କୁ ଘାଟରେ ବସାଇଲା। ଆପୁଢୁ ଦୁଇଚାରି କଳିସା ପାଣି ମୁଣ୍ଡରେ ଢାଳିବାରୁ ବାବୁ ଆପେ ପୋଖରୀରେ ପଶି ଭଲକରି ଗାଧୁଆ କରି ଅଇଲେ। ପ୍ରଭୁଦୟାଲ ଏତିକିବେଳେ ରଙ୍ଗପାଣି ଗ୍ଲାସେ ଦେଖାଇଦେବାରୁ ବାବୁଙ୍କର ସବୁ ଖେଉରି ଏକାବେଳେକେ ଭାଙ୍ଗିଗଲା। ବର୍ତ୍ତମାନ ଭାରି ଭୋକ, ଗଲା ରାତିର ବାସି ଯେତେକ ଶୁଖିଲା ପୁରି, ବାସି ପଲାଉ ମାଉଁସ ଥିଲା, ଅଧହାଣ୍ଡିଏ ଅନ୍ଦାଜ ଟେକିଦେଇ ଢକଢ଼କ କରି ଟୁଣୁକାଏ ପାଣି ପିଇଗଲେ! ଏତେବେଳେ ବାବୁଙ୍କ ଆନନ୍ଦ ଦେଖେ କିଏ? ଆପୁଢୁ ଯୋଡ଼ାଏ ଚୌକି ବାରନ୍ଦାରେ ଥୋଇଦେଲା। ଦୁଇବନ୍ଧୁ ବସି ଖୁସିକଥା ବୋଲାବୋଲି ହେଉଛନ୍ତି। ଚୂଆଗୁଞ୍ଜି ପକା ବଡ଼ବଡ଼ ଗୁଡ଼ାଏ ପାନବିଡ଼ିଆ ଆଗରେ ଥୁଆ, ଛେଳି ପାଟି ପରି ବାବୁ ସେଗୁଡ଼ାକ ଚୋବାଇ ଯାଉଛନ୍ତି। ଆପୁଢୁ ଗୋଟିଏ ଗୁଡୁ- ଗୁଡୁରେ ଗୁଡ଼ାଖୁ ସଜାଇ ଥୋଇଦେଇଗଲା। ଦୁଇବନ୍ଧୁ ହାତକୁ ହାତ ନଳ ବଢ଼ାଇ ଦେଇ ଗୁଡ଼ାଖୁ ଧୂମପାନ କରୁଛନ୍ତି, ବାବୁଙ୍କର ଗୁଡ଼ାଖୁଟା ବି ଅଭ୍ୟାସ ହୋଇଗଲାଣି। ବାବୁ କହିଲେ, "ହଁ ରେ ଦୋସ୍ତ! ଭିଣୋଇ ସାନ୍ତ ଯେ ଗୁଡ଼ାଖୁ ଖାନ୍ତି, ତା' ଧୂଆଁ ତ ଏଢ଼େ ବାସନା ନୁହେଁ?"

ପ୍ରଭୁଦୟାଲ – "ହା – ହା – ହା; କଟକରେ ତ ଏତେ ବାବୁ ଗୁଡ଼ାଖୁ ଖାଉଛନ୍ତି, ଆପଣ ଦେଖୁଛନ୍ତି କେଉଁ ଶଳା ବାବୁ ଏ ଗୁଡ଼ାଖୁ ପାଇବ? କଲିକତାରେ ଆମର ଯେ ବଡ଼ ଆଡ଼ତଘର ଅଛି, ଚିଠି ଲେଖି ଡ଼ାକ ପୁଲିନ୍ଦାରେ ଆପଣଙ୍କ ପାଇଁ ଏହି ଗୁଡ଼ାଖୁ ଅଣାଅଛି।" ରାଘବବାବୁ ପଚାରିଲେ, "କଲିକତାରେ ଏହି କୋଠାଘର ପରି ବଡ଼ ବଡ଼ ଘରେ ଆହୁରି ବାବୁ କ'ଣ ଅଛନ୍ତି?" ପ୍ରଭୁଦୟାଲ "ହଁ ହଁ, ଆପଣଙ୍କ ପରି ବାବୁ ଢେର୍ ଅଛନ୍ତି, ବଡ଼ମୌଜ କରନ୍ତି ବଡ଼ ବଡ଼ ଘର ବି ଅଛି। ରହନ୍ତୁ, ରହନ୍ତୁ, ଆପଣଙ୍କୁ କଲିକତା ଘେନିଯିବି, ସେଠି କିମିତିକା ମୌଜ ହୁଏ ଦେଖିବେ। ସେଠି ଢେର୍ ନାଚୁଣୀ ବି ଅଛନ୍ତି।" ରାଘବବାବୁଙ୍କ ଘର ଯେଉଁ ଗାଁ ରେ ସବୁ ପଲା ଘର – କୋଠାଘର ଜନ୍ମଯାକ କେବେ ଦେଖି ନଥିଲେ। କଟକକୁ ଆସି ଉଞ୍ଚା ଉଞ୍ଚା ବଡ଼ ବଡ଼ କୋଠାଘର ଢେର୍ ଦେଖିଲେଣି। ହେଲେ, ଘର ଭିତରଟାରେ ସିକାରେ ଟଙ୍ଗାହୋଇ ଏଡ଼େ ଆଲୁଅ ଜଳେ, ଏଡ଼େ ସୁନ୍ଦର ସଜା ହୋଇଥାଏ, ତାଙ୍କୁ ଜଣା ନ ଥିଲା। ବିଛଣାରେ ସିନା ଲୋକ ଶୁଅନ୍ତି – ବିଛଣା, ତା' ଉପରେ ଚୌକି, ତା' ଉପରେ ଜୋତାମାଡ଼ି ବସିବେ – ବାଃ! ବାଃ ! ବାବୁମାନଙ୍କର କିମିତି କପାଳ। ଆମେ କେମିତିକା ବାବୁ ହେଇଗଲୁଣି। ଗାଁ ର ମକ୍ରା, ଶଙ୍କ୍ରା, ଉଗ୍ରା, ଗୁରୁବାରିଆ ସାଙ୍ଗ ଗୋରୁମଣା ଟୋକାଗୁଡ଼ାକ ଆସି ଆମକୁ ଦେଖିଯାନ୍ତେ କି। ବାବୁ ପଚାରିଲେ, "ଦୋସ୍ତ ! ଏ ପକକା ଘର କାହାର?"

ପ୍ରଭୁ ଦୟାଲ- "ଏଇ ଆମର ଜଣେ ଦୋସ୍ତର ଘର। ତାଙ୍କର ଢେର୍ ଘର ଅଛି, କହୁଥିଲେ ଏ ଘରଟା ବିକିଦେବି। ମୁଁ କହୁଥିଲି, ଦୋସ୍ତ, ଏ ଘରଟା ଆପଣ କିଣି ରଖନ୍ତୁ। ନିରୋଳା ଯାଗା, ରୋଜ ରୋଜ ମୌଜ କରିବା, କେହି ଜାଣିପାରିବେ ନାହିଁ।" ରାଘବବାବୁ ଘର ଭିତର ଚାରିପାଖ ହତା ପୋଖରୀକୁ ଅନାଇଲେ, "ଏ ! କେଡ଼େ ବାଡ଼ିଟାଏ, ପୋଖରୀ ଘାଟଟା ପୁଣି ପକ୍କା ଏଇଟା ତ ଇନ୍ଦ୍ରଭୁବନ। କପାଳରେ ଥିଲେ ଏ ଘର ଆମର ହେବ।" ଏତିକିବେଳେ ଆପୁଡୁ ଲାଗିଲା ଦୁଇ ଗ୍ଲାସ ଦେଇଗଲାଣି। ବାବୁ ମନରେ କଲେ, ଏ ଘରଟା ତାଙ୍କର ନିଜର। ପ୍ରକାଶ କରି କହିଲେ, "ଏ ଘରର ଦାମ୍ କେତେ ହେବ?" ଭଗତ, " କଟକରେ ଏହାର ଉଆଜିବ୍ ଦାମ୍ କୋଡ଼ିଏ ହଜାର ଟଙ୍କା; ମାତ୍ର ମୁଁ ଖୁବ୍ ଶସ୍ତାରେ କିଣାଇ ଦେବି।" ବାବୁ କହିଲେ "ବାପରେ ! ମୁଁ ଏତେଗୁଡ଼ାଏ ଟଙ୍କା କାହୁଁ ପାଇବି?"

ପ୍ରଭୁଦୟାଲ, ହୋ – ହୋ ! ଆପଣଙ୍କର ପୁଣି ଟଙ୍କାର ଅଭାବ। ମୁଁ ଆପଣଙ୍କ ଯେ ରାଣୀ; ମୁଁ ଟଙ୍କା ସଜିଲ କରିଦେବି, ଚିନ୍ତା କର ନାହିଁ।

ବାବୁଙ୍କ ମନ ମାଡ଼ି ପଡ଼ିଲାଣି। ଏକାବେଳକେ ହୁକୁମ କଲେ,, 'ହଁ ଆମେ ଘର କିଣିବୁ, ଆଜି କିଣିବୁ।' ବାବୁ ଆଉ ଆପଣାକୁ ସମ୍ଭାଳି ପାରୁନାହାନ୍ତି – ମନରେ କଲେ, ଏ ବଡ଼ କୋଠାଘରଟା ତାଙ୍କରି ହୋଇଗଲାଣି "ହୋ ହୋ ହୋ ! ଭାରି ମୌଜ ହେବ।

ସେ ଶଳା ଭିଣୋଇ ସାନ୍ତକୁ ଡ଼ରି ଡ଼ରି ପ୍ରାଣ ଗଲାଣି। ଏବେ ବସରେ ବସ୍। ଖାସା ନିରୋଳା, କେହି ଶଳା ଜାଣି ପାରିବ ନାହିଁ। ଡ଼ାକ ଡ଼ାକ ଦୋସ୍ତ। ଘରବାଲାକୁ ଡ଼ାକ, ବିକିଦେଇ ଯାଉ, ଦଣ୍ଡେ ମଠ କରନା ଦୋସ୍ତ! ସେ ନାଚୁଣୀ କାଲି କ'ଣ ଗୀତ ଗାଉଥିଲା? ଆଁ ଆଁ ହୁଁ ହୁଁ – କିପରି ସେ ମରିଗଲାଣିକିରେ।" ପ୍ରଭୁଦୟାଲ – "ନା ନା, ଦୋସ୍ତ! ଘରକୁ ଯିବା ଚାଲ – ବୋଉ, ଅପା ଖୋଜୁଥିବେ। କାଲି ଘର କିଣିବା। "

ରାଘବ ବାବୁ – "ନେଇଁ – ନେଇଁ – ନେଇଁ, କେଉଁ ଶଳାକୁ ହାମେ ଡରେଙ୍ଗା। ବୋଉକୁ କହି ଆସିଛି – ଅପା ବି ଜାଣିଛି, ଦୋସ୍ତ ସାଙ୍ଗରେ ତୁଳସୀପୁରକୁ ବାଦୀପାଲା ଦେଖିଯାଉଛି – ଦି'ଦିନ ଲାଗିବ, ଚାରିଦିନ ଲାଗିବ, ଛ'ଦିନ ଲାଗିବ, କିଏ ଶଳା, ଶାଳୀ ଖୋଜିବ? ଆଁ – ଆଁ – ଉଁ – ଉଁ, କିପରି ମରିଗଲିଣିରେ" ଖୁବ୍ ପାଟିକରି ଗୀତ ଆରମ୍ଭ କରିଦେଲେ।

ଚଲାଖ ପ୍ରଭୁଦୟାଲ ଭଗତ ବାବୁ କଥା ବୁଝିଗଲାଣି। ମନରେ କଲା ଏଇଟା ଠିକ୍ ବେଳ। ଆପୁଡୁକୁ ଏକୁଟିଆଡାକି ନେଇ ତୁନି ତୁନି ଢେର୍ ବେଳଯାଏ ଢେର୍ ଉପଦେଶ ଦେଲା, ବିଶେଷକରି କହିଦେଲା ଧୋବାଘରୁ ଭଲ ପୋଷାକ ଭଡ଼ା ଆଣିବ।

ଇତିହାସ କଥା – କୋମ୍ପାନୀ ବାହାଦୁର ଦିଲ୍ଲୀ ବାଦ୍‌ଶାହାଙ୍କ କଟକରୁ ବଙ୍ଗ – ବିହାର ଓଡ଼ିଶାର ଦେବାନୀ ସନନ୍ଦ ନେବାକୁ ଗୋଟାଏ ଗଧ କିଣାବିକାର ସମୟ ଲାଗିଲାନି। କିନ୍ତୁ ବଙ୍ଗଳା କିଣାବିକା କଥା ଖୁବ୍ ଚଞ୍ଚଳରେ ଲାଗିପଡ଼ି ମଧ ପାଞ୍ଚ ଛ' ଘଣ୍ଟା ସମୟରୁ ଊଣା ହେଲା ନାହିଁ।

ଉପରଓଳି ଚାରିଟା ବାଜିଯାଇଛି, ବଙ୍ଗଳା ମାଲିକ ବାବୁ ଆଉ ଜଣେ ଓକିଲ ଦୁଆତ କଲମ ଧରି ଉପସ୍ଥିତ ହେଲେ। ବାବୁ ଆଉ ଓକିଲ ଏକାରକମ ପୋଷାକ – ଭାରି ଲମ୍ବ ଲମ୍ବ ଚପକନ, ଗୋଡ଼ ଗୋଇଠିଯାକ ଲାଗିଛି, ଦେହରେ ବଡ଼ ଢିଲା ହାତ ଯୋଡ଼ାକ ଆଙ୍ଗୁଳି ଡ଼େଇଁ ଚାରି ଚାରି ଆଙ୍ଗୁଳି ଝୁଲିପଡ଼ିଛି। ବାବୁଙ୍କ ମୁଣ୍ଡରେ ଗୋଟାଏ ପାଞ୍ଚ ଗଜିଆ ଗୋଷ୍ଟମାର୍କା ଧୋତି ପାଗ ଗୁଡ଼ିଆ, ଓକିଲଙ୍କ ମୁଣ୍ଡରେ ଗୋଟାଏ ମଇଲା ଭଙ୍ଗା ସୋଲ ପଗଡ଼ି। ଦୁଇଜଣଙ୍କ ଦେହରୁ ଭୁରୁଭୁରୁ କରି ଅତରଗନ୍ଧ ବାହାରୁଛି। ରାଘବବାବୁଙ୍କର ଚେତନା ଥିଲେ ନିଶ୍ଚୟ ଚିହ୍ନନ୍ତେ, ଏହି ଓକିଲବାବୁଟି ନିଶ୍ଚୟ ଗଲାକାଲି ରାତିର ଖୋଦାବକ୍ସ ଖାନ୍‌ସାମା, ଆଉ କୋଠିବାଲା ବାବୁଟି ସେଇ ତବଲଚି ଭଡୁଆ ଟୋକା। ଏମାନଙ୍କୁ ଦେଖି ରାଘବ ବାବୁଙ୍କ ମନରେ ଭାରି ଆନନ୍ଦ। ଆନନ୍ଦରେ ସମସ୍ତେ ଗୋଟାଏ ଭାରି କୁଣ୍ଡିଆକୁଣ୍ଡେଇ ହେଲେ, ମଜଲିସ ବସିଲା, ଆପୁଡୁ ବୋତଲ ଗ୍ଲାସ୍ ଧରି ହାଜର ଅଛି।

ବଙ୍ଗଳା କିଣାବିକା କଥା ପଡ଼ିଲା – ଦରଦାମ୍ ଢେର୍ କଷାକଷି ହେଲା। ଦୋସ୍ତ ପ୍ରଭୁଦୟାଲ ବାବୁଙ୍କ ପଟ ଧରି ଖୁବ୍ ଲଢାଲଢି କରି ଦାମ୍ କମାଇଲେ – ଅର୍ଥାତ ଖୁବ୍

ଶସ୍ତାରେ କିଣିବା ବନ୍ଦୋବସ୍ତ କଲେ – ପୂରା ପହରେ କାଳ କଷାକଷିରେ ଢେର୍ ଢେର୍ କଥା ଉତ୍ତାରେ ଦର ଛିଡ଼ିଲା। ସେଥିରେ ସାରକଥା ଏହି –

ବଙ୍ଗଳାର ମହାଜନ ବାବୁରାମ ରାଭ ଭଗତ (ନାମାନ୍ତର ଖୋଦାବକ୍ସ) ବଙ୍ଗଳାର ଦାମ୍ ପ୍ରଥମେ କୋଡ଼ିଏ ହଜାର ଟଙ୍କା ହାଙ୍କିଥିଲେ। ରାଘବ ବାବୁ ଦୋସ୍ତଦାର ଲୋକ, ସମସ୍ତେ ମିଳିମିଶି ମୌଜ କରିବେ, ଶେଷରେ ପାଞ୍ଚହଜାର ଟଙ୍କା ଦାମ୍ ଛିଡ଼ିଲା। ବାବୁଙ୍କ ମନରେ ବଡ଼ ଆନନ୍ଦ – କୋଡ଼ିଏ ହଜାର ଟଙ୍କା ମାଲ୍ ପାଞ୍ଚ ହଜାରରେ ପାଇଗଲେ। ଦୋସ୍ତଙ୍କ ପିଠିରେ ହାତମାରି କହିଲେ, "ସାବାସ୍ ଦୋସ୍ତ ସାବାସ୍ ! ଜଲଦି କାମ ଛିଡ଼ାଇ ପକାଅ।" ଓକିଲ କବଲା ଲେଖାପଢ଼ା କରିପକାଇଲେ। ଓକିଲ କବଲା ଲେଖିଲା ବେଳେ ଗୋଟିଏ ପବନ ଆସି ତାଙ୍କ ଚପକନରୁ ଫାଳେ ଉଡ଼ାଇ ପକାଇଲା। ଦିଶିଗଲା, ଭିତରେ ଖଣ୍ଡେ ଚିରା ମଇଲା ଆଠହାତି ଲୁଗା ପିନ୍ଧିଛନ୍ତି, ଗୋଡ଼ରେ ଜୋତା ତ ନାହିଁ, ଚପକନଟା ଗୋଡ଼ତଳ ପର୍ଯ୍ୟନ୍ତ ଲମ୍ବି ପଡ଼ିଥିବାରୁ ଜଣା ଯାଉନାହିଁ। ଓକିଲ ଆପେ ଚଞ୍ଚଳ ଚପକନଟା ଟାଣିନେଇ ଗୋଡ଼ଟା ଢାଙ୍କି ପକାଇଲେ। କବଲା ଲେଖା ବାଦ୍ ଦୋସ୍ତ ପ୍ରଭୁଦୟାଲ ଭଗତ କହିଲେ, "ଏତେ ଟଙ୍କାର ମାମଲା, କବଲା ରେଜେଷ୍ଟରୀ ନ ହେଲେ ଚଳିବ ନାହିଁ।" ଓକିଲ ସେହି ଦଲିଲ ଧରି ରେଜେଷ୍ଟରୀ କରିବାକୁ ଧାଇଁଲେ। ବାବୁଙ୍କର ତର ସହୁନାହିଁ। ହୁକୁମ କଲେ, "ଜଲଦି ଆସ, ଖୁବ ଜଲଦି ଆସ" ଘଣ୍ଟାକ ଉତ୍ତାରେ ଓକିଲବାବୁ ରେଜେଷ୍ଟରୀ ଅଫିସରୁ ଫେରିଆସି ଦଲିଲ ଖଣ୍ଡ ବାବୁଙ୍କ ହାତକୁ ବଢାଇଦେଲେ। ବାବୁ ଏ ପିଠ ସେ ପିଠ ତିନିଥର ଓଲଟପାଲଟ କରି ଦେଖି ମନ ମଧ୍ୟରେ ଭାରି ଖୁସିଟାଏ ହେଲେ। ମନରେ କଲେ, କାମଟା ଠିକ୍ ହୋଇଛି – ତାଙ୍କ ଗ୍ରାମରେ ରାମ ପରିଡ଼ା ଶ୍ୟାମ ପଣ୍ଡାଙ୍କୁ ଯେ ଦୁଇମାଣ ଜମି ବିକିଥିଲା, ଏପରି ଚିତ୍ର କାଗଜରେ ଲେଖାଯାଇଥିଲା, ଏହିପରି ଛାପ ମରାଯାଇଥିଲା, ଏହିପରି ଲାଲ ରଙ୍ଗର ଗାରଗାରିଆ ପାଠ ଲେଖାଯାଇଥିଲା। ଦୋସ୍ତଙ୍କ ମୁହଁକୁ ଚାହିଁ ଖୁବ୍ ଗୋଟାଏ ଖୁସି ହେଲେ – ସେଥିର ଅର୍ଥ-ଦୋସ୍ତ ବଡ଼ ବୁଦ୍ଧିଆ-ଠିକ୍ ଠିକ୍ କାମ କରିଛି; ଅର୍ଥାତ୍ ଦଲିଲ ଲେଖାପଢ଼ାଟା ଠିକ୍ ହୋଇଛି। ବଙ୍ଗଳାର ମାଲିକ ବାବୁରାମ ରାମ ଭଗତ ଜରସମନ ବାବଦ୍ ଟଙ୍କା ମାଗିଲେ – ତାଙ୍କର ଆଜି ଟଙ୍କାର ବଡ଼ ଦରକାର – ସବୁ ଟଙ୍କା ନ ଘଟିଲେ ଦୁଇ ତିନି ହଜାର ଟଙ୍କା ଦିଅ। ରାଘବବାବୁ ଦୋସ୍ତ ମୁହଁକୁ ଅନାଇଲେ। ଦୋସ୍ତ ପ୍ରଭୁଦୟାଲ ଚଞ୍ଚଳ କହିପକାଇଲେ – "ଟଙ୍କା ଲାଗି କ'ଣ ପରବା ହେ, ବାବୁ କାଲି ଟଙ୍କା ଫୋପାଡ଼ି ଦେବେ। ଟଙ୍କା ପାଞ୍ଚ ହଜାର ନା ଆଉ କ'ଣ? ନ ହେଲା, ଦୋସ୍ତଙ୍କ ଲାଗି ମୁଁ ହାତ ଉଧାର ପାଞ୍ଚ ହଜାର ଟଙ୍କା ଚଳେଇଦେବି।"

ବଗି ହାଜର ଥିଲା – ଦୁଇ ଦୋସ୍ତ ସେଥିରେ ଚଢ଼ି ଘରକୁ ବାହାରିଗଲେ।

ଅଠାବନ

ଗୁଡ୍ ଫେରାଇଦେ ଯାତ୍ରା

କଚେରି ବନ୍ଦ – ନାଜରବାବୁ ବସାରେ ଅଛନ୍ତି। ଦିନଯାକ ଟଙ୍କା ଗଣାଗଣିରେ ଲାଗିଥିଲେ। ସଞ୍ଜ ବଇଠା ଜଳିବା ଟିକିଏ ଆଗରୁ ମାଳଝୁଲିଟାରେ ହାତ ପୂରାଇ – ବିଶି ଆଙ୍ଗୁଳିଟା ବାହାରିପଡ଼ିଛି, ଘରୁ ବହାରିପଡ଼ିଲେ। ପ୍ରଭୁଦୟାଲ ଭଗତବାବୁଙ୍କ ଅନୁସରଣରେ ଅଛି। ବାବୁ ଭିତରେ ଥିବାରୁ ରାଘବାନନ୍ଦବାବୁଙ୍କ ଗମ୍ଭରିରେ ବସିଥିଲା। ଦୁଇଜଣଙ୍କ ମଧ୍ୟରେ କିଛି କଥାଭାଷା ହେଉଛି କି ନା ଠିକ୍ ବୋଲାଯାଇ ନ ପାରେ। କାରଣ ବାହାରକୁ କିଛି ଶୁଭୁ ନ ଥିଲା। ବାବୁ ବାହାରିବା ବେଳେ ପ୍ରଭୁଦୟାଲ ସଦର ଦୁଆର ପାଖରେ ଜଣାଇଲା – "ହଜୁର ! ମୋ ମାଇଁର ଶକ୍ତ ବେମାର -ଦଣ୍ଡକ୍ଷଣିକା ହେଲାଣି। ମୋତେ ଦେଖିବାଲାଗି ଲୋକ ଡାକି ଆସିଛି। ତୁଳସୀପୁରକୁ ଧାଇଁ ଯିବି, ଧାଇଁ ଆସିବି, ତିନି ଚାରି ଘଣ୍ଟାରୁ ବେଶି ଡେରି ହେବ ନାହିଁ।" ବାବୁ ହୁକୁମ କଲେ,- "ଆଛା, ଯା ବୁଝି ଖବରଦାର ! ଏଗାରଟା ଆଗରୁ ଆସିବାକୁ ହେବ।" ଚାରିଆଡ଼କୁ ଅନାଇଦେଇ କହିଲେ, "ରାତି ଏଗାରଟା ହେଲେ ସେଇଠି ଥିବୁ। ଘରକୁ ଫେରିବାକୁ ଢେର୍ ରାତି ହେବ। ଆସିବାବେଳେ ଲଣ୍ଠନ ଧରି ଆସିବୁ।"

ପ୍ରଭୁଦୟାଲ – "ହଜୁର!"

ଉଆସ ମଧ୍ୟରେ ମା' ଝିଅ ବସି କଥାଭାଷା ହେଉଛନ୍ତି। ଚିତ୍ରା ପଛଆଡ଼େ ବସି ମଙ୍ଗଳା ଦେଈଙ୍କ ପିଠିରେ ହାତ ବୁଲାଉଛି – କାହାରି ହାତରେ କିଛି ପାଇଟି ନାହିଁ। ଚିତ୍ରା କହିବସିଲା, "ଆଜି ସାହେବ ଘରେ ଗୁଡ୍ ଫେରାଇଦେ ଯାତ୍ରା ହେବ – କେହି କିଛି କାମ ପାଇଟି କରିବେ ନାହିଁ – ତୁଚ୍ଛା ଘରେ ବସିଥିବେ। ଆଜି ମନ୍ଦିରରେ ଢେର୍ ପିଠାପଣା ହେବ, ସାନ୍ତ ଆଜ୍ଞା କରି ଗଲେ ପରା, ଘରେ କିଛି ସାରିବେ ନାହିଁ।"

ମଙ୍ଗଳା ଦେଈ – "ଜୁଆଇଁ ବାବୁ ରାଘୋବଟିକୁ ସାଙ୍ଗରେ ଘେନିଗଲେ ନାହିଁ; ଭଲ ଟିକିଏ ଚାଖିଆସିଥାନ୍ତା।"

ଚିତ୍ରା – "ନାହିଁ ନାହିଁ, ମୁଁ ଭାଇସାନ୍ତଙ୍କୁ ଢେର୍ ନେହୁରା ହୋଇ କହିଲି – ମନ୍ଦିରକୁ ଗଲେ ନାହିଁ – ପେଟ ଟାଣୁଛି, ରାତିରେ କିଛି ଠା ବସିବେ ନାହିଁ – ଶୋଇଛନ୍ତି।" ମଙ୍ଗଳା ଦେଈ ଧଡ଼ପଡ଼ ହୋଇ ଉଠି ବସିଲେ – କହିଲେ, "କ'ଣ କହୁଛୁରେ ମା ଚିତ୍ରି? ରାଘୋ ଶୋଇଛି? ଚାଲ ଚାଲ, ଦେଖି ଆସେଁ।"

ଚିତ୍ରା – "ନାହିଁ ନାହିଁ, ବେଳବୁଡ଼େ ପେଟ ଟାଣୁଥିଲା, ଉଛୁଣିକା ଖୁବ୍ ଭଲ ଅଛନ୍ତି ଦାଣ୍ଡରେ ଧାଇଁ ଧାଇଁ ବୁଲୁଛନ୍ତି। "

ମଙ୍ଗଳା ଦେଈ ରାତି ଓଳିଟାରେ ତୋରାଣି ମନ୍ଦାଏ ଢୋକି ଦିଅନ୍ତି, ସବୁଦିନେ ସେଇଟା ଅଭ୍ୟାସ, ବୁଢ଼ୀ ଲୋକେ କ'ଣ ସାରିବେ? ବିଶାଖା ଦେଈ ବି ବାସି

ପଖାଳରେ ଚହ୍ଲା ମନ୍ଦାଏ, ପିଆଜ ଲଙ୍କାମରିଚକୁ ଭଲପାଆନ୍ତି। ମା' ଝିଅ ଦୁଇଜଣଙ୍କର ଗୋଟାଏ କଂସାରେ ଏକ ସାଙ୍ଗରେ ଚଳେ।

ଚିତ୍ରା କହିଲା, "ଆଜି ସାହେବ ହତାରେ ଗୁଡଫ୍ରାଇଡ଼େ ଯାତ୍ରା ହେବ; ବଜାରରେ ଭାରି ଚହଳ ପଡ଼ିଛି; ବାବୁମାନେ କେହି ଚାରିଦିନ କଚେରିକୁ ଯାଇନାହାନ୍ତି। ସାହେବ ଘରେ ଯେ ରୋଶନି ହେବ, ଆକାଶରେ ଉଡ଼ିବ।"

ବିଶାଖା ଦେଈ "ଏ ବୋଉ! କଟକରେ ଢେର୍ ରୋଶନି ହୁଏ; ଭଲ ହୁଏ ଦୁମ୍ ଦୁମ୍ ଶୁଭେ, ମୁଁ ଚମକି ପଡ଼େ, ଡ଼ର ମାଡ଼େ।"

ମଙ୍ଗଳା ଦେଈ -"କିମିତି ରୋଶନି ହୁଏ, ମୁଁ ଦେଖନ୍ତି! ଦାଣ୍ଡ ଦୁଆରକୁ ଦିଶିବ ନାହିଁ?"

ଚିତ୍ରା-"ନା ନା, ସେ ରୋଶନି ଏଠକି ଦିଶିବ ନାହିଁ – ଆକାଶରେ ଶୂନେ ଶୂନେ ଉଡ଼ିବ – କୋଠା ଉପରକୁ ଦିଶେ।"

ମଙ୍ଗଳା ଦେଈ-"ଆଚ୍ଛା, ଏଠି ଯା' ବସିବେ, ଚାଲ କୋଠା ଉପରେ ବସିବା, ରୋଶନି ଦେଖିବା, କଥା କହିବା।"

"ଚିତ୍ରା – ନା ନା, ବୁଢ଼ୀ ଲୋକ, କୋଠା ଉପରକୁ କୁଆଡ଼େ ଯିବ? କାକର ପଡ଼ିବ। କଟକରେ ବାବୁମାନଙ୍କ ଘରେ ମାଇକିନିଆଗୁଡ଼ାକ କିମିତି; କେହି କାକର ମାନିବାକୁ ନାହିଁ, ସବୁ ବୁଢ଼ୀ ବୋହୂ ଝିଅ ରୋଶନି ଦେଖିବା ଲାଗି କୋଠା ଉପରେ ହାଜର।"

ମଙ୍ଗଳା ଦେଈ-"ନା ନା ଚିତ୍ରି! ଚାଲ ଚାଲ, କୋଠା ଉପରକୁ ଚାଲ; ସେଇଠି ବସିବା, କଥାଭାଷା ହେବା।" ହେଉ ବୋଲି କହି ଚିତ୍ରା ସପଟା କାଖେଇ ଆଗେ ଆଗେ ବହାରିଲା। ତିନିଜଣ ଏକ ଜାଗାରେ ବସିଛନ୍ତି। ମା'ଝିଅ, "ଏଇ ରୋଶନି ଅଇଲା, ଏଇ ରୋଶନି ଅଇଲା" କହି ଏକ ଧ୍ୟାନରେ ଆକାଶକୁ ଚାହିଁଥାନ୍ତି – ଏଣେ ଚିତ୍ରାଟା କ୍ୟା ଚଙ୍ଗ ଚଙ୍ଗ ହେଉଛି – ଆଉ କଥାରେ ମନ ନାହିଁ – ଚାରିଆଡ଼କୁ ଅନାଉଛି – ଛେପ ପକାଇବା ବାହାନାରେ ଛାତ କାନିସ ଧାରକୁ ଆସି ତିନିଥର ତଳକୁ ଅନାଇ ଗଲାଣି। ଘଣ୍ଟାକ ଉତ୍ତାରେ ତଳ ମଝି ଅଗଣାରୁ ଢପ୍ କରି କ'ଣ ଶବ୍ଦଟା ଶୁଭିଲା। ସାଆନ୍ତାଣୀ କହିଲେ, "ଆରେ ନିଆଁଲଗା ବିରାଡ଼ିଟା ହାଣ୍ଡି ଗଡ଼ାଇଲାଣି ପରା!" ଚିତ୍ରା କୋଠା ଧାରକୁ ଧାଇ ଆସି ଭଲକରି ତଳକୁ ଅନାଇ କହିଲା, "ନା ସାଆନ୍ତାଣୀ! କେହି କାହିଁ ନାହିଁ ତ?"ଦଣ୍ଡକ ବାଦେ ଚିତ୍ରା କହିଲା, "ଆଜ୍ଞା, ମୁଁ ଚାରିଆଡ଼କୁ ଅନାଇ ଦେଖିଲିଣି, କାହିଁ ବାବୁମାନଙ୍କ କୋଠା ଉପରେ ଆଉ ଗୋଳମାଳ ନାହିଁ, ସମସ୍ତେ ତଳକୁ ଗଲେଣି ପରା, ଆଜି କ'ଣ ରୋଶନି ହେବ ନାହିଁ? ହଁ ହଁ, ସତ ସତ, ମନରେ ପଡ଼ିଲା, ବଜାରରେ ଜଣେ କହୁଥିଲା ରାତି ପାହାନ୍ତା ରୋଶନି ହେବ। ଆଚ୍ଛା ଆଚ୍ଛା,

ଆପଣମାନେ ତଳକୁ ଚାଲନ୍ତୁ ତ, ମୁଁ ଧାଇଁଯାଇ ବଜାରରୁ ବୁଝିଆସେଁ।" ସମସ୍ତେ ତଳକୁ ଓହ୍ଲାଇଗଲେ।

ଅଣଷଠି

ପାପର ପରିଣାମ

ଆଜି ମଙ୍ଗଳବାର, ଚାରିଦିନ ବାଦେ କଚେରି ଫିଟିଛି। କଚେରିରେ ଢେର୍ କାମ ମୁଲତବୀ। ଅମଲାମାନେ ବିଡ଼ାକୁ ବିଡ଼ା କାଗଜ ଧରି ମିସଲରେ ଉପସ୍ଥିତ। ହାକିମ ଆସିନାହାନ୍ତି, ପେସ୍କାର ଗୁଡ଼ାଏ ନଥି ନମ୍ବରବାରି କରି ମିସଲ ମେଜ ଉପରେ ସଜାଇ ରଖୁଛନ୍ତି। ବାରଟା ବାଜିବା ସାଙ୍ଗେ ସାଙ୍ଗେ ମେଜେଷ୍ଟର ସାହେବ ମିସଲରେ ପହଞ୍ଚି ଗଲେ। ସମସ୍ତ ଅମଲା ମାମଲତକାରମାନେ ମୁଣ୍ଡ ନୁଆଁଇ ସଲାମ କଲେ। କେତେଜଣ ଅମଲା ଗୋଛାଏ ଗୋଛାଏ କାଗଜ ଧରି ମିସଲ ପାଖକୁ ଭିଡ଼ି ଯାଉଛନ୍ତି, ଇଚ୍ଛା, ଆପଣା ଆପଣା କାଗଜ ଆଗେ ଦସ୍ତଖତ କରାଇ ଆପଣା କାମରେ ଲାଗିଯିବେ। ଠିକ୍ ସେହି ସମୟରେ ମୁତୟନ ଚପରାସୀ ପୋଷ୍ଟଅଫିସରୁ ଡ଼ାକ ଆଣି ମେଜ ଉପରେ ଥୋଇଦେଲା। ସାହେବ ଆଗେ ବିଲାତୀ ଚିଠି ଗୁଡ଼ାକ ପଢ଼ିପକାଇ ଏକପାଖିଆ ଥୋଇଦେଲେ। ତହିଁ ଉତ୍ତାରେ ସରକାରୀ ଚିଠିଗୁଡ଼ାକ ଏକ ଜାଗାକରି ଖଣ୍ଡିଏ ଖଣ୍ଡିଏ ଲଫାଫା ଚିରି ତହିଁ ଭିତରେ କାଢ଼ି ପଢୁଥାନ୍ତି। ହାକିମମାନଙ୍କର ଦସ୍ତୁର ଆଗେ ଗଭର୍ଣ୍ଣମେଣ୍ଟଙ୍କ ଚିଠିଗୁଡ଼ାକ ପଢ଼ିସାରି ତେବେ ଆଉ ଚିଠିରେ ହାତ ଦେବେ। ଖଣ୍ଡିଏ ଚିଠି ପଢ଼ି ସାହେବ ଏକାବେଳକେ ନିଆଁବାଣ, ଭାରି ତେଜରେ ହୁକୁମ କଲେ, "ଚପରାସୀ! ଜଲ୍‌ଦିସେ ଖାଜାଞ୍ଚିକୁ ପକଡ଼ ଲାଓ।" ତେଜି ହୁକୁମ ଶୁଣି ଅମଲାମାନେ ଶଙ୍କିଗଲେଣି – କାଗଜ ଦସ୍ତଖତ କରାଇବେ କ'ଣ? ଧୀରେ ଧୀରେ ପଛଘୁଞ୍ଚା ଦେବାକୁ ଲାଗିଲେ। ଡ଼ାକ କାମ ଛିଡ଼ିବାକୁ ଅଧଘଣ୍ଟାଏ ଡ଼େରିରୁ ଊଣା ନୁହେଁ – ତୁଚ୍ଛାଟାରେ ଛିଡ଼ାହେଲେ କ'ଣ ହେବ, ଆପଣା ଆପଣା ସିରସ୍ତାକୁ ଚାଲିଗଲେ।

ଗଭର୍ଣ୍ଣମେଣ୍ଟ ଚିଠିଖଣ୍ଡ ଥାର୍ଡ ରିମାଇଣ୍ଡର। କଟକ ଖଜଣାଖାନାରୁ ଅଶୀ ହଜାର ଟଙ୍କା କଲିକତା ଖଜଣାଖାନାକୁ ପଠାଯିବାର ହୁକୁମ ଥିଲା, ଏ ପର୍ଯ୍ୟନ୍ତ ପଠାଯାଇ ନାହିଁ। ଅସଲ କିଲଟର ମିଷ୍ଟର ଡ଼ାଇସନ ବିଲାତରେ ଅଛନ୍ତି, ମିଷ୍ଟର ଜୋନସ୍ ଅଫସିଏଟିଂ କଲେକ୍ଟର। ଚଞ୍ଚଳ ଚଞ୍ଚଳ ଭଲ କାମ ଚଲାଇଲେ ଗଭର୍ଣ୍ଣମେଣ୍ଟ ଖୁସିହେବେ। କର୍ମରେ ବାହାଲ ହେବାକୁ ସାହେବଙ୍କ ଭାରି ଇଚ୍ଛା ଏବଂ ଆଶା। ଏଇଟା କ'ଣ ନା; ଗଭର୍ଣ୍ଣମେଣ୍ଟ ହୁକୁମ କରିବାକୁ ବେଜାଏ ଡ଼େରି, ଥାର୍ଡ ରିମାଇଣ୍ଡର ପର୍ଯ୍ୟନ୍ତ ଗଲାଣି। ଅବଶ୍ୟ ସାଫ ଗଫଲତି ପ୍ରକାଶ। ଖଜାଞ୍ଚି ସଲାମ କରି ଛିଡ଼ା ହେବା ମାତ୍ରେ

ସାହେବ ଭୟଙ୍କର ତେଜରେ ହୁକୁମ କଲେ – "କିସ୍ ବାସ୍ତେ କେଲ୍‌କେଟା ରୁପେୟା ନେହିଁ ଗେୟା?"

ଖାଜାଞ୍ଚି, "ଥଳି ନ ଥିବାରୁ ଟଙ୍କା ପଠାଯାଇ ନାହିଁ। ଥଳି ଯୋଗାଇବା ନାଜରର କାମ।"

ସାହେବ, "ବୋଲାଓ ରାସ୍କେଏ ନାଜରକୁ।"

ଚପରାସୀ କହିଲା, "ନାଜର କଚେରିକୁ ଆସିନାହାନ୍ତି।"

ସାହେବ, "ପେସ୍କାର ! କିସ୍ ବାସ୍ତେ ନାଜର ନେହିଁ ଆୟା।"

ପେସ୍କାର ତ ସାହେବଙ୍କ ରାଗ ଦେଖି ଶଙ୍କିଗଲେଣି, ଚଞ୍ଚଳ କହିପକାଇଲେ "ନାଜରଙ୍କ ଆସିବାବେଳ ହୋଇ ନାହିଁ।"(ପେସ୍କାର ହିଂସାରେ ଏକଥା ଚୁଗୁଲି କରିନାହାନ୍ତି। କଥାଟା ହେଲା ସତ; ଆଜକୁ ମାସ ଦୁଇ ହେଲା ବାବୁଙ୍କର ସରକାରୀ କାର୍ଯ୍ୟରେ ମନ ନାହିଁ, ଆଉ କାମରେ ଲାଗିଥିବାରୁ ଫୁରୁସତ ଊଣା। ଶୁଣାଶୁଣିରେ ବାବୁ ଦିନେ ବିଶାଖା ଦେଈ ଆଉ ଜଣେ ଆତ୍ମୀୟଙ୍କ ପାଖରେ କହୁଥିଲେ, କୌଣସି ରକମ ସଟାବଟା କରି କେତେଟା ମାସ ଚଳେଇବାକୁ ହେବ। ତାହା ବାଦ୍ ଚାକିରି ଛାଡ଼ିଦେବେ। ତାଙ୍କର ନିଜର କେତେଜଣ ନାଜର ଚାକିରିଆ ଦରକାର ହେବ। ଅବଶ୍ୟ ଲେଖକ ଆପଣା କାନରେ ଏ କଥା ଶୁଣିନାହିଁ, ହେଲେ ସରକାରୀ କାମରେ ଢିଲାପଣିଆ ଦେଖି କଥାଟା ସତ ବୋଲି ସେ ବିଶ୍ୱାସ କରେ।) ସାହେବ ଗର୍ଜନ କରି କହିଲେ, କ୍ୟାଁ, ଡ଼ାଇସନ୍ ସାହେବ ନେହିଁ ହୋଇସ୍ ବାସ୍ତେ? ଜଲଦି ଯାଆ ଦୋଠୋ ଚପରାସୀ, କାହାଁ ହେ ରାସ୍କେଲକୋ ଖେଞ୍ଚ ଲାଓ।

ଏଣେ କ'ଣ ହୋଇଛି ନା, ନାଜରବାବୁ ଚଞ୍ଚଳ ଚଞ୍ଚଳ ଦଶଘଣ୍ଟା ବାଜିବା ଆଗରୁ ଖିଆପିଆ ସାରି ପୋଷାକ ପିନ୍ଧି କଚେରିକୁ ଯିବାପାଇଁ ସଜ ହେଲେ। ଢେର୍ ଗୁଡ଼ାଏ ସରକାରୀ ଟଙ୍କା ହାତରେ ଅଛି, ଚଲାଣ ଦେଖି ଖଜଣାଖାନାରେ ଦାଖଲ କରିବାକୁ। କଚେରିକୁ ଟଙ୍କା ଘେନି ଯିବାଲାଗି ଦୁଇଜଣ ପିଆଦା ଡକାଇ ପାଖରେ ଛିଡ଼ା କରାଇଲେ, ବାବୁ ଘର ଭିତରକୁ ଯାଇ ଅଣ୍ଟାରୁ କଞ୍ଚିକାଠିଟା କାଢି ସିନ୍ଦୁକ ଫିଟାଇଲେ। ସିନ୍ଦୁକ ଡ଼ାଲା ବାଁ ହାତରେ ଟେକି ଧରି ଭିତରକୁ ଅନାଇଲେ। ଯାହା ଦେଖିଲେ, ଦାଉଁ କରି ଛାତି ଦୁଲକିଗଲା, ପାଟିରୁ କଥା ବାହାରୁନାହିଁ।

ଢେର ଥର ସିନ୍ଦୁକକୁ ଚାହିଁଲେଣି, ଆଖିକୁ ଆଉ କିଛି ଦିଶୁନାହିଁ। ତୁଚ୍ଛାଟାରେ ସିନ୍ଦୁକ ତଳିଟା ଖାଇବା ହାତରେ ଅଣ୍ଡାଳି ଗୋଟାଏ ଭୟରେ ଚିତ୍କାର କଲେ – "ଆଁ, ଟଙ୍କା କାହିଁ?"ବିଶାଖା ଦେଈ ଧାଇଁଅଇଲେ। କିଛି ବୁଝିନାହାନ୍ତି, ହେଲେ, ଭୟରେ ଦେହଟାଯାକ ବରଡ଼ା ପତ୍ରପରି ଥରୁଛି। ଜିଭରେ ମୋଟା ଓଠଟି ବାରମ୍ବାର ଭିଜାଉଛନ୍ତି। କଥାଟା ବୁଝି ନ ପାରି ମଙ୍ଗଳା ଦେଈ ମାଟିପିତୁଳିଟି ପରି ଛିଡ଼ା। ଭାରି

କାନ୍ଦିପକାଉଛି ଚିତ୍ରା – ବାରବାର ଆଖି ବୁଜିପକାଉଛି – "ଆଲୋ ମୋ ମାଲୋ – ଆଲୋ ମୋ ବାପାଲୋ – ହାୟ ! ହାୟ ! ଘରକଥା କିଛି ନୁହେଁ -ସରକାରୀ ମାମଲା।" ଛିଡ଼ା ହୋଇପାରିଲା ନାହିଁ, ପାୟାମୂଳରେ ବସିପଡ଼ି ସକେଇ ସକେଇ କାନ୍ଦୁଥାଏ। ସିନ୍ଦୁକରେ ଚାବି, ଟଙ୍କା ଗଲା କୁଆଡ଼େ? ସିନ୍ଧି ନାହିଁ, କବାଟ ଭଙ୍ଗା ନାହିଁ, ଟଙ୍କା କ'ଣ ସିନ୍ଦୁକ ଭିତରେ ଉଭେଇଗଲା? ବାବୁ ପଚାରିଲେ, "କାଲି ଦିନରେ ବା ରାତିରେ ଘର ଭିତରକୁ କିଏ ଆସିଥିଲା?" ଚିତ୍ରା ଚଞ୍ଚଳ କହି ପକାଇଲା, କାଲି ସଞ୍ଜବେଳୁ ରାତି ପହରଯାଏ ଆମେ ତିନିଜଣ ଏହି ଘର ଦୁଆରରେ ବସିଛୁ, କାହିଁ ଯାଇନାହୁଁ, କେହି ହେଲେ ଭିତର ଅଗଣା ମାଡ଼ିନାହିଁ। ବିଶାଖା ଦେଈ ବି ଭୟରେ କୋଠା ଉପରକୁ ଯିବା କଥା କହିଲେ ନାହିଁ। ଚିତ୍ରାକଥାରେ ମା' ଝିଅ ସଇ ଦେଇଗଲେ। ସମସ୍ତେ ଅଛନ୍ତି, ରାଘବ କାହିଁ? ସବୁକଥା ଛାଡ଼ି ଖୋଜାଲାଗିଛି ରାଘବ କାହିଁ? ମଙ୍ଗଳା ଦେଈ ତୁନି ହୋଇ ଛିଡ଼ା ହୋଇ ଥିଲେ। ରାଘବକୁ ଖୋଜା କରିବାରୁ ଭୟରେ ଥରୁଛନ୍ତି। ପାଟି ଖନି ବାଜିଗଲାଣି। କହି ପକାଇଲେ ସକାଳୁ ତ ବରାବର ଏଇଠି ବସିଥିଲା। ଟୋପାଏ ମାଲପା ଦେଲି। ଦେହରେ ମାରି ଦେଇ ନଈକୁ ଗୋଧୋଇଗଲା। ଯୋଡ଼ାଏ ତିନିଟା ପିଆଦା ଧାଇଁଲେ – କାଠଯୋଡ଼ି ସବୁ ବାଟ ତଲାସିଲେ – ଯେତେ ଲୋକ ପାଣିରେ ପଶି ଗୋଧୋଇଥିଲେ, ସମସ୍ତଙ୍କ ମୁହଁକୁ ଅନାଇଲେ, ବାବୁ ରାଘବ ମହାନ୍ତିଏ ନାହାନ୍ତି। ନାଜାରବାବୁ କଳାକାଠ ପଡ଼ିଗଲେଣି, ଦେହଗୋଟା ଝାଳରେ ବୁଡ଼ିଯାଉଛି, ବଚାରୁଛନ୍ତି ପୋଲିସକୁ ଯାଇ ଖବର ଦେବେ। ତଡ଼େଦମ୍ ଯୋଡ଼ାଏ ହଜୁରୀ ଚପରାସୀ ଦୁଆରେ ପହଞ୍ଚିଗଲେଣି। ଭାରି ପାଟିକରି ଡକା ପକାଇଛନ୍ତି-"ନାଜରବାବୁ! ଜଲଦି ଆଓ, ଜଲଦି ଘରସେଁ ନିକାଲ ଆଓ – ହଜୁରକା ହୁକୁମ୍ – ଜରୁର ଆଓ।" ଟଙ୍କା ଖୋଜା, ରାଘବବାବୁକୁ ତଲାସି, ସବୁ ବନ୍ଦ। ନାଜରବାବୁ ସବୁ ଛାଡ଼ି କଚେରି ଧାଇଁଛନ୍ତି – ଚପରାସୀ ଯୋଡ଼ାକ ଧାଇଁ ଧାଇଁ ପଛରୁ ଡାକି ଦେଉଛନ୍ତି, "ବାବୁ, ଜଲ୍‌ଦି, ଜଲ୍‌ଦି!"

ହରିକାଠରେ ବୋଦା ବେକ ଗଳାଇଲା ପରି ନାଜରବାବୁ ସଲାମି କରି ମିସଲ ଆଗରେ ଛିଡ଼ାହୋଇ ଥରୁଛନ୍ତି।

ସାହେବ ପଚାରିଲେ, "କ୍ୟା ହେ?"

ଅତି କଷ୍ଟରେ ବାବୁ ବୋଇଲେ, "ହଜୁର, ସରକାରୀ ପାଞ୍ଚ ହଜାର ଟଙ୍କା ମୋ ପାଖରେ ଥିଲା। ଗଲାକାଲି ରାତିରେ ମୋ ଘରୁ ଚୋରି ଯାଇଛି।" ସାହେବ ଗର୍ଜନ କରି କହିଲେ, "କ୍ୟା ସରକାରୀ ଯାଞ୍ଚ ହଜାର ରୂପେୟା ତୋସରଫ ହୁଆ?" ସାହେବ ଆହୁରି ଦୁଇଥର ପଚାରିଲେ, ଉତ୍ତର ନାହିଁ। "ଚପରାସୀ! ପୋଲିସ ସୁପରିଣ୍ଟେଣ୍ଡେଣ୍ଟ ସାହେବକୁ ସଲାମ ଦୋ।" ଏତିକି କଥା କହି ସାହେବ ଖାସକାମରାକୁ ଉଠିଗଲେ।

ବେଳବୁଡ଼ଯାଏ ଦୁଇ ସାହେବ ଖାସକାମରାରେ, ଭିତରେ କ'ଣ କଥାଭାଷା ହେଉଛନ୍ତି କିପରି ଜଣାଯିବ? ଦୁଆରେ ଚପରାସୀ ଛିଡ଼ା ଅମଲାମାନଙ୍କୁ ଭିତରକୁ ଯିବାକୁ ମନା। ଉପରଓଳି ତିନିବାଜେ ପୋଲିସ ସୁପରିଣ୍ଟେଣ୍ଡେଣ୍ଟ ସାହେବ କୋର୍ଟ ଇନ୍ସପେକ୍ଟରକୁ ଡାକି ହୁକୁମ କଲେ-"ନାଜରକୁ ନଜରବନ୍ଦିମେ ରଖୋ, କଚେରିସେ ୟେସା ଯାନେ ନେହିଁ ପାଏ।" ଏଡ଼େ ବଡ଼ କଚେରି, ହଜାର ଗାଁ ଲୋକ ରୁଣ୍ଡ, ସମସ୍ତେ ତୁନି। ଭୟଙ୍କର ତୋଫାନ ଉଠିବା ଆଗେ ଆକାଶଟା ଯେପରି ନିଃଶବଦ ଥାଏ, ସେହିପରି ଅମଲାମାନଙ୍କ କାମରେ ମନ ଲାଗୁନାହିଁ। ଆପଣା ଆପଣା ଜାଗାରେ ମୁଣ୍ଡପୋତି ବସି ତୁଚ୍ଛାଟାରେ କାଗଜ ଓଲଟପାଲଟ କରୁଛନ୍ତି। କଚେରି ଆଗ ବରଗଛ ମୂଳରେ ମୁକ୍ତାରମାନେ ରୁଣ୍ଡ, ଫୁସରଫାସର କଥା ଚାଲିଛି। ବଡ଼ ବଡ଼ ଢାଲିଆ ଢାଲିଆ ପାପ ମୁଣ୍ଡେଇ ତିନିଜଣ ଓକିଲ କଚେରି ବାରନ୍ଦାରେ ଭାରି ଗମ୍ଭୀର ଭାବରେ ଟହଲ ହେଉଛନ୍ତି। ଆଜିକା ଫିସଟା ତ ବାକସରେ ପଡ଼ିଯାଇଛି, ଚିନ୍ତା କ'ଣ? ମକକେଲଗୁଡ଼ାକ ମୁଣ୍ଡ ବାଡ଼େଇ ହେଉଛନ୍ତି, ହାୟ ହାୟ! କାଲି ତ ଓକିଲ ଟଙ୍କା ନ ଧରିଲେ କଚେରିକୁ ଆସିବ ନାହିଁ, କ'ଣ କରିବା ହାତରେ ଟଙ୍କା ନାହିଁ।

ବେଳ ରତରତ, ସାହେବ ମିସଲରେ ଆସି ବସିଲେ। ଫୁଲସ – କେପ କାଗଜ ପୂରା ଗୋଟାକରେ ରାୟ ଲେଖି ହୁକୁମ କଲେ, "ନାଜର ନଟବର ଦାସକୁ ହାଜତକୁ ଲେ ଯାଓ।" ଜଣେ ସବ୍‌ଇନସ୍ପେକ୍ଟର ଚାରିଜଣ କନେଷ୍ଟବଲକୁ ଧରି ଛିଡ଼ା ହୋଇଥିଲେ, ସାହେବଙ୍କ ମୁଖରୁ ହୁକୁମ ବାହାରିବା ଆଉ ନାଜର ହାତରେ ହାତକଡ଼ି ପଡ଼ିବା ଏକ ସଙ୍ଗରେ ହୋଇଗଲା। ନାଜରକୁ ହାଜତକୁ ଘେନିଯିବାବେଳେ ହଜାର ହଜାର ଆଖି ଚାହିଁଛି। ହାୟ! ଏତେବଡ଼ ମର୍ଯ୍ୟାଦାବନ୍ତ ଲୋକ ସକାଶେ କି ଯୋଡ଼ାଏ ଆଖି ବି ଭିଜିଲା ନାହିଁ। ସ୍ୱୀକାର କଲୁ, ନାଜର ଦୁଷ୍ଟଲୋକ, ପରର ଅନିଷ୍ଟକାରୀ। ହେଲେ ସେ କ'ଣ ସମସ୍ତ ଲୋକର ଅନିଷ୍ଟ କରିଛନ୍ତି? କଥା କ'ଣ କି, ମନରେ କରନ୍ତୁ, ଗାଁ ରେ ଗୋଟାଏ ଚୋର ଧରା ପଡ଼ିଛି – ଗାଁ ଯାକ ଲୋକ ଧାଇଁଆସି କହୁଛନ୍ତି ମାର ଶଳାକୁ। ସେ'ତ ସମସ୍ତଙ୍କୁ ଘରୁ ଚୋରି କରିନାହିଁ, ମାନେ, ବେଳ ପାଇଲେ ସମସ୍ତଙ୍କ ଘରୁ ଚୋରି କରିପାରେ। କେଉଁ ପିଆଦା କେତେ ଟଙ୍କା ଦାଖଲ କରିଛନ୍ତି, ସେମାନଙ୍କ ଠାରୁ ଜବାନବନ୍ଦୀ ନଆଯାଇଥିଲା। ଖୋଦାବକସ୍ ଜମାନବନ୍ଦୀ ହୋଇ ବାହାରକୁ ଅଇଲା, ହାତଟେକି ଉପରକୁ ଅନାଇ କହିଲା, "ଆଲ୍ଲା ହୋ ଆକବର୍। ହାମ୍ ବୋଲାଥା କୋରାନ୍ ସରିଫ୍ ଝୁଠା, ବଡ଼ା ଗୁନା ହୁଆ।"

ଏଣେ ରାତି ପହରେ ବିତିଗଲାଣି, ନାଜରଙ୍କ ବସାରେ ସଞ୍ଜ ବଇଠା ଲାଗି ନାହିଁ। ମାଇକିନିଆ ଯୋଡ଼ାକ କାନ୍ଦି କାନ୍ଦି ହାଲିଆ ହୋଇପଡ଼ିଲେଣି। ପାଖରେ କେହି ନାହିଁ; କେବଳ ପରପୋକାରିଣୀ ଚିତ୍ରକଳା ସେମାନଙ୍କୁ ସାନ୍ତ୍ୱନା ଦେଇ ବୁଝାଉଛନ୍ତି,

ଚିନ୍ତା କରନା, ବାବୁ ଘରକୁ ନେଉଟି ଆସିବେ। ବଜାରରୁ କିଛି ଜଳଖିଆ ଆଣି ସେମାନଙ୍କୁ ଖୁଆଇ ଲୋଟାଏ ଲୋଟାଏ ପାଣି ପିଆଇଲା। ମଙ୍ଗଳା ଦେଈ କିଛି ସାଷ୍ଟମ ହୋଇ ଚିତ୍ରକଳାର ହାତ ଓଠ ଧରି କହିଲେ – "ମା ଚିତ୍ରି! ସାହେବଙ୍କ ଯୋଡ଼ାଏ ସିପେଇ ଆସି ଜୁଆଁଇବାବୁଙ୍କୁ ଧରି ଘେନିଗଲେ, ରାଘୋଙ୍କୁ ଖୋଜୁଛନ୍ତି। ମା ଚିତ୍ରି, ସାହେବଙ୍କ ଲୋକଙ୍କୁ ବୁଝେଇ କହିବୁ ରାଘୋଟି ବଡ଼ ଭଲ ପିଲା – ହଲିଲା ପାଣିରେ ଗୋଡ଼ ଦିଏନାହିଁ – ସେ କିଛି ଜାଣେ ନାହିଁ, ଦିନଯାକ ମୋ ପାଖରେ ଥିଲା – ଡରରେ ପଳାଇଛି। ଉଁ – ଉଁ – ଉଁ ପିଲାଟି କେଉଁଠି ପଡ଼ିଛି? କିଛି ଖାଇ ନାହିଁ, ତାକୁ ଦି'ଟା ମୁଢ଼ିଗୁଣ୍ଡି ଦେଇଆ। ମା' ଚିତ୍ରି' ରାଘୋ ତୋ ଛୁଆଭାଇ, ତାକୁ ବଞ୍ଚା। ମୁଁ ସେତିକିବେଳେ କହୁଥିଲି, ରାଘୋରେ ! ବନ୍ଧୁ ଓଳିକୁ ଯିବା ନାହିଁ, ଶାଗ ପିତା ପାଣି ଯାହା ମିଳୁ, ଘରେ ପଡ଼ିଥିବା। ଅବୁଝା ପିଲାଟା ବୁଝିଲା ନାହିଁ – ମା' ଚିତ୍ରି! ତୋ ସାନ ଭାଇକୁ ତୋତେ ସଁପିଦେଲି।"ବୁଢ଼ୀ ଆଣ୍ଠିକରି କୁଣ୍ଡେଇବାରେ ଚିତ୍ରକଳା ବେଦମ ହୋଇପଡ଼ିଲାଣି। ବହୁତ ସାନ୍ତ୍ୱନା ଦେଇ କହିଲା, "ମା, ସାନ୍ତାଣି! କିଛି ଚିନ୍ତା କରନାହିଁ, ଭାଇସାନ୍ତଙ୍କର କିଛି ହେବ ନାହିଁ, ସେ କ'ଣ କରିଛନ୍ତି କି?"

ମଙ୍ଗଳା ଦେଈ – ସେଇ କଥା, ସେଇ କ'ଥା, ମା' ଚିତ୍ରି! ତୋ ମୁହଁରେ ଅମୃତ ବର୍ଷୁ, ଅହିଅ ସୁଲକ୍ଷଣୀ ହୋଇ ଥା, ପାକଲା ବାଳରେ ସୂନ୍ଦର ନା।

ଷାଠିଏ

ଖାନତଲାସି

ଖୁବ୍ ଭୋର – ବଜାରର ସବୁ ଦୋକାନ କବାଟ ଫିଟି ନାହିଁ। କେଉଁଠି ବା ଗୋଟାଏ ଦୋକାନୀ ଦୋକାନ ମେଲାଇ ଝାଡ଼ିଝୁଡ଼ି ଦେଇ ପବିତ୍ର ପାଣି ଛିଞ୍ଚୁଛି। ଗୋଟାଏ ବେପାରୀ ଦୋକାନ ଆଗ ମେଲାଟା ଖରକିଦେଇ ଗୋଟାଏ, ଖପରାରେ ଦୁଇଟା ଟିକିଏ ନିଆଁ କରି ଝୁଣା ଗୋଗୁଳ ଜାଳିଦେଇଛି। ସେଥିରୁ ଧୂଆଁ ବାହାରି ଚାରିଆଡ଼ ମହକି ଯାଉଛି। ଗୋଟାଏ ବୁଢ଼ା ଠାକୁରନାମ ମୁହଁରେ ଗୁଣାଗୁଣି କରୁଛି, ଛାଞ୍ଚୁଣୀଟା ଧରି ନଇଁପଡ଼ି ଦୋକାନ ପିଣ୍ଡା ଝାଡ଼ିବାରେ ଲାଗିଛି। ଗୋଟାଏ ସାହେବ ଘୋଡ଼ା ଉପରେ ତରବାରିଟାଏ ଅଣ୍ଟାରେ ବନ୍ଧା ସେଇଟା ଏପାଖ ସେପାଖ ଦୋହଲି ଘୋଡ଼ା ଉପରେ ବାଜି ଝମ୍‌ଝମ୍ କରୁଛି। ସାହେବ ଆଗପଛ ଗୁଡ଼ାଏ ଲାଲପାଗିଆ କନେଷ୍ଟବଲ ଠେଙ୍ଗେଣି ଗୋଟାଏ ଗୋଟାଏ ଦରି ମଚ୍ ମଚ୍ କରି ଧାଇଁଛନ୍ତି – ସମସ୍ତଙ୍କ ପଛରେ ଚିତାଏ ଚିତାଏ ବାଉଁଶ ବାଡ଼ି, କାନ୍ଧରେ, ମୁଣ୍ଡରେ ଲାଲ କଳା ଧଳା ନାନା ରଙ୍ଗର ପାଗ ଗୁଡ଼ିଆ, ଅଣ୍ଟାରେ ଚଦର ଭିଡ଼ା, ଜଣ ପନ୍ଦର ଚୌକିଦାର। ସଡ଼କ

ଦୁଇ ପାଖରେ କେତେଜଣ ଲୋକ ତାଟଙ୍ଗା ହୋଇ ଅନାଇ ରହିଛନ୍ତି। ସାହେବଙ୍କ ଦଳ ଥାନାରୁ ବାହାରି ସଳଖେ ସଳଖେ ଯାଇ ନାଜର ନଟବର ଦାସଙ୍କ ଘର ବେଢ଼ିଗଲେ। ଏମାନଙ୍କ ପହଞ୍ଚିବା ଆଗୁ ଟିକିଏ ମାଛି ଅନ୍ଧାରିଆ ଥାଉଣୁ ଥାନା ଦାରୋଗା କେତେଜଣ କନେଷ୍ଟବଳ ଧରି ସେଠାରେ ହାଜର ଥିଲେ। ଭିତରକୁ ଖବର ଗଲା, ମାଇକିନିଆମାନେ ତଫାତ୍ ହୋଇଯାଆନ୍ତୁ, ଘର ତଲାସି ହେବ। ଘର ଭିତରେ ଖବର ପାଇ ତିର୍ଲା ଯୋଡ଼ାକ ଅଚେତ୍ ହୋଇପଡ଼ିଲେଣି। ଚିତ୍ରା ଧରାଧରି କରି ବସାଇଛି। ମାଇକିନିଆ ହେଲେ କ'ଣ ହେଲା, ଚିତ୍ରାର ଧୈର୍ଯ୍ୟ ଖୁବ୍। ଆଣ୍ଟରେ ମର୍ଦ୍ଦ ଯୋଡ଼ାଏ ପାରିବେ ନାହିଁ। କହିଲା, "ସାହେବଘର ସିପେଇଗୁଡ଼ାଏ ଅଇଲେଣି, ଘରର ସବୁ ମାଲମତା ଘେନିଯିବେ। ହାୟ! ହାୟ! ଆପଣଙ୍କର ଗହଣାଗୁଡ଼ାକ ସବୁ ଘେନି ଯିବେ। ଦେହରେ ଲଗାଇପକାନ୍ତୁ, ରହିଯିବ, ନୋହିଲେ ଗଲା।" ଚିତ୍ରାର ଘରେ ଥରେ ପୋଲିସ ଖାନତଲାସ କରିଥିଲା, ତା' ଦେହରେ ଯେଉଁ ଅଳଙ୍କାରଗୁଡ଼ାକ ଥିଲା, ସେଥିରେ ପୋଲିସ ହାତ ଲଗାଇ ନାହିଁ। ଦେହରେ ଗହଣା ଥିଲେ ପୋଲିସ ନିଏ ନାହିଁ, ଏକଥା ତାକୁ ଜଣା। ସାଆନ୍ତାଣୀ ଆଁ କରି ଭକୁଆ ପରି ଅନାଇଛନ୍ତି, କିଛି ବୁଝିପାରୁନାହାନ୍ତି। ଚିତ୍ରା ଦେଖିଲା, ଆଉ ବେଳ ନାହିଁ, ବାହାରୁ ଦାରୋଗା ଥରକୁ ଥର ଡାକି ଦେଉଛନ୍ତି – ତିର୍ଲାଲୋକ ତଫାତ୍। ବୁଦ୍ଧିମତୀ ଚିତ୍ରା ଚଞ୍ଚଳ ସାଆନ୍ତାଣୀଙ୍କ ଅଣ୍ଟିଡୋର ରୂପା ଶିକୁଳିର କଞ୍ଚିକାଠି ଗୋଛା ଫିଟାଇ ନେଇ ହାତ ବାକସଟା ଫିଟାଇ ପକାଇଲା। ଏ କ'ଣ ବିଶ୍ୱାସ ଅବିଶ୍ୱାସ ବୁଝିବାର ବେଳ? ଆଉ ଚିତ୍ରାକୁ ଉଛୁଣିକା ଅବିଶ୍ୱାସ କରିଲେ, ଜଗତରେ ଆଉ ବିଶ୍ୱାସ ବନ୍ଧୁ କିଏ? କାରିଗର ପ୍ରତିମା ଦେହରେ ଡ଼ାକସାଜ ପିନ୍ଧାଇଲା ପରି ଚିତ୍ରା ସାଆନ୍ତାଣୀଙ୍କ ଦେହରେ ଗହଣାଗୁଡ଼ାକ ପିନ୍ଧାଇ ଦେଉଛି। ଚଞ୍ଚଳ କେଉଁ ଗହଣାଟା କେଉଁଠାରେ ପିନ୍ଧାଉଛି ଠିକ୍‌ଠିକଣା ନାହିଁ। କେଜାଣି ବିଦଟା ମୁଣ୍ଡ ଚଉରିରେ ବାନ୍ଧି ପକାଇଲାଣି, ହାତ ମୁଦି ଗୋଡ଼ ଆଙ୍ଗୁଳିରେ, ଗୋଡ଼ ଝୁଣ୍ଟିଆ ହାତ ଆଙ୍ଗୁଳିରେ ପୂରାଇ ଦେଇଛି। ଦାରୋଗା ଆଉ ସମ୍ଭାଳି ପାରିଲେ ନାହିଁ, ଜୋତାମିଶା ଗୋଇଠା କବାଟରେ ଧଡ଼ ଧଡ଼ ମାରୁଛନ୍ତି। ମାଇକିନିଆମାନେ ବାଡ଼ିପଟକୁ ଆଗେଇଗଲେ। ଦାରୋଗା ଘର ଭିତରକୁ ପଶିଯାଇ ମାଲ୍ ସବୁ କୋରକ ଆଉ ତାଲିକା କରିବାକୁ ଲାଗିଲେ। ପୋଲିସ ସାହେବ ଏହିପରି ହୁକୁମ ଦେଇ ଚାଲିଗଲେ। କୋରକି ମାଲ ଶଗଡ଼ରେ ଲଦନ କରି ଥାନାକୁ ଚାଲାଣ ଦେବାକୁ ସଞ୍ଜ ବାଜିଗଲା। ମାଇକିନିଆଗୁଡ଼ାକ ବାଡ଼ିରେ ପଡ଼ିଛନ୍ତି, ପଚାରୁଛି କିଏ। ତିନିଟାଯାକ ମୁହଁରେ ଟୋପାଏ ପାଣି ଲାଗିବାକୁ ନାହିଁ। ଚିତ୍ରାର ବି ସେହିପରି ଖାଡ଼ା ଉପାସ – ସାଆନ୍ତାଣୀ କିଛି ସାରି ନାହାନ୍ତି, ସେ କ'ଣ ଖାଇ ବସିବ? ଖାଲି ଆପଣା ଘରର କୋଲପ ଦେଖି ଆସିବା ଲାଗି ସେମାନଙ୍କ ନିକଟରୁ ଯାହା ଦୁଇ ତିନିଥର

ଦିନଯାକରେ ଉଠିଯାଇଥିଲା ତେତିକି, ନୋହିଲେ ସାଆନ୍ତାଣୀଙ୍କ ପରି ତାହାର ହାଲ। ଆଜି କଟକରେ ଭାରି ଗୋଳମାଳ, ହାକିମ ଘରେ ତ ରକ୍ଷା ପଡୁନାହିଁ, ତାହାର ନିଜ ଘର ଦେଖି ନ ଆସିଲେ ଆଉ କ'ଣ ଗତି ରହିବ?

ମାଲ କ୍ରୋକ ଚଲାଣ ଉତ୍ତାରେ ଟଙ୍କା ଚୋରିର ତଦାରଖି ଆରମ୍ଭ ହେଲା। କୌଣସି ରୂପେ ଚୋରି ଟଙ୍କାଟାର କିନାରା ମିଳୁନାହିଁ। ଏଇଟା ଆଶ୍ଚର୍ଯ୍ୟ ରକମର ଚୋରି, ଦାରୋଗାଙ୍କ ବୁଦ୍ଧି ବି କୁଳାଉ ନାହିଁ। ସେ କହନ୍ତି, ଏପରି ଚୋରି ସେ କେବେ ତଦାରଖ କରିନାହାନ୍ତି – ଶୁଣା ବି ନାହିଁ। ଦାରୋଗା ପଚାରିଲେ, "ଆଚ୍ଛା ଏ ଘରେ କେଉଁ କେଉଁ ଲୋକ ଥା'ନ୍ତି?" ଏ ଥାଏ, ସେ ଥାଏ, ଆଉ ରାଘବାନନ୍ଦ ମହାନ୍ତି ଥାନ୍ତି? କାହିଁ ସେ ରାଘବ ମହାନ୍ତି? ସବୁ କଥା ରହିଲା, ଏବେ ଖାଲି ଖୋଜାଲାଗିଛି ରାଘବ ମହାନ୍ତିକୁ। ରାତିରେ ଆସାମୀର ଠିକଣା ଲାଗିଲା ନାହିଁ; ପୋଲିସଗୁଡ଼ାକର ବି ଦିନଯାକ ଖାଡ଼ା ଉପାସ। ଖିଆପିଆ ଲାଗି ଆପଣା ଘରକୁ ଚାଲିଗଲେରି। ମାଇକିନିଆ ତିନିଟା ବାଡ଼ିଆଡୁ ଘର ଭିତରକୁ ଅଇଲେ। ସବୁଆଡ଼େ ଅନ୍ଧାର, ଶୂନଶାନ। ହାୟ ! ହାୟ ! ପାରି ଶୋଇବାକୁ ଛିଣ୍ଡା ସପଖଣ୍ଡେ ବି ନାହିଁ। ମା'ଝିଅ ଯୋଡ଼ାକ ଭୋକ ଉପାସରେ ଝୋଲା ମାରିଗଲେଣି। ଆଁ କରି ଭୂଇଁରେ ପଡ଼ିଗଲେ। ହେଲେ, ଚିତ୍ରାର ଧୈର୍ଯ୍ୟ ଏତେ ବିପଦରେ ବି ଟଳିବାକୁ ନାହିଁ। ବଜାରକୁ ଧାଇଁଲା, କିଛି ମୁଢ଼ି ଉଖୁଡ଼ା କିଣିଆଣି ଦୁଇଜଣଙ୍କୁ ଖୁଆଇଲା – ପାଣି ପିଉଛନ୍ତି କାହିଁରେ? ଆଞ୍ଜୁଳା ଆଞ୍ଜୁଳା କରି ପାଣି ପିଇଲେ। ମଙ୍ଗଳା ଦେଈ ଚିତ୍ରାକୁ ମୁଠାଏ ଭୁଜା ଖାଇବା ପାଇଁ କହିଲେ। ଚିତ୍ରା ସୁଁ ସୁଁ କରି କାନ୍ଦିଲା ପରି ହୋଇ କହିଲା "ମା ସାଆନ୍ତାଣୀ ! ତୁମ୍ଭମାନଙ୍କର ଏ ଦଶା ଦେଖି ମୋ ପେଟକୁ ଦାନା ଯିବ? ମୁଁ ଏଇଠି ଉଚ୍ଛୁଣି ନ ମଲି କାଁ?" ସଙ୍ଗେ ସଙ୍ଗେ ଆଖି ପୋଛିପକାଇ କହିଲା, 'ସାଆନ୍ତାଣୀ ! ଆଉ ଗୋଟାଏ କଥା ମୋ ମନରେ ପଡ଼ିଗଲା। ନିଆଁଖିଆ ଚୋରଗୁଡ଼ାକ ଜଞ୍ଜାଳ ତ ଦେଖୁଛନ୍ତି, ଆପଣଙ୍କ ଦେହରେ ଗହଣା ଦେଖିଲେ କ'ଣ ବାକି ରଖିବେ? ଘରେ କେହି ନାହାନ୍ତି ମିଣିପେ, ରାତି ଅନ୍ଧାରରେ ସେ ଚୋରଗୁଡ଼ାକ ଆସି ଆପଣଙ୍କ ତଣ୍ଟି କାଟିପକାଇ ଗହଣାଗୁଡ଼ାକ ଘେନିଯିବେ। କାଢ଼ିପକାନ୍ତୁ, ଆଜି ରାତିରେ ଲୁଚାଇ ରଖିବା। ରାତି ପାହି ଖରା ପଡ଼ିଗଲେ ପୁଣି ଦେହରେ ଘେନିବେ। ରାତିରେ ଚୋର ଆସି ଦେଖିବ, କିଛି ନାହିଁ ଅନାଇଦେଇ ଫେରିଯିବ, ମନରେ କହିବ ପୁଲିସ ସବୁ ଘେନି ଯାଇଛି। ସାଆନ୍ତାଣୀ ତ ବଡ଼ ଆଁ ଟା କରି ଚିତ୍ରକଳା କଥା ଶୁଣୁଥିଲେ – ଭାରି ଡ଼ରରେ ଛାନିଆ ହୋଇଯାଇ ଚିତ୍ରାକୁ କୁଣ୍ଢାଇ ପକାଇଲେ। ଆଉ କଥା ନାହିଁ, ବାର୍ତ୍ତା ନାହିଁ। ଚିତ୍ରା ଚଞ୍ଚଳ ସାଆନ୍ତାଣୀଙ୍କ ଦେହରୁ ଅଳଙ୍କାରଗୁଡ଼ାକ ବାହାର କରି ପକାଇଲା, ଖଣ୍ଡେ ଛିଣ୍ଡାକନାରେ ଗୁଡ଼େଇପୁଡ଼େଇ ସାଆନ୍ତାଣୀଙ୍କ ହାତକୁ ବଢ଼ାଇଦେଲା।

ସାଆନ୍ତାଣୀ – ମୁଁ କେଉଁଠି ରଖିବି? ସିନ୍ଦୁକ ବାକସ ନାହିଁ, ତୁ ରଖିଦେ।

ଚିତ୍ରକଳା – ମୋ ବାପା ଲୋ! ଏତେଗୁଡ଼ାଏ ଅଳଙ୍କାର ଛୁଇଁବାକୁ ମୋ ହାତ ପାଉନାହିଁ; ଦୁଃଖରେ ଛାତି ବିଦରି ଯାଉଛି – ଆପଣ ରଖନ୍ତୁ।

ସାଆନ୍ତାଣୀ ଘର ଚାରିଆଡ଼କୁ ଅନାଇଲେ, ଗୋଟିଏ କୋଣରେ ଭଙ୍ଗା ଟୋକେଇରେ କୁଣ୍ଡେଇ ଗୁଡ଼ାଏ ଜମା ହୋଇଥିଲା, ତା' ଭିତରେ ପୋଟଲାଟା ଲୁଚାଇଦେଲେ। କହିଲେ, "ଚିତ୍ରା! ମୋ ପାଖରେ ଶୋ – ମୋତେ ବଡ଼ଡ଼ର ମାଡୁଛି।"

ଚିତ୍ରକଳା- "ମୁଁ ଆପଣଙ୍କୁ ଅନାଇ ଜଗି ବସିଛି,ଚୋର ଟସ୍କର ଜଗିଛି, ଆପଣମାନେ ଶୁଅ।" ଦଣ୍ଡକ ମଧ୍ୟରେ ମା – ଝିଅ ଦୁଇ ଜଣଙ୍କ ଘୁଙ୍ଗୁଡ଼ି ଶୁଭିଲା।

ଏକଷଠି

ଟଙ୍କା ବରାମତ

ଭୋର ଭୋର ଦଶଜଣ କନେଷ୍ଟବଳ ଦଶଜଣ ଚଉକିଆ ଧରି ଦାରୋଗା ନାଜରଙ୍କ ବସାରେ ପହଞ୍ଚିଗଲେ। ଆଉ କିଛି କଥା ନୁହେଁ, କାହିଁ ରାଘବ ମହାନ୍ତି? ଚାରିଆଡ଼କୁ କନେଷ୍ଟବଳ ଚୌକିଆ ବିଞ୍ଚୁଡ଼ିଗଲେ। ବେଳ ୯ଟା ବେଳେ ଖବର ମିଳିଲା ଆସାମୀ ତୁଳସୀପୁରର ଗୋଟା ଭଙ୍ଗା ଦଦରା ବଙ୍ଗଳାରେ ପଡ଼ିଛି। ମଚ ମଚ କରି ପୋଲିସ ଧାଇଛନ୍ତି, ଗୋଇନ୍ଦା ଠିକ୍ ବଙ୍ଗଳା ଦୁଆରେ ପହଞ୍ଚାଇଦେଲା। କବାଟ ସବୁ ଉଦୁଆଁ – ବିଛଣା, ତକିଆ, ଲେମ୍ପ ମଜଲିସର ଆଉ ଆଉ ସରଞ୍ଜାମ ଗୁଡ଼ାକ ଘର ମଧ୍ୟରେ ବୁଣି ପଡ଼ିଛି, ଘରେ ଆଉ କେହି ନାହିଁ, ଗୋଟିଏ ଗୋରୁମଣା ଟୋକା ହତା ପାଖରେ ଗୋରୁ ଚରାଉଥିଲା, ଚାରିଟା ମଣିଷ ଥିଲେ, ପୋଲିସକୁ ଦୂରରୁ ଦେଖି ପଳାଇଗଲେ। କାଳିଆ ଭୂତପରି ଗୋଟାଏ ମଣିଷ ଲଙ୍ଗଳାହୋଇ ପଡ଼ିଛି, ଘଡ଼ଘଡ଼ କରି ଘୁଙ୍ଗୁଡ଼ି ମାରୁଛି। ଘର ଭିତରେ ଏଣେ ତେଣେ ମଦ ବୋତଲ, ପୋଡ଼ା ଗଞ୍ଜେଇ, ଗୁଡ଼ାଖୁଗୁଲ, ମାଉଁସ ପଲାଉ ରନ୍ଧା ହାଣ୍ଡି ପଡ଼ି ଗଡୁଛି। ବୁଦ୍ଧିଆ ଦାରୋଗାବାବୁ ଝଟ୍ ବୁଝିଗଲେ, କାଲି ରାତିରେ ଭାରି ଗୋଟାଏ ମୌଜ ହୋଇଯାଇଛି। ଲୋକଟାକୁ ଢେର୍ ଡକାଡ଼କି ହେଲା, ଜବାବ ନାହିଁ। ସେକ କାଦର କନେଷ୍ଟବଳ ଠେଙ୍ଗଣିରେ ଦୁଇଚାରି ପାହାର ବଜାଇଦେଲା, ନିରୁତ୍ତର। ଆଉ ଦୁଇଟା ବାଜିଯିବାରୁ ଖନେଇ ଖନେଇ କହିଲା, "ଦୋସ୍ତ ! ଆଣ ମାଲ-ଗୀତ ଗା, ଗୀତ ଲଗା।" ଲୋକଟାର କଥା ଶୁଣି ସମସ୍ତେ ହସିଉଠିଲେ। ଦାରୋଗା ହୁକୁମ କଲେ, 'ଘେନିଚାଲ ପୋଖରୀ ଘାଟକୁ।' ଚାରିଜଣ ପାଣ ଚୌକିଆ ଗୋଡ଼ ହାତ, ଜଣେ ମୁଣ୍ଡ ଧରି ମୁର୍ଦାରପରି ଝୁଲାଇଝୁଲାଇ ପୋଖରୀଘାଟକୁ ଘେନିଗଲେ। ଲୋକଟା ଗଁ ଗଁ ଗର୍ଜୁଥାଏ। ଦେ, ଢାଳ ମୁଣ୍ଡରେ ପାଣି। ଦଶ କଳସୀ ଗଲା, ପନ୍ଦର କଳସୀ ବାଦ୍ ଲୋକଟାର ଲୋମମୂଳ ଟାଙ୍କୁରି ଉଠିଲା –

ଠକ୍ ଠକ୍ କରି ଥରୁଥାଏ। ଲୋକଟା ଉଠିବସି ପ୍ରତ୍ୟେକ ଜଣକ ମୁହଁକୁ ଅନାଇ ବଲ ବଲ କରି ଦେଖୁଥାଏ – କିଛି କଥା ବୁଝିପାରୁନାହିଁଏ କ'ଣ ହେଲା? ଆହୁରି ଢେର୍ ଥର ସବୁ ଆଡ଼କୁ ଅନାଇଲା। ଜଣାଯାଏ, ଦୋସ୍ତ ଆଉ ଆଉ ସଙ୍ଗୀମାନଙ୍କୁ ଖୋଜୁଛି। ଚାରିଆଡ଼େ ଲାଲ ପଗଡ଼ିଆ ରୂପ ଦେଖି, ଏବେ ବଡ଼ଡ଼ରଟାଏ ପଶିଗଲାଣି। କେଜାଣି ଅଚେତ ହୋଇ ପଡ଼ିଯିବ ପରା!

ଦାରୋଗା ପଚାରିଲେ – "ଆରେ ତୋ ନାମ କ'ଣ?" କିଛି ଉତ୍ତର ନାହିଁ। ତିନି ଚାରିଥର ପଚାରିଲେ, ସେହିପରି ନିରୁତ୍ତର।

ଦାରୋଗା – "ଆରେ ! ତୁ ଯେ ନାଜର ବସାରୁ ଟଙ୍କା ଚୋରି କରି ଆଣିଲୁ!" ଲୋକଟା ବଲ ବଲ କରି ଦାରୋଗାଙ୍କ ଆଡ଼କୁ ଅନାଇ ରହିଛି, ପାଟିରେ କଥା ନାହିଁ।

ଭୀମ ସିଂହ କନେଷ୍ଟବଲ ଦାରୋଗାଙ୍କୁ ଚାହିଁ କହିଲା, ହଜୁର ଆପଣ ଟିକିଏ ବାରନ୍ଦା ଆଡ଼କୁ ଯାଆନ୍ତୁ – ସେ କଥା କହିବ – ଆପଣଙ୍କୁ ଟିକିଏ ସରମ କରୁଛି। ଦାରୋଗା ବାବୁ ଟିକିଏ ମୁରୁକି ହସି ଦେଇ ଆଉ ଆଡ଼କୁ ମନଦେଲା ପରି ବାରନ୍ଦା ପଟକୁ ଚାଲିଗଲେ।

ଭୀମ ସିଂହ ତରାଟିମରାଟି କହିଲା, "ବେ ଶଳା! ତୋ ନାମ କ'ଣ? " ନରୁତ୍ତର। ଦୁମ୍‌କରି ପିଠିରେ ଗୋଟିଏ ଠେଙ୍ଗେଣି ବସିଲା। ଭୀମସିଂହ – "ଆବେ, ତୋ ନାମ କହିବୁ କି ନାହିଁ?" ଲୋକଟା ସେହିପରି ବଲବଲ କରି ଅନାଇଛି। ଲାଗ୍ ଲାଗ୍ – ଦୁମ୍ – ଦୁମ୍ – ଦୁମ୍ ତିନି ଠେଙ୍ଗେଣି। ତେତେବେଳେ ନିହାତି ଡରିମରି ଜବାବ ଦେଲା – 'ରାଘବ ମହାନ୍ତି'। ଭୀମ ସିଂହ ଦାରୋଗାବାବୁଙ୍କୁ ଡାକିଦେବାରୁ ପାଖକୁ ଚାଲିଆସିଲେ। ବହୁତ ପଚରାପଚରିରେ ଆସାମୀ ଏଣୁ ତେଣୁ ଗୁଡ଼ାଏ କଥା କହିଲା।

ଲୋକଟା ଡରରେ ଏତେଦୂର ଛାନିଆଁ ହୋଇଗଲାଣି ଯେ, କଥାରେ ଠିକ୍ ଉତ୍ତର ଦେଇପାରୁନାହିଁ। କେତେ ପ୍ରଶ୍ନ ବୁଝିପାରୁନାହିଁ, କେଉଁଟା ବା ବୁଝି ଠିକ୍ ଉତ୍ତର ଦେଇପାରୁନାହିଁ। କେତେବେଳେ ବା ଏଣୁତେଣୁ ଗୁଡ଼ାଏ ବକୁଛି, ସେଥିର ଅର୍ଥ କିଛି ନାହିଁ। ଭୀମ ସିଂହ ଠେଙ୍ଗେଣି ଧରି ପଛଆଡ଼େ ବସିଥାଏ। ଅଦା ଭଳିଆ ପଦାର୍ଥ ଛେଚି ରସ କାଢ଼ିଲା ପରି ଲୋକଟା ମୁହଁରୁ କଥା ବାହାର କରାଯାଉଥାଏ। ସେ ଯେତେକଥା କହିଲା, ଦାରୋଗାବାବୁ ସେଥିରୁ ସାର ସାର ବାଛି ତାହାର ଜବାନବନ୍ଦି ଏହିପରି ଲେଖିଲେ।

"ମୋ ନାମ ରାଘବ ମହାନ୍ତି – ମୁଁ ନାଜରବାବୁଙ୍କର ଶଳା – ତାଙ୍କରି ବସାରେ ଥାଏ। ଦୋସ୍ତ ପ୍ରଭୁଦୟାଲ ଭଗତ ଆଉ ଚିତ୍ରା – ଏଣେ ଦୁଇଜଣ କହିବାରୁ ମୁଁ ନାଜର ବସାରୁ ଟଙ୍କା ଚୋରାଇ ଆଣିଛି। ସିନ୍ଦୁକ ମୁହଁରୁ ମହଣରେ ଛାପା ଆଣିଦେଲି – ଦୋସ୍ତ କଞ୍ଚିକାଠି ବନାଇ ଆଣିଦେଲେ, ସେଇ କାଠିରେ ସିନ୍ଦୁକ ଫିଟାଇଲି। ତିନିଥଳି ଟଙ୍କାରେ

ବଙ୍ଗଳା କିଣାଗଲା। ତିନି ଆଞ୍ଜୁଳା ଟଙ୍କା ନେଲା ଚିତ୍ରା, କେତେଗୁଡ଼ିଏ ଟଙ୍କାର ଜିନିଷ କିଣା ହୋଇଆସିଲା। ବାକି ଟଙ୍କା ମୋ ବିଛଣା ତଳେ ଅଛି" ଇତ୍ୟାଦି।

ଆସାମୀର ବିଛଣା ଝାଡ଼ିବାରେ ତଳୁ ଟ୩୬୨ପ/୬ ବାହାରିଲା। ପୁରୁଣା ଦୁଇଅଣିଆ ଷ୍ଟାମ୍ପ କାଗଜରେ ଲେଖା ଖଣ୍ଡିଏ କାଗଜ ମଧ୍ୟ ମିଳିଲା। ଲେଖାର ଅର୍ଥ କିଛି ବୁଝାଗଲା ନାହିଁ। ସବାଲରେ ଆସାମୀ ଜବାବ ଦେଲା, "ମୁ ବଙ୍ଗଳା କିଣିଛି, ସେଇକଥା ଏଥିରେ ଲେଖା ଅଛି।" ଦାରୋଗା ହସି ହସି କହିଲେ – "ଓହୋ ! ଏଇଟା କବଲା ପରା -ମୁଁ ବୁଝିପାରି ନଥିଲି।" ଦାରୋଗା କଥାବାର୍ତ୍ତାରୁ ବୁଝିଲେଣି ଏ ଲୋକଟା ଘୋର ମୂର୍ଖ।

ଚିତ୍ରାଘର ଖାନତଲାସି ହେଲା – ତା'ଘର ଭିତରୁ କିଛି ମାଲ ବରାମଦ ହେଲାନାହିଁ। ଘରପଛ ପାଉଁଶଗଦାରୁ ପାଞ୍ଚଶ ଟଙ୍କା ଆଉ କନାରେ ଗୁଡ଼ାଇ ହୋଇଥିବା ଗୋଟାଏ ଅଳଙ୍କାର ପୁଟୁଳା ବାହାରିଲା। ଦାରୋଗାଙ୍କ ସବାଲରେ ଚିତ୍ରା ଜବାବଦେଲା, ସେ ନିର୍ଦ୍ଦୋଷ – ଟଙ୍କା ଆଉ ଅଳଙ୍କାର କଥା କିଛି ଜାଣେ ନାହିଁ – କେହି ଦୁଷ୍ମନ ଟଙ୍କା ପୋତିପକାଇ ଯାଇଛି। ଏ ଅଳଙ୍କାର ଗୁଡ଼ାକ କାହାର, ସନାକ୍ତ କରାଇବା ପାଇଁ ଦାରୋଗା ନାଜରଭାର୍ଯ୍ୟାଙ୍କ ନିକଟକୁ ଦୁଇଜଣ ଭଦ୍ର ସ୍ତ୍ରୀଲୋକ ହାତରେ ପଠାଇଦେଲେ।

ଗତକାଲି ରାତିରେ ତିନୋଟି ସ୍ତ୍ରୀ ନାଜରଙ୍କ ବସାରେ ଏକା ସାଙ୍ଗରେ ଶୋଇଥିଲେ। ଭୋର ହେଲା, ମା' ଝିଅ ଦୁଇଜଣ ଉଠିଲେ, ଚିତ୍ରକଳା କାହିଁ? ବାଡ଼ିପଟକୁ ଯାଇଥିବ – ଅବା ଘରକୁ ଯାଇଥିବ – ଉଚ୍ଛୁଣି ଆସିବ – ଏଇ ଅଇଲା ପରା! ଟିକିଏ ଖୁଡ୍ କରି ଶବ୍ଦ ହେଲାକ୍ଷଣି, ଏଇ ଚିତ୍ରକଳା ଅଇଲା – ଦୁଇଟି ସ୍ତ୍ରୀ କଟାସ ପରି ଚାହିଁ ବସିଛନ୍ତି। ଦିନ ବାରଟାବେଳେ ଦୁଇଜଣ ସ୍ତ୍ରୀ ନାଜରଭାର୍ଯ୍ୟାଙ୍କ ନିକଟରେ ଉପସ୍ଥିତ ହୋଇ ଅଳଙ୍କାର ପୁଟୁଳା ଦେଖାଇଲେ – ପଚାରିଲେ, "ଏ କାହାର ଅଳଙ୍କାର" ବିଶାଖା ଦେଈ ଅଳଙ୍କାର ପୁଟୁଳା ଦେଖି ଗତ ରାତିରେ ଯେଉଁଠାରେ ଆପଣା ଅଳଙ୍କାର ଲୁଚାଇ ରଖିଥିଲେ, ଦେଖିବାପାଇଁ ଧାଇଁଗଲେ, କିଛି ନାହିଁ। ମା' ଝିଅ ଦୁଇଜଣ ଡାକପକାଇ ଝାମ ପଡ଼ିଗଲେ।

ବାଷଠି

ପେସ୍କାରଙ୍କ ସଙ୍ଖୁଳା

ଦିନଯାକ ଗଲା, ରାତି ଦଣ୍ଡେ ହୋଇଗଲାଣି, ସମସ୍ତଙ୍କ ଘରେ ଆଲୁଅ, ନାଜରବାବୁଙ୍କ ଘରଟା ଘୋର ଅନ୍ଧାର, ସଞ୍ଜଦୀପ ଜାଳୁଛି କିଏ? ଦୁଇଟା ମାଇକିନିଆ ଅଚେତ ହୋଇ, ପଡ଼ିଛନ୍ତି, ତୃତୀୟ ପ୍ରାଣୀ ପାଖରେ ନାହିଁ। ଗୋଟିଏ ସ୍ତ୍ରୀ ପାଟିଆରେ

ଜଳଖିଆ, ପାନ ଦୁଇଖଣ୍ଡ, ଲଗା ଧରିଛି, ଆଉ ଜଣେ ଭଣ୍ଡାରି ବିଛଣା ଗୁଡ଼ିଏ କାଖରେ ଜାକିଛି; ନାଜରବାବୁଙ୍କ ବସାରେ ପହଞ୍ଚିଗଲେ। ସବୁ ଦୁଆର ଉଦୁଆ, ଏକାବେଳକେ ମାଟିରେ ଅଧମଲା ପରି ପଡ଼ିଥିବା ଦୁଇଟି ସ୍ତ୍ରୀଙ୍କ ପାଖରେ ଉପସ୍ଥିତ। ହାତରେ ଲଣ୍ଠନ ଥିଲା, ସ୍ତ୍ରୀଟି ବୁଦ୍ଧିମତୀ, କାହାରିକୁ କିଛି କଥା ନକହି, ସେଇ ମାଇକିନିଆ ଦୁଇଙ୍କ ହାତଧରି ଉଠାଇ ବସାଇଲା। ଗୋଡ଼ହାତ ମୁହଁ ଧୋଇଦେଲା, ବାରିକ କୂଅରୁ ପାଣି କାଢ଼ି ଦେଉଥାଏ। ଲୁଗା ଦୁଇଖଣ୍ଡ ପାଲଟାଇ ଦେଲେ। ତହିଁ ଉତ୍ତାରେ ବଳାଇ ବଳାଇ ଜଳଖିଆଗୁଡ଼ିକ ଖୁଆଇ ଦୁଇ ଟୁକୁଣା ପାଣି ପିଆଇଲେ, ଖଣ୍ଡେ ଖଣ୍ଡେ ବିଡ଼ିଆ ବଢ଼ାଇଦେଲେ। ମା – ଝିଅ କଳରେ ଜାକି ବିଛଣାରେ ଲଠ କରି ଶୋଇପଡ଼ିଲେ, ଭଣ୍ଡାରି ଆଗରୁ ବିଛଣା ପାରି ରଖିଥିଲା। ତେତେବେଳେ ଯାଇ ମଙ୍ଗଳା ଦେଈଙ୍କ ପାଟି ଫିଟିଲା। ପଚାରିଲେ, "ତୁ ମା' କିଏ?" ଆଗନ୍ତୁକା ସ୍ତ୍ରୀଟି କହିଲା, "ଆମ ଦୁଇଜଣଙ୍କୁ ପେସ୍କାରବାବୁ ଆଉ ଟିକାଇତ ବାବୁ ପଠାଇଛନ୍ତି। ଡ଼ର ନାହିଁ, କିଛି ଚିନ୍ତା କରନା, ଆମେ ଦୁହେଁ ବରାବର ତୁମ୍ଭ ମାନଙ୍କ ପାଖେ ପାଖେ ଅଛୁ, ଶୋଇପଡ଼। ଆମେ ପାଖରେ ବସିଥିବୁ, ଡର ନାହିଁ, ଦୁଃଖ କରନା – ଶୋଇପଡ଼।" ମଙ୍ଗଳା ଦେଈ ପଚାରିଲେ, 'ରାଘୋ କାହିଁ? ଆଜି କ'ଣ ଖାଇଲା? ଉତ୍ତର "ଭଲ ଅଛନ୍ତି, ଆଉ କିଛି ପଚାରନା, ଶୋଇପଡ଼।"

ବୋଇଲା – ଢୋଲ ବାଇଦ କୋଶେ, ତୁଣ୍ଡବାଇଦ ସହସ୍ରେ କୋଶ! କଥାଟା ଟୁକୁଣା ଦେଈପୁରରେ ଠୁକକରି ପହଞ୍ଚିଗଲା। ଘର ବୋହୂ – ଯା ତା' ଘରେ ନୁହେଁ, କରଣ ଘର ମାମଲା ମାନମହତ୍ତ୍ୱକୁ ଜଗିବା ଲୋଡ଼ା। ବାନାମ୍ବରବାବୁ ଧାଇଁ ଆସି ଶଗଡ଼ ଖଣ୍ଡକରେ ବସାଇ ସାନବୋହୂକୁ ଘେନିଗଲେ। ମା' ଝିଅ କୁଣ୍ଢାକୁଣ୍ଢି ହୋଇ କାନ୍ଦାକଟା କଲେ। ବାନାମ୍ବର ବାବୁ ବୁଢ଼ୀକୁ ସାଙ୍ଗରେ ନେଲେ ନାହିଁ – କଟକରେ ଛାଡ଼ିଦେଇ ଚାଲିଗଲେ। ଶଗଡ଼ ଭିତରୁ ବିଶାଖା ଦେଈଙ୍କ କାନ୍ଦଣା ଦୁଇ କୋଶ ଯାଏ ଶୁଭୁଥାଏ। ଶୁଣୁଛି କିଏ?

ତେଷଠି
ପୋଲିସ ରିପୋର୍ଟ

କଟକ ଥାନାର ଦାରୋଗା 'ଏ ଫାରମ କାଟି ଏହି ମାମଲା ସମ୍ବନ୍ଧରେ ଶ୍ରୀ ଯୁକ୍ତ ମେଜେଷ୍ଟର ସାହେବଙ୍କ ନିକଟକୁ ଇଂରେଜୀରେ ଯେଉଁ ରିପୋର୍ଟ ପଠାଇଲେ, ସେଥିର ସାରାଂଶ ଓଡ଼ିଆ ଭାଷାରେ ଏହିପରି –

"ଧର୍ମାବତାର!"

ହଜୁରଙ୍କ ହୁକୁମ ଅନୁସାରେ ନାଜର ନଟବର ଦାସ ଘର ମାଲ କ୍ରୋକ ଏବଂ ଟଙ୍କା ଚୋରି ମାମଲା ତଦନ୍ତ କରି କ୍ରୋକି ମାଲର ପ୍ରସ୍ତ ନକଲ ରିପୋର୍ଟ ସହିତ ପଠାଇଲି।

ଟଙ୍କା ଚୋରି ମାମଲା ହାଲ ଏହି କି – ଖୋଦାବକ୍ସ,ରାମ ରାମ ସିଂହ, ଭୀମସିଂହ ନାଜରଖାନାର ପିଆଦାମାନଙ୍କ ଜମାନବନ୍ଦିରୁ ସାଫ୍ ସାବିତ, ସେମାନେ ମଫସଲରୁ ରୋଡ଼ସେସ୍ ଓଗେର ବାବଦ ଟ ୪୭୯ ଅସୁଲ କରି ଆଣିଥିଲେ। କଚେରି ବନ୍ଦଥିବା ଯୋଗୁଁ ନାଜର ଜିମାରେ ସେ ଟଙ୍କା ସବୁ ରଖାଯାଇଥିଲା। ଚଳିତ ମଇ ମାସ ୨୨ ତାରିଖ ରୋଜ ଶନିବାର ରାତ୍ରରେ ଟଙ୍କା ଚୋରି ଯାଇଥିବାର ଅନୁମାନ କରାଯାଏ। ନଂ ୧ ଆସାମୀ ରାଘବ ମହାନ୍ତି, ନଂ ୨ ଆସାମୀ ପ୍ରଭୁଦୟାଲ ଭଗତ, ନଂ ୩ ଆସାମୀ ଚିତ୍ରକଳା। ଏହି ତିନିଜଣଙ୍କ ସାଜିସରେ ଟଙ୍କା ଚୋରି ହୋଇଥିବାର ଜଣାଯାଏ। ନଂ ୧ ଆସାମୀ ରାଘବ ମହାନ୍ତି ନାଜର ମଜକୁରର ଶଳା, ଗୋଟିଏ ନିହାତି ବେକୁବ ମନ୍ଦଲୋକ ଅଟେ। ନଂ ୨ ଆସାମୀ ଗୋଟାଏ ଜାହେର ବଦମାସ୍। ଏଥିପୂର୍ବେ ପୋଲିସ ପ୍ରତାରଣା କରିଥିବା ଅପରାଧରେ ଉକ୍ତ ଆସାମୀକୁ ଦୁଇ ଦଫା ଚଲାଣ ଦେଇଥିଲେ, ପ୍ରମାଣ ଅଭାବରୁ ଖଲାସ ପାଇଛି। ନଂ ୩ ଆସାମୀ ଗୋଟାଏ ଦୁଷ୍ଟରିତ୍ରା, ବଜାରର ସାମାନ୍ୟ ସ୍ତ୍ରୀ ଅଟେ ଏବଂ ନାଜର ନଟବର ଦାସର ଅନୁଗ୍ରହପାତ୍ରୀ। ଆଉ ନଂ୨ ଆସାମୀ ପ୍ରଭୁଦୟାଲ ମଧ୍ୟ ପ୍ରିୟପାତ୍ରୀ ଥିଲା। ମାତ୍ର ନାଜରକୁ ଏ ବିଷୟ ଅଗୋଚର। ବୁଦ୍ଧିମତୀ ଚିତ୍ରକଳା, ପ୍ରଭୁଦୟାଲ ଭଗତ ତାହାର ଧର୍ମଭାଇ, ଏହପରି ପରିଚୟ ଦେଇ ତାହାକୁ ଭୁଲାଇ ରଖିଥିଲେ ମଧ୍ୟ ଚିତ୍ରକଳା ଦାସୀ ଭାବରେ ନାଜର ବସାକୁ ଗତାୟାତ କରୁଥିବାରୁ ବସାର ସମସ୍ତ ସନ୍ଧାନ ଜଣାଥିଲା।

ଚୋରିର ହାଲ ଏହପରି ପ୍ରକାଶ ଯେ – ନଂ ୨ ଓ ନଂ ୩ ଆସାମୀମାନଙ୍କ ପରାମର୍ଶ ଅନୁସାରେ ନଂ୧ ଆସାମୀ ନାଜର ଘର ମଧ୍ୟରେ ଥିବା ସମସ୍ତ ସିନ୍ଦୁକର ଚାବି ମୁହଁ ମହଣରେ ଛାଞ୍ଚ ଆଣିଦେବାରୁ ନଂ ୨ ଆସାମୀ ଚାବିକାଠି ବନାଇ ଆଣିଦେଲା ନଂ ୧ ଆସାମୀ ରାଘବ ମହାନ୍ତି ଅନ୍ୟ ଦୁଇଜଣ ଆସାମୀଙ୍କ ସହାୟତାରେ ନାଜରର ସିନ୍ଦୁକ ଫିଟାଇ ଟଙ୍କା ଚୋରି କରିଥିବାର ସାଫ୍ ସାବିତ୍।

ଅତ୍ର କଟକ ସହର ନିବାସୀ ମହାଜନ ଶିଉଶରଣ ଭଗତର ତୁଳସୀପୁର ମୁକାମରେ ଗୋଟାଏ ପୁରୁଣା ବଙ୍ଗଳା ଅଛି। ସେହି ବଙ୍ଗଳାଟା ନଂ ୧ ଆସାମୀକୁ କିଣାଇ ଦେବାକୁ କହି ଚୋରି ଟଙ୍କା ମଧ୍ୟରୁ ୩୦୦୦ ଟଙ୍କା ନଂ ୨ ଆସାମୀ ଜୁଆଚୋରି କରି ନେଇଅଛି। ଖଣ୍ଡେ ଦୁଇ ଅଣିଆ ସିଠାମ କାଗଜରେ ଅସଙ୍ଗତ କେତେଗୁଡ଼ିଏ ବାଜେ କଥା ଲେଖାଇ କବଲା ବୋଲି ନଂ ୧ ଆସାମୀକୁ ଦେଇଥିଲା। ନଂ ୧ ଆସାମୀ ନିତାନ୍ତ ମୂର୍ଖ ବେକୁବ ଥିବାରୁ କିଛି ବୁଝିପାରିନାହିଁ। ସେହି କବଲା

ଅର୍ଥାତ ମିଥ୍ୟା ଜୁଆଚୋରି କାଗଜ ଖଣ୍ଡ ନଂ ୧ ଆସାମୀ ବିଛଣା ତଳୁ ବରାମଦ ହୋଇଥିବାରୁ ହଜୁରଙ୍କ ମାଇନା ସକାଶେ ପଠାଇଲି। ଏଇ ବଙ୍ଗଳା ମଧ୍ୟରେ ଆସାମୀ ରାଘବ ମହାନ୍ତି ମତୁଆଲା ଅବସ୍ଥାରେ ପଡ଼ିଥିବା ହାଲତରେ ଗିରଫଦାରୀ ହୋଇଛି। ନଂ ୩ ଆସାମୀ ଚୋରି ଟଙ୍କାର ୫୦୦ ଟଙ୍କା ଭାଗସ୍ୱରୁପ ପାଇଥିଲା। ସେହି ଟଙ୍କା ଏବଂ ନାଜର ଅନୁପସ୍ଥିତ ସମୟରେ ତାହା ସ୍ତ୍ରୀ ଠାରୁ କେତେକ ଅଳଙ୍କାର ଚୋରିକରି ନେଇଥିଲା ଓ ସମସ୍ତ ଦ୍ରବ୍ୟ ତାହା ଘରପଛ ପାଉଁଶଗଦାରୁ ବରାମଦ ହୋଇଥିବାରୁ ସ୍ୱତନ୍ତ୍ର ତାଲିକା ମାଫିକେ ହଜୁରରେ ଦାଖଲ କଲି।

ଏପରି ନଗଦ ଟ୩୬୨/୭ ନଂ ୧ ଆସାମୀ ରାଘବ ମହାନ୍ତି ବିଛଣା ତଳେ ପଡ଼ିଥିଲା। ଅବଶିଷ୍ଟ ଟଙ୍କାରେ ଆସାମୀ ଦୁଇଜଣ ଏବଂ ଆଉ କେତେଜଣ ବଦମାସ ଲୋକ ନାନାପ୍ରକାର ମାଦକ ଏବଂ ଖାଦ୍ୟଦ୍ରବ୍ୟ କିଣି ଆମୋଦପ୍ରମୋଦ କରିଥିବାର ଜଣାଯାଏ। ନଂ ୧ ରାଘବ ମହାନ୍ତି, ନଂ ୩ ଚିତ୍ରକଳା ଆସାମୀମାନଙ୍କୁ ଚାଲାଣ ଦେଲି। ନଂ୨ ଫେରାର ଆସାମୀ ପ୍ରଭୁଦୟାଲ ଭଗତକୁ ଗ୍ରେପ୍ତାର କରିବା ସକାଶେ ହୁଲିଆଜାରି ପ୍ରାର୍ଥନା କରେ।"

୪ତାରିଖ ମାହେ ଜୁନ୍,
ସନ୍ ୧୮୭୯ ମସିହା

{ ନୀଳମଣି ବଳବନ୍ତରା
ଇ.ଇ. ସଦରଥାନା, କଟକ

ଚଉଷଠି
ପ୍ରାୟଶ୍ଚିତ୍ତ ଆରମ୍ଭ

ସାଧାରଣରେ ଦୁଷ୍କୃତକାରୀ ଲୋକ ନିଜକୃତ ପାପର ପ୍ରତିଫଳ ଭୋଗ ସମୟରେ, ଆପଣା ଭାଗ୍ୟକୁ ନିନ୍ଦା କରଥାଏ – ମନରେ କରେ, ନିର୍ଦ୍ଦୟ ବିଧାତା ତାହା ପ୍ରତି ବିମୁଖ, ହୃଦୟରେ ଅନୁତାପ ନାହିଁ କେବଳ ଉଦ୍ଧାର ପାଇବାରେ ଚେଷ୍ଟା। ଉପସ୍ଥିତ ବିପଦରୁ ମୁକ୍ତି ପାଇବା ନିମନ୍ତେ ଆହୁରି ମଧ୍ୟ କିଛି ପାପ କାର୍ଯ୍ୟ ଅନୁଷ୍ଠାନ କରିବାର ଆବଶ୍ୟକ ହେଲେ ତାହା କରିବାକୁ ସେ କୁଣ୍ଠିତ ନୁହେଁ, କଦାଚିତ ଉପାସ୍ୟ ଦେବତା ଠାରେ ମୁକ୍ତିପ୍ରାର୍ଥୀ ହୋଇଥାଏ କ୍ଷମାପ୍ରାର୍ଥୀ ନୁହେଁ। ଅଜ୍ଞାନ ପଶୁବତ ଦୁରାଚାରି ଲୋକେ ଏହି ଶ୍ରେଣୀଭୁକ୍ତ ବିଦ୍ୟାବନ୍ତ ସାଧୁ ସାଧୁ ସମାଜରେ ବର୍ଦ୍ଧିତ ସ୍ୱଭାବ ବା ମନ୍ଦସଂସର୍ଗ ହେତୁ ବିବେକ ଅବଜ୍ଞାକାରୀ ସୁଖବିଳାସୀ ଦାମ୍ଭିକ ଲୋକ ନିଜକୃତ ପାପର ଦଣ୍ଡ ଉପସ୍ଥିତ ସମୟରେ ଅନୁତାପାନଳରେ ଦଗ୍ଧ ହେଉଥାଏ, ଈଶ୍ୱରଙ୍କ ମହାମହିମ ପବିତ୍ରମୟ ନାମ ସ୍ମରଣ କରିବାକୁ ତାହା ମନରେ ଆତଙ୍କ ଜାତ ହୁଏ, ପ୍ରତିକାରର

ଅନ୍ୟ କୌଣସି ଉପାୟ ନାହିଁ – ଅତ୍ୟନ୍ତ ଭୟ ଏବଂ ପ୍ରଗାଢ଼ ଭକ୍ତି ସହିତ ପ୍ରଭୁଙ୍କ ପଦରେ ଅବଶେଷରେ ଆତ୍ମସମର୍ପଣ କରେ।

କଟକ ଜେଲଖାନା ମଧ୍ୟରେ ଗୋଟିଏ ହାଜର ଘର – କୋଠାଘରଟା ନିହାତି ବଡ଼ ବା ସାନ ନୁହେଁ, ମଧ୍ୟଭଳି। କାନ୍ଥ ଉପରେ କଡ଼ି କାଠର ହାତେ ଅନ୍ଦାଜ ତଳକୁ ଚାରିପଟରେ ଆଠଗୋଟା ଗୋଲାକାର କଣା (ସାଧୁ ଭାଷାରେ ଯାହାକୁ ଗବାକ୍ଷ ବୋଲାଯାଏ) – ଏହି କଣାବାଟେ ତ ମାଫିକେ ଆଲୁଅ ଓ ପବନ ଘର ମଧ୍ୟକୁ ଆସିଥାଏ। ଗୋଟାଏ ଦ୍ୱାର ଯାଉଁଳି କବାଟ ଲଗା, କବାଟ କାଠପଟା ଭିଡ଼ା ନୁହେଁ, ମୋଟା ଲୁହା ବୁଲଟିନ ଲୁହା ବତା ମଧ୍ୟରେ ଗଳାଯାଇ ପ୍ରସ୍ତୁତ, ମୋଟା ଲୁହା ଶିକୁଳିରେ ଦୁଇ କବାଟ ଛନ୍ଦାଯାଇ ଗୋଟିଏ ବଡ଼ ପିତ୍ତଳ ତାଲା ପଡ଼ିଛି। ଗୋଟିଏ ମାତ୍ର ଦୀପରେ ମିଞ୍ଜି ମିଞ୍ଜି ହୋଇ ଆଲୁଅ ଜଳୁଥିବାରୁ ଭିତରର ହାଲ୍ ବାହାର ଲୋକ ପକ୍ଷରେ ଦେଖିବାର ଅସୁବିଧା ହୁଏ ନାହିଁ। ବାହାର ଜଗତ ସଙ୍ଗେ ଘରର ମଧ୍ୟଭାଗ ସମ୍ପୂର୍ଣ୍ଣରୂପେ ସମ୍ପର୍କଶୂନ୍ୟ – ଏକାବେଳକେ ନିସ୍ତବ୍ଧ।

ଜେଲଖାନାର ଘଣ୍ଟାରେ ବାରଟା ବାଜିବା ସଙ୍ଗେ ସଙ୍ଗେ ସେ ସ୍ଥାନରେ ନିସ୍ତବ୍ଧତା ଭଙ୍ଗକରି ଗୋଟାଏ ଶବ୍ଦଶୁଭିଲା – "ହୁକୁମଧର।" ମଚ୍ – ମଚ୍ ଶବ୍ଦ କରି ପାଞ୍ଚଜଣ ସିପାହୀ ଉପସ୍ଥିତ। ଆଗର ପହରାବାଲା ବଦଳରେ ଆଉ ଜଣେ ସିପାହୀ ବନ୍ଧୁକ କାନ୍ଧରେ ପକାଇ ଛିଡ଼ା ହୋଇଗଲା। ଘର ମଧ୍ୟକୁ ଅନାଇ ଏକ – ଦୁଇ – ତିନି ଚାରିଜଣ ବନ୍ଦୀକୁ ଗଣିନେଲା। ଆଗନ୍ତୁକ ସିପାହୀମାନେ ଚାଲିଗଲେ। ନୂତନ ପ୍ରହରୀ ମଚ- ମଚ୍ କରି ଧୀରେ ଧୀରେ ଟହଲୁଥାଏ। ଘର ମଧ୍ୟରେ ଚାରିଖଣ୍ଡ କମ୍ବଳ ବିଛଣାରେ ଚାରିଜଣ ଆସାମୀ ପଡ଼ିଛନ୍ତି, ସେଥିମଧ୍ୟରେ ଜଣେ ପାଣ – ଚୋରି ମାମଲାରେ ହାଜତରେ ବନ୍ଦ ଫ – ଫ ନିଶ୍ୱାସ ପକାଇ ଘୋର ନିଦରେ ଶୋଇଯାଇଛି। ଦ୍ୱିତୀୟ ବନ୍ଦୀ ତୁଚ୍ଛ ଏକଡ଼ ସେକଡ଼ ହେଉଛି। ବେଳେ ବେଳେ ଉଠପଡ଼ ହୋଇ ଦେହଯାକ ହାତ ବୁଲାଇ ପୁଣି ଶୋଇ ପଡୁଛି। ଏହି ଲୋକ ଜଣେ ଜମିଦାର, ଆଉ ଜଣେ ଜମିଦାର ସହିତ ଦଙ୍ଗା କରିଥିବା ଅପରାଧରେ ବନ୍ଦୀ। ତୃତୀୟ ବନ୍ଦୀ ଗୋଟିଏ ବଡ଼ଲୋକର ପୁଅ – ପୈତୃକ ସମ୍ପତ୍ତି ଅପବ୍ୟୟ କରି ଅବଶେଷରେ ଖଣ୍ଡିଏ ଜାଲ ହେଣ୍ଡନୋଟ୍ ପ୍ରସ୍ତୁତ କରିଥିବା ଅପରାଧରେ ଫୌଜଦାରୀ ସଂପ୍ରଦ ହୋଇଅଛି। ଶୋଇବା କମ୍ବଳ ଖଣ୍ଡରେ ଛାରପୋକ ଥିବାରୁ ଦୂରକୁ ଫୋପାଡ଼ି ଦେଲାଣି, ପଟାସ୍ ସଟାସ୍ କରି ଦେହରେ ଚାପୁଡ଼ାବାଡ଼େଇ ହେଉଛି ଏବଂ ନିତାନ୍ତ ଅସ୍ଥିର ଭାବରେ ଉଠବସ ହେଉଛି – କେତେଥର ମଧ୍ୟ କାନ୍ଦି ପକାଇଲାଣି। ଚତୁର୍ଥ ଆସାମୀ ନିଶ୍ଚଳ ଭାବରେ ଦୁଇହାତ ଯୋଡ଼ି ଧ୍ୟାନମଗ୍ନ ପରି ବସିଛି ବେଳେ ବେଳେ ଉପରକୁ ଅନାଇ

ଭକ୍ତିଭାବରେ ନମସ୍କାର କରୁଛି। ମନରେ ଦୁଃଖ ନାହିଁ ସନ୍ତାପ ନାହିଁ – ଗଭୀର ତଡ଼ାଗବତ୍ ସ୍ଥିର ଗମ୍ଭୀର ହୃଦୟ।

ଗୋଟିଏ ଉପ୍ତ ବୀଜଉପରେ ଖଣ୍ଡିଏ ପାଷାଣଚାପ ପଡ଼ିଥିଲା – ଆଲୁଅ, ଜଳ ବା ପବନ ନ ଲାଗିବାରୁ ଗଜା ବାହାରି ପାରିନାହିଁ। ହେଲେ ବୀଜଟି ନଷ୍ଟ ହୋଇନାହିଁ, ଠିକ୍ ସେହିପରି ଅଛି। ଦୀର୍ଘକାଳ ଉତ୍ତାରେ ପ୍ରସ୍ତରଖଣ୍ଡ ଘୁଞ୍ଚିଯିବାରୁ ବାହାର ଆଲୋକ ପାଇ ବୀଜରୁ ଗଜା ବାହାରି ପଲ୍ଲବିତ ହେଲା। ନଟବର ଦାସ ନିର୍ମଳ ବଂଶଜ ବୈଦିକ ପବିତ୍ରତା କିଛିମାତ୍ର ହେଲେ ହୃଦୟ ମଧ୍ୟରେ ନିହିତ ରହିବାର କଥା – ବାଲ୍ୟକାଳଟା ମଧ୍ୟ ସାଧୁ ସହବାସରେ ଅତିବାହିତ ହୋଇଅଛି। ବୃଦ୍ଧ ବିଷ୍ଣୁଶର୍ମାଙ୍କ ଉକ୍ତି-ଯୌବନ, ଧନ, ସମ୍ପତ୍ତି, ପ୍ରଭୁତ୍ୱ, ଅବିବେକିତା ଗୋଟିଏ ଗୋଟିଏ ଅନର୍ଥର କାରର ଅଟେ। ନଟବର ଦାସଙ୍କ ଠାରେ ସହସା ସମ୍ପୂର୍ଣ୍ଣ ରୂପେ ଏକାବେଳେ ସମସ୍ତ ଉପସ୍ଥିତ। ପୁଣି ନୀତିବେତ୍ତାମାନେ ବୋଲିଛନ୍ତି, ଯୌବନକାଳଟା ପାପ ଏବଂ ପୂଣ୍ୟର ଜନ୍ମଭୂମି। ପଥପ୍ରଦର୍ଶକ ଆହ୍ୱାନରେ ମାନବ ପାପମାର୍ଗ ବା ପୁଣ୍ୟମାର୍ଗ ଅନୁସରଣ କରିଥାଏ।

ପ୍ରଥମ ସଂସାର କାର୍ଯ୍ୟକ୍ଷେତ୍ରରେ ପ୍ରବେଶ ସମୟରେ ନଟବର ଦାସଙ୍କ ଠାରେ ସମସ୍ତ ଉତ୍ପାତର କାରଣ ଏକାବେଳକେ ଉପସ୍ଥିତ – ପୁଣି ସେ ନିରଙ୍କୁଶ। ଭଗବାନ ବାସୁଦେବ କହିଛନ୍ତି, କାମ, କ୍ରୋଧ, ଲୋଭ ଏହି ତିନିଗୋଟି ନରକର ଦ୍ୱାର। ନଟବର ଦାସଙ୍କ ହୃଦୟରେ ଯେତେ ସଦଗୁଣ ପ୍ରଚ୍ଛନ୍ନ ଭାବରେ ନିହିତ ଥାଉ ପଛକେ, ସ୍ୱଭାବରେ ତାହାଙ୍କ ସମ୍ମୁଖରେ ଏହି ତିନିଦ୍ୱାର ଉନ୍ମୁକ୍ତ। ବର୍ତ୍ତମାନ ପାପାକର୍ଯ୍ୟର ପରିଣାମ ଫଳ ଉପସ୍ଥିତ – ବିକାରର ସମସ୍ତ କାରଣ ଅପସାରିତ ହୋଇଅଛି। ନଟବରଙ୍କ ହୃଦୟନିହିତ ଧର୍ମବୀଜଟି ଯେମନ୍ତ ସହସା ଅଙ୍କୁରିତ ଓ ପଲ୍ଲବିତ ହୋଇଉଠିଲା।

ଆମ୍ଭେମାନେ ଜ୍ଞାନନେତ୍ର ଉନ୍ମୀଳନ କରି ଦେଖିଲେ ସ୍ପଷ୍ଟକରି ଦେଖୁ ବିପଥଗାମୀ ମାନବାତ୍ମାକୁ ସୁମାର୍ଗକୁ ଫେରାଇ ଆଣିବା ନିମନ୍ତେ ଭଗବାନ୍ ଯେମନ୍ତ ବିପଦରୂପ ପ୍ରବଳ ପଥପ୍ରଦର୍ଶକ ପ୍ରେରଣ କରିଥାନ୍ତି।

ମୁଦ୍ରିତ ନେତ୍ର ନଟବର ଦାସେ ଧ୍ୟାନନିମଗ୍ନବତ୍ ଉପବିଷ୍ଟ। ମନ ମଧ୍ୟରେ ଚିନ୍ତା କରୁଛନ୍ତି, ହାୟ! ଏତେବେଳେ ମଧ୍ୟ ମିଥ୍ୟା କଥା। ମେଜେଷ୍ଟର ସାହେବଙ୍କ ପ୍ରଶ୍ନର ଉତ୍ତର ଦେଲି, ମୁଁ ନିର୍ଦ୍ଦୋଷ। ମୁଁ ନିରପେକ୍ଷ? ଜଗତରେ ଆଉ ଦୋଷୀ କିଏ? କେଉଁ ପାପ ବାକି? ସମସ୍ତ ପ୍ରକାର ପାପ ସମ୍ପୂର୍ଣ୍ଣ ରୂପେ ଅନୁଷ୍ଠାନ କରିଛି। ମୁଁ କ'ଣ ସରକାରୀ ତହବିଲ ତୋସରଫ କରିଛି? ସେଥି ସକାଶେ ଏହି ଦଣ୍ଡ? ନିଶ୍ଚୟ ନୁହେଁ, ମୋହରି ଅନୁଷ୍ଠିତ ପାପ ସକାଶେ ଘୋର ଦଣ୍ଡ ଆବଶ୍ୟକ। ନିଶ୍ଚୟ ଏହି ଦଣ୍ଡ ପର୍ଯ୍ୟାପ୍ତ ନୁହେଁ। ବୋଧକରେ ଏହା ଆରମ୍ଭ ମାତ୍ର। ମୁଁ ଯେଉଁ ନରକକୁ ଯିବି, ତାହା ପ୍ରସ୍ତୁତ

ହୋଇଛି। ମୋହର ପ୍ରତ୍ୟେକ ପାପ ମାର୍ଜନୀୟ। ମା–ମା–ମା– ଚିରରୋଗିଣୀ ମା'! ତୁମ୍ଭ ପ୍ରତି ମୋହର କର୍ତ୍ତବ୍ୟ ପାଳନ କରିନାହିଁ। ତୁମ୍ଭର ସ୍ନେହ, ମାୟା ଦିନେ ମାତ୍ର ହେଲେ ସ୍ମରଣ କରିନାହିଁ। ମା' ମା' ମା' ! ତୁମ୍ଭର ଚିରଜୀବନ ସଞ୍ଚିତ କେତୋଟି ଟଙ୍କାର ଉପସ୍ୱତ୍ୱ, ବ୍ୟାଧଗ୍ରସ୍ତ ଶରୀରର ତେତିକି ମାତ୍ର ଅବଲମ୍ବନ, ଅଫିମ ଟିକିଏ ଖାଇ ବଞ୍ଚିଅଛ। ତୁମର ନ୍ୟାର୍ଯ୍ୟ ପ୍ରାପ୍ୟ ଯୋଡ଼ାଏ ଟଙ୍କା ଦେଲି ନାହିଁ, କର୍କଶ ଭାଷାରେ ଚିଠି ଲେଖିଲି, ତୁମ୍ଭର ପ୍ରାପ୍ୟ ନାହିଁ, ଯାହା ଦେଉଛି ମୋ ଅନୁଗ୍ରହ ମା' ! ଚିଠି ପଢି ତୁମ୍ଭ ଅନ୍ତର ଆତ୍ମାକୁ କେଡ଼େ ବାଧିଥିବ। ତେତିକିବେଳେ ଅଭିଶାପ ଦେଇ ମୋତେ ବିନାଶ କରିଥିଲେ ଅନ୍ତତଃ ଅନେକ ନିରୀହ ପ୍ରାଣୀ ରକ୍ଷା ପାଇଥାନ୍ତେ। ମା ! ଦୟାବତୀ ଜନନୀ! ଶୁଣିଛି ମୋହର ଅମଙ୍ଗଳ ହେବ ବୋଲି ଦୀର୍ଘନିଶ୍ୱାସଟା ମଧ୍ୟ ପକାଇ ନାହୁଁ। ଧାଈମା ! ଧାଈମା ! କେତେ ଯତ୍ନରେ, କେତେ ପରିଶ୍ରମରେ ମୋ ମଳମୂତ୍ର କାଢ଼ିମୋତେ ବଢ଼ାଇଥିଲ। ମନରେ ପଡୁଛି, ଟିକିଏ ମାତ୍ର ଜ୍ୱର ହେଲେ ଆହାର ନିଦ୍ରା ଛାଡ଼ି ରାତିଯାକ ମୋତେ କୋଳରେ ଧରି ବସିଥାଅ। ଦିନେ ହେଲେ ତୁମ୍ଭକୁ ଭକ୍ତି କରନାହିଁ – ଉପକାର ଥାଉ, କର୍କଶ କଥା କହି ତୁମ୍ଭ ମନରେ ଦାରୁଣ କଷ୍ଟ ଦେଇଛି। ଅନେକ ଥର ତୁମ୍ଭ ହିତକଥା, ସଦୁପଦେଶ ଅଗ୍ରାହ୍ୟ କରିଛି। ନିତାନ୍ତ ପ୍ରତାରଣା କରି ତୁମ୍ଭଠାରୁ ରିପୋର୍ଟ ଲେଖାଇ ନେଇଛି। ତୁମ୍ଭ ନୟନପ୍ରତିମା କନ୍ୟାର ସର୍ବସ୍ୱ ଅପହଣକାରୀ ମୁଁ। ଘୋର ବିପଦ ସମୟରେ କେତେ ଚାତୁରୀ କରି, ତୁମ୍ଭର ସର୍ବସ୍ୱ ଅପହରଣ କଲି – ଅନ୍ନ ବସ୍ତ୍ରରେ ପର୍ଯ୍ୟନ୍ତ କଷ୍ଟ ଦେଇଛି। କେତେ ନିରାଶ୍ରୟା କେତେ ବିଧବା ଦାରୁଣ ଯନ୍ତ୍ରଣା ଭୋଗକରି ହାହାକାର କରିଛନ୍ତି। ଦୟାବତୀ ଧାଈମା ! ଆସି ଦେଖ ସେମାନଙ୍କ କ୍ରନ୍ଦନ ଧ୍ୱନି ତୁମ୍ଭର ପାପିଷ୍ଠ ପ୍ରିୟ ପୁତ୍ରର ଅନ୍ତର ଆତ୍ମାକୁ କିପରି ଜାଳିପୋଡ଼ି ଦେଉଛି ! ଧାଈମା ! ଦୟାବତୀ ପୁଣ୍ୟଶୀଳା ଧାଈମା, ମୁଁ ତୁମ୍ଭର ସର୍ବନାଶକାରୀ ହେଲେ ମଧ୍ୟ ଦିନେହେଲେ ମୋତେ କଟୁକଥା କହିନାହିଁ, ମୋହର ଅମଙ୍ଗଳ କାମନା କରିନାହିଁ। ଧାଈମା ! ତୁମେ କ୍ଷମା କରିଛ, ଧର୍ମ କ୍ୟା କ୍ଷମା କରିବ? ତାହା ହେଲେ ଯେ ପୃଥିବୀରୁ ନ୍ୟାୟ ବିଚାର ଉଠିଯାଇ ଲଣ୍ଡଭଣ୍ଡ ହୋଇଯିବ। ପୃଥିବୀ ପାପମୟ ହୋଇଯିବ, ଜନସମାଜ ଉଚ୍ଛନ୍ନ ହୋଇଯିବ। ଚାନ୍ଦମଣି ! ରାଣୀ ଚାନ୍ଦମଣୀ। ଧାର୍ମିକ ସରଳା, ପୂଣ୍ୟବତୀ ଚାନ୍ଦ ମୋତେ କେତେ ଭଲପାଅ, କେତେ ଭକ୍ତିକର, ତୁମ୍ଭର ଦାରୁଣ କଷ୍ଟ ସମୟରେ ତୁମ୍ଭର କେତେ ଅନିଷ୍ଟ କରିଛି, ନିତାନ୍ତ ପ୍ରତାରଣା ପୂର୍ବକ ତୁମ୍ଭର ସର୍ବସ୍ୱହରଣ କରିଛି, ଜଗତର କେହି ମହାପାପୀ ହେଲେ ଏହି ପୈଶାଚିକ କାର୍ଯ୍ୟ କରିବାକୁ ଲଜ୍ଜିତ ହୁଅନ୍ତା। ନିତାନ୍ତ କପଟ ସାନ୍ତ୍ୱନା ଦେଇ ତୁମ୍ଭ ଶିଶୁ ପୁତ୍ରମାନଙ୍କର ଯେଉଁ ଧନ ହରଣ କରିଛି, ତାହା ଯଦି ଭୋଗ କରେ, ଜଗତରେ

ଧର୍ମାଧର୍ମ, ନ୍ୟାୟାନ୍ୟାୟ ସର୍ବୈବ ମିଥ୍ୟା – ଜଗତରେ ସର୍ବଦର୍ଶୀ, ସର୍ବନିୟନ୍ତା ପରମେଶ୍ୱର ନାହାନ୍ତି।

ଦୁର୍ଭାଗା ନରିପୁର ପ୍ରଜାଗଣ! ଧାର୍ମିକ, ପରୋପକାରୀ ତୁମ୍ଭମାନଙ୍କର ରକ୍ଷକକୁ ହରାଇ ଆଠବର୍ଷକାଳ ଗୋଟାଏ ରକ୍ତପିପାସୁ ରାକ୍ଷସ ହାତରେ ପଡ଼ିଥିଲ। ଭୟନାହିଁ, ଦୟାମୟ ପ୍ରଭୁ ତୁମ୍ଭମାନଙ୍କ କ୍ରନ୍ଦନଧ୍ୱନି ଶୁଣିଲେଣି। ଶତ ଶତ ପ୍ରଜାଙ୍କ ଧନ ଲୁଟି ନେଇଛି – ଜୀବନର ଏକମାତ୍ର ଅବଲମ୍ବନ ଚାଷଜମି ଖଣ୍ଡମାନ ହରାଇ ଶତଶତ ପ୍ରଜା କୁଆଡ଼େ ଭିକ ମାଗି ବୁଲୁଛନ୍ତି। ଆହା ! ପିତୃହୀନ ମୋହର ଭଣଜା ପିଲା ଦିଓଟି। ଛଳରେ କହୁଥିଲି, ତୁମ୍ଭମାନଙ୍କର ସର୍ବସ୍ୱ ଚୋରି କରିବା ପାଇଁ କପଟରେ କହୁଥିଲି, ତୁମ୍ଭେମାନେ ମୋ ନୟନର ପ୍ରତିମା, ସତ୍ୟ ସତ୍ୟ ତୁମ୍ଭେମାନେ ମୋ ଜୀବନର ଅବଲମ୍ବନ। ମୁଁ ଆଣ୍ଠୁକୁଡ଼ୀ ନାରକୀ! ତୁମ୍ଭମାନଙ୍କର ଆଶ୍ରୟରେ ଉଦ୍ଧାର ପାଇଥାନ୍ତି। ଆଠବର୍ଷ କାଳ ଦିନରାତି ତୁମ୍ଭମାନଙ୍କ ଅମଙ୍ଗଳ କାମନା କରିଛି, ତୁମ୍ଭେମାନେ କିଛି କଥା ଜାଣି ନାହିଁ। ହେଲେ, ସର୍ବଦର୍ଶୀ ଭଗବାନଙ୍କୁ କିଏ କ'ଣ ଲୁଚାଇବ? ହାୟ ହାୟ! ଏହି ଘୋର ବିପଦ କାଳରେ ସାନ୍ତ୍ୱନା ଦେଇ ପଦେ କଥା କହିବାକୁ ପାଖରେ କାହାକୁ ଦେଖୁନାହିଁ। କିଏ କାହିଁକି ପାଖକୁ ଆସିବ? କାହାର ମର୍ଯ୍ୟାଦା ରଖିଛି? କାହାର କି ଉପକାର କରିଛି ଯେ ପ୍ରତ୍ୟୁପକାର ପ୍ରତ୍ୟାଶା କରିବି? ଗ୍ରାମରୁ କେହି ଜଣେ ଲୋକ ବସାକୁ ଆସିଲେ ଭାତ ମୁଠାଏ ଦେବାକୁ ହେବ ବୋଲି କର୍କଶ କଥା କହି ତଡ଼ିଦିଏଁ। ଲକ୍ଷାବଧି ଟଙ୍କା ଉପାର୍ଜନ କରି, ଦିନେହେଲେ ପଇସାଟିଏ କ୍ଷୁଧାର୍ତ୍ତ କାଙ୍ଗାଳୀଙ୍କୁ ଦେଇନାହିଁ। ଦେହରେ ରକ୍ତ ପରି ଟଙ୍କା ସଞ୍ଚୟ କରିଥିଲି, ଏହି ଘୋର ବିପଦ ସମୟରେ ତ ପଇସାଏ ଉପକାରକୁ ଆସିଲା ନାହିଁ। ପାପଧନ କି ବିପଦରୁ ଉଦ୍ଧାର କରିପାରେ? ଡ଼ାଇସନ ସାହେବ! ମୋହର ସମସ୍ତ ଉନ୍ନତିର ମୂଳାଧାର ତୁମ୍ଭେ। ମୋହର ଯେତେ ଗୌରବ ଓ ସମ୍ମାନ, ସବୁ ତୁମ୍ଭ ସକାଶେ ମୋତେ ପୁତ୍ର ପରି ସ୍ନେହ କରୁଥିଲ, ହେଲେ ମୁଁ ତୁମର କେତେ ଟଙ୍କା ଚୋରେଇ ନେଇଛି କେତେଥର ଠକାଇଛି। କେଡ଼େ ଦୟାଳୁ ତୁମ୍ଭେ! ଚାନ୍ଦମଣି ବିଧବା ହେଲେ ତାହାର ଜାଲ୍ ରିପୋର୍ଟ ତୁମ୍ଭଠାରେ କୋଠିରେ ତୁମ୍ଭହାତରେ ଦେଇ ଆଖିରେ ଗୋଲମରିଚ ଗୁଣ୍ଡଦେଇ ମିଛରେ କେତେ କାନ୍ଦିଲି ଦେଖିଛ, ମୋ କ୍ରନ୍ଦନରେ ତୁମ୍ଭେ କାତର ହୋଇପଡ଼ିଲ, ମୋ ଠକପଣ କିଛି ମାତ୍ର ବୁଝିପାରିଲ ନାହିଁ, ରିପୋର୍ଟ ମଞ୍ଜୁର କରିଦେଲ। ତୁମ୍ଭେଥିଲେ କି ମୁଁ ଜେଲକୁ ଆସିଥାନ୍ତି? କ୍ୟାଁ କରିବ? ଏତିକିବେଳେ ପରମେଶ୍ୱର କି ତୁମ୍ଭକୁ ବିଲାତ ପଠାଇ ଦେଇଛନ୍ତି? ପ୍ରଭୋ ! ପ୍ରଭୋ !! ମୁଁ ଦେଖୁଛି, ମୋ କଳଙ୍କିତ ଜୀବନର ଶୋଧନ ନିମନ୍ତେ ଏହି ବିପଦ ପ୍ରେରଣ କରିଛି। ପ୍ରଭୋ ! ତୁମ୍ଭ ଇଚ୍ଛା ମୋ ଜୀବନରେ ସଫଳ ହେଉ, ଆଜି କିଛି ଭରସା ନାହିଁ। ହା ପ୍ରଭୁ ଦୟାମୟ! ଏବେ ତୁମ୍ଭେ ଏକମାତ୍ର ସାହା।

ଚିତ୍ରକଳା ! ପ୍ରଭୁଦୟାଲ! ତୁମ୍ଭେମାନେ ମୋହର ନରକମାର୍ଗର ସଙ୍ଗୀ ଥିଲ, ଏତେବେଳେ ପ୍ରକୃତ ବନ୍ଧୁଗଣର କାର୍ଯ୍ୟ କରିଛ; ଆଉ ଯେମନ୍ତ ନରକମାର୍ଗକୁ ଅଗ୍ରସର ହୋଇ ନ ପାରେ, ସେଥିର ଉପାୟ କରିଦେଇ ପ୍ରକୃତ ବନ୍ଧୁର କାର୍ଯ୍ୟ କରିଛ। ତୁମ୍ଭମାନଙ୍କୁ ନମସ୍କାର। ଏତେବେଳେ ତୁମ୍ଭେମାନେ ମୋହର ଭବିଷ୍ୟତ ଜୀବନର ହିତକାରୀ। ତୁମ୍ଭମାନଙ୍କ ସକାଶେ ମୁଁ ଏଠାରେ ଉପସ୍ଥିତ। ଭଲ କରିଛ, ଆହୁରି କେତେକ ପାପାନୁଷ୍ଠାନ କରିଥାନ୍ତି, ଅବୋଧ ସରଳ ଶିଶୁ ଦିଓଟିଙ୍କର ସର୍ବନାଶ ସାଧନ କରି ଅନନ୍ତ ନରକ ଭୋଗ କରିଥାନ୍ତି। ମୋ ଗମ୍ୟ ମାର୍ଗରେ କଣ୍ଟକ ପକାଇଲ, ଆଉ ଅଗ୍ରସର ହୋଇପାରିବି ନାହିଁ – ତୁମ୍ଭମାନଙ୍କୁ ଆଉଥରେ ନମସ୍କାର କରୁଛି।

ବିଶାଖା ଦେଈ ! ତୁମେ ମୋର ଧର୍ମପତ୍ନୀ – ତୁମ୍ଭେ ଯାହା ହୁଅ ଯଜ୍ଞାଗ୍ନି ସାକ୍ଷାତରେ ଦଶଦିଗପାଳଙ୍କୁ ସାକ୍ଷୀକରି ପ୍ରତିଜ୍ଞା କରିଥିଲି, ପବିତ୍ର ଭାବରେ ତୁମ୍ଭଙ୍କୁ ପ୍ରେମ କରିବି। ଚିରକାଳ ତୁମ୍ଭ ସହିତ ପ୍ରତାରଣା କରି ପଶୁତୁଲ୍ୟ ଜଘନ୍ୟ କାର୍ଯ୍ୟ କରିଛି। ମୋ କପଟ କଥାରେ ଭୁଲି ମୋତେ ଦେବତାତୁଲ୍ୟ ସମ୍ମାନ କରୁଥିଲ। ତୁମ୍ଭଠାରେ ଆଉ କିଛି ଗୁଣ ଥାଉ ବା ନ ଥାଉ, ପରମା ସତୀ – ପତିପରାୟଣା। କଲୁଷିତ ହସ୍ତରେ ତୁମ୍ଭ ପବିତ୍ର ଅଙ୍ଗସ୍ପର୍ଶ କରିଚି। ତୁମ୍ଭେ ବର୍ତ୍ତମାନ ନିତାନ୍ତ ଅସହାୟା- ତୁମ୍ଭ ଧର୍ମ ତୁମ୍ଭଙ୍କୁ ରକ୍ଷା କରିବ। ଭାଇ ବାନାମ୍ବର ! ତୁମ୍ଭ ପାଦପଦ୍ମରେ କୋଟି କୋଟି ନମସ୍କାର। ତୁମ୍ଭ ପରିଶ୍ରମ ଜାତ ଧାନମୁଠାକରୁ ପୈତୃକ ଭାଗ ବୋଲି ଅଧେ କାଢ଼ି ନେଇଛି। ତୁମି ହୋଇ ଧାନ ମାପି ଦେଇଛ, ଦିନେ ହେଲେ କଟୁ କଥା କହିନାହିଁ।

'ପିତା ଧର୍ମଃ ପିତା ସ୍ୱର୍ଗ ପିତା ହିଁ ପରମ ତପଃ –'

ହେ ସ୍ୱର୍ଗସ୍ଥ ପିତୃଦେବ! ଏହି ଅଧମ, ପାପିଷ୍ଠ, ଦୁରାଚାର, କୁଳାଙ୍ଗାର, ବଂଶର ସର୍ବନାଶକାରୀ, ସ୍ୱାର୍ଥପର ଅଧମ ସନ୍ତାନ ତୁମ୍ଭ ପବିତ୍ର ନାମ ଉଚ୍ଚାରଣ କରିବାର ଅଯୋଗ୍ୟ, କ୍ଷମାକର।

ହେ ଦୟାମୟ ପରମେଶ୍ୱର ! ହେ ପରମପିତା! ଦିନେ ହେଲେ ଭକ୍ତି କରି ତୁମ୍ଭ ନାମ ଉଚ୍ଚାରଣ କରିନାହିଁ। ବର୍ତ୍ତମାନ ତୁମ୍ଭର ମହାପବିତ୍ର ନାମ ସ୍ମରଣ କରିବାକୁ ପ୍ରାଣରେ ଆତଙ୍କ ଉପସ୍ଥିତ ହେଉଛି। ଲୋକଙ୍କୁ ଭୁଲାଇବା ପାଇଁ ତୁଚ୍ଛାଟାରେ ତୁଳସୀ ମାଳଟାଏ ହାତରେ ଧରିଥାଏ। ପ୍ରଭୋ ପ୍ରଭୋ ! ତୁମ୍ଭ ନାମରେ ମଧ୍ୟ ପ୍ରତାରଣା। ହେ ପତିତପାବନ! ଅରକ୍ଷର ରକ୍ଷକ! ହେ ଦୀନ ଦୟାମୟ! ରକ୍ଷାକର। ପ୍ରଭୁ! ମୁ ପାପୀ – ମୋଠୁଁ ବଳି ଜଗତରେ ପାପୀ ନାହିଁ। ଯେତେ ପାପୀ ହୁଏ ପଛକେ ମୋ ପାପର ସୀମା ଅଛି, ତୁମ୍ଭର କରୁଣା ଅନନ୍ତ, ଅବଶ୍ୟ ରକ୍ଷା ପାଇବି। ଯେଉଁ ଦଣ୍ଡ ଇଚ୍ଛା ଦିଅ – ତୁମ୍ଭଙ୍କୁ ନମସ୍କାର ! ନମସ୍କାର!

ଏହି ସମୟରେ ନଟବର ଦାସଙ୍କ ପ୍ରାଣରେ କେମନ୍ତ ଗୋଟାଏ ବଳ କେମନ୍ତ ଗୋଟାଏ ଶାନ୍ତି ଆସିଲା; ସବୁକଥା ଭୁଲି ଚିତ୍କାର କରି ହାତଯୋଡ଼ିଡାକିଲେ, ପ୍ରଭୋ! ପ୍ରଭୋ ! ରକ୍ଷାକର! ରକ୍ଷାକର! ସଙ୍ଗେ ସଙ୍ଗେ ଭୟଙ୍କର ଚିତ୍କାର କରି ଗୀତ ଗାଇବାକୁ ଆରମ୍ଭ କଲେ –

ଭାସିଲି ଦୁଃଖ ସିନ୍ଧୁ ଜଳେ
ରଖ ରଖ ମହାପ୍ରଭୁ, ଅଭୟ ପଦକମଳେ। (ଘୋଷା)
ମୋ ଜୀବନ ଖଣ୍ଡ ଖଣ୍ଡ ହେଉ ପ୍ରଭୁ ଦିଅ ଦଣ୍ଡ
ଜୀବନ ଶୋଧନ ହେଉ ତୁମ୍ଭ ହସ୍ତରେ
ଭରସା ତ ଦେଖେ ନାହିଁ ଆନ ନେତ୍ରରେ,
ନିଶିଦିନ ପୋଡ଼େ ପ୍ରାଣ ଦାରୁଣ ପାପ – ଅନଳେ।

ନଟବର ଦାସଙ୍କ ସଙ୍ଗୀତ ଶୁଣି ଅନ୍ୟ ତିନିଜଣ ବନ୍ଦୀ ଉଠି ବସିଲେଣି। ସେମାନଙ୍କ ହୃଦୟରେ ଯେମନ୍ତ କିଏ ଅମୃତ ଢାଳିଦେଉଛି। ହାତଯୋଡ଼ି ସ୍ଥିରଭାବରେ ବସି ସଙ୍ଗୀତ ଶୁଣୁଛନ୍ତି, ଆପଣା ଆପଣା ବିପଦ କଥା ଯେମନ୍ତ କ୍ଷଣକ ପାଇଁ ଭୁଲି ଗଲେଣି। ପ୍ରହରୀ ଆପଣା କର୍ତ୍ତବ୍ୟ ଭୁଲିଯାଇଛି – ବନ୍ଧୁକଟା କାନ୍ଧରେ ପକାଇ ପିତୁଳାଟା ପରି ଶୁଣୁଥିଲା। ତା' ମନରେ ମଧ୍ୟ ଯେମନ୍ତ କିଏ ଶାନ୍ତି ସୁଧା ଢାଳି ଦେଉଛି। ଭୋର ହୋଇଗଲାଣି। ପ୍ରହରୀ ଚମକିପଡ଼ିଡାକିଦେଲା, "ଏ କଏଦୀ ! ଚୁପ୍ କର; ଏଠାରେ ପାଟି କରିବାକୁ ମନା।" ଦୁଇ ଚାରିଥର ଡକାଡୁକିରେ କଏଦି ତୁନି ହେଲା; କନ୍ତୁ ପୂର୍ବବତ ହାତଯୋଡ଼ି ଧ୍ୟାନମଗ୍ନ।

ପଞ୍ଚଷଠି
ବିଚାର

ଖରାଦିନିଆ ସକାଳ କଚେରି – ଜେଲଖାନା ଦୁଆର କତିରୁ ସେସନ ଜଜ ଅଦାଲତ ଦୁଆରଯାଏ ଦେଖଣାହାରି ଥାଟ ବାନ୍ଧି ଛିଡ଼ା, ଗୋଟା ବଜାର ଲୋକ ଅଜାଡ଼ି ପଡ଼ିଛନ୍ତି, ମୁଣ୍ଡ ଉପରେ ଥାଳି ବୁଲିଆସିବ। ଆଜି ନାଜର ନଟବର ଦାସର ମାମଲା। ମେଜେଷ୍ଟରୀରୁ ସେସନ ସଂପ୍ରଦ ହୋଇଆସିଛି। ଭୋର ୭ଟା ସମୟରେ ସଙ୍ଗୀନଲଗା ବନ୍ଧୁକ କାନ୍ଧରେ ପକାଇ ଆଠଜଣ ପ୍ରହରୀ ଚାରିପାଖ ବେଢିଛନ୍ତି, ମଧ୍ୟରେ ତିନିଜଣ ଆସାମୀ। ଆସାମୀଙ୍କ ମଧ୍ୟରୁ ଦୁଇଜଣ ପୁରୁଷ, ଗୋଟାଏ ମାଇକିନିଆ। ପୁରୁଷ ଦୁଇଟାଙ୍କର ଜଣଙ୍କର ଖାଇବାହାତ ଆଉ ଜଣଙ୍କର ଡେବିରିହାତ ଗୋଟାଏ ହାତକଡ଼ିରେ ଛନ୍ଦା। ବାଁ ପାଖ ମଣିଷଟା ତ୍ରିପଣ୍ଡ କାଳିଆ, ରାକ୍ଷସପରି ଗୋଟାଏ

ବଣୁଆ ପଣ୍ଡାକୁ ଛନ୍ଦି ପଦାକୁ ଆଣିଲେ ସେ ଯେମନ୍ତ ଭୟରେ ଚଙ୍ଗ ଚଙ୍ଗ ହେଉଥାଏ ଲୋକଟା ସେହିପରି ହେଉଛି। ଡ଼ାହାଣପାଖ ପୁରୁଷଟି ସୁନ୍ଦରକାନ୍ତି – ଧୀର ଗମ୍ଭୀର ଭାବରେ ଆକାଶକୁ ଅନାଇ ଚାଲିଛି। ମୁଖରେ ଦୁଃଖ ବା ଦୈନ୍ୟ ଭାବର ଚିହ୍ନ ମାତ୍ର ନାହିଁ। ଲୋକେ ଦେଖି ଆଶ୍ଚର୍ଯ୍ୟ ହେଲେ, ସେ ଲୋକଟା ଯେମନ୍ତ ବେଳେ ବେଳେ ମୁରୁକି ମୁରୁକି ହସି ଦେଉଛି। ତାହାର ଅବସ୍ଥା ଦେଖି କେତେଜଣ ଭଦ୍ର ଦେଖଣାହାରି ନିଶ୍ୱାସ ପକାଇଲେ। ପଛ ମାଇକିନିଆଟା ଅଳପ ଟିକିଏ ଓଢ଼ଣା ଟାଣିଦେଇ ଚାଲିଛି। ଜଜ୍ ସାହେବଙ୍କ ମିସଲ ଆଗରେ ଧାଡ଼ିକରି ତିନିଜଣ ଆସାମୀଙ୍କୁ ଛିଡ଼ା କରାଗଲା। ପେସ୍କାର ହାକିମଙ୍କୁ ଶୁଣାଇଦେଲେ, 'ହଜୁର! ସରକାର ବାହାଦୁର ମୁଦେଇ ନଂ ୧ ଆସାମୀ ନାଜର ନଟବର ଦାସ, ନଂ ୪ ରାଘବାନନ୍ଦ ମହାନ୍ତି ଓରଫ ରାଘୋ ବିଶ୍ୱାଳ, ନଂ ୩ ଚିତ୍ରକଳା। ଦଣ୍ଡବିଧି ଆଇନର ୪୦୯ ଓ ୩୭୯ ଦଫାର ମାମଲା। ଆସାମୀମାନେ ହାଜର।' ପ୍ରଥମେ ସାକ୍ଷୀ ଦାରୋଗା ନୀଳମଣି ବାବୁ ସାକ୍ଷ୍ୟ ଦେବାଲାଗି ସାହେବଙ୍କୁ ଡାହାଣ ହାତଟା ମେଲାଇ ଦେଇ ପୋଲିସ୍ ସଲାମ୍ କଲେ। ମାମଲାରେ ପ୍ରଥମ ସାକ୍ଷୀ ଥିବାରୁ ସାକ୍ଷ୍ୟ ଦେବାଲାଗି ହାକିମଙ୍କ ମେଜ ଆଗ କାଠ ଅର୍ଗଳୀ ମଧ୍ୟକୁ ପ୍ରବେଶ କରିବା ମାତ୍ରକେ ନାଜର ନଟବର ଦାସ ଖୁବ୍ ପାଟିଟାଏ କରି କହିଲା ' ହଜୁର ହଜୁର ! ସାକ୍ଷୀ ପଛକୁ ଥାଆନ୍ତୁ, ଆଗେ ମୋ ଜବାନବନ୍ଦି ନିଅ।' ସିପାହୀ ବାରମ୍ବାର ତୁନି କରାଇଲେ ମଧ୍ୟ ସେ ଏକପ୍ରକାର ଚିତ୍କାର କଲା ଯେ, ସାହେବ ତାର ଜବାନବନ୍ଦି ଗ୍ରହଣ ନକରି ଆଉ କିଛି କର୍ମ କରିପାରିଲେ ନାହିଁ। ହାତକଡ଼ି ଫିଟାଯାଇ ଦୋସରା ଆସାମୀଠାରୁ ନଟବର ଦାସକୁ ଅଲଗା କରାଗଲା। ସେ କାଠର ଅର୍ଗଳୀ ମଧ୍ୟରେ ଛିଡ଼ାହୋଇ ଅସଙ୍ଗତ ଅନେକଗୁଡ଼ିଏ କଥା ଲହର ଛୁଟିଲା ପରି ପରି ବକି ଚାଲିଗଲା। ସେ ସମସ୍ତ କଥାରୁ ବାଛି ସାର କେତେଟା କଥା ସଂଗ୍ରହ କରାଯାଇଛି।

ନାଜର ନଟବର ଦାସର ଜବାନବନ୍ଦି – ମୁଁ ସରକାରୀ ଟଙ୍କା ଚୋରିକରି ନାହିଁ – ସେ ମାମଲାରେ ନିର୍ଦ୍ଦୋଷ; ମାତ୍ର ମୋ ଭଉଣୀ ଚାନ୍ଦମଣି ବିଧବା ହୋଇ ଅଚେତ ଅବସ୍ଥାରେ ଥିବା ସମୟରେ ତାହାର ନାମ ଜାଲ କରି ସରକାରଙ୍କୁ ରିପୋର୍ଟ କରିଛି। ସେହି ରିପୋର୍ଟ ବଳରେ ମୁଁ ନରିପୁର ତାଲୁକର ସର୍ବାଧିକାରୀ ହୋଇଛି। ବିଧବା ଚାନ୍ଦମଣି ଚାଳିଶ ପଚାଶ ହଜାର ଟଙ୍କାର ଅଳଙ୍କାର ଚୋରିକରି ଆଣିଛି। ଶତ ଶତ ପ୍ରଜାଙ୍କର ଜମି ଛଡ଼ାଇ ନେଇ ସେମାନଙ୍କୁ ଉଚ୍ଛନ୍ନ କରିଛି। ଶିଶୁ ପିଲାମାନଙ୍କ ତହବିଲରୁ ଅନେକ ଟଙ୍କା ଚୋରି କରିଛି-ସେମାନଙ୍କର ପ୍ରାୟ ଚାଳିଶ ହଜାର ଟଙ୍କାର ଧାନ ବିକ୍ରି କରି ଆତ୍ମସାତ କରିଛି। ଆହୁରି ଢେର୍ ଢେର୍ ପ୍ରକାରେ ଟଙ୍କା ଆତ୍ମସାତ କରିଥିବାର ପ୍ରକାଶ କଲା। ଶେଷରେ କହିଲା, "ନରିପୁର ତାଲୁକର ପେସ୍କସ ଦାଖଲ

ନ କରି ତାଲୁକଟା ବୟସୁଲତାନୀରେ କିଣି ନେବାକୁ ଇଚ୍ଛା ଥିଲା। ସେଥିପାଇଁ ନାନା ଅସତ୍ ଉପାୟରେ ସଂଗ୍ରହ କରି ଲକ୍ଷାଧିକ ଟଙ୍କା ଓ ଚାନ୍ଦମଣିର ଅଳଙ୍କାର ସବୁ ମୋ ଘରେ ଲୁହା ସିନ୍ଦୁକରେ ରଖିଛି। ସେ ସମସ୍ତ ଟଙ୍କା ଆଉ ମାଲନାବାଳକ ଅବୋଧ ଦୁଇଗୋଟି ପିଲାଙ୍କର, ସେମାନଙ୍କୁ ଦିଆଯାଉ। ନରିପୁରର ରାଜା ହେବାକୁ ବଡ଼ ଇଚ୍ଛା ଥିଲା। ହୋ ହୋ। ମୁଁ ନରିପୁର ତାଲୁକର ରାଜା! ଜଜ୍ ସାହେବ ! ହାମକୁ ସଲାମ କରୋ – ହୋ ହୋ" ହସି ଆସାମୀ ତଳକୁ ଡେଇଁପଡ଼ିଲା – ଭୟଙ୍କର ଚିତ୍କାର କରି ଉତ୍କଟ ରୂପେ ରୂପେ ହସି ହସି ଜଜ୍ ସାହେବଙ୍କର ଆଗରେ ଗୀତ ଗାଇବାକୁ ଲାଗିଲା –

ରାଜା ଚଲେ ଉଜିର ଚଲେ ଚଢ଼େ ମତଗଜ ହାତୀ।
ଆଲଟ ଚାମର ବୈରଖ ଠେଲେ ଶିରପର ସୋନା ଛତି।

"ହୋ – ହୋ – ହୋ-! ହାମ ରାଜା ହେ! ସାହେବ ! ସାହେବ! ତୁମ୍ ହାମକୋ ସଲାମ କରୋ।" – ଭୟଙ୍କର ଚିତ୍କାର, ନଚାକୁଦା – ମିସଲଟା ଭାଙ୍ଗି ପକାଇବ ପରା! ଯୋଡ଼ାଏ ସିପାହୀ ଧରି କ'ଣ ସମ୍ଭାଳି ପାରନ୍ତି – ଭୟଙ୍କର ବଳ। ଲୋକେ କହୁଛନ୍ତି, ଏଇଟା ଶୟତାନର ବଳ। ଚାରି ଛ' ଜଣ ସିପାହୀ ମାଡ଼ିବସି ଡବଲ ହାତକଡ଼ି ଲଗାଇଦେଲେ – ଅଣ୍ଟାରେ ଡୋରି ବାନ୍ଧି ଚାରିଜଣ ଭିଡ଼ି ଧରିଥାନ୍ତି। ସିଭିଲସର୍ଜନଙ୍କୁ ଚିଠି ଲେଖାଯାଇ ଆସାମୀକୁ ପାଗଲା ଗାରଦକୁ ପଠାଗଲା।

ଦୋସରା ଆସାମୀ ରାଘବ ମହାନ୍ତିର ଜବାବ – ଆସାମୀଟା ସବୁ ସବାଲ ବୁଝିପାରୁନାହିଁ – ବୁଝିଛି ତ, ଚାରିଟା କଥା ଯୋଡ଼ି ଯୋଡ଼ି କହିପାରୁ ନାହିଁ – ବେଳେବେଳେ ଗଧ ପରି ଭୋ ଭୋ ଡକାପାରୁଛି। ଅନେକ ପଚରାପଚରି କରି ଆସାମୀର ଜବାନବନ୍ଦି ଶେଷ କରାଗଲା। ଆସାମୀର ବିକଳ ଦେଖି ସାହେବ ଆଉ ମିସଲରେ ଉପସ୍ଥିତ ସମସ୍ତ ଲୋକଙ୍କର ତାହା ପ୍ରତି ଦୟା ଜାତ ହେଲା।

ଚିତ୍ରକଳା ଜବାବ ଦେଲା –

"ମୁଁ ଟଙ୍କା ଚୋରି କରିଛି, କିଏ ଦେଖିଛି? ମୋ ଘରୁ କିଛି ମାଲ୍ ବାହାରି ନାହିଁ କେହି ଲୋକ ଦୁଷ୍ମନି କରି ମୋ ଘର ପଛରେ ରଖିଦେଇ ଯାଇଛି – ମୁଁ ଶୋଇଥିଲି, କିମିତି ଜାଣିବି? ପ୍ରଭୁଦୟାଲ ଭଗତ ଆଉ ରାଘୋ ମହାନ୍ତି କିଏ, ମୁଁ ଜାଣେନାହିଁ। ମୁଁ ଟଙ୍କା ଚୋରିକରିଛି? ଆଚ୍ଛା, ନାଜରଭାର୍ଯ୍ୟା ତମ୍ବା ତୁଳସୀ ଧରି ମିସଲ ପଟା ଉପରେ ଠିଆହୋଇ କହୁ ତ? ମୁଁ ନିର୍ଦ୍ଦୋଷ, ଖଲାସ ପାଇବି। ମାଲ୍ ଘରୁ ନ ବାହାରିଲେ କେହି ସଜା ପାଏ ନାହିଁ।"

ଚିତ୍ରକଳା ଖୁବ୍ ତେଜରେ କଥା କହିପକାଉଥାଏ, ହାକିମ ହସି ହସି ଜବାନବନ୍ଦି ଲେଖି ଯାଉଥାନ୍ତି। ଜଜ୍‌ସାହେବଙ୍କ ହସ ଦେଖି ଚିତ୍ରକଳା ସାହାସ ପାଇ ଢେର୍ କଥା କହିଗଲା।

ଛଅଷଠି

ମାମଲା ଫୟେସଲା

ସରକାର ତରଫରୁ ସାକ୍ଷୀ ଏବଂ ଆସାମୀମାନଙ୍କର ଜବାନବନ୍ଦୀ ଶେଷ ହୋଇଛି। ସରକାରୀ ଓକିଲ ଖୁବ୍ ତେଜରେ ବକ୍ତୃତା କରି ପ୍ରମାଣ କରାଇଲେ, ଆସାମୀମାନେ ଦୋଷୀ।

ଆସାମୀମାନଙ୍କ ମଧ୍ଯରୁ କେବଳ ଚିତ୍ରକଳା ପକ୍ଷରୁ ଜଣେ ଅଳ୍ପଦାମିକା ଜୁନିଅର ଟୋକାଳିଆ ଓକିଲ ନିଯୁକ୍ତ ଥିଲେ। ସେ ହାତ ମୁଣ୍ଡ ହଲାଇ ଢେର୍ ଗୁଡ଼ାଏ ବକାବକି କଲେ। ଆହୁରି ମଧ୍ଯ ଢେର୍ କଥା କହିଥାନ୍ତେ, ଜଜ୍ ସାହେବଙ୍କଠାରୁ ଧମକ ଖାଇ ସଂକ୍ଷେପରେ ବକ୍ତୃତା ଶେଷକରି ପକାଇ ପ୍ରମାଣ କରାଇବା ଚେଷ୍ଟାକଲେ – ତାଙ୍କ ମକ୍କେଲ ଗୋଟିଏ ନିତାନ୍ତ ସରଳା ଅବଳା, ନ୍ୟାଯ୍ୟରୂପେ ପରିଶ୍ରମ କରି ପେଟ ପୋଷେ, ଅତି ପବିତ୍ର ସାଧୁଭାବରେ ଦିନଯାପନ କରେ, ତାହା ବିପକ୍ଷରେ ଚାକ୍ଷୁଷ ପ୍ରମାଣ ଅଭାବ ମଧ୍ଯ। ତା' ଘର ମଧ୍ଯରୁ ମାଲ ବରାମଦ ହୋଇନାହିଁ। ସୁତରାଂ ସେ ନିର୍ଦ୍ଦୋଷ, ଖଲାସ ପାଇବାର ଯୋଗ୍ୟ।

ସତଷଠି

ସେସନ୍ ଜଜ୍‌ସାହେବଙ୍କ ରାୟ

ମାମାଲାର ଶେଷ ହୁକୁମ ଶୁଣିବା ପାଇଁ ଆଜି କଚେରିରେ ଦେଖାଣାହାରିର ଭାରି ଭିଡ଼। ସକାଳବେଳା ସାତ ଘଣ୍ଟା ସମୟରେ ହାକିମ କଚେରିରେ ଉପସ୍ଥିତ ହୋଇ ରାୟ ପଢ଼ି ଶୁଣାଇଲେ। ଆସାମୀ ଦୁଇଜଣ ଆଗରେ ଛିଡ଼ା ହୋଇଛନ୍ତି।

ଅଧଦିସ୍ତାଏ ଫୁଲସ୍କେପ କାଗଜ ଚାରି ପୁଡ଼ାରେ ମାମଲାର ହାଲ ବିସ୍ତାରିତ ରୂପେ ଲେଖା-ଆମ୍ଭେମାନେ ସେଥିରେ ସାରାଂଶ ମାତ୍ର ଉଲ୍ଲେଖ କରିବୁ। ଆସାମୀମାନଙ୍କ ସମ୍ବନ୍ଧରେ ହାକିମ ଲେଖିଅଛନ୍ତି।

"ନଂ୧ ଆସାମୀ ନାଜର ନଟବର ଦାସ ଉପସ୍ଥିତ ଦଃ ଅଃ ୪୦୯ ଦଫା ମାମଲାରେ ନିର୍ଦ୍ଦୋଷ। ସେ ନିଜେ ସରକାରୀ ଟଙ୍କା ଆତ୍ମସାତ୍ କରି ନାହିଁ, ତେବେ ତାହାର ଗଫଲତିରେ ଅବଶ୍ୟ ଟଙ୍କା ନଷ୍ଟ ହୋଇଛି। ଏକ୍ଷେତ୍ରରେ ସେ ନିର୍ଦ୍ଦୋଷରେ

ଖଲାସ; ମାତ୍ର ସରକାରୀ ସମସ୍ତ ଟଙ୍କା ତାହାଠାରୁ କିମ୍ବା ତାହାର ସମ୍ପତ୍ତିରୁ ଆଦାୟ କରିବା ଉଚିତ।

ନଂ ୨ ଆସାମୀ ପ୍ରଭୁଦୟାଲ ଭଗତ ଗୋଟାଏ ଭୟଙ୍କର ବଦମାସ ଲୋକ, ମାତ୍ର ସେ ଯେ ସ୍ଥଳେ ଫେରାର ହୋଇଅଛି, ତାହା ସମ୍ବନ୍ଧରେ କୌଣସି ହୁକୁମ ହୋଇ ନ ପାରେ।

ନଂ ୪ ଆସାମୀ ରାଘବ ମହାନ୍ତି ଗୋଟାଏ ନିତାନ୍ତ ନିର୍ବୋଧ ଲୋକ ତାହା କୃତକର୍ମର ଦାୟିତ୍ୱ କିଛି ବୁଝିବାକୁ ତାଙ୍କ ଜ୍ଞାନ ନ ଥିଲା, କେବଳ ବଦମାସଙ୍କ ପରାମର୍ଶରେ ପଡ଼ି ଟଙ୍କା ଚୋରି କରିଅଛି। ଅତଏବ ଆମ୍ଭେ ଅନୁଗ୍ରହ କରି ତାହାକୁ ଅଳ୍ପ ଦଣ୍ଡ ଦେବାରେ ଇଚ୍ଛା କରୁଁ। କଠିନ ପରିଶ୍ରମ ସହିତ ଏକବର୍ଷ ଜେଲ୍ ଖାନାରେ ଆବଦ୍ଧ ରଖାଯାଉ।

ନଂ ୩ ଆସାମୀ ଚିତ୍ରକଳା ବେଓୟା –

ଏହି ଆସାମୀ ଗୋଟାଏ ଭୟଙ୍କର ବୁଦ୍ଧିମତୀ, ଭୟଙ୍କର ଦୁଶ୍ଚରିତ୍ରା, ବଜାରା ସ୍ତ୍ରୀ ଅଟେ। ଚତୁରତାରେ ନାଜର ନଟବର ଦାସକୁ ଭୁଲାଇ ରଖିଥିଲା। ଏହି ଦୃଷ୍ଟା ସ୍ତ୍ରୀର ପରାମର୍ଶ କୌଶଳ ସହାୟତା ସନ୍ଧାନରେ ଅନ୍ୟାନ୍ୟ ଆସାମୀମାନେ ଚୋରି କରିବାକୁ କ୍ଷମ ହୋଇଛନ୍ତି। ଅତି କୌଶଳ ଓ ବିଶ୍ୱାସଘାତକତାପୂର୍ବକ ନାଜର ବସାରୁ ଅଳଂକାର ଚୋରାଇ ଆଣିଛି। ପୁଣି ଚୋରି ଅପରାଧରୁ ମୁକ୍ତି ପାଇବା ନିମନ୍ତେ ନାନା ପ୍ରକାର କୌଶଳ ଅବଲମ୍ବନ କରିବାକୁ ତ୍ରୁଟି କରିନାହିଁ। ଅତଏବ ହୁକୁମ କରୁଅଛୁଁ କି ଦଣ୍ଡବିଧି ଆଇନର ୩୭୯ ଓ ୧୦୯ ଦଫା ଅନସାରେ କଠିନ ପରିଶ୍ରମ ସହିତ ପାଞ୍ଚବର୍ଷ ମିଆଦ ଏବଂ ଦୁଇଶତ ଟଙ୍କା ଜରିମାନା କରାଯାଉ। ଜରିମାନା ଅସୁଲ ନ ହେଲେ ଅତିରିକ୍ତ ଏକବର୍ଷ ଜେଲରେ ଆବଦ୍ଧ ରଖାଯାଉ।ଇତି।"

ଜିଃ ଏଃ ମେକଫର୍ସନ,
ସେସନ୍ ଜଜ୍, କଟକ

BLACK EAGLE BOOKS

www.blackeaglebooks.org
info@blackeaglebooks.org

Black Eagle Books, an independent publisher, was founded as
a nonprofit organization in April, 2019. It is our mission to
connect and engage the Indian diaspora and the world at large
with the best of works of world literature published on a
collaborative platform, with special emphasis on
foregrounding Contemporary Classics and New Writing.